中国百年工业文学大系

丛书主编　贾玉民 樊洛平

短篇小说卷Ⅲ

刘宏志 主编

中国工人出版社

本卷主编简介

- 刘宏志，中国传媒大学文学博士，郑州大学文学院教授，主持国家级、省级项目多项，出版专著3部，发表学术论文160余篇。参与国家社科基金项目《中国当代城市题材文学研究》（1949—1976），发表工业文学研究论文多篇。《多重话语变奏中的打工者的多种面貌》入围第六届“啄木鸟杯”中国文艺评论年度推优终评作品。

顾　问

（按姓氏笔画排序）

何向阳　张　炯　谈　歌

梁晓声　董学文　蒋子龙

出版说明

一、缘起

为庆祝中华全国总工会成立 100 周年，中国工人出版社特组织编纂《中国百年工业文学大系》丛书。文学作品是社会现实的形象反映。本丛书的编纂，全面整理百年来工业文学作品及相关资料，精选优秀作品，按体裁分类，编成 20 卷的丛书，生动、形象地呈现百年来中国工业化的历程，呈现中国工人阶级的命运和奋斗历史，呈现中华全国总工会在中国共产党领导下，与工人运动一同发展壮大的图景，有助于讲好中国工人阶级故事、中国工业故事和中国工会故事，为更好继承弘扬革命传统，创造未来提供历史借鉴。

二、编纂团队

本丛书编纂团队由《20 世纪中国工业文学史》和《中国工人文学史》的作者为基础，邀请郑州大学、河北师范大学、河北大学、河南师范大学、河南理工大学、中原工学院等院校为合作单位，以研究中国工业文学的专家、学者共同组成编辑团队，分工合作，在中国工人出版社的指导下共同完成编纂工作。

三、选录作品范围

重点选录反映工业生活、描写工业人物、揭示工业领域社会问题的优秀作品，根据中国具体情况，适度收录有关传统手工业、商业、人力车夫、纤夫等生活的作品。兼顾各历史阶段、各阶级、各阶层、各个地域、各种产业、各种体裁作品；兼顾专业作家、工人作家、业余作者。

四、编纂原则

真：选录的作品，基本以初发或初版为准，个别作品使用与初版接近“最佳”版本，使其成为中国工业文学发展史的可靠文献。其中繁体字须改为规范简化字；标点符号改为规范格式；错别字给予纠正，加注说明。原作署名为非通用笔名的，注明其真名或通用笔名。

专：各卷按文学体裁编列，分别为史论卷、报告文学卷、短篇小说卷、中篇小说卷、长篇小说卷、诗歌卷、散文卷、剧本卷、电影文学卷、电视文学卷、资料卷。各卷均有独立性，组合又具统一性、逻辑性。

精：各卷首的“导读”，长篇作品的“提要”、节选作品的“简介”，各篇所加注释，务求内容准确、文字简明。

鸦片战争后，中国近代工业开始萌芽，至今已近200年；从中国工人阶级队伍略具规模，至今也已百年以上。这期间出现的各类工业题材文学创作，虽然赶不上“乡土文学”等传统题材作品数量之多，但也可称数量巨大。我们的编纂工作肯定存在不少缺陷，切望有关作家、专家、学者，广大读者批评。

2025年4月

《中国百年工业文学大系》在编纂过程中，有幸收录了众多作家描绘工业岁月的珍贵作品，这些文字是中国工业发展的重要记忆载体。由于时间跨度长、信息更迭等客观因素，书稿付梓之时仍有部分作者未能取得联系，对此我们深感歉意与遗憾。恳请尚未联系上的作者或家属看到成书后，及时与我们取得联系，以完善作品收录的后续事宜。

总序

深刻反映时代巨变，描绘时代精神图谱
——新时代呼唤工业文学的繁荣

“文化是民族的精神命脉，文艺是时代的号角。”习近平总书记的这一重要论断，深刻揭示了文艺与时代的紧密联系。文艺作为社会生活的镜像与人类精神的诗性表达，始终与时代同频共振、血脉相连。它不仅是时代变迁的见证者，更是时代精神的塑造者和引领者，在为我们展现历史巨变的同时，也将中华民族伟大复兴的壮阔征程熔铸成一幅可触可感的精神图谱。

100多年前，我国近代工业刚刚产生，就陷入帝国主义列强的围堵和封建专制的压迫之下，在其筚路蓝缕的艰辛跋涉中，20世纪上半叶就有茅盾、夏衍等作家描写民族资产阶级“工业救国”梦的破产，描写工人阶级的悲惨处境和觉醒斗争，创作了《子夜》《包身工》等优秀作品。新中国成立后，在大规模经济建设中，更多作家长期深入工矿生活，创作了许多新作，如草明的《乘风破浪》、雷加的《潜力》三部曲、艾芜的《百炼成钢》、艾明之的《火种》等长篇小说以及李季赞颂玉门石油基地的诗歌等，出现了工业文学的初次繁荣。而工人

作家胡万春、万国儒等的崛起，则开了工人写工人的先河。到了改革开放大潮中，反映工业战线生活的作品更如雨后春笋，蒋子龙的《乔厂长上任记》等系列，张洁荣获茅盾文学奖的《沉重的翅膀》、程树臻的报告文学《励精图治》，以及众多作家反映工人生活的中短篇小说、诗歌和剧本等，势如乘风破浪，冲上改革文学的前沿。伴随着改革深化和经济转型，在“新写实”和“现实主义回归”文学潮中，又涌现出一批沉甸甸的作品，如张宏森、肖克凡、谈歌等作家真实反映国企工人经历的转型期阵痛的佳作。而“打工文学”在珠江三角洲等沿海经济特区异军突起，更成为新时期工人写工业文学的一道新风景。

从党的十八大开始，中国特色社会主义进入新时代，进一步强化了工人阶级是国家的领导阶级和主人翁地位。在《关于繁荣发展社会主义文艺的意见》指引下，文艺界克服价值扭曲、娱乐至上、唯市场化等倾向，用现实主义精神和浪漫主义情怀观照生活，歌颂光明、抒发理想，鞭挞丑恶、抵制低俗，给人民以信心和力量，在工业文学方面产生了一批讴歌大国重器、“中国制造”的响当当的作品。同时以“知青文学”而闻名的梁晓声，创作了长篇小说《人世间》，描写知青回城前后几个工人家庭两代人的生活变迁，以其动人肺腑的笔力而荣获茅盾文学奖。一向书写矿山工人生活的刘庆邦，以现实主义笔触展示了不同类型的煤矿工人的人生。不少剧作家也创作或改编了描写工业和工人生活的剧本，搬上屏幕，受到广大观众的欢迎。

百余年来，中国工业文学由小到大，由弱到强，形象地记录了中国工人阶级的发展历程。从百年前郁达夫笔下的女工陈二妹，到蒋光慈小说中的工人形象，从《百炼成钢》的秦德贵到报告文学中真实的英雄孟泰、王崇伦、王进喜、赵梦桃等等，构成了中国工业领域的英雄人物画廊，构成了工人阶级光辉的斗争史和成长史。感谢中国工人出版社和主编本丛书的贾玉民、樊洛平诸位教授学者，经过多年努力，辛勤劳作，为广大读者编成此套规模宏大、内容丰富的选本，自是一项盛举！

如今，中国工业文学作家面前仍然任重而道远。

首先，和我国工业迅速崛起的势头相比，工业文学的反映还远远不够。工业文化，尤其是21世纪以来，极速变化，迅速飞腾，节奏之快，前所未有。这就要求我们身在工业战线、对这种伟大变化有深切感受的工业作家，肩负起历史使命，拿出更多新的好作品来。

其次，和经典作品相比，相当一部分工业文学作品对现实的剖析和人物心理世界的开掘还不够深刻，还少有触及这方面深层次的观念冲突、心理变化和复杂的矛盾斗争的新作。随着城市化的加速，新工人、新市民成亿增加，对工业文学的期待必将日益强烈。

中国实现工业化、现代化，是多少代人的理想和立国之本。新时代呼唤工业文学的繁荣。这既是挑战，更是机遇。工业文学作家和工业战线的文学业余作者，自应把握这个历史机遇，全身心地投入这场新的工业革命，投入由农业文明向工业文明的深刻变革之中，在实践中观察，体验，对工业基础以及高端装备等建设成果努力深切了解，对这场变革中的各种人物表现有更生动把握，从而掌握扎实的生活素材，奠定工业文学更生动更深厚的基础。我们深信，广大读者都会殷切期待作家、艺术家的进一步努力，充分认识所承担的历史重任，开出灿烂的文艺之花。希望广大工业战线的文艺工作者不辜负时代召唤、不辜负人民期待，描绘出中华文明古国在21世纪工业腾飞的足迹，绘出民族的精神图谱，奏出时代的最强音。

张　炯

2025年春于苏州

导言

一

文学中是蕴藏着历史的，或者说，文学是历史的一种特殊表达方式。把横跨百年的中国工业题材短篇小说阅读下来，在为不同小说主人翁的命运变化而感慨唏嘘的同时，我们也可以清晰感受到百年来中国工业从无到有一步步的艰难成长，感受到在中国工业巨大变革的过程中中国工人命运的沧桑变迁。

对于漫长的人类社会来说，工业是一种新兴事物。18 世纪英国发生工业革命，机器工业出现，工业才从农业中分离出来成为一个独立的物质生产部门。中国在工业革命中落后于发达国家，历史上工业规模很长一段时间是远远落后于西方国家的。所以，“工业文学”在中国显然也是新兴的概念。“工人”这个词语，在中国历史中出现较早。最早出现于《国语》，“周之《秩官》有之曰：敌国宾至，关尹以告……廪人献饩，司马陈刍，工人展车。百官以物至，宾入如归。”其后，荀子、韩愈等人的文章中都有“工人”这个词的出现，但是，此时的“工人”概念和我们现代的“工人”概念显然是不同的，它更多是特指工匠、匠人。随着现代工业的出现，“工人”这个概念开始具有了特殊的含义，多指生活在城市、矿山，依托现代工业而劳作的劳动者。马克思对剩余价值的发现，又让“工人”这个概念不再仅仅指向一种职业，或者说一种劳动方式，而和“阶级”“革命”密切关联起来。换言之，现代工业出现以后，“工人”这个词，既代表着一种新型的劳动方式，和时代变革有着紧密的联系，又有着特殊的意义，与古代的“工人”概念已经不一样了。晚清洋务运动之后，随着中国民族工业的发展，产业工人数量也开始攀升，日渐成为中国社会中一支举足轻重的力量，于是，工人也开始成为文学作品中着力描写的对象，新的工人形象在中国文学中出现了。从选本的时间上限来说，本丛书所编选的百年中国工业短篇小说，已经基本呈现了现代工业出现以来中国工业的发展历程，以及现代工业中中国工人生存状况。

当然，文学并非是一种纯粹客观的描述，文学作品中的工人显然已经不仅仅是普通的职业意义上的工人，而带有了更多的政治意义。在不同的历史时段，不同的时代背景下，作家们写出了不一样的中国工业状况和形色各异的中国工人形象。本丛书中，短篇小说作品选共分三卷，按照时段划分，分别是新中国成立以前的工业题材小说，从新中国成立到中共十一届三中全会前的工业题材小说，以及新时期以来的工业题材小说。之所以做出这样的划分，是因为这三个时段社会背景不同，工业文学创作的内容和艺术也呈现出不同的特征。

第一卷选取的是1900—1949年的工业题材优秀短篇小说。这些小说在表达内容上比较一致，即都呈现了旧中国社会的黑暗和现代工业的孱弱，塑造了一系列被侮辱与被损害的工人形象。本书收录的第一篇工业题材小说是柳亚子的《劳动狱》，该小说发表于1905年，讲述三个女工因工厂管理人无理克扣工人工资，而到厂部找其讲理，结果该管理人员依仗外国老板势力，反把女工捆绑押送警察署，痛打五百鞭。小说中的工厂管理人员是中国人，但是他在面对官员的时候，因为具有英国国籍，就可以不用下跪。在他眼中，在工厂工作的同胞，不过是贱种、猪狗。小说末尾，叙事者申明，上述故事，“皆劳动界实事，稍以我悲愤之笔渲染之耳，原案见癸卯年某日报，犹依稀忆之，惜忘此厂之名与其日月……”从艺术角度来说，此时年仅18岁的柳亚子这篇小说显然不够成熟。人物形象不够生动、丰满，或者说具有非常明显的概念化特点，作者基于强烈义愤，把想要表达的意图，都直抒胸臆地陈述出来。不过它在某种程度上，基本代表了新中国成立前工业题材小说大致形态，即真实地表现出工厂主的霸道，政府与资本家的互相勾结，以及在多重压迫、剥削之下的工人生活的痛苦。

总体而言，1949年之前的工业小说中，所书写的工人主要是纺织工人、煤矿工人、铁路工人以及在码头、盐场等地方从事苦力劳动的工人。从工业题材小说这些主人翁的工种、劳作情况，我们可以从中窥见新中国成立前中国工业的落后，而小说所书写的工人的痛苦生活，工人的抗争，则在一定程度上可以呈现出新中国成立前工人生存状况。新中国成立前工业题材小说，大体有以下几类主题。

一类是书写官僚、资本家对工人的压迫，以及工人在旧社会的痛苦生活。如上述的《劳动狱》，以及曹靖华的《女工话》、王统照的《生与死的一行列》、庐隐的《灵魂可以卖吗？》、郁达夫的《春风沉醉的晚上》《薄奠》、张天翼的《一件寻常事》、刘一梦《失业之后》、企翁《欧战声中苦力界》、丁玲的《法网》等。这些小说写出了官僚、资本家以及他们的爪牙对工人的残酷压迫，也写出了工人生计的艰难和无望。妻子生病，而丈夫因失业，没有能力给妻子治病，便酗酒发疯，最终，丈夫为了不让妻子继续受病痛的折磨，给妻子喂下了毒药，这是张天翼小说《一件寻常事》讲述的内容。即便暂时生计还过得去的，他们的生活都有可能被一个偶然的意外打破。《欧战声中苦力界》中的王二，原本在码头靠出卖苦力，勉强能支撑家里的生活。可是遥远的欧洲的战争，却直接导致他失业了。丁玲小说《法网》中，艰难度日的工人顾美泉、阿翠夫妻，仅仅因为阿翠和王婆婆的一点矛盾，接着引发的一系列后果，直接导致了顾美泉、阿翠夫妻，以及邻居小玉子的惨死。资本、官僚的残酷压迫，工人生计的艰难，在这些小说中得到了淋漓尽致的展现。

书写工人们的觉醒与反抗，是现代文坛作家创作工业题材小说的另一个重要主题。麦克昂（郭沫若）的《一只手》、华汉的《马桶间》《十姑的悲愁》、戴平万的《小丰》、孟超的《路工手记》、建南（楼适夷）的《盐场》、冯铿的《突变》等小说，都表现了中国工人阶级的觉醒、成长，以及反抗的过程。《突变》中，原本麻木不仁，把自己的生活希望寄托于宗教的女工阿娥在看到富人的消费后，阶级意识逐渐觉醒，不再把未来寄托于宗教，而是投向了工人运动。《路工手记》这篇小说则更是以日记体的形式，非常详尽地写出了铁路工人为了反抗军阀的奴役而举行大罢工的过程。显然，中国工人阶级在革命中的巨大作用，在这些小说中也得到了反映。

这一时期的短篇小说，也有如《苏家布》《双红旗》这种基调乐观向上的小说，前者讲述天津布商在外国布冲击市场的情况下，锐意革新，最终占领市场，发展了中国民族工业的故事，后者则是讲述新中国成立前的落后工人在解放区成为劳动模范的故事。《苏家布》在很大程度上是作家在这个时代对于中国民族工业发展的一种理想化的想象，真实的中国民族工业其实是在国外资本的冲击下溃不成军的。《双红旗》这类小说就其风貌而言，其实可以说是新中国成立后工业题材小说的先声。总之，对工人痛苦、麻木生活的呈现以及对工人觉醒、反抗过程的描述，是这一时期工业题材小说的重要主题。

第二卷选取的是1950—1978年间的工业题材优秀短篇小说。新中国成立以后在工业基础建设上突飞猛进的发展，以及新中国对工人阶级国家主人翁地位的强调，显然都深刻地影响了这一时期工业题材小说的风貌。这一时期的工业题材小说中，所描写的工人不再仅仅是纺织工人、煤矿工人，炼钢工人、造船工人等工人形象的出现，显示了中国重工业在这一时期突飞猛进的发展，而书写海洋水手的小说《国际友谊号》，则在书写中国工业发展的同时，凸显了中国国际地位的上升。无论是主题表达，还是小说的风格、基调，相比较1949年之前的工业题材小说，都发生了翻天覆地的变化。就小说基调来说，不再是凄苦悲凉，而是洋溢着乐观主义的精神。就小说主题来说，这一时期的工业题材小说着重强调新旧社会的对比，强调表达新中国工人作为国家主人翁的奉献精神。

通过新中国成立后前后工人生活的对比，来表达新中国工人翻身当主人的主题，是这一时期工业小说中比较常见的模式。《特殊性格的人》《包身工的后代》《第一课》等小说中，都存在一个新旧对比的主题。《包身工的后代》通过女工戴凤英工作状态的对比，呈现了新中国成立前工人是奴隶，新中国成立后工人是国家主人，以及工人对党和国家的热爱这样的主题。强调奉献精神，强调工人的国家主人翁精神，是这一时期工业题材小说另一个非常重要的主题，《检验工叶英》《上海姑娘》《荣誉》《女车间主任》《竞赛》《年轻的朋友》《在厂史之外》等小说，虽然设置的故事矛盾点不同，但其共同点在于小说中的工人们都表现出了自觉的国家主人翁意识和奉献精神。《检验工叶英》和《上海姑娘》这两个小说写出了年轻的质检员为了国家利益，不讲私人情面，严把质量关的故事；《荣誉》《竞赛》《女车间主任》以及《竞赛没有结束》等小说，则写出新社会的工人们不以自己的利益得失为首要考虑，而是始终把国家利益放在第一位的故事。这些小说中的工人都显示出了鲜明的国家主人翁精神。这种对国家主人翁精神的强调，也使得这时期的小说塑造了一系列个性鲜明的捍卫国家利益的青年工人形象，如叶英（《检验工叶英》）、白玫（《上海姑娘》）、寇金童（《在厂史之外》）、沙桂英（《沙桂英》）等，这些人物形象，毫无疑问，丰富了中国当代文学的人物画廊。当然，本卷也选取了“大跃进”时期的几篇小说，以便我们可以看到这一时期工业题材短篇小说的整体风貌。

第三卷选收的是1979—2020年的工业题材优秀短篇小说。相比较前两个时段，这个时段的工业题材小说形式丰富多样，这和这一段时间跨度相对更长有关，也和这一时期中国整个社会改革开放，工业领域发生巨大变化有关。党的十一届三中全会确定了改革开放的重大战略决策，在中国实行市场经济。在这个背景下，原来的计划经济体制下的工厂被推向市场，同时，境外资本也开始纷纷在大陆设厂，私营经济开始发展。中国工业发展模式的巨大变化直接影响了国有企业工人的工作、生存状况。一方面，随着国营企业被推入市场，工厂面临巨大的竞争压力，于是工厂也纷纷改革，对工人实行绩效考核，工人也要开始竞争上岗甚至企业升级改制，或者破产重组，不少工人下岗、失业。另一方面，随着境外资本纷纷在大陆设厂，引发大量农民涌向城市，特别是沿海经济特区，到三资企业打工，当时被称为打工仔或者打工妹。他们在外资或民营企业工作，作为雇佣劳动者，应有的权益往往得不到保障。这些都使处在这个过程中的工人群众的社会处境和生活发生了很大变化。新时期以来的工业题材小说对时代的转折，对工业生产、发展方式的变化都进行了敏锐的回应。针对20世纪80年代汹涌而来的改革大潮，蒋子龙的《乔厂长上任记》，柯云路的《三千万》等小说直接书写时代的改革需求，以及工厂在经济体制转型期经历的阵痛。针对境外资本进入大陆设厂，大规模打工潮这种现象，以张伟明的小说《下一站》为代表的“打工作家”的作品则直接写出了新时期以来最早的打工者的工作、生活。针对20世纪90年代以来国家的深化改革，中国工厂面临的巨大压力，李佩甫的《学习微笑》、肖克凡的《男工张义》、隆振标的《卖厂》等小说写出了工厂在市场运行中的艰难，以及工人在市场经济中的搏击。

值得一提的是新时代以来工业题材小说对工人形象的塑造。在这些小说中，工人之间的朴素而真挚的感情（《过年》《水边的阿迪利亚》)，工人对自己工作岗位的感情，对自己工作的责任感(《王的记性》《一个小站两个人》《异情》)都得到了充分的表现。《过年》中普通煤矿工人玉香，在过年的时候，首先不是回自己家，而是和一个因患矽肺病死亡的矿工的遗孀共度除夕夜。《王的记性》中的王作为一名普通工人，他似乎患了健忘症，家里的事情总是忘东忘西，可是工作上的事情，却从来没有忘记过一次。《一个小站两个人》中的老马和肖强，前后相继坚守在大戈壁中一个荒凉的小站，是把自己的青春、自己的生命都献给了国家，献给了人民。新时代的这些工业题材小说在呈现了工人优秀品质，显示出工人之间的大爱的同时，也表达了即便在市场经济时代，这些看上去默默无闻地坚守在普通工作岗位上的普通工人也依然是共和国最重要的基石。

总体来说，这一时期的工业题材小说很难用一个简单的词语进行概括，仅本书收录的这几十篇短篇小说，就题材表达内容来说，既有表现在改革浪潮中搏击的《乔厂长上任记》，也有书写三资企业、民营经济发展，开始收购国有企业的《卖厂》《最后的资本家》，还有呈现不同时代工人生存状态的《本次列车终点》《冷也好热也好活着就好》《开冲床的人》《过年》等小说，不一而足。就小说叙事的基调来说，既有改革开放初期的虽然面临诸多问题但是依然积极进取蓬勃向上的朝气，亦有在深化改革过程中对国企被兼并的现象的思考的沉郁。小说塑造的工人形象，既有改革开放时锐意进取，努力进步的青年工人，也有在市场经济大潮中艰难前行，寻找自己发展道路的下岗工人，还有在国家需要的工作岗位上不计名利不计得失默默付出的国家主人翁。当然，工业题材小说风貌的复杂显然也正说明了这一时期文学发展的繁盛——正是百花开放的文坛环境，才造就了这一时期工业题材小说的繁盛。

二

著名学者丸山升在谈论中国现代文学的时候，指出中国现代文学具有强烈的关注现实的精神，并且认为这是中国现代文学的优点。他在援引了谷崎润一郎、金子光晴、宫本百合子等几位日本学者关于中国现代文学的评论后，指出这三位学者“虽然表述方式各不相同但却把与包括文学家在内的中国人民、中华民族所处的现实‘苦斗’作为中国现代文学的最大特色来认识，并且与之发生共鸣。而且金子光晴还认为在中国现代文学这一特色中蕴含着纠正日本文学弱点的力量。关于这一点，我很想让中国的同行们知道。”① 毋庸置疑，伴随着中国现代文学成长起来的中国工业题材小说也具有这个鲜明的特点。事实上，从早期的《劳动狱》《猪仔还国记》，到后来的《春风沉醉的晚上》《路工手记》，再到后来的《乔厂长上任记》《三千万》《学习微笑》《开冲床的人》等小说，我们都可以看到，与时代共鸣，与人民共情是中国工业题材小说非常鲜明的特征，现实主义是中国工业题材小说的基本立场。

中国工业题材小说的现实主义立场首先体现在创作方法的选择上，我们明显可以看到，现实主义创作方法的选取，是工业题材小说明显的特点。如果说早期的工业题材创作还受制于时代的局限，作家没有强烈的艺术探索的意愿的话，那么，新时期以来，在一些作家积极探索艺术形式，甚至模仿现代主义手法的情况下，工业题材小说创作更多是强调采用现实主义的创作方法。新时期以来获得全国优秀短

---

① 丸山升：《关于中国现代文学研究的一己之见》，《文学评论》1989 年第 2 期。

篇小说奖的工业题材小说，无一例外，都是采用了传统的现实主义方法。这种艺术选择，或许与作家的个性有关，但是更重要的在于他们对科学社会主义学说坚定不疑的信仰，对亿万劳动人民利益的耿耿忠心，对国家和人民的高度责任感、使命感。张炯在谈到张平的作品时指出，“张平创作的可贵价值正在这里。他直面社会，直面人生，不粉饰现实，甚至把现实的疮疤揭给人们看，而这样做的目的正是为了人民和社会生活的进步。他的作品中总是充满凛然的正气，充满一种对现实负面力量的控诉，令人惊心动魄，但他又非常掌握分寸。他对正面力量必然要战胜对立面总怀有充沛的信心。因而他的作品并不灰暗，它所闪耀的亮色，总给读者以鼓舞的力量”[①]

时间证明，许多工业题材小说的作者坚持现实主义创作方法，勇于直面现实，都和张平一样，完全出于严肃的历史责任感、使命感。

工业题材小说的现实主义立场还表现在小说对时代大事的密切关注上。时代的变革，尤其是中国工业生产方式的变革，中国工人阶级的命运，中国工人的生存状况，在工业题材小说中都得到了体现。在这三卷本的工业题材短篇小说选中，从中国工业发展状况来说，我们可以看到新中国成立前资本主义国家工业对中国民族工业的冲击(《苏家布》)，新中国成立后国家工业体系的建设(《女车间主任》)，改革开放之后市场经济运行方式对传统工业生产方式的冲击(《乔厂长上任记》《小厂来了个大学生》)，以及国家进一步深化改革带来的私营企业的发展(《最后的资本家》)。从中国工人运动角度来说，我们可以从工业题材小说中看到沙基惨案(《小丰》)，看到省港大罢工(《十姑的悲愁》)，以及京汉铁路工人大罢工(《路工手记》)。从中国工人命运的变迁角度，我们可以看到最早的，在海外被资本家当作奴隶一样剥削的华工(《猪仔还国记》)，看到旧社会工人的痛苦而看

① 张炯《在张平作品研讨会上的讲话》，见：《张炯文存》第10卷湖南大学出版社，2011年1月，第483页。

不见光亮的生活（《一件寻常事》），会看到工人的觉醒与反抗（《盐场》），也会看到新中国成立之后工人们当家做主、扬眉吐气的生活（《包身工的后代》），改革开放之后工人们对新生活的追寻（《丹凤眼》《明姑娘》），煤窑工人辛劳但充满人情味的人生（《爱》《班中餐》《过年》），以及工人在市场经济大潮下重新定位人生，选择自己人生的方向（《学习微笑》）。从某种程度上讲，这三卷工业题材小说，就是一部用小说完成的中国工业发展史、中国工人命运更迭史和中国社会的发展变迁史。阅读这些小说，我们可以看到百年间中国工人命运的变迁，看到中国工业的发展历程，感受到百年来时代脉搏的跳动。

中国工业题材小说还有一个特点，即始终坚守着人民性立场。这首先表现为小说对工人生存境况的关注。在较早的《劳动狱》《猪仔还国记》等作品中就可以看到，作家总是对工人的苦难、工人的生活状况充满了关切，在工人和资本家等其他各方势力发生冲突的时候，作家总是毫不犹豫地站在工人的立场上，对资本家等进行激烈的批判。事实上，这也是百年以来工业题材小说的一个共同特点。在《工人小史》《生与死的一行列》《路工手记》《突变》《盐场》等新中国成立前的一系列小说中，针对工人生活的困苦，工人生存的艰难与无望，作家都是一方面对工人生存状况表示同情，另一方面指出导致工人生计困难的原因，并对资本家、军阀，以及相关统治者进行批判。比如《生与死的一行列》中，小说借助一个贫困劳动者的死亡，对这个时代的贫富对立，富人对穷人的压迫进行了批判，且含蓄地表示出，这个世界上的穷苦劳动者才是一家人。《盐场》中，作家虽然对老定这些劳动者的麻木进行了批判，但还是热情洋溢地歌颂了工人反抗者成和，也对破坏了盐民暴动的陆先生进行批判。显然，工人的苦难，工人生存面临的问题一直都是工业题材小说的关注对象。在新时期以来的工业题材小说中，当工人和资本方，或者领导发生矛盾的时候，作家也都是毫不犹豫地站在工人立场上。《下一站》中，青年工人面对来自香港资方代表的无理指责，可以毫不犹豫地主动辞职，以捍卫自己的尊严。小说对于工人的举动是充满理解和同情的。《女人之约》中，女工郁容秋为了获得来自各方面的尊重，主动承担起替工厂讨债的重任，最终成功让工厂度过难关，她自己却因此而患上癌症，奄奄一息。她最终的要求，只是希望厂长能兑现诺言给自己鞠一躬，让自己能够感受到真正的被尊重的感觉。但是，在她生命的最后时刻，厂长食言了。从小说书写中，可以看到作家对郁容秋这个被人误解所谓声名狼藉的女工充满了同情。

新时期以来工业题材小说中的工人形象，无论处于什么样的生存境况，大多都有自觉的国家主人翁意识。小说中对工人们国家主人翁意识的书写和呈现，其实也是小说人民性的一种表现。《学习微笑》《卖厂》等小说，书写了在20世纪90年代深化改革的背景下，工厂面临破产或者被私人企业收购的时候，工人们的生存状况，以及他们为了保护工厂做出的努力:《卖厂》中的宋师傅，为了保全工厂，他主动卖肾，来为工厂筹措发展资金;《学习微笑》中的女工刘小水，在公公去世之后，主动拒绝了厂里的救济，一家人依靠自己的努力在困境中奋起。这些小说和新时代以来的书写工人对普通岗位的坚守的小说，如《一个小站两个人》《王的记性》等互相映照，显示出中国工人无论是在多么普通的工作岗位上，都始终对国家充满感情，始终以国家主人翁自居，时刻愿意为国家做出牺牲。这种大爱精神的书写，是对中国工人的歌颂，也是小说人民性的鲜明体现。

作家的人民性立场不仅表现在对工人生存状况的关注上，还表现在他们总是以热切的目光关注着国家的发展，力图为国家发展、民族富强贡献出自己的力量。“十七年”时期的工业题材小说，作家们在热情歌颂工人们的主人翁精神的同时，其实也是在为国家未来喝彩。新时期以来书写改革的工业题材文学，比如《乔厂长上任记》

《三千万》《小厂来了个大学生》等小说，都对损害人民利益，损公肥私的相关领导人物进行批判，对主动承担重担，把国家利益、人民利益放在第一位的领导进行歌颂。《乔厂长上任记》中，乔光朴主动放弃权力大责任小的肥差，到问题重重的重型电机厂担任厂长，进行改革。原因则是，乔光朴认为，在国家发展中，重型电机厂这样的工业大厂必须承担起自己的责任，为国家的发展添砖加瓦。从乔光朴、丁猛（《三千万》）这些人物身上，我们可以看到作家强烈的社会责任感，以及对民族振兴、国家富强的期盼。当然，在这些工业题材小说中，有些作家是不自觉地带有了精英主义的立场，这一点在新中国成立前的工业题材小说中表现得尤为明显，不过，即便如此，我们也能从中看到作家忧国忧民的承担意识，以及对工人的热切关注和同情。

毫无疑问，中国工业题材小说具有鲜明的时代性、人民性和现实主义立场，这是其特点，也是其优势。从某种程度上，我们可以说，正是这些特点，成就了中国工业题材小说。工业题材小说的强烈的现实主义立场，使其总是能对社会的变化、工人生活状况的变化做出迅捷的反应，并因此而引发社会的关注。20世纪80年代，在中国工业改革艰难推进的时候，蒋子龙的小说《乔厂长上任记》横空出世，引发社会热议，也让社会对改革有了更深入的理解，对改革者有了更多的理解和支持，客观上也对中国的改革进程起到了推进作用。20世纪90年代，在国家深化改革的情况下，“现实主义冲击波”小说风靡一时，这些小说聚焦时代困境中的国有企业，聚焦面临下岗的工人，写出了对工人们的理解和同情，引发全社会的关注。毫无疑问，紧贴时代，忧国忧民，与时代同呼吸、共命运，与工人共进退，这些都是中国工业题材小说的特点，这些特点促成了中国现代文学史上的经典，如《春风沉醉的晚上》等小说的出现，也客观上促进了进步思想的传播，且给中国工业、中国社会百年来的变迁，从艺术角度留下了一个剪影。

编选本书的过程中，研究生李思妍、杨贺雯、马欢欣在帮我搜集小说资料，以及书稿文字的校对、整理方面，做了大量工作，在此一并致谢。

刘宏志

目录

我应该怎么办?

陈国凯

一

生活，对于我这个姑娘说来，是一条撒满鲜花和阳光的道路：平坦、舒心、明丽。

我虽然从小失去了双亲，但有个很好的姑妈，她一手把我抚养大。姑妈是化工研究所的工程师，一个没有结过婚的老处女。她在大学时曾经恋爱过，但由于这次恋爱严重地伤害了她的心，以后她就把情丝一刀斩断，洁身自守了。我爹妈过世后，姑妈便厮守着我过日子，她对我的爱超出了一般母亲对女儿的爱。

大概是姑妈忧郁的性格熏陶了我吧，我不像一般姑娘家那样爱唱爱跳。我喜欢安静，喜欢一个人安安静静地读书。姑妈对我管教很严。她特别注意我的行动，曾叹着气说："子君，你长得很美。但是，你美得太过分了。这是一种灾难。在生活的道路上可要特别留神！"姑妈的话是从她独特的生活经历中总结出来的。但是，我无法理解，我觉得新社会到处是阳光灿烂，党和毛主席给我们这一代安排了幸福的前程，那会有什么灾难呢！

我们的生活是这样平淡无奇、又那么舒心地过着，就像山间的流水，清清净净地流着。姑妈常常感慨地说："要不是共产党、毛主席，我们两个弱女子将不知怎么过日子了。"姑妈对党和毛主席的热爱是深刻真挚的。从我懂事时起，她就经常给我讲没有毛主席就没有新中国，就没有我们幸福生活的道理。多年之前，吝俭的姑妈用重金买了一尊用象牙雕刻成的珍贵的毛主席雕像，郑重地放在红缎子铺垫着的酸枝花几上。像下面是描金镂花的花瓶。姑妈每天下班经过花木店时，总要买点鲜花恭敬地放在毛主席像下面。晚上，我们就在毛主席慈祥眼光的注视下，愉快地学习、工作、谈家常，欣赏美妙的音乐。我还常常朗诵普希金、贺敬之的充满激情的诗歌给姑妈听。我们的生活过得是那么幸福。

一九六四年，我以优秀的成绩从大学速成班结业，分配到一间机械工厂当技术员。第二年，我被派去某省的一间大厂实习，负责培训我的是技术科的一位技术员，叫李丽文。他是前年从清华大学毕业的高材生，性格却和他的名字一样，有点女人气。他长得蛮好看，可是我觉得他缺乏男子气，有点瞧不起他。看见他腼腆的样子，我常常用挑战的眼光直盯着他，盯得他手足失措。我觉得挺开心。但有一次我却吃了他的苦头。那时，他在改革一项工艺，我帮他一起出图，由于粗心，把一条机轴线画错了，而且我竟没有按照一般的程序交给他复审，就交给工人师傅加工。后来，他拿着这根机轴来找我，脸憋得通红，气呼呼地把机轴重重地往我台上一放："是你搞的吧！简直是乱弹琴！"这样的人居然会发脾气？我吓呆了。"这是设计图纸，不是小学生的拍纸簿！就是闭着眼睛也不会出这样的差错！你这一笔画，浪费了多少工时，多少材料？这是用外汇换来的合金钢，不是洗衣板，拨火棍！"他向我开了连珠炮。我从来没被人这样训斥过，难过得流泪了。但他还在粗声粗气地诉说。我恼羞成怒一拍桌子："我不干了！"捂着脸跑出了设计组。我气得一天没吃饭，夕阳西下了，我还坐在工厂的河边林荫公园里，望着蜿蜒的河水伤心……正当我望着流水发怔的时候，他悄然来到我的身旁，低头看着我，他显然想找一句合适的词句，却很久没有说出话来。

过了好一会，他才不连贯地说："党支书批评我了。我——我不对，对兄弟厂的同志没有礼貌。原谅我好吗？"

我没答话。

"你批评我吧。"他说了这一句，又哑巴了半天，然后把一包东西放在我座位旁边，说："饭堂里买了包煎饺，我想你还没吃饭吧！"

我的心动了一下，但还是不正眼望他。他也就呆呆地站着。过了一大会，他叹了口气说："你大概是城里长大的人，不知道这种进口合金钢来之不易。我生长在渔村，假期回家常常跟家里人出海打鱼，可辛苦了！我们要用多少鱼虾才能换回这一根合金钢呀！所以，我一下子就火了。"

这些话，把我的心搅动了，我仿佛触摸到一颗鲜红透亮的心。我眼眶润湿了，然而我还是没有说话。

他站了一会，悄悄地走了。

姑娘的爱情往往是来得非常奇特的，这次偶然爆发的争吵反而成了我心灵的纽带，莫名其妙地和他联在一起了。我在他的指导下勤奋地学习，为了帮助我弄懂某个技术上的问题，他有时会耐心地解释十次。他常常为工作忙到深更半夜，我也就伴随着他。在明亮的日光灯下，在静夜的机声中，我们的心一天天靠近。终于，在一个花好月圆的夜晚，当我们身上带着机油的芳香从厂里回来时，我羞怯地向他献出了少女的心。

我永远忘不了离别的那天晚上，我们在工厂河滨公园坐到深夜，我第一次接受他笨拙的拥抱，嘴角上留下他深深的吻印……

二

初恋的生活，使人激动不安，兴奋焦心。敏感的姑妈发现爱神的箭已经射中我的心，而且知道我爱的是远在天边的人时，她深深地担忧了。问我："子君，你了解他吗？你知道他是真心实意地爱着你吗？"我说："我了解他就像了解自己一样。"姑妈叹着气道："不要把爱情看得这么天真。你们长期这样分开，怎么办呢？古话说鞭长莫及，你还是就近找一个靠得住的人，会省却许多烦恼，也让姑妈瞧着放心。"

我和姑妈产生了分歧。然而姑妈是慈祥的，她除了叹气外，并没有多加阻挠，只是忧心忡忡地注视着我们爱情的发展。

我们的感情联系方式是通信。我平均三天就发一封信。热恋着的人都希望对方的情信写得很长很细腻，希望信上每一个字都是一颗跳跃着的火热的心。但他的来信常常写得潦草，有一次他甚至要求放宽写信的密度，原因是他正在忙于搞一项重大的技术革新。我很生气，但是，当想起他工作上废寝忘餐的情景，就原谅他了。后来，他把一张印着他的照片和记述着他技革成果的报纸寄来给我，我那时的高兴心情是难以形容的。我马上拍发电报，祝贺他的成功，这张报纸也引起了我姑妈的好感。

"文化大革命"开始时，我们正处于爱情生活的高潮。对于身边进行着的急风暴雨的斗争我为之激动过，看着千千万万青年男女手持小红书如醉如狂地走上街头的壮观场景，我发自内心地赞叹，我相信这是一场毛泽东思想大普及的伟大运动，对于反修防修将有深刻的意义。但是，理想和现实很快地拉开了距离。运动迅速地从政治上的论争转入暴力行为的阶段，那种随便抄家打人抓人游斗的情景使我深为反感，而对于一夜之间成为"牛鬼蛇神"的那些干部、工人、技术人员我是深怀恻隐之心的。原先的美好愿望被扯得粉碎。我怀着恐惧的心情，担心灾难会不会降落到姑妈头上。侥幸的是，政治上的急流没有冲刷到我的家庭。姑妈是小商人家出身的知识分子，长期搞技术工作，她与人无怨与世无争，小心翼翼地做人，“文革”开始后她没有受到什么冲击。姑妈反复叮嘱我要谨慎做人，做什么事情都要给人留点余地，不要卷入漩涡之中。我感到迷茫，因此也没介入这场斗争。我实际上是“文革”运动中的逍遥派。我深深地担心我远方爱人在这场政治斗争中的命运。我比平日更焦急地盼望他的来信。从来信中我知道他仍然埋头于学问和技术的探求之中，但也常常听到他心灵上苦闷的呼喊，这种呼喊是由于他的技术事业不能像往常那样顺利进行而迸发出来的。他谈到一向支持他进行技革的老支书被揪斗，三结合的技改小组已经散台，即将成功的一项技改项目成为泡影。他难过伤心，束手无策……他这个事业心很强的技术人员在不能从事心爱事业时那种苦闷彷徨的心情我是理解的。我担心这种苦闷情绪会导致他进行于他不利的行动。心想只有热烈的爱情才能解脱他的苦闷烦愁。于是，我决定提前结婚，让他的灵魂栖息在我热烈的怀抱之中。

在一九六七年“文攻武卫”的呼声突起，爆发了“全面内战”的时候，我心爱的人来到我身边。在市区里土枪土炮的响声伴奏下，我们在姑妈和亲友面前，红着脸举起酒杯，喝了合欢酒。

这个时候，工厂里的生产实际上陷入瘫痪，工厂的党组织早已无法行使职权，两派正在热火朝天地进行着一场莫名其妙然而是你死我活的斗争。我们就在这样的特殊环境中度过几个月的新婚蜜月。结婚，使我们的感情升华到一个新的境界。但是我发现丈夫在安静中常常出现深思和呆滞的神情，他在想他的工厂，想他所从事的未竟的技术改革。甚至有时在我温存的怀抱中他还若有所思地谈起他那项技术改革将会给生产带来飞跃的情景。我这才知道：一个女人并不能百分之百地占有丈夫的心，他爱工厂、爱事业的心同样是那么深沉。

当毛主席发出了革命大联合的号召之后，工厂里的战斗逐渐停止了。到他厂里发函要他回去的时候，我已经怀孕了。

恩爱夫妻的离别总是伤心难过的，离别的前一夜，我们整夜都没有合眼，温馨的话语，像流不完的水，扯不断的线。我们兴奋地谈到将来的家庭和将要出世的孩子，为了给孩子起个满意的名字，我们细心地斟酌了好长时间，最后才确定给孩子定名为李思君。

第二天，当我顶着刺骨的寒风送丈夫到车站，望着列车在我视平线上消失之后，我的心一下子收紧了，热泪像断线的珠子那样滚落下来。

三

我在胎儿的骚动中过完了安静的几个月，离分娩不到两个月的时候，不幸的阴影突然笼罩在我头上。

他回厂后很快就给我来了一封信，信的措辞异常激烈，他谈到他们那些技革设备已被彻底破坏，看着几年来的心血成果荡然无存，他伤心落泪了。他在信中对厂里的某些掌权的“造反”人物的胡作非为表现了强烈的愤慨。从这封信开始，我就对他的处境感到担心。

一个月之后，我收到他一封措辞更激烈的信。信中描述了厂里掌权人物利用清理阶级队伍之名，大规模迫害职工群众的恐怖情景。他愤怒地谈到他有一些很好的同事莫名其妙地遭到迫害，特别使他伤心的是那位为工厂的发展立下殊勋的总机械师，他十分尊敬的长辈，竟被加上莫须有的罪名，迫害致死。他信上愤怒地说：“我不能沉默了，我要控告……”我真正担心了。这年月，正义感往往是招祸之源。我赶快给他写信，要求他来探亲，要他置身斗争的漩涡之外。这封信发出之后，我就掐着指头数日子，没有在预计的时间内接到他的回信，我焦灼得很，我拍了电报，也没有回音。不幸的预感像巨浪般向我打来。这时，本地区清理阶级队伍刚刚开始，那种随便抓人打人的可怕情景加深了我的恐怖心理。我决定去探望我下落不明的丈夫。

两天两夜的火车把我带到我丈夫的工厂，接见我的是一个飞扬跋扈的专案组长。他听了我的叙述，冷冷地说：“你丈夫是个十足的

'反革命分子'，他攻击造反派，攻击红色政权，还胆大包天整我们的黑材料，他已经落到可耻的下场。你要见他么？可以。"他从一间屋里拿出一包东西，扔给我说："不过，你来迟了一步，这个'反革命分子'已经畏罪自杀，自绝于人民了……"

我脑袋里轰的一声，失去支持身体的最后一点气力，昏过去了。我清醒过来时，发现自己被拖到一个僻静的走廊上，我没有眼泪，我不相信我的丈夫是反革命，我不相信他这个把全部心力和智慧献给社会主义建设事业的技术员是反革命！我抱着丈夫的遗物，深一脚浅一脚地走着。回到火车站，望着那在黑夜中伸延的铁轨，极度的哀伤使我产生了毁灭自己的念头。当我失神地向铁轨缓缓走去时，腹中的胎儿动了，我才意识到我对一个小生命负有责任，我木然地收住了脚步。

当我精疲力竭地回到家时，一个新的惨重打击又降落在我头上。我敲开门，想不到是一个陌生的男人站在我面前，屋里换上了新的家具杂物，我吓呆了，半天说不出话来。

"你姑妈是'特嫌分子'，已经在'牛栏'里死了，火化了。这是我们研究所的房子，组织上已经分配给我了。"接着，砰的一声，房门关上了。

我找到我姑妈的单位，才知道，我离家的第三天，姑妈被抓进"牛栏"，说她是潜伏下来的"特务"。他们下的这个荒唐的结论，是由于我姑妈一段辛酸的恋爱史构成的。姑妈年轻读大学时，曾经和一个富家子弟谈过恋爱。当她痴心地把少女的爱情奉献给他的时候，他突然抛弃了她，和一个富家小姐结婚了。并且还当面嘲笑侮辱了她。后来，这位富家子弟成了 CC 分子，以后又成为中美合作所的一位要员，解放时逃到台湾。想不到姑妈这段心酸的往事却成了她"特嫌"的"证据"，甚至荒唐到说我姑妈从此不再嫁人是为这个特务头子"守节"。姑妈身体很弱，又有严重的心脏病，经受不住这精神上和肉体上的折磨，进"牛栏"不几天心脏病暴发，去世了。

我拖着铅一样的腿离开了研究所，神思恍惚地回到我的工厂。一进办公室，看见我的办公台已被搬到一角，成为水瓶杂物的堆放场所。设计组的负责人苦笑着对我说："子君，厂清查办公室通知我们：由于你姑妈和你丈夫的关系，你已经不适于在设计组工作了。他们要你一回来就到清查办公室报到。"设计组负责人望着我呆滞的表情，不无怜悯地说："子君，你是老实人，对你的处境我是深表同情的。我曾经和清查办的人说过：想让你留在设计组边工作边交代问题，但是……"他手一摊，耸了耸肩膀，喟然长叹一声说："子君，不要难过，要保重身体，好自为之，善自为之！"

我来到清查办公室，清查办的人对我作了一番例行的训话，便递给我一块写着"反革命家属"的小牌子要我扣在胸前，标明我的身份，叫我到厂劳动大队去扫马路，并指示我每天晚上写一份交代材料和思想汇报上交。我看着胸前那块"反革命家属"的小黑牌，拿着长长的竹扫把，意识到自己沦落为社会的"渣滓"，我的心破碎了，绝望了！

我怀着将要分娩的孩子，默默地扫了半天马路，我没有眼泪，没有悲伤，接踵而来的一连串打击已经使我感觉麻木了。我像机械人那样运动着手上的扫把，只是有时胎儿的挣扎抖动，才使我觉得我还是一个生物。

黄昏降临大地，我可以放下扫把回家了。但是，我的家在哪里呢？国家的法律明确地记载着要保护劳动者的权益，保护公民的财产和人身自由，可是法律在哪里？公理在哪里？人民的民主权利又在哪里？是谁剥夺了我这个无辜的老百姓做人的权利？！

我漫无目的地在街头徘徊，将近子夜，不知不觉来到江边。望着那低吟轻唱的滔滔江水，我找到心灵和肉体都能够永远安息的地方了。

咸凉的夜风爱抚地擦弄着我的头发，迷茫的夜雾轻飘飘地润湿了我麻木的肌肤。我望了生我养我的大自然最后一眼，带着我尚未降生的胎儿，扑向江中……

四

我不知怎样又醒过来了。当我迷茫地睁开眼睛，望着那白色的窗帘，白色的床单，和室内一些医疗器械，才意识到已置身在人间的医院里，而不是海底的龙宫。

身边一位穿白罩衣的面容和善的女医生见我醒过来，轻轻地吁了口气，指着我脚边的方向说："这位同志救了你。他守着你一夜了。"

我疲乏地望去，看见旁边有个和我年纪相仿的青年人，靠着长木椅睡着了。开始，这人的影像很模糊，渐渐，影像清晰起来，我觉得这张脸在哪里见过。忽然，我记起来了，这不是我高中时的同学刘亦民么！我惊愕了。

刘亦民是码头工人的孩子，长着宽阔的肩膀和黝黑的方脸盘，他继承了码头工人粗犷的性格，是行动多于言辞的人。由于他好打不平，肯帮助弱小的同学，简直成了班里正义和公理的仲裁者。毕业后，听说他进工厂当了工人。我早就忘掉这个人了。想不到生活中有这样的奇遇，今天却在这病房里见面，居然成了我的救命恩人。

对他说来，也许救人于死难，是高尚的行为，然而，对我来说，我没有丝毫的感激之情，反而产生一腔幽怨：我已把愁思苦绪付给滔滔的东流水，而他却把我的苦难哀愁重新打捞上来！他是个好心人，然而却又是多事的人！

他醒了，发现我清醒过来，高兴地说："薛子君同志，你醒了。"

我疲乏地闭上眼睛，没有回答他的话。老同学的声音使我回忆起充满理想和抱负的学生时代。那是多么美好的岁月呀！到处是歌声笑语，欢乐和诗意。静夜，我们这些天真无邪的姑娘们，坐在校园里绿草如茵的地坪上，望着玉盘般的月亮，数着忽闪忽逝的星星，思想像长上飞翔的翅膀，飞向广袤的天穹，飞向光辉的北斗。我们用热烈的语言和理想的彩笔去描绘我们未来的灿烂生活，我们都想成为一颗闪亮的星星，永远嵌镶在祖国辽阔的天幕上，用自己的光华给祖国增添光明的画面……想不到，短短的几年时间，我理想的星星化作飞逝的灰尘，糊里糊涂地成了被社会抛弃的人！

我缓缓地睁开眼睛，只听见老同学轻轻地叹了口气说："你不应该这样对待生活。"

生活是什么？眼前的现实像一团黑雾迷茫了我的双眼，它遮蔽了阳光，隔断了青山，扼杀着生机，在我的心中投下令人窒息的沉重阴影。我有气无力地叹口气说："你也太多事了。你这不是救我，是把我重新投入苦海……"说到这里，一眶热泪迷糊了我的眼睛。

传来一阵清亮的脚步声，女医生和一个男医生来到我的身边。男的讲话了，声音温和而坚决："你们回家去吧，病人没事了。"

"让她在医院里再住几天吧，她很虚弱，又……"这是老同学的声音。男医生打断了他的话，说："不行。医院领导要她马上走，说医院不是逃避阶级斗争的场所。"

我尽管神魂恍惚，全身像海绵似的疲软，但是这句话像针一样扎进我心里。我马上挣扎着爬起来向门口走去。走到门口，几乎栽倒了。刘亦民扶着我出了医院，叫来三轮车，问我："你住在哪里？我送你回家去。"

我的家在哪里？我说："我从哪里来，你还是把我送回哪里去吧！我已经没有家了！"

他的脸上出现了复杂的表情，他沉默了一会，说："那先到我家休息几天吧！"他扶我上了三轮车，我不由自主地来到他家里。这是僻巷里一间木楼房，大概只有十来个平方。他告诉我：他的父母已经去世，就他一个人住在这里。这时，我才知道他在本市一间化工厂当值班电工。昨天晚上他下夜班，踩着自行车经过江边时，突然发现有人落水，便跳水救人。把我送到医院时，才发现他救的是过去的老同学。

他简单地问了我一些情况，便去给我张罗饭食。后来，他出去一会，有一个面容和善的老太太跟着他进来。他对我说："这是我的姨妈，是街坊组长，你有什么事情就找我姨妈好了，她住在隔壁。”说完，他收拾了一个简单的铺盖，回厂去了。他走了之后，我才发现台面上放着一叠人民币、粮票和购物证件，并留下一张简单的字条，说明这些东西是给我使用的。

这一天的境遇简直像演戏一样。精神和肉体上的过分疲乏，使我没有精力去思索它的内涵。他们走后，就关上房门，迷迷糊糊地睡了。

一阵揪心刻骨的绞痛把我弄醒之后，我被送进了妇产医院。我的婴儿提前来到了人世间。我望着这个一降落人世就失去了父亲的孤儿，瞧着那纯净得像水晶般的小眼睛时，保护儿女的母性本能地回到我身上。为了我的孩子，无论如何，我也要活下去！

五

我和亦民的关系是颇为奇特的。

孩子出生之后，他来看望我，看来他挺喜欢小孩，他抱着小孩，问起孩子父亲的情况。我才含着眼泪向他详细地讲述了自己的遭遇。

他听完我的叙述，说：“你的丈夫是个有骨气的人！”

良久，他叹了口气说：“这年头，坏人当道，好人遭殃。开头，我也是兴高采烈地参加了‘文化大革命’，但是，后来，许多老干部和平民老百姓的血和泪擦亮了我的眼睛。”他沉默了一会，接着说，“我觉得有人把这场运动搅浑，有人打着党和毛主席的旗号，其实是给党和毛主席的脸上抹黑。”

对这场政治斗争的复杂背景，我没有去深入思考过。我只是一个普通的老百姓，我现在所关心的是我的孩子如何生活下去。此时我已经到了山穷水尽、走投无路的地步；当医院将我投河的事通知我的工厂之后，按照当时的概念，自杀是属于“反革命行为”，自杀未死是要拉回单位批斗的。大概由于我们厂清查办的人还懂得一点“仁政”，并没有来追踪我的下落，也没有抓我回去批斗，只是做出决定：将我开除出厂。我没有工作，没有亲人，没有家庭。我目前唯一能依靠的就是面前这位中学时的同学。我和孩子的命运都在他手里，只要他说一声："请你出去。"我和孩子就要流落街头，去讨饭行乞。他好心地救了我，并不对我负有任何保护责任。

我们相对无语，默然地坐着，我仿佛像站在被告席上的囚犯，等待他的判决。

他好像猜到我的心事，说话了，声音不高但很坚决："不要担心，在我这里住下去吧，直到你找到工作时为止。这段时间你和孩子的生活费用就由我来负担。"

我控制不住地哭了起来。

他安慰我说："别难过，总有一天，乌云会过去，太阳会重新出来的。"

平心而论，我实在不愿成为一个陌生男人身上沉重的负担。但除此之外，我又有什么路可走呢？

他这样一个收入不高而且尚未成家的青年为什么愿意对他并不十分了解的孤儿寡妇做出这么慷慨的牺牲？是出于对人命运的深刻同情还是由于一时感情冲动的好义勇为？他不知道收留一个"反革命家属"会给他带来政治上、精神上和物质上的沉重负担么？经过一段长时间的沉默之后，我含着泪颤声地问："你为什么要收留我这样的人呢？"

"为什么？"他愣住了，想了一会，才说："你问为什么，我也说不上来，不过，你一问，倒使我想起一个故事。"他沉默了一会说，"我爹在世时，曾多次和我说过这样一件事：有一次，他病了。按当时码头老板的规定：固定的搬运工因病三天不上班就要除名，但是到第四天，老板唱名的时候，却有人顶了我爹的名字去开工，并且将得来的工钱交给我爹治病，直到他病好上工。这个人是我爹的工友，夜班的搬运工。为了我爹能活下去，这十天时间，他每天做两个班的苦力活。我想，这就是我们的阶级，我们的阶级感情。老一辈无产者在那灾难深重的岁月里就是这样手挽手肩并肩地走过来的。”说到这里，他粗犷的脸盘上凝集着深沉的感情。

“我相信你是无辜的受害者。”他补上一句。

我从这位普通工人平淡无奇的语言里，看到老一辈无产者的道德继承。现在由于某种邪恶势力的推动，使自己阶级营垒里许多人盲目地自相残踏的时候，这个码头工人儿子的出现，仿佛在我阴冷的心头升起了一颗闪耀的明星，使我看到力量，看到光明。

从此，我们之间就形成了很特殊的关系。我们非亲非友，他却负担了我和孩子的全部生活费用。每月发工资那天，他就按时送钱来。他工资收入不高，每月只给自己留下二十元，其余就全部交给我。他住在工厂的单身宿舍里，星期天照例来看看我和孩子。我省吃俭用，常常想星期天弄点好菜招待我的“恩人”吃饭，但是他不吃，叫我把好菜留给孩子吃。我叫他把换下来的衣服留到星期天带给我洗，他笑着摇摇头，说，他自己有一双劳动惯了的手。他每次来，坐的时间都不长，和孩子玩了一会就走了。他给予我们母子那么多，然而却从来没有要我为他做过一件小事。我有时望着他匆匆离去的魁梧身影，竟难过得哭了。

我们这样出奇地过了两年时间，他每月送生活费来时，总是不声不响地夹在写字台下面，从来不当面交给我。我体会到他这种细心：他是不给我造成任何寄人篱下的印象。每当他走后，我从玻璃板下取出他辛勤劳动的代价，想到自己是被社会抛弃的“废物”时，我又禁不住流泪了。

这两年时间，我不知道自己是怎样过来的。我曾试图去找工作，希望有自立的机会，但是，有哪个单位肯收容我这个“反革命家属”呢？我的一切努力都徒然。不但找不到工作，而且全靠亦民姨妈这个街坊组长的保护，我才没有列入街道“五类分子”的行列，遭受政治上的凌辱。

孩子已经会唱歌了，聪明伶俐，像他爸爸，很招人爱。亦民挺喜欢他，他也喜欢亦民。星期天亦民一来，他就缠着不让他走。有一次，无知的孩子冲口说出这样的话："叔叔，别走了，你和妈一道住。"我羞得跑进房去，亦民对孩子说了一声："胡说八道。"就抱着孩子出去了。不知道为什么，孩子偶然说的这句话却像刀一样刻在我心上，常常搅乱我的心，但是仔细一想，这又是不可能的事。我认为：像亦民这样好的人，他应该得到世界上最美满最幸福的爱情，而不是我们这孤儿寡妇。

亦民从来没和我谈他的个人生活。我是在一个偶然的场合知道他也有过一段辛酸的恋爱史。一天，我在街上碰见一位中学时的同学，他是亦民比较要好的朋友。他对我的命运表示了深切的同情，谈着谈着，谈到亦民。原来，亦民曾经和一个姑娘恋爱过，这姑娘是我过去的同班同学，两个人的关系已经定了下来。但是"文化大革命"一来，两个人忙着去"造反"，拖迟了婚期，再后来，亦民退出了造反组织，他的对象却成了造反派的头头，还当上单位里"长"字号的人物，于是就一脚把工人刘亦民踢开，和一个比她官儿大的"头头"结婚了。这还不算，还搞了个揭发材料到亦民厂里，说亦民政治上不可靠。幸亏亦民出身好，加上又曾经当过"造反战士"，因此厂里也没怎么奈何他。这事很伤了亦民的心，他说发誓不找老婆了。这个同学谈到这里，当街就骂了起来："这种女人不是人，是祸水，是畜牲！要是我在街上碰见她，准当面给她两刮子！"

从亦民的行动迹象看来，他确实没有对象，我曾经多方打听我中学时代女同学的情况，希望能在婚姻问题上为亦民帮点忙。但这些努力都落空了，那些姑娘有的下落不明，有的已经出嫁，有一些则是我听见都害怕的"峥嵘"人物。真是心有余而力不足。

晃眼三年过去了。时间已经推延到一九七一年。我渐渐发现亦民的心理上有了一些变化。他还是老样子，每月送生活费来，星期天来转一圈，逗孩子玩一会儿，又走了。但是他在我面前表现得不像过去那样固执。有一次，我见他上衣破了个小口子，要求他脱下来让我缝，他没反对。缝的时候，他腼腆地瞧着我做针线，当我抬起头来，两个人眼光碰在一起，他突然脸红了，迅速把眼光避开了。最细的是女人的心，他这种表情使我预感一种什么新的东西可能渗进我们的生活里，我的脸也热辣辣起来。

亦民每月给我的生活费，我都省吃俭用，除了保证孩子发育所必需的营养，我一块酱豆腐一根咸菜也分作两餐吃，因此我每月都能省下一点钱，三年，我已经给亦民积下一笔为数相当可观的钱，我想：万一亦民结婚或者他有什么急用时，可以把这笔钱交给他。有时，我试探着要给他添置一点衣物，他不同意。但是，最近我发现他袜子破了，偷偷地给他买了对尼龙袜子，星期天出来时，我拿给他，他却高高兴兴地穿上了，这种变化使我的感情上产生了新的东西，我觉得应该把他的生活管起来。我偷偷地记下了他的肩宽、身高等尺寸，有计划地给他添置一点衣物。有一个星期天，我把经我精心裁剪缝制出来的一件漂亮的涤卡上装捧到他面前，他愕然地问：“你哪来这么多钱?”我笑着说：“反正羊毛出在羊身上，不是偷来抢来的。你试穿穿，看合不合适。”我亲自给他披在身上，他没有反对，当我亲手给他扣上扣子时，他的脸红得像柿子，低声地说：“子君，谢谢你了。”

“如果这也要谢，那我怎么谢你呢。”我难过地说，“都相处三年了，你还那么客气。”我不知道为什么，眼泪掉了下来。亦民看着我这个样子，突然激动地握住我的手，我的心怦怦地跳了起来。但这只是几秒钟的时间，他又恢复了常态，抱起孩子吻了吻，出门去了。他是个自制力很强的人。

我发现自己处于恋爱之中，我爱他，真心实意地爱他，我甚至愿意为他去赴汤蹈火，虽然生活的折磨、尘世的风霜并没有摧毁我的容颜，但我毕竟是有过孩子的人哪……自从我发现亦民心理上的变化之后，我的灵魂就在呼喊、在搏斗，我不知如何处理自己的感情。

九月下旬，亦民发工资那天，一直下雨，我想他不会来了。晚上八点钟，孩子睡着了，忽然有人敲门，是亦民。他披着雨衣站在门口，外面哗哗地下着大雨。我急忙把他迎进来，他边脱雨衣边说："今天厂里开大会，来迟了。"他满面红光，喜气洋洋地说："告诉你一个特大喜讯：林彪完蛋了！"他从怀里掏出一瓶酒，兴高采烈地说："为了欢送这群法西斯匪徒去见希特勒，今天我和你痛痛快快地干两杯！"

这些年月，我基本上处于与世隔绝的状态，这个消息来得太突然了，我还来不及思索这件事情的意义，但亦民的狂喜情绪感染了我，我急忙去拿酒杯去了。

"乌云过去了，天快放晴了，受尽林彪这伙法西斯匪徒凌辱迫害的老百姓该有个出头的日子了！——子君，你喝一杯。"他把满满的一小杯酒推到我面前。我不会喝酒，但是看着他那高兴的样子，我不能不喝。三年了，我们从来没面对面坐着喝过一杯酒，吃过一顿饭，这个古怪的人！

一杯酒喝下去，我呛得咳起来，咳得我眼泪汪汪。亦民定神地瞧着我，脸上突然掠过一阵激动的表情，他低声说了一句："子君，你真美！"

我羞怯地低下头，脸热到耳根，三年来，我第一次听见他对我的评价，恐怕也是他对我第一次爱的表白。窗外雨在哗哗地下着，风在门外吹着哨子，大地热烈而欢快地喧闹着，这是很容易动感情的时刻，我低着头，等待他进一步讲下去。但他的表情很快平静了，他转过话头，又谈到林彪和他那帮乌龟王八的罪恶行径。他边喝边谈，好像要把满肚子的话连同他的欢乐都倒给我似的。他一气谈了一个多钟头，他三年来和我讲的话加起来恐怕也没有他今晚讲得这么多。他的情绪强烈地感染了我，望着他有棱有角的好看的嘴唇、清澈明亮的眼睛，我忽然联想到我的亡夫，不！他比我的亡夫更坚强自信，心灵更加厚实，这个工人身上有着一种令人叹服令人崇拜的高贵品质，他是个认定了目标就会百折不挠地走下去的人。跟着这种人，就是弱者也会感到有力量……

正当我沉湎在一种幸福的遐思中的时候，他的话讲完了。他看看手表，站了起来，瞧着我轻声地说：“我回厂去了。”

我从遐思中惊醒，一看表，九点半了，雨还在没完没了地下着。我多么希望他留下来呀，话到唇边，脸一热，说不出口，我只是喃喃自语地说：“雨下得这么大……”

他略为迟疑了一会，终于去抓雨衣，慢慢地披在身上，向房门走去。

一股热血涌到我的头上，我靠在门边，炽热的感情把我的脸烧得通红。我望着脚尖，断断续续地说：“亦民，你——你别走了。如果，如果你需要我的话。”我声音低得几乎只有自己才能听见。

一阵短暂的沉默。突然，传来雨衣被丢到一角的声音，紧接着，一双粗壮有力的大手紧紧地把我抱住了……

六

生活，又梦幻似的揭开了新的一页。我和亦民结婚了。

我们的婚后生活过得十分和谐幸福，我偿清了我良心上的欠债，把整个心，全部热情都交给了亦民。

结婚时，我清理房子，我要把嵌在玻璃板下的我和丽文的结婚照片取下来。我知道有些男人是很忌讳这些东西的。有些人和再婚的女人成家之后，总希望妻子将前夫的东西连同印象一起抹掉，不愿留下一点痕迹。亦民虽然不是这种人，但这张结婚照放在新房里太显眼了。亦民发现我去取照片，阻止我：“放着吧。他是挺有骨气、挺勇敢的人，我尊敬他。也希望你能永远怀念他。”

我委婉地说：“孩子渐渐懂事了，他知道了会在他心中留下伤痕的。”

亦民说：“不要瞒着孩子，应该让孩子从小就懂得恨和爱。孩子知道他爸爸被林彪这伙人害死的，就会更热爱党，热爱社会主义，会成熟得更快些。一个人，不懂得恨，就不知道爱。”

我感动得低声地哭了。亦民轻轻地抚着我的肩膀说：“子君，不要哭了。这些年，林彪一伙使中国人民付出的代价太多了。我们需要的不是眼泪而是学习和斗争，振作起来吧！你是个有技术专长的人，将来还是有用武之地的。”他沉默一会又说：“这几年，我们很多时间都在碌碌无为中过去了，以后我们建立起家庭学习制度，你当我的老师，教我数理化。”他俏皮地一笑：“你在中学时，就是班里的学习干事，高材生，又在大学喝过几瓶墨水，当我的老师绰绰有余了，对吗，子君老师？”

亦民俏皮的话，说得我破涕为笑了。

婚后不久，亦民果然找来了一些数理化书籍。在明亮的灯光下，我们促膝而坐重温旧课。在我们夫妻的关系上又加上一层新型的师生关系，豪爽的丈夫在我面前乖得像个大孩子，聚精会神地听我给他讲解习题。有时他还和我一起研究他搞的技革方面的事儿。我们的家庭生活过得是那样充满乐趣。孩子很爱他的后父，而亦民对孩子的感情甚至超出一般的父亲对儿子的爱。

结婚之后，我和孩子已经不算是“反革命家属”了。我在亦民厂里当了临时工。虽然工资只有三十元左右，但家庭的经济状况大大好转了。每天，我和亦民一起上班下班，夫妻相敬如宾，家务事我一手包了，我用一切心力使亦民和孩子生活得舒服愉快。

亦民是电工班的班长，工作做得很出色，是厂里学大庆的标兵。但是使我担心的是他的为人过于刚直，喜欢品抨时政，在家里，他常常以鄙视的口气谈到江青：“一个臭戏子当上了中央委员还不自量，居然想骑在老帅们的头上拉屎屙尿，其实这个人和林彪是一路货。中国很多事情就坏在这类奸臣手上。”我常劝他：“我们这些老百姓对政治上的事儿还是少过问为好。”对我这些劝告，他不表示赞同，喟然长叹一声：“中国的封建落后的东西太多了，根深蒂固。”

转眼间到了一九七五年，由于党的政策开始落实，我们的家庭也有了新的变化，亦民由于工作上的出色成绩，被提升为工段长。他搞的一项重大技革项目还登了报。这里面也有我的一份心血。由于厂党委的关怀，我从临时工转为固定工，并调到机械车间技术组工作。经过这些年的波折，毛泽东思想的灿烂阳光又暖烘烘地照在我身上，照亮了我们的家庭。我感到难过和叹息的是，丽文和姑妈没有活到今天，要是他们还活着，在这贯彻三项指示，把国民经济搞上去的火红年月，他们该做多少工作呀！

这年秋天，我怀孕了，我激动，兴奋，亦民也高兴得不得了。他坚持把家务包起来，让我休息。他是个很能体贴妻子的人，根据亦民的提议我们给未来的孩子起名刘爱君。

北风一起，冬日来临，气候变了，所谓“反击右倾翻案风”的运动开始了，一场新的政治斗争风暴又蔓延全国。许多地方工厂停工，铁路不通。由于铁路不通，厂里缺煤，生产一天天走下坡路，人们激发起来的满腔热情和希望被泼上一盆冷水，群众的情绪焦躁不安。一九七六年一月，周总理逝世，天柱倾折，而报纸上却天天在指桑骂槐；人们的心被巨大的悲痛和愤怒压住了。

这段时间，我明显感觉到亦民的变化，他变得很沉默，常常一个人出神，有时脸色很难看。我预感到我们的生活中将有什么新的事情发生。我有时问他在想什么，他又无法明确地说出来，只是用激烈的言辞品评时政。有一次很晚了，他回到家里，我问他到哪里去了，他没有正面回答我的问题，却从书包里掏出一本打印的东西递到我面前。我一看，是一本《右倾翻案言论集》，上面辑录了邓小平同志和国务院其他领导同志的讲话，这本东西是上海某单位复印的。他对我说：“你看看吧：邓老伯的话代表了人民的呼声，而人民的呼声是批不倒，打不倒的。”

这本“反面教材”我一口气地读完了，它强烈地拨动了我的心弦。一个刚直不阿，敢于为人民说话的老革命家的伟大形象，像丰碑一样矗立在我的面前，我似懂非懂地揣想着这场斗争的性质……

亦民安静地睡着了。我望着他剑一样的眉毛，英俊的脸孔，心里默默祝愿，祝愿这场斗争不致给我们的家庭带来不幸……

但是，一场可怕的灾难终于又降落到我头上。清明节后的第三天，市公安机关一辆黑色小汽车开到厂里，我接到电工班师傅打来的电话，说亦民被捕了，顿时像五雷轰顶，手上的听筒卜的一声掉在地上，当我回过神来，便没命地向厂门口跑去。我看见我心爱的丈夫手上戴了手铐，两个穿白制服的公安人员押着他，他昂然地走着，后面跟着一大群围观的人群。

我扑向我的丈夫，泪如雨下。

亦民像一尊石雕那样森严地站立着，他声音很坚定："子君，不要怕，我没有罪！要保重身体，带好孩子，我会回来的！"

我昏过去了。当我醒过来时，亦民已经押走了。同时被抓的还有经常和他在一起的几个工人。

事后，我才明白，我丈夫被抓，是因为他在清明节时，参加了悼念周总理的活动，在市中心区写了"谁狗胆反对我们敬爱的周总理，就打倒谁"的大标语。还写了一首题为《怒斥白骨精》的影射江青的诗。这就构成了"反革命罪行"，锒铛入狱了。

回到家里，我望着丈夫布置起来的周总理灵位，我心头痛苦地呼喊："总理，您在哪里……"

我又一次成了"反革命家属"！

七

一九七六年十月的金风驱散了万里阴霾妖雾。党中央一举粉碎了"四人帮"，挽救了党，挽救了国家，挽救了人民，也挽救了我们一家。十月之前，我日夜为我丈夫亦民的生死担忧，不知流了多少泪。"四人帮"一倒台，我的心定了。我这些年来的辛酸遭遇终于找到了答案。我明白了：是万恶的林彪、"四人帮"给像我这样千千万万的普通老百姓带来深沉的灾难！

我相信我无罪的丈夫会很快释放回来的。我激动得流下了眼泪。

在全国人民狂欢的日子里，我正坐月子。我托人给监狱里的亦民送去了两瓶酒，这个时候，我知道他是迫切需要酒的。

然而，我眼巴巴地望了一个月，亦民还没有回来。我抱着刚满月的小女儿到监狱探望丈夫。

在监狱里，我望着丈夫，他瘦多了。几个月的铁窗生活，给他的脸上留下苍白的印记，然而他精神饱满，神采奕奕。亦民第一次看见他的骨肉，高兴得像个孩子似的，又摸她的头又弄她的腿。他眉开眼笑地说："孩子，你生得正是时候，你们这一代大概不会像你父母这一代那样多灾多难了。"他问我："为什么不带思君来呢？我真想他。"

我难过地说："我不愿让孩子幼小的心灵里留下阴影和创伤。"

亦民笑道："应该让孩子知道多一点嘛！要让孩子知道：在林彪、'四人帮'横行时，我们有一些无产阶级专政机关曾经一度成为对无产阶级实行专政的工具！这个教训，不但我们这一代，而且我们子孙后代都要记住！"

我希望他这类话不要再讲下去，他却微笑着说："怕什么！'四人帮'一伙的台词已经念完了，现在是人民说话的时候了。"他感情深沉地说，"子君，这段时间你辛苦了。"

听了这句话，我禁不住潸然泪下。

日思夜盼了几个月，一个阳光明丽的下午，亦民被宣告无罪，出狱回家了。他一到家，抱着两个孩子狂吻了一番，便拿起酒瓶上街买酒。他说："今天要买点好酒，备点好菜，痛痛快快地吃个团圆饭。"他欢快地下楼去了。

小爱君睡着了，我正准备把亦民从监狱里带回来的衣服洗干净。突然传来了敲门声，怎么亦民这么快就回来了？我去开门，门一开，一个陌生人站在面前。这人戴着一副厚厚的眼镜，头发过早地花白了。脸上一道道可怕的疤痕，上嘴唇皮可怕地裂开了。他这副脸相，要是在静夜的马路上碰见，我会惊骇地叫起来的。

“你找谁？”我心怀恐惧地问。

这人眼睛直瞧着我，脸上突然出现可怕的痉挛，他用一种浑浊变态的声音说：“子君，我是丽文呀！”

像一道电击掠过我的头顶，像一声沉雷在我的心中爆炸，我吓呆了，靠在门边，半天说不出话来。

“丽文，你说真话，你究竟是人还是鬼？”我哆嗦着问。

“你这话是什么意思？”他显然是大惑不解，怔住了。

“他们说你自杀了！”我牙齿打战，流着泪结结巴巴地简单地述说那段伤心的往事，他的脸上又出现一阵阵可怕的痉挛，听完我的述说，他咬牙切齿地说：“他们那时确实是以为我已经死了，我是黄泉路上爬回来的人哪！当初，我揭发了这些杀人犯的罪恶行为，这些禽兽就捏造我的罪名，把我打成反革命，把我抓进‘牛栏’，用惨重刑罚来对付我：用杠压、用链条抽、用冰水灌、用电烙铁把我的脸上身上烫成这个样子，我一天一夜不省人事，这群狗东西以为我已经死了，就把我拖到工厂附近的火车轨上，制造自杀的假象。有一个好心的工人救了我，偷偷地把我送进医院，后来，他们知道后，又把我从医院送进监狱。在监狱里整整关了八个年头。直到最近我才从监狱里出来。”

我看着前夫脸上一块块可怕的疤痕，可怜的人，使我心碎的人，这些年头他吃了多少折磨多少苦呀！

“你为什么一直不给我写一封信呢？”我哭了！

他叹了口气：“八年了！他们剥夺了我言论和行动的自由，我往哪里写信呢？我一出狱，就给你单位拍了电报，没收到回音，我就专程赶来了。一打听，才知道你搬到这里来了。”他的眼眶里转动着泪花，激动得脸上的疤痕泛着红光，就像长期生活在孤岛的人遇见了救生船一样。

往昔的恩爱夫妻、八年的辛酸怀念、看见丈夫死而复生的狂喜心情，汇合成一股情感的巨浪向我扑来，我只觉得浑身软绵绵轻飘飘，仿佛像一叶飞舟装载着我的心，在浪花飞溅的大海里飞奔，被感情巨涛推向峰顶，我恨不得马上扑到我的丽文跟前，用我的双手，去抚平那被林彪、“四人帮”刻毒地留在他脸上的残疤，用温柔慰藉去洗涤他心头带血的伤痕，让他那受尽苦难辛酸的归来的灵魂栖息在我温暖的怀抱里。

“子君，八年了。在那苦难的岁月中，我无时无刻不在想念你和孩子。也许因为心上搁着你和孩子，我才能支撑着活到今天。万恶的林彪、‘四人帮’使我们家散人离，党中央又让我们苦难夫妻团圆了。”他激动地张开两臂，我控制不住感情，一头扑到他的怀里失声痛哭起来。

楼梯上传来清亮熟悉的脚步声，又一个丈夫亦民回来了。我像触了电似的，一下挣脱出丽文的怀抱，我的心像一下子给人撕裂了两半！

天哪！我应该怎么办？

一九七八年十二月

原载《作品》1979年第2期

荣获“1979年全国优秀短篇小说奖”

乔厂长上任记

蒋子龙

“时间和数字是冷酷无情的，像两条鞭子，悬在我们的背上。

“先讲时间。如果说国家实现现代化的时间是二十三年，那么咱们这个给国家提供机电设备的厂子，自身的现代化必须在八到十年内完成。否则，炊事员和职工一同进食堂，是不能按时开饭的。

“再看数字。日本日立公司电机厂，五千五百人，年产一千二百万千瓦；咱们厂，八千九百人，年产一百二十万千瓦。这说明什么？要求我们干什么？

“前天有个叫高岛的日本人，听我讲咱们厂的年产量，他晃脑袋，说我保密！当时我的脸臊成了猴腚，两只拳头攥出了水。不是要揍人家，而是想揍自己。你们还有脸笑！当时要看见你们笑，我就揍你们。

“其实，时间和数字是有生命、有感情的，只要你掏出心来追求它，它就属于你。”

——摘自厂长乔光朴的发言记录

出山

党委扩大会一上来就卡了壳，这在机电工业局的会议室里不多见，特别是在局长霍大道主持的会上更不多见。但今天的沉闷似乎不是那种干燥的、令人沮丧的寂静，而是一种大雨前的闷热、雷电前的沉寂。算算吧，“四人帮”倒台两年了，一九七八年又过去了六个月，电机厂已经两年零六个月没完成任务了。再一再二不能再三，全局都快要被它拖垮了。必须彻底解决，派硬手去。派谁？机电局闲着的干部不少，但顶戗的不多。愿意上来的人不少，愿意下去，特别是愿意到大难杂乱的大户头厂去的人不多。

会议要讨论的内容两天前已经通知到各委员了，霍大道知道委员们都有准备好的话，只等头一炮打响，后边就会万炮齐鸣。他却丝毫不动声色，他从来不亲自动手去点第一炮，而是让炮手准备好了自己燃响，更不在冷场时赔着笑脸絮絮叨叨地启发诱导。他透彻人肺腑的目光，时而收拢合目沉思，时而又放纵开来，轻轻扫过每一个人的脸。

有一张脸渐渐吸引住霍大道的目光。这是一张有着矿石般颜色和猎人般粗犷特征的脸：石岸般突出的眉弓，饿虎般深藏的双眼；颧骨略高的双颊，肌厚肉重的润脸；这一切简直就是力量的化身。他是机电局电器公司经理乔光朴，正从副局长徐进亭的烟盒里抽出一支香烟在手里摆弄着。自从十多年前在“牛棚”里一咬牙戒了烟，从未开过戒，只是留下一个毛病，每逢开会苦苦思索或心情激动的时候，喜欢找别人要一支烟在手里玩弄，间或放到鼻子上去嗅一嗅。仿佛没有这支烟他的思想就不能集中。他一双火力十足的眼睛不看别人，只盯住手里的香烟，饱满的嘴唇铁闸一般紧闭着，里面坚硬的牙齿却在不断地咬着牙帮骨，左颊上的肌肉鼓起一道道棱子。霍大道极不易觉察地笑了，他不仅估计到第一炮很快就要炸响，而且对今天会议的结果似乎也有了七分把握。

果然，乔光朴手里那支珍贵的“郁金香”牌香烟不知什么时候变成一堆碎烟丝。他伸手又去抓徐进亭的烟盒，徐进亭挡住了他的手：“得啦，光朴，你又不吸，这不是白白糟蹋吗！要不一开会抽烟的人都躲你远远的。”

有几个人嘲弄地笑了。

乔光朴没抬眼皮，用平稳的显然是经过深思熟虑的口吻说：“别人不说我先说，请局党委考虑，让我到重型电机厂去。”

这低沉的声调在有些委员的心里不啻是爆炸了一颗手榴弹。徐副局长更是惊诧地掏出一支香烟主动地丢给乔光朴：“光朴，你是真的，还是开玩笑？”

是啊，他的请求太出人意料了，因为他现在占的位子太好了。“公司经理”——上有局长，下有厂长，能进能退，可攻可守。形势稳定可进到局一级，出了问题可上推下卸，躲在二道门内转发一下原则号令。愿干者可以多劳，不愿干者也可少干，全无凭据；权力不小，责任不大，待遇不低，费心血不多。这是许多老干部梦寐以求而又得不到手的“美缺”。乔光朴放着轻车熟路不走，明知现在基层的经最不好念，为什么偏要下去呢？

乔光朴抬起眼睛，闪电似的扫过全场，最后和霍大道那穿透一切的目光相遇了，倏地这两对目光碰出了心里的火花，一刹那等于交换了千言万语。乔光朴仍是用缓慢平稳的语气说：“我愿立军令状。乔光朴，现年五十六岁，身体基本健康，血压有一点高，但无妨大局。我去后如果电机厂仍不能完成国家计划，我请求撤销我党内外一切职务。到干校和石敢去养鸡喂鸭。”

这家伙，话说得太满、太绝。这无疑是一些眼下最忌讳的语言。当语言中充满了虚妄和垃圾，稍负一点责的干部就喜欢说一些漂亮的多义词，让人从哪个方面都可以解释。什么事情还没有干，就先从四面八方留下退却的路。因此，乔光朴的“军令状”比它本身所包含的内容更叫霍大道高兴。他激赏地抬起眼睛，心里想，这位大爷就是给他一座山也能背走，正像俗话说的，他像脚后跟一样可靠，你尽管相信他好了。就问：“你还有什么要求？”

乔光朴：“我要带石敢一块去，他当党委书记，我当厂长。”

会议室里又炸了。徐副局长小声地冲他嘟囔：“我的老天，你刚才扔了个手榴弹，现在又撂原子弹，后边是不是还有中子弹？你成心想炸毁我们的神经？”

乔光朴不回答，腮帮子上的肌肉又鼓起一道道肉棱子，他又在咬牙帮骨。

有人说：“你这是一厢情愿，石敢同意去吗？”

乔光朴：“我已经派车到干校去接他，就是拖也要把他拖来。至于他干不干的问题，我的意见他干也得干，他不干也得干。而且——”他把目光转向霍大道，“只要党委正式做决议，我想他是会服从的。我对别人的安排也有这个意见，可以听取本人的意见和要求，但也不能完全由个人说了算。党对任何一个党员，不管他是哪一个级别的干部，都有指挥调动权。”

他说完看看手表，像事先约好的一样，石敢就在这时候进来了。猛一看，这简直就是一位老农民。但从他走进机电局大楼，走进肃穆的会议室仍然态度安详，就可知这是一位经过阵势，以前常到这个地方来的人。他身材短小，动作迟钝。仿佛他一切锋芒全被这极平常的外貌给遮掩住了。斗争的风浪明显地在他身上留下了涤荡的痕迹。虽然刚交六十岁，但他的脸已被深深的皱纹切破了，像个胡桃核。看上去要比实际年龄大得多。他对一切热烈的问候和眼光只用点头回答，他脸上的神色既不热情，也不冷淡，倒有些像路人般的木然无情。他像个哑巴，似乎比哑巴更哑。哑巴见了熟人还要呀呀咿咿地叫喊几声，以示亲热；他的双唇闭得铁紧，好像生怕从里边发出声音来。他没有在霍大道指给他的位子上坐下，好像不明白局党委开会为什么把他找来，随时准备离开这儿。

乔光朴站起来："霍局长，我先和老石谈一谈。"

霍大道点点头。乔光朴抓住石敢的胳膊，半拥半推地向外走。石敢瘦小的身材叫乔光朴魁伟的体架一衬，就像大人拉着一个孩子。他俩来到霍大道的办公室，双双坐在沙发上，乔光朴望着自己的老搭档，心里突然翻起一股难言的痛楚。

一九五八年，乔光朴从苏联学习回国，被派到重型电机厂当厂长，石敢是党委书记。两个人把电机厂搞成了一朵花。石敢是个诙谐多智的鼓动家，他的好多话在"文化大革命"中被人揪住了辫子，在"牛棚"里常对乔光朴说："舌头是惹祸的根苗，是思想无法藏住的一条尾巴，我早晚要把这块多余的肉咬掉。"他站在批判台上对造反派叫他回答问题更是恼火，不回答吧态度不好，回答吧更加倍激起批判者的愤怒，他曾想要是没有舌头就不会有这样的麻烦了。而和他常常一起挨斗的乔光朴，却想出了对付批斗的"精神转移法"。刚一上台挨斗时，乔光朴也和石敢一样，非常注意听批判者的发言，越听越气，常常汗流浃背，毛发倒竖，一场批判会下来筋骨酥软，累得像摊泥。挨斗的次数一多，时间一长就油了。乔光朴酷爱京剧，往台上一站，别人的批判发言一开始，他心里的锣鼓也开场了，默唱自己喜爱的京剧唱段，以转移自己的注意力。此法果然有效，不管是几个小时的批斗会，不管是"冰棍式"，还是"喷气式"，他全能应付裕如。甚至有时候还能触景生情，一见批判台搭在露天，就来一段"我正在城楼观山景，耳听得城外乱纷纷……"。他得意扬扬地把自己的经验传授给石敢，劝他的伙伴不要老是那么认真，暗憋暗气地老是诅咒本来无罪的舌头。无奈石敢不喜好京剧，乔光朴行之有效的办法对他却无效。一九六七年秋天一次批判会，台子高高搭在两辆重型翻斗汽车上，散会时石敢一脚踩空，笔直地摔下台，腿脚没伤，舌头果真咬掉了一块。他忍住疼没吭声，血灌满了嘴就咽下去。等到被人发现时已无法再找回那半个舌头。从那天起，两个老伙伴就分开了。石敢成了半哑巴，公共场合从来不说话。治好伤就到机电局干校劳动，局里几次要给他安排工作，他借口是残废人不上来。“四人帮”倒台的消息公布以后，他到市里喝了一通酒，晚上又回干校了，说舍不得那大小“三军”。他在干校管着上百只鸡，几十只鸭，还有一群羊，人称“三军司令”。他表示后半辈子不再离开农村。今天一早，乔光朴派亲近的人借口有重要会议把他叫来了。

乔光朴把自己的打算，立“军令状”的前后过程全部告诉了石敢，充满希望地等着老伙伴给他一个全力支持的回答。

石敢却是长时间的不吭声，探究的、陌生的目光冷冷地盯着乔光朴，使乔光朴很不自在。老朋友对他的疏远和不信任叫他心打寒战。石敢到底说话了，语音低沉而又含混不清。乔光朴费劲地听着：

“你何苦要拉一个垫背的？我不去。”

乔光朴急了：“老石，难道你躲在干校不出山，真的是像别人传说的那样，是由于怕了，是‘怕死的杨五郎上山当了和尚’？”

石敢脸上的肌肉颤抖了一下，但毫不想辩解地点点头，认账了。这使乔光朴急切地从沙发上跳起来替他的朋友否认：“不，不，你不是那种人！你唬别人行，唬不了我。”

“我只有半个舌……舌头，而且剩下的这半个如果牙齿够得着也想把它咬下去。”

“不，你是有两个舌头的人，一个能指挥我，在关键的时候常常能给我别的人所不能给的帮助；另一个舌头又能说服群众服从我。你是我碰到过的最好的党委书记，我要回厂你不跟我去不行！”

“咳！”石敢眼里闪过一丝痛苦的暗流，“我是个残废人，不会帮你的忙，只会拖你的手脚。”

“石敢，你少来点感伤情调好不好，你对我来说，重要的不是舌头，你有头脑，有经验，有魄力，还有最重要的——你我多年合作的感情。我只要你坐在办公室里动动手指，或到关键时候给我个眼神，提醒我一下，你只管坐镇就行。”

石敢还是摇头：“我思想残废了，我已经消耗完了。”

“胡说！”乔光朴见好说不行，真要恼了，“你明明是个大活人，呼出碳气，吸进氧气，还在进行血液循环，怎说是消耗完了？在活人身上难道能发生精力消耗完的事吗？掉个舌头尖思想就算残废啦？”

“我指热情的细胞消耗完了。”

“嗯？”乔光朴一把将石敢从沙发上拉起来，枪口似的双眼瞄准石敢的瞳孔，“你敢再重复一遍你的话吗？当初你咬下舌头吐掉的时候，难道把党性、生命连同对事业的信心和责任感也一块吐掉了？”

石敢躲开了乔光朴的目光，他碰上了一面无情的能照见灵魂的镜子，他看见自己的灵魂变得这样卑微，感到吃惊，甚至不愿意承认。

乔光朴用嘲讽的口吻，像是自言自语地说：“这真是一种讽刺，‘四化’的目标中央已经确立，道路也打开了，现在就需要有人带着队伍冲上去。瞧瞧我们这些区局级、县团级干部都是什么精神状态吧，有的装聋作哑，甚至被点将点到头上，还推三阻四。我真纳闷，在我们这些级别不算小的干部身上，究竟还有没有普通党员的责任感？我不过像个战士一样，听到首长说有任务就要抢着去完成，这本来是极平常的事，现在却成了出风头的英雄。谁知道呢，也许人家还把我当成了傻瓜哩！”

石敢又一次被刺疼了，他的肩头抖动了一下。乔光朴看见了，诚恳地说：“老石，你非跟我去不行，我就是用绳子拖也得把你拖去。”

“咳，大个子……”石敢叹了口气，用了他对乔光朴最亲热的称呼。这声“大个子”叫得乔光朴发冷的心突地又热起来了。石敢立刻又恢复了那种冷漠的神情：“我可以答应你，只要你以后不后悔。不过丑话说在前边，咱们订个君子协定，什么时候你讨厌我了，就放我回干校。”

当他们两个回到会议室的时候，委员们也就这个问题形成了决议。霍大道对石敢说：“老乔明天到任，你可以晚几天，休息一下，身体哪儿不适到医院检查一下。”

石敢点点头走了。

霍大道对乔光朴说：“刚才议论到干部安排问题，你还没有走，就有人盯上了你的位子了。”他把目光又转向委员们，“你们的口袋里是不是还有别人写的条子，或是受了人家的托付？我看今天彻底公开一下，把别人托你们的事都摆到桌面上来，大家一块议一议。”

大家面面相觑，他们都知道霍大道的脾气，他叫你拿到桌面上来，你若不拿，往后在私下是决不能再向他提这些事了。徐进亭先说：“电机厂的冀申提出身体不好，希望能到公司里去。”接着别的委员也都说出了曾托付过自己的人。

霍大道目光像锥子一样，气色森严，语气里带着不想掩饰的愤怒：“什么时候我们党的人事安排改为由个人私下活动了呢？什么时候党员的工作岗位分成了‘肥缺’、‘美缺’和‘废缺’、‘苦缺’了呢？毛遂自荐自古就有，乔光朴也是毛遂自荐，但和这些人的自荐是完全不同的两种性质。冀申同志在电机厂没搞好，却毫不愧疚地想到公司当经理，我不相信搞不好一个厂的人能搞好一个公司。如果把托你们的人的要求都满足，我们机电局只好安排十五个副局长，下属六个公司，每个公司也只好安排十到十五个正副经理，恐怕还不一定都满意。身体不好在基层干不了到机关就能干好，机关是疗养院？还是说在机关干好干坏没关系？有病不能工作的可以离职养病，名号要挂在组织处，不能占着茅坑不屙屎。宁可虚位待人，不可滥任命误党误国。我欣赏光朴同志立的‘军令状’，这个办法要推行，往后像我们这样的领导干部也不能干不干一个样。有功的要升、要赏，有过的要罚、要降！有人在一个单位玩不转了就托人找关系，一走了之。这就助长干部身在曹营心在汉，骑着马找马。难怪工人反映，厂长都不想在一个厂里干一辈子，多则订个三年计划，少则是一年规划，打一枪换一个地方，这怎么能把工厂搞好！”

徐进亭问：“冀申原是电机厂一把手，老乔和石敢一去不把他调出来怎么安排？”

霍大道：“当副厂长嘛。干好了可以升，干不好还降，直降到他能够胜任的职位止。当然，这是我个人的意见，大家还可以讨论。”

徐进亭悄悄对乔光朴说：“这下你去了以后就更难弄了。”

乔光朴耸耸肩膀没吭声，那眼光分明在说：“我根本就没想到电机厂去会有轻松的事。”

上任

一

机电局党委扩大会散后，乔光朴向电器公司副经理做了交接，回到家已是晚上了。屋里有一股呛鼻的潮味，他把门窗全部打开。想沏杯茶，暖瓶是空的，就吞了几口冷开水。坐在书桌前，从一摞书的最底下拿出一本《金属学》，在书页里抽出一张照片。照片是在莫斯科的红场上照的，背景是列宁墓。前面并肩站着两个人，乔光朴穿浅色西装，伟美潇洒，显得很年轻，脸上的神色却有些不安。他旁边那个妩媚秀丽的姑娘则神情快乐，正侧脸用迷人的目光望着乔光朴，甜甜地笑着。仿佛她胸中的幸福盛不下，从嘴边漫了出来。乔光朴凝视着照片，突然闭住眼，低下头，两手用力掐住太阳穴。照片从他手指间滑落到桌面上——

一九五七年，乔光朴在苏联学习的最后一年，到列宁格勒电力工厂担任助理厂长。女留学生童贞正在这个厂搞毕业设计，她很快被乔光朴吸引住了。乔光朴英目锐气，智深勇沉，精通业务，抓起生产来仿佛每个汗毛孔里都是心眼，浑身是胆。他的性格本身就和恐惧、怀疑、阿谀奉承、互相戒备这些东西时常发生冲突，童贞最讨厌的也正是这些玩艺，她简直迷上这个比自己大十多岁的男人了。在异国他乡同胞相遇分外亲热，乔光朴像对待小妹妹，甚至是像对待小孩一样关心她，保护她。她需要的却是他的另一种关怀，她嫉妒他渴念妻子时的那种神情。

乔光朴先回国，一九五八年底童贞才毕业归来。重型电机厂刚建成正需要工程技术人员，她又来到乔光朴的身边。一直在她家长大的外甥郗望北，是电机厂的学徒工，一次很偶然的机会，他发现了小老姨对厂长的特殊感情。这个小伙子性格倔强，有蔫主意，恨上了厂长，认为厂长骗了他老姨。他虽比老姨还小十多岁，却俨然以老姨的保护人的身份处处留心，尽量阻挡童贞和乔光朴单独会面。当时有不少人追求童贞，她一概拒之门外，矢志不嫁。这使郗望北更憎恨乔光朴，他认定乔光朴搞女人也像搞生产一样有办法，害了自己老姨的一生。

七年过去了，“文化大革命”一开始，郗望北成为一派造反组织的头头，专打乔光朴。他只给乔光朴的“走资派”帽子上面又扣上“老流氓”、“道德败坏分子”的帽子，但不细究，不深批，免得伤害自己的老姨。可是他的队员们对这种花花绿绿的事很感兴趣，捕风捉影，编出很多情节，反倒深深地伤害了童贞。在童贞眼里，乔光朴是搞现代化大生产难得的人才，过去一直威信很高，现在却名誉扫地。犯路线错误的人群众批而不恨，犯品质错误的人群众最厌恶。可在那种时候又怎能把真相向群众说清呢？童贞觉得这都是由于自己的缘故，使乔光朴比别的走资派吃了更多的苦头，她给乔光朴写了一封信，想一死了事。细心的郗望北早就留了这个心眼，没让童贞死成。这使乔光朴觉得一下子同时欠下了两个女人的债。

乔光朴的妻子在大学当宣传部长，虽然听到了关于他和童贞的议论，但丝毫也不怀疑自己的丈夫，直到一九六八年初不清不白地死在“牛棚”里，她从未怀疑过乔光朴的忠诚。乔光朴为此悔恨不已，曾对着妻子的遗像坦白承认，他在童贞大胆的表白面前确实动摇过，心里有时也很喜欢她。他表示从此不再搭理童贞。当最小的一个孩子考上大学离开他以后，他一个人守着几间空房子，过着苦行僧式的生活，似乎是有意折磨自己，向死去的妻子表明他对她和儿女感情的纯洁无瑕和忠贞不渝……

可是，下午在公司里交接完工作，乔光朴神差鬼使给童贞打了个电话，约她今晚到家里来。过后他很为自己的行为吃惊，责问自己：这是什么意思呢？如果自己不再回厂，事情也许永远就这样过去了。现在叫他俩该怎样相处？十年前厂子里的人给他俩的头上泼了那么多脏水啊！他这才突然发现，他认为早被他从心里挖走的童贞，却原来还在他心里占着一个位置。他没有在痛苦的思索里理出头绪，他不想再触摸这些复杂而又微妙的感情的琴弦了。得振作一下，明天回厂还有许多问题要考虑。忽然，觉得有什么东西落到头上，他抬起头，心里猛地一缩——童贞正依着他的膀子站着，泪眼模糊地望着那张照片。滴落到他头上的，无疑就是她的眼泪。他站起身抓住她的手："童贞，童贞……"

童贞身子一颤，从乔光朴发烫的大手里抽出自己的手，转过身去，擦干眼角，极力控制住自己。童贞的变化使乔光朴惊呆了。她才四十多岁，头上已有了白发；过去她的一双亮眼燃烧着大胆而热情的光芒，敢于火辣辣地长久地盯着他，现在她的眼神是温润的、绵软的，里面透出来的愁苦多于快乐。乔光朴的心里隐隐发痛。这个在业务上很有才气的女工程师，她本来可以成为国家很缺少的机电设备专家，现在从她身上再也看不见那个充满理想、朝气蓬勃的小姑娘的影子了。使她衰老这么快的原因，难道只是岁月吗？

两人都有点不大自然，乔光朴很想说一句既得体又亲热的话来打破僵局："童贞，你为什么不结婚？"这根本不是他想要说的意思，连声音也不像他自己的。

童贞不满地反问："你说呢？"

乔光朴懊丧地一挥手，他从来不说这样没味道的话。突然把头一摆，走近童贞："我干吗要装假。童贞，我们结婚吧，明天，或者后天，怎么样？”

童贞等这句话等了快二十年了，可今天听到了这句话，却又感到慌乱和突然。她轻轻地说：“你事先一点信也不透，为什么这么急？”

乔光朴一经捅破了这层纸，就又恢复了他那热烈而坚定的性格：“我们头发都白了，你还说急？我们又不需要什么准备，请几个朋友一吃一喝一宣布就行了。”

童贞脸上泛起一阵幸福的光亮，显得年轻了，喃喃地说：“我的心你是知道的，随你决定吧。”

乔光朴又抓起童贞的手，高兴地说：“就这样定，明天我先回厂上任，通知亲友，后天结婚。”

童贞一惊：“回厂？”

“对，今天上午局党委会决议，石敢和我一块回去，还是老搭档。”

“不，不！”童贞说不清是反对还是害怕。她早盼着乔光朴答应和她结婚，然后调到一个群众不知道他俩情况的新单位去，和所爱的人安度晚年。乔光朴突然提到要回厂，电机厂的人听到他俩结婚的消息会怎样议论？童贞一想到能强奸人的灵魂、把刀尖捅到人心里将人致死的群众舆论，简直浑身打战。况且郗望北现在是电机厂副厂长，他和乔光朴这一对冤家怎么在一块共事？她忧心忡忡地问：“你在公司不是挺好吗，为什么偏要回厂？”

乔光朴兴致勃勃地说：“搞好电器公司我并不要怎么费劲，也许正因为我的劲使不出来我才感到不过瘾。我对在公司里领导大集体、小集体企业，组织中小型厂的生产兴趣不大，我不喜欢搞针头线脑。”

“怎么，你还是带着大干一番的计划，回厂收拾烂摊子吗？”

“不错，我对电机厂是有感情的。像电机厂这样的企业如果老是一副烂摊子，国家的现代化将成为画饼。我们搞的这一行是现代化的发动机，而大型骨干企业又是国家的台柱子。搞好了有功，不比打江山的功小；搞不好有罪，也不比叛党卖国的罪小。过去打仗也好，现在搞工业也好，我都不喜欢站在旁边打边鼓，而喜欢当主角，不管我将演的是喜剧还是悲剧。趁现在精力还达得到，赶紧抓挠几年，我想叫自己的一辈子有始有终，虎头豹尾更好，至少要虎头虎尾。我们这一拨的人虎头蛇尾的太多了。”

是惊？是喜？是不安？童贞感慨万端。以前她爱上乔光朴，正是爱他对事业的热爱，以及在工作上表现出来的才能和男子汉特有的雄伟顽强的性格。现在的乔光朴还是以前她爱的那个人，但她却希望他离开他眷恋的事业。难道她爱不上战场的英雄，离开骏马的骑手？她像是自言自语地说：“没见过五十多岁的人还这么雄心勃勃。”

“雄心是不取决于年岁的，正像青春不一定就属于黑发人，也不见得会随着白发而消失。”乔光朴从童贞的眼睛里看出她衰老的不光是外表，还有她那颗正在壮年的心苗，她也害上了正在流行的政治衰老症。看来精神上的胆怯给人造成的不幸，比估计到的还要多。这使他突然意识到自己的责任。他几乎用小伙子般的热情抱住童贞的双肩，热烈地说：“喂，工程师同志，你以前在我耳边说个没完的那些计划，什么先搞六十万千瓦的，再搞一百万的、一百五十万的，制造国家第一台百万千瓦原子能发电站的设备，我们一定要揽过来，你都忘了？”

童贞心房里那颗工程师的心热起来。

乔光朴继续说：“我们必须摸准世界上最先进国家机电工业发展的脉搏。在五十年代、六十年代，我们是面对世界工业的整个棋盘来走我们电机厂这颗棋子的，那时各种资料全能看得到，心里有底，知道怎样才能挤进世界先进行列。现在我心里没有数，你要帮助我。结婚后每天晚上教我一个小时的外语，怎么样？”

她勇敢地、深情地迎着他的目光点点头。在他身边她觉得可靠，安全，连自己似乎也变得坚强而充满了信心。她笑着说：“真奇怪，那么多磨难，还没有把你的锐气磨掉。”

他哈哈一笑：“本性难移。对于神经萎缩症或者叫政治衰老症也和生其他的病一个道理，体壮人欺病，体弱病欺人。这几年在公司里我可养胖了，精力贮存得太多了。”他狡黠地望望童贞，正利用自己特殊的地位，不放过能够给这个娇小的女人打气的机会。他说：“至于说到磨难，这是我们的福气，我们恰好生活在两个时代交替的时候。历史有它的阶段，人活一辈子也有他的阶段，在人生一些重大关头，要敢于充分大胆地正视自己的心愿。俗话说，石头是刀的朋友，障碍是意志的朋友。”

他要她陪他一块到厂里去转转，童贞不大愿意。他用开玩笑的口吻说：“你以前骂过我什么话？噢，对，你说我在感情上是粗线条的。现在就让我这个粗线条的人来谈谈爱情。爱情，是一种勇敢而强烈的感情。你以前既是那么大胆地追求过它，当它来了的时候就用不着怕它，更用不着隐瞒它以欺骗自己、苦恼自己。我真怕你像在政治上一样也来个爱情衰老病。趁着我还没有上任，我们还有时间谈谈情说说爱。”

她脸红了：“胡说，爱情的绿苗在一个女人的心里是永远不会衰老的。”做姑娘时的勇气又回到她的身上，她热烈地吻了他一下。

在去厂的路上，她却说服他先不能结婚。她借口说这件事对于她是终生第一次也是最后一次，而且她为这一天比别的女人付出了更多的代价，她要好好准备一下。乔光朴同意了。当然，童贞推延婚期的真正原因根本不是这些。

二

两个人走进电机厂，先拐进了离厂门口最近的八车间。乔光朴只想在上任前冷眼看看工厂的情况。走进了熟悉的车间，他浑身的每一个筋骨眼仿佛都往外涨劲，甚至有一股想亲手摸摸摇把的冲动。他首先想起了“十二把尖刀”。十年前他当厂长时，每一道工序都培养出一两个尖子，全厂共有十二个人，一开表彰先进的大会，这“十二把尖刀”都坐在头一排的金交椅上。童贞告诉他说：“你的尖刀们都离开了生产第一线，什么轻省干什么去了。有的看仓库、守大门，有的当检验员，还有一个当了车间头头。有四把刀在批判大会上不是当面控诉你用物质刺激腐蚀他们，你真的一点不记仇？”

乔光朴一挥手：“咳，记仇是弱者的表现。当时批判我的时候，全厂人都举过拳头，呼过口号，要记仇我还回厂干什么？如果那十二个人不行了，我必须另磨尖刀。技术上不出尖子不行，产品不搞出名牌货不行！”

乔光朴一边听童贞介绍情况，一边安然自在地在机床的森林里穿行。他在车间里这样溜达，用行家的眼光打量着这些心爱的机器设备，如果再看到生产状况良好，那对他就是最好的享受了。比任何一对情人在河边公园散步所感到的滋味还要甘美。

外行看热闹，内行看门道，乔光朴在一个青年工人的机床前停住了，那小伙子干活不管不顾，把加工好的叶片随便往地上一丢，嘴里还哼着一支流行的外国歌曲。乔光朴拾起他加工好的零件检查着，大部分都有磕碰。他盯住小伙子，压住火气说：“别唱了。”

工人不认识他，流气地朝童贞挤挤眼，声音更大了：“哎呀妈妈，请你不要对我生气，年轻人就是这样没出息。”

“别唱了！”乔光朴带命令的口吻，还有那威严的目光使小伙子一惊，猛然停住了歌声。

“你是车工还是捡破烂的？你学过操作规程吗？懂得什么叫磕碰吗？”

小伙子显然也不是省油的灯，可是被乔光朴行家的口吻，凛然的气派给镇住了。乔光朴找童贞要了一条白手绢，在机床上一抹，手绢立刻成黑的了。乔光朴枪口似的目光直瞄着小伙子的脑门子：“你就是这样保养设备的？把这个手绢挂在你的床子上，直到下一次我来检查用白毛巾从你床子上擦不下尘土来，再把这条手绢换成白毛巾。”这时已经有一大群车工不知出了什么事围过来看热闹，乔光朴对大伙说：“明天我叫设备科给每台机床上挂一条白毛巾，以后检查你们的床子保养情况如何就用白毛巾说话。"

人群里有老工人，认出了乔光朴，悄悄吐吐舌头。那个小伙子脸涨得通红，窘得一句话也没有了，慌乱地把那个黑乎乎的手绢挂在一个不常用的闸把上。这又引起了乔光朴的注意，他看到那个闸把上盖满油灰，似乎从来没有被碰过。他问那个小伙子："这个闸把是干什么用的？"

"不知道。"

"这上边不是有说明。"

"这是外文，看不懂。"

"你在这个床子上干几年啦？"

"六年。"

"这么说，六年你没动过这个闸把？"

小伙子点点头。乔光朴左颊上的肌肉又鼓起一道道棱子，他问别的车工："你们谁能把这个闸把的用处告诉他？"

车工们不知是真的不知道，还是怕说出来使自己的同伴更难堪，因此都没吱声。

乔光朴对童贞说："工程师，请你告诉他吧。"

童贞也想缓和一下气氛，走过来给那个小伙了讲解英文说明，告诉他那个闸把是给机床打油的，每天操作前都要捺几下。

乔光朴又问："你叫什么名字？"

"杜兵。"

"杜兵，干活哼小调，六年不给机床膏油，还是鬼怪式操作法的发明者。嗯，我不会忘记你的大名的。"乔光朴的口气由挖苦突然改为严厉的命令，"告诉你们车间主任，这台床子停止使用，立即进行检修保养。我是新来的厂长。"

他俩一转身，听到背后有人小声议论："小杜，你今儿个算碰上辣的了，他就是咱厂过去的老厂长。"

"真是行家一伸手便知有没有！"

乔光朴直到走出八车间，还愤愤地对童贞说："有这些大爷，就是把世界上最尖端的设备买进来也不行！"

童贞说："你以为杜兵是厂里最坏的工人吗？"

"嗯？"乔光朴看看她，"可气的是他这样干了六年竟没有人发现。可见咱们的管理到了什么水平，一粗二松三马虎。你这位主任工程师也算脸上有光啦。"

"什么？"童贞不满地说，"你们当厂长的不抓管理，倒埋怨下边。我是不在其位不谋其政。"

"在其位就谋其政吗？不见得。"

他俩一边说着话，走进七车间，一台从德国进口的二百六镗床正试车，拨挡试车的是个很年轻的德国人。外国人到中国来还加夜班，这引起了乔光朴的注意。童贞告诉他，镗床的电器部分在安装中出了问题，西德的西门子电子公司派他来解决。这个小伙子叫台尔，只有二十三岁，第一次到东方来，就先飞到日本玩了几天。结果来到我们厂时晚了七天，怕我们向公司里告发他，就特别卖劲。他临来时向公司讲七到十天解决我们的问题，现在还不到三天就处理完了，只等试车了。他的特点就是专、精。下班会玩，玩起来胆子大得很；上班会干，真能干；工作态度也很好。

"二十三岁就派到国外独当一面。"乔光朴看了一会台尔工作，叫童贞把七车间值班主任找了来，不容对方寒暄，就直截了当布置任务："把你们车间三十岁以下的青年工人都招呼到这儿来，看看这个台尔是怎么工作的。也叫台尔讲讲他的身世，听听他二十三岁怎么就把技术学得这么精。在他临走之前，我还准备让他给全厂青年工人讲一次。"

值班主任笑笑，没有询问乔光朴以什么身份下这样的指示，就转身去执行。

乔光朴觉得身后有人窃窃私语，他转过身去，原来是八车间的工人听说刚才批评杜兵的就是老厂长，都追出来想瞧瞧他。乔光朴走过去对他们说："我有什么好值得看的，你们去看看那个二十三岁的西德电子专家，看看他是怎么干活的。"他叫一个面孔比较熟的人回八车间把青年都叫来，特别不要忘了那个鬼怪式——杜兵。

乔光朴布置完，见一个老工人拉他的衣袖，把他拉到一个清静的地方，呜噜呜噜地对他说："你想拿外国人做你的尖刀？"

天呐，这是石敢。他不知从哪儿搞来一身工作服，还戴顶旧蓝布工作帽，简直就是个极普通的老工人。乔光朴又惊又喜，石敢还是过去的石敢，别看他一开始不答应，一旦答应下来就会全力以赴。这不也是不等上任就憋不住先跑到厂里来了。

石敢的脸色是阴沉的，他心里正后悔。他的确是在厂子里转了一圈，而且凭他的半条舌头，用最节省的语言，和几个不认识他的人谈了话。人家还以为他正害着严重的牙疼病，他却摸到了乔光朴所不能摸到的情况。电机厂工人思想混乱，很大一部分人失去了过去崇拜的偶像，一下子连信仰也失去了，连民族自尊心、社会主义的自豪感都没有了，还有什么比群众在思想上一盘散沙更可怕的呢？这些年，工人受了欺骗、愚弄和呵斥，从肉体到灵魂都退化了。而且电机厂的干部几乎是三套班子，十年前的一批，"文化大革命"起来的一批，冀申到厂后又搞了一套自己的班子。老人心里有气，新人肚里也不平静，石敢担心这种冲突会成为党内新的斗争的震心。等着他和乔光朴的岂止是个烂摊子，还是一个政治斗争的旋涡。往后又得在一夕数惊的局面中过日子了。

石敢对自己很恼火，眼花缭乱的政治战教会了他许多东西，他很少在人前显得激动和失去控制，他对哗众取宠和慷慨激昂之类甚为反感。他曾给自己的感情涂上了一层油漆，自信能抗住一切刺激。为什么上午乔光朴一番真挚的表白就打动了自己的感情呢？岂不知陪他回厂既害自己又害他，乔光朴永远不是个政治家。这不，还没上任就先干上了！他本不想和乔光朴再说什么话，可是看见童贞站在乔光朴身边，心里一震，禁不住想提醒他的朋友。他小声说："你们两个至少半年内不许结婚。”

“为什么？”乔光朴不明白石敢为什么先提出这个问题。

石敢简单地告诉他，关于他们回厂的消息已经在电机厂传遍了，而且有人说乔光朴回厂的目的就是和童贞结婚。乔光朴暴躁地说：“那好，他们越这样说，我越这样干。明天晚上在大礼堂举行婚礼，你当我们的证婚人。”

石敢扭头就走，乔光朴拉住他。他说：“你叫我提醒你，我提醒你又不听。”

乔光朴咬着牙帮骨半天才说：“好吧，这毕竟是私事，我可以让步。你说，上午局党委刚开完会，为什么下午厂里就知道了？”

“这有什么奇怪，小道快于大道，文件证实谣传。现在厂里正开着紧急党委会，我的这根可恶的政治神经提醒我，这个会不和我们回厂无关。”石敢说完又有点后悔，他不该把猜测告诉乔光朴。感情真是坑害人的东西，石敢发觉他跟着乔大个子越陷越深了。

乔光朴心里一激灵，拉着石敢，又招呼了一声童贞，三个人走出七车间，来到办公楼前。一楼的会议室里灯光通明，门窗大开，一团团烟雾从窗口飘出来。有人大声发言，好像是在讨论明天电机厂就要开展一场大会战。这可叫乔光朴着急了，他叫石敢和童贞等一会，自己跑到门口传达室给霍大道打了个电话。回来后拉着石敢和童贞走进了会议室。

三

电机厂的头头们很感意外，冀申尖锐的目光盯住童贞，童贞赶紧扭开头，真想退出去。冀申佯装什么也不知道似的说：“什么风把你们二位吹来了？”

乔光朴大声说：“到厂子来看看，听说你们正开会研究生产就进来想听听。”

“好，太好了。”冀申瘦骨嶙峋的面孔富于感情，却又像一张复杂的地形图那样变化万端，令人很难琢磨透。他向两个不速之客解释："今天的党委会讨论两项内容，第一项是根据群众一再要求，副厂长郗望北同志从明天起停职清理。第二项是研究明天的大会战。这一段时间我抓运动多了点，生产有点顾不过来，但是我们党委的同志有信心，会战一打响被动局面就会扭转。大家还可以再谈具体一点。老乔、老石是电机厂的老领导，一定会帮着我们出些好主意。"

冀申风度老练，从容不迫，他就是要叫乔光朴、石敢看看他主持党委会的水平。下午，当他在电话里听到局党委会决议的时候，猛然醒悟当初他主动要到机电局来是失算了。

这个人确实像他常跟群众表白的那样，受"四人帮"迫害十年之久，但十年间他并没有在市委干校劳动，而是当副校长。早在干校作为新生事物刚筹建的时候，冀申作为市"文革"接待站的联络员就看出了台风的中心是平静的。别看干校里集中了各种不吃香的老干部，反而是最安全的，也是最有发展的，在干校是可以卧薪尝胆的。他利用自己副校长的地位，和许多身份重要的人拉上了关系。这些市委的重要干部以前也许是很难接近的，现在却变成了他的学员。他只要在吃住上、劳动上、请销假上稍微多给点方便，老头子们就很感激他了。加上他很善于处理人事关系，博得了很多人的好感。现在这些人大都已官复原职，因而他也就四面八方都有关系，在全市是个有特殊神通的人物。

两年前，冀申又看准了机电局在国家现代化中所占的重要地位。他一直是搞组织的，缺乏搞工业的经验，就要求先到电机厂干两年。一方面摸点经验，另外"大厂厂长"这块牌子在国家工作重点转移到经济建设上来以后一定是非常用得着的。而后再到公司、到局，到局里就有出国的机会，一出国那天地就宽了。这两年在电机厂，他也不是不卖力气。但他在政治上太精通、太敏感了，反而妨碍了行动。他每天翻着报刊、文件提口号，搞中心，开展运动，领导生产。并且有一种特殊的猜谜的酷好，能从报刊文件的字里行间念出另外的意思。

他对中央文件又信又不全信，再根据谣言、猜测、小道消息和自己的丰富想象，审时度势，决定自己的工作态度。这必然在行动上迟缓，遇到棘手的问题就采取虚伪的态度。诡谲多诈，处理一切事情都把个人的安全、自己的利益放在第一位。工厂是很实际的，矛盾都很具体，他怎么能抓出成效？在别的单位也许还能对付一气，在机电局，在霍大道眼皮底下却混不过去了。

但是，他相信生活不是凭命运，也不是赶机会，而是需要智慧和斗争的无情逻辑！因此他要采取大会战孤注一掷。大会战一搞起来热热闹闹，总会见点效果，生产一回升，他借台阶就可以离开电机厂。同时在他交印之前把郗望北拿下去，在郗望北和乔光朴这一对老冤家、新仇人之间埋下一根引信，将来他不愁没有戏看。如果乔光朴也没有把电机厂搞好，就证明冀申并不是没有本事。然而，他摆的阵势，石敢从政治上嗅出来了，乔光朴用企业家的眼光从管理的角度也看出了问题。

电机厂的头头们心里都在猜测乔光朴和石敢深夜进厂的来意，没有人再关心本来就不太感兴趣的大会战了。冀申见势不妙，想赶紧结束会议，造成既定事实。他清清嗓子，想拍板定案。局长霍大道又一步走了进来。会场上又是一阵惊奇的唏嘘声。

霍大道没有客套话，简单地问了几句党委会所讨论的内容，就单刀直入地宣布了局党委的决议。最后还补充了一项任命："鉴于你们厂林总工程师长期病休不能上班，任命童贞同志为电机厂副总工程师。同时提请局党委批准，童贞同志为电机厂党委常委。"

童贞完全没有想到对她的这项任命，心里很不安。她不明白乔光朴为什么一点信也没透。

冀申不管多么善于应付，这个打击也来得太快了。霍大道简直是霹雳闪电，连对手考虑退却的时间都不给。他极力克制着，并且在脸上堆着笑说："服从局党委的决定，乔、石二位同志是工业战线上的大将，这回真是百闻不如一见。好了，明天我向二位交接工作，对今天大家讨论的两项决定，你们二位有什么意见？”

石敢不仅不说话，连眼也眯了起来，因为眼睛也是泄露思想上机密的窗口。

乔光朴却不客气地说：“关于郗望北同志停职清理，我不了解情况。”他不禁扫了一眼坐在屋角上的郗望北，意外地碰上了对方挑战的目光。他不容自己分心，赶紧说完他认为必须表态的问题：“至于要搞大会战，老冀，听说你有冠心病，你能不能用短跑的速度从办公大楼的一楼跑到七楼，上下跑五个来回？”

冀申不知他是什么意思，漠然一笑没有作答。

乔光朴接着说：“我们厂就像一个患高血压冠心病的病人，搞那种跳楼梯式的大会战是会送命的。我不是反对真正必要的大会战。而我们厂现在根本不具备搞大会战的条件，在技术上、管理上、物质上、思想上都没有做好准备，盲目搞会战，只好拼设备，拼材料，拼人力，最后拼出一堆不合格的产品。完不成任务，靠月月搞会战突击，从来就不是搞工业的办法。”

他的话引起了委员们的共鸣，他们也正在猜谜，不明白冀申明知要来新厂长，为什么反而突然热心地要搞大会战。可是冀申嘴边挂着冷笑，正冲着他点火抽烟，似乎有话要说。

本来只想表个态就算的乔光朴，见冀申的神色，把话锋一转，尖锐地说：“这几年，我没有看过真正的好戏，不知道我们国家在文艺界是不是出了伟大的导演；但在工业界，我知道是出现了一批政治导演。哪一个单位都有这样的导演，一有运动，工作一碰到难题，就召集群众大会，做报告，来一阵动员，然后游行，呼口号，搞声讨，搞突击，一会这，一会那，把工厂当舞台，把工人当演员，任意调度。这些同志充其量不过是个吃党饭的平庸的政工干部，而不是真正热心搞社会主义现代化的企业家。用这种导演的办法抓生产最容易，最省力，但贻害无穷。这样的导演，我们一个星期，甚至一个早上就可以培养出几十个，要培养一个真正的厂长、车间主任、工段长却要好几年时间。靠大轰大嗡搞一通政治动员，靠热热闹闹搞几场大会战，是搞不好现代化的。我们搞政治运动有很多专家，口号具体，计划详尽，措施有力。但搞经济建设、管理工厂却只会笼统布置，拿不出具体有效的办法……”

乔光朴正说在兴头上，突然感到旁边似有一道弧光在他脸上一烁一闪，他稍一偏头，猛然醒悟了，这是石敢提醒他住嘴的目光。他赶紧止住话头，改口说：“话扯远了，就此打住。最后顺便告诉大伙一声，我和童贞已经结婚了，两个多小时以前刚举行完婚礼，老石是我们的证婚人。因为都是老头子、老婆子了，也没有惊动大伙，喜酒后补。”

今天电机厂这个党委会可真是又“惊”又“喜”，惊和喜又全在意料之外，还没宣布散会，委员们就不住地向乔光朴和童贞开玩笑。

童贞、石敢和郗望北这三个不同身份的人，却都被乔光朴这最后几句话气炸了。童贞气呼呼第一个走出会议室，对乔光朴连看都不看一眼，照直奔厂大门口。

唯有霍大道，似乎早料到了乔光朴会有这一手，并且看出了童贞脸色的变化，趁着刚散会的乱劲儿，捅捅乔光朴，示意他去追童贞。乔光朴一出门，霍大道笑着向大家摆摆手，拦住了要出门去逗新娘子的人，大声说：“老乔耍滑头，喜酒没有后补的道理，我们今天晚上就去喝两杯怎么样？……”

乔光朴追上来拉住童贞。童贞气得浑身打颤，声音都变了：“你都胡说些什么？你知道明天厂里的人会说我们什么闲话？”

乔光朴说：“我要的正是这个效果。就是要造成既定事实，一下子把脸皮撕破，你可以免除后顾之忧，泼下身子抓工作。不然，你老是嘀嘀咕咕，怕人说这，怕人说那。跟我在一块走，人家看你一眼，你也会多心，你越疑神疑鬼，鬼越缠你，闲话就永远没个完，我们俩老是谣言家们的新闻人物。一个是厂长，一个是副总工程师，弄成这种关系还怎么相互合作？现在光明正大地告诉大伙，我们就是夫妻。

如果有谁愿意说闲话，叫他们说上三个月，往后连他们自己也觉得没味儿了。这是我在会上临时决定的，没法跟你商量。”

灯光映照着童贞晶亮的眼睛，在她眼睛的深处似乎正有一道火光在缓缓燃烧。她已经没有多大气了。不管是作为副总工程师的童贞，还是作为女人的童贞，今天都是她生命沸腾的时刻，是她产生力量的时刻。

刚才还是怒气冲冲的石敢也跟着霍大道追上来了，他抢先一步握住童贞的手，冲着她点点头。似乎是以证婚人的身份祝愿她幸福。

童贞被感动了。

霍大道身后跟着两个电机厂党委的女委员。他对她们说：“你们二位坐我的车陪新娘到她娘家，收拾一下东西，换换衣服，然后送她到自己的新家。我们在新郎家里等你们。”

女委员问：“你们还要闹洞房？”

霍大道说：“也可能要闹一闹，反正喜糖少不了要吃几块的。”

大家笑了。

乔光朴和童贞感激地望着霍局长，也情不自禁地笑了。

主角

一

你设想吧，当舞台的大幕拉开，紧锣密鼓，音乐骤起，主角威风凛凛地走出台来，却一声不吭，既不说，也不唱，剧场里会是一种什么局面呢？

现在重型电机厂就是这种状况。乔光朴上任半个月了，什么令也没下，什么事也没干，既没召开各种应该召开的会议，也没有认真在办公室坐一坐。这是怎么回事？他以前当厂长可不是这种作风，乔光朴也不是这种脾气。

他整天在下边转，你要找他找不到；你不找他，他也许突然在你眼前冒了出来。按照生产流程一道工序一道工序地摸，正着摸完，倒着摸。谁也猜不透他的心气。更奇怪的是他对厂长的领导权完全放弃了，几十个职能科室完全放任自流，对各车间的领导也不管不问。谁爱怎么干就怎么干，电机厂简直成了没头的苍蝇，生产直线跌下来。

机电局调度处的人戗不住劲了，几次三番催促霍大道赶紧到电机厂去坐镇。谁知霍大道无动于衷，催急了，他反而批评说："你们咋呼什么，老虎往后坐屁股，是为了向前猛扑。连这个道理都不懂？"

本来被乔光朴留在上边坐镇的石敢，终于也坐不住了。他把乔光朴找来，问："怎么样？有眉目没有？"

"有了！"乔光朴胸有成竹地说，"咱们厂像个得了多种疾病的病人，你下这味药，对这一种病有利，对那一种病就有害。不抓准了病情，真不敢动大手术。"

石敢警惕地看看乔光朴，从他的神色上看出来这家伙的确是下了决心啦。石敢对电机厂的现状很担心，可是对乔光朴下狠心给电机厂做大手术，也不放心。

乔光朴却颇有点得意地说："我这半个月撂挑子下去，还有一个很重要的收获：咱们厂的干部队伍和工人队伍并不像你估计的那样。忧国忧民之士不少，有人找到我提建议，有人还跟我吵架，说我辜负了他们的希望。乱世出英雄，不这么乱一下，真摸不出头绪，也分不出好坏人。我已经选好了几个人。"说着，眯起了双眼，他仿佛已经看见电机厂明天就要大翻个儿。

石敢突然问起了一个和工厂完全不相干的问题："今天是你的生日？"

"生日？什么生日？"乔光朴脑子一时没转过来，他翻翻办公桌上的台历，忽然记起来了，"对，今天是我的生日。你怎么记得？"

"有人向我打听。你是不是要请客收礼？"

"扯淡。你要去当然会管你酒喝。"

石敢摇摇头。

乔光朴回到家，童贞已经把饭做好，酒瓶、酒杯也在桌子上都摆好了。女人毕竟是女人，虽然刚结婚不久，童贞却记住了乔光朴的生日。乔光朴很高兴，坐下就要吃，童贞笑着拦住了他的筷子："我通知了望北，等他来了咱们就吃。"

"你没通知别人吧？"

"没有。"童贞是想借这个机会使乔光朴和郗望北坐在一块儿，缓和两人之间的关系。

乔光朴理解童贞的苦心，但对这做法大不以为然，他认为在酒席筵上建立不了真正的信任和友谊。他心里也根本没有把对方整过自己的事看得太重，倒是觉得，郗望北对过去那些事的记忆比他反倒更深刻。

郗望北还没有来，却来了几个厂里的老中层干部。乔光朴和童贞一面往屋里让客，一面感到很意外。这几个人都是十几年前在科室、车间当头头的，现在有的还是，有的已经不是了。

他们一进门就嬉笑着说："老厂长，给你拜寿来了。"

乔光朴说："别搞这一套，你们想喝酒我有，什么拜寿不拜寿。这是谁告诉你们的？"

其中一个秃头顶的人，过去是行政科长，弦外有音地说："老厂长，别看你把我们忘了，我们可没忘了你。"

"谁说我把你们忘了？"

"还说没忘，从你回厂那一天起我们就盼着，盼了半个月啦，什么也没盼到。你看锅炉厂的刘厂长，回厂的当天晚上，就把老中层干部们全请到楼上，又吃又喝，不在喝多少酒、吃多少饭，而是出出心里的这口闷气。第二天全部恢复原职。这厂长才叫真够意思，也算对得起老部下。"

乔光朴心里烦了，但这是在自己家里，他尽力克制着。反问："'四人帮’打倒快两年多了，你们的气还没出来？”

他们说：“‘四人帮’倒了，还有帮四人呢。说停职，还没停一个月又要复职……”

不早不晚就在这时候郗望北进来了，这几个人的话头立刻打住了。郗望北听到了他们说的话，但满不在乎地和乔光朴点点头，就在那帮人的对面坐下了。这哪是来拜寿，一场辩论的架势算拉开了。童贞急忙找了一个话题，把郗望北拉到另一间屋里去。

这几个人互相使使眼色也站了起来，还是那个秃顶行政科长说：“看来这满桌酒菜并不是为我们预备的，要不‘火箭干部’解脱那么快，原来已经和老厂长和解了。还是多少沾点亲戚好啊！”

他们说完就要告辞。童贞怕把关系搞僵，一定留他们吃饭。乔光朴一肚子火气，并不挽留，反而冷冷地说：“你们跑这一趟的目的还没有达到，就这么两手空空的回去啦？”

“表示了我们的心意，目的已经达到了。”那几个人心里感到不安，秃顶人好像是他们的打头人，赶紧替那几个人解释。

“老王，你们不是想官复原职，或者最好再升一两级吗？”乔光朴盯着秃顶人，尖锐地说，“别着急，咱们厂干部不是太多，而是太少，我是指真正精明能干的干部，真正能把一个工段、一个车间搞好，能把咱们厂搞好的干部。从明天起全厂开始考核，你们既然来了，我就把一些题目向你们透一透。你们都是老同志了，也应该懂得这些，比如：什么是均衡生产？什么是有节奏的生产？为什么要搞标准化、系列化、通用化？现代化的工厂应该怎么布置？你那个车间应该怎么布置？有什么新工艺、新技术？……”

那几个人真有点蒙了，有些东西他们甚至连听都没有听见过。更叫他们惊奇的是乔光朴不仅要考核工人，对干部还要进行考核。有人小声嘟囔说：“这办法可够新鲜的。”

“这有什么新鲜的，不管是工人还是干部，往后光靠混饭吃不行！”乔光朴说，“告诉你们，我也一肚子气，甚至比你们的气还大，厂子弄成这副样子能不气！但气要用在这上面。”

他说完摆摆手，送走这几个人，回到桌前坐下来，陪郗望北喝酒。喝的是闷酒，吃的是哑菜，谁的心里都不痛快。童贞干着急，也只能说几句不咸不淡的家常话。一直到酒喝完，童贞给他们盛饭的时候，乔光朴才问郗望北：“让你停职并不是现在这一届党委决定的，为什么老石找你谈，宣布解脱，赶快工作，你还不干？”

郗望北说：“我要求党委向全厂职工说清楚，根据什么让我停职清理？现在不是都调查完了吗，我一没搞过打砸抢，二和‘四人帮’没有任何个人联系，凭什么整我？就根据我曾经当过造反派的头头？就根据我曾批判过走资派？就因为我是个所谓的新干部？就凭一些人编笆造模的议论？”

乔光朴看到郗望北挥动着筷子如此激动，嘴角闪过一丝冷笑。心想：“你现在也知道这种滋味了，当初你不也是根据编笆造模的议论来整别人？”

郗望北看出了乔光朴的心思，转口说：“乔厂长，我要求下车间劳动。”

“嗯？”乔光朴感到意外，他认为新干部这时候都不愿意下去，怕被别人说成是由于和“四人帮”有牵连而倒台了。郗望北倒有勇气自己要求下去，不管是真是假，先试试他。就说：“你有这种气魄就好，我同意。本来，作为领导和这领导的名义、权力，都不是一张任命通知书所能给予的，而是要靠自己的智慧、经验、才能和胆识到工作中去赢得。世界上有许多飞得高的东西，有的是凭自己的翅膀飞上去的，有的是被一阵风带上去的。你往后不要再指望这种风了。”

郗望北冷冷一笑：“我不知道带我上来的是什么风，我只知道我若会投机的话，就不会有今天的被停职。我参加工作二十年，从学徒工当到生产组长，管过一个车间的生产，三十九岁当副厂长，一下子就成了‘火箭干部’。其实火箭这个东西并不坏，要把卫星和飞船送上宇宙空间就得靠火箭一截顶替一截地燃烧。搞现代化也似乎是少不了火箭的。岂不知连外国的总统有不少也是一步登天的‘火箭干部’。我现在宁愿坐火箭再下去，我不像有些人，占了个位子就想一直占到死，别人一旦顶替了他就认为别人爬得太快了，大逆不道了。官瘾大小不取决于年龄。事实是当过官的比没当过官的权力欲和官瘾也许更大些。”

这样谈话太尖锐了，简直就是吃饭前那场谈话的继续。老的埋怨乔光朴袒护新的，新的又把乔光朴当老的来攻。童贞生怕乔光朴的脾气炸了，一个劲儿地劝菜，想冲淡他们间的紧张气氛。但是乔光朴只是仔细玩味郗望北的话，并没有发火。

郗望北言犹未尽。他知道乔光朴的脾气是吃软不吃硬，但你要真是个松软货，永远也不会得到他的尊敬，他顶多是可怜你。只有硬汉子才能赢得乔光朴的信任，他想以硬碰硬碰到底，接着说：“中国到什么时候才不搞形而上学？‘文化大革命’把老干部一律打倒，现在一边大谈这种怀疑一切的教训，一边又想把新干部全部一勺烩了。当然，新干部中有‘四人帮’分子，那能占多大比例？大多数还不是紧跟党的中心工作，这个运动跟得紧，下个运动就成了牺牲品。照这样看来还是滑头好，什么事不干最安全。运动一来，班组长以上干部都受审批，工厂、车间、班组都搞一朝天子一朝臣，把精力都用在整人上，搞起工作来相互掣肘。长此以往，现代化的口号喊得再响，中央再着急，也是白搭。”

“得了，理论家，我们国家倒霉就倒在批判家多、空谈家多，而实干家和无名英雄又太少。随便什么场合也少不了夸夸其谈的评论家。”乔光朴嘴上这么说，但郗望北表现出来的这股情绪却引起了他的注意。他原以为老干部心里有些气是理所当然的，原来新干部肚里也有气。这两股气要是对干起来那就了不得。这引起了乔光朴的警惕。

二

第二天，乔光朴开始动手了。

他首先把九千多名职工一下子推上了大考核、大评议的比赛场。通过考核评议，不管是干部还是工人，在业务上稀松二五眼的，出工不出力、出力不出汗的，占着茅坑不屙屎的，溜奸猾蹭的，全成了编余人员。留下的都一个萝卜顶一个坑，兵是精兵，将是强将。这样，整顿一个车间就上来一个车间，电机厂劳动生产率立刻提高了一大截。群众中那种懒洋洋、好坏不分的松松垮垮劲儿，一下子变成了有对比、有竞争的热烈紧张气氛。

工人们觉得乔光朴那双很有神采的眼睛里装满了经验，现在已经习惯于服从他，甚至他一开口就服从。因为大伙相信他，他的确一次也没有辜负大伙的信任。他说一不二，敢拍板也敢负责，许了愿必还。他说扩建幼儿园，一座别致的幼儿园小楼已经竣工。他说全面完成任务就实行物质奖励，八月份电机厂工人第一次接到了奖金。黄玉辉小组提前十天完成任务，他写去一封表扬信，里面附了一百五十元钱。凡是那些技术上有一套，生产上肯卖劲，总之是正儿八经的工人，都说乔光朴是再好没有的厂长了。可是被编余的人呢，却恨死了他。因为谁也没想到，乔光朴竟想起了那么一个“绝主意”——把编余的组成了一个服务大队。

谁找道路，谁就会发现道路。乔光朴泼辣大胆，勇于实践和另辟蹊径。他把厂里从农村召用来搞基建和运输的一千多长期“临时工”全部辞掉，代之以服务大队。他派得力的财务科长李干去当大队长，从辞掉临时工省下的钱里拿出一部分作为给服务大队的奖励。编余的人在经济收入上并没有减少，可是有一些小青年却认为栽了跟头，没脸见人。特别是八车间的鬼怪式车工杜兵，被编余后女朋友跟他散了伙，他对乔光朴真有动刀子的心了。

在这条道路上乔光朴为自己树立的“仇敌”何止几个“杜兵”。

一批被群众评下来成了“编余”的中层干部恼了。他们找到厂部，要求对厂长也进行考核。由于考核评判小组组长是童贞，怕他们两口子通气，还提出立刻就考。谁知乔光朴高兴得很，当即带着几个副厂长来到了大礼堂。一听说考厂长，下班的工人都来看新鲜，把大礼堂挤满了。任何人都可以提问题，从厂长的职责到现代化工厂的管理，乔光朴滔滔不绝，始终没有被问住。倒是冀申完全被考垮了，甚至对工厂的一些基本常识都搞不清，当场就被工人们称为“编余厂长”。这下可把冀申气炸了，他虽然控制着在考场上没有发作出来，可是心里认为这一切全是乔光朴安排好了来捉弄他的。

当生产副厂长，冀申本来就不胜任，而他对这种助手的地位却又很不习惯，简直不能忍受乔光朴对他的发号施令，尤其是在车间里当着工人的面。现在，经过考核，嫉妒和怨恨使他真的站到了反对乔光朴的那些被编余的人一边，由助手变为敌手了。他那青筋暴露的前额，阴气扑人的眼睛，仿佛是厂里一切祸水的根源。生产上一出事准和他有关，但又抓不住他大的把柄。乔光朴得从四面八方防备他，还得在四面八方给他堵漏洞。这怎么受得了？

乔光朴决定不叫冀申负责生产了，调他去搞基建。搞基建的服务大队像个火药桶，冀申一去非爆炸不可。乔光朴没有从政治角度考虑，石敢替他想到了。可是，乔光朴不仅没有听从石敢的劝告，反而又出人意料地调上来郗望北顶替冀申。郗望北是憋着一股劲下到二车间的，正是这股劲头赢得了乔光朴的好感。谁干得好让谁干，乔光朴毫无犹疑地跨过个人恩怨的障碍，使自己过去的冤家成了今天的助手。但是，正像石敢所预料的，冀申抓基建没有几天，服务大队里对乔光朴不满的那些人，开始活跃起来，甚至放出风，要把乔光朴再次打倒。

千奇百怪的矛盾，五花八门的问题，把乔光朴团团困在中间。他处理问题时拳打脚踢，这些矛盾回敬他时，也免不了会拳打脚踢。但眼下使他最焦心的并不是服务大队要把他打倒，而是明年的生产准备。明年他想把电机厂的产量数字搞到二百万千瓦，而电力部门并不欢迎他这个计划，倒满心希望能从国外多进口一些。还有燃料、材料、锻件的协作等都不落实，因此乔光朴决定亲自出马去打一场外交战。

如果说乔光朴在自己的厂内还从来没有打过大败仗，这回出去搞外交，却是大败而归。他没有料到他的新里程上还有这么多的“雪山草地”，他不知道他的宏伟计划和现实之间还隔着一条组织混乱和作风腐败的鸿沟。厂内的“仇敌”他不在乎，可是厂外的“战友”不跟他合作却使他束手无策。他要求协作厂及早提供大的转子锻件，而且越多越好，但人家不受他指挥，不买他的账。要燃料也好，要材料也好，他不懂得这都是求人的事，协作的背后必须有心照不宣的互通有无，在计划的后面还得有暗地的交易。他这次出去总算长了一条见识：现在当一个厂长重要的不是懂不懂金属学、材料力学，而是看他是不是精通“关系学”。乔光朴恰恰这门学问成绩最差。他一向认为会处关系的人，大都成就不大。他这次出差的成果，恰好为自己的理论得了反证。

而他还不知道，当他十天后扫兴回来的时候，在他的工厂里，又有什么窝火的事在等着他呢！

三

乔光朴回厂先去找石敢。石敢一见是他进了门，慌忙把桌上的一堆材料塞到抽屉里。乔光朴心思全挂在厂里的生产上，没有在意。但和石敢还没有说上几句话，服务大队队长李干急匆匆推门进来，一见乔光朴，又惊又喜：“哎呀，厂长，你可回来了！”

“出了什么事？”乔光朴急问。

“咱们不是要增建宿舍大楼吗，生产队不让动工。郗望北被社员围住了，很可能还要挨两下打。”

“市规划局已经批准，我们已经交完钱啦。”

“生产队提出额外再要五台拖拉机。”

“又是这一套！”乔光朴恼怒地喊起来，“我们是搞电机的，往哪儿去弄拖拉机！”

“冀副厂长以前答应的。”

“扯淡！老冀呢，找他去。”

“他调走了。把服务大队搅了个乱七八糟，拔脚就走了。”李干不满地说。

“嗯？”乔光朴看看石敢。

石敢点点头：“三天前，上午和我打了个招呼，下午就到外贸局上任去了。走的上层路线，并没有征求我们党委的意见。他的人事关系、工资关系还留在我们厂里。”

“叫他把关系转走，我们厂不能白养这种不干活的人。”乔光朴朝李干一挥手，“走，咱俩去看看。”

乔光朴和李干坐车去生产队，在半路就碰上了郗望北骑着自行车正往厂里赶。李干喊住了他：“望北，怎么样？”

“解决完了。”郗望北答了一声，骑上车又跑，好像有什么急事在等着他。

李干冲郗望北赞赏地点点头：“真行，有一套办法。”他叫司机开车追上郗望北，脑袋探出车外喊：“你跑这么急，有什么事？乔厂长回来了。”

郗望北停下自行车，向坐在吉普车里的乔光朴打了招呼，说：“一车间下线出了问题。”

郗望北把自行车交给李干，跳上吉普车奔一车间。李干在后边大声喊：“乔厂长，我找你还有事没说完哩。”

是啊，事儿总是不断的，快到年底了，最紧张也最容易出事。可这会儿乔光朴最担心的是一车间出问题影响全厂的任务。

他和郗望北走进一车间下线工段，只见车间主任正跟副总工程师童贞一个劲儿讲好话。童贞以她特有的镇静和执拗摇着头。车间主任渐渐耐不住性子了。这种女人，真是从来没见过。她不喊不叫，脸上甚至还挂着甜蜜蜜的笑容，说话温柔好听，可就是在技术问题上一点也不让步。不管你跟她发多大火，她总是那副温柔可亲的样子，但最后你还得按她的意见办。

车间主任正在气头上，一眼看见乔光朴，以为能治住这个女人的人来了，忙迎上去，抢了个原告："乔厂长，我们计划提前八天完成全年任务，明年一开始就来个开门红。可是这个十万千瓦发电机的下部线圈击穿率只超过百分之一，童总就非叫我们返工不可。您当然知道，百分之一根本不算什么，上半年我们的线圈超过百分之二十、三十，也都走了。"

乔光朴问："击穿率超过的原因找到了吗？"

车间主任："还没有。"

童贞接过来说："不，找到了，我已经向你说过两次了，是下线时掉进灰尘，再加鞋子踩脏。叫你们搭个塑料棚，把发电机罩起来。工人下线时要换上干净衣服，在线圈上铺橡皮，脚不直接踩线圈。可你们嫌麻烦！"

"噢。嫌麻烦。搞废品省事，可是国家就麻烦了。"乔光朴看看车间主任，嘲讽地说，"为什么要文明生产，什么是质量管理制度，你在考试的时候答得不错呀。原来说是说，做是做呀！好吧，彻底返工。扣除你和给这个电机下线的工人的奖金。"

车间主任愣了。

童贞赶紧求情："老乔，他们就是返工也能完成任务，不应该扣他们的奖金。"

"这不是你的职责！"乔光朴看也不看童贞，冷冷地说，"因返工而造成的时间和材料的损失呢？"说完他头也不回地拉着郗望北走出了车间。

车间主任苦笑着对童贞说："服务大队的人反他，我们拼命保他，你看他对我们也是这么狠。"

童贞一句话没说。对技术问题，她一丝不苟，对这种事情，她插不上手。她所能做的，只是设法宽慰车间主任的心。

四

童贞知道乔光朴心情不好，就买了四张《秦香莲》的京剧票，晚上拉着郗望北夫妇一块去看戏。郗望北还没有回家，他们只好把票子留下，先拉上外甥媳妇去了戏院。

三个人要进戏院门口的时候，李干不知从什么地方钻出来。乔光朴一见他那样子，知道有事，便叫童贞她们先进场，自己跟着李干来到戏院后面一个清静的地方。站定以后，乔光朴问："什么事？"

他态度沉着，眼睛里似有一种因挫折而激出来的威光。李干见厂长这副样子，像吞了定心丸，紧张的情绪也缓和下来了。说："服务大队有人要闹事。"

"谁？"

"杜兵挑头，行政科刷下来的王秃子在后边使劲，他们叫嚷冀申也支持他们。杜兵三天没上班，和市里那批静坐示威的人可能挂上钩了。今天下午，他回厂和几个人嘀咕了一阵子，写了几张大字报，说是要贴到市委去，还要到市委门口去绝食。"

乔光朴看看精明能干的李干，问："你有点害怕了？"

李干说："我不怕他们。他们的矛头主要是朝你来的。"

乔光朴笑了："那些你别管，你就严格按制度办事。无故不上班的按旷工论处。不愿干的、想退职的悉听尊便。"

一个领导，要比被他领导的人坚强。乔光朴的态度鼓舞了李干，他也笑了："你散戏回家的道上要留神。我走了。"

乔光朴回到剧场刚坐下，催促观众安静的铃声就响了。像踩着铃声一样，又进来几个很有身份的人，坐在他们前一排的正中间座位上，冀申竟也在其中。他那灵活锐利的目光，显然在刚进场的时候就已经看见这几个人了。他回过头来，先冲童贞点点头，然后亲热地向乔光朴伸出手说："你回来啦？收获怎么样？你这常胜将军亲自出马，必定会马到成功。"

乔光朴讨厌在公共场合故意旁若无人的高声谈笑，只是摇摇头没吭声。

冀申带着一副俯就的样子，望着乔光朴说："以后有事到外贸局，一定去找我，千万不要客气。"

乔光朴觉得嗓子眼里像吞了只苍蝇。在人类感情方面，最叫人受不了的就是得意之色。而乔光朴现在从冀申脸上看到的正是这种神色。他怎么也想不通冀申这种得意之情是从哪儿来的。是无缘无故的高升？还是讥笑他乔光朴的吃力不讨好？

冀申的确感到了自己现在比乔光朴地位优越，正像几个月前他感到乔光朴比自己地位优越一样。他曾对乔光朴是那样的嫉妒过，但是如果今天让他和乔光朴调换一下，让他付出乔光朴那样的代价去换取电机厂生产面貌的改观，他是不干的。他认为一个人把身家性命押在一场运动上，在政治上是犯忌的，一旦中央政策有变，自己就会成为牺牲品。搞现代化也是一场运动，乔光朴把命都放在这上面了，等于把自己推到了危险的悬崖上，随时都有再被摔下去的可能。电机厂反他的火药似乎已经点着了。冀申选这个时候离开电机厂，很为自己在政治上的远见卓识得意。今晚在这个场合看见了乔光朴，使他十分得意的心情上又加了十分。他悠然自得地看着戏，间或向身边的人发上几句议论。

可是坐在他后边的乔光朴，却无论怎样强制自己集中精神，也看不明白台上在演什么。他正琢磨找个什么借口离开这儿，又不至于伤那两个女人的心。郗望北在服务员手电光的引导下坐在了乔光朴的身边。童贞小声问他为什么来晚了，他的妻子问他吃晚饭没有，他哼哼叽叽只点点头。他坐了一会儿，斜眼瞄瞄乔光朴，轻声说："厂长，您还坐得下去吗？咱们别在这儿受罪了！"

乔光朴一摆脑袋，两个人离开了座位。他们来到剧场前厅，童贞追了出来。郗望北赶忙解释："我来找乔厂长谈出差的事。乔厂长到机械部获得了我们厂可能得到的最大的支持，又到电力部揽了不少大机组。下面就是材料、燃料和各关系户的协作问题。这些问题光靠写在纸面上的合同、部里的文件和乔厂长的果断都是不能解决的。解决这些是副厂长的本分。"

乔光朴没有料到郗望北会自愿请行，自己出去都没办来，不好叫副手再出去。而且，他能办来吗？郗望北显然是看出了乔光朴的难处和疑虑。这一点使他心里很不舒服。

童贞问："这么仓促？明天就走吗？"

"刚才征得党委书记同意，已经叫人去买车票了，也许连夜出发呢。"郗望北望着童贞，实际是说给乔光朴听。他知道乔光朴对他出去并不抱信心，又说，"乔厂长作为领导大型企业的厂长，眼下有一个致命的弱点，不了解人的关系的变化。现在人与人之间的关系不同于战争年代，不同于一九五八年，也不同于'文化大革命'刚开始的那两年。历史在变，人也在变。连外国资本家都懂得人事关系的复杂难处，工业发展到一定程度，就大量搞自动化，使用机器人。机器人有个最大的优点，就是没有血肉，没有感情，但有铁的纪律，铁的原则。人的优点和缺点全在于有思想感情。有好的思想感情，也有坏的，比如偷懒耍滑、投机取巧、走后门等。掌握人的思想感情是世界上最复杂的一门科学。"他突然把目光转向乔光朴，"您精通现代化企业的管理，把您的铁腕、精力要用在厂内。有重大问题要到局里、部里去，您可以亲自出马，您的牌子硬，说话比我们顶用。和兄弟厂、区社队、街道这些关系户打交道，应交给副厂长和科长们。这也可以留有余地，即便下边人捅了娄子，您还可以出来收场。什么事都亲自出头，厂长在外边顶了牛叫下边人怎么办？霍局长不是三令五申，提倡重大任务要敢立军令状吗，我这次出去也可以立军令状。但有一条，我反正要达到咱们的目的，不违反国家法律，至于用什么办法，您最好别干涉。"

乔光朴左颊上的肉棱子跳动起来，用讥讽的目光瞧着郗望北，没有说话。

这下把郗望北激恼了："如果有一天社会风气改变了，您可以为我现在办的事狠狠处罚我，我非常乐于接受。但是社会风气一天不改，您就没有权利嘲笑我的理论和实践。因为这一套现在能解决问题。"

"你可以去试一试。"乔光朴说，"但不许你再鼓吹那一套，而且每干一件事总要先发表一通理论。我生平最讨厌编造真理的人。"他要童贞继续陪外甥媳妇看戏，自己去找石敢了。

童贞同情地望着丈夫的背影，乔光朴不失常态，脚步坚定有力。她知道他时常把自己的痛苦和弱点掩藏起来，一个人悄悄地治疗，甚至在她面前也不表示沮丧和无能。有人坚强是因为被自尊心所强制，乔光朴却是被肩上的担子所强制的。电机厂好不容易搞成这个样子，如果他一退坡，立刻就会垮下来，他没有权利在这种时候表示软弱和胆怯。

郗望北却望着乔光朴的背影笑了。

童贞忧虑地说："我一听到你们俩谈话就担心，生怕你们会吵起来。"

"不会的。"郗望北亲热地扶住童贞的胳膊说，"老姨，我说点使您高兴的话吧，乔厂长是目前咱们国家里不可多得的好厂长。您不见咱们厂好多干部都在学他的样子，学他的铁腕，甚至学他说话的腔调。在这样的厂长手下是会干出成绩来的。我不能说喜欢他，可是他整顿厂子的魄力使我折服。他这套作风，在一九五八年以前的厂长们身上并不稀少，现在却非常珍贵了。他对我也有一股强大的吸引力，不过我在拼命抵抗，不想完全向他投降。他瞧不起窝囊废。"

他看看手表："哎呀，我得赶紧走了。说实话，给他这样的厂长当副手，也是真辛苦。"说完匆匆走了。

五

石敢在灯下仔细地研究着一封封控告信，这些信有的是直接写给厂党委的，有的是从市委和中央转来的。他的心情是复杂的，有恼怒，有惊怕，也有愧疚。控告信告的全是乔光朴，不仅没有一句控告他这个党委书记的话，甚至把他当作了乔光朴大搞夫妻店，破坏民主，独断专行的一个牺牲品。说乔光朴把他当成了聋子耳朵——摆设，在政治上把他搞成了活哑巴。这本来是他平时惯于装聋作哑的成绩，他应该庆幸自己在政治上的老谋深算。但现在他却异常憎恨自己，他开脱了自己却加重了老乔的罪过，这是他没有料到的。他算一个什么人呢？况且这几个月他的心叫乔光朴撩得已经活泛了。他的感情和理智一直在进行争斗，而且是感情占上风的时候多，在几个重要问题上他不仅是默许，甚至是暗地支持了乔光朴。他想如果干部都像老乔，而不像他石敢，如果工厂都像现在电机厂这么搞，国家也许能很快搞成个样子；党也许能返老还童，机体很快康复起来。可是这些控告信又像一顿冰雹似的撸头盖脸砸下来，可能将要被砸死的是乔光朴，但是却首先狠狠地砸伤了石敢那颗已经创伤累累的心。他真不知道怎样对付这些控告信，他生怕杜兵这些人和社会上那些正在闹事的人串联起来，酿成乱子。

石敢注意力全集中在控告信上，听见外面有人喊他，开开门见是霍大道，赶紧让进屋。

霍大道看看屋子："老乔没在你这儿？"

"他没来。"

"嗯？"霍大道端起石敢给他沏的茶喝了一口，"我听说他回来了，吃过饭就去看他，碰了锁，我估计他会到你这儿来。"

"他们两口子看戏去了。"石敢说。

"噢，那我就在这儿等吧，今天晚上不管有多好的戏，他也不会看下去。可惜童贞的一片苦心。"霍大道轻轻笑了。

石敢表示怀疑地说："他可是戏迷。"

"你要不信，咱俩打赌。"霍大道今晚上的情绪非常好，好像根本没注意石敢那愁眉苦脸的样子，又自言自语地说，"他真正迷的是他的专业、他的工厂。"

霍大道扫了一眼石敢桌上的那一堆控告信，好像不经意似的随便问道："他都知道了吗？"

石敢摇摇头。

"出差的收获怎么样，心情还可以吗？"

石敢又摇摇头。刚想说什么，门忽然开了，乔光朴走进来。

霍大道突然哈哈大笑，使劲拍了一下石敢的肩膀。

这下把乔光朴笑傻了。石敢赶紧收藏控告信。这一回他的神情引起了乔光朴的注意。乔光朴走过去抓起一张纸看起来。

霍大道向石敢示意："都给他看看吧。"

心里并不畅快的乔光朴，看完一封封控告信，暴怒地把桌子一拍："混蛋，流氓！"

他急促地在屋里走着，左颊上的肌肉不住地颤抖。突然，嘴里咯嘣一声，一个下槽牙碎成了两半。他没有吱声，把掉下来的半块牙齿吐掉。他走到霍大道跟前，霍大道悠闲而专心地看报，没有看他。他问石敢："你打算怎么办？"

石敢扫一眼乔光朴说："现在你可以离开这个厂了，今年的任务肯定能完成，你完全可以回局交令。我一个人留下来，风波不平我不走。"

乔光朴吼起来："你说什么？叫我溜？电机厂还要不要？"

"你这个人还要不要？你要再完蛋了，要伤一大批人的心，往后谁还干！"石敢实际也是说给霍大道听。

霍大道静静看着他们俩，就是不吭声。

乔光朴怒不可遏，在屋里来回蹓跶，嘴里嚷着："我不怕这一套，我当一天厂长，就得这么干！"

石敢终于忍不住走到霍大道跟前说："霍局长，你说怎么办？"

霍大道淡淡地说："几封控告信就把你吓成这个样子。不过你还够朋友，挺讲义气，让老乔先撤，你为他两肋插刀顶上一阵子，然后两人一块上山。嗯，真不错。石敢同志大有进步了。"

石敢的脸腾一下红了。

霍大道含笑对乔光朴说："老乔，你回电机厂这半年，有一条很大的功绩，就是把一个哑巴饲养员培养成了国家的十二级干部。石敢现在变化很大了，说话多了，以前需要别人绑上拖着去上任，现在自己又想当书记又想兼厂长。老石同志，你别脸红，我说的是实话。你现在开始有点像个党委书记了。不过有件事我还得批评你，冀申调动，不符合组织手续，没有通过局党委，你为什么放他走？"

石敢脸一红一白，这么大老头子了，他还没吃过这样的批评。

霍大道站起来走到乔光朴身边，透彻肺腑的目光，久久地盯住对方："怎么把牙都咬碎了，不值得。在我们民族的老俗话中，我喜爱这一句：宁叫人打死，不叫人吓死！请问：你的精力怎么分配？"

"百分之四十用在厂内正事上，百分之五十用去应付扯皮，百分之十应付挨骂、挨批。"乔光朴不加思索地说。

"太浪费了。百分之八十要用在厂里的正事上，百分之二十用来研究世界机电工业发展状态。"霍大道突然态度异常严肃起来，"老乔，搞现代化并不单纯是个技术问题，还要得罪人。不干事才最保险，但那是真正的犯罪。什么误解呀，委屈呀，诬告呀，咒骂呀，讥笑呀，悉听尊便。我在台上，就当主角，都得听我这么干。我们要的是实现现代化的'时间和数字'，这才是人民根本的和长远的利益所在。眼下不过是开场，好戏还在后头呢！"

霍大道见两个人的脸色越来越开朗，继续说："昨天我接到部长的电话，他对你在电机厂的搞法很感兴趣，还叫我告诉你，不妨把手脚再放开一点，各种办法都可以试一试，积累点经验，存点问题，明年春天我们到国外去转一圈。中国现代化这个题目还得我们中国人自己做，但考察一下先进国家的做法还是有好处的……”

三个人坐下，一边喝着茶，一边谈起来，越谈兴致越高。霍大道突然对乔光朴说：“听说你学黑头学得不错，来两口叫咱们听听。”

“行。”乔光朴毫不客气，喝了一口水，把脸稍微一侧，用很有点裘派的味道唱起来：

包龙图，打坐在开封府！
……

原载《人民文学》1979 年第 7 期
荣获“1979 年全国优秀短篇小说奖”

拜　年

蒋子龙

一

“阳历年”——那算什么年？不管你给它起多好听的名儿叫什么“元旦”，可中国人从来不把它当“年”看待。录音机、电视机可以进口，没听说“年”还能进口！中国人真正的年，是春节！农历正月初一，这才叫新年新岁，万象更新哪！

初一饺子、初二面，初三合子往家转……转眼到了大年初五。俗称“破五儿”，又是吃饺子的日子。好吃的东西反正就是那几样，每样吃了一圈儿，轮回去再从头吃起。人嘛，平时抠抠唆唆，一过年就放开了手脚，好像有今天没明天了，不把腰里那点钱折腾光了，心里就不舒服。吃喝玩乐，日子过得就是快。酒喝足了，钱花光了，今儿个——到了工厂上班的日子啦。

冷占国比往常上班提前二十分钟出了家门，他历来讨厌“以厂为家”、早来晚走和加班加点那一套。只有废物蛋才要这种花架子，顶多可以赚顶先进生产者的帽子。但管理工厂那都是下策。可以说冷占国是吃铁末子长大的，从懂事那天起，就在三条石的各个小铁工厂里串来串去捡煤核，个子刚长到和大锤把儿一般高，就进厂当了小学徒。工厂里那点玩意全在他肚里装着，不管哪个部位发生了什么问题，能瞒哄别人，却瞒不了他。他认为每个人只要干足了八小时，工厂就不是现在的样子。八小时工作制顶多使了四个小时的劲，何苦在八小时以外又装腔作势！他一年到头不早来晚走，也不早走晚来，规规矩矩，按制度办事。但一年中有四天是例外，阳历一月二日、五月二日、十月三日、农历大年初五。赶上这四个日子，每天都提前二十分钟上班。为什么？他一不害怕节目，二不反对放假，但目前有些人这种干着玩、玩着干的脾气可叫他受不了。节前五天就松了劲，你把嗓子喊破也吆喝不起来了；节后五天还缓不上劲来，你把眼珠子瞪圆也没人理你的茬儿了！里外里加在一块儿，元旦放一天假，等于放十一天；春节放四天假就等于放了半个月，这受得了吗！他也愿意一年到头光放假，可往哪儿拿钱去？所以每逢放假后的头一天上班，他都提前二十分钟往总调度室一坐。他手下的调度员们也都知道主任的脾气，这一天全部提前上班，每人抓住一部电话机。八点钟——上班的铃声刚响，每个调度员同时都拨通了各个车间办公室的电话。要是有哪个车间的主任没有上班来，或者哪个车间的机器没有转，还没有开工生产，这个车间的头头就算倒霉了！

总调度室主任——这职务比厂长小半级，比车间领导高半级。关键还不在冷占国比车间的头头们高出这半级，关键是冷占国这个人。他一进工厂的门，除去生产，别的全不认识，六亲不认，男女不分，老中青不辨，似乎连七情六欲也没有，老是板着一副冷冰的铁面孔，一说话就把人往墙角上逼，谁受得了！

今天是“破五儿”，他还没有进厂门，火气似乎已经顶到脑门了。往年的春节都赶在二月份，今年却赶在了一月份。一个月赶上俩节日，掐头去尾，一个月连半个月的活也干不了，这个月的生产计划怎么保？年前，厂长硬掐着他的脖子，逼他子吃卯粮，东挪西凑，虚虚实实提前报产，多报产值，把应该在第一季度里分三个月下发的奖金，全部提出来，春节前一次发给了职工。凡是机械厂的人，摸摸头就有一份。说是一年到头了，大家辛辛苦苦干了十二个月，痛痛快快过个肥年吧！他虽然有坚强的个性，但胳膊再粗也拧不过大腿，只好咬着牙干。他心里虽说不痛快，可自己也分了一份，并且也没有旗帜鲜明地把自己那一份退回去，真是打断了胳膊往袄袖里藏！年是过了，够痛快，也够肥，今后怎么办？谁来坐这根大蜡？还是他——冷占国！

马路上还很清静，车辆和行人都不算多。往常这个钟点，车水马龙，已经挤成一个蛋了。今天是怎么啦？有人还想再歇一天？年还没有过够？边道上尽是白花花的炮仗纸，看见这些像铺了一层地毯似的炮仗纸，就使人还可以闻出一种喜气洋洋的过年的味道。今年放鞭炮的人特别多，大年三十的晚上从十二点一直响到初一上午九点。解放天津那一年真枪真炮也没有这样响！他就奇怪，人们哪来的这么多钱呢？瞒别人还能瞒得了他吗！工厂里的钱越来越紧，生产不是看涨，而是看落，大伙口袋里为什么还都那么肥呢？莫非也是来路不正？其实就是那么点钱，不过市场活跃，周转加快，从你的口袋装进我的口袋，又从我的口袋转到他的口袋，钱不值钱，人人都能摸得上，热热闹闹，大家高兴。但是冷占国决不花那种冤枉钱，过年他连一个炮仗也没买。一是他没有小孩，冷冷清清，挺大的一个人举着一挂鞭自己点火自己放，有什么意思！二是老婆有病，他没有那份兴致。

“哎呀！”他急忙扭车把，差点和前面一辆拐弯的自行车撞上。工厂快到了，今儿个头一天上班不顺气，骑在自行车上老走神儿。他提一提精神抬起了头，以前很吃香，现在最不景气的重机厂，在城市里鹤立鸡群，像一片小山头似的横在面前：办公大楼、设计大楼，试验大楼，两万平方米的总装车间、像前门楼子一样突出的煤气站、有双层天车的热处理车间，高高低低，参差不齐，方圆三十里，是个用钢铁堆起来的城堡。不，是用钱堆起来的！而且有许多钱扔在了地底下，这些埋在地下的各种基础是再也收不起来了。光说调整，调整不好就下马，能这么轻巧吗？工业的脊梁骨弯了，光靠农民做小买卖赚的那点钱顶个屁用！这么大一个机器厂，还没有真正为国效过几年力哪，一讲调整就丢掉不要了？上上下下一推六二五全不管了？过去，一提重机厂人们都另眼看待，姑娘小伙子们找对象都比别的单位容易，看看这一大片厂房就叫人眼馋。想不到现在成了人们嘲笑的对象，还不如做皮鞋卖百货赚的钱多！

冷占国越想越气，猛地又低下了头。

二

重型机械厂的大门敞开着，时间还早，上班的人稀稀拉拉，职工们年后第一次碰面，抱拳拱手，相互问候，倒也热闹。有一个身材不高的人抱着大竹扫帚从厂内中央大道一直扫过来，扫净了门里，又扫门外。冷占国从早晨出了家门，这是碰到的第一件叫他高兴的事，好兆头，开市大吉，刘瘸子这一回算办了件人事。他一年到头在传达室里坐着还嫌累，轻易不开大门，职工上下班全走旁边的小门，汽车走后门。冷占国老为这件事骂街：“就朝这一条，机械厂也搞不好，不走大门，净走旁门歪道！”今儿个刚过完年，刘瘸了长了一岁，也长了点出息，又扫马路，又开正门，这个年不白过，今年的生产说不定还沾他点光。

他翻身下了自行车，破例想和刘瘸子打声招呼，认真一打量，嘿！扫大门口的不是刘瘸子。一个矮墩墩的矮胖子，一张毫无特色的脸，原来是他的副手、总调度室副主任——老实木讷的胡万通。冷占国心里刚冒出来的那点高兴劲又飞了，一个总调度室的副主任，不干点正事却来扫大门口，不光是失身份，而且是失职。仿佛胡万通不仅丢了自己的脸，也丢了他冷占国的脸。论职务冷占国压胡万通一头，若是排辈儿，胡万通却是冷占国的师兄，他比冷占国早学半年徒。只因掌柜的看他脑瓜儿不伶俐，手脚更笨得出奇，天生不是个打铁的材料，就叫他拉风箱烧火，让冷占国学拿钳子打铁。也正是从冷占国拜师的那一天起，他就指挥和领导胡万通。胡万通对这种被领导的地位一点也不在意，他和冷占国正相反，几十年如一日的早来晚走、以厂为家。你早来也不要紧，可别扫马路呀，到车间转转不还可以掌握点生产情况嘛！

胡万通却决不认为扫马路就是丢人，他是故意选了这个春节后第一天上班的早晨来扫大门口，可以向全厂每一个职工都拜一拜年。所谓拜年，还不就是问声好、打个招呼，你主动给别人拜年也比人家矮不了一截，可对方心里会很舒坦。现在当个干部不能拿架子，板着面孔打官腔吃不开了，要想办成点事就得靠人缘儿，靠面子。

“王科长，过年好！初二我到你家去了，你不在……”

“老几位，过年没得空给你们去拜年，今儿个给几位拜个晚年！”

胡万通像所有自知能耐不大的人一样，说话随便，待人亲热而坦率。他似乎永远都是这副快活诚实的样子，不分干部和工人，向每一个来上班的人都拜上一个年。

“老师傅，头一天上班就来得这么早，我在这儿等着给你拜年呐！”

“哎呀，这不是胡主任嘛，您过年好！干部在大年初五扫马路，这可是多少年没有的新鲜事啦！”

不少工人为胡万通扫街而感动，他不仅没有失身份，在群众中反倒长了身价。新年新岁，喜气洋洋，大家都高兴，更容易联络感情，增加对他的好感。何况在这个世界上你到底做了些什么是无关紧要的，重要的是你如何让人们相信你的确做了不少工作。至于成效多少是不大被人注意的，谁能无止境地吃苦耐劳、忍辱负重，谁就是当今的天才！

精工车间的副主任施明带着本车间的一群小青年，骑着飞车冲过来。

“小施，你们过年好！”他见了现在的青年人就像见了女人一样，宽厚阔大的嘴唇咧开了，那样子就好像随时都禁不住要笑似的。

“哟，胡头儿，初三我到你家给你拜年，你躲了，把好酒也都藏起来，这可不对呀！”

“胡头儿，你大年初五扫马路，真是活雷锋！”

青年人跳下自行车，亲热地围住了胡万通。

“胡头儿，听说你要升副厂长了……你别装傻，年前厂长到我们车间征求意见了。”

“叫胡头儿请客！”

一个青年工人搂住了胡万通的肩膀头，伸手到他口袋里去掏烟。

“别抢，别抢，我给你们拿。”

哪容他往外拿，青年人早从他的上衣口袋里把一盒还没有开封的恒大牌香烟掏走了，这样的香烟过春节每户才供应十盒。青年人把烟一分，有人三根，有人五根，最后还剩下两个人没有分到烟。这两人当然不能吃这个亏，继续找胡万通要烟。施明知道他的秘密，大声叫着：“他褂子口袋的烟是次货，专门准备给外人抽的，他裤口袋里还有好烟，那才是留给自己抽的，要不怎么外号叫烟神！”

胡万通嘿儿嘿儿笑了：“过年卖给的好烟我一根也没捞着抽，这是最后一盒了。不信你们看……”他从裤口袋里掏出自己抽的烟——塑料袋里装着大烟叶和一叠白纸条。

抢烟的几个坏小子见到这幅情景心里一动：这个老实人，把好烟整盒整盒地送人，自己过年抽烟叶。他大概除去老婆不送人，别的什么都可以给人。话又说回来，吃亏人长在，他也正是靠这些东西买了个傻人缘儿。不过，坏小子的心里仅仅是有那么一点点感动，绝不会再把香烟还给胡万通。他们的哲学是：见了老实人不欺负也是傻瓜。他们叼上恒大烟，骑上自行车，一哄而散。这还不算完，回头又饶了两句：

“胡头儿，当干部的要都像你有多好！”

“胡头儿，选厂长我一定投你一票！”

胡万通憨厚地摇摇脑袋，继续扫地，仍然不忘同每个进厂的人打招呼。

站在一旁的冷占国可给气坏了，连他的脸都感到替胡万通臊得慌。人家把他当傻小子耍，寻开心找便宜，他就愣觉不出来，还乐呵呵感到怪不错哪！当然，胡万通这样干还使冷占国的心里有那么一种不舒服，上班来的职工几乎都和胡万通打招呼，有说有笑，却很少有人搭理他，甚至人们根本看不见他，上班来的人全把注意力集中到胡万通的身上。胡万通本事不大，反倒能跟周围的人保持一种良好的关系。尽管大家都瞧不起他，可又都喜欢他，把他当成天生的挚友。冷占国从来没有想到自己还会嫉妒没有本事的胡万通。

他走过胡万通的身边时，低声然而威严地说："万通，别扫了，赶快回办公室。"

"呵，占国，你来了。好，我马上就完！"胡万通三下五除二把大门口外面的小马路扫完，将扫把丢在传达室，紧跑几步跟上了冷占国，用充满焦虑的口气说："占国，这两天弟妹（北方话：兄弟媳妇的昵称）怎么样？初二我去的时候见她的气色可不大好。过年劳累，睡觉又少，再加上小孩们爱在窗户根底下放鞭炮，一惊一乍，你可多留神，千万别让她犯病……"

冷占国阴沉着脸没有吭声，他最不愿意别人提他老婆的病，尤其是在工厂里。当然，胡万通例外，他们是多年的师兄弟，两家的事谁也不瞒谁。虽然现在他心里还闷着胡万通的气，不愿搭理他，可是讲私人交情，讲为人处世，他还是觉得胡万通这个人安全可靠。胡万通确实是这样一种人，别人一见面就可以信任他，都愿意把隐私告诉他，有火气可以朝他身上撒，有牢骚也可以冲着他发，一切苦恼、隐痛、忧虑都可以向他倒出来。他可以心甘情愿地代人受过，自己有天大的委屈也可以忍气吞声，而且毫不吝啬对别人的同情和安慰，使对方在精神上得到解脱。更重要的是他不出卖朋友，不传老婆舌头，他不说任何人的坏话。他的立场永远是缓和矛盾、平息争端，决不站在一方指责另一方，也不挑唆别人相互怨恨。他越是这样，就越是掌握了许多别人的秘密，一条秘密就是一条小辫子，他不使用这些秘密，不抓别人小辫子，不等于他没有力量，反而证明他的忠厚善良。因而使他在工厂成了个特殊的人物，绵里藏针，软中有硬，以弱胜强。没有人比他更窝囊了，谁都可以欺侮他，可他又是个强者，是个胜利者。就像冷占国这种脾气古怪的汉子，在工作上可以把他拨拉得团团转，训斥他，嘲笑他。但是冷占国的老婆犯病还得靠他帮着送医院，然后又把孤单执拗的冷占国拉到家里，像对待亲兄弟一样照应他。冷占国在胡万通手里也不是没有短儿，所以别人都怕他，而胡万通只是顺从他，并不怕他。当调度员们每人守着一部电话机进入一级战备状态的时候，他却向冷占国提出了另外的主张——

三

“占国，别叫大伙光抱着电话要数字了，今天刚过完年，什么数字也要不上来。倒不如你领着我们大伙挨个车间转一转……”

“干什么？”

“给车间的头头和工人们拜年呐！”

“什么什么？拜年？我还去作揖磕头呐！这是领导生产，不是老娘儿们串亲戚。你们从初一拜到初四，还拜不够？还要跑到工厂里来拜年，刚才你在大门口演的那一出儿，像武大郎开店似的，还不够叫人恶心的！”

“你看你，说着说着就着急，你听我慢慢儿跟你讲。”胡万通嘿儿嘿儿一笑，别人说他什么话，他也不会着急上火。而且每逢和别人办事谈话的气氛要紧张的时候，他就主动敬烟，紧张的气氛立刻就会缓和。伸手不打笑面人嘛，哪有一点人情味儿都不讲的家伙。可是那盒救急的好烟被施明那帮坏小子抢走了，他只好掏出了大烟叶：“你卷根儿这个尝尝？比恒大有劲！”

冷占国不耐烦地摆摆手，往自己的茶杯里放上一撮茶叶，一摸暖瓶是空的，生气地把冰冷的水壶推到了一边儿。自从胡万通从车间提升到总调度室两年多以来，总调度室二十一个干部，别人没有再打过开水，全是胡万通一个人的事儿，每天早晨，调度员们上班来，各个暖瓶都是满满的。时间一长，这好像也形成一种制度了，开水就应该副主任去打，别人没有这个习惯了。今天虽然出了例外，但冷占国也只是把暖瓶推开，并没有想到自己要去打开水，心里反而埋怨胡万通光顾扫马路，忘了打开水。

胡万通笑着解释："我去过了，锅炉房还锁着门哪，今儿个头一天上班，不到十点甭想喝上开水。"

"为什么不让锅炉工上早班，今天正式开工，没水喝怎么行！"

"那就是行政科的事儿了，咱们管不了。这和你领导全厂生产是一个理儿，不能像过去一样总靠公事公办，拿出上级领导下级的劲头，用组织手段和规章制度卡下边是不行的。现在没有人听你那一套，人家嘴上怕你，说不过你，但是私下可以和你拧着劲，不听你的，你有什么招儿？所以还得和下边搞好关系，建立感情，拿人情面子拘着大伙干活。"胡万通想借过年的喜庆劲劝劝师弟。

"得了得了，这是工厂不是幼儿园，我不会哄小孩子！"

"不论工厂还是幼儿园，理儿是一个。咱们干调度的，上边通厂长，下边靠工人，管事多，接触人多，因此得罪人也就多。一年到头了，你领着大伙到下边一拜年，过去有点疙疙瘩瘩的事也就过去了。你不也羡慕外国的生产管理办法吗？到了年节，人家老板也对下边人说：'承蒙多关照'、'感谢您捧场'！把公事当成私事办就好多了。大伙心里不痛快，不想干这活，冲着你这个当头的人缘儿不错，碍着你的面子也得干。"

"那还要计划干什么？规章制度还有什么用？！"冷占国又喊了起来。他热爱工厂，办事利练，从前他把组织生产当作一种享受，就像一个有才气的导演排练一出好戏一样，沉醉在创造的乐趣之中。可是一年一年干下来，越干不是越熟练、越顺手，而是越干越艰难、越不适应。挫折和困难使他对现状越来越不满，态度变得严谨而刻板，好像车间的人一年到头老欠着他一笔还不清的账。

外间屋的调度员们听到主任又冲着副主任嚷叫起来，放下电话悄悄地走到门口偷听。他们钦佩主任的精明和能干，可是又惧怕他。在他手下当兵很难，老得神经紧张，在生产的组织和调度上稍有一点失误，就甭想瞒过主任的眼睛。他嘴又刻薄，常常让不如他的人下不了台。而副主任胡万通却具有一种使周围的人心情舒畅的魅力，大家在心里都赞成他的办法，到下边转悠一圈儿，说说笑笑，抽烟喝茶，事情也办了，还落个轻松愉快。谁愿意像个旧社会的工头似的，大年初五一上班就逼着下边干活。

胡万通抽了一支喇叭烟，看看冷占国刚才冒起的那股邪火已经熄下去了，就笑模悠悠地说："走吧，快到点了。"

冷占国抬起头扫了自己的副手一眼，天呐，这算个什么人呢？老牛筋，母猪肉，蒸不熟，煮不烂，没囊没气，软磨软泡。他没当干部的时候对冷占国是百依百顺，现在怎么变成了这个样子？难道他到下边推动工作也是这个办法？调度工作需要精明练达，快刀斩乱麻，真不明白这一年多他是怎么胡拉自己那一摊儿的！冷占国瞧不起胡万通，对胡万通的工作却不能轻易下断语，他管的炼、铸、锻、热线那一摊儿，虽没有突出的成绩，也没有出大的漏子，不管什么情况总能凑合过去。现在的事情真是难说，智勇不足，靠甜嘴蜜舌也能干工作。冷占国叹了一口气，"要去你去，我是不去。"

"我算什么，说老实话，我不光春节给大伙拜年，一年到头我老给下边拜年。我的经验是：给下边布置工作说软话比说硬话更容易成功。"

"那是你乐意，窝囊人办窝囊事。"

"窝囊也好，不窝囊也好，你的目的不是要把事情办成吗？他骂你也好，唾你也好，只要能替你办事不就得啦。快走吧，大家看的是你，意见多也是对你……"胡万通险些违背了几十年做人的宗旨，把他听到的群众对冷占国的意见说出来。其实也可惜那些好话对冷占国说，句句就像子弹打在坦克上，弹回来反伤了自己。

“谁爱有意见就有吧！”冷占国不想打听别人对他有什么意见，他心里有数，早就采取了“四不”方针：不怕，不问，不听，不改！现在人们的嘴比鸭子屁股还臭，你做得再好，要想贬你也可以把你说成一堆狗屎。你本是一堆狗屎，要想抬举你，也可以把你说成一朵鲜花。他也不想再跟胡万通费唾沫了，站起身一把推开了通向外面大屋的门，挤在门口偷听的调度员们，慌忙回到原座位，拿起了电话听筒。

冷占国的火气更不打一处来，他从一个调度员手里夺过电话，自己拨通了精工车间的号码。可是对方没有人接电话，只听见铃声嘟嘟响。他捺了一下电话的托簧，又拨通了总装车间的号码，同样也没有人接电话。还真叫胡万通猜对了？他强压住性子，决心举着听筒一直等下去，看看对方到底什么时候才接电话。他的眼睛盯住了手腕子上电子表的指针，一分钟、两分钟……到六分钟的时候对方有人拾起了电话，还没搭腔儿，嘴里就先骂骂咧咧的：“这是谁呀，这么早就来电话，八成是年货吃得太多，肚子撑得不好受！喂，你要哪里……”

“你们车间主任在吗？”

“不在。”

“副主任哪？”

“也不在。”

“你们那儿有头没有？”

“没有！”

“你们的头哪？”

“死啦！啊，不，他们到班组给工人拜年去了。”

“嗯？也在拜年！还要工资吗？”

“一个儿也不少给，反正是国家倒霉！”

“你是谁？”

“你是谁？”

“我是冷占国。”

“我一听就是你，这种日子只有你这个不长眼眉的才来抓生产，你是大伯子背兄弟媳妇过河——专干受累不讨好的事！”

“你是谁？”

“我是你大爷！”对方砰地一声把电话撂了。

四

冷占国举着听筒的手瑟瑟发抖，像铁板一样冷峻的双颊上，看得见血液在搏动，两只眼睛则像是烧热的炭块，熠熠闪光。为了工作也会得罪人，这到哪儿去说理去！生活和无数事实总是对他的计划和雄心进行修正，多亏他有坚强不变的个性，能够在重重打击面前不为外物所移，也不为个人的恩怨所颠倒，他强迫自己冷静沉着，慢慢放好听筒，目光转向他的下属。

调度员们有的往车间打通了电话，有的还没有打通，总之收获很小，紧张地看着自己的上级。

“你们立即到自己所管的那些车间里去，不是去给他们拜年，而是督促他们赶快投入生产。如果哪一个车间今天上午不能恢复生产，就按制度办事，扣罚……”冷占国讲到这儿，突然想到三个月的奖金已经提前预支，早就发下去了，还扣什么呢？他改口说：“你们要盯的重点是：炼钢车间，六十万千瓦汽轮机中压转子的大钢锭；铸造车间，三五〇工程的主机机体；锻压车间，六十万千瓦汽轮机的高压转子；精工车间，二八〇〇变断面铝板机、六千吨涨力矫直机、一千二百立米高炉……这些产品必须在这个月底交货！”

忽然，楼道里笑语喧哗，热闹异常。总调度室的门被推开了，厂长、党委书记带领着厂部的几个头头给总调度室的干部拜年来了。厂长满脸喜色，高声道喜：“冷主任，老胡，同志们，你们春节过得好哇！你们总调度室的人平时最辛苦了，过年搞团拜是咱们的老传统，我们厂部的几个同志给大家拜年，先到你们总调度室来。”

“不胜荣幸。可是占工作时间拜年，考勤怎么划？算出勤，还是算缺勤？大家客客气气地拜一天年，这一天的产值找谁去要？工资找谁去要？”冷占国说完连看也不看厂部的领导，也不让厂长们进门，又把目光转向他的部下：“我刚才说的听明白了吗？”

调度员们像战士回答首长的问话一样，大声说：“听明白了！”

来拜年的厂部头头们被干晾在门口，进也不好，走也不好。好在他们被冷占国顶撞也不是一回两回了，并不太在意。只是当着这么多的一般干部，面子上太尴尬了。厂长刚五十多岁，是个“年轻的老干部”，修养极好，哈哈一笑：“对，冷主任说得对，大家快一点，别占太多的工作时间。好，你们忙吧，我们再到别的科室去看看。”

厂部领导给自己铺了个台阶走了。

冷占国向部下一挥手：“听明白了就赶快行动！”

胡万通抢先一步出了门：“负责热线的跟我走。占国，你代表咱们总调度室到各个科室转转，车间你就别管了。”

“他倒指挥起我来了！”冷占国心里烦躁，嘴里没有吭声。

但是，他不去给别人拜年，自己也无法工作。人事科、保卫科、宣传科、组织科……几十个科室的干部陆陆续续都来敲总调度室的门。他们相互拜年，有的是团拜，有的是私人串连，拜谁、不拜谁，这里面很有讲究。有的是拜好朋友；有的专门拜和自己有矛盾的人，借机调和；有的借机感谢曾经帮助过自己的人；也有的趁拜年发展新的关系。一拨儿又一拨儿地来到了总调度室。冷占国恼也不是，笑也不是，他可以冲着厂长甩冷腔，却不能嘲骂来给他拜年的普通干部。一气之下他也走出了办公室，干脆躲开吧！他最不放心精工车间，这个月全厂产值的重头恰恰又压在这个车间，他要亲自到那里看看。

楼道里闹闹嚷嚷，你到我屋来，我到你屋去，作揖拱手，嘻嘻哈哈，冷占国厌恶地快步走出办公大楼。他刚一踏上厂区的中央大道，立刻感到更不对头，听不见从车间里发出的机器声，没有正常的秩序。整个厂区就像庙会的会场，班组与班组之间相互拜年，车间与车间之间相互拜年，一群群，一伙伙，你来我往。看这劲头，今儿个这一天真要泡汤了！可是厂房折旧费、设备折旧费、工资劳保等，生产不生产，每天要开销十一万元，拜年能拜来这十一万吗？不赚光赔，往后的日子怎么过？还嚷什么“恭喜发财”，这不是叫屁憋的吗！冷占国可受不了啦。

他返身跑回办公大楼，让厂长办公室的秘书立刻通知各车间主任，赶紧到总调度室开紧急生产调度会议。

秘书朝他挤挤眼：“你总是用骑兵急袭式的作风工作，要知道现在不是正面发起进攻的年头，而是迂回调整的时期。”

“少说废话，你赶紧下通知！”

“十几个车间还有几个有关科室，我挨个通知到他们也就到了吃饭的时间，你想上午开会是无论如何办不到了。”

“他娘的，”冷占国从牙缝间喷出一股怒气，“调度会就在下午一上班，你通知厂长，我请求他必须参加！”

五

“咱们开会啦——”

会议开始之前，气氛总是十分活跃的：寒暄的，开玩笑的，低声交谈小道消息、内部情况的，递烟送茶的……冷占国沉默寡言，谁也不理，谁也不看，连对坐在他身边的厂长也不瞄一眼，一个人昂头抽烟，眼睛盯住窗外设计大楼的楼角。即便别人对他说露骨的恭维话，他也毫无反应。有人心虚，不知在什么事情上被他抓住了小辫子，想巴结他，冲他开一个亲热而讨好的玩笑，他也不动声色。软硬不吃，不进油盐。他不向厂长请示，也不跟副手商量，连一句人们习惯说的客气话、表示和同事亲热和谐的客套话也不说。比如：“厂长，你先给大伙讲几句呀？”“万通，你看是不是开始呀？”一切人情世故到他这儿就全免了，擅自宣布了开会。好像总调度室主任，理所当然就是调度会的主席，不管来参加会的是些什么人，也得一律听他指挥。

他身躯高瘦，有雄伟的骨架，却缺少肥肌重肉，因而坐在那里像一块巨大的山石——威势逼人。当他说完了那句开场白，才把目光收回来，放肆地打量着车间主任们："春节过去了，大家拜年也拜得差不多了吧？如果还没拜够，我再给你们大伙拜，磕响头也行！但是要有一个条件，得完成这个月的任务。这个月全厂的计划：产值九百万元，利润十七万元。截止到今天早晨，全厂共完成六百二十万元，还差二百八十万元，时间就只有两天半。你们就亮底吧，咱们都是干这个的，谁也不用瞒谁，我要具体的措施、实实在在的数字。今天上午完成多少，下午完成多少，夜班完成多少？明天、后天一共有六个班次，每班各完成多少？如果你那个车间完不成计划，理由是什么？"他稍停一下，又说，"今天看见诸位拜年的劲头都很大，想必是胸有成竹，我谢天谢地。哪个车间能确保完成计划，我当场给他磕头拜大年！开始——"

他的冷峻的挖苦比他的吼叫更叫人受不了，他的客气中包含着阴冷和露骨的轻视，大家听了更增加对他的反感。他对这些人并无仇恨，他只是恨工作不该这样干。他自信自己那套办法是卓有成效的，过去曾被无数事实证明过。可是现在这些办法只增加了他和周围的人在感情上的裂痕，对工作似乎并无多大好处。因此他也增加了对自己的怀疑和不满，他的坏脾气又使他把对自己的不满发泄到别人身上，这就越发遭别人不满。说穿了现在谁怕谁呀！别说他是个总调度室主任，就是厂长又怕他何来？人家不过是表面怕他，心里恨他。只避免当面和他发生冲突，对付他的办法有的是，不说完得成，也不说完不成，各个车间都差不多，到时候大家都完不成，法不责众，看你冷占国有什么咒儿念？现在各个单位的困难都是一堆堆的，随便摆出几堆就够说上半个小时；每个人肚里的牢骚也有好几串，拉出几串就够应付冷占国的，他有牢骚，别人的牢骚比他还多。尽管他精通生产，有敏锐的智力，即使在他的坏脾气中也时常显现出智慧的异彩，但是他的坏脾气毁了他的智慧，人们只知道他脾气坏，不承认他有智慧。他不能控制全厂的生产局面，也控制不了这个集中了全厂的能人神仙的调度会了。表面上冷占国是会议的中心，实际上每个人都以自己为中心，各想各的事，各打各的算盘，哪个人都有一套对自己有利的神算妙计。

也许，能叫与会者从始至终思想不开小差的会议是没有的，更不要说把挖苦嘲笑当作打嚏喷、把拍桌子争吵视作家常便饭的生产调度会了。

瞧吧，这些车间科室的头头们济济一堂，有的把这半天调度会当作了享受，有的当成罪受，有的借机来休息半天，有的来开心取乐儿、发发牢骚，不解决问题还图个心里痛快。这一切内心活动都可以从他们那丰富多彩、迥然不同的表情上看得清清楚楚：有人端端正正，严肃认真；有人怒目圆睁、慷慨陈词；有人幽默多智、谈笑风生；有人冷静观战，超尘绝俗；有人尖酸刻薄、嘴上无德：有人满腹委屈、哭诉无门；有人闭目养神、昏昏欲睡；有人神情木然、心不守舍。这一切又好像只是方式不同，大家早有默契，联合起来，对付冷占国。会议室里烟雾缭绕，真比庙堂里十八个罗汉的形象还要多姿多彩、生动而又不雷同。施明正悄悄地、专心致志地往坐在前面的胡万通的后背上挂纸王八。墙角一个负责做记录的年轻调度员，正怀着强烈的创作冲动在“工作手册”上画人物素描，这里有天才的模特儿，有丰富的材料。

精明练达的厂长，一副城府很深的样子，表面上不露声色，慢慢地吸着烟，心里却已经打定主意，干脆就在这个会议上宣布自己调走的消息和部党组对胡万通的提升。一个月前，工厂党委讨论副厂长的人选，有人提出了冷占国，但是大多数委员不同意，却选择了胡万通。现在看，这个决定是对的。没有人不承认冷占国有高超的工作能力，他似乎是个天生的当厂长的材料。也许正因为他是天才，才为凡人所不理解，所不容。现在当个干部首要的一条就是有活动能力，会疏通关系和善于办事，冷占国缺少的正是这些。他当调度主任，惹出麻烦厂长还可以为他擦屁股，他若当了厂长难道还叫市工业部的领导来给他擦屁股？他的屁股擦也擦不完！

厂长又把目光转向了胡万通。胡万通认真地听着每一个人发言，不停地在小本子上做记录。他脸上的表情也随着发言者的态度和内容而变化无常，他对于任何喜欢演说的人都是最热心的听众，他的脸仿佛不是自己的，倒像有一个适应外界变化的开关。这是一个从相貌到为人都很平常的人，但他的生命很结实，他的机遇很惊人。在平凡的时代里，只有最平凡的人才有好运。他给人的印象是一个老实本分的人，与世无争，从不谈论权力、职务、地位，似乎决不贪图这些东西，实际上在通往厂长的道路上，他却是个幸运儿。胡万通知道时势造英雄的真理，懂得和周围的人保持良好的关系有多么重要，谁也没有看出在他老成豁达的性格中深含着一种老于世态的灵通。别人都把他当成了一个窝囊废，在社会上他却是个玲珑剔透的水晶球。当个领导首先要具备演员的才能，现在只有傻瓜还不懂得这一点。使用胡万通这样的干部完全放心，他决不会给上级惹什么麻烦，用起来顺手。

想到这儿，厂长微微笑了。不论是冷占国还是胡万通，都没能瞒过他的眼睛，他到部里以后再指挥起这个厂来，仍然会得心应手。

往胡万通后背挂王八的施明，终于完成了这桩壮举，一根曲别针，下面勾着一个用香烟盒撕成的乌龟，上面牢牢地勾在胡万通的衣领上。引得他身后的人发出一阵轻轻的嬉笑声，他得意地往沙发背上一靠，端详着自己的杰作。随后又点着了一支烟，把烟雾不断地喷到那只乌龟上。但是，这只纸乌龟的刺激性毕竟是有限的，他很快又感到腻烦了，把一双像张开的剪子尖儿一样又小又锋利的眼睛盯住对面的一个女人。这是调度会上唯一的一个女同志，工艺科的副科长李瑞，于是施明又想入非非了……

“精工车间，精工……施明！”

施明一机灵，抬起头，看见冷占国那对热煤球一样的大眼珠子正凝然不动地盯着自己，慌忙说："没问题。"

"没有什么问题?"

"什么问题也没有!"

"计划能完成?"

"能完成!"

"要是完不成呐?"

"你砍掉我的脑袋!"施明的装傻充愣，引得人们哄堂大笑。居然能把冷占国要笑了一下，施明更加得意地说："只要你现在给我磕个响头，三天后你砍掉我脑袋也值得。"

冷占国厌恶地皱皱眉头，仿佛有一只癞蛤蟆爬到他的脚面上："你那个脑袋一分钱不值，也配拿到调度会上来打赌儿!"

去年分房子的时候，施明得到六楼阴面上的一间小屋子，闹了一肚子气；到增加工资的时候，和他同时进厂的中层干部都长了一级，就是甩掉了他，他找到党委把党委书记和厂长的祖宗八代全骂了。从那时起就破罐子破摔，对谁都敢耍穷横。穷横、穷横、人穷了就横。眼下还在乎一个冷占国?他把瘦脸一吊，愤愤地说："你那脑袋值钱，完不成计划拿它顶账行吗?你对我们像对小孩子一样连唬带吓，这一套吃不开!咱们厂连续两年没完成任务了，再说国家根本就没有什么任务可让你干，不也没把谁怎么样?!今年不就是那点活吗?你干嘛逼命?让大伙悠达着劲干呗。"

有施明这种想法的人恐怕还不是一两个，冷占国只好耐着性子解释说："春节前厂长下令拿出五十万元给职工发了奖金，知道这钱是哪儿来的吗?是从生产的钱里提出来的，所以这个月不同往常，如果完不成九百万元的产值，光是银行就会把我们卡死，下个月周转资金一分钱没有，连煤、水、电、气都没有钱买，生产就得停，工资福利发不出去群众就会乱!今年的生产任务不足是真的，可是只有把一月份这几项产品干得漂亮，人家才会找我们订货。如果一月份的计划落空，拖欠人家合同，用户就会撤销合同，要求我们赔偿损失，甚至罚款。到那时候就是把我们大伙连同厂房设备一块卖了，也还不完人家的账！插个草棍儿就当头，你是副主任连这个道理还不明白？”

“我比你明白得还多，现在的事是走一步算一步，孩子不哭娘不哄，车到山前必有路。别以为就是你一个人关心工厂的命运，别人都是白吃饭！……”施明荤的素的一块上，逗得大家又笑了。

冷占国就是再厉害，对这样的人又有什么办法？他怒冲冲地说：“你要是什么也不懂，连人话也不会说，就回去，换你们的主任来！”

“谢谢，我从此不参加调度会！再要开会你们直接到医院去通知主任。”施明真的起身往外走，胡万通赶紧转身把他拉住。胡万通这一转身不要紧，把后背上的纸王八暴露给大家，屋里“轰”地一声都笑了，施明笑得最响。胡万通被大家笑傻了，人们还不告诉他。厂长站起身，把他背上的纸王八撕了下来。

厂长办公室的秘书走进来，神情张皇地对冷占国说：“街道上来电话，有个小孩放二踢脚把你家窗户上的玻璃打坏了，你老伴一生气又犯病了，几个老太太捺不住她，叫你快回去。”

冷占国脸色铁青，没说话，也没动。调度会开成这个样子，计划一点没落实，在这种时候他因私事离开，别人的闲话就会更多，往后叫他还怎么工作？

厂长却发话了：“占国同志，赶紧回去，厂里事就别管了。秘书，给叫辆汽车。”

冷占国还是没有动。施明又坐到自己的位子上，说：“冷主任快走吧，这不厂长都说话了，不会算你早退，也不会扣你的工资。”

胡万通站起来：“占国，我跟你一块回去。”

冷占国“腾”地站起来：“你回去干什么，快主持开会！”他摔门走了出去。

会议无法进行下去了，大家都松了一口气，会议中心由讨论生产改为议论冷占国的很不幸福的家庭生活。但不是幸灾乐祸，人们的脸上都充满同情，虽然有的是真有的是假。胡万通还没有主持过调度会，冷占国不在，他就没有主心骨，不知道该怎样收拾眼前这个局面，只好求救地看看厂长。

厂长清清嗓子，对大家说："调度会我看也开得差不多了，冷主任的意见很对，这个月还有两天半，大家必须抓紧，回去立刻就动，今天夜里要留个干部值班，组织好夜班工人的生产。我趁这个机会公布一件事，部党组的文件已经来了，我很快要调到市政府工业部去工作，王副厂长升任代理厂长，胡万通同志提升为副厂长。大家对我这几年在厂里的工作有什么意见，趁我没走快提出来，这是对我的帮助。以后同志们到部里去办事还可以找我。"

尽管早就有人在下边传说这件事，但是相信的人不多，以为这不过是取笑胡万通。现在一旦变成了事实，大家感到突然，感到惊奇，一时竟没有人说话了。现在人们的心气就是这么怪，很难侍候，软了不行，硬了也不行，刚才是那样讨厌冷占国，喜欢胡万通，当真要胡万通当副厂长了，大家的心里又不约而同地升起一个问号：他行吗？

胡万通显得比别人更慌乱，春节前党委书记找他谈话，高高兴兴地提到了这件事，名义上是征求他的意见，实际上是给他报喜，书记愿意找个老实人搭班子。他这个老实人吭哧半天最后拒绝了。怎么今天还是照原样宣布？这个消息一传开，冷占国那样的脾气受得了吗？他会怎么想？说不定两个人几十年的交情一下子就掰了！胡万通怎么能领导得了冷占国？他一想到今后要以副厂长的身份指挥冷占国这个总调度室主任，就感到六神无主。他真诚地说："厂长，还是把我换成占国吧，他比我强多了！"

厂长笑着摇摇头："万通同志，这还能换吗！实话说我也舍不得离开工厂到部里去，现在的生活里天天充满戏剧性，社会叫我们扮演什么角色，大伙喜欢什么角色，我们就得扮演这个角色，即使自己感到痛苦，感到力不胜任也得，为了工作嘛！我相信你会干得很好的，因为你有个最有利的条件，就是群众基础好，厂党委是征求了群众意见之后才报部党组批准的。”

有几个车间主任响应厂长的话：“对。万通，你就干吧。”

从来没有愁事的胡万通这回却是真正犯愁了，头脸也胀得通红：“这种事不能起哄，我实在不行，碰到事没有主意，也没有水平……”

厂长没有料到公布了命令还会出现这种局面，他在心里也暗骂胡万通是个废物蛋，老实过头了。就严肃地劝导说：“万通同志，你没有主意不要紧，甚至没有权威也不是坏事，大家吃专横霸道的亏太多了，反过来就拥护老实人，投老实人的票……”

“那是大家起哄开玩笑，你不信正式投票选举试一试！”半天没说话的施明突然打断了厂长的话，“厂长，你看到重机厂这个烂摊子前途不妙，再待下去没有你的好了，想拔腿走人，我们也不留你。但是，你别给自己再找一个听话的傀儡强加在我们头上。你要真走了，我们还真得把厂子好好搞一搞哩！”

厂长讥笑地说：“施副主任，冷占国你不满意，胡万通你也不满意，你到底满意谁？莫非你想毛遂自荐？”

施明动了肝火：“你别呛火，我毛遂自荐也不见得会比万通差。万通，你别往心里去，我这不是对你过不去！”胡万通冲着他苦脸一笑，有能耐的人斗法，叫他这没能耐的人在中间受罪！施明又对厂长说：“你要问我真正的意见，我还是选冷占国，别看我骂他，气他，但我心里服他。他要早几年当厂长，我们厂也许不会这样！”

厂长毕竟是宰相肚里能撑船，哈哈一笑，对大家说：“好吧，以后有时间再谈，今天是大年初五，每个人家里还有好多事情要干，早点散会。万通同志，就开到这儿吧。”

胡万通胡乱点了一下头。一散会，有两个人抓住了胡万通，非叫他请客。胡万通官大脾气涨，挣脱了他们的手，掏出钱包甩给他们：“这里有十块钱，你们愿意吃什么就买什么，我得去看看占国。”

“万通，等一等，我跟你一块去！”施明喊了一声，也匆匆追过来，路过厂长身边的时候递给他一个纸条："厂长，你要高升了，我对你没有什么意见，送给你一副对联吧。"

"噢?！"厂长一惊，不知这个惹不起的神又想出了什么新花样，他打开了纸条：

曲率半径处处相等，
摩擦系数点点为零，

——又圆又滑。

尽管厂长胸怀博大，脸色也突然变了。

原载《人民文学》1982 年第 3 期
荣获"1982 年全国优秀短篇小说奖"

告　状

韦君宜

技术员罗怀新怀着一肚子的懊恼和愤激，下班回到家里。厂里发生的事，实在叫他看不下去了。这是干什么？公开地以次充好，把次品丝整包整包地打散了，往合格品里掺。还公然撒谎，把来不及掺进去的次品取个新名字叫“试制品”，这就消灭了质量指标里的次品，骗得个“学大庆先进企业”！明明是骗国家，是骗人！提了半天意见，只换来方厂长仰面朝天一顿哈哈大笑：“年轻人不懂深浅！”

他越想越生气，越想方厂长那副嘲笑的样子，越觉得非把这件事给他捅穿了不可！说罗怀新年轻，要按“文化大革命”之后计算年龄的通行标准，他是可以算“年轻人”的，因为他是“文化大革命”前最后一届大学毕业生，在真正大学毕业的技术干部里，要算最年轻的一茬。可是，实际上年纪也有三十五岁了。真的还像二十岁小伙子那么少年气盛吗？他觉得自己还不是。他要想办法又巧妙又慎重地反映出这个问题。一路上就打主意。上告到局里？不行。局里主管的处长是方厂长的老熟人。到经委？也靠不住。又见不着领导，那些干事谁知他们怎么给你处理？想来想去，他琢磨出了一个特别的办法，请父亲去找他的朋友李叔叔通个气，自己再去找李叔叔面谈，较为稳妥。

他父亲老罗是与他的行业靠近的搞轻纺的专家。过去是一个大厂的总工程师，如今是研究所的研究员。“文化大革命”中虽然也经过一番批斗，并不算太伤筋动骨，所以从前那股书呆子气还没有完全消散。他早年念书的时候参加过学生运动，解放后，故友重逢，人家变成了老革命，他成了党外科学家，这位李叔叔就是其中一个。但是老朋友总是老朋友，大家少不了往来，特别是到了“文化大革命”后期，老李从干校回来，又没有工作，成天在家坐着等分配。当时，这类干部有个雅号叫“三看干部”——成天看书、看病、看朋友。老罗这个研究员，身居闲职，有工作等于无工作，他也加入了这个队伍。他们之间的关系发展到自解放以来从没有这样密切的程度。不仅个人来往，妻子儿女也来往起来。小罗也经常跑到李家去，帮着李叔李婶干家务。现在“四人帮”一垮，“三看干部”李叔叔一下子成了市委工业书记，没那么多空闲了，但是原来的关系总还在。

罗怀新想来想去，觉得这是一条好主意——找李叔叔告状去。工业书记，还管。可是，这么做是不是有点像走后门呀？这还是个疑问。而且，还必须通过父亲这一关，取得支持；否则，难以引起李叔叔的重视。

他是在饭桌上说的。他母亲已经去世了，老罗没有兴趣续娶，一家就只三口人，三口都上班。饭桌是一家人讨论生活、政治和技术等一切问题的公共场所，罗怀新把厂里这桩事向父亲叙述了一遍。老罗不假思索就判断说：“行！当然行！你找老李既不是为自己占什么便宜，是为工作，那就正大光明，有何不可？……不过，”老罗这人对于世情是很书呆子气的，对于工作可一向抱科学态度。他转念一想，觉得问题还得核实一下，便又问道：“你说的情况是真的吗？”

小罗急了：“当然真的！昨天我们还开会争论。我再三提了意见说不能那样干，可是完全无效。”

老罗偏着头看着儿子，像审查一件技术报告似的继续审查儿子的发言："那……他们持什么理由呀？"

小罗气愤愤地回答："理由？他们说：咱们这样干又不是为个人，这是为了全厂的荣誉，全体职工的奖金。如果，把荣誉和奖金都丢了，全厂工人都会骂我们当领导的。"

"那怎么行！"老罗手里正拿着羹匙喝汤，当时向桌上猛力一摔，把瓷匙子把也摔断了，怀新的妻子于萍知道老公公的脾气，一声不响另换了个匙子，放在他老人家手边，老罗也不再喝汤，责问道："为了奖金，就欺骗国家，欺骗下一环节的厂吗？"他气呼呼地说了两句，却又冷静下来，从另一角度想起了问题，继续提问道："可是，你们当技术干部的，为什么就不找找出次品的原因，从积极方面去消灭它呢？"

"怎么没有找呀！"小罗明白，如果不把全部情节告诉父亲，他是不会轻易吐口帮忙的。便索性敞开了向爸爸汇报："只要做一点小小的工艺改革，工人手勤一点，排除障碍，就可以。我已经在小车间试过了，喏，这样，"他用手比划着，"可是厂长嫌麻烦，连究竟是怎么试的也不想问。说'这小修小补能解决什么问题'，当然不如他这么干省事了。"

"下一环节纺织厂肯要你们的次品吗？"

儿子苦笑了："那么多大包进货，查样品他们一下子哪里查得出？要经过大量纺织才能发现。等发现了也晚了。我们的货早已脱手了。"

父亲越听越觉得奇怪。他已经多年不在厂里工作，这好像是三十年前在私营厂里听到的话。不对，就是正经经营的私营企业资本家也不会这么干，人家还要卖块招牌。只有那"三年不开张，开张吃三年"，做一锤子买卖的投机商、冒险家才干这一手。他不禁诧异地又问："那人家这次发现了，下次还肯再要你们的货吗？"

小罗还要回答，却被他妻子于萍抢了过去，她才二十九岁，在她的老公公面前却俨然像个老于世故的婆婆，她冷冷一笑，摇头道："他不买，买谁的去？国家指定由这个厂进货，他不买行吗？您连这还不懂？”

只会讲科学的老公公一下子给堵住了。大家且拿筷子夹菜。停了一会，老罗又想起另一补充问题：“你们那大量的次品冒称试制品，也有工厂肯要吗？”

儿子答道：“假称试制品，可以贱价卖给公社厂啊！反正，国家又不分别项目查利润指标。”

父亲听完了这些话，他咬了咬牙，叹口气，放下饭碗来，举手示意儿媳妇收去碗筷。他再没有话可问，事情就正是他想不到的那样。他气哼哼地说：“钻空子钻空子！钻我们这国家管理制度的空子！我看这不会只是你们一个厂的问题。对吧？你尽管去反映，老李是个有脑筋的人，一定会认为值得研究的。”

“会的会的！”小罗终归是老罗教育出来的儿子，继承了父亲的一点呆气。父子两个越说，罗怀新越觉得有信心，很可能自己这一去反映，就引起了市委领导的注意，分析解剖一下这个厂，这不是就能对整个工业体制改革起推动作用吗？他把劲儿鼓起来了。饭已经吃完了，父子俩还不离开饭桌，一个劲继续讨论。于萍把碗筷收到一堆，却不拿到厨房去洗，站在桌边插嘴道：“我看不好。人家又没有整你，你去告这个与自己无干的状，告完了，结果打击一定落在你头上。”

“那不会的。”老罗拍了胸脯，“老李不是那种不顾大局的人。而且，告到老李那里，一旦告准了，就变成了市委书记交办的事。厂长他敢打击？”他用这句话来表示自己这两年也学会了一点世故，并非纯粹书呆子。

于萍仍然摇头，眼睛看着小罗说道：“不敢公然打击，也得给你双小鞋穿穿。往后你就甭想再在这个厂里干了，光是气你也受不了，你再仔细考虑考虑。”

“不能怕那个！”老头满面通红，好像恢复了当年学生运动时那种天不怕地不怕精神，挺着胸越说气儿越盛：“坚持真理还能怕那个？”随即又转向小罗发议论：“我看你们那个厂也恐怕就是要改一改。去年夏天我去上海金山卫参观的时候，看见有个女孩子，一路走一路就只在讲细羊毛衣的式样，讲在上海买的皮鞋太多了，带不完，要请别人帮着拿。参观的内容她什么也不懂，既不看又不听。起初我还以为这是个随团的服务员，后来一打听才知道是你们贵厂的副书记！像这样的干部还留在那里当领导，这种厂再不管管怎么得了？”说话的神气好像他就要动手管。

小罗还想再谈厂里的事，于萍却向他使个眼色，说：“咱一块儿洗碗去吧，让爸爸看报。”说罢将报纸送上，拉着罗怀新就到厨房去了。

洗完了碗，回到卧房里，她不让罗怀新看书写字，拉他坐在藤圈椅里，自己拉过一张小板凳继续苦劝：“这可是你自己的大事，别以为现在就不兴打击人了。打到你身上，爸爸和我都替不了你。不但替不了你，说不定还得跟你担惊受怕受连累。”她指指自己的肚子，又恳切地双手抓住他的右手，继续说：“爸爸的思想过了时了。他不知道现在这些事，还当是二十年前。他是个老专家，说冒了几句，别人也不能把他怎么样，你可有什么？你凭什么资本去碰？”她说得几乎掉下眼泪来了。于萍是另外一个工厂的秘书，她父亲是个普通干部，因为在蒋介石统治时期当过小职员，在“文化大革命”中也挨过揪斗，这给他在旧世故上又添了新世故。于萍秉承家训，自己觉得她懂的这些事比大她六岁的罗怀新多得多，这一来，弄得罗怀新心里也有点打起鼓来。要想不听于萍的呢，她的话实在有相当道理，这一点他还是明白的，这些年的一些气人的事情他并不是没有看见过。要是听她的话，不去告这状呢，这件事分明不只是一个厂的问题，如果告准了状，得到李叔叔的重视，也许他就能由此深入了解到基层的一些情况，做出一些分析，那就可能对整个企业领导都能起推动作用了。如果自己为了个人顾虑就不敢去提问题，岂不太自私了！小罗，这个老罗的儿子，还是决定去提，不过要讲究些方式。他设想，要再三向李叔叔申明自己去谈这问题绝不是为了自己个人受到什么委屈，一点都没有！而且也不是为了反对方厂长。甚至还要声明方厂长一般说并不算坏干部，他又没有往自己家里弄钱；要再三说明自己的目的，只是为了提供一个基层的麻雀，请市里领导解剖分析，有利于全面工作。最后还得恳切声明，请他万万不要把自己的姓名泄露了，以避免万一被人家穿小鞋。这样，总就可以万无一失了吧！

第二天白天，老罗按照儿子的请求，给老李打了个电话，约定时间。于是，在晚上六点半，小罗匆匆吃了晚饭就赶到老李的新居。老李当“三看干部”时候住的一套两大间的普通单元旧居，他是熟悉的，这新地方就不同了。在市委大院里套个小院，大院门口有警卫，幸亏里边早已传出话来，罗怀新才得以没受什么留难地进去。找到那小院一看，是一幢小楼，楼里灯火通明，楼外一片空地种着花草，不知什么花，发出淡淡的香味来，罗怀新走到门口，敲了几下，没人应声，他再仔细一看，门框上还有个铃，他又按了铃，里边才出来一个保姆，把他请进去。

幸亏李婶看见他来了还是热情接待，连说：“你可来了，我早就惦记你，为什么不来？”让他在客厅里的沙发上坐下，她坐在一边，手里织着毛衣陪他。

小罗问道：“李叔叔还没有回来吗？”

她答道：“早着呢，现在哪里回得来？”

小罗看着表，已经快七点了，便问：“不早了。他不是回来吃晚饭吗？”

她稳坐在那里继续织毛衣，连表也不看，嘴里答道：“他的晚饭，也许七八点，也许十点十一点，也有时候整夜不回来，饭也不吃，哪里有个准？要不然，你好久不来了，怎么也该约你来家吃饭，可是他吃饭没个准钟点，怎好叫你来我们这里陪着挨饿呢！”

小罗看出了她自己还没有吃晚饭，大约也正挨饿等着李叔叔。他们老两口感情是蛮好的，他知道。李叔叔当“三看干部”的时候，总是两个人轮流做饭的，而且李叔叔做的时候多。他继续问正题：“今天李叔叔哪儿去了？”

李婶回说：“今天又上市委开会去了。就是不开会，也是一天到晚有人找，从来没个空。”

罗怀新想起前几年李叔叔骑着自行车领着自己儿子和他一起去游泳的光景。这老李人长得特别少相，身体又好，六十岁的人看模样最多五十。他青年时代原是个运动员，后来入了党，去了延安。自从靠边站以来，他就恢复了几十年前的生活方式，又游泳，又打羽毛球，再闲着没事了，就自己骑车上菜市场去排队，买条大胖头鱼挂在车把上，晃晃荡荡骑回家来。然后看菜谱，自己动手烧。罗怀新记得那时春节来李叔叔家吃饭，就给他当下手。李叔叔的烹调技术提高很快，一手江苏菜。他常常一边做菜，一边和孩子们谈笑风生地讲他自己怎么从一个科学救国迷变成共产党员的故事。出门碰到菜市场的营业员，全都认识。罗怀新那时就想，到底是领导干部，不像自己父亲那么古板，人家就是不做工作也显出精明强干来……

他耐心地等待着，不时看看手表：八点、九点……不由焦躁起来，心想：这么晚了，李叔叔怎么总不回来呢？

他正在想找话和李婶说，忽听门口有汽车声音，李婶立刻站起，迎出门去，罗怀新一抬头，李叔叔已经进来了，不见面才几个月，李叔叔好像已经老了好几年，人瘦得多了，腰也弯了，脸色苍白，那顾盼之间的神采都不见了。他在前边走，后边还跟着一个中年人，大约是秘书，手里捧着一堆文件，嘴里说着：“明天九点开会，下午三点机械局王局长来，四点轻工局陈书记来，今晚十点半计委马副主任要来电话有事……”直到老李在沙发上落了座，秘书退下了，他才发现了罗怀新，连忙叫道：“啊哟！小骡子，快来吃晚饭！”

罗怀新微笑道：“李叔叔，已经十点了，我的晚饭早在三个半钟头以前已经吃过了。”

老李低头看看表，也笑起来道：“不怕不怕！已经有三个半钟头了，你也该饿了，再吃点。你不是有事找我吗？咱们吃着谈。”说罢，他站起身来就领着罗怀新进入餐室，李婶早就到厨房去了。一会儿，她就和保姆一起端着菜进来。

老李说："小骡子，你只当吃宵夜，吃吧。"说着，他自己先已就座。李婶也坐下了。罗怀新只得也拿起筷子来，桌子中间一碗红烧牛肉，他吃了一口，干咸，实在远不及李叔叔自己的手艺。他一边吃着，一边看着李叔叔两鬓上迅速增加的白发，心里忖度：要按对待一位老长辈，自己实在应该体谅他些，该让他吃上一顿已经晚了三个半钟头的舒心饭，让他歇一会。可是，他是市委工业书记，自己好不容易抢来这么点说话的时间，又不能不抓紧。他暗暗下了决心，不管李叔叔是什么表情也得说，于是他开门见山，把自己要告状的材料尽量简明地说出来。一边说，一边看着老李。老李一边吃着饭，一边倒还是十分注意地倾听，对于递到手里的材料来不及看，就揣在兜里。还插了几个问句，连叙述带插问大约共用了十几分钟，饭吃完了，也听完了。他的脸上充满了气愤，把脚一跺站起来道："这真不像话！"一边说着，一边已经伸手拿起饭桌旁边的电话机来；小罗猜，他一定是经常边吃饭边打电话的，这时他开口就叫："纺织局第四处王处长！"他这一叫，小罗还没明白，李婶可先急了，连忙抓住话筒就拦阻："人家孩子来找你解决问题，你可别出卖他呀！"老李却毫不犹豫，冲着话筒就指示道："你明天就到化纤二厂调查，他们以次顶好是怎么回事？他们那个厂长虚报成绩要处罚！我这里有材料。你要深入群众去查！"他说了几句就挂上了。小罗一听也真急了，连忙把准备好的话都拿出来。声明："您可别这么忙着处理。"声明自己来这里不是专告这一个厂，更不是专告厂长，声明此来的目的是要市委解剖分析咱们的企业，为什么上不去。也没忘了声明这个厂长并不是下游的，他并没有贪污，往家搂，但是照这样干法，四化可化不了。……罗怀新急急忙忙倒出昨夜准备的词儿，但是，他这些话仿佛是在对着空气讲的，声音碰着墙又回来，没有别的反响，老李只随口回答了一句，"当然是下游！哪里会都这样？"刚说完这句，方才那位秘书已经又在门口伸头了，报告道：“马副主任的电话来了，您去接吧？”于是老李放下饭碗，站起来往外走，罗怀新一看，再不抢时间就说不上话了，只得紧跟在后面继续请求：“您可千万别把我泄露出去。他们要打击我的。”老李哈哈一笑，边走边答道：“他敢打击你？如果他真为这撤了你职的话，说明他问题更大！他就也该撤职了。……好吧，我不把你说出去就是。”

他们的全部谈话总共用了二十分钟，罗怀新怀着惴惴不安的心情回来了。

于萍比他更是不安。自从这次罗怀新找过李书记之后，她连晚上睡觉也不安稳，天天在等消息。当然，不希望等到什么坏消息，但是她几乎可以肯定：决不会等到好消息的，区别只在坏的程度如何而已。

告状后第三天，罗怀新回家挺高兴地告诉她说，真有人到厂里去调查了。虽然还没有找工人和技术员们，只找了厂领导，厂领导又保密。但总算是来了，大家也都说是来调查问题来了。罗怀新回来一讲，他爸爸高兴地说“怎么样？有结果了吧？”连于萍也微笑了。但是，这以后的几天，罗怀新回家后的神色却越来越不好，他干脆都不和父亲妻子谈了，他们一问，他只是摇着头说：“没办法！不知道！大概是我要倒霉了。”详细情况他却自己也说不出来。

原来是，方厂长突然见面不理他了。

这位方厂长，是个胖乎乎的四方脸，笑起来有点像泥塑的弥勒佛。一向见人总是嘻嘻哈哈的，独有这几天一见他就把脸一板。这位厂长是全厂唯一的懂生产的领导干部，剩下的，孙书记是由一个杂技团调来的政工干部，副书记王薇华就是老罗在金山卫见过的那位双突上来的女青年，副厂长两名，一个是从公安干校转来的，一个是出身农村的转业军人。就数方厂长青年时代学过工业，毕业以后，他当了不到一年技术员，就因为是党员，调到厂党委搞整风办公室工作，后来的规律是到技术科蹲半年，又到整风办公室蹲三年二载，成年不断地搞运动，即使他回到技术科也跑不了抓运动，抓专案。到最后，去大厂里当了一任管生活后勤的副厂长，便调到这小厂当厂长。他最注意上级的要求，最初他每天问的是上级下达的指标达到了没有？年初上级要求“开门红”，他就把所有的人力和材料都攒下来，单等年初一拼一个漂亮的，几个月上不去也没关系了。遇见上级抓什么运动，他总是一上台就说：“咱们大伙豁上这一百多斤啦！”至于技术一行，在对厂长工作要求上，本来没有他多加过问的必要。“文化大革命”一开始，他也照例靠边站了一阵，不过半年就“结合”了。“四人帮”那时候，讲的是“阶级斗争为纲”，时兴的是“抓纲”。工厂里把抓生产的干部称为“抓目”的干部，方厂长见此情景，极不甘心于“抓目”，他也用了大部分时间去写大批判发言稿，到市里去和别的“抓纲”干部赛一赛。把那个倒霉的“目”完全交给了技术员们去抓。那一段，连那个“目”究竟还有什么问题，他也不知道了。现在呢，又改了。上级要生产上的八大指标，他也就又改为注意抓指标。如果有哪一项指标上不去，他马上召集会议大讲一通，再不行，就命令科室干部全体下车间突击一天，他自己也去巡回一趟，又显干劲大，又显深入。说不定还能登报。群众关系也不错。好比要是遇见罗怀新，他就先“嘻！”一声，然后说：“我岁数也大喽，工资也不低喽。能保住这样儿过几年，退休就不错了，还指望往哪儿奔？再底下，就看你们这一茬的啦！”要是遇见老工人，那就拍拍肩膀说：“还是得仗着咱们呀！只有咱们老工人才是真正的工人阶级，真正的领导阶级，凭他小伙子再心灵手巧，也不行。”至于这次出次品降质量指标的事，他还真是着急，用尽了心机才想出那么个办法，觉得是万无一失，上级和外边既发现不了，本厂职工也一定拥护，不会泄密。所以，当局里第一次来人查问这件事的时候，他就说：“从没听说有这样的事呀！是哪里传来的风呀！”搪塞过去了。不料后来却越查越紧，好像来头不小，而且好像是上级真掌握了一点儿情况的样子。这是从没有过的事情。他吃惊了，猜出这里面有花头，立刻行动，向局里有关系的熟人去打听，费了点周折，终于从一位处长嘴里打听出来是罗怀新干的事。他可真气坏了，同样一张四方脸，一板起来就四四方方，十分瘆人。

方厂长去找孙书记。

在书记办公室里他把“调查”得来的情况全和孙书记说了。然后就大骂起来：

“这罗怀新是什么东西！他是全厂工人里的蟊贼！他告的那状是诬陷，是出卖厂的荣誉，还出卖全厂工人的切身利益！我站在群众方面，随他有什么硬后台我也敢和他斗。咱们倒要看看群众是支持我还是支持他！”

孙书记慌忙劝解：“别！别跟个小伙子一般见识。他懂得什么？”

“不懂？他懂得往上爬！”方厂长把桌子一拍，“这明明是想顶我！仗着他老子是专家又认识市委书记，就走这后门，搞特殊化！怪不得高干子女插队下面都不欢迎，就像派下来监视哨一样，我方某人就偏不买这个账！”

孙书记又劝说：“不要生气！这个小罗一向老实，工作也认真，没搞过什么特殊化，可能他是年轻幼稚，才办这种糊涂事。”

“什么认真？老实？”方厂长火更旺了，干脆给罗怀新做了结论：“他想做官！想当厂长！我就横下一条心和他拼了，把事实摆摆清：我方某人办这件事情有什么私心？他就偷着去走后门上告。这是谁的品质坏？我要请问李书记，能不能为这件事撤我的职？”

孙书记和方厂长的年岁差不多。可是他有副忠厚长者相，这就使他显得年纪更大了些。他是做政治工作出身的，他劝了方厂长很久，方厂长还是怒气不息。孙书记不懂得啥技术，不知道小罗告的状和方厂长的声辩究竟谁有道理。他凭印象觉得小罗人不坏，而且到底是市委李书记批下来要查的，那么顶总不大合适，所以才劝了一番。可是，这事情又拖了两天之后，方厂长忽然告诉他：“那个出次品的问题，我已经采取措施解决了，限三天完全解决。”而且，紧接着就下来了经委的一个通报，对于这个厂能够及时采取措施解决次品问题，进行了表扬。孙书记也就觉得事情的是非已经弄清楚了。于是他就同意了方厂长在全厂大会上“附带说说”，他只坚持不要点名批评小罗。

这样，方厂长就在全厂的“向四化进军动员大会”上“附带”说了这件事。这个会，前半截是由孙书记讲的。他向大家报告，本厂今年可能再度荣获“学大庆先进集体”的称号，而且最近还得到了上级的表扬。他把这个功劳特别归之于方厂长。说如果没有老方的辛辛苦苦抓生产，而且出主意想办法，就不可能得到这个荣誉。接着，方厂长上去了。他眼睛不看台下，首先表示谦虚，说争得荣誉完全是靠全体职工的努力，而他本人还是有不少缺点的。例如，有一段曾对个别车间的质量抓得不够紧，这一点他应该检讨。幸亏立即采取了解决的措施，全车间同志卧薪尝胆，终于扭转了局面，而这一有效措施很快就被上级派来的联络员汇报了上去。从而立即得到上级的通报表扬。“听见了吗？是通报表扬呀！”他高声着重地讲到这里，突然一转，声音变得非常沉重，脸色也变得青白，好像非常痛苦地说道：“可是万万想不到，咱们厂里竟然出了害群之马！他告假状，想扳倒咱们的红旗，搞掉全厂同志的奖金。这种事，实在令人痛心！”说着，他好像无意地用手一指，恰恰就指到罗怀新坐的那一片，接着他嗓音又响亮起来，满脸通红地叫道：“现在国家法律已经公布，和从前不一样了，随便告发别人是要负责任的！诬陷人是有罪的！告诉你，我们工人阶级是不怕诬陷的！对这种诬陷别人破坏全体利益的人，我们就不能不作道义上的声讨！”

罗怀新听到这里，脸成了一块大红布。他要站起来，却被坐在他旁边的试验车间主任刘孟学紧紧地一把按住。刘孟学是工人出身，在生产上和罗怀新合作得很好，经常在一起做试验。他并不知道罗怀新告状，却知道罗怀新对厂长处理次品的做法有意见，知道方厂长为这件事恨小罗。他心里充满了同情，一面双手捏住罗怀新的手，死死按住，一面着急地低声说：“别！别！别说话！”

小罗被按住了，坐在那里听方厂长不指名的谩骂，先是气恼，想站起来声辩。后来再看刘孟学以及两边坐的这个车间别的工友们柔和的劝解似的脸色，他明白了。倒也慢慢平下心来。他听着，听那些实际上与他毫无关系的谩骂，闭口不言。心里突然升起一些奇怪的意念："啊！大家都明白这是欺骗啊！不止我一个人明白。那么，我们在骗谁呢？骗上级。可是上级的上级又是谁呢？……我并不想告倒方厂长，可是他这样恨我，又为什么呢？"……他的心思忽然脱离了自己正在挨批的这个会场，神游四海起来。他一方面想，从此以后决不再对生产提任何意见了，再不干这傻事了，够了！同时却又想：这个问题其实真的不只牵涉到自己，也曾听人说过什么"青年人的信念危机"之类，自己自知是个老实人，从来没考虑过什么"危机"，可是，难道这是要逼着我去跌进"危机"？啊？……

会散了，他惘惘然走出会场。听见背后许多工友在议论："那是说谁呀？"又仿佛自己背后长着眼睛似的，看见那个刘孟学车间的工友们在指着自己的背，告诉别人。

他刚走进办公室，孙书记那边就来了人，叫他到书记办公室去。

他走进去，只见孙书记笑模笑样地叫他坐下。老孙的口头语是每当批评人的时候，必把对方叫作"咱们"，以示分忧之意。这时他见了罗怀新，就说："嗐！小罗！咱们一下子就去找李书记，这样做也是冒失了一些。团结为重嘛！老方还是一心为工作的，上级已经表扬了，咱们怎么能不搞好团结呢？"接着，他说了许多应该讲团结的道理。

罗怀新没有话可讲。他心里酸甜苦辣，说不出来。这算干什么！他看见孙书记这副温和地劝解的姿态，很感谢这位书记对他态度挺好。可同时心里又说："好书记呀，您可真是什么也不懂啊！"又听见厂里受表扬那句话，他只有苦笑了一声。本想忍住不讲，忍了两忍，终于忍不住开口回答道："表扬咱厂三天把次品解决了？我看您可以亲自去试一试，用手挑那大包丝里的次品，您要是一天能挑得出一公斤，一定可以当劳模。咱们那里有大半屋子的次品，说是十个女工用手挑，三天都挑净了，这简直是世界上的奇迹，可以破世界纪录！”

孙书记人虽然忠厚，对于罗怀新这几句尖酸刻薄话还是听懂了。他觉得对这个小伙子真是无可奈何，叹了口气道：“唉！你可真是犟。要照你这么说，怎么市经委还表扬他呢？难道上级还不如咱们吗？”他觉得这个理由够充分了。

“上级……”小罗只说了两个字，就制止了自己再说下去。他心里是透亮的。这只需要回答一句“上级只听汇报，不懂生产”就够了。可是自己怎好这么对书记说话呢？他不言语了。

孙书记向他慈和地点点头，这才委婉地说出原来打算说的话：“小罗呀！你可要考虑自己的前途。你本来在厂里表现是好的，党委本来考虑下个月发展党员的对象里就有你。可是方厂长现在对你意见非常大，他这么一说你破坏全厂的奖金，别的委员可能也不同意你了，他又是常委，我也没办法。你说这事该怎么办？”孙书记顿了一顿，又把语气放得更加温和，简直是苦口婆心的姿态，接着劝道：“小罗呀！我看咱们还是和他搞好关系，搞好团结吧，咱们顾全大局，别这样犟吧。好不好？”

罗怀新心里发疼，仰起头来，双眼直望着孙书记。他咬咬牙，答道：“我和他又没有私仇，没有不团结，是他不理我，不是我不理他。我揭发的是全厂都知道的事实，他却骂我是诬陷。我可以主动去和他打招呼，我个人委屈一下，完全可以……”说到这里，罗怀新的眼泪已经含在眼眶里，到这时，他想停止不说了，但是终于压制不住，一口气说了出来：“我委屈点可以，可是，咱们的工厂就凭这弄虚作假搪塞国家来混奖金啊？您说啊！我想不通！”他声音哽咽，几乎哭出来了。他本来还想问孙书记：厂里各位领导成天批判资本主义，说工人看芭蕾舞都是资本主义。而这次的事，究竟算什么主义？但这话他终于还是忍住了没有说。

孙书记这时只是又握手又拍肩膀，简直恨不得把他抱到怀里。

嘴里仍旧连说：“搞好团结搞好团结！只要你肯团结，老方那边全有我！”

这天晚上罗怀新回到家，才把这些情形悄悄告诉了于萍。于萍正在那里缝娃娃衣服，一听立刻就说：“怎么样？我早就预言过，你和爸爸不是说我不对吗？看怎么样？”她停了手里的针线，用手一指他的头，说了一声：“你这个脑袋呀！”她觉得小罗经过这件事之后一定学得懂事了一点，便进一步阐述她的观点：“依靠李叔叔，那怎么行？人家早就当书记了，你以为还像从前给你做鱼吃的时候呀？我早说过爸爸的思想过了时了，他还在那里科学救国。你们倒说我是随波逐流，不讲原则。现在可怎么办？”

怎么办呢？小罗也说不出来。他在饭桌上告诉了爸爸。老罗一听，真是大出意料之外。他从来没想到会有这样的事，还能不让提意见的人入党？而这个意见又是市委书记交办的，这还有党规党纪没有？还有领导没有？他一听之下，不假思索气冲冲地立刻说：“我来问问老李！”说罢立刻放下饭碗下楼，就去拨全楼公用的电话，叫李书记家。儿子媳妇也都放下碗筷跟下来。真凑巧，接电话的正是老李，居然在家。小罗在旁边听着，只听李叔叔在电话筒里说道：“小骡子提的事吗？他们汇报说已经解决了，厂长已经检查改正，就要讲团结啊！”

小罗在电话旁边正听见这句和孙书记一样的话，不由全身一激灵。老罗仗着是老朋友，倒不客气，立即直说道：“他们对怀新施加压力了。这事情你怎么办的呀？”这时小罗摇手制止也来不及了，连忙紧靠着爸爸的耳机，只听耳机里面又说道：“我是布置了不许下面外传的呀！他们怎么欺侮小骡子了？你告诉我，我马上再追查！”听到这里，小罗不容爸爸再答话，立刻一把抢过话筒，自己对准话筒大声说道：“我是小骡子，李叔叔您可千万别再追查了！再追查，我在工厂就一天也不能呆了。我跟您说过，本来是为提供一只麻雀供您解剖分析，可是您并没有分析。我想跟您细说，您也没有工夫听我谈……”他还没有说完自己的话，就听见话筒里把他的话打断了，那边讲道：“我是真没有空，有空一定约你，现在我又要到外地去开会了。等我回来再讲吧。”啪的一声，电话挂断了。

电话筒这边的三个人把饭都放下不吃了，好半天相对没有话说，最后，于萍愤愤地打破了沉默，爆发似的说：“什么问题也没解决。告状的唯一结果是你不能入党了。就是这，你懂得了没有？”

罗怀新长叹了一口气，离开饭桌坐在矮凳子上，双手抱着头，声音很低地说：“我没想到，他会把我告的状处理成这样。”他的额头因紧锁双眉而现出皱纹，好像突然老了许多。

于萍看着他那难过的样子，再也冷笑不出来。她用沉重的声音说：“你也别怨他。亏了你认识他，还算便宜了你，不过不点名批几句。要是不认识他，更会怎么样，你去想吧。”

老罗在屋里背着手转来转去，迸出一句话来替他的朋友辩解：“老李也是太忙。”

小罗坐在矮凳上仰头看着父亲，努力心平气和地说：“是真忙。我不否认。他忙得又老又瘦了。我真同情他。——可是，照这么干下去，就是把他累死，‘四化’也化不了。”这句话一说，使态度相反的老罗和于萍都不能反驳。三个人又相对沉默起来，各人按着各人的思路在想。

老罗忽然想起另外一个问题来，他问儿子道：“听说你们这个厂长，以前也学过科学？”

“是的。”小罗照实回答：“可现在就是这样。任何一个技术问题他也不能独立说清楚。除了会做官以外什么也不会了，喝茶看报就是一天。”

老罗傻呵呵地问：“学科学技术的人为什么也会这样说假话？”好笑！好像学科学技术的人就都不会说假话似的。还是于萍比罗家父子俩懂事多，她插嘴道：“那您也别怨他呀！几十年他就没干科学技术，叫他怎么还能记得那个东西？”老罗倾听着，点头。他已不能不承认儿子和媳妇说的是实话。他长叹了一声："唉！要是再过十年，把你们这批青年技术员也都训练成这样，就全完了！什么都完了！怎么得了啊！"他简直喊了出来。然后继续背着双手在屋里来回急转，沉思之后，又终于说出一句："这样不行！我们要想办法呼吁啊！"

"您呼吁去吧！我们呼吁不了了。谁希望这样呢？"原来专泼冷水的儿媳妇这时忽然双眼望着老头子，好像希望老头子大喊一声，能把他们的微弱声音扩大一些，能上达九重天上似的。

原载《上海文学》1980 年第 4 期

丹凤眼

陈建功

都说北京女的比男的多，可京西不少的小伙子就是搞不着对象。

怎么，他们都没个模样儿，歪瓜裂枣似的？要不，就是不争气，都是吃饱混天黑的主儿？错啦。不信你就去看看。出了三家店，漂亮小伙儿有的是！身高膀圆的，眉清目秀的，拨拉脑袋就是一个！这里面，有劳动模范，有革新能手，也有吹拉弹唱，样样精通的。要是在北京城里，也能把姑娘们迷得魂飞神散呢。可他们是在京西，他们是井下挖煤的，是矿工。这就糟啦！姑娘们一听说干的是这一行，十有八九皱眉头，哪怕面前站的是十全十美的小伙子，回答也是两个字：“不成！”

就因为这个，矿区的小伙子们搞对象不知碰了多少钉子。

一来二去的，有的小伙子开始恨上身上这件工作服了，变着法儿也得把上面印着的“××矿”这几个字给抹了——走大街上怕人笑话，寒碜呀。有的小伙子还总结出一条“恋爱经验”：“先不能让她知道你是矿工，等把她‘俘虏’了，再亮‘番号’！”于是就有那么一位，在城里的一次舞会上认识了一位姑娘。人家问他在哪儿工作，你猜他回答什么？他说："在黑色冶金粉末研究所工作。"多妙！……这笑话多啦。我可不敢再说了，京西的小伙子得向我提抗议：别净糟践我们！京西净是这号自轻自贱的人？有血气的小伙子也有的是！

没错儿！有血气的小伙子有的是。"人家看不起咱，咱自己还看不起自己？挖煤怎么了？比别人矮半截儿？就欠给他们来次'能源危机'，都把咱矿工当宝贝了！"说这话的，是燕南煤矿的采煤工辛小亮。他最容不得别人说他干的这一行不好。据说有一回有几个姑娘下井参观，领她们下来的工会干事一边走，一边抱歉似的说井下条件如何如何不好，让她们留神。辛小亮听不入耳了，说："这儿又不是万寿山，不怕崴了西太后的脚！"把那位伙计憋了个大红脸。工友们笑他说："你呀，甭想得人家姑娘的欢心，就抱着井下这些风锤电钻的过一辈子吧！"可不，别人给他介绍了四五回对象，全是第一面就吹了。至于人家一听说是矿工，连面都不见的，那就没数啦。辛小亮呢，挺挺儿地戳在那儿，还是个一米八的大汉！甚至比从前越发骄傲，越发牛气起来了！特别是见了姑娘们，眼皮抬都不抬。食堂里卖饭的姑娘们，矿灯房里发灯的姑娘们，没有不怕他的。他太损呀。到开饭时间了，你窗口晚开了一步，他就在外面敲开盆儿了："卖饭呗！卖饭呗！……真他妈的白吃饱儿！矿上养着你们干什么！干不了趁早回家抱孩子去！……"从井下出来，矿灯房的姑娘收他的灯，常来常往的，有时冲他笑笑。他反倒瞪人家："谁跟你笑，瞅你漂亮？"一句话能把小姑娘噎出眼泪……这还不算什么。最气人的是，他给矿上的姑娘们起了不少"雅号"。这家伙聪明，外号一起就准。食堂卖炒菜的姑娘老板着脸，斜着眼睛翻人，他背后管人家叫"憎恨"。卖馒头的姑娘新近把头发烫成了"大花"，他就管人家叫"花卷儿"。四号卖饭窗口的姑娘其实是很漂亮的一位，特别是那双眼睛，水汪汪的，眼角微微向额上翘着，标准、美丽的丹凤眼。这位辛小亮倒好，偷偷叫人家"吊眼儿"……食堂的姑娘们早有耳闻，气得咒他"找一个丑八怪！"这可咒不着他，反正他是决心打一辈子光棍儿啦。其实小伙子漂亮，乱蓬蓬的刺儿头下面一副白净的方脸庞，老爱眨巴着眼睛高声说笑，潇洒又粗犷。他干活儿不惜力不说，拿起什么活计都有点机灵劲儿。要是不犯“嘎”，怎么也能交上女朋友的。谁知别人介绍了好几个，他死活不肯去见面了。这可把他妈急坏了。就这么一个宝贝儿子，眼瞅着连孙子也抱不上了。每次介绍人登门，总让辛小亮给噎走。他妈不知为这跟他抹过多少回眼泪，生过多少回气。有一回，他烦了：“妈，您别说啦，我这耳朵都起茧子了！我去见一面还不行！”他妈说：“你早明白一点，我给你准备八抬大轿！”他说：“那我可跟人家来实在的。”他妈说：“我让你拐骗人去了？”得，他这“实在的”可真够“实在”啦。一见面，女方说：“听说你在矿上工作？”他说：“是啊。”女方又问：“下井吗？”他说：“当然下井。”女方下一句话还遮遮掩掩的哪：“那……现在井下安全搞得不错了吧？”这位辛小亮倒好，嘎劲儿上来啦：“不安全。净死人！我们矿上，净是寡妇！”这不是胡说八道嘛！可他这招儿真灵，不但对象吹了，打这以后，介绍人也不大上门儿了。他妈不更抓耳挠腮了？有什么办法！整天找茬儿跟那个退休的老伴儿生气：“就知道喝茶喝茶，找那些糟老头子‘敲三家儿’‘拱猪’……儿子的事你就屁也不放一个！还像个当爹的？……”辛师傅过去也是个老走窑的，少不了那份幽默劲儿：“那你说咋办吧。我这就准备绳子。你指点着，相中哪一位了，后半晌我给你捆一个回来……”

辛大妈心急火燎，见了家属区里“他婶”“他姨”的，少不了唠叨儿子的“对象问题”。这嘴皮子是不会白磨的。这不，这天傍晚，热心肠的乔奶奶又上门儿啦。

乔奶奶住柳花台家属区，离工人新村好几里地远，一双“白薯脚”（雅称“解放脚”）一颠一颠地赶来也真不易。辛大妈见乔奶奶一身新，心里就明白了几分，高高兴兴地招呼她进里屋喝茶。两个老太太在里面嘀咕了好一会儿，然后把辛小亮叫进来了。

“小亮，乔奶奶特意为你的事跑来一趟。我听着，那姑娘挺不错……”

“哪儿的呀？”辛小亮举起双掌，按住两边的眼窝，使劲儿揉着，又上上下下在脸上搓了好几把，撇嘴笑着，那样子活像开始犯困了。

乔奶奶说：“那姑娘过去在京棉三厂。这不，家里只剩一个老母亲了。调回矿上上班，照顾她妈。现今在食堂卖饭哪……”

“哦。倒近。”辛小亮还是一副睡眼迷瞪的样子。辛大妈恨不得过去给他一笤帚疙瘩。

乔奶奶笑了：“近还不说，那姑娘真不赖呢。听说在食堂得算顶漂亮的。双眼皮儿，细皮嫩肉……”

“得，得，谢谢您了。”辛小亮耷下眼皮，摆手把乔奶奶的话截住了，“乔奶奶，您快别说了。老远的，您跑这一趟也不易……真对不起您，我得扫您的兴了。我呀，您就找那些猪不吃，狗不啃，姥姥不疼，舅舅不爱的主儿介绍给我得嘞。您说的这位，咱消受不起。那是给矿上的小科长们啊，写材料的小白脸儿们啊，头头脑脑的儿子们啊预备的。咱可没那个福分……”

“你还不知道是谁，就……就把人家回啦？”辛大妈火了。

“甭问。问也白搭。人家肯定看不起咱们。咱也不高攀人家。一见面准崩。让乔奶奶再白受累，咱也不落忍……”说着，他站起来，冲乔奶奶笑笑，走了。

“瞧我这孩子！瞧我这孩子！……”辛大妈气得直哆嗦，不知道该说些什么好。

“没啥！没啥！搞对象嘛，还不得由着他们？谁不得挑个可心的！强扭的瓜不甜……”乔奶奶是个开通人，咯咯笑着，深一脚，浅一脚地走了。话是这么说，她这一路可犯愁啦，回去怎么回女方的话呀？姑娘是她老邻居孟家的闺女孟蓓，二十四岁了。前儿个，孟家老太太托她给闺女张罗，她一口应承下来了：“行，行啊大妹子。别人家的闺女咱不敢说，您这姑娘还愁找不着婆家？我包你得个满意的姑爷！”谁承想，第一个，就撞上了辛家那么一个嘎小子！怎么跟孟老太太说呢？说辛小亮连名儿也不打听，就一口回绝了？那可太伤面子了。人家闺女那么漂亮，漂亮姑娘脸皮子全薄啊……乔奶奶到底是乔奶奶，来到孟家，倒也没什么为难的了。她告诉孟老太太，那小伙子并不合适，个头儿不高，脸庞儿也不精神，和孟蓓站一块儿不般配！“赶明儿我给您找个合适的！把咱家小蓓介绍给那个辛小亮，太亏！闹不好，见第一面下来，咱小蓓就得气得背过气去！”三言两语，把孟老太太说得乐散了架儿，既开心，又熨帖。等闺女下班回来还当笑话唠叨个没完。没想到闺女听了，却撅了嘴，气夯夯地把手里的茶杯往桌上一推，说：“都是您都是您！多管闲事！”闹得孟老太太忽然摸不着头脑了。以前，她也给闺女张罗过，虽说闺女也不乐意让她管，可从来也没发过这么大的火呀。

孟蓓回到自己屋里，也奇怪刚才为什么要发那么大的火。慢慢地，她明白了，自己是在生辛小亮的气。俗话说，吊眼的姑娘难斗。这话不好听，可有点儿道理——丹凤眼的孟蓓确实不是那么好糊弄的！听妈妈一讲，她就明白乔奶奶在瞎说。辛小亮，她太认识啦！个头儿绝不低，脸庞儿绝不难看。哼，那家伙肯定说出了什么难听的话，乔奶奶回来不好一五一十地转达，找个话茬儿搪塞罢啦。她哪想到，孟蓓还没调回来时，就见过这位辛小亮。岂止见过，他肚子里憋什么坏水，对姑娘们抱什么态度，她都知道！

那是去年春节前，她从城里坐火车回矿，陪妈妈过节。车还没从永定门站开出的时候，她就听见靠背那边的座位上，两个小伙子在聊天。和自己一板之隔坐着的，是个高声大嗓的大块头，坐在椅子上很不老实。聊得高兴了，爽性用膀子一下一下地撞靠背，好像浑身有劲儿没处使。有时，他仰面大笑，把那支棱着又粗又硬头发的后脑勺倒过来，头发触到孟蓓的头上，气得她躲了好几回。他对面坐着的一位，是个“活宝”，岁数小，声音细，不断和自己的朋友开玩笑。开始，孟蓓倒不注意他们聊些什么，只听他们讲什么“到北京钓鱼”啦，“鱼没钓着，惹一肚子气”啦。孟蓓心里奇怪：“大冬天的，到北京钓什么鱼！”听着听着，她捂着嘴偷偷笑了：什么“钓鱼”啊！敢情这是矿工的“行话”，说的是“交女朋友”！孟蓓倒是从小在矿区长大的，还没听说过这么个讲法儿哪！再听下去，那粗声大嗓的小伙子在讲“钓鱼”的经过。那个“活宝”呢，不时地插科打诨，逗他。他们的话，惹得孟蓓好几次险些笑出声儿来。有一次，她实在忍不住了，装作取开水，跑到车厢间的过道儿里，笑了好一会儿——

“瞧瞧，为这么一趟，我妈忙活得骨头都酥啦！逼我穿上这么一身不说，还教我哪：到了北京，别露怯，显出咱没见过世面。记着，人家爸爸是煤炭部的干部，你可别叫人家‘大爷’。得按城里的规矩，叫‘伯父’……”

“嘻嘻……”大概是“大块头”学他妈的口气学得太像了，“活宝”笑起来：“结果怎么样？一进人家门，舌头就转筋了吧？”

“瞧你，咱窑工让人瞧不起，可并不是武大郎卖豆腐，人熊货软！到了她家，咱也不卑不亢，人模狗样的哪！”

“得得得，牛气不小，怎么灰溜溜回来了？”

“灰溜溜？告诉你，别说她长那模样儿咱不待见，就是天仙似的，我也不要！”

“狐狸吃不着葡萄，说葡萄是酸的。”

“烂葡萄！哼，见一面不要紧，得做几天噩梦，折我十年寿！……八成是城里找不着人家了，处理给我啦。可她家老头儿老太太还觉着便宜了我这个傻小子哪！亏那老头子还是煤炭部的，把咱窑哥们儿挤对得够呛。说什么‘过了三家店，家雀儿都是黑的’。还说‘你样样都好，就是工种不好’。又吹说马上要想法子把我调出井下……把我气得鼓鼓儿的，心说：你们倒样样都好，就是心眼儿不好！良心大大地坏了！要不碍着介绍人的面子，不损他两句才怪！……”

“对！”“活宝”也不禁义愤填膺了。“老弟上刀山下火海，也得给你奔个大嫂子来。明儿还给他们送喜糖去，气他！”

“算啦，别气我了！我打一辈子光棍也不找啦！……那些女的。

没几个不势利的！”

“你还是认熊了！熊！熊！”

“熊？我出气了！临走，趁屋里没人，顺手把身边的暖气给他关了！把旋钮摘下来，出门又扔回他家报箱了！别看你是煤炭部的，冻一宿吧！……”

“哈哈……”

两个人又笑起来。座位的靠背又让那个“大块头”撞得砰砰响。

就这么着，两个小伙子简直像在说相声，你一言，我一语，聊了一路。孟蓓呢，也偷偷听了一路。她挺爱听，常常忍不住想笑。可有时却又气不过——他们也太伤人了，常把那些轻蔑的话推而广之，对女同志有一种令人不能容忍的偏见。要是在自己工厂里，熟人中间，孟蓓肯定要站起来，唇枪舌剑地回击了。哼，你们男的就那么好？她也可以举出好几例，证明有不少趾高气扬的小伙子，瞧不起她们纺织姑娘呀！想是这么想，她还是蔫蔫儿地靠在那儿听着——甚至靠背被撞得最厉害的时候，她也没有什么抗议的表示。

车到燕南煤矿，孟蓓下车了。没想到他们也在这儿下车。听到有人和他们打招呼，孟蓓一下子就记住啦。那个“一肚子坏水”的“大块头”，叫辛小亮。那“活宝”呢，叫赵涛。

这以后没多久，孟蓓就从城里调到矿上了。辛小亮在矿上是个人人瞩目的人物。他的大名经常在矿上的广播喇叭里被喊出来。超什么纪录呀，战什么险情呀，这就不必说了。就是在工会组织的摔跤比赛场地上，他也是观众们崇拜的勇士。更何况他净在卖饭窗口外喊“白吃饱儿”，孟蓓能不一下子认出他来！

孟蓓是个自尊心极强的姑娘。一瞧见辛小亮，她就想起火车上那一段，心里一直气不过——他太狂了！太看不起女同志了！可她还是原谅了他。谁让姑娘们中间，确实有那种势利眼呢。在矿上时间长了，从女伴们那里听说了好多矿工搞对象的“趣闻”，其中当然也有辛小亮的事，心里对他倒有几分敬畏啦。以致听说自己也被起了外号，她还是微微一笑，只是心里说："哼，你这就算男子汉啦？也就给人起个外号，出出气。连个知心的人都找不到！"……可这一次，孟蓓是大大生气了。她坐在床上，靠着被子垛，猜想着乔奶奶怎样去辛家，辛小亮怎样冷言冷语。哼，他那一翻一翻的眼皮子怎么动，孟蓓都猜得出来！……这天晚上，辛小亮躺在床上，倒还和往常一样，鼾声如雷。他根本不知道，并且也不想知道自己一口回绝的，是食堂的哪一位姑娘。"真是那么漂亮？她叫什么名字？……"这样的念头他闪都没闪，高高兴兴地去看了一晚上电视，十点钟回来，宽衣上床，进入梦乡。他更不可能想到，几里地以外，柳花台家属区，有个姑娘为了他直到半夜还没睡着。别看她眼角向上翘翘着，嘴角也向上翘翘着，笑模笑样儿的。她在咬嘴唇，小酒窝一跳一跳的——气得够呛呢！

孟蓓这姑娘可不是那么好惹的。别瞧他辛小亮气粗如牛，买饭之前还是敲盆敲碗，没心没肺地捣蛋，孟蓓反正盯上他啦。结果怎么样？没过几天，孟蓓站在窗口里就把辛小亮给治了，治得服服帖帖！你说邪不邪？第一次，就是辛小亮害得孟蓓半宿没睡着觉的第二天，中午开饭的时候，辛小亮排在四号窗口买米粥和炸糕，巧巧儿赶上卖饭的是孟蓓。

"二两粥，四个炸糕。"辛小亮把大搪瓷碗递进了窗口。

"当——当——"铁勺碰得碗底脆响。二两米粥盛上了。"砰"，放在窗口台儿上，热腾腾的米粥一涌，险些溢出来。

"拿着！"四个炸糕捏在孟蓓手里，伸了过来。

辛小亮只拿来一个碗，已经盛上了粥。如果接过炸糕，又怎么腾出手来交饭票？"搁这儿！"他把两根筷子架在粥碗上。

孟蓓眼帘一挑，瞪了他一眼，把炸糕往两根筷子中间重重一搁。筷子"当啷"滚下粥碗，四个炸糕一下掉进了粥里。

"啧啧啧，怎么搞的，你怎么搞的！"……辛小亮急得把脑袋伸进了窗口，用嘴吮着稀粥漫出的碗沿儿，烫得他不时唏嘘着。

“你干什么吃的！……我不要了！不吃了！……这叫炸糕吗？成元宵了！……”辛小亮气得喊起来，“退你吧，我不要了！”

看着他那狼狈样儿，孟蓓噗哧一声笑了。又抿起嘴，丹凤眼里闪着开心的光：“得啦得啦，凑合吃吧，下次多拿个碗来……”

“真是白吃饱儿！连个炸糕都不会放！我不要了！”辛小亮还是怒气冲冲地喊着。

孟蓓呢，眼角也像在笑，嘴角也像在笑，还是轻轻的声音：“谁让你用的是圆筷子。要用方筷子，也接住啦……吃吧，去吃吧，吃到肚子里还不一样了？……”

唉，再发火，有什么意思呢。辛小亮气得咽下一口唾沫，端着“粥泡炸糕”，走了。

食堂就那么几个窗口，卖饭的也就那么几个姑娘。想买饭，又不想碰上哪一位，这是不可能的。何况辛小亮根本没想到孟蓓会成心治他。这么着，在窗口遇见，可不止这一次啦，孟蓓对辛小亮的怨气，这一次也没出够哪。得，这以后，辛小亮只要买饭撞上孟蓓，不是豆腐脑里多搁了卤，咸得没法儿下嘴，就是要吃白菜，她给盛了西红柿，进了饭碗，不端走还不行。有时候，辛小亮是哑巴吃黄连，有苦难言；有时候呢，站在窗口，七窍生烟地嚷嚷一通。可气的是，孟蓓还是第一次那个劲儿，不跟你发火，反倒挺得意，笑模笑样儿，细声细气的。辛小亮还是只好一走了事。

辛小亮哪受过这个呀！三次两次，他坐到饭桌前嘀咕开啦：“我怎么她了？她干吗净跟我过不去！……”

“你净喊人家‘白吃饱儿’，又叫人家‘吊眼儿’，不治你才怪！”赵涛——就是孟蓓在火车上也见过的那个“活宝”，眨巴眨巴眼搭话了。

“可前几天还挺顺的哪，怎么……”辛小亮还是丈二金刚摸不着头脑。

“行啦行啦，包在我身上。‘情报局长’给你调查调查去。”别看赵涛人不大，猴精猴精的，几十里矿区，几乎没有他不认识的人，没有他没去过的地方。自封“情报局长”，是当之无愧的。

果不其然，两天以后，赵涛的“情报”回来啦。

“你得罪人家了。”他绷着脸，神色严肃地说。

“狗屁！我看都没多看她一眼！”

“嘿嘿，就为这个！……是俱乐部老杨头儿告诉我的，你把人家晾啦！……”

天哪！辛小亮一下子明白了。俱乐部老杨头儿就是乔奶奶的老伴儿。敢情乔奶奶那次要给他说合的，“食堂最漂亮的姑娘”，就是孟蓓！哈哈，自己当初连个名字都没问，现在才知道！他拍拍脑门儿，嘿嘿笑起来，捶了赵涛一拳，把座椅晃得吱吱响。可慢慢地，他不笑啦，心里总有点疙疙瘩瘩的，一肚子心事。说实在的，这也是个聪明小伙儿。他寻思着，我那就得罪她了？至于吗？我当时说啥来的？说啥了？哦，——我说她“是给小科长，写材料的小白脸儿，头头脑脑儿的儿子预备的”。是为了这句话？不，乔奶奶不会把这话传给她呀！哦，是因为说了“人家看不起咱，咱也不高攀人家”？……总之，辛小亮心乱啦。“敢情是为了这，得罪她了？那怎么才算不得罪她？”他想这些的时候，眼前闪出一个卖饭窗口，里面有孟蓓那含嗔带怪的眼梢嘴角，又有孟蓓“治”了他以后那得意的笑……这里面，好像都包含着一种难以言传的深意啊！

小伙子们哪，你们谁也别夸口自己有“坐怀不乱”之勇，看看你们的血性男子汉辛小亮吧，当他从疑惑中恍然大悟，又渐渐品出一点味儿来的时候，竟也忘了自己所固守的对女同志的偏见，从吃“粥泡炸糕”开始，回味起每一次被“整治”的细节来了。虽说只有那么三两次，却被他反复咀嚼。他骂了自己多少遍“没出息”也没用……

这天，他又去四号窗口买馄饨。看见孟蓓在窗口里面，隔着五六个人，他的心就开始怦怦跳了。他要了二两馄饨。虽然还是装出平常那种不经意的样子，眼睛却偷偷瞟着窗口里那颀长的身影。雪白的工作服很合体，衬出那圆圆的肩头。松润的鬓发被身边电扇的风吹得飘飘忽忽，有一绺搭在她上翘的眼角上，她抬起右臂弯，灵巧地向上一抹，然后把手里的铁勺一挥，“当”，馄饨盛在左手的搪瓷碗里。

“两毛五。二两。”她和以往一样，重重地把碗放在窗口台上，眼睛毫不躲藏地盯着辛小亮，紧抿着小嘴，下唇轻轻地一努一努。

辛小亮慌慌张张地找出三毛钱饭票。她接过来，找回五张“一分”，往窗台上一扔。“呼”，电扇吹来一股风，把三张饭票吹进了辛小亮的馄饨碗里。“哎呀！”她肩膀一耸，眼睛一闪，做了个怪样，又噗哧一声笑了。脸红红的，伸手把饭票捏出来。“不脏，不脏！……”她的眼睛还是大胆地朝小亮望着，“你骂我吧！”那眼睛好像在祈求。“你才不会骂呢！”那眼睛又有几分得意。

要是以往，辛小亮不又得暴跳如雷才怪！可现在……

“唉，也就是赶上你了！”辛小亮瞪着她，做出一副无可奈何的样子，苦笑着接过换给他的干净饭票，端起了饭盆。

身后，传来那姑娘的笑声，这是从心里冲出来的笑。吃馄饨的时候，他几次把勺子送到鼻尖上，心里又暗骂起自己“没出息”来啦！

这往后，辛小亮真的“没出息”啦。排队买饭，不喊了，不闹了，老实得像根木桩子。赶上孟蓓卖饭，一站进队，脸就红。这些，瞒谁也瞒不过赵涛——他老跟在他后面呀。得，这小家伙故意用话撩拨他啦：“小亮，怎么如今老实了？不喊‘白吃饱儿’了？”“你没喝酒啊，脸红什么？”……到了饭桌上，赵涛更少不了拿他开心。小亮端起了粥盆，赵涛问“香不香”；小亮摘下帽子，赵涛问“热了吧”；小亮吃完了，赵涛指着盆底儿说：“还不刮干净点儿，多香甜的棒子面儿呀！”……辛小亮把他推一边去了：“滚滚滚。”赵涛还有“撒手锏”哪：“怎么，过河拆桥啦？你还有用得着我‘情报局长’的时候！……”

可不是！这天上早班，汽笛快响的时候，赵涛来了，兴冲冲地跳进小亮坐的人行车里，得意扬扬地说有“最新情报”，然后，忍不住举起手里的镐把儿，往小亮的玻璃钢帽盔上敲：“太开心啦！太开心啦！……‘吊眼儿’……哈哈，真妙！……”往常，赵涛有了那么一点点关于孟蓓的“情报”，且卖关子呢，非憋得辛小亮心痒难熬才说出来。可今天，他根本没心思卖关子啦：“这是第一号‘情报’，第一号！”

“得得得，今晚夜宵店不开门啊。”——赵涛平常净拿孟蓓的一颦一笑当“情报”，拉小亮去夜宵店敲竹杠。

“我请客！”赵涛举手打了个响榧。“孟蓓给胡连国来了个大窝脖儿！你当只是你的胜利？这是咱窑哥们儿的胜利！”

胡连国是劳资科长胡玉通的儿子。本来和小亮他们一样，是燕南矿的井下工人。可他爸爸让他“支援”了燕北矿。一换了单位，就成了科室干部，不再下井啦。兄弟矿嘛，劳资科也互相协作得不赖。

胡连国追孟蓓了？辛小亮还是第一次听说。

“他托膳食科的一位副科长去说合。还说矿长办公室的打字员考上大学走了，正要补一个。透出那口风不说你也明白啦！……你猜孟蓓怎么回答？你猜不着！”

“还不美得屁颠屁颠儿的？”辛小亮说。

“去去去！”赵涛一挥手。“人家孟蓓问了一句：‘他爸爸今儿晚上要是咽气了呢？我靠谁去？’哈哈……”“呜——”汽笛响了，人行车“咣当咣当”起动了。赵涛凑到小亮耳边，在轰隆隆的巨响里高声喊道：“她还说啦，科长的儿子，又是科室干部，咱可攀不起，要是个井下工人嘛，差不多……这可是重要信号，重要信号啊！”说完，他又向后一躺，双腿掀起老高，开心地笑着。

“真是笨蛋！放着打字员不干，还挺爱卖豆腐脑……放着白脸儿不爱，爱黑脸儿！”辛小亮摆出一副漠不相干的神情，冷冷地笑着。

其实，赵涛早把他琢磨透了：“别猪鼻子插葱，装象了，啊！”他捶了小亮一拳，放开喉咙，反复唱着《解放军进行曲》的第一句

“向前向前向前”，在奔驰行进的人行车里晃着。

平常下班以后，辛小亮的眼窝里、鼻翼边，总带着黑印儿，这是他在浴室里用十几分钟“结束战斗”的标志。可今天，他足足在喷头下面耗了半个小时。下午回到了家，按惯例，晚饭应该在家吃的。可今天呢，他没魂儿了似的，终于跑到邻居家，给妈妈留下话，说矿上有事，走了。什么事啊？就是到矿上食堂吃晚饭——孟蓓在四号窗口卖饭哪。吃完了晚饭，心神不定地在山谷里转悠了好久，十点多钟，又进食堂吃了一顿夜宵——也就是说，这一天，他吃了四顿饭。食堂要是不关门，恐怕他还得去吃第五顿！害得他妈白白往商店转悠了一下午，买回来那么多好菜，预备着给他过生日！

用赵涛的话来说，自从辛小亮接到了“重要信号”，就有了十大变化。第一，绝口不提“吊眼儿”这个外号了。第二，晚饭也在食堂吃了。第三，专爱买四号窗口的饭。第四，吃饭愣神儿。第五，也不提什么“打一辈子光棍儿”了。第六……赵涛真不愧是“情报局长”，算是把小亮的心思摸透了。“伙计，咱平常挺冲的啊，这会儿还等什么呢！没胆儿就说一声，老弟撕破脸皮，帮你上门问她愿意不愿意！”这话不假。辛小亮平常对女同志要横犯嘎，真到了这节骨眼儿上，什么招儿也没啦。赵涛看着费劲儿，倒比小亮还急三分：“咱矿工搞对象，是‘集体’搞哪！找着一个有眼力的姑娘，不易！”他捋胳膊挽袖子，“反正我是完啦。倒八字的眉毛，绿豆眼儿，又摊上干的这行当，一辈子没人跟！可我小亮哥该有个好爱人啊，多精神的小伙儿，谁看不上他谁瞎了眼！……”这小伙子在井下干了几年，讲起话来总是充大，学老窑工的口气，未免粗俗。可他确有一种为了他小亮哥两肋插刀的侠气。

几天以后，辛小亮休假。这天赵涛也歇了。午饭时，他来得很晚，卖饭窗口前，已经没什么人了。赵涛到四号窗口买了饭，靠在一边，歪着脑袋，对里面的孟蓓说：“给你们食堂提个意见，行不？”

孟蓓一看是他，心想：“你也是提意见的人？憋什么坏哪！”她说："有意见找科长提去。"

赵涛说："我专给你提的！听说你还得头等奖金呢，我们班的辛小亮病了好几天，想吃点可口的东西都没有！你没见他一天往食堂跑好几趟！"

孟蓓的脸红了："去去去！谁病了都管，就他病了活该！"

"当真？"

"当真当真当真！"孟蓓的声音又甜又脆，"告诉他去吧，活该！"

赵涛端起饭碗，"咳"了一声，装一副丧气样儿，心里却偷偷发笑。三口两口扒完了饭，他又到了辛小亮家。

"辛小亮，今儿下午别出门啊。在家等着，有重要的事。"

"什么事啊？"

"党委书记找你谈话。"

"我？我怎么了？……"

"你好哇！……一会儿就知道啦！"

他穿着白背心，手里摇着脱下的衬衫，风车一样地转着，跑了。他跑进家属区的小酒铺，买了一升啤酒，一碟香肠："哼，今儿要不是他得在那儿等着，非逼他请客不可！"

且说孟蓓轰出了赵涛，站在卖饭窗口里愣神儿。你可不知道，姑娘们都有一种特殊的敏感，从小伙子的一缕眼神里，也能看出此中的深意。更何况孟蓓这样的，从纺织厂的姑娘堆儿里出来，又精明得不饶人的姑娘！辛小亮心里哪怕打起一个浪花，也逃不过她的眼睛。开始，她多开心哪，降伏了这个狂气的小伙子，出了一口气，真是太棒了！到现在，她忽然明白：天哪，到底谁降伏了谁啊！你为什么老希望他站到你四号窗口的前面？你为什么在"治"了他以后，总后悔自己太泼辣，总在想："人家不讨厌你？"……爱情这东西，真是太神秘了。我敢说，不管是诗人还是心理学家，他们给爱情下的定义远没有真正的生活来得微妙。孟蓓当然深深地爱上了那个"大块头"辛小亮，可到底是从哪一天开始的？她也说不上。也许，是在火车上，第一次见面，听了他那些让人笑破肚皮的谈话之后？……可是刚才，听了赵涛一番话，孟蓓的心里又“骂”上辛小亮啦！她知道赵涛是辛小亮的“哥们儿”。哼，鬼知道是真病假病！真病，找我干什么？想吃可心的东西？回家去呀……一天往食堂跑好几次，不是心病才怪！……想着想着，她的脸一直红到眉梢，抿嘴儿想乐：这会儿就不充好汉了，还得派个传话的来。我非去给你治治这个“病”不可！

这一下午，辛小亮真听了赵涛的话，老老实实地在家等党委书记啦。听到有人敲门，开门一看，是孟蓓，这才明白赵涛那家伙把自己骗了。当然，这比门口站着党委书记可招人高兴多了。可这……这也太突然了。他心慌意乱，舌头打不过卷儿来。

“……哦，是你！……你，干什么来了？”问完这句话，心里一个劲儿后悔。这样问，太失礼啦。

孟蓓呢，望着他，一笑，不答，坐到椅子上，眼睛往四处打量：“听说你病啦，饭也吃不下，觉也睡不好。是真的吗？……”

“胡说！”虽说辛小亮这两天真的茶饭不思，他才不会嘴软呢，“我睡得香着哪。一天吃一斤六两，活得舒坦着哪！”

孟蓓从鼻子里“哼”了一声，亮晶晶的眸子往他身上一闪：“这可是你哥们儿赵涛说的。还把责任推我们食堂的人身上，说是吃得不可心儿啦什么的……说你一天进五六回食堂，还是不可心儿……”孟蓓忍不住从嘴里喷出笑来。

“你听他的？听他的……”他说了半句，把后半句咽下去了。他本想说“听他的两口子都得分家”，又觉得这么说好像有点儿那个，他“呃呃”了两声，什么也说不出来了。

“真的没病？”孟蓓就差过去捶他了。

“我从来没有像现在这样，活得自在，过得滋润！”

该死的！孟蓓气得哭笑不得！过去在纺织厂里听姑娘们议论，到这个份儿上，再硬的小伙子也得露点儿声气儿了，说自己“睡不着觉”啦，“吃不下饭”啦。可他……有什么办法！孟蓓几乎拔腿要走了！哼，过得滋润、自在，一个人过去吧！过一辈子！……姑娘的心还是硬不过小伙子，你信不？这不，孟蓓没走，坐在那儿，挺尴尬，她还是红着脸，东问一句，西扯一句。她心里想，哼，再坐十分钟，你要是还装傻，我就走，再也不理你，看你怎么办！……十分钟到了，她又想：再给你五分钟，该死！……

辛小亮和孟蓓在屋里坐冷板凳。这屋子对面，辛家的小厨房里，可紧张着哪。孟蓓刚进屋没多一会儿，辛大妈就买菜回来了，还从菜市场拽回来一位，就是上回要把孟蓓介绍给小亮的乔奶奶。一路上，辛大妈搀着老太太，千般感谢，万般道歉，骂自己的"犟头"儿子，最后无非还是那句话：请乔奶奶别见怪，再给小亮张罗一个。两位老太太你搀我扶地到了辛家，正待进门，听见里面有姑娘的声音，隔玻璃窗一看，乔奶奶忙把辛大妈拉一边去啦。

"可了不得啦，大妹子！……咱们操的哪门子闲心呀，你们家小亮这不都搞上啦……"

"搞上了？谁呀？"

"就是上次我要说给他的孟家闺女呀！……啧啧，人家敢情是秘密接头……"乔奶奶咯咯笑着，用手捂着腰，生怕笑岔了气。

辛大妈还想凑窗户上看个仔细，让乔奶奶拽到小厨房去了："别添乱！咱们七老八十的，一边待着去！"

这么着，两位老太太在小厨房里躲了老半天啦。

小厨房里还生着火炉，又赶上夏天，闷在这里可不算个事儿。这倒是次要的。主要是辛大妈着急呀，开始还听见那姑娘在笑，怎么一会儿没什么声儿了？辛大妈一个劲儿催乔奶奶一块儿看看去："您可不知道，我那嘎小子动不动就犯犟，咱们在旁边待着，别让他把人家姑娘给欺负了……"三说两磨的，等到乔奶奶经不住厨房的热劲儿，也就跟她一块儿去了。

两位老太太进了门，算是把屋里的别扭劲儿冲开了。可乔奶奶三句闲话没扯完，就点上正题啦，这可把两个小年轻的臊个大红脸！

“好小亮！我看你上次扬脖儿挺胸的，也是个发誓打一辈子光棍儿的好汉，敢情瞒着你乔奶奶哪！你不是要那猪不吃、狗不啃的主儿吗？我们孟家的姑娘可金贵哪，人家跟你？……”

“乔奶奶，您……您扯哪儿去啦！”辛小亮一个劲儿挤眼睛。

“甭做鬼脸儿！那我也得揭发你！……”乔奶奶又转脸对孟蓓说：“话又说回来。这个小亮呀，除了犟，样样都好。你看看，我跟你妈说得不差吧，个头儿又高，脸庞儿又精神……你们站一块儿，真是好好的一对儿呢！……”

孟蓓气得直瞪对面的辛小亮。谁让她天生一副笑模样儿呢，像生气，又像笑。

这么着，这层窗户纸，让乔奶奶给捅破啦！辛大妈根本没听见乔奶奶唠叨啥，只是上上下下起劲儿地端详眼前的姑娘，乐得拢不住嘴。

“搞对象有闷在屋里搞的？这么好的天儿，俱乐部又有电影……”乔奶奶俨然是权威的介绍人的口气了：“去！到俱乐部去。跟我们家老头子说，是我让你们去的，给找两个座儿，看电影！”

不知是乔奶奶的命令有威力，还是人家两个年轻人各自有心。他们红着脸，一人撑一把伞，走啦。乔奶奶真会说话：多好的天儿——凉丝丝的雨点儿漫天飘着哪……

看着两个年轻人走了，乔奶奶的得意劲儿还没过去：“昨儿矿上李书记见了我啦。问我：‘乔老太，听说你净忙活着给青年人拴对儿啦。’可把我吓坏了。我说：‘李书记，这没啥错误吧？’李书记乐了：‘怎么是错误！那么多安心为四化挖煤的好小伙儿没人认，你给引荐引荐，让那些姑娘们知道，小伙子们心里都有宝啊！’……嘿嘿，我这个人呀，越说我胖，我越鼓腮帮子。这不，昨儿晚上就跟我那老头子说了：‘你那俱乐部得给我配合！凡是我介绍去的小伙子和大姑娘，你得保证人家两个人看上电影！’谁想到，小亮他们成第一对儿啦……”

乔奶奶一边说一边乐，转脸一看，辛大妈竟笑着抹上眼泪儿了。“哟，大妹子，这是怎么啦？”

辛大妈说：“我先寻思着，小亮这行当真干错了，得打一辈子光棍儿啦，谁承想找着了这么好的一个姑娘……”

两位老太太闲扯这当儿，孟蓓和辛小亮已经走上永定河畔的马路了。

“这个乔老太太，真没治！”辛小亮嘿嘿笑着，又偷偷斜眼瞟孟蓓。

孟蓓瞪他：“你才没治呢！”

“哟，我怎么啦？”

“你干的坏事还少？”

“我干什么坏事啦？”

“自己想想！”

辛小亮挠挠后脑勺，好像想不起来。

孟蓓站定，把自己举的伞收了，说：“过来。”

辛小亮乖乖儿地举着伞站过去了：“你今儿成心给我摆什么谱啊？瞎折腾！”

孟蓓说：“不让你请罪就美了你！”

“我到底怎么啦？”

“你都说了我什么坏话？老实交代！”

“没有哇。”

“装得多像！”

“我说什么来着？你倒给我提个头儿。”

“你说我眼睛来着……”

“眼睛？眼睛……”辛小亮脖子一缩，眼睛一眯，鼻子一耸，坏笑起来。他瞟着孟蓓那俊俏的微翘的眼角。“我说你是丹凤眼啊……要不，要不怎么看着我那么……顺眼呢。”

“鬼！谁看着你顺眼！鹰鼻鹞眼，长脖鹿的个头儿……”孟蓓好像不把难听的话全发泄出来不足以平“吊眼儿”之恨。终于，她也忍不住笑了：“也就是啊，有一点还像个人！”

“哪一点？”

孟蓓挨他近近的，轻声说：“你呀，也还算个男子汉。”

原载《北京文学》1980年第8期

荣获“1980年全国优秀短篇小说奖”

三千万

柯云路

一

一九七九年初，未竣工的维尼纶厂。

厂房之间的空地上横七竖八地堆积着钢筋、木料，凛冽的寒风中，水泥袋的碎纸片漫天飞舞。维尼纶厂建厂指挥部的成员们正在陪同省轻工局几位领导视察工地。

“三千万，一个子儿也压缩不下去了？成了刚性的了？”说这话的是省轻工局党委书记兼局长丁猛，他那扫视着众人的似乎是狡黠的目光里隐隐含着审视，灰白的头发理得很短，额上的皱纹很深，脸上的线条像岩石裂缝般粗犷刚劲。他以惯有的诙谐口气说着，明显流露着不满。

这位刚刚复职的丁局长是个很不寻常的人物。“文化大革命”前，他以果断执着在全省闻名，曾有许多美传。这次到维尼纶厂是审查追加预算的。维尼纶厂是个建设十年还未竣工的“胡子工程”了，今年总算提出了一年竣工的计划。但建厂联合指挥部——这是由维尼纶厂（通称甲方）和负责施工的省建公司九处（通称乙方）联合组成——却又同时提出了一个需要追加投资三千万元的申请报告。要知道，维尼纶厂从最初的总概算五千万元，十年来一而再、再而三地因为超支而追加投资，已经花了一亿五千万了。一个总概算才五千万的项目要花三千万来扫尾竣工，无论如何是太不像话了！他知道，压缩投资是当今最难的事情，连计委、建委、国家都没办法，人人都说这是一个不可改变的现状。但他就是要在这上头试一试，冲一冲这个谁也不敢碰的“现状”！他觉得自己还有一个特殊的有利条件：维尼纶厂的党委书记、联合指挥部总指挥张安邦是他一九六五年在一个纺织厂培养和提拔的干部，他了解他，相信他会配合这次审查的。

然而，事情并不像他预料的那样。十多年没接触，张安邦变得陌生、不可捉摸了。虽然表面上对老上级仍显出一种特有的亲热和坦然，但在客气尊敬中总好像隔着层什么。在张安邦的安排下，几天来对追加预算的审查也好像罩上了一层扑朔迷离的云雾。表面上似乎一切都很精确，丝毫看不出漫天要价的迹象。要账目，有一摞两尺高的“预算书”“计算书”送来，数以千页的表格里填满了用计算机算出来的数万个数字；要听意见，指挥部甲乙两方都做了详细汇报；好像三千万无可非议，只有拍板了。可是，敷衍的客套，官样的文章，却使丁猛愈来愈愤懑，他始终感到有人张开了一张网，罩住了一切，使他根本看不到实情。是谁张的网呢？张安邦？丁猛还不能断定。

“我们已经是一压再压，没有一点弹性了！”一摊双手答话的正是张安邦。这位厂党委书记有着一张长圆的胖脸，光润润的，没有皱褶，没有棱角，像揉光的面团，眉毛细淡，眼睛漂亮有神。他的嗓门即使是这样随便说话也十分洪亮。话语里带着对老上级才有的亲近和诉苦的口吻。他说完又笑了笑，很亲切地看了看左右，簇拥着他的部下们用迎合的点头和微笑呼应着。

“这是什么？”丁猛指着一座像是临时搭的烂仓库模样的建筑问。

“这是临时食堂。”张安邦从容地回答。他指着旁边被水泥、机器堆满大厅的原来的食堂说："正式食堂做了临时仓库——因为仓库不够用——所以又盖了个临时食堂，职工吃饭总不能露天嘛。"说着，一行人走入了"临时食堂"的大厅，仰面是席片的棚顶，低头是烂砖的地面，墙上窗户没框，横七竖八的木条钉住的塑料薄膜被风刮得呼嗡嗡作响，确实是一副"临时"样。轻工局基建处的一位处长点头证实道："盖临时食堂，他们有过申请报告。"

丁猛打量了一圈大厅，哼了一声说："好一个临时食堂！……临时设施，为什么搞水泥砂浆砌墙？为什么还搞圈梁？怕以后拆起来太方便？"丁猛上上下下指画着，两眼冒火地说，"这样大的面积，大门大窗的设计，看这儿，连以后隔墙的基础都搞好了，这是临时食堂？……这是个大型俱乐部，变一下就成了。……搞假预算，搞计划外项目，犯法！"

人群一片寂静和窘怵，大家都被意外的质问震慑住了，谁也没想到丁局长这样内行。问题严重了。

张安邦略含不满地扫视了一下众人，转向丁猛坦然地笑了笑，颇有些感慨地说："没办法啊，丁局长，这都是前几年极'左'路线逼出来的。什么'先生产，后生活'，谁敢公开搞俱乐部啊？哪儿也不会批。厂里尽是年轻人，总应该关心职工文化生活嘛。"张安邦委婉而理直气壮的解释顿时扭转了气氛，众人都舒了口气，暗暗佩服自己的总指挥。现在轮到丁猛进退两难，不好回答了。

"你还有功啰？"丁猛看着张安邦讽刺道，"现在是七九年了，知道吗？为什么还弄虚作假？"看到张安邦还要张嘴解释什么，他一伸手打断道，"你先写个检查——搞假临时食堂——准备接受处理。"

人们全怔住了。

"……然后，再打个报告——申请盖俱乐部，送局里批。"

这样的两条决定，像云烟中划过一道闪电，人们知晓了这位丁局长的分量。

"总指挥没有是非原则，其他同志呢？你们为什么没有一个人揭发、反映问题？”丁猛质问的目光扫视着指挥部的成员们。没有一个人吭声。一堵沉默的墙。在伸手向国家多要钱上，在“为集体的利益”这面旗帜下，一个企业的干部往往是团结一致的。合情又合理，谁也犯不着触犯众利，谁在里面都多少有一份，谁也要在本单位站住脚。这是目前很普遍的现状。这个现状几天来嘲弄和激怒着丁猛。此刻，人们都在他的目光下垂着眼，只有一个人例外，那就是厂基建安装办公室主任白莎。这位中年女性只是掠了一下从蓝色围巾下露出的一绺额前短发，很快地睨了一眼丁猛，照旧漫不经心地打量着别处。

“白莎同志，你负责搞预算，怎么也不坚持原则呢？”丁猛的目光移向她，直率地批评道。白莎苍白清秀的脸上一下子泛起了愠怒的红晕，眼里透出冷冷的敌意。

“丁局长，这事情应该我负责。”张安邦站出来说话了，态度十分诚恳，“同志们都是辛辛苦苦做具体工作的，这几年都很不容易。错误完全在我，确实不能怪同志们。临时食堂这件事，和三千万也没关系。”

“没关系？你负责？等着吧，有你的责任负！”丁猛睨了一眼张安邦，心里说。张安邦在“临时食堂”上玩的花样，更使丁猛断定三千万有问题。他又看着白莎问：“白莎，你对三千万的最后意见呢？”

“三千万，这确实是维尼纶厂竣工最起码的数字了。——这意见我们都是一致的。”张安邦接过话头，以老下级的身份笑着说，他极力想缓和一下气氛。

“这个安邦真是怪了。”丁猛严厉地瞪了他一眼，“怎么就一言堂了呢，白莎的脑袋不在她肩上？”

张安邦笑了笑，一副甘愿接受批评的表情。

“白莎，谈你的意见吧，可不能光当头头儿的附庸。”丁猛说。

“当附庸，我还没学过。”白莎带着刺冷冷答道。丁猛的话刺伤了她的自尊心。这位三十多岁还未结婚的女技术员对一切都满不在乎。

在她眼里，任何事情上的认真都是没必要的：只要不触及她，三千万就三千万吧。她参与了预算编制，但从来都觉得与己无关。她不过是在厂里顺潮流而动，干她的八小时而已。

“白莎，你冷静一些，”张安邦爱护地责备道，“丁局长是让你谈对三千万的意见。”

“我没什么意见。”白莎依然冷着脸，“三千万大概够了吧。”她看也不看丁猛，甩了一下围巾扭过身去不说话了。

“大概？这是搞经济工作的人说的话？”丁猛火了，目光像剑一样在人群中扫动着，连腮帮子都搐动起来。人群仍然只有沉默。面对沉默的人群，丁猛发觉自己应该冷静，发火不过是软弱无力的表现，他要打破罩住实情的这张网。他顿时想到了那个难得的人物，他看了张安邦一眼，说道：“既然这样，我要请个专家来查你们。钱维丛——听说过吗？”

白莎不禁转过头，眼里闪过一瞬的惊讶。

张安邦没料到丁猛要来这么一下，他爽朗地点点头：“那当然好，那就更可靠了。”他脸上露出一丝不以为然。他不知道钱维丛是什么人。他相信，就是再内行的人几天内也难从浩如烟海的数字中看出问题来。

“你们最好自己先减码。……查住了，可要当心。”丁猛说。

二

当天下午，白莎来到张安邦家。

“预算该重做就重做做吧，钱维丛来，这些账可经不住他查。”她很淡然地说道。

“哪有那么严重。”张安邦毫不在乎地摇了摇头。中午他已摸清了，钱维丛是轻工局一个搞设计的普通工程师，他的儿子钱小博就在维尼纶厂当工人。

“信不信吧，他过去是全国有名的预算专家。”

张安邦既不知道钱维丛是预算专家，也不知道所谓预算专家有多大分量。为了掩饰自己的疑惑，他反而很有气派地哈哈一笑，用惯常对下属的玩笑口吻说：“害怕了？为工作，怕什么！”

“我怕什么。”白莎恼了，眼里射出尖刻的目光，“我只觉得犯不着出事，没必要。”说完一扭身走了。

看着白莎的背影消失在门外，张安邦开始意识到问题的严重性。应该马上采取对策。然而，他却坐在沙发上恍惚了几秒钟，想起上午视察完工地后，丁猛在个别谈话时对自己的批评是那样的中肯和坦率，使张安邦真有些感动。当时在丁猛既严肃又和蔼的目光下，他也曾对“三千万”产生过犹豫。

桌上的电话铃急促地响了，是物资局催问招工指标的。张安邦曾答应帮忙弄几个招工指标，把物资局几位局长的子女安排到省建公司——这又是和“三千万”有关的。物资局的人出的气都是粗的，张安邦一连答应了几个“行”，一个电话使他看清了自己在现实中的地位，看到了“三千万”后面隐现的许多局长、部长们的脸。电话一挂，他就恢复了毫不含糊的决心——

他必须弄到“三千万”！

虽然他绝不会把其中哪怕一分钱装入自己的腰包，他却必须把这“三千万”搞到手。否则在现实生活中会站不住脚的。就说在厂里，那些副书记、副厂长要住一家一院的高标准平房；行政科长要盖一个由他支配的高级招待所；医院院长要让厂医院楼再加高一层，为的是要更宽敞舒适的院长办公室……这各种各样的人物在维尼纶厂领导权的巩固过程中都给他上下出过力，他们的要求都得得到满足。这一点就足以迫使他去争取“三千万”，而绝不能有失众望，造成众叛亲离。更广泛些说，一个钱多、物资多、汽车多、关系多的大厂书记，加上足够的权谋机智，在社会上就有许多无形的权力。而这无形的权力，对于爱财的，可以使家里沙发、电视机、电冰箱应有尽有；对于他这样爱权的，则有了向上进取的坚实基地。当然，他也并不是天生爱权的。“文化大革命”一开始，他这个只当过一年副厂长的“当权派”也住过几天“牛棚”。那时，他最后悔的是当了副厂长。但是，经过一番表态、站队、反戈一击，他也投入了急风暴雨。很快他领悟了“政治”的奥妙，看到了“政治”的天地。在急流漩涡中几经沉浮，他埋葬了一个灵魂，又膨胀了另一个灵魂，他终于被造就了！他虽然在十几年的政治生活中饱尝了甜头和辛酸，不那么急于求成了，但还保持着锲而不舍的意志。目前这个“三千万”在厂内、厂外包含着他和多方面利益的结合。远的不说，在预算中不给省建公司算得宽些，就搞不到招工指标，那么，物资局头头们的子女就没法安排。而不这样一件事、一件事地去做，他又怎么能日益扩大自己的社会联系呢？他还想到了从物资上控制周围几个县，想到了把家属在厂里工作的地委领导们都请到厂里来住高标准平房。总之，他深知这些年来的当官“诀窍”：不把广泛的社会关系搞好是无法进取的。现在是关系错综复杂的年头，不一定是顶头上司，也许是哪一个不被注意的小人物，往某一条线上递一句话就能决定你的升降。在维尼纶厂，一切和上层有联系的干部、工人他都要摸底。他的一个重要“工作”就是调看档案。哪怕你是个学徒工，只要你的父母或者三姑六舅九姨子中有一个硬牌人物，就一定要弄清、记住，在需要的时候，用适当的“照顾”，把你，因而也把你的“背景”织入他的网中。现在，他就要用这张网来争取“三千万”了。

下班前，他给钱维丛的儿子所在车间打了电话，让他们通知钱小博晚上来他家里；他告诉车间，最近不要分派钱小博在班上的工作了，厂党委另有任务。

三

丁猛已经感受到了张安邦活动的包围。厂里一些负责人和自己接触时无不从各个角度三言两语地讲讲“三千万”的必要。几个老乡、一个侄子——都是维尼纶厂的干部、工人——先后来厂临时招待所看他。他们的话语后面似乎都有张安邦的长圆脸在隐隐出现。这样的包围越多，丁猛越气愤；而越气愤，则越冷静。当在地委工作的几位老相识和省里的一两个老上级也用看望、捎话来表示对“三千万”的关心时，丁猛深深感到张安邦这个人物有些非同小可了。他远不是自己在十几年前所赏识的那个张安邦了。那时他三十多岁，敢坚持原则，有工作魄力，现在竟然变成这个样子，真是“时势造英雄”！丁猛一点不客气，他警告张安邦：“不要搞小动作。抓住了当心吃家伙！”张安邦只是不加解释地一笑，那表情好像是说：我对你丁局长哪能搞小动作呢？丁猛也知道，这时的张安邦，对他进行任何言词的敲打都是无济于事的，他都可以一笑敷衍。要的是尽快查清“三千万”。丁猛寄希望于即将到来的钱维丛。这是他上任第一天就发现的人才。当他在轻工局一个科室的晦暗角落找到这位正弓背俯身于绘图板上的老工程师时，他几乎抑制不住自己的愤懑。钱维丛！丁猛十几年前就看过他的预算理论著作，这位预算专家竟然被从国家建委“下放”到这儿，默默无闻，丢开专业改行九年了。

终于，钱维丛来到维尼纶厂。

当钱维丛从吉普车里钻出来时，出现在指挥部成员面前的只是一个略显驼背、身材矮小的知识分子模样的老头。“这是钱工。”丁猛按轻工局对钱维丛的惯称介绍道。他的样子不仅毫不起眼，甚至有些衰颓，说话时客气得有些过分，握手时头也点得过多过低。这第一面就让张安邦小看：寒酸！钱工在他心目中的地位大大地下降了。不过，张安邦既善于用不卑不亢的亲敬坦然对待上级领导，也善于用平易近人的微笑表现对弱者的和蔼。他略挺起肚子，很有气派地伸出手和钱工相握，风趣地寒暄了几句，又转身一一介绍了指挥部成员们，显出一个有威信的领导者足够的风度。

丁猛自然把来人当成圣驾，他知道这位专家一眼就能估出一座楼房的造价。当天晚上，在厂招待所和钱工面对面坐着，丁猛开门见山地说：“钱维丛挂帅，‘三千万’的审查主要靠你啰！”“不，不，要靠领导。”钱工连忙说。“领导高明论？没有群众，左眼瞎；没有专家，右眼瞎。双眼瞎的领导，管屁用！”丁猛说。看到钱工还要申辩，他不耐烦地摆了一下手，从抽屉里端出一摞“预算书”往桌上一放：“阿拉伯数字都在里头。要听汇报，我给你组织；要看现场，让指挥部派人陪你。你拍板，我负责。这就是咱俩的双簧。……要几天时间够了？——吃饭，我给你从食堂打。”丁猛把审查“三千万”的全权交给了钱工，并在第二天指挥部会议上明确宣布：这次审查预算，钱工为主，他为辅，钱工说话是算数的。

钱工成了焦点。众目睽睽，人们都注视着预算专家，而这位预算专家却只是和大家客客气气地点头寒暄，对任何预算问题都含含糊糊地回避，仿佛他丝毫都不管事。

“怎么办？”和丁猛一起来审查“三千万”的轻工局基建处处长着急地问。丁猛皱着眉没说话，他在思索。

人们不知道，钱工正陷入剧烈的矛盾中。晚上，他一个人在房间里面对着一桌子摊开的几十本“综合预算书”和计算尺、计算机，他紧锁着眉头一个劲地抽闷烟，把自己埋在腾腾烟雾中。他在“预算书”中一发现问题，就气得猛地举起拳头，然而每次又无力地落下，叹息地摇摇头。丁猛几次推门进来，发现钱工内心矛盾的举止，钱工都连忙掩饰地支吾：“噢，没什么。”他能对丁猛说什么呢？对于这个被十几年动荡生活弄得不知所措，灭了锐气磨了棱角的工程师，丁局长从一开始就给了他极大的温暖和信任——这是他曾经很熟悉，但十几年来又生疏了的感觉——使他心中受到一种说不出来的力量的冲击。当他看到丁猛，一个局长提着饭盒给他打饭回来，点点头给他放下的时候，他不能不感到一个预算人员的重大职责。然而，他又想到妻子在自己临来前说的话：“到维尼纶厂少管事，让领导做主，要不更回不了北京了。”妻子的话包含了他们几年来的苦恼和艰辛。为了调回北京回到原单位，把大半辈子的专业经验贡献出来，老两口几年来历经奔波之苦。官僚主义、本位主义弄得他们满腹牢骚。个别承办人员的违法乱纪更气得他们浑身发抖。前不久总算熬到国家建委来了调令，但到了省里、局里又几个月杳无音信。现在，丁局长叫他来维尼纶厂审查预算，他刚开始还挺兴奋，他对本行工作有着抑制不住的热情。可妻子的一顿数落使他明白了：干开了更脱不了身！……他内心的矛盾由于张安邦的影响而更加激烈。他来厂里的第二天，儿子小博就来告诉他，张安邦的妻子在省委组织部工作，答应帮钱工解决调动问题。钱工一听高兴得不知如何是好："真要感谢人家了！"没想到却遭到儿子的白眼："谢什么？你只要把'三千万'批了就行了！"为了解除他的疑虑，儿子又说："人家当然不会这样直接说。张书记说，你想专业对口发挥专长，是人人应该帮忙的事情。还说这两天我不用上班了，专门照顾你，有时间多和你聊聊；说维尼纶厂要早日竣工，需要各方面的大力支持。这还不都是那个意思？"张安邦的网又把钱工网住了。

整整三天过去了，钱工毫无动静。

张安邦在各种场合更加轻松坦然，谈笑风生。

指挥部的成员们纷纷说，"三千万"该批了吧。

轻工局基建处的处长、副处长一天比一天焦急，丁猛这边却悄无声息。

谁也不知道丁猛在等待什么。可是在丁猛眼里，情况正在发生一般人不易觉察的重要变化。在视察工地时，钱工的眉头开始紧锁，沉着脸不说话的表情代替了他那过分客气和过多的点头。张安邦也觉察到了这一变化。当他和丁猛的目光在无意中相遇时，产生了一种莫名其妙的忐忑不安。

这天，巡视到几幢即将竣工的宿舍楼时，一件意想不到的事情发生了。

"这几幢完工了，每平方米一百块钱。"省建九处的预算员汇报道。

"这不能叫完工吧？"钱工和一群人站在粉白的房间里四面看着，

他明显克制着自己，尽量客气地说道："门窗油漆呢？玻璃呢？楼梯扶手呢？还有楼下的散水、厕所的上下水，都没完嘛！……你们一平方米已经花了一百零九块四角九了！"

"噢，造价是高了点。"预算员解释道，"不过这几幢楼都是严格按照设计施工的，质量比较好。"

"质量也不能说理想。"钱工用力推着一面雪白的墙壁，墙壁弹性地晃动了。

"隔墙是板条墙，不是砖墙。图纸就是这样设计的，完全照图纸的。"

这种一而再、再而三的辩解使钱工终于愤怒了。他双手用力一下又一下推着，墙壁厉害地晃动起来，白灰斑驳脱落。"照图纸？有这样的板条墙设计？"他看到对方还想解释，眼里更冒火了，一手指着对方，一手拍打着墙壁。

"你把图纸拿来，去——，拿来！板条墙设计是有的，你这样的板条墙没人会设计。把这白灰粉去掉，看看木料够不够设计标准，你们至少减料三分之一！"他又推了推墙，估计了一下后纠正道，"可能有百分之四十……不要以为白灰抹住了，就把问题掩盖了，按规矩应该拆掉重做！"

辩解者满脸涨红，全场哑然。人们看到了一个与谦卑、客气截然相反的钱工。丁猛在心里愤愤地骂道："瞎了眼了，这些年把这些专家打在一边，凭什么不倒退！"

当天晚上，丁猛来到钱工房间，他直截了当地问："怎么样，查出问题没有？"

"嗯……"

"嗯什么？"丁猛在满桌的预算书中找出好几本来，用手拍着说，"就这几个方面，难道没有问题？"

钱工额头渗汗了，犹豫着又摸出一支烟来。丁猛坐下替他划着了火柴，老朋友一样知心地说："你有什么顾虑尽管说，可不敢窝在肚里窝出病哟。”

钱工终于鼓起一点勇气说，希望局里能放他回北京，追加预算，他可以帮助审查。

“这是做买卖？要讲价钱？”丁猛一下子站起来，虽然他昨天还专门打过长途，要求局里尽快研究批准钱工的调动，但他没想到钱工现在会这样说。

“把工作当成你调动的条件？不答应你回北京，你就不干了？”

钱工顿时脸红了，疚愧不堪。

丁猛在屋里踱了个来回，走到桌前把全部预算书摞到一起，往钱工面前一撂：“‘三千万’，你签字吧，权早就交给你了。凭你预算专家的良心。”

第二天清晨，基建处长推开了丁猛的房门，只见他正披着灰色的棉大衣，手撑着额头，侧靠着桌子一动不动地凝神坐着。灰白的曙光透过结着冰花的玻璃窗溶进柔黄的台灯灯光里，照着丁猛皱纹深刻的额头。他紧紧皱着眉头，显然陷入沉思许久了。

“老丁，一夜没睡？”处长走了进来，“隔壁钱工好像也一夜没熄灯。”

丁猛只是微微点了点头，表示他早已知道。

“是愁人啊。到现在对压缩‘三千万’还毫无办法。”基建处长感叹地坐下，“老丁，你又为这苦思苦想了一夜？”

“我是在想，‘三千万’压缩下去以后……对，就是以后，我们应该如何具体争取竣工！”

基建处长睁大了眼睛。

四

第二天，在联合指挥部为审查“三千万”召开的会议上发生了爆炸性事件。

当丁猛说“请钱工代表局里讲几句”时，大家都感到会议即将结束了，一张张被烟雾罩住的面孔开始活泼起来，人们轻松地听着钱工客气的开场白，相信“三千万”的通过到了最后阶段。然而，几十张面孔却因为震惊而一下子瞠目结舌了。连满屋的烟气都凝结住了。什么？“三千万”的追加预算与实际需要“出入很大”？……连张安邦也愕然了。人们面面相觑之后，又转而盯着“震源”。

那位瘦小的钱工正在客气地选择着字眼往下讲：“我只是代表个人发表一点很不成熟的意见，仅供同志们参考。一人之见，难免谬误。根据初步了解的情况来看，我有这样一个……印象，预算出入——嗯……较大。当然，我还没有做详细的计算。”

有些人开始激动了：你不过才用了几天时间瞭了瞭么，就把我们翻来覆去编制了一个多月的预算推翻了？既然是“初步印象”，又“没有详细计算”，就凭这？……真是太想当然了。

张安邦一瞬的愕然早已消逝。他精细地发现了钱工说“出入很大”与“出入较大”的变化，同时也想到了昨天“板条墙事件”中钱工怎样被辩解所激怒的情形。他仰靠在椅背上，抬起手腕往下压了压：“让钱工慢慢讲嘛！咱们哇啦哇啦汇报几天了，钱工既然来参加审查工作，总不能一点意见都不发表吧？钱工对维尼纶厂也是很关心的嘛！”说完，他依然微微含笑看着对面的钱工，目光表示出他的谦虚、坦然和对钱工的尊重与信任。

丁猛一伸手对大家说：“不服气的可以顶。有屁不要憋住。你一句我一句，很好嘛！是不是，钱工？”他知道一宿没睡和刚才说的“印象”意味着什么。他要让那些漫天要价的人再激一激钱工。

有些人并没有理解丁猛与张安邦之间针锋相对的斗争。省建九处的预算员龚会计激动地站了起来。他三十多岁，身材瘦高，面孔黄黑，带副黄框眼镜，微凸的眼球在镜片后面闪着灵活的光。他在发言中列举了一系列程序，证明“三千万”预算编制过程的郑重性；他以一连串计算对整个“追加”的必要性、精确性予以重申。最后，他指着对面的白莎说：“甲方同志也详细审查了。”按照甲乙两方在经费问题上总是对立的普遍规律，龚会计的这句话是最有力的论据了。人们开始附和龚会计的讲话了，唯有白莎垂着眼皮看着桌面，没有任何反应。

她没敢正视钱工。这个现在显得憔悴衰老，与十几年前判若两人的老工程师，正是白莎一生中最尊崇和感激的一位老师。一九六五年，二十二岁的白莎（那时叫李蓓）从大学建筑系毕业，首先参加了国家建委举办的预算培训班，钱工就是培训班的技术讲授负责人。几天来，白莎始终没有勇气与他相认。

钱工直到这时还未消除踌躇，说起话来左右寻找着字眼，像是在水洼中用脚探寻着一块块露头的砖一样。这更助长了申辩者们的气势。

正是申辩者引用的一个个“精确的计算”、一条条“条文的规定”，这些“过硬的”论据终于激怒了钱工。他面对的已经不是一张张客气相酬的面孔了，而是一条条规定，一个个数字。他脸上的谦卑消失了，眼里射出逼人的目光。

“你们乙方的管理费是怎么取的？”他开始提出第一个问题。

“按照国家规定，百分之十八。”龚会计在镜片后面翻动了一下眼球，干干脆脆地答道。

“没错吗？”

“当然没错！”龚会计有些激动地把一本厚厚的“文件条例汇编”哗哗哗地翻到某一页，摊开往桌上一撂，“省革委七七年文件规定：百分之十八。……七七年以前是百分之十七。七七年以后就改成了百分之十八。难道会有错吗？”

这时，有人在低声嘀咕：“改了行的预算专家，只记得百分之十七的老定额……”

张安邦立刻笑着给钱工圆场：“钱工由于工作需要，这几年没时间过问预算工作，有些条文变化可能不太清楚。至于管理费提高到百分之十八嘛，是新规定。当然了，如果能够争取以百分之十七取费的话，就更好了。”

“百分之十八就是百分之十八，怎么能随便取十七？这不是争取不争取的问题，国家规定就是法律，提高不行，降低也不行；这是硬碰硬的事情！”钱工以不容置疑的口气继续讲，“不清楚国家规定，没有权力讨论预算。龚技术员刚才讲的省革委文件是七七年三十九号，对不对？新的取费标准从七七年五月一日开始执行，文件一共是五条，最后有两点说明，对不对？”

全场的目光从钱工转向龚会计。龚会计抚弄着桌上的文件，一句话也说不出来。

“……可是，那是指的土建取费标准，对吧？”钱工停顿了一下，把“三千万”的预算书翻开，指着其中的一页，“那为什么，这里边把化工管道的安装也按土建工程取费呢？……安装和土建难道是一种取费标准么？你们难道不知道安装取费是另外的标准么？”

“这样取费是有些出入……”龚会计往上推了推顺着汗水滑到鼻尖的眼镜，理亏地说。

“是出了，还是入了，要讲清楚。”

“当然是多了一点。”

“这一点是多少？搞预算的同志应该用阿拉伯数字说话！”

“这很难马上算出来，管道品种、价格有好几种，安装难度也不一样……”

“这是个几位数字？前面的数字是几？这你总应该知道吧？”

龚会计汗水淋漓，手足无措了。

“我这儿有个粗略的计算。”钱工尽量放平口气，“这次安装化工管道用的不锈钢管总共三百二十吨，根据不同规格的单价、吨数分别计算，再予以总和，是一千四百三十六万五千元。按土建取费要比安装取费多二百三十三万三千元。这就是你说的一点——二百三十三万三千元！”

“这样取费是指挥部同意的……”狼狈不堪的龚会计喃喃道。

钱工激烈地打着手势：“谁同意也不行！取费标准是经济法律，

硬碰硬的事情！”

会议室顿时变得鸦雀无声。

丁猛的目光移到张安邦脸上，随便的口气里含着严厉：“指挥部同意的，是不是请张安邦同志解释一下啊？”

“我有责任。技术上我不懂——”张安邦感到了省建九处负责人投来的不满目光，立刻又调整了讲话的调子，“——但我一直是知道情况的，也是同意的。省建方面有实际困难……总之，我应该负责任。”

“又是你负责任？”丁猛问。

“我做检查吧。”

“轻巧！你知道情况，那就是有意违反财经纪律。这要受党纪国法制裁的。”

说到党纪国法，张安邦再也不能摆出独揽责任的风度了：“我对详细预算定额也不清楚。”

“那谁清楚呢？是乙方蒙骗了你们吗？乙方的，今天我不管，有建工局管你们。高估冒算骗来的钱早晚要扎手的。甲方的，我这个轻工局局长要好好问问，你们都不清楚吗？”丁猛锐利的目光转向白莎。“白莎同志，你清楚吗？”

丁猛的发火使钱工倒有些不安起来，他在一旁劝解地说：“搞预算工作的不学习、不懂行可不行啊。”

白莎眼睫毛微微颤了颤。

“白莎，你是不是也准备说自己不懂、不清楚呢？那样也可以溜号。”丁猛说。

“我什么也没说！”白莎有些愠怒了，她扬了一下头毫不示弱地顶撞道。

气氛变得更紧张了，人们都捏着汗注视着事态的发展。白莎的性格脾气大家都是知道的。

丁猛撑着桌子站了起来：“满不在乎，自以为是，谁也不能说你，是不是？但你是编制内的干部，吃国家饭，你就应该工作。没有创造性，起码也要有责任心。”丁猛极力放平口气，“你的事这儿不多说了，咱们下去谈。下面请钱工接着谈。”

钱工看了看白莎，又看看丁猛，摊开笔记本一页页说下去，指出的一项项错误，有省建九处的，也有很多是甲方维尼纶厂的。数额从二百三十三万元很快增加到五百万元。

就这样，一个上午三千万被否掉了五百万！

五

张安邦不得不把钱工放在眼里了，他已经意识到，钱工如果再这样查下去，查起最近几年的预、决算，查起库存物资，那麻烦就更大了。张安邦可不愿去冒这个险。

张安邦挂着一脸亲切的微笑到招待所看望钱工。关于“三千万”，他一个字也没提。他是专门来告诉有关员工调动的消息的。他说，刚刚接到爱人打来的电话，省委组织部很快就会批准。张安邦的态度使钱工非常意外，不由得对他十分感激。张安邦摆着手说：“不算什么。主要靠组织上决定。我不过是帮你联系联系。照理说用不着，也不该靠个人关系去联系。”他略有些感慨地说，“不过，现在的人事关系现状你也知道，没办法。”他一边起身告辞一边替钱工推想道，“以后，大概就是轻工局这一关需要考虑了。咱们再想办法吧。”见钱工又要表示感谢，他摆了摆手。

“不，不，我这算什么帮助。你来厂里对我们工作帮助很大。钱工，关于预算，可不用留情面，该怎么卡就怎么卡。顶多我们难一点。难就难吧，这几年搞基建的实际困难，钱工你是知道的。唉……”张安邦心事重重地叹了口气，“我只是担心竣不了工啊。一亿多资金，几千个工人，撂在这儿形不成生产能力，比什么浪费都严重啊。”

张安邦真正的心事则是对谁都不能讲的。当他回到家靠在沙发上皱眉思索时，女儿海燕走过来，轻轻坐到沙发扶手上问："爸爸，厂里现在都说'三千万'出问题是你的责任，还说你和丁伯伯闹翻了，是不是啊？"张安邦对女儿的问题很不耐烦，但他没发脾气——他对独生女一直十分宠爱，在他住"牛棚"时，只有七岁的海燕每天像片静静的柳叶穿过讥诮辱骂的人群提着饭盒给他送饭。她曾踮起脚为他擦去眼角的泪水。他拍了拍女儿的手说："放心吧，我和你丁伯伯一样，也是一片好心，想尽量节约投资。"看到女儿不信的样子，他又说，"你还不信，爸爸还能骗你？唉，都是有些搞预算的同志不负责任！"女儿相信了父亲，张安邦却感到很不自在，他不愿意女儿知道真情，那是绝对不行的，他也不愿意骗女儿，他还有颗做父亲的心。

他站起来想踱一踱，驱除一下心中的烦闷。从窗户看到丁猛和钱小博并肩在楼下走过，他一愣，注意力又转到了"三千万"上。正是要紧三关的时候，可不能松劲啊。

丁猛来找钱工，见钱工正坐在桌前独自抽着闷烟。中午小博和他吵了一顿，说："三千万就三千万吧，有几个人像你这样死脑筋的。"他不接受儿子的规劝，但和儿子的争吵却让他明白了，张安邦的目的还在于让他手下留情——特别是在清仓上。张安邦讲这几年基建的困难，钱工是清楚的。真要竣不了工呢？这是完全可能的。这会儿，他知道丁猛是来谈清仓问题的："丁局长……"他想说说他的顾虑，丁猛却打断他："我不是来做你工作的，不需要。清仓问题，你去全盘考虑。……噢，我刚才和小博聊了聊，教训了年轻人一顿。"他坐下了："我是想和你商量两件事。一件事，咱们不应该光审查、压缩预算，还应该帮助制定一个确保竣工的方案。要有一系列措施。现在完全按定额编预算、搞基建，不是很容易的。"

"对啊。"钱工一下子掐灭了手中的烟。

"好，这件事就说到这儿。咱们边清仓边考虑。还有件更大的事情要和你商量。现在轻纺要大发展，往后新建扩建再建项目一大批，我想请你在局里办个预算培训班，干部和技术人员参加，学期三个月，你看怎么样？”

“那当然好。要不，说加强经济管理，上下没人，还不是句空话。”钱工兴奋起来。这位丁局长除了不放他回北京以外，哪条都好。

“钱工，轻工局的培训班一办，省建工局肯定就眼热，它又会把你抓去，你可就留在省里更回不了北京啰！那可怎么办？”

“你不放我，我有什么办法？”

“我不放你？好大的权力！”丁猛幽默地点着头，站起来踱了几步，停在钱工面前，“不要小看人，我没水平，可良心还是有的，每月领的国家饷。”他告诉钱工，关于他调动的事，局里已经批准，今天上报到省委组织部了。

钱工睁大眼睛，感到太突然了。

“积压人才，这个罪名我不担，要说本位主义，我也有一点，办培训班三个月，算是轻工局向北京借用你。”丁猛笑了，“至于省建工局以后想要你，我就管不着了。我先把关系给你办走。我就不信，这么大个省里就再没有人才了？”

丁猛和钱工谈完，又去找白莎。

白莎正坐在桌前，用手撑着脸颊，肘下压着一张照片。那是国家建委六五年预算培训班全体师生的合影。这两天她不知为什么把它从箱底翻出来。照片上一百多人横成三排，穿着短袖衬衫的她蹲在第一排中间，就在钱工——他在第二排中间坐着——的膝前。她那时年轻、浪漫，眼睛闪亮，连嘴角都溢出热爱生活的喜悦。在照片背面写有一排漂亮的钢笔字：

李蓓：

祝你成为中国的女预算专家。

钱维丛

那正是她当年的志向……她不过是翻出来随便看看。她没有想到，那早已被自己嘲笑和遗忘了的“幼稚”生活，却透过冷漠的岁月有些陌生地闪现出一线光辉刺痛着她。它连同这几天发生的事情扰乱了她内心的平静……

丁猛的到来把白莎从恍惚中惊醒。她一动不动地坐着，脸上露出冷冰冰的敌意。厂里传说丁猛把她的档案从组干科调出来了，要整她。刚才张安邦来找她谈，对于她的问话只是模棱两可地说：“组织上的事情还是不要打听吧。……嗯，就是调档案，大概也是丁局长对你的关心嘛。”这就等于证实了厂里的传说。

“和你谈谈工作。”丁猛略略打量了一下房间里素雅的布置，坐下了。

“说吧，你有这权力。”白莎淡淡地回答。

“今天来，首先要批评你。对工作不负责任是最大的错误。‘三千万’里有这么大的问题，你也有责任。责任多大，以后再研究。”

“责任在我。要制裁，请便。”

“光制裁能解决问题，早就制裁你们了。”

白莎嘴角露出一丝冷蔑。

“你过去学过预算吗？”丁猛放平了口气问。

“你去看档案吧。”

“组织上会考虑的。”丁猛脑子里闪过一丝警觉：他是昨天才决定调中层以上干部档案的呀。“现在先和你谈谈。”他严肃的目光直视着白莎。“你可以看破红尘，你也可以把自己的态度归根于社会啦，遭遇啦，再这样晃荡下去。可这样白活下去，你会后悔的。”

“我情愿。就是这样。”

丁猛呼地站了起来：“我不相信你过去是这样，也不愿意相信你今后还是这样。”

白莎的脸一下子变得煞白。

丁猛拽开椅子走到门口，拉开门又扭回头说：“这两天你的工作，第一，准备帮助钱工清查库存物资，先集中账目；第二，好好想想，

‘三千万’里里外外还有些什么问题！”

白莎惯有的内心平静被打破了。“我不相信你过去是这样……”她过去是什么样呢？照片上的她正在朝自己微笑。是那噩梦般的十年使她变成了另外一个人。家庭的厄运，对于一个青年女子无疑具有更大的残酷性。她不仅被剥夺了政治前途，而且被虚伪的热恋和势利的抛弃摧毁了爱情和自尊，几乎灭掉了她生的欲望。……正是为了遗忘过去，她改了姓名。十几年来的磨炼使她变得蔑视一切，异乎寻常的冷漠。

但她为什么会在这几天突然失去了平静呢？如果能够冷静地想想就会发现，这种变化早就在孕育了。虽然理想的毁灭，爱情的蹂躏，是没有政策来落实的，然而，父亲沉冤的昭雪，整个社会气氛的暖化，毕竟在她心中透进了阳光。

第二天一早，白莎将库存物资的账目调齐了，默默地交给了钱工，却没有对清查工作提供任何情况。

清理仓库的结果是，维尼纶厂须减少积压物资一千万元周转资金。这样，三千万的追加又卡掉一千万，加上已经卡掉的五百万，只剩一千五百万了。

六

张安邦一拳打在桌上，震翻了茶杯。五百万没救回一分来，又失去了一千万！他承认对丁猛太估计不足了。部下的埋怨，反对派们的幸灾乐祸，各方关系户的不满，潮水般包围了他。他别无选择，只有背水一战。

他首先对钱工施加压力。他已经从总机电话员那里知道了轻工局和丁猛通话的内容。好啊，我也不客气。他一个长途打到省委组织部找到妻子。前几天他说帮助钱工联系调动，那都是假的，编的谎；今天则是真的了。妻子是个普通干事，但一个小小的承办人员有时也能影响一个重大的人事调动。这个“现状”张安邦是熟谙的。当然，他和妻子反复讲的只有一点：他想留下钱工，维尼纶厂实在需要这个人才，否则连竣工也成问题。

随后，他又和省建九处的谭处长谈了话，进行了必要的暗示。除此以外，张安邦还把许多社会关系都不露痕迹地动员起来。别的不说，轻工局的许多干部几天内都有了“钱工太过分”，其实也就是“丁猛太过分”的印象。

张安邦的全部活动最后都汇集成施向丁猛的压力。丁猛轻蔑地冷笑着，一肩扛住了它。这位抗日战争中扛过枪的局长，“文化大革命”开始时并没有一眼看穿这是中国的一场灾难。他最初不服气的只是把自己也打成三反分子。因为气焰嚣张，他被斗得最厉害，全省出了名。唯一的儿子被打死了，几十年的患难妻子也被折磨致死。他暗自落了泪……现在，他顾不得回顾往事了，他不相信中国就不行，不相信自己就不行，也不相信社会上那些乌七八糟的东西能横行下去。当然，他头脑更复杂了。要纠正时弊只能靠实际力量，唉声叹气毫无用处。你看，张安邦的神通广大，维尼纶厂不少干部的唯唯诺诺，钱工外表上的颓唐软弱，白莎作为“过来人”的玩世不恭，钱小博作为年轻人的精通势利，简直可以说是一片黑暗。然而，试了试就清楚了，改变这一切不过是需要一点东西，那就是工作。

轻工局办公室主任葛广生特意来到维尼纶厂。他告诉丁猛，局里的几位副局长都很担心。

“担心什么？”丁猛问。

“老丁，我说说个人意见吧，”这位葛广生是个精明的广东人，矮小黑瘦，高额头，深眼窝，眼睛很有神，说话带着南方口音，“现在不是十几年前了，很多事要有一定的灵活松动，留有余地。不这样，维尼纶厂的竣工会搞不下去的。”

“这是你个人意见？”

“是的。”

“他们呢？”

“也是个人意见。”

“那好，”丁猛说，“我是受党委委托全权审查‘三千万’的，请不要用个人意见来干涉。”葛广生被碰得很尴尬。丁猛接着说，“回去以后，请大家到党委会上谈。对于你，我倒有点个人意见，你不像过去了。”

维尼纶厂的党委副书记、厂长聂润德来告诉丁猛，省建九处准备把主要施工力量转到其他新工程去，在这儿就留些零星人马。

“什么，半截撂下？”丁猛两眼圆瞪，看着聂润德。

这个面貌慈善、双眼眯成线的老头稳稳扎扎地说：“他们倒没说撤走。”丁猛说：“算了，不干，请便。中国又不是他们一个施工单位。”聂润德不急不慢地说：“这种扫尾工程费工多，挣钱少，光骨头，其他单位恐怕也不愿承揽。……再说，他们也早和省建其他几个处串通好了，为着要高价。”

丁猛在屋里急踱了几步，猛然站住：“是张安邦让你来告诉的？”

“是。……我自己也想来。”

丁猛瞥了他一眼，气愤地说：“这还能搞现代化？”

“像你这样，一个人认真，不行，丁局长！”聂润德发自内心地规劝道。

“为什么不把你加上呢？人人认真不就行了。怎么，‘文化大革命’把你整怕了？”

“没有，我是被现状难怕了。”

“那你为什么不辞职呢？”丁猛锥子般的目光直逼聂润德，直到他低下头。最后，丁猛说，“通知，召开厂党委会。”

在党委会上，丁猛开门见山地说：“围绕‘三千万’我看有两种思想、两种做法的争论。一是提高工效，精打细算，少花钱，快竣工。另一种就是损着国家的利益，幌着工厂的利益，而谋着的却是个人的利益。用国家的钱扩大个人的政治资本。你们的书记张安邦同志就是个典型！”

全场震动，肃静。张安邦看着大家苦笑着摇了摇头。

丁猛把围绕“三千万”发生的事情全部抖搂出来，对厂党委没能坚持原则提出了尖锐批评。最后他说：“谁不准备蹲在位子上做工作，就请提出辞职。”

会后，他留下张安邦个别谈话。

“摊你的牌吧。”他不客气地说。

“我能有什么牌？”张安邦苦笑着一摊双手。他极力想缓和气氛，打破丁猛严峻的气势。

“现状就是这样。施工单位，你不给他算宽点他就不干，他也没法干。完全按定额，他们都要亏损，发不了奖金，有的还发不出工资。这在全国是普遍现象。征购土地，说是三年青苗，几百块一亩，实际上连钱带送设备，没有七八千块钱下不来，这都是实际。缺设备，没车皮，要是手头仓库里没有几样硬牌货去换，靠计划、申请，一百年也不行。‘三千万’又不是我一个人闹出来的，换个书记，没这‘三千万’也竣不了工。”张安邦心平气和地说着，心里暗暗得意自己亮出的牌过硬。至于九处的“撂”，那是不提自明。

“哼，话还怪绝。我问你，就你说的这个现状，我丁猛准备在这儿替你当一年总指挥，两千九百万能竣工吗？”

张安邦看了一眼丁猛认真的表情，想了想说：“能吧。”

“两千八百万呢？”

张安邦觉得话头不对，下面肯定还有两千七百万、两千六百万。他思忖着没有回答。

“好，就先说到两千九百万吧。那你为什么非要三千万不可？那一百万不是你加上的？”丁猛停顿了一下，接着说，“现状是不美妙，我也没有把你看成在共产主义社会工作。可是，你在这个‘现状’中又添了自己的一份私货。……你一份，我一份，中国才有这样一种‘现状’！”

张安邦暗暗嘲笑这位老上级的认真，嘴上却说：“我不过是想把维尼纶厂搞得好点，也不是为自己。”

“你不为自己？”丁猛脸上露出一丝讥讽，“等我聋了耳朵，你再说吧。”

“好吧，我也不解释什么了。不管批多少钱，只要施工力量能保证，我就负责下去。不过施工队伍这个问题，希望局里尽快帮助解决，九处看来是不想干了。”张安邦知道九处一撂，起码半年内全省找不出单位接手。

“你自己解决。”丁猛看也没看他，毫不当回事地说。

“我？”张安邦一愣，“我……解决不了。”

“那你靠边。谁能解决，谁挂帅当总指挥。”丁猛站了起来，看了看窗外，表示谈话已经结束。

张安邦感到自己被丁猛拿住了，他不敢以撂挑子相要挟，他知道那会有什么结果。他第一次感到自己这样狼狈。此时，他心中被恼恨填满了。他看着丁猛花白短发的后脑勺，不禁恨得咬牙切齿。当他看到丁猛一动，将要转过身来的时候，脸上立刻浮现出温和的微笑。“好，我想办法吧，总不能白吃饭，辜负了您。”

“我？”丁猛脸上掠过一丝不屑，“我现在是挂着局党委书记的名。要是代表我丁猛个人，要骂你一声混蛋呢。看你变成什么样子了。”

丁猛最后的这句训斥里多少带点老上级和长辈的关切。现在却比任何严厉的训斥更激起了张安邦的恼恨：他不甘居这种小辈地位。他脸上讪笑着，心里却说：“等着瞧吧，不要得意得太早了。”

七

晚上，张安邦回到家，斜在沙发上做了周密的思考。他一定要打败丁猛。这已经远远超出了“三千万”的范围。他恨丁猛这样的人，他要报复，他要较量，他要证明张安邦才是维尼纶厂的主人。

桌上响起了急促的电话铃声。他拿起话筒，发出应酬的笑声。电话是物资局办公室的秘书打来的，催问那几个招工指标的事情，口气很不耐烦："到底行不行啊？不行就算了，不麻烦你了。我们另想办法。"

张安邦压住自己的苦衷，对"三千万"的搁浅只字没敢提，他硬撑住门面，爽快地笑道："没问题，耽误不了，放心吧，我包了。"张安邦还想风趣地说上两句，给局长们捎个问候，对方早已"哐"地把电话挂上了。张安邦气得脸色陡然发青，嘴角抽搐着，也把电话"哐"地挂上了。想起这两天四面八方围上来的不满面孔，不耐烦的催问，想起身边出现的叛离——白莎竟把库存物资账目全部交了出去，他非常恼怒：都是势利眼！好一会儿，他才冷静下来。

白莎来了。她解开围巾在沙发上坐下，把一份新的预算书递给张安邦。然后说："追加预算重新编制了，钱工已经全部审核，是一千五百万。"

"他？……专家嘛。"张安邦脸上露出一丝冷冷的嘲讽，"他这样帮我忙，我也会帮他忙的。"

"你这是什么意思？"

"什么意思？"张安邦虽然还有隐隐的理智提醒他别过火，但还是不能克制地发泄了："我要不成'三千万'，他也别想回北京。让丁猛去安慰他吧。"

白莎不禁战栗了一下，她从来没见过张安邦这样发狠。她尖刻地说："你不觉得太过分了吗？"

"我用不着过分！丁猛、轻工局、国家建委都帮不了他！"白莎对钱工的偏袒更刺激了张安邦。联想到白莎的"叛变"，他更加恼恨发作："别人操心更是扯淡！"

白莎一下子站了起来，冷冷地盯着张安邦。张安邦被白莎的愤怒刺醒了，很快克制了自己，他叹了口气，拍了拍沙发扶手："算了，我不过是说气话。工作不顺心，有点窝火，太不冷静了。"

"你不觉得这样太可耻吗？"白莎说。

张安邦刚想说什么，里屋的门突然开了，女儿海燕出现在门口。

她的脸涨得通红，痛苦、耻辱、憎恶的目光透过晶莹的泪花射过来。她无疑听到他们的谈话了。

“海燕，你……”张安邦不知所措地站了起来。

海燕站在那儿，嘴唇翕动着，一言不发，一扭头冲出了房间。

女儿走了。

白莎也走了。

张安邦颓唐地坐在沙发上。

电话铃响了，他拿起话筒，刚听到一个“喂”，就以为是哪个部下又来问有关“三千万”的事情，他烦躁地说：“行了行了，三千万,三千万，你们不要烦了，我管不了那么多！……”

对方的声音冷静、沉着，威严。他听出来了，是丁猛。他拿着电话无力地坐在椅子上。

电话接完了，屋里异常得寂静冷清。张安邦感到寂寞、孤独。他觉得疲乏了，厌倦了。丢开野心，不谈“政治”，好好做个人，清清静静吧，清静比什么都强……

然而，现实利欲的诱惑总是更强有力些。他的目光无意落在写字台上，那里“抬头”给“张书记”的几份请示报告在等着他批示。象征着权力的一支粗粗的红蓝铅笔放在文件的一旁。

一个多钟头过去了，他从沙发上起来，披上大衣，拖着疲倦无力的脚步出去了。

在宿舍楼的楼梯口，张安邦看见了丁猛。他正迎面站在楼梯上，静静地注视着自己。那目光并不只是严峻，还流露着长辈的慈祥、痛心和一丝不易察觉的怜惜。张安邦心中猛然一动：十几年前他被提升为副厂长的头一个月，因为自己的失职造成生产的重大损失。上下一致的呼声是把他撤职。当时他站在丁猛面前遇到的就是这样的目光。丁猛承担了责任，力排众议，让他边检查边工作，“戴罪立功”。他含着泪拼命工作，终于把生产搞上去了，还补救了损失。现在，丁猛仍然这样注视着自己，不过他的头发已经花白了。……张安邦的良心发现了，这唤醒了他对另一种实际生活的记忆，那里有他青年时代的信仰。但这种思绪在张安邦心中只是淡弱地闪了一下，就被他对自己客观处境的“现实感”吞没了。感动、惭愧在他眼里瞬间即逝，而嘲笑、冷酷、永不服输的神情依然留在脸上。张安邦这一切情绪的变化，丁猛看到了。“唉，毁了，完全毁了！”丁猛不得不痛心地承认。

张安邦和丁猛擦肩而过时，淡淡地打了个招呼，便来到三楼白莎的房间。白莎面无表情地看着他。他在椅子上坐下，从口袋里掏出那份新预算书放在桌上：“一千五百万，我看了，就这样吧，挺好。”他的声音疲倦、无力、和缓，“我明天去省医院看看病，检查检查身体。家里预算方面的事你来处理吧。实在有什么大事，找老聂商量就行了。”他很负责任地交代着，口气颇像要永远离开维尼纶厂一样充满惆怅和无奈。停了一会儿，他似乎是自言自语地感叹道：“自以为搞事业不容易，有权利说气话，结果伤害了自己的同志，这是不能原谅的。”他慢慢站起来，准备走了，“好在同志们都了解我，该批评就批评吧。不管怎么样，大家对维尼纶厂还是有感情的，相互之间……也是有感情的。”

白莎冷漠地看着他。

他希望把含蓄的伤感留给白莎，很有分寸地停止说话，走了。

八

第二天，白莎把写满计算和说明的几张纸放在丁猛面前。这是她经过一夜不眠的思索对张安邦做出的“回答”。

“这是什么？”丁猛抬眼问。

白莎以平淡的口气说明：“这是张安邦让巧借名目搞的假预算情况。”

丁猛点了点头：“噢，搞出来了，就给钱工吧。”

白莎微微一怔，丁猛的平淡反应让她出乎意料。

“还有……”她稍微停了停，打算继续往下说。

“都给钱工就行了。”丁猛和蔼地打断了她，意思是不必再往下说了。

丁猛的态度使内心郑重其事的白莎感到受了轻视，她眉毛微微一动，轻轻“哼”了一声准备走了。

“怎么，嫌我不重视？”丁猛看出了白莎的心思，他用手轻轻拍打着桌上的那几页纸，语重心长地说，“我重视的是白莎同志为什么现在才把它拿出来。”他停顿了一下，“我倒有件事想和你谈谈。局里想办个预算员培训班，准备让你参加。你算学员，也是钱工的助手。等钱工调北京以后，我想让你到局里来搞预算审查工作。有意见吗？”

“胜任不了。”白莎说。

“你没学过预算？”

“……没有。”

“人应该敢说真话。”丁猛脸上含着微笑，“你没学过，那李蓓学过吧？改了名字就改了历史了？”

白莎微微一震，脸颊顿时泛红了，她一脸恼怒地站了起来。

“应该正视自己的过去和现在嘛。”丁猛看着白莎说。

“我不需要听这些。”白莎说着就往外走。

“你以为这就是个性坚强？”丁猛在她背后也站了起来，“不敢正视事实，正是你最大的软弱——你比谁都软弱。”

白莎的脚步停住了。

“你吃过许多苦，所以，你更应该好好工作，好好生活。否则，你连自己吃的这点苦也对不起。懂吗？”

一阵沉默。

丁猛把一份《预算培训班计划》轻轻掂着放在白莎身边的茶几上：“拿去看看。有决心，就找钱工谈谈；没决心，就还给我。”

九

张安邦去省城搞了一天旋风式的上层外交。第二天一回厂就打出了一张牌：省里通知他去参加一个为期半个月的会议。他正好趁此机会到省城看看病。

张安邦当天就走了，把难题留下了。老厂长聂润德耷拉着眼皮有些发愁地坐在丁猛面前：怎么办？这分明是张安邦的策略嘛。他几个月一躲，单单缺乏施工力量这一条就能把维尼纶厂的工程冻在这儿。到时候他张安邦就会卷土重来。

丁猛当机立断，立刻去省城找建工局。

“老丁，你还挺火？”建工局党委书记马斌，一个消瘦而健谈的人，听完丁猛的话笑了。他和丁猛是老战友，他吞云吐雾地说：“好吧，要我做什么，说。”

“要你解决问题。”

“施工队伍？刚才不是打电话问了省建公司，现在只有九处。至于你说的那些情况嘛，”马斌又仰脸笑了，“你是对的。他们也有困难。这样吧，我告诉公司，让九处集中力量接着干好不好？……我看这事上下研究一下，顶多两三个星期就能定下来。”他看到丁猛不满，又说，“干脆我叫公司和处里都来一下，和你当面一块儿定，怎么样？这可是为你老丁才破的例哟！”

“好大的面子！”

马斌又哈哈笑了：“你不满？你这是才恢复工作，过段时间你就知道了，现状就是这样。”

又是“现状”。丁猛不由得皱起了眉头。

下午九处的谭处长来了。这位脸色红润、身材矮壮的处长看出了丁猛和自己的上司有特殊关系。他没争什么，只是为难地摆了些难处。“好了，苦不用诉了。”马斌伸出树枝一样干瘦的手打断他的话：“你们还是接着干。丁局长是坚持原则，你们应该支持嘛。……就这样吧，公司里也没意见吧？”他又指了指丁猛说，“具体事，你们和老丁，和维尼纶厂再商量吧。”谭处长点点头服从了。

然而，当回到维尼纶厂“细商量”时，谭处长却依然不接受一千五百万的追加预算。再找马斌，马斌也不过是点点头再打个电话而已。丁猛终于明白了，马斌作为领导，不能“过于严格地要求下边”，否则下级不吃他那一套，他也就没有号令之“威”了。这，又是一个“现状”。

丁猛坦率地批评老战友了。马斌任凭丁猛说，一边听一边点着头，还不时哈哈哈地仰脸笑着，好像在听年轻人讲什么天真见解。丁猛火了：“你是神经麻木，混饭吃！”

马斌收起笑容，心情沉重地说：“我不光是麻木了，还是悲观主义。”他停了一下，忧虑地感叹道：“老丁，像你这样，我也干过，问题是……唉！”他一下子抬起了头，激动地说：“不是一个九处，也不是一个建工局，是整个——都这样！”他长长地叹了口气：“老丁，事情不好办哪！”

“所以就更得添把劲了。不然还有啥希望？”丁猛体谅着老战友的心情，安慰地说，“你先休息休息，我找谭处长再谈谈。”

聂润德很为丁猛担心，怕事情闹僵了不好办。他找到谭处长闲聊，有意透露：丁猛已经和几个地、市的建筑公司联系了，准备近期就确定一家签订合同。他还讲到，轻工局几年内有一大批新工程，占全省基建很大比例，并且煞有介事地说：“丁猛对你们九处的火气不小，他说以后轻工局的工程一个也不交给九处。这个丁局长真是，也太过分了！……”他好像是对丁猛不满的话，却给了谭处长以极大的刺激。他嘴上不说，心里却不能不认真考虑一下：几个轻工项目都将集中在这个地区，这对于基地就在本区的九处是最理想的工程了。不用远距离搬迁，又可以交叉施工，职工家属就尤其愿意了。

聂润德把谈话情况告诉了丁猛。丁猛皱了一下眉头：“这是哪国的外交？”聂润德说：“这也是不得已呀。”于是，丁猛把谭处长请来了。

谭处长对丁猛找建工局压他很是恼火。但他却不露声色，准备和丁猛进行一场讨价还价的谈判。

他的表演叫丁猛直截了当戳穿了："老谭，你是和我搞谈判，这不和外国人谈生意差不多了么？"他指了指一旁的聂润德说，"老聂的话使你软了，你现在是非接维尼纶厂不可了。嘴上不说，不过是想讨个高价嘛。"

谭处长涨红了脸不说话。

"咱们最好别闹这一套。"丁猛说，"都是国家干部，总不能连一点原则都没有吧？我告诉你，老聂的话是在诈唬你，我没有和任何一家施工单位挂上钩，我们以后的新项目也不一定都集中在这个地区。"

谭处长惊诧地睁大了眼睛。

丁猛继续说："现在，我找你们建工局也没用，建工局也指挥不动你们。这我都跟你亮明了。要谈判，你的地位好像很优越，可以抬高价。可是，我要提醒你，二十多年前你是全省第一个青年突击队的队长，是吧？你也是这样混算账、弄虚作假混上的劳模吗？现在这样搞，你自己就不觉得脸红？"

谭处长低下了头，只顾把烟头往另一支烟上接，几次没有接上。聂润德在旁垂着头一声不吭。

"你也混算账，我也混算账，全国都混算账，怎么得了啊！"丁猛敲点着桌子，心情沉重地感叹道。

谭处长回到九处办公室，抽了整整半天的闷烟。

正当他心烦意乱的时候，钱工来到九处。他竟然是奉丁猛之命来帮助九处按一千五百万安排施工的。谭处长愕然了。自己什么时候表示接受一千五百万了呢？丁猛这样不是太专断了么？然而，不知为什么，他还是带上人和图纸随钱工去了工地。

在工地上，钱工拿出一个《关于组织施工的方案》，其中一系列具体细致、内行到家的建议使相随在后的施工人员非常佩服。这个充满省钱之道的方案也打动了谭处长。当他听说丁猛已决定在轻工局的预算培训班上，按培训专家的办法帮助培训乙方的预算骨干时，谭处长的心不能平静了。

晚上，谭处长去找丁猛。他没有直接表示接受一千五百万，却坦率地讲了一些困难：劳动效率上不去。他也曾想按经济规律办事，搞一套新的管理方法；但报告送上去了，从公司到建工局，几个月也不见回音。没办法，又不能天天给他们打报告……

“应该让他们天天来听报告。”丁猛欣赏谭处长的想法，轻轻拍了拍谭处长的手，说，“大胆搞吧，建工局会支持你的。”他停了一下，“不过，除了发钱——噢，我把经济规律说得太简单了——还有没有其他办法呢？好的老作风也不能丢啊。”

十

维尼纶厂“追加预算”被砍掉一半的事情引起了社会上的广泛注意。省城对丁猛的议论已经超出了轻工局、建工局系统。人们知道了这位赫赫有名的“猛局长”在维尼纶厂“硬碰硬”的作为，也知道了省建工局书记马斌最后被他拉到了维尼纶厂蹲点，摸索组织高效率施工的经验。这在疲疲沓沓、马马虎虎的时尚中树起了一面耀眼的旗帜，激起了感奋，也哗动了众议。

丁猛又主持召开维尼纶厂党委扩大会，开始整顿领导班子。

这一切变化使在省城的张安邦颇有些不安。当厂党委通知他参加扩大会时，更使他感到了一种威胁。他不得不以更强硬的手段来对付。

果然，问题接连不断出现在丁猛面前：已经征购的土地，生产队又不同意了，因为张安邦曾许诺的一辆卡车没有兑现；几个急需调进的技术干部在地区组织部卡住了，那里的一位承办人是张安邦的密友；车间竣工急需的钢窗因为车皮的突然落空在天津搁浅了，这车皮也是张安邦的关系搞来的；为锅炉房运煤修筑的铁路专用线施工也发生了问题，因为“三千万”里曾经包含着张安邦和铁路局方面的“协议”；最后，连下水管道的铸铁盖也成了问题——发货单位通知：“委实困难，不能交货”了。……

丁猛皱着眉听完这些"紧急情况"——这里的每一条都足以影响一年竣工的计划——并没有感到意外。他对聂润德说："先分派一批干部分头去应付一下，咱们抓紧时间整顿领导班子，然后再逐个想办法去解决。"

这时，葛广生从省城带来的省委组织部不批准钱工调动的消息倒使丁猛有些意外了。当他来到钱工房间时，葛广生、老厂长聂润德、钱工都被愁闷的烟云笼罩着。

"愁可没用。"丁猛进屋说。

几个人都没吭气，只抬头看了看他。

其实他们更是在为另一条"小道消息"气愤和愁闷：省委组织部已经决定免去丁猛轻工局的领导职务。丁猛显然还不知道这件事。

"为什么不批准钱工的调动呢？"丁猛问。

"大概是钱工得罪了张安邦吧，人家的夫人在组织部嘛。"葛广生没好气地说。

"违法乱纪。"丁猛从心头直冒火。

"抓不住人家的证据，咱们有什么办法？人家以组织部名义说，本省需要，名正言顺的理由。"葛广生接着说。

"岂有此理！"

"丁局长，你……别管了。"钱工说话了，"老葛说得对，现在谁认真工作谁不行。"

"那你就不坚持原则了？"丁猛责问道。

"我？不是说我。我不管他们，他们愿卡就卡，愿拉就拉，我就是一分钱也不松口。"钱工激愤起来，打着手势，"只要让我管，就是这样。……我也看清了，就是回了北京，不硬碰硬，也搞不成真正的预算。"

丁猛心中一阵发热。但他没有流露出自己的高兴，只是把不满的目光投向葛广生："散布什么观点，悲观消极。"

"我悲观？"葛广生今天的情绪很大，"现状就是这样。"

现状！一听这两个字，丁猛就冒了火："一件事情就让你有这么大牢骚？"停了一会儿，他又放平口气说，"人尽其才，会做到的。好了，钱工的事过两天回局里再研究，我会亲自去找组织部。"

"找组织部？"葛广生更没好气了，"组织部会先找到你的。马上要'提升'你当省工会副主席了，据说是第十一副主席。"

"什么？"

"有'好心人'汇报你受迫害大，身体不好，不宜在第一线做繁重的工作……"

葛广生还想往下发泄，丁猛一下站起来，挥斥道："不要谈了，小道消息。"

"那些人的小道消息比大道消息还有来头呢。"葛广生愤然了。

丁猛片刻没说话。他眼中露出一丝淡淡的疲惫来，宽宥地看了看葛广生："不要谈了，小道消息。"他重复着刚才的话，态度温和，但不可违抗。

葛广生沉默了。

丁猛凝视着窗外伫立了一会儿，然后转过身对聂润德说："明天早晨继续召开党委扩大会。"

十一

就在同时，丁猛要调离轻工局的消息在全厂传开了——这是张安邦的遥控线路传来的——它首先在干部中引起了震动。整个下午人心浮动，有些人兴奋地交头接耳，酝酿着猛烈的"反击"，准备在明天召开的最后一次党委扩大会上"扭转局势"。更多的人则以担忧的目光观察着局势。傍晚时又传开了一条消息：今天，铁路局对维尼纶厂去联系铁路专用线铺设的人说："请你们的丁猛来吧！"……

晚上，聂润德来找丁猛。他推开虚掩的门，见丁猛正立在窗前凝视着灯光稀疏的黑夜，脸上的表情有些忧虑，人也好像苍老了些。聂润德心中袭来一阵惭愧和自疚，他在门口踌躇着站住了。

“有事？”丁猛已经发现了他，转过身来和蔼地问。

聂润德迟疑了一下，说：“厂里情况不正常，明天的会是不是暂时不开了？”

“不——”丁猛明确地说，“还是要开，情况很正常嘛。还有什么事？”他又问。

聂润德本来还想汇报铁路专用线的问题，这时却只是说：“还有事我们自己想办法解决吧。”

“好，谢谢同志们。”丁猛略点点头。他已经知道铁路专用线的铺设遇到了麻烦。

就好像大家都知道丁猛今晚想安静一下似的，没有人来打扰他。往常说笑热闹的屋子显得空荡荡的。夜是深的，也是静的。屋里被炉火烘得灼热，他把窗户打开一线，让清冷的空气流了进来。他在屋里来回踱着，踱了一会儿，在镜子前不自觉地站住了。他端详着镜中的自己，发现头发已经落满了白霜，老了，时间不多了，可要干的事情太多了，值得忧虑的事情也太多了。当然，他不会忧虑自己还当不当局长，也不仅仅是忧虑“三千万”这场斗争的前途如何。他所忧虑的是这个国家。他不相信国家的未来会落到张安邦那种人手里，然而，现实中的种种情况也不能不增加他的忧虑。凝视着窗外灯光更加寥落的夜晚，他想了很多，很多……

门开了，是马斌半夜来访。

“老丁，”他诚恳地说，“我应该向你学习啊。在什么情况下都不丧失信心，保持乐观。”

“我其实很愁啊。”

“怕按一千五百万竣工，搞不下去？”

“不，”丁猛若有所思地拿起桌上的闹钟，拧了拧发条又放下，“拧紧发条的钟总是要走到时候的。维尼纶厂的事情我并不用太担心了，各方面都调动起来了，困难再多也不那么容易挡住了。我愁的……你是知道的。”他不由自主地抬手理了理花白的头发。

马斌立刻理解了老战友的心思，他的表情也凝重起来。过了一会儿，他说："不过，老丁，你的忧虑和我的忧虑不一样。你忧虑，可你还乐观，有信心；我忧虑，是悲观，失望，没有信心。"

"我就怕你的那种忧虑是真理。"

马斌愣了一下，立刻激烈地表示反对："不，不不，我不同意！我那种悲观失望绝不会是真理。老丁你看，你在'三千万'上一认真，唤醒了多少人？钱工，搞预算的白莎，聂厂长，九处的谭处长，还有我——你的这个挺落后的老战友也醒了一半。我同意你的话，要改变现状，只差一点东西，那就是工作！"

"这么说，我们还有希望啰？那当然好！"丁猛那沉思忧虑的眼睛里闪出一丝惯有的诙谐笑意……

原载《人民文学》1980年第11期

荣获"1980年全国优秀短篇小说奖"

海风轻轻吹

吕　雷

海风，体贴人的海风啊……

晶晶闭上眼睛，这大自然的抚爱，使她像一团乱麻的心里稍稍安定了些。海风挟带着春天温暖、湿润的气息，无声地伸出透明的手指，抚摸着晶晶泪痕始干的脸颊。唉，它能吹到心窝里该多好啊，可是——

为什么要跑到这海边来？不知道。晶晶只记得她喜滋滋地拆开音乐学院吴老师的来信，心口跳得像面咚咚作响的小鼓。吴老师临走时，几乎是打了保票的呀！他挥着手对前来送行的她和卫卫说："请放心，你们的事，我一定成全，帮忙到底。"但是，此刻一切落空了。晶晶的目光跳过一行"音色较优美，吐字清晰……"等客气评语，直向信尾扫去，倏然，她打了个寒噤——上面赫然写着："经再三研究，你唱法上的毛病是较难克服的，对一个搞声乐的人来说，也许是致命的……"完了！理想，晶晶为之付出过辛勤努力的理想，像只在大海中艰难向前的小舢板，被一个突如其来的巨浪高高抛起，又被恶狠狠地摔在一块峥嵘的礁石上，一下子全破碎了。她漫无目的地瞎逛，当一阵阵海风迎面吹来，使她宛如从噩梦中猛然清醒，她才意识到自己孤零零地站在海边的望海礁上。

斜落的太阳照在平静的海面上，像在海上撒下一撮蹦蹦跳跳的光斑。在这叠翠浮金中，晶晶仿佛看见一双明亮的眼睛，紧接着，闪烁的光斑中又出现了另一双含笑的眸子，这两双眼睛很快变成了两张小伙子的脸孔，一个英俊而温柔，一个质朴而含蓄，他们都张了张嘴，想说话，他们会说些什么呢？

“没关系，陆路不通水路通，反正不能在一棵树上吊死，咱们趁早另想办法……”卫卫的声音。老一套！晶晶叹了一口气，捂住了耳朵，不想听。

“祝贺你——”另一个嘴角露出嘲讽的微笑，“失败的苦果是人生的补药，你吃得太少了”——他会这样说吗？会！晶晶的眼泪流出来了。海风吹在湿漉漉的脸上，凉冰冰的，晶晶生气地把泪水擦掉——他就是这么个人！叫人捉摸不透。像什么？像海上跳跃的光斑？像深不见底的大海？不，他比大海还要骄傲咧！

两双眼睛，两张脸孔，都跟大海有缘分，他们都在跟海打交道的单位工作，一个像平静富有的大海一样，既矜持又温驯，另一个却像神秘而又辽阔的大海，深邃莫测又使人神往。

理想又一次破灭了。晶晶面前，是一个令人心慌意乱的十字路口。前几天妈妈就打了招呼：“二十三啦，今年再上不了，就应该和卫卫确定关系，那孩子等了好几年了，再说人家正在争取出国学习，说不定哪天就要走……”他们好像是串通好的，卫卫的妈妈也是这个腔调，简直是一个鼻孔出气！晶晶冷冷地白了妈妈一眼：“你做主？有本事把我过过磅，一百块钱一斤，嫁出去得了。”这话惹恼了爸爸，他摘下眼镜一摔说：“你这孩子，怎么这样说话？当初不是你把卫卫领到家里来的吗？来往几年了，卫卫哪点不好？”

卫卫哪儿不好？晶晶迷惘地望着波光潋滟的大海：大学生，现在搞外事工作，更容易使少女们动心的是，有一副理想的身材和英俊的面孔，他哪儿怠慢过自己呢？不，就差没有为女朋友摘星星、攀月亮了，即使在考试期间，为了让晶晶高兴，他也敢放弃宝贵的自习时间，特意陪晶晶看电影，他哪儿不好？

要不是另外一个人莽撞地闯进晶晶的生活里，也许就不会有今天这个十字路口了：既然考不上，以后的道路是笔直的，确定关系——结婚——生孩子——做样样称心的主妇，而且满可以把丈夫使唤得团团转；因为卫卫在晶晶面前，总像欠她什么似的，甘当一只听话的小猫，饶有兴味地享受着被这任性姑娘支配的“乐趣”，这个他在家里是体会不到的。

“难道这就是生活吗？”晶晶咬着嘴唇，轻轻地摇了摇头：

“要是他，又会怎么样呢……”

海风轻轻吹着……

一

这个人出现在晶晶的面前，完全是偶然的。

去年，晶晶报考部队歌舞团——卫卫帮搭的线。尽管卫卫的双亲反对候选的未来儿媳当演员，但是卫卫还是俯首帖耳地为晶晶奔走；晶晶有言在先，要迈进声乐艺术的门槛，才能处理“个人问题”，卫卫岂敢说个“不”字？不幸得很，晶晶的唱法，把监考的老歌唱家们吓了一跳，他们开会研究了几次，最后不无遗憾地给晶晶发出一纸通知——不录取。

晶晶沮丧地来到每天清晨练声的海边，默默地一直坐到夕阳沉入海底才回家。爸爸、妈妈问她出了什么事？晶晶一摸口袋，发现那通知书不见了，大概是掏手绢抹眼泪时丢掉了。

过了一个星期，心头的创伤渐渐愈合了。妈妈天天唠叨：“学唱歌，能唱到把树上鸟儿逗下来也比不上现在的工种好哇！电传机打字员，全市有几个？别的姑娘连望也不敢望哩。”而晶晶也正开始思索，还要不要继续练声？这时候，发生了一件事——

星期六，晶晶搭公共汽车回家，一上车，就被三个流里流气的“串仔”缠上了：

“好一条靓女，怎么一个人搭车？不寂寞？”

“你不认识？工人歌舞团的台柱，大名鼎鼎的小歌星啊！”

“哈罗！久仰！交个朋友吧！”——一只干瘦的手竟搭到晶晶肩上了！

“干什么？”晶晶愤怒地甩开那只邪恶的瘦手。她求援地望了望车上的乘客，周围的人个个敢怒不敢言。忽然，前边有一个宽肩膀的青年男子分开众人，挤到晶晶身后，用一种不容置疑的口吻低喝一声：“走开！”晶晶怔了一下，一甩头便挤到车头几个女乘客中间。在人丛中，她惊魂甫定地回头张望了一下，只见那个小伙子双臂交胸，倚着车后梯柱子泰然站着。三个小流氓正虎视眈眈地逼上前去，车上突然响起一声惊人的呼哨！

一场殴斗就要爆发，后边的乘客纷纷往前躲。这时，汽车忽然停住了。

一个中年妇女推了晶晶一把，悄悄地说：“还愣着干什么？快下车吧！”晶晶回头看了一眼，急忙随着惊恐的人流涌到车门口，可是她又站住了：“我走了，他呢？”她再看看后车厢，那里还是紧张得一触即发，架没打起来，车上的乘客已几乎跑光了。

车要开了，又是一声呼哨，那三个“串仔”突然像脚上装了弹簧，抢着窜下车。车开了，车下扔上来一块石头和一句恶狠狠的临别赠言——“后会有期！”

那个青年弯腰捡起那块石头，掂了掂，轻蔑地笑了。他把石头抛出车窗，环顾了一下只剩下几个乘客的车厢，发现晶晶还站在前边的车门旁，正对着他微笑。

“你还没下车？”他惊奇地问。

晶晶笑着摇摇头，没说话，她不知道用什么表示感激。

下了车，俩人走在一起。那小伙子中等身材，比卫卫矮一些，肤色很黑，脸上甚至显得很粗糙，可是眼睛却很大、很亮。引人注目的是，他剪得短短的一头浓墨似的黑发，竟然有些鬈。这和他健壮的身材、刚强坚毅的面容配在一起，简直成了一件装饰品。

看来他也不大会说话，走了好一段路，他只说了半句话："刚才，你应该赶快下车——"话未说完，他的舌头像被胶结住了。

临分手的时候，他突然问晶晶："你是市工人业余歌舞团的？"

"是呀。"

"你认识夏晶晶吗？"

"我……认识。"晶晶迟疑地回答。

"那请你把这个交给她。"他把一张折成长条的纸片交到晶晶手里。晶晶好奇地打开一看，正是她上周遗失的那张通知书。

宽肩膀的小伙子站住了，他眯起双眼，像在思索，又像在眺望远方，腼腆的脸容忽然变得很严肃："你能把一句话转告她吗？"

晶晶忐忑不安地点了点头："能。"

"只要不向命运低头，就能把挫折的苦果变成人生的补药。路，是人走出来的——请她相信这些话吧。"

一簇火苗在晶晶脑际里闪了闪，顿时化作熊熊大火，把她全身烘得热腾腾的。晶晶低着头，把手里的纸片叠来叠去，好久才红着脸说：

"你……不认识她？"

那小伙子苦笑着把头一摇说："听过她的录音，认识她的歌声，人，我倒不想认识。"

"为什么？"晶晶蹙起眉毛，奇怪地问。"那你为什么要这样关心她？"

小伙子犀利地瞥了晶晶一眼。晶晶心里怦然一跳，连忙低下头，只听见他慢慢地说出一句话：

"因为我熟悉挫折的滋味……"

晶晶蓦地抬起头，见小伙子有礼貌地点了一下头，说声"再见"，转身要走。她向前跨了两步，又站住了。

“哎——你，你在哪儿捡到的？”晶晶扬着手中的纸片，大声问。她突然意识到眼前这位并不是卫卫那种可以随心所欲地使唤的青年，她的脸又霎时红了，连忙乖觉地转换了口气：“我让她好好谢谢你……”

小伙子回过头，笑了。他挥了挥手：

“你叫她谢谢海风，是一阵海风把它刮到我面前的。”

他走远了。晶晶却愣愣地站在那里，把他要她“转告”自己的话，揣摩了很久、很久……

二

第二次见到他，是在海上——

那天，一艘由旧炮艇改装的运输船在风浪中颠簸了十多小时，把晶晶和一群专业、业余艺术家折腾得面无人色。这个临时凑合的演出团，人人都兴高采烈地上船，要跟几位领导去茫茫大海里慰问钻出高产油气流的海上石油工人，谁知一出海就反要别人来“慰问”了——很多人连黄胆水都吐出来啦！

在海洋石油公司工作的姜卫卫，作为东道主的代表之一负责接待慰问团，他也吐得脸色发青，但仍硬挺着。慰问团的领导要他休息，他拍拍胸脯说：“我当过海军，大海是老伙计啦，这点风浪，没啥。”运输船和海上钻井平台接缆后，他一边吐着黄胆水，一边搀扶着晶晶出船舱，还大声给周围的女演员鼓劲。可是正要登上平台上放下的那个吓人的吊篮，晶晶突然晕过去了。

晶晶睁开眼睛，已经躺在床上。医生正往她的静脉注射葡萄糖，卫卫在枕边轻轻说；

“别动，一会儿就好了。”

晶晶翕动嘴唇说：“这是在哪儿？”

卫卫说：“这是在平台上，不用愁，这里风浪再大也不会颠簸，你现在躺的是我一个老同学的床铺，安心睡吧。”

医生打完葡萄糖，晶晶又躺了半小时，躺得不自在，挣扎着要起来了，卫卫忙按着，她生气了：“动手动脚干什么？人家还要演出嘛。”

卫卫闹了个大红脸，嗫嚅着说：“还演什么？你不就是一个二重唱？唱中音的那个女同志吐得太厉害，喉头咯出血，唱不成了。”

“倒霉！白来了。”晶晶一头栽在枕头上，长长地叹了一口气。突然，门口有一个人说话了：

“二重唱唱不了，能独唱吗？”

“独唱？”晶晶吃力地撑起身子，回头一看，眼睛霎时亮了，啊，是他！晶晶顿时乱了方寸：“你？你……您是——”

“大帆！”卫卫上前拖住那小伙子，回头对晶晶说：“你们还不认识吧？这是何帆，我们一起下乡的农友，过去是翻译家、音乐家，现在是光荣的海上钻工。这是夏晶晶。”

“哦——”何帆向晶晶凝视了一下，脸上很快就浮现起嘲讽的微笑，“我知道，是工人业余歌舞团的台柱子。”

“啊，您……”晶晶记起自己曾对他说过谎，不禁耳热心跳。

“你们认识？”卫卫有点诧异地微笑着。

何帆摇摇头，爽朗一笑：“不，我只认识她唱的歌。”说着，他走到桌前，拿起一盒录音带装在一部小“三洋”里，一揿按键，轻柔、甜美的歌声，带着晶晶唱歌时特别的呼吸音从机子里飘出来。晶晶扬了扬眉毛，笑了——这是她唱的《海风在心中荡漾》。这首歌是晶晶最能发挥自己长处的压台节目之一，她已经有一年多没有唱这歌了。现在这茫茫大海中听到自己的歌声，感动得眼圈一下子红了。她望着神情专注地听歌的何帆，胸间翻腾起一重重的波涛：

“……他一定是从去年迎春音乐会实况录音中转录的。为什么他不提那一面之交呢？为什么他不当面拆穿自己的故弄玄虚呢？啊，他怕我难堪，怕挫伤我的自尊心——真是个好人。”

“你也喜欢这首歌？新鲜！”卫卫故作惊讶地搔了搔后脑勺。

何帆眨了眨明亮的眼睛："这说明海上的油鬼子不光会享受风浪、烈日和寂寞，而且也善于改进自己耳朵的功能。"晶晶和卫卫都开心地笑起来。何帆却没有笑，他关了录音机，看着晶晶说："你还能唱吗？录音听腻了，小伙子们很想听听你的真嗓子。"

"……怕没有伴奏，唱不好。"晶晶又高兴，又担心。

卫卫一听，忙摇手抢着说："她唱不了，晕船晕得这么厉害，再说原来也没准备独唱，这歌也好久没唱了。"

晶晶不高兴地转过脸，窝了一肚子无名火：哼！你是我肚里的蛔虫？怎么知道我不行？想着想着就撑起软绵绵的身体，嘟起嘴巴往外走。卫卫忙拦住说："哪儿去？医生叫你好好休息呢！"

晶晶不看他，对何帆淡淡一笑说："我去找手风琴商量商量。"

"晶晶——"卫卫拉长了英俊的小白脸。晶晶瞪了他一眼，滑稽地向他鞠了个躬说："行啦行啦，谢谢你的关心！可是我没给你卖身契，唱个歌你管得着？我偏唱，你受不了跳海去！"说着她噗哧一声笑了。

卫卫苦笑着直摇头："你呀——真任性！你歇着，我去找拉手风琴的说说。"说完匆匆走了。

何帆看了看表："还有一个钟头，你抓紧时间休息。如果手风琴拉不来，不用愁，我们能解决。"

"这儿有人能伴奏？"晶晶不大相信。

何帆不答话，从床底的水手柜里拿出一把小提琴，调了调弦，一扬弓，悠扬的琴声宛若一泓清流，沿着晶晶记忆的渠道，淌进她的心扉——这正是那首爱情歌曲的前奏！

一曲终了，晶晶拍着手，高兴得像个孩子："太好了！我原来还担心忘词呢，你这一拉，我全记熟了。你拉得真有感情！"

何帆笑了笑，挟起琴说："你休息吧。""你等等，"晶晶留住他，调皮地问，"我们见过面，刚才你怎么说不认识？"

何帆明亮的眼睛审视了晶晶好一会儿，又微微地眯上了：

“因为我想象中的夏晶晶，是另外一个人……”他突然把话刹住了，“小伙子们怕你唱不了，才派我来‘现场观察’的，现在我可以去交差了。”

他转过身，竟头也不回地走了。

晶晶的心里突然变得空荡荡的：“他想象中的夏晶晶是怎么样的呢？这个人真古怪，说话像是叫人猜谜一样……”晶晶打量了一下这个海上钻工的小房间：房里很整洁，两床一桌，桌上立着一个书架，塞满了书。晶晶浏览了一下，尽是《自学英语》《法语入门》《大学基础英语》……怪不得卫卫说他过去是个“翻译家”！

卫卫忽然一阵风似的闯进来，如释重负地说：“都商量好了，王部长、拉手风琴的小马一致建议，市里的宁书记也同意了，第一个唱：《我为祖国献石油》，第二个，第二个是什么？哦，《手捧枇杷献亲人》。”

“什么？献完石油还要献枇杷？”晶晶几乎跳起来，“不唱‘海风’啦？”

卫卫为难地说：“去年市里两个领导都说这歌不大——那个……再加上你那种唱法……这你也知道。王部长说，这是生产第一线，要鼓舞士气、激励斗志……”

“谁说的也不行，不是我自己点的，不唱！”晶晶火了，她狠狠咬住嘴唇，眼泪一下子漫出眼眶。

“晶晶，你听我说——”

“不听！”晶晶捂住耳朵。

“就怕宁书记有看法，我看你还是唱——”

“我唱样板戏！”晶晶抹着泪水，跑了。

晶晶在直升机平台上找到了何帆。他和几个小伙子正在准备为晶晶伴奏。小伙子们一见晶晶，手中的乐器都停下来了。晶晶听到了低低的窃语：

“瞧，就是她，‘三个一’的拉菲克……”

“乖乖，‘三个一’真交上桃花运啦！”

“哼，可惜了这副金嗓子……”

何帆一看晶晶难堪的神情，马上起来干涉：“喂，都闭嘴，少说长道短的。”小伙子们都老实了。当他们听晶晶说有人不让唱“海风”，小伙子们又吵吵嚷嚷起来，一个个瞪大了眼睛，大声质问这歌犯了哪一天条，好像晶晶就是不让唱这首歌的人。

何帆眯起眼睛，望着波涛起伏的大海，冷笑一声说：“这还不明白？你们听说过吗？——有个人在冬天生孩子，老怕孩子冻着，用大棉被裹得紧紧的。有天气温回升，恰好他打摆子，自己捂了两床棉被子，也给孩子捂了两床，结果把孩子闷死了。现在那些好心人也把我们当成孩子了，要给我们捂棉被呢！”

晶晶和小伙子们都笑了起来。

“不管他，他捂他的被子，咱吹咱的‘海风’！”

一阵海风吹过，宛转动人的乐声在平台上飞扬起来。晶晶听着听着，心里一热，什么晕眩呀、疲乏呀，都被海风吹跑了。她站在一旁轻轻地唱起来……

深夜里，是谁轻轻推开门窗？
温柔的手抚摸着我的脸庞，
给我带来美好的消息，
心爱的人，正盼望着那相会的时光。
在那海云缭绕的远方，
在那宽广浩瀚的海洋，
他正在用汗水浇灌爱情的花朵，
让海风传送花儿的芬芳。
啊，海风！请你每晚都来陪伴我，
海风永在心中荡漾，

海风永在心中荡漾！

在清晨，是谁轻轻推开门窗，
亲热地掀动着我的衣裳，
给我带来美好的消息，
心爱的人，正在憧憬着那幸福的时光。
在那海浪滔天的远方，
在那壮美富饶的海洋，
他正用汗水浇灌幸福的花朵，
让海风传送花儿的芬芳。
啊，海风！请你每天都来拥抱我，
海风永在心中荡漾，
海风永在心中荡漾……

“唱得不错嘛！”——晶晶身后传来一声喝彩。她回头一看，呀！宁书记正笑嘻嘻地望着自己，神色紧张的卫卫和钻井平台的领导在一旁站着。

“这就是你最拿手的？叫什么歌？”宁书记又开口了。

“叫……”晶晶突然灵机一动，想胡乱编个歌名，支吾过去。可是何帆开口了：

“叫《海风在心中荡漾》。”

“是谁编的呀？”

“不知道。”晶晶红着脸，摇摇头。这歌原来就是传抄的，去年音乐会上她一唱，就在市里流传开来了。词曲是谁作的，她确实茫然无知。

“蛮好听嘛，等会儿演出，你唱唱看。”这时，只见王部长一步上前，在老书记耳边叽咕了几句。他一听就大笑起来：

“这恐怕是些老夫子的意见吧？前一段我没听全，后一段我倒听清楚了，唱唱爱情就不健康？不见得，一家之言！一家之言……”

老头子说说笑笑走了。卫卫走到晶晶眼前，窘迫地说：“真想不到宁书记会喜欢这歌，原来我以为——”

何帆在一旁冷冷地插上嘴：

“你原来以为她冻得受不了，所以给她捂了两床棉被。”

周围的小伙子爆发出一阵大笑。卫卫却莫名其妙，他看见晶晶笑得弯腰淌眼泪，也傻乎乎地笑了……

三

晶晶撩了撩被海风吹乱的头发，蓦然发现：天快黑了。可是，她还在这儿干坐着，笼罩在她心头的惆怅，并没有随风飘去，反而更加浓重了。

唉，要是一切都可以从头开始——包括爱情，此刻就没有这么多烦恼来折磨人啦。感情的天平又一次在心中晃悠、倾斜，晶晶惊奇地发现，占上风的，又是他！那个拼命追求自己，不知帮过多少大忙的“好朋友”，从来没有在这架微妙的天平上占到便宜，而那个只见过几面，对自己一直谜一样保持着距离的古怪青年，竟每一次都能在这种梦境般的选择中成为佼佼者。

“这是为什么？”晶晶怔怔地望着远处拍岸的浪涛，她自己提出问题，可是无法解答。什么在簌簌作响？哦，是手中捏着的那封吴老师的来信，一枚无形的长针刺入晶晶的心里，使她痛苦地哆嗦了一下。唉，算了吧！理想，前途……难道不唱歌就不能过日子？何况自己很可能根本不是唱歌的料子哩！卫卫待自己百依百顺，女友们都说他将来准是个“五好丈夫”，妈妈说：“跟卫卫过一辈子，也够理想了，人品好，有才学，爸爸又是……”

“听妈妈的？”晶晶的呼吸突然被窒住了。她闭上了眼睛，一下子像跌进万丈深渊，胸口被压得透不过气来，喉咙像被憋哑了一样，想喊也喊不出来——啊，树影摇曳，海浪喧腾，海风，海风来了！晶晶急忙张开嘴巴，一股清新的海风扑进她的胸腔里，蓦然，一个倔强的声音从她心底里喊出来了：

“不——”

一阵海风拂过，上星期天在这里的邂逅相逢，又清晰地显现在晶晶的脑海里……

那天清晨，晶晶照例到这海边来。按一个退了休的名旦角的指点，她每天都在这里用独特的方法练习吐字发音——她执拗地幻想把中国戏曲的吐字方法和某种现代西洋唱法结合起来，这已经多次成为“不录取”的理由了。可是她始终不悔。

“中——国——伟——大——”

“山——河——美——丽——”

晶晶站在望海礁上，迎着东方的彩霞，反复地练着字头、字腹、字尾的发音，声波合着海风，在海边，袅袅回旋。突然，望海礁底冒出一个人来，他手里拿着一本书，看也不看晶晶，转身沿着海滩走开了。

何帆？是他！晶晶心里一高兴，脱口喊出来了：“喂——你回来！”

他好像老大不情愿地站住了，回头说：

“我不姓‘喂’。”

“那你姓傲！傲气的傲！傲得见到熟人连头也不点。”

“早读时间，神圣不可侵犯，懂吗？”何帆把手中的书一扬，又低下头念念有词了。

晶晶跳下望海礁，奔到何帆面前，劈手夺了他的书，一看，是本手抄本，密密麻麻写满了外文。晶晶懂英文，可是这些外文她却一字不识。

“是法文？”晶晶抬头问。

何帆点点头，接过书说：“现在不是聊天的时候，你要聊，一个钟头后，在这儿等我。”说着掉头迎着冉冉初升的朝阳走去。

一个钟头后，晶晶在早点铺买了两瓶汽水和一包点心，刚坐到望海礁上，何帆依约来了。

“真准时！”晶晶看看表说，“你常来这儿背书？”

何帆摇摇头：“海上的油鬼子哪有这些享受？不过回到岸上，一早一晚我准来。”

“你调到岸上来啦？”这惊喜的声调，晶晶自己听了也感到不好意思。

“不！我下死心和她结婚了，过一辈子！”

“结婚？谁——”晶晶吃了一惊。

“大海。”

“哦，”晶晶舒了一口气，她笑着抢过何帆的手抄本，啧怪地瞟了他一眼，“那你还背这个干什么？跟大海讲法语？”

“对，它现在需要法语。签了联合开发的协议，大规模的勘探就要开始，几个国家都要派人来。”何帆热烈地说，顿了一下，他转面看着晶晶，乌亮的眸子闪烁着幸福的神采，“要派人去欧洲三国见习，初选，我被选上了。”

“啊，真的吗？祝贺你！”晶晶欢欣雀跃地忙把汽水、点心塞到何帆手里：“嗯，吃吧，慰劳你！”可是她很快就发现，何帆的情绪变了，他的嘴角牵动了一下，那张久经风吹日晒的方脸膛露出稍带嘲讽的微笑，目光变得既冷漠又严峻。

“现在还不是祝贺的时候。”他眯起眼睛，摇了摇头。

“初选选上了就很不简单，卫卫争取了很久，现在还在半空中晃荡呢！”

“他？你放心——”何帆鼻子“哼”了一声。

“为什么？”

“你还不了解？他很有天才。”何帆嘴角挂着揶揄的冷笑，他这种神情使晶晶心里很不舒服。卫卫有什么天才？不就是个工农兵大学生呗！再看看何帆明亮而深邃的眼睛，她明白了，这话里有“骨头”！

他为什么会这样看卫卫呢？晶晶心烦意乱地发现，自己对朝夕相处地“谈”了几年的卫卫，的确没有心心相印的了解。她想起平台上的小伙子带着不屑一顾的神情，把卫卫叫作“三个一”，“三个一”是什么？是绰号？是蔑称？晶晶突然产生了一个固执的念头，想把有关卫卫的一切都搞个水落石出——

“告诉我，‘三个一’是什么意思？”

何帆一怔，突然窘得满脸通红。他难堪地说：“对不起，我不知道。”

“不行！”晶晶任性地把头一扭，接着把手抄本一扬，像头小鹿似的跳开了，“你不告诉我，这个——你就别想要回去。”

“别闹！”何帆急了，睁圆了眼睛说：“知道了也不会告诉你……”可是晶晶三步两脚纵身跳下望海礁、笑着向礁后的小树林一溜烟跑了。

晶晶跑呀跑呀，总觉得何帆就要追上来了，可是一回头，天！连个影儿都没有。她又跑回望海礁一看，何帆早走了，只剩下那些汽水、点心，原封不动地放在那里。

晶晶一生气，把汽水、点心全都扔到大海里……

那天，在晚霞开始溶入海中，把远方的海水染成玫瑰色的时候，晶晶第二次登上望海礁。何帆正坐在礁上，望着这海出神。晶晶把那本手抄本向何帆一扔，一言不发地紧绷着脸坐在一旁。

何帆吃了一惊，他捡起手抄本抬头一看，抓了抓头上黑漆似的短鬈发，带点歉意地笑了：

“谢谢，你再不还我，我就要去公安局报案了——有人拦路强抢珍贵的外文手稿。”

晶晶转过脸，不理他。

何帆继续笑着说：“当然，现在可以既往不究了。不过，你休想拿这个作交换……”何帆突然把话咽回去——晶晶猛然转脸对着他，面上两行泪水在闪光！

“你不该瞒着我。”晶晶的声音有点颤抖：“我全知道了……这‘三个一’的外号，还是你的杰作——他下乡一个月就参军，参军一个月上大学，大学毕业分配在政治处一个月就调到外事办。你看不起他，可是在我面前，你连吭也不敢吭！”

何帆沉默了一阵，抬头望着晶晶说：“谁告诉你的？”

“没有不透风的墙！我去招待所找过平台上下来的同志了，你不说，别人不能说？”

何帆转脸向着大海，又眯起了眼睛：

“你为什么非要打破这个砂锅不可？”

“妈妈肚里带来的习惯！”

“不告诉你，也是我的习惯……现在你既然知道了，我倒想问问你，他有这样的本事，你是感到幸运呢，还是觉得脸红？”

晶晶愣住了。

“有这样的爱人，当然会幸运的，他是一座通往理想之宫的金桥。”何帆辛辣地睨了晶晶一眼。

“爱人？谁的爱人？”

“你的。”

“胡扯！我不承认。”

何帆惊奇地睁大眼睛：“那是为什么？”

“因为我不是你所说的幸运儿！”

“啊——”何帆张开嘴巴，若有所悟地点了点头，揶揄地笑着说：“不过你也幸运过一阵子，比如说选了个好工种什么的。”

“我是考上的。”

“对，考上的，可是报名表上并没有你的名字。”

晶晶难堪地沉默了。她当上电传机打字员，卫卫的确帮了很大忙。她开始并没有报名，后来英语考试才考了50多分，当她听说成绩比她好得多的人也落选了，脸上就发烧。不过想起这两年在艺术道路上的坎坷，晶晶心里又有点坦然了。在这方面卫卫也帮过不少忙，却没有一次是成功的。晶晶自己可没少流一滴汗水。何帆为什么会突然提起这些事呢？她狐疑地瞥了何帆一眼，不安地问："你怎么知道我没报名？"

何帆转过身，背向着晶晶："因为当时我也考上了，在最后一天被人拉了下来，换上了你。"

啊！晶晶全明白了！这个勤奋好学而又像谜一样古怪的青年，竟是她一次幸运的受害者！晶晶满脸羞愧地低下头，把手指伸进嘴里狠狠咬着，好久才轻轻吐出一句话："你，恨我吗？"

"不。"何帆没有回头，一直入神地望着大海，像要和海风絮语交谈一样，轻声用英语朗诵了一句拜伦的诗：

"人是奇怪的动物……"

晶晶读过这首诗，还记得下面的句子，"……奇怪地使用自己的本性和各式各样的技术，"她猜到何帆蕴含不露的用意，眼睛里一下子噙满了一汪委屈的泪水：

"你不是在嘲笑我吧？"晶晶哭了。

"不。如果你说的是心里话，那我就有幸看到一个令人兴奋的怪事：人不是一个模子铸出来的，金桥不是万能的——有人竟然敢于放弃它！这使我更相信，没有金桥，路总也可以走出来的，不过要靠自己的脚板。"何帆好像在晶晶身上发现了新大陆，他的一双明眸，亮得像夜海上空的星星。

晶晶抬起头，眼睛勇敢地迎上何帆热情的目光。两人的目光一碰，很快就像老鼠见到猫一样，溜往别处去了。短短的一秒钟，竟好像深谈了一个小时，一整天。晶晶为了这一秒钟，整整失眠了两个晚上……

从那天起，晶晶天天都能在这儿见到他。两人越谈越知心。何帆坦白地告诉晶晶：《海风在心中荡漾》这首歌，就是他写的。这在晶晶心中掀起了一阵热浪：多巧哇！这首歌使她在市里歌坛中崭露头角；而她，竟也是第一个知道这歌作者的人！何帆对她的帮助真是太大了。可是，现在晶晶最需要他，他却不露面了，为什么呢？

随着夜幕降临，大海呼出的气息也改变了温度。海风变凉了，它在提醒晶晶，该回家了。

晶晶走下望海礁时，突然觉得自己是在向一道悬崖走去，耳朵里又响起卫卫妈妈亲热得有点过火的声音：“晶晶呀，今年再上不了，明年就别再劳那个神了。不要说你，就是我家卫卫也为这事累瘦了十多斤，何苦来哟！你们赶快定下来吧，我们包把你们的事办得圆圆满满的……”

“不——”晶晶的内心又一次发出喊声。她闭上了眼睛，咬紧了嘴唇，倔强地向前走去。

四

晶晶穿过小树林的时候，海滨公园已经没有游人。路灯可能被顽童用弹弓打掉了，好长一段路都没有亮光，显得有点阴森。她不由得加快了脚步，快走到树林尽头时，突然有一个人影出现在她的面前，把她吓得魂飞魄散。

“别怕，晶晶，是我。我听说你未回家，就猜你在这儿。”晶晶听到一个熟悉的声音。

晶晶定下神来，才看清楚眼前的是满脸春风的卫卫。“是你？找我干什么？”

卫卫的神情激动极了，他说：“知道为什么急着要见你吗？特大喜讯！晶晶，快祝贺我吧！”他一把将晶晶抱住了。晶晶拼命挣扎。可是卫卫冲动地紧搂着她，不停地吻她的眼睛、眉毛、嘴唇和脖子。

晶晶全身哆嗦着，不断地躲避着卫卫嘴唇的袭击。她和卫卫相处几年，从来没有让他拥抱和亲吻过。有好几回他们谈到深夜，卫卫见四下无人，想亲她，抱她，她却突然发了脾气。现在他竟然在这种情形下强吻了她，更使她无法忍受了。

“啪”——一记耳光，卫卫捂住半边脸蒙了。晶晶挣开卫卫另一只手臂，猛然向公园大门冲去。

“晶晶，你听我说，我太兴奋了，太高兴了，我忘记你不喜欢这样……”卫卫在后头追着。

“滚开点！”

“晶晶，原谅我吧，刚才我是高兴得糊涂了。我告诉你一个好消息，我被选上了，下个星期就要去北京集中。”他又拉住晶晶的一只手。

晶晶冷冷地抽回手，站定了。

“我们明天就去登记，结婚。妈说，你就别考什么唱歌了，她想办法把你调到科技情报所当资料翻译，这工作比守电传机还清闲，甚至可以不用上班。”

“你都安排好了？”晶晶的声音像一块冰。

“为你的事我妈不知操了多少心啊，她一直就不赞成你去唱歌。你几次考试，我们家都请招生的吃过饭，你考得再好，妈和他们一嘀咕，你就留下来啦。她都是为了咱们好。这回我们结了婚，我出国回来再带点洋货，搞好‘基本建设’，全家的现代化就实现了——至少提前十年！”

晶晶像被迅雷击中似的，呆若木鸡。

卫卫小心翼翼地抚摸了一下晶晶的双肩，见她没有动弹，便把头伸到晶晶的耳边，甜蜜蜜地说：“晶晶，我爱你，没有你，即使我到了国外，也是一具没有灵魂的躯壳，答应我吧，明天就去登记，啊？明天？”

晶晶缓慢地转过身，好像根本没有听见卫卫的甜言蜜语。她盯着卫卫的眼睛，低声问，“你被选上了，何帆呢？”

“他下来了。幸亏我活动得及时，他要去了，我就完了。”卫卫脸上浮现出得意的笑容。

晶晶的脸色唰的一下变白了。她很不客气地甩开卫卫向她伸过来的手，忽然狠狠地跺了跺脚，像躲避一头野兽一样，转身狂奔起来。

卫卫大惑不解，他气喘吁吁地边追边喊："晶晶，你怎么啦？怎、怎么回事？晶晶——"他被地上的树根绊了一跤，嘴里灌满了沙子。等他从地上爬起来，吐了几口泥沙，晶晶已经跑远了。

"晶晶——你等等我！"卫卫痛苦地向着晶晶远去的身影呼喊。

海滨上空响起一个女孩子响亮而清晰的声音：

"我们从此——一、刀、两、断！"

晶晶一口气跑到海洋石油公司招待所，找不到何帆。一个小伙子告诉她，何帆落选了，现在正在码头等船回平台去。晶晶向那个小伙子借了一辆自行车，急如星火地向码头蹬去。

自行车在码头上飞驰，停靠在泊位上的一艘艘大小船只在眼前闪过。突然，晶晶听到一声震人心弦的汽笛，一艘4500马力的拖轮启航了。晶晶一急，一直把自行车蹬到码头边上才刹掣，还差一个巴掌的距离就要栽到海里，好险！晶晶也顾不上害怕了，抬头就向正在离岸的船上搜寻起来。

对，是他！在灯火通明的甲板上，他背向码头，面朝大海，正伏在栏杆上用心思。

"何帆——何帆——"拖轮离开码头七八米了，船上机器轰鸣。晶晶竭尽全力喊叫，可是他就是听不见。

甲板上的船员都停下了活计，望着岸上这个急得满头是汗的姑娘。一个机灵的水手觉察到她要找谁，就走到何帆身边，拍拍他的背，滑稽地做了个手势。

何帆一回头，立即像三级跳远一样跳过了甲板上堆放着的几堆物资，奔到靠码头的这边船舷边。晶晶看到了他亮闪闪的眼睛，她的眼泪汩汩地流下来了，一时不知说些什么好。眼看着船缓慢地越移越远，她才使劲挥着手，大声喊出来：

"别灰心，路，总可以走出来的——"

一阵海风吹来，晶晶急忙拨开挡住视线的乱发。她看见何帆高高地举起两只手，又把两只手合在一起，使劲地在头顶上摇了摇——啊！晶晶明白了：他没有向命运低头，他咽着挫折的苦果，可是仍在倔强地奋而前行！

海风轻轻吹，轻轻吹……

原载《作品》1980年第12期

荣获“1980年全国优秀短篇小说奖”

明姑娘

航　鹰

一

在鹅毛大雪中，河滨公园的长椅上坐着一个人。大雪封了路，封了河，给整个城市披上银装，公园里除了他，再没有别人。他已经这样坐了一个多小时了，雪花落在他身上，把他染成了白色。地上的雪没过他的脚踝，冰冷的雪花钻进鞋里，脚冻得麻木了，他还是一动不动地坐着。

他看不见周围的银色世界，那些绚丽的光和色，已经成为遥远的追忆、梦幻和想象了。他眼前是无边无垠、深不可测的暗夜——他是一个盲人。

一群孩子嬉闹着来打雪仗，远远地把他当成一个雪人，便朝这边跑来了。但走近一看，吃惊地发现他是个人，就推他摇他说：“叔叔，您怎么啦？”“坐在这儿干什么？”“妈妈说会冻病的！”

“滚！”他愤怒地挥舞手中的拐棍，轰赶孩子们。因为这些干扰者把他暂时的宁静打断了——刚才他正在回忆自己的大学生活，紧张的学习，大学生运动会，文艺会演……

孩子们开始报复了，向他投掷雪团，大声喊叫："嘻嘻，是个瞎子！""瞎子变雪人儿！""一会儿变成个大冰人儿！"

他气得也抓起地上的雪乱砍起来，孩子们哈哈大笑："真瞎呀，朝哪砍呀？我在这儿呢！""瞎子投降！""瞎子投降！"

他寡不敌众，又没有"投弹目标"，有些狼狈了。这时忽然听见一个严厉的女声说："小朋友们，欺负残废人是不道德的！到别处玩去吧！"

孩子们顿时安静下来，滑着雪溜儿跑走了。

那年轻的女声变得十分亲切温和，对他说："同志，您也该回家了。刚才我路过这里，在公园栏杆外边听见孩子们劝您走，怕您冻病了，您不该对他们那样粗暴。"

他冷冷地说："谢谢！"

可她还不走，又说："听您说话都有些感冒的鼻音了，雪越下越大了，您还是……"

他打断她的话："请忙您的吧，我高兴坐在这里。"

他把头扭向一边，不耐烦地敲叩着手中的拐棍。她却毫不介意，仍然耐心地劝道："也许是我多问了，您是不是有痛苦的事情？这里是河边，河水还没冻结实，您可……要小心点。"

他的心事被人窥破，恼恨地说："我要是能痛痛快快地走那条路就好了，但我没那个福气！放心走你的路好了！"

"所以你就这么糟蹋自己？"她的声音又变得严厉了，但马上又轻柔下来，像一起一伏的波浪，"想开点吧！生活中谁还遇不到挫折和困难？总要看到未来和光明……"

他顾不得礼貌了，冷笑着回敬她："说得多好听！你们当然可以看到光明，可我眼前只有黑暗，黑暗！你要是处在我的境地，就不唱这种高调了！对不起，我愿意一个人待着。"

没想到，她听了他下的逐客令，反而坐在了长椅上，说："如果你不走，我就在这守护你。嘶，真冷！你家在哪住？我送你回去吧！”

他气得站起身来，跺了跺冻木了的脚，拄着拐棍离开了公园。身后，传来她咯咯的笑声，听上去好像随着雪花在飘舞。

他的名字叫赵灿，在上大学二年级的时候，突然双目失明了。在医院躺了半年，经过各种治疗，眼科医生们表示爱莫能助。

教师和同学们都为他惋惜，因为他是物理系的高材生，多年寒窗潜心攻读，才踏进大学的门。他风华正茂，眉清目秀，身材健美，是田径运动的校魁。他爱好文艺，广读博览，还是学校民乐队的台柱。这个命运的骄子，正在奔向灿烂的前程，却在似锦的坦途上跌进黑暗的深渊。爱情的大门，可能永远不会为他开启。

他那颗在一帆风顺中骄傲的心，受不了这巨大的打击，在北京躺在病床上时，几次想自杀。但是，听到守候在身旁的姐姐的声音，又不忍那样做。他自幼失去父母，姐弟二人相依为命，姐姐为了培养弟弟，放弃了高考机会，去纺纱厂做工，并且结婚很晚。现在，她请了事假赶来伺候弟弟，每天说不尽的安慰话，他怎么能伤姐姐的心？

就这样，他随姐姐回到自己熟悉的城市——现在他只能辨别那些亲切的乡音了。父母留给他们的住宅本来很宽敞，他上大学后，姐姐出嫁了，姐夫是个军人，不常回来，她一直带着孩子在娘家居住。但是，赵灿在北京曾表示不愿意回到旧宅去居住，怕听到邻居们惊讶的问候和怜悯的安慰，怕人们把他现在的样子和过去的健美相比较。于是姐姐和换房站联系，在她婆家附近，找了一处寂静小巷里的独门独院。虽然是以大换小，原来的三间住房变成两间了，但赵灿对新居很满意，听不到繁华街市的噪声，他的心宁静了一些。更主要的是，新街坊们以为他从小就是个瞎子，也就不去注意和议论他了。

姐夫的弟弟给他做了一根涂漆木棍，上端镶着光滑的有机玻璃扶手，下端包着铜头。他收到这份实用的礼物，心里又是一阵凄凉：盲人们管这叫“马杆”，以后他就得以棍代马了。但是这“马”不会带着他飞奔驰骋，只能是摸索着蹒跚。

姐姐怕孩子吵闹惹弟弟烦恼，搬到婆家去住了。这给她带来繁重的家务负担，每天穿梭似的往返于婆家和弟弟之间。弟弟的一日三餐，起居洗涮，她都得操持，每天晚上得像照顾孩子那样为他铺床，打洗脚水，安排他睡下后，还要拧紧水龙头，检查煤气，关窗，熄灯，锁门……然后回去照顾自己的孩子。第二天一早又赶回来……姐姐这样为他尽心，他的那些轻生的想法越发不好实现了。

终日呆坐，只从广播电台播音员报时中，才能体会到朝朝暮暮。听完了连绵的秋雨声，又听呼啸的寒风声，心中常常感到窒息，像有一块大石头压住胸口，喘不过气来。烦闷得厉害而发作时，他便如困兽要冲出牢笼似的东撞西撞，到后来竟发展成忽哭忽笑，捶胸撕发，非得姐姐给他吃下安眠药睡上两天方能平静。眼病未除，心病又添，他就暗暗下了慢性自杀的决心，开始糟蹋自己的身体。每天晚上姐姐走后，他就蹬开被子，或干脆睡到水泥地上，喝生水，不吃午饭，想让自己消瘦生病，早点死掉。为了慢慢地冷了姐姐的心，使他死后姐姐不过于悲伤，他对姐姐发脾气，挑三骂四，摔盆打碗。但是，无论他怎样恶语冲撞，姐姐总是温柔地扶他坐下，拧一把热毛巾为他擦汗，或是轻轻抚着他的头发。姐姐一上班去，他就号啕大哭，打自己的耳光，叫着："姐姐——我对不起你，拖累了你……"可是，一听到姐姐拧开大门碰锁的声音，他立刻又摆出一副凶神恶煞的模样。黑暗的魔鬼啊，能扭曲人的灵魂。

今天下了头一场雪，他摸索着来到附近的河滨公园，想冻病了自己。却遇到这样一个好管闲事的姑娘，听那银铃般的嗓音，她一定是个非常年轻的姑娘。他气恼地回到家里，也不掸去身上的雪，就躺到床上生闷气。

这时，姐姐笑着喊："小弟，好消息！"

他翻了个身，脸朝里没吱声。姐姐进屋一看，吃惊地问："你的衣服怎么都湿透啦？瞧，连褥子都弄湿了，快起来！"

她一面帮弟弟换衣服，撤褥子，一面高兴地说："民政局发给你去上班的报到单了！"

"上班？到哪儿？"他惊奇地问。

"去盲人电开关厂。你该知足啦！明眼人还有那么多待业青年呢，国家照顾残废者，全都安排就业。虽然厂子离家远一些，坐车很顺的。"

他成了这家社会福利工厂的一名工人。姐姐每天早晨送他到厂，为此要早起一小时，自己上班还要迟到半小时。每天下班又去厂里接他，为此只得把孩子托给她婆婆照看。

车间杨主任是位热情的老师傅，虽然是个明眼人，对盲人却能处处体贴。他安排赵灿先干一种简单的活：裁包装成品用的塑料薄膜，把它热合成口袋。这两种动作都是固定在工作台上的钢模子里做的，顺着模子用裁刀裁几裁，又顺着模子用电烙铁划几划，就算完工。辅助性工序都有明眼师傅帮助。不到半小时，他就学会了这种简单的劳动技术。

干了几天以后，他想到自己一个学生，将永远这么在模具里一裁一划下去，直到老死，刚上班时的喜悦消失了。胸口隐隐地又有了窒息的感觉，周身都好像套进了那钢模子中。但毕竟是在集体中间，有那么多盲人为伴，说说笑笑，他那个旧病才没有恶性发作。

这一天上午，杨主任领了一个青年女工来到赵灿身边，说："小赵，我已经给你姐姐打了电话，以后不用她来接送你了。明姑娘的家离你家不远，由她领着你，你告诉她家里的门牌号码就行了。"

他看不见被称为明姑娘的女工，只听见一个甜甜的声音说："我姓叶，在厂里也由我领着你，吃饭、打水等，很快地你就熟悉了，盲人们在自己厂里都不用'马杆'，就可以认路。"

他感觉那声音很熟悉，但想不起来在哪里听到过了。同时又觉得那声音很明亮，究竟是她的声音给了他这种感觉呢，还是声音真的能够明亮起来，他一时也想不清楚，只是很高兴地说："那就给你添麻烦了！”

不知为什么，明姑娘一听他说话，咯咯地笑起来了，止也止不住，弄得他很不好意思。杨主任嗔怪地说：“傻闺女，这有什么可笑的？人家说句客气话，就值得这么高兴？”

赵灿忽然忆起了那随着雪花飞舞的笑声，是她！他的脸颊顿时发起烧来了。

中午，明姑娘来领他去食堂吃饭，不厌其烦地介绍：“楼梯先下九阶，拐弯，再下十四阶，平地，门槛儿，向东，朝炒菜的香味去食堂，食堂外边是锅炉房……”

到了食堂，她给他打来了饭。他端着碗却迟迟不吃，嗫嚅地说：“那天的事，真对不起……”

她笑问：“那天你冻病了没有？”

他老实地承认：“感冒了，多亏姐姐又做姜汤又灌药的，才好些。我的心情不好，请你原谅。”

她爽朗地表示：“没关系！古书上说，不打不相识嘛！”

饭后，她又给他刷碗，送水，把他领回了车间。

下班铃声一响，他刚脱下工作服，便感觉到一只温柔的手拉住了他的右腕，指挥他的“马杆”探路，引他出了厂门。

一路上，她那明亮的声音在他耳边紧紧叮嘱：“出厂向右拐弯，‘马杆’向右能触到墙壁就是便道，注意靠边走。听到汽车往来声就是大马路，再向右拐，会听到收音机或录音机放的音乐，这是一家无线电商店，店门前面就是人行横道线，从这里过马路，闻到茶叶店的香味向左拐，径直走别拐弯儿，当闻到有炸油条儿的香味时，这就是汽车站了。下班时不炸油条了，会闻到煮馄饨或酱鸡的味儿……”

下车后，她那纤长的手指又轻轻拉着他的腕子，领他转乘另一趟车。到站后，一直送他到小巷深处的家门口，说声：“明天一早我来接你。”让他进了门，自己才走开。

这一天上了车，可巧遇上一群抱孩子的妇女，只有一个年轻人能让座。她扶他坐下，自己抓着扶手站着。汽车开得很快，他坐着都感到有些重心不稳，忽然听见身后两个妇女悄声议论：“哎，瞧！前面站着的姑娘是个瞎子。”

赵灿听了正在想：这趟车上还有自己厂里的人，是谁呢？却听另一个妇女说：“胡说！她的大眼睛多么明亮啊！”

“再仔细着看，那瞳仁没有视线。”

“哟，真的！早看出来，该让座的！喂，这位姑娘，你坐吧！”

“谢谢，您抱着孩子，还是您坐吧，我行！”

啊？是明姑娘的声音，她也是个盲人？赵灿好像被五雷轰顶，一蹿身站了起来，正赶上汽车拐弯，倒在明姑娘身上。她稳稳地把他扶住，按他坐下，命令：“好好坐着！”

车一到站，她扶他下车，一拉他的手腕，吃惊地问：“你的脉搏怎么跳得这样快？”

他哆嗦着问：“你也是个……盲人？”

“咱们都是那句俏皮话——白费蜡的灯。”她的话音中竟夹着笑声。

他希望这不是事实：“可大伙都叫你明姑娘呀！”

她一边走一边说：“听爸爸妈妈说，我刚刚出生就会睁眼睛，爸爸看到我的黑眼球又大又亮，就给我起名叫明明。谁知还没出满月，发现我是个瞎子，妈妈大哭了一场。我在盲聋哑学校毕业后，分配到厂里工作，师傅们都爱喊我明姑娘。”

他叹息道：“我真不该让你照顾我。”

她真挚地说：“你的不幸比我要大，我从来没看见过光和色，也就罢了！而你是从光明的世界跌到黑暗中来的，精神痛苦更大，适应过程更难些。”

“谢谢你，可我毕竟是个男子汉！”

她说：“是男子汉就要挺起腰杆过日子，虽然残废了，也不能成为别人的拖累。首先要锻炼生活自理能力，从明天起，我来教你。你到家了，明天见！”

他一把抓住她的“马杆”说：“不，我不要你来接了……”

清泉又在叮咚了，那是她的笑语：“我家比你远半站，正好顺路。”

那“马杆”敲叩地面的笃笃声，顺着小巷远去了。他在门外站立了许久，听着那鼓击声在小巷里荡起的回响……

二

星期天一早，姐姐像往常一样赶来为他做早点，收拾房间，照料他起床。

忽然，院门外响起了那甜甜的声音：“小赵——”

姐姐答应着开门去了，刚穿好衣服的赵灿慌忙地自己叠好被褥，抻平床单。只听见姐姐感激地说：“你就是明姑娘呀？可帮了我的大忙啦！真不知怎么谢谢你呢！”

明姑娘说：“听说姐姐厂里不休息星期天，你只管上班去好了！我来教小赵自理家务。”

姐姐说：“那怎么行呢！你自己也……”

明姑娘笑道：“别说是做做饭，收拾收拾房间，我连打毛衣都会呢！不是夸口，厂里明眼的姐妹们都夸我编织毛线的针法比她们好！”

她俩的说笑声离屋子越来越近了，坐在床边侧耳倾听的赵灿，忽然想去拭干净桌椅，抓起枕巾就去擦。“当啷”一声，瓷器落地的响声，吓了他一跳。

姐姐和明姑娘跑进来了，明姑娘惊问：“划破手没有？”

姐姐打了他手心一下，收拾着茶壶碎片说：“好！知道学着干活了。哟，床也是自己叠的！不过被里朝外了，枕巾也不能当抹布！”

明姑娘又咯咯地笑起来，那清脆的笑声好像有一种诱发性，姐姐也笑响了，赵灿禁不住也大笑起来。

这是他失明以后第一次笑。

姐姐刚一走，明姑娘就带着赵灿忙上了。她自己先把屋里的家什抚摸一遍，然后教他擦拭归置，每放好一件东西，她扶着他的手摸一下说："记住，什么东西放在什么地方，都要有规矩，用时一拿就能拿着。你知道吗，市政府为了照顾盲人，在煤气炉供不应求的情况下，特意发给每个盲人家庭一套煤气炉。厂里的盲人夫妻家里差不多还都买高压锅，却从来没有出过火灾或烫伤事故。就是因为手轻、心细，动作有规律。"

赵灿一一点头答应着。她领他到厨房做早点时，递给他火柴，他摸索着炉盘点着了煤气。奇怪！这些日常琐事，一下子都充满了诗意，他竟像求知欲旺盛的孩子，干什么都说："我来！"这顿早点，他吃得比往常都多。

明姑娘捅开蜂窝煤炉子，屋里逐渐暖和起来。有了热水，她又找来洗衣盆，教赵灿洗衣服。

录音机放着电子音乐。他俩忙得满头大汗，不觉时钟已经打了十二下。午饭以后，她提出了一项建议，他立刻被这个建议鼓动起来了，急急穿衣戴帽围围巾，跟她出了家门口。

他俩来到人声喧嚷的菜市场，买了鱼、肉、鸡蛋、啤酒等，又回家忙了一下午。

晚上，当姐姐提着菜篮推开家门时，惊呆地把篮子掉在地上了：她看见满桌子的菜冒着热气，肉丝儿切得很细，烹鱼上面配着色泽鲜艳的黄瓜丁、胡萝卜丁和火腿丁，烧油菜蘑菇飘着诱人的清香，炒鸡蛋不老也不嫩。三只大高脚酒杯里斟好啤酒，斟得不空也不溢。

她简直不敢相信自己的眼睛了。若是家里放有水缸，挂有古装美人画，她真会以为这桌佳肴是"田螺姑娘"偷偷从缸里出来做的，或是"画中人"从墙上走下来烧成的了。

"嘻嘻！"门后面发出抑制不住的笑声，赵灿和明姑娘蹿出来，像顽童似的吓唬姐姐："通！"

三个人围桌而坐，两个盲人向一个明眼人举起了酒杯。明姑娘说：“手艺不高，请姐姐不要见笑。”

赵灿抢着说：“洗菜、剖鱼啦，剥葱、剥蒜啦，都是我给大师傅打的下手。姐姐为我辛苦了，略备水酒，不成敬意！”

姐姐举起了酒杯，两行热泪刷地流下来了。

三只酒杯碰在一起，发出了金属般的声响，久久地萦回缭绕……

赵灿忽然觉得那晶质玻璃杯碰撞的钢音，也很像明姑娘的声音……

在厂里，明姑娘不和赵灿一个班组，她在隔壁车间里当车工。以前，赵灿只听见机器的隆隆声，一直以为那道工序是明眼师傅们干的，她不过是做些下手活。但是，有一次他去找她，别人领他来到一台车床跟前。他惊讶地问：“你会开车床？”

“当然！我做给你听。”她开动了车床，不一会，递给他旋好的铜部件：“给，这是电门开关里的导电柱。怎么样？别看这零件小，千家万户都用得着呢！”

他抚摸着光滑小巧的铜部件，心里想：过去每天晚上在灯下学习，却不知那光明的灯火里，有盲人的劳动……

他担心地问：“不会出工伤呀？”

她把着他的手开了一下车床说：“这是盲人仪表专用车床，有特备的劳动保护安全罩。我去找杨主任说把你调到我们车间来，敢干吗？”

“你敢，我就敢。”他不假思索地回答。

春寒，刚刚消融的冰河又结上一层薄冰。按照节令忠实地飞回北方的大雁，迎着寒风在长空鸣叫着。才吐新绿的柳枝在零星小雪中摇摆着，想借着舞蹈抖掉身上的寒气。

由于一件意外的事故，赵灿那刚刚暖和的心，又重新结上一层薄冰。

俗语说：黄鼠狼专咬病鸭子。就在他学开车床出师的那天，明姑娘去团市委开会去了，他一个人回家，路上不小心被一块香蕉皮滑倒了，摔坏了尾椎骨。行人们把他送到医院，经过一段治疗后，医生们让他转到疗养院休养三个月。

折磨人的病床生活又开始了，漫长孤独地苦度时光，使他那没有痊愈的旧病复发了，胸口发闷，窒息，烦躁。但这一回他连狂暴的发泄也不能了，因为一翻身就疼得冷汗淋淋。多亏有姐姐和明姑娘的轮流照顾，才使他减轻一些痛苦。

当他微微能起身活动的时候，姐姐找出家里存的乐器，有爸爸留下的，也有他上中学时买的。每当寂寞无聊时，他就拉拉胡琴解闷。

这天上午，他坐在休息室里拉着刘天华的《病中吟》，曲调哀怨凄凉，如泣如诉。这时，明姑娘推门进来，问："今天好一些了吗？"

"好些了。"他淡淡地回答，一边拉琴一边问，"你怎么没上班去？"

"今天是星期天，你忘了？"

"真的，忘了。"他有气无力地说着，又拉起《二泉映月》。但从琴弦上听到的不是明月清泉，而是泪泉发出的低泣。

明姑娘高兴地问："你也喜欢音乐？这下子咱们更能谈到一块去了。干吗总拉悲伤的曲调？现在已经不是瞎子阿炳的时代了，你会拉《快乐的罗索》吗？"

啊，洪亮的手风琴声！原来她还会拉手风琴！他手中的琴弓不由得一抖，合上了那支粗犷的快步舞曲。手风琴和二胡的奇特的二重奏响起了，跳跃着使人坐立不住的音符。

那简直是一台音乐会，除了二胡，他还会拉板胡、京胡、高胡，会吹笛子，而她还带来了小提琴、口琴和吉他，这么多的乐器不知道她一个人是怎么背来的！她放下这样拾那样，让他点了一支又一支曲子，她都能演奏。他所擅长的民乐，与她会的西乐器，在正式音乐会上一支曲子中是很难遇到一起的，在这个小小的房间里，却组成了谐调欢乐的和弦。他俩拉《新疆之春》《喜临门》《我是一个兵》，拉各种电影歌曲，后来竟拉起了少年时代学的儿童歌曲《夏令营之歌》《我们是共产主义接班人》……

后来，她问：“《青春圆舞曲》，会吗？”

于是，优美、抒情、快乐的圆舞曲拉起了。

忽然他的琴声戛然而止。

她停下琴来问：“怎么啦？”

他沉吟道：“这支曲子使我想起了大学生活。”

她把手风琴放进琴盒说：“我正要跟你谈这件事，咱们应该上大学。”

“上大学？咱们？”他几乎不相信自己的耳朵了，“别开玩笑了！”

“你又要说瞎子不是？瞎子怎么啦？眼睛看不见，还有大脑，还有耳朵。”他没料到那听熟了的甜甜的声音，会变得如此刚强：“你可以利用养病期间学习盲文，等你病好了，咱们好去考业余大学。”

他迷茫地问：“咱们上业大有什么用呢？自从我失明以后，就死了钻研学问的心。即使人家给了咱毕业文凭，难道还有瞎子技术员吗？”

她怒气冲冲地反问：“有什么用？咱们厂就有盲人工程师。再说，难道只有拿文凭，当技术员，涨工资，找对象，才是学习的用处？人就是要脱离愚昧，脱离寻食、繁殖、生存竞争的动物性，做一个对别人、对大家、对社会有用的人！如果你继续学习理化有困难，可以学文科。我们要让人们知道，残废者不是社会的累赘，不是接受救济的乞丐，他们不但是劳动者，还是进取者！明眼人能够做到的事，咱们一样能够做到！你不是为自己曾经成为姐姐的拖累而羞愧吗？你还应该为自己以失明为盾牌，放弃学习和探求而羞愧！”

他感到十分吃惊，张着嘴巴呆坐了好一会儿，才喃喃地说：“想不到，你还是个演讲家！”

她的声音又变得轻柔了：“对不起，我太激动了。”

他感到那声音分外澄澈，分外明亮，澄澈如中秋的月光，高远，透明，抚慰着他的心田；明亮如早晨的霞光，清爽，艳红，照耀着他的脸颊。他不由自主地说："好吧，你教我盲文。"

她又咯咯地笑起来了，笑声好像一阵东南风，吹跑了刚才的暴风雨。她从书包里拿出两本厚厚的《盲人杂志》《盲人月刊》，抓过他的手，让他触摸在扎出小点儿的牛皮纸上。又拿出写字用的铜卡具、垫板和锥笔，说："盲文文字由六个小点组成，变化拼音，只要用心，很好学的。"

他在她的指导下，在牛皮纸上扎出了第一行盲文字："知识可以让瞎子睁开眼睛。"

三

业余大学校长听说来了两位盲人要求当文科插班生，吃了一惊。亲自来找他们谈话。先是摆了许多他们要碰到的具体困难，诸如无法看教师在黑板上写的字啦，无法看讲义啦，无法参加汉文考试啦等等，明姑娘回答说："我们全凭听讲和记忆力，带着录音机，回家听录音复习。考试问题，请允许我们参加口试。"

校长被两个年轻人的好学精神感动了，请文科教师当场进行了口试。

口试时，两人都对答如流，尤其是古典文学基础知识，取得了良好的成绩。于是，这所业余大学破天荒地收了两名盲人学生。

每周有三个晚上，他俩来到课堂学习。赵灿的盲文水平还不能熟练地做记录，只凭脑子记。明姑娘负责做记录，比同学们的汉文记录速度都快。一般的课堂，除了教师讲课的声音以外，学生们鸦雀无声，做记录也只有轻轻的沙沙声。但是，在这间课堂上，却有一种有力的"哒哒"声，那是明姑娘用锥笔在牛皮纸上扎字的响声。

赵灿听着身边的扎字声，心情总是不能平静。"哒哒""哒哒"……像啄木鸟敲树干的声音，比那要持久，不间断。像鸡啄米的声音，比那要有规律，有感情。是啊，那些组成盲文的小点，不正像一粒粒小米吗？明姑娘啊，你有多大的毅力，在知识的谷仓里，一粒一粒地啄食着，风雨无阻地啄食着……

那扎字声不仅感染了赵灿，也震动了教师和同学们。他们不但不嫌那响声干扰听课，反而觉得那是一种促进他们任教和学习的音乐。听着听着，他们竟觉得那尽力放轻的声音越来越大，越来越响，在课堂上回荡……那是催人攀登的战鼓，在敲击人们的心灵。

他俩每天晚上从业大下课回家，都要路过一条小街。小街的电灯杆底下，总有一群小青年在拍扑克，胡打乱骂，滚作一团也有一个吉他手，但他只能蓬蓬地弹出同一个拍节，听起来像是在弹棉花。

明姑娘每走到这群小伙子跟前，都停顿一下，赵灿总是催促："站住干什么？走啊！"

这一次，她又在扑克迷们跟前站住了，大声说："小弟弟们，别再白白耗费大好青春了。你们应该去学习，自学准备高考，或上电视大学，有工作的可以上工人业余大学。"

青年们先是静下来听她说话，可能是惊愕的缘故吧。突然，他们发出怪笑，几个人尖利地叫骂：

"嗐，瞎婆子，倒挺会唱高调的！"

"我们学习？没文化基础，怎么学？用你们的文词儿说，我们是时代的弃儿，混日子！"

"别跟她废话！妈的，狗拿耗子多管闲事！"

赵灿急忙拉着她快走，没有躲得及，砖头瓦块砸了下来。他俩急忙互相搀扶着跑走。后面还跟着叫骂声：

"快滚吧，两只瞎狗熊！"

"这把牌本来要赢的，真倒霉！"

在远远的地方，他俩听到六弦琴愤怒地蓬了一声中断了，一个稚嫩的声音说："欺负盲人，算什么英雄？"

赵灿埋怨明姑娘："你这爱管闲事的脾气又来了！怎么惹他们？对牛弹琴！"

她颤抖着一语不发，他摸到她的胳臂黏糊糊的，举到鼻尖上一闻，惊叫起来："血！你的胳臂被砍破了！"

她默默地掏出手帕递给他，他替她包扎好，劝道："以后别干这种傻事了，这是些垮掉的一代，谁拿他们也没法子！"

她长长地叹了口气，说："我瞎，就不愿意他们当睁眼瞎了……"

他坚持要送她回家，顺便认认门。这时他才知道，她家距离厂子并非比他家远半站地，而是近一站地，每天上下班她都要为他多走几里路。他激动得不知说什么好，突然，心头袭来一阵从来没有过的幸福而神秘的冲动，羞得他耳热心跳，不觉撒开了她的胳臂。奇怪的是，她没有表示惊异，也没有来挽他……

到了她家门外，因为时间太晚了，他表示改天再来看望她的父母。她答应了，但是非要再送他回家，他俩又开始往回走……到了他家门外，他执意要把她送回去，奇怪的是她也没有像往常那样坚决拒绝……他们在夜深人静的马路上走啊，走啊，争论文学问题，背诵诗歌，探讨人生的哲理……

这天晚上业大下课后，他俩又来到小街口，又听到拍扑克和叫骂声。他拉着她说："绕点远路走大道吧！"

这时，那个稚嫩的声音来到他俩跟前，说："我送你们过去，看谁还敢碰你们！"

六弦琴单调的蓬蓬声响起了，一直送他俩走过小街。拍扑克和叫骂声止息了，小街上好像静无一人，只有吉他弹出的同一个节拍。到街头拐弯处，明姑娘对那位"护兵"说："我家住在光明里六号，我来教你弹吉他吧！"

那稚嫩的声音追着问："我叫牛牛。大姐姐，怎么称呼您？"

"叫我明姐姐好了！"

后来，在他俩的“星期日音乐会”上，多了一位吉他手。这不仅仅起到打拍子的作用了，而且成为一个新的和弦。

再后来，赵灿和明姑娘在业大上课时，身后也多了牛牛那稚嫩的声音。

明姑娘对自己有朝一日能够大见光明总是抱着幻想，那幻想是热忱的，执着的。她的父亲在一家大医院当中医，她多次求爸爸托一位眼科专家给她和赵灿治病。爸爸知道她是先天性失明，没有治愈的希望，但怕女儿伤心，于是领他俩去找眼科李主任。

赵灿在北京广求过许多家医院，对复明早已失去希望，不愿意去看病。但明姑娘死死地拉着他去，总是说：“碰一碰运气吧，哪怕是百分之一的可能性！”

李主任经过细致的检查，告诉她爸爸：“很遗憾，您的女儿完全没有治愈的希望。赵灿那个小伙子属于后天失明，如果坚持治疗，或许还有百分之一二的希望。我们已在试验一种中西医结合的新方法，不过得有很长的疗程，还得要他跟医生合作，持之以恒地来看病。”

父亲回家把这些话告诉了女儿。明姑娘咬紧嘴唇回到自己的房间，哭了一宿。第二天早上，她对爸爸说：“您告诉李主任，不要说我的眼睛无法治了，说只要坚持去看病，我就有复明的可能。”

父亲不解地问：“为什么？”

她平静地回答：“我准备陪赵灿去看病。他缺乏信心和恒心，但若是说陪我，他会坚持整个疗程的。人为别人尽义务，往往比自己的事责任心强。”

父亲抚摸着女儿的额头问：“你是不是……爱上他了？”

她低下头沉思了一会儿，抬起没有视线的亮眼睛说：“我爱光明。如果他在黑暗中能够爱我，而得到光明后可能不爱我了，我选择后者。”

从此，按照李主任规定的日程，他都陪她，不，是她陪着他去医院……

四

春天的大风停息了，夏季的百花送来浓香，又一个星期天来到了。明姑娘提议去游园，赵灿又一次地大吃一惊了："瞎子游什么园？"

她不高兴地说："我以为你不再一张口就瞎子瞎子的了，原来你心中的黑暗还没有消除。看不见可以听，可以感觉、触摸、呼吸。大自然的美，是恩惠赠予所有的人的！"

他微微一笑说："这我懂！可是，可是……"

"可是什么？"

"你以为我不喜欢大自然？不喜欢游玩、跑跳？我在大学时爬过山，游过泳，还是田径比赛的优胜者。人家说我扔铁饼的身姿健美极了，像那座举世闻名的雕像《掷铁饼者》。可是，那都永远成为过去了！我们总应该正视现实：无论如何盲人游园是滑稽的，会惹人见笑，弄不好要掉到湖里……"

可她不由分说，拉起他的腕子就走。他才知道那手是这么强有力，挣脱不开，像车床上的卡盘卡住了要旋的零件。

一出城，他就听到绿野的召唤，用不着去望它，也会被它的魅力迷住。虽然他还是被她拉着走，却是自愿前往了。

她哼起歌子，在旷野里，她的嗓音变得很高昂，不像平日那么清脆，使人想起空中的鸽哨。他开始捉摸她的声音，捉摸她的手给他的不同感觉。这是她第一次这么紧握他的手，以前都是用手指轻轻地按着他的腕子，如同一位中医在给病人摸脉，善知他的五脏六腑。他感到有些遗憾，因为此时她虽然拉得他很紧，却仍然是握着他的腕子。他的手心突然有些发痒，产生了强烈的渴望，想触一触她的手心，他们的手还从来没有握在一起过……

初夏的暖风，醉人的花香，湖水的氤氲，树叶的喧笑，林中的鸟鸣，争先恐后地拥挤着前来迎接两位稀客。阳光为了表示自己好客，分外热情地烤着他们的全身，使他们暖洋洋地伸开双臂投向它的怀抱，高喊：“阳光！我感觉到了，多好的阳光！”

他俩避开游人，向公园边缘的树林里踱去，越来越清新的空气，潮湿的爽风和脚下松软的土地，使他们分辨出到了密林深处。他俩不时地撞到树干上，便搂着树笑一阵，惊飞了一群小鸟。

他们来到一处温暖的草地上，那是细心的太阳怕他们在树荫里待长了会冷，钻过叶隙来照看他们。他俩就在这块草地上坐了下来，倚在背后的树身上。

明姑娘深深地吸了一口气，沉醉地问：“这里的空气是绿色的吗？”

赵灿笑了，解释说：“空气是无色透明的，应该说，这里的空气真新鲜，或是真清爽。”

她叹息了：“唉！我早就听说绿色是象征青春、生命、春天、和平，还有……爱情的，那一定是最美最美的色彩了！可我怎么也捉摸不出它的模样，你能给我讲一讲，什么是绿色吗？”

他简单地解答：“红、黄、蓝是三原色，黄蓝调配就是绿。”

她着急地嚷：“可我连什么是三原色也想不出来呀！你能形容一下，你所见过的三原色吗？”

“这……怎么说呢？”他费力地思忖着形象的比拟，“哦，我们头上的天空是蓝的，脚下的大地是黄的……”

她打断他的话，拍手笑道：“我知道了，蓝色天空里的空气、阳光和黄色土壤调配出来的植物，当然就是绿色的了。”

他也笑了，说：“你的想法有些奇特，但是很优美。”

她仍然不满足，孩子气地追问：“那么，绿色究竟是什么样子呢？说具体些，不要书上写的，要你自己看见过的，越具体越好！”

他想了想，说：“人们常说：一芽知春。小时候，立春前后，我就一天三遍地跑到河边去看柳枝。有一天，有个小芽芽钻出来了，娇嫩得好像吹一口气就会把它吹化了，透明得能看见对面的景物，细小得像根线头儿。说是绿叶，其实只有淡淡的鹅黄色，如同雏鸟的嘴边儿。可是你猜怎么着？它顶住了春寒，转眼就长大了，变绿了，带来了一望无尽的碧野。”

她嫉妒地说：“我真羡慕你！这么说，绿色自身是可以变的了？”

他也兴奋起来，话变得多了：“是呀！再拿杨树说吧！早春的杨树叶子会闪出银灰色薄绸般透明的光泽，以后，不知怎么那银灰就变成嫩绿了。到了夏天，会呈现青铜色浓重的油绿，秋天又会闪出辉煌耀目的金光……就是同一个季节的同一棵树，也能随着蓝天白云，火红的朝霞，淡紫的晚霞，灰色的阴霾或者浓重的乌云，而变幻着不同的色彩，却又都显得那么和谐美丽。如果下过一场大雨，天空挂着彩虹，那就更了不得了！树上如同挂了满枝纯净的碧玉，闪光的翡翠，奇异的绿宝石，把你的心都会引得荡漾起来……可以说，绿色是大自然中最多的色彩，不但花草树木，五谷杂粮离不开它，就是青山，晴空，湖泊，泉水，大海，也都有绿的成分。当人们看到它时，就会眼目清新，心旷神怡，觉得血液净化，变得年轻，热爱生活，追求爱情……这就是人们爱到大自然中去旅游的原因。”

她听了跳起来，摸着树干转了一圈儿，仰脸朝着树冠赞叹道：“你说得太好了，不像学理工的，倒像个文科大学生！可你刚才还不愿意来呢！”

“你又对了！”他虽然认了错，却好笑地问：“经我这么一讲，你就真懂色彩了？”

“懂了！”她认真地说，“我虽然没有你的眼福，但我听得懂音乐。声音本来没有颜色，却能借助绘画的语言去形容它：音色，浓重、清澈、华丽；厚度……那么，反过来也一定可以用音乐去形容色彩了。绿色是最美的旋律与和声，它使我想起了名曲《四季》的第一乐章《春》。早春的嫩芽是长笛的独奏，潺潺的绿水是竖琴的琴音。当大地披上绿装百花盛开时，那是管弦乐合奏出来的欢欣、快乐、力度很强的和声。你说的同一棵树的色彩变化，那是小提琴不同的技巧：快弓，揉弦，碎弓，颤音……总而言之，绿色是最辉煌明快，声部丰厚，永不止息的交响乐。即使是严寒的冬天，那也只是乐章之间的停顿，孕育着新的、更美的旋律。”

这一回轮到他赞叹了：“你说得太好了！你想象中的绿比人们看到的更美！”

她却委屈地申辩：“谁说我只能想象？那未免太虚无缥缈了，我还能织出绿荫来！”

“什么，织出来？你是说……绿荫？”他陷入深深的迷茫了。

她从提包里抻出一件绿色毛背心来，递到他手里说：“不信？你摸摸，这是我亲手织的！售货员帮我精心挑选的，说这是最漂亮的绿毛线。”

他在毛背心上轻轻一摸，全身立即激动得颤栗起来了，规格精巧的树叶形编花，甚至能够摸出叶梗叶脉，无数片绿叶织结在一起，真像充满生机的绿荫。那美丽的空格，像是阳光透过叶隙投下的光来。他禁不住下意识地把毛衣展开举到眼前朝天空“望去”，那织出的“绿荫”和真实的绿荫融为一体了。一位从来没有饱览大自然万点青翠的盲姑娘，竟用双手千针万线地织出了它的美……

“不……”他喃喃自语。

她慌了，可怜巴巴地问：“不像？”

他哽咽着说：“不，我不相信你是个盲人，你是——明姑娘！谢谢你，让我重新看到了绿！”

啊！他的心灵又一阵震颤——她把手放在了他的掌心里，他的手心感觉到了她那手心的温暖，还有湿漉漉的热汗。他脑中忽然冒出奥赛罗对苔丝德梦娜的一句台词：“女人在恋爱的时候，手心才是潮湿的！”不知有没有道理……他有些意往神驰了。

她问：“你在想什么？”

“唔……没想什么。”他支吾着回答，暗自庆幸对方看不见自己的表情。

可是，她却说：“你有些激动。”

他惊愕了：“你怎么知道？”

“你的手告诉我的，它在微微颤抖。”

他提紧了她的手，感觉到它也在微微颤抖。

“同频共振。”他忽然又冒出这么一句专用语。

“什么？”她没有听懂。

他深情地说：“没什么，我想起了一种物理现象。”

他俩一时无言，各自呆呆地坐着。他不由得很想知道她的面容，这种渴望藏在他心中很久了。今天，夏日的气息撩拨得他再也按捺不住了，脱口问道：“你长得像什么样子？”

她吃吃地笑了，不好意思地说：“人家说我长得很美，我总以为这是安慰我。说我的脸色很白，眼睛又大又亮，头发乌黑，还说脸颊红润，可我怎么也想象不出那种黑呀，白呀，亮呀，红呀的，究竟是什么样子？你过去看见过不少漂亮姑娘，摸一摸我，是不是像别人说的那样？”

他局促不安地缩回了手，怎么能伸手去摸姑娘的脸呢……她抓住他的手催促：“摸呀，我信你的话，你要说丑，就丑！”

他再一次把手从她的手中抽回，藏在了背后。她生气了：“手就是盲人的眼睛，就当你只是看我几眼好了！”

多日来，他一直不能满足只听到她的声音，于是大胆地抚摸了她的脸庞，一边摸一边说：“高高的前额，怪不得这么聪明，眉毛又弯又长，眼睛很大。哟，睫毛触到我的手心！鼻梁挺直，下巴挺尖，一定是个瓜子脸儿……”

她高兴地问：“嘴呢？你怎么没摸嘴唇儿就到下巴颏儿了？”

他感到两颊发烧，逃到一旁说：“听你的声音，就知道嘴也很美，你是个漂亮姑娘。”

她的声音兴奋得有些飘逸:“真的?你也这么说?”

“真的!”他在心中描画着她的容貌，那是一副姣好的肖像。其实，手指无法告诉他，她的一颦一笑，神态万般，但他已经很满足了。看不见，却又实实在在感觉到的美，任凭怎么想象都不过分，不是比可见之美更美么……

他那些插上翅膀的想象，忽然认为她的头发是绿的，古诗文中不是有“绿云扰扰，梳晓鬟也”“况复落红颜，蝉声催绿鬓”的佳句么!用“绿云”“绿鬓”来形容女子的青丝，不是比黑色更富于活力么!此时不正也有远远近近的蝉声么，那叫声原来是在赞美她的绿发……既然头发可以是绿的，那么眼睛也可以是绿的了，她的眼睛一定如同一潭明澈见底的碧水……那么脸蛋儿呢?受到林中光影的映照，她的脸儿也一定闪耀着那青春和爱情的色彩……

也许光和色离开他已经两年了的缘故吧，他对它们的记忆越来越朦胧、遥远了，才产生了这种色彩的变奏。但是，他真的看到了一位披着绿纱的森林女仙，而且，女仙伸出花枝般的手指抚摸他的脸了。所触之处，他便感觉自己也为绿汁所染，通身变得青翠透明了……

“你是一个漂亮小伙子!”那是碧潭深底发出的回响。

鸟飞了，蝉寂了，风儿躲开了，叶儿睡着了。太阳公公更是一位诚实的长者，他明明知道他俩看不见自己，也到别处散步去了，把个偌大的树林留给他俩。他俩都沉默了，静静地倾听那无声的，但是优美无比的绿的音乐……

五

赵灿完全变成了另外一个人，比失明以前还健谈、快乐。在厂里成了一名优秀车工，和明姑娘一起担任盲人文化教员，又常常登台演奏民乐了。在家里成了家务劳动能手，烹调技术很快地超过了明姑娘，可能因为名厨师都是男人吧!只是他洗衣服仍然不大在行，那是因为他家买了洗衣机。

明姑娘和赵灿每周的日程安排得满满的：上班，去业大上课，做功课，按李主任规定的时间去看病，当业余辅导员——每个星期天，牛牛都带来他的“哥们”，在赵灿家待上一整天。赵灿为他们补习理化数学，明姑娘为他们讲文史政治。小家伙们将功补过，把他家的小院子整修一新，搭上凉棚、花架，修上石桌、石凳，种上各种花草，也成了小小的绿色乐园了。

繁忙、充实、愉快的生活，使光阴过得飞快，不知不觉第二个夏天又来到了。

赵灿原先常常感到胸闷窒息的旧病许久没犯了，明姑娘也把它忘掉了。

这一天，姐姐拿来一封信，是他的大学同学们寄来的。他听姐姐念完信，脸色苍白，心悸气短，把脸埋在了枕头上。

明姑娘来了，立刻觉察出室内气氛不对，追问出了什么事。姐姐重新念了一遍信，原来是几位同学联名写来的，介绍一年多来大学的生活，某某成绩优秀，某某得了奖学金，某某经考试获准去法国深造，今年暑假大家将参加大学生旅游团等等，信中充满对他的同情、惋惜、安慰之词，问他需要什么帮助，因为担心他生活困难，大家凑了一百元钱寄给他，略表同窗情谊……

姐姐把从邮局取回来的一百元钱放在弟弟手中，他立即触电似的甩开了钞票，翻身下床，找姐姐要纸和笔。姐姐给他摆正后，他以尺子为平线，摸索着写出一封汉文回信：

亲爱的同学们：

你们好！听到你们学习成绩优异的消息，我很高兴。谢谢你们的关心！

我和你们一样生活得很快乐，工作、学习、集体的温暖和一个姑娘的友谊，使我觉得生活像我的名字一样灿烂，像她的名字一样光明。

同窗们的厚谊我已领受，一百元钱寄还。因为我欣赏这句名言：人啊，你当自助！

你们的挚友

赵灿

1981年6月28日

虽然姐姐愿意代劳去寄信和汇款，但他坚持自己去。明姑娘说："我理解他的心思，他说过，接受施舍会使人变得卑微，被怜悯是痛苦的事。姐姐请回去照顾孩子吧！我陪他去。"

他俩从邮局出来以后，刚走不远，赶上了暴风雨。他建议回去避避雨，但她却不慌不忙地继续朝前走，笑道："我喜欢淋雨。"

他拉着她说："会浇病的！"

"不怕成个雪人，倒怕夏天的雨！"她说罢，哈哈大笑起来，笑了一阵，又说："要不，别人怎么形容暴风雨，我也想象不出来，只有让雨水浇着自己，才感到它的壮观。"

他也不缩头缩脑的了，挽起她的胳臂说："你说得有道理，反正已经淋湿了，走！"

他俩互相搀扶着在雨中行走，心中充满了快乐。到家以后，浑身上下都浇透了，他们干脆不进屋，在院子里的小石凳上并排坐下，闭上眼睛，仰着脸儿，任那沁凉的水帘冲刷。他感觉弥留在心房暗角的黑影全都被大雨冲走了，浑身清爽、轻松、舒畅……

这时，一声霹雳，震得他俩不由得搂在一起。明姑娘说："好大的雷声！"

赵灿说："刚才一定有一道极强的闪电，我们要是能看得见，就不至于吓一跳了。"

她遗憾地说："我只听得见雨声，却看不见闪电。你不是很会形容吗，再给我讲一讲闪电吧！"

他为难地笑道："你又给我出难题了！闪电是极快极短的，明眼人都觉得它转瞬即逝，捕捉不着，何况我已经快两年没看见过它了！”

她问：“它比电灯还要亮吗？”

又一声响雷传来，他顺着雷声的方向指着天空说：“它比最亮的电灯还要亮上千万倍！雨夜空中的闪电，形状有时像张牙舞爪的金龙，有时像寒光逼人的利剑。它撕开乌云，劈开夜幕，照得大地通明，如同白昼，真是美极了！只可惜，它太短暂了！”

她听了，伸手接着雨水说：“也许正因为它短暂而强烈，人们才觉得它更美吧！我想，人生和永恒的宇宙相比，也是极短暂的，所以应该把自己化作强大的电流，和困难、黑暗撞击出壮丽的闪电。”

他感动地捧起她的双手说：“什么话让你一说，都赋予深奥的哲理了。”

她高兴地站起来：“那么你同意人生应该搏击了？太好了，我已经给你报名参加运动会了！”

“什么？运动会？”他惊愕得忘记了雷雨。“是的！我报名参加跑百米，给你报了掷铁饼。”

“哈哈哈哈……”他笑出了眼泪，把头摇得像拨浪鼓似的：“你总是喜欢制造爆炸性新闻，你知道运动会是怎么回事？甭说别的，辨不出方向和谁赛跑？朝哪儿跑？哈哈哈，我的小幻想家！”

“谁和你开玩笑？”她严肃地说：“盲人靠哨音引路，就可以和明眼人跑得一样快，一往直前跑下去，就可以闯红线。”

“那你去跑吧，我可不会掷铁饼。”

她抓起他的双手，小孩子似的左摆右摆，撒娇说：“不对，你会！你说过你在大学是田径比赛优胜者，人家夸你投掷的身姿像《掷铁饼者》！”

“哈！那是哪一年的皇历了？好汉不提当年勇。”

“胡说！你还只有二十多岁。”

“就算是还有力气，我知道朝哪儿掷？砸着人怎么办？”

“我在前方喊，你就朝我声音的地方掷。”

他抓着她的手给她作揖了："好姑娘，别的我都依了你，只有这一件，我不能去丢那个丑。不行，一百个不行！"

她捶着他的脊背，像小孩子斗嘴似的回敬："我说你行，就行！一千个行！一万个行！"

他讨饶地拉她起来："真快浇病了，到屋里换件干衣裳，再商量不行么？"

"不行，你现在就得答应我。"她赌气坐在石凳上不动。

他正在为难，听见大门开锁声，原来是姐姐怕他俩遇上雨，追到邮局去送雨衣，没找见他们，又追回家来了。

姐姐吃惊地问："你们疯了？大雨天在外头淋着！有话不能进屋说去？"

他俩哈哈大笑了，笑得前仰后合，抑制不住。笑声飞上雨空，化作滚雷在云头回荡……

运动会上播送的激动人心的进行曲，像一位久别的老朋友拥抱了赵灿。他摸着自己身上的运动衣，嗓子发哽，鼻子发酸。要不是全厂的师傅们都来了，要不是姐姐和明姑娘挨在他的左右，要不是前排坐着明姑娘的父母亲、哥哥嫂子和眼科李主任老大妇俩，他真想痛痛快快哭一场——自从他幼年时小脚刚能踢着球跑，运动场就是他的摇篮啊！谁说这个摇篮只收留健儿？听！今天，全市的盲聋哑残废者倾城出动……

广播员说，市长等领导同志，体委负责人和体坛名将们，都来观看残废者运动会了，全市各界也都派出代表前来助兴。赵灿听了立即紧张起来，他没有想到这个运动会的规模会这么大，刚刚被鼓动起来的决心又动摇了。运动员要入场了，明姑娘拉他起来，他胆怯地说："你饶了我吧！我的竞技状态不佳，掷不了一尺半尺远，惹人笑话……"

姐姐命令他："起来！我送你们去！一会儿，我给你们当啦啦队！"

就这样，他被姐姐和明姑娘左右挟持着来到田径比赛场地，裁判员让他先做做准备活动。明姑娘说："短跑比赛在前面，一会儿跑完了我来找你！"

广播员喊了："第一个比赛项目，女子百米盲人青年组赛跑，马上就要开始了！运动员已经站在起跑线上，从左至右，第一跑道上的五号运动员是纸盒厂刘莹，第二跑道上的十五号运动员是车条厂的王小兰，第三跑道上的九号运动员是电开关厂的叶明明……"

枪声响了，突然传来山洪爆发、海啸推进般的巨响，那是看台上几万名观众的掌声和喊声：

"快跑！加油！"

"九号，加油！九号，九号！"

"明姑娘，快！明姑娘，加油！"

到后来，人们有节奏地高呼："明姑娘！明姑娘！明姑娘！……"

手捧铁饼的赵灿，不知从什么时候起，也加入了那有节奏的喊声。手臂抡着重重的铁饼，裁判员还以为他在做准备活动。

随之而来的是暴风雨般的掌声。

赵灿正在狂呼雀跃，听见明姑娘"呼哧""呼哧"地喘着粗气朝他跑来了——姐姐把她领到他跟前，她快乐地喊："我觉出胸脯撞到了红线，我闯了红线！下面该看你的了！"

"看我的！"他坚定地说。

姐姐领他到规定的位置上，哨声响了，他先抡着铁饼转了几个圈儿，觉得手臂有力，脚底有根，心不跳气不喘，原来自己还很年轻！

"赵灿——我在这儿——"前方远远地传来明姑娘的喊声，"我在这儿——使劲！加油！"

他使出平生气力，像陀螺一样飞转了两圈，抡开胳臂朝着那指定方位的声音，把铁饼抛了出去。

山洪又爆发了，海啸又推进了，这一回是观众报予他的掌声。姐姐拉着他朝明姑娘跑去，他一边跑一边快乐地呼喊着她。

扩音器里念着领奖者的名单，当念到叶明明和赵灿的名字时，明姑娘的父亲领着女儿，赵灿的姐姐领着弟弟来到领奖台。

市长给他俩戴上了优胜奖章，总裁判又另外赠送了两件纪念品，说："叶明明同志，这是你闯过的红线，留给你做个纪念吧！赵灿同志，这是刚才摄影记者给你照的照片，你投掷的身姿健美极了，使我想起了那座举世闻名的雕塑像《掷铁饼者》，祝你们在生活的道路上……"

他忽然说不下去了，因为他看到面前的两个年轻人同时流下了滚滚的热泪……

赵灿捧着照片，站在奖台上久久地没有动。他虽然看不见自己的留影，但他在倾听四面八方传来的音响。那掌声雷动的欢呼声，是不幸的残废者们发出来的吗？是的！他们正沉浸在无比振奋的欢乐中，他们再也不是乞讨、占卜、卖艺者的形象了，他们是生活的主人……

他从那激动人心的音乐，震耳欲聋的掌声，狂热忘情的喊声中听见了什么？那强有力的音流，组成丰满的音响，他听到了：马群在草原上驰骋，无数只鸽子拍打若翅膀腾空而起，飞流直下的瀑布，拍击崖岸的海涛……他听到了：列车鸣着长笛呼啸而过，拖拉机在田野里轰鸣，炼钢炉前的出钢钟，纺织车间的机梭响……他还听到了：林中围猎的号角声，少先队员们的队鼓和歌声，节日里的欢闹声，婚礼上的笑声……那一切富于动力化的音乐织体，形成充满生命之火的大合唱。而在那和声顶端，飞翔着骄傲、甜美的女声领唱，那是森林女仙在歌唱她的绿色音乐……

他挽起明姑娘的手，举着自己的照片，走下奖台。姐姐伸手来扶他时，他忽然感觉那雄厚的交响乐转化成强大的热能，燃烧出耀眼的光彩。在那一瞬间，他看到了照片上的自己——健美的《掷铁饼者》。他以为那是幻想，但眼前冒着金花，他急忙捂住眼睛，扑到了姐姐的怀里。

当叶伯父喊来眼科李主任时，李主任说："他的眼睛复明了。快蒙上眼睛，送往医院！”

他被巨大的喜悦扼住了喉咙，昏了过去……

六

经过一周的保护性治疗，赵灿今天就要出院了。几天来他的床前喧如闹市，宾客不绝。眼科的医护人员们，厂里的领导和同志们，姐姐婆家全家人，亲戚朋友、街坊邻居们，牛牛和他的“哥们”，“业大”的同学们，听到喜讯全都赶来探望他。他贪婪地看了这个看那个，看了窗里看窗外，看了云彩看太阳。失而复得的光明呀，分外宝贵，分外绚丽，他像个小孩子到了个新地方，目不暇接了。但兴奋之余，他又有些惆怅——明姑娘一直没有来，他还没有看到她的模样。

他着急地问姐姐，姐姐告诉他：“昨天我去看望她，她妈妈说她正躲在楼上哭。叶伯父告诉我，她一直幻想自己有大见光明的一天，但李医生给你们俩诊断以后，说她的眼睛是没希望的……”

赵灿一把抓住姐姐的手，打断她的话：“不对！她说李主任说她的眼睛有希望，要我陪着她坚持治疗的！”

“傻弟弟！是她怕你没常性，白白陪着你！原来我也不知道……”

他一听，翻身下床：“出院！我立刻去找她！”

他和姐姐来到自家门外的小巷，他第一次看见家门，院落，石桌石凳，小青年们修整的花架，茂盛芬芳的花草，看见了自己的小屋。他坐在床边呆呆地望着洁净整齐的陈设，耳边响起了明姑娘的声音：“首先要锻炼生活自理能力！”

柜橱里的高脚酒杯说：“手艺不高，请姐姐不要见笑！”

墙上挂的手风琴说：“干吗总拉悲伤的曲子？会拉《青春圆舞曲》吗？”

书桌上的盲文笔记说：“知识可以让瞎子睁开眼睛！”

他顺着声音走到院子里，石凳说：“人生应该撞击出壮丽的闪电！”

满院花草一齐说："绿色是永不止息的交响乐！"

于是，他采了几朵最美丽的花扎成一束，开门出去，听到小巷里回荡着"马杆"敲叩地面的"笃笃"声，他觉得那声音是为他生命的键盘定音的音叉，他不能没有那声音，便朝它追着跑去……

他来到叶家，叶老夫妇热情地招待他。他表示了深深的感激之后，又表示了热忱的求婚之意。叶伯母喜笑颜开地说："我们很喜欢你，如果你不嫌弃明明，我们老两口当然是求之不得的！"

他低头说道："伯母这样说，我就无地自容了，是您的女儿给了我光明。"

叶伯父却说："不管怎么说，她会给你的生活带来许多不便。如果你真的还像从前那样爱她，并且一生一世永远保持这种爱情，请和她谈去吧！这件事，要听她自己的主见。"

他捧着花束上楼了，上了两阶，他就放轻脚步，悄蹑蹑地来到楼上，想偷偷地看一眼她的模样——一个求婚者还不知道未婚妻的面容，是遗憾的。

他刚刚把门轻轻地推开一条缝，没等往里瞧，就听里面说："赵灿，进来吧！"

他惊异地撞门而进，看见明姑娘站在桌前，不像他想象的那般飘逸绝美，而是一位辫子整齐地垂在脑后、端庄朴实的姑娘。她那一双似望非望的大眼睛，总是显得若有所思的样子，动人极了！尤其是她现在的那副神情，眼睛闪着泪光，嘴角却泛着微笑，他的魂魄都被她那可爱的神气勾去了，千言万语不知从何说起。他喃喃地问："你怎么知道是我？"

她指了指自己的心口："自然知道。"

他再也克制不住自己的感情了，把鲜花送到她手中，扶她到床边坐下。她便闻着那花儿。他把她搂在自己怀中，看到她浑身颤个不住，窸窸瑟瑟像风中的花枝，就起身去为她斟水，让她镇静一下。

她走过来抢着暖壶说："到我家了，该我招待你。"

他按着壶说："以后，就该我照顾你了。"

没想到，她听了这话一咬嘴唇，劈手把壶夺过去，自己为他斟了水端来。

他俩重新坐在了床边，他抱着她的肩膀说了许多话，自己也不知说了些什么。多少个世纪传下来的，那些被情人们说烂了的山盟海誓，他却当作独家发明津津有味地倾吐着……

他觉得自己把心都快掏出来了，但她却冷静地倚在他的胸前听着，一语不发。他几次要求她答复，她都没有抬头。他急了，托起她的下巴颏说："这么大了，害什么羞？咱们立刻去和爸爸妈妈说，马上去登记，尽快结婚，建立一个幸福的小家庭。你放心，我永远忘不了你的恩情，一定好好地照顾你。"

她摇了摇头说："原来咱们是平等的，现在你要给我斟水，搀扶我，照顾我了。你说过，接受施舍会使人变得卑微，被人怜悯是痛苦的事情。爱情中有一丝一毫报答或施舍的成分，都将是不幸的种子。"

他捶胸顿足地解释："不不，我不是那个意思！我指天为誓，我若是那样，让我重新瞎了眼睛！"

她立刻伸手堵住了他的嘴，他为自己失口把眼瞎说成是惩罚懊悔万分，急得出了满头大汗，说："对不起，我不该……"

她却笑道："好了好了，我相信你。不过，现在还不是采摘爱情果实的时候，你应该趁着年轻，抓紧时间补习功课。"

"补习功课？什么功课？"他又一次如丈二和尚，摸不着头脑了。

"物理呀！你不是做梦都梦见回大学去吗？马上给学校写信，请求复学，哪怕重新上二年级。"她平静地说着，看来这个想法她经过深思熟虑了。

啊！定音鼓又敲响了，他的心随着它的铿锵的节奏在激跳……

月台上的人们总是充满了离情别绪，开往北京的火车就要出发了。

赵灿告别了姐姐，依依不舍地握紧明姑娘的手说："放心吧，我永远爱着你。等我毕业以后，立即回到你的身边。”

他看到她那双没有视线的眸子上嵌着两个自己的肖像，那深不见底的碧潭发出叮咚的回声：“请不要把诺言当成束缚自己的绳索，一切让生活自己去回答吧！如果你在学校学习成绩优异，不要为我放弃深造的机会。如果有个姑娘爱上了你，又对你的事业有所帮助，我将会很……快乐。”

他看到碧潭泛起浪花，那是满眶的热泪，灿烂的阳光照在那晶莹的泪花上，他看到在她的一双明眸中，自己的肖像变成了无数个……

1981 年 10 月 8 日写于天津

原载《青年文学》1982 年第 1 期
荣获“1982 年全国优秀短篇小说奖”

八百米深处

孙少山

一、绝境之中

地震之后，在距地面八百米深的煤层中有四名幸存者。这四个矿工被一块巨大的石板挤在了一个死角里，八个小时之后，他们靠一把斧头砍出了一条出路。正当他们为自己的活命庆幸时，却又发现一切往地面的通道全都塌得严严实实了，这等于说他们给活埋了。没有人会知道他们的行踪，他们是临时到这里来放顶的。即使地面有人准确地知道他们的地点又能怎样？正常掘法，掘到这里得半年时间。

下面唯一的事情便是等待着死亡了。饥饿和寒冷将会一点儿一点儿把他们扼死。死神要玩弄够了才会收留他们。绝望像耗子似的在啮啃着他们的心，有的人忍受不了，呻吟起来。

老工长张昆，一个五十五岁的瘦小的老头子，四十年的地下生涯，使得他那双小眼睛早已混浊不清，看人总是一副恶狠狠的凶相。此时更加冷气逼人，叫你一望就觉得脊梁骨发麻。他盯着每个人的脸看了一遍道：

“别慌，还不到死的时候！”

这话给了大家一线希望。据他说，如果他没记错，那么穿过这堵煤壁便是伪满时的采空区。万一能穿过这片采空区，便可以找到一个自然通风井，万一那风井没完全塌掉，也许可以爬到地面上去。总之，希望，是万分之一。

冷西军抡起斧头狠狠地向煤帮劈了过去。这三十多岁的矿工是他们中最强壮者，斧头下去煤屑四溅，时而迸出火星，带一股硫磺气味。他似乎把绝望和恐怖都化作了对这煤壁的仇恨，一下比一下凶狠有力。要求生，第一步就是必须把这岩石般坚硬的煤帮凿穿，用一把斧头在平日这是连想也不敢想的，然而现在他们必须做到！

四个人中，年龄最小的是小王，名叫王江，刚二十岁，一个没精打采的中学生，四个月前考大学落了榜。

人称“呱哒板子”的是一个螳螂般长脖的中年人。一张嘴一天到黑“呱哒”个不停，干起活儿来却是草包一个。他见饿了一天的冷西军还有这般力气，吓得直吐舌头。

冷西军佩服的只有张昆，这个人是条能咬牙的好汉，可惜又老了。现在开辟道路的重任理所当然地落在了他肩上。

二、意外之声

冷西军正一边想着一边干，突然他们一齐喊着要他停下来，他一愣，住了手，发现其余三个人全把耳朵贴在对面帮上倾听什么。

“咚——咚咚”，“咚——咚咚”。

这种有节奏的声音，只有人才能弄出来。他十分惊奇，走过去用斧头“咚咚”敲了两下，对面又相应地回答了两下，即使相隔二十米的煤壁，一边敲击另一边也可以听到。现在这声音都分辨得清那金属的尾音，可知相隔不过二三米。但无法通话，有经验的人都知道，哪怕只有半公分厚也听不到人的说话声，所以无法知道那边是什么人。

“呱哒板子”第一个直起腰来道：“我知道是谁了。”

“谁？”

“李贵。”

对了，那边是李贵无疑，这个贼！不，是强盗！这块区域内绝不会有别人。他们原来是五个人，地震刚开始，李贵竟于忙乱中抢到了大家的装面包的干粮袋子连滚带爬地逃跑了。大顶完全落下来之后就隔绝了。他当时大约没意识到这是地震，还以为是大冒顶。若那样，他就可以吃着大家的面包等外面的人来把他扒出去。所以他抢到了吃食就等于抢到了自己的性命，想不到他来到这里也陷入了绝境，现在他倒向这边求救了。

大家沉默了起来！八个小时前，这个人劫掠过他们，不是面包，是性命。该怎么办？一时静得听见了手表的嚓嚓声。

老工长终于对冷西军发出了命令。

“掉过头来吧，向右边开。”他手往李贵煤帮那边指指。

那高大的矿工一动未动。

“你听见没有？”

老头子又恢复了那威严的口气，在井下，矿长也得听他的。他是这黑暗的地层下的绝对权威。你若见过他指挥抢险时，一边挥动着那短小的胳膊，一边大声地叱骂，那赫赫声势，会叫你觉得他不亚于一位指挥千军万马的将军。

可现在这位三级大车工直截了当地说：

“我不干！”

“为什么！”

“你也知道。”

“我的话不好使唤了？”

三级工冷笑道：“正如你自己所说的，你是矿党委任命、局党委批准，谁敢说不好使唤？可你也得明白，咱们现在归阎王爷管了，在他那儿，咱俩说不准谁得听谁的。”

“你也得记住，小伙子，干咱们这一行的，到啥时候也是有死在一起的，没有见死不救的！”

“嘿嘿，我正是死也不想和他死在一起！”

如今的年轻人，在辩论抬杠方面，老一代远不是他们的对手，张昆气急败坏地叫道：

“你们都是死人！去把斧子夺过来？”

他忘记他手下只有两个供驱使的兵了。而这两人远不是冷西军的对手。

“谁敢！”冷西军把斧子一摆，满脸杀气，可他看了一眼那两位压根儿就没动窝儿的伙伴，又不好意思了：

“我也不是不讲理，咱们泥菩萨过河自身难保了，还顾得了那头畜生？要不，咱们表决，少数服从多数，大家都舍得死，何差我姓冷的一个！”大家呢，对救李贵也“积极”不起来。

李贵倒是个什么样的人呢？这要从大家和他的接触说起。

三、小王和李贵

倒了运的中学生小王，头一天下井，偏偏撞上了李贵，他推的车脱了轨，累得满头大汗也没弄得上去。跟在他后面的只有李贵一个人，他在那里笑嘻嘻地看热闹儿。等王江没指望了他才走过去问：“这车不要了吧？”

“不要了。”小王无可奈何地说。

“嘿，小兄弟，对不起，那就归咱喽。”

壮得像公牛一样的李贵，一边说着一边“咣啷”一声将矿车抬上了铁道，他不慌不忙地把两个矿车挂在一起，推着车扬长而去，小王站在那里目瞪口呆了。这是计件活儿，一个车五毛钱，他推上来车皮又装满了煤，累了个腿痛腰酸头发晕，结果一分钱也没挣着，白白地让李贵捡了去。他心里一阵气，觉得煤洞子这碗饭自己吃不下来。后来李贵还不止一次嘲弄他道：“小兄弟，在咱们这儿拳头大的是哥哥。”

有一次王江见李贵在陡坡上放车太快，警告他道：“注意，道岔子上有人！”

谁知不说还好，这一说李贵反而猛力一推将矿车撇开了手，矿车带着雷鸣般的吼声飞驰而下，王江看得很清楚，这一吨重的铁车和那个人擦身而过，如果稍一犹豫那人就会被撞倒，他吓得心惊胆战，李贵却若无其事地走来道：“嗬，真快！我用劲也没刹住车。”

王江气愤地揭露他的谎话，他又笑嘻嘻地道：“我不撒手，他能给我让道儿吗？”

他又讨好似的开导王江说：“这年头，谁还顾谁呀！……”

从他抢面包这件事儿上看，他这个人确实是谁也不顾。可是，这年头难道真的是这样吗？中学生在这严酷的现实面前拿不定主意了。

四、“呱哒板子”和李贵

当“呱哒板子”说那句：“我知道是谁了”时，他是多么得意啊。他心里想：“老天爷有眼，没让这坏种逃得了！”

他那细长的脖子从来就是李贵的出气筒，稍一争吵，李贵就会顺手掐住他的脖子，将他按倒在地下，他有好几次觉得脖子好像要被李贵那铁钳般的大手掐断了。这样还不算完，李贵还得问他：“老呱，敢不敢了？”

“不敢了，不敢了。”

“谁的不对？”

“我不对，我不对。”

只有在李贵走开时，他才从地下爬起来吐口唾沫骂道：“日你娘！李贵，老天爷有眼非塌顶砸死你不可。”

李贵比狐狸还机警，和他一起遭过事故的，哪一个也弄得断腿折臂。他可从来没碰破点儿皮。“真好！”“呱哒板子”想，“这狐狸这下给铁夹子打住了。”

看一个坏蛋挨打，大家会齐声叫好，但若哪个动手的人把棍子递给每人一根道：“咱们一齐来。”肯定会有人溜开，冷西军要大家表决，这等于把棍子递给了他手上，“呱哒板子”慌神了。他从孩子时就是个挨打的角色，从来没敢打过别人。

五、冷西军和李贵

冷西军第一次认识李贵是在澡堂子里。他刚调到这个队不久，见一个赤条条的黑大汉在水里一边乱摸一边骂人：“这年头真他娘的狼多肉少，好大一块肥皂，哧溜滑到水里，马上被哪个王八蛋给摸去了！”

他那一身铁铸般的肌肉，叫冷西军一米九十的篮球运动员都感到震惊。哪知他刚骂完了，冷西军就一脚踩到了那块肥皂上，他犹豫了一阵没吱声，也没给摸出来，但，心里却记住了这个人。

这位被人称为车王的大车手李贵力大无穷，名不虚传，可有一件：脾气古怪，竟找不到一个人愿和他配对儿，只能自己单人一个车。谁要是无意中一扬手碰了他一下，或是没看见踩了他的脚，他能立时翻脸报复回来。你若解释说没看见，他就瞪起眼睛道：“只兴你没看见不兴我没看见？”

有一次大家在一起休息，从顶板上掉下一块小石头来打了李贵一下。他蓦地跳起来眯着那双狐疑的小眼睛把大家都瞅了一遍，没发作。第二天冷西军却发现他又坐在咋天的老地方，独个儿一块接一块地往顶板上扔小石头。他在做试验：判断到底是谁在昨天暗算他。冷西军当时就不由得打了个寒战。

李贵隆隆地推着矿车在井下横冲直撞，简直就是一辆坦克，无人敢挡。弄得这位大个子运动员也一直神经紧张，他拿不准一旦自己和他遭遇，该不该也像别人那样赶紧给他让道。他担心发生冲突，可又巴望着早一天和他较量一下，他觉得和李贵的冲突是早晚免不了的。可终于也没发生。李贵这小子精得很，早已闻到了他俩之间有一股火药味。他每天上班都亲热地先打招呼：“冷哥们儿，来啦？”

可李贵那套喀儿，却使冷西军老大不快。

什么“这年头，狼多肉少。”

什么“如今社会，谁还顾谁呀！”

什么“煤洞子里，拳头大的是哥哥！”……

冷西军不止一次地说：“一个采煤队有李贵待上三年，保准全得变成一群野兽。”

李贵当时趁火打劫抢面包的那副卑劣样子，冷西军看得清清楚楚。当时他抄起了这把斧子要去劈他。但没来得及就被更强烈的震动给分开了。现在，有人却要他用这把斧子去救他。哼！说得容易！

六、张工长和李贵

八〇年的超额奖金一分配，惹得议论纷纷，按合同的比数算下来是每个工人三百，革委会成员每人九百。工人们说干部们见钱眼红，往腰包里扒得太多，而干部们则抱怨工人不知足，白得了三百块钱还要发牢骚。对这件事儿独有李贵心平气和。

他说：“小子们，现在的干部见钱就搂的才是好家伙。这样的干部我举双手赞成，起码，这是些实在人，钱吆，谁不喜欢？要有那种见了人民币还扭扭捏捏、守着咔咔响的票子还不伸手的家伙，你才得当心哪，他是想捞大的呢！那是林彪、‘四人帮’一类的野心家。那才是他娘的歹毒家伙呢，吃人不吐骨头的坏种……如今的世界就是这个样儿！”

这话不巧正被老工长听见了。直把个老头子气得差点儿昏过去。他正是“守着咔咔响的票子还不伸手的家伙”。并且，十三个人的领导班子只有他这个有着三十年党龄的老共产党人放弃了这笔奖金。他讲不出道理来，只是觉得凭自己的工作，给八级工资已尽够意思了，他何曾想捞什么更大的？！他何曾有“林彪那样的野心”？再过三个月，他就准备退休了！天地良心哪！

他气得叫道：“李贵！不要钱就得划到‘四人帮’一类里去，你这是放屁！”

李贵一看是工长，并不知这老东西就没要奖金，迎上去溜须道：“嘿嘿，不是放屁，是实话，咱不像有的人那样……说心里话，工长，一见那么多票子，我就恨不得全揣到自己兜里去。这世界，当官吆，不为这，谁当官？”张昆他知道自己和这个青年人隔了一堵墙。怎么解释也讲不通，就挖苦他道：“小子，你世界长世界短的好大口气！你才穿了几条不开裆的裤子？你见过世界有多大？”

“我么，见过的世界不大，可从关里到关外总有几千里吧？”

“都一样？”

“说一样吧，又不一样，说不一样吧，可又一样，我们老家那里穷，哪会有什么奖金？我们那个县搞的‘社会主义新农村’可是全国闻名的。报纸也登，电台也吵吵，那阵子闹腾得新疆都派人参观学习。坐着小汽车一蹓，村村全是一色的砖瓦房，大街小巷修得笔直溜光，房子排成整整齐齐的方块。谁一看也会认为这里的老百姓，过的是天堂般的日子，哪里会知道大姑娘穷得临出嫁了没条裤衩子，笑什么？哼，我知道你们不会相信。我把我老婆拎上来结婚，临睡觉了才发现我给她买的料子裤子用一根破布条搓成的绳子扎着，她就没条腰带；偏我又忘记了给她买！可是没到两年，我们那县委书记升到省里去了；老百姓逃到外地来了。

“出门时我妈流着泪给我缝在棉袄里五块钱，走了三千里路，来到了黑龙江还是钱五块。有一次在火车上给查出了，在一个没人家的山沟小站他们让我下车。我探头一看那黑洞洞的野外，就吓得给他们跪下了。嘀，那也不行，一个家伙把我推下去，又在屁股上给了我一脚。在那个前无村后无店的荒山里，在那个漆黑的夜里，我一下子就把这个世界看透了——我发誓：要有钱！……”

老工长张昆对车王李贵这个人的看法是准确的，所以他对抢面包这件事既不认为突然，也不似别人那么气愤得要命。他几乎认为李贵这么做是必然的。他知道这个年轻人看世界从来是只看野地里的孤坟，不看村庄里的新房子。

李贵不怕书记，不怕矿长，独怕这干巴巴的小老头儿，他深知“得罪了大师傅没油水吃”。工长这官儿不大，却直接主宰着他的钱挣得多少。例如让他加个班儿啦，包给他点便宜活儿让他干啦，他作弊时睁一只眼闭一只眼让他过去啦。所以他不惜以那么大的个子，处处奉承着这个一巴掌能打没了的小老头儿。

从十五岁就混工棚子的张昆，一眼就看准了李贵贪钱如命这一弱点。倘若他一捣蛋，张昆从来不跟他讲道理，而是马上让他经济上受损失。作为井下一个具体负责者，这样的机会是太多了。他既能让李贵明白这是专为治他采取的招儿，又要符合规章制度让李贵说不出口来。不过只要李贵一悔过，他总是再找样活儿让他把损失补回来。李贵对老头子又怕又恨，又有几分佩服，他这个人只要有钱可挣，力气是不惜的。张昆是喜欢这种精神的。他不止一次地咒骂手下的这些小青年，说他们是一个比一个懒。据他说，四十岁的矿工愿为一毛钱出上一身汗；这些二十岁的，给一块钱都买不了他们一动弹。当大家讥笑李贵见钱眼红，他就道："你们懂个屁！世界上没有见钱眼红的人就开不成煤矿！"

"哟，老头子，让你一说，社会主义还得靠李贵这样的人啦？"

"靠你们这些少爷更没指望！一年上不了一百个班；整天把酒馆闹得乌烟瘴气，恨不得把明天的工资拿来今天灌了；好像往后的日子比我们这帮老家伙还少了。亏你们还有脸笑话人！"

对这批人，老工长就束手无策，他们不在乎降级，不怕罚款。共产党的政策又不允许开除哪一个。相比之下李贵倒有许多可爱之处。如果说冷西军认为李贵是麻风病菌必须彻底消灭，而张工长认为他虽然是害群之马，但毕竟是匹马。倒是这位大个子眼前公开不把他放在眼里叫他难以忍受。井下几十年的工长职务，使他已习惯了发号施令。然而今天，在这紧要的关头，却要把他扔到一边来个什么"表决"！直把他气了个鼻孔朝天。

七、表决

冷西军郑重其事地点名了。

"小王，你先说，怎么办？"

一直都垂头丧气的中学生现在也没振起精神，少气无力地说："我怎么都行，叔叔们看着办吧。"

"老呱，你呢？"

冷西军毫不客气地盯住了他的同龄人。

"呱哒板子"慌忙道："对，我说，该我说，要说李贵这小子么，心狠手辣，干了不知多少缺德事儿，这几年我见了他就头皮儿麻，今天的事他真是丧了天良，自作自受，不能管他。"

他偷看了老工长一眼又道："不过嘛，不过这么扔下他就走也太那个了，太有点儿……话又说回来了，这怨咱么？他可真是搬起石头倒打了自己的脚，这件事我说怎么办都有理，不过……"

"不过你他娘的这屁等于没放！"

冷西军火了，没想到他平日吃了李贵那么多苦头，在这件事上反倒耍起滑头来了，冷西军原以为很好表决的事儿，不料闹了半天他和张工长才是一比一，时间紧迫，他有些慌了。

这结果使张昆大受感动，他原以为，为了自身的利益，三个人会一齐向他进攻。因为别人不同于他，他本身还有带班的责任压在身上。他看出这个有利的转机，用几十年从来没有过的和软口气和年轻人说话了。

"李贵这个人是不好，可他总还不是和咱们是你死我活的敌人，我三弟在朝鲜可是跳下河去救过一个美国俘虏兵，差点儿没淹死，十个脚指头都冻掉了。现在和美国又友好了，大家也许觉得没啥，当年他可为这吃了不少苦头。村里从来不把他当残废军人照顾——也是，人家送他去，是让他去打美国鬼子，他倒去救美国鬼子，不是活该吗？！他最怕过年，年底村里拥军优属的队伍敲锣打鼓地从他门前经过时，他家里就不安稳了；老婆抱怨，孩子们摔脸子，——他不能干重活，工分挣得少，生活很苦。有一年我去了，他流着泪诉苦，我拍着桌子把村里那几个年轻人一顿好骂。我说：那种事儿！只要是个人就躲不过去！这是命里该当！那种时刻要是能把自身的利害前前后后都考虑到，还叫个人吗？回来后，我就每逢过年给他寄三十块钱，让他过年关。

“前几天给我来信了，说那个美国人到中国来了，找到了他，给了他一笔钱，问我该怎么办。我回信说：你这是撒糊涂了。当初你下河捞他是为了钱你就收下。那时候你没想到钱，这会子又收下他的钱，那不是把当年那十根脚指头给卖了吗？……

“眼下的事儿就是这样，有那一天没那一天还不一定，万一有那一天，光咱们活着出去了，见了李贵的老婆孩子，你们就会明白今天的事儿该怎么办了。你们还年轻，你们会一辈子都受着良心的折磨，一个人内心有愧，活着又有啥意思？！所以我才说，在煤洞子里有死在一起的，没有见死不救的。”

“呱哒板子”接口道：“对呀，我早就说……”

“你早就说什么？”冷西军把眼一瞪打断他。

“不，我是说没说出口，不过我早就有这个意思。咱不为他，还得为他的老婆孩子呢！”

冷西军把大斧子扔出来道：“你们看着办吧！可别想让我动手。当心放他出来饿急了眼，先把你们给吃了。”

八、精神状态

开始了向相反方向的掘进。一个人干，余下的人就得闭了灯待在黑暗里，他们知道万一电用完了，他们也就活到头了。

一声很轻的抽泣声，把他们的心一下子给揪紧了。不用问，都知道这是谁，那哭声越是努力地抑制，越是叫人受不了。是的，他才二十岁，还是个孩子哪。一阵重压使张昆呼吸都觉艰难了，万一因李贵而误了活命的机会，这孩子不等于自己给杀的吗？他太年轻了，不应该让他冒险。可又有什么办法呢？他想劝一劝这孩子，但却说不出口。说“别难过，一定能活着出去！”他没这个把握！说“这是革命工作，死了也光荣。”他又觉得违心。九十名应届毕业生，单是需要他来革命？若说光荣，当官儿的儿女不是都安排在地面那些不光荣的去处去吗？……老工长清楚为什么把小王分配到井下的，他父亲得罪了一把手，难道该他来“父债子还”！

他绞尽了脑汁，也没找出一个说得出口的道理，来劝说这孩子。

“呱哒板子”想开句玩笑，“嘿，小王，想嫂子了吗？”也没成功，只好自己说自己了，“唉，我老婆可该想我了。晚上没人作伴呀。”

“不用操心，”冷西军讥笑道，“会有人照顾的，只要你能回去，别忘了窗外先咳嗽声再进屋。”

“呱哒板子”来了精神：“我给大家开开荤怎么样？”

在这世间最黑暗的地方产生了最下流最肮脏的语言，就像这污浊的空气一样，能叫一个刚来的人感到窒息。但日子一长，人也自会感染上这种病毒。或者说有时会当某种兴奋剂。

“呱哒板子”说开了头：

“我儿子在课堂上学字儿，老师指着黑板上一个‘被’字，我那宝贝儿子就傻眼了，老师想启发他一下，就问道：‘你家褥子上面是啥？’我儿子眨了眨眼道：

“‘俺妈。’

“小学生们都笑了。那老师还不死心，又问道：‘你妈上面呢？’

“‘俺爸爸！’”

这一下子可点着了引信，绝境之中的人们竟一齐大笑起来。每个人都鼓足了劲儿，可着嗓门儿，“哈哈哈哈哈！”“哈哈哈哈！”有的笑岔了气儿，有的笑尖了声，“哈……哈……”不停地笑啊、笑啊，像中了魔一样。

“别笑啦！别笑啦！不准笑！！”

老工长大声呵斥也无效。他拧开矿灯，瞅着一个个狂笑的脸，他突然发抖了。

老工长深知要把这几个年轻人带出去，首要的条件是能维护他们精神正常，保持旺盛的求生欲望，一旦神经过度兴奋，促使精神崩溃，大家会一下子失去求生的勇气，所谓“悬崖撒手”，经受不住的不是体力，而首先是精神坚持不下来了。不能让再笑下去了。

于是，他张开了巴掌，“叭叭”给每个人两耳光，刹时，大伙都怔了，笑声也止了。

大家互相看了一下觉得害怕了，个个都笑得眼神变了样儿。冷西军跳起来指着“呱哒板子”骂道：“你他娘的这故事是趸来的！我听别人说过几百遍了。何苦栽到你儿子头上！”大伙可明白这是他掩盖内心的激动和对老工长的感激，见他说完，他夺过斧头拼命地砍了起来。

九、相会

又过去了八个小时，该是鲜红的太阳照亮矿山的时候了。尽管这八百米的深处依然是一片黑暗，人们也许由于生活习惯都觉得精神起来。对方有一件很好的工具，从声音上可以听出双方在很快地接近。

再次轮到冷西军时，他用力一斧子砍透了。对方又刨过来一只镐尖儿，于是一个碗口大的洞出现了，风飕飕地灌了过来。

如果对面是另一个人，冷西军会鼓起勇气一口气将洞口打开，把对方接过来，但对面是李贵，他觉得再也没力气了。对着洞口喊道：“姓李的，自个儿钻过来吧！”就把大斧子一扔躺在地下了。大家听他一喊一齐挤了过来，可洞口那面并没动静。怪了，难道不是李贵？只要是个人就该说话呀？忽然从洞里塞进来一个面包。那焦黄色的圆东西使大家眼前一亮，甜丝丝的香味叫人要发狂了。舌头底下“刷”的一下子涌满了唾液，四双眼睛跟着那只面包滴溜溜地滚，几乎全都身体向前猛一扑。然而谁也没去捡。接着又递过来一个。这次大家看到了一只奇大无比的手。是李贵无疑。谢天谢地！这小子算是还给大家留了几个，没全吃光。人们心里一阵高兴——这不只是几只面包，这说明大家救的还是个“人”，力气没白出！面包一个接一个地滚过来。竟然是十个！原来就是十个！一个也没少，李贵连他自己那份也没吃，这是多么惊人的毅力！大家激动起来，七手八脚地把一条大汉拖了过来，他过于魁梧，洞口把两肩都撕破了。汗水混合着煤灰把一张颧骨硕大的脸弄得使大家不敢认识了。他从地上爬起来就警觉地把大家审视了一遍。然而他面前是一张张激动、亲热、欣喜的面孔。无论如何也找不出一丝怨恨的表情。他那深陷的眼窝里出现了一滴亮晶晶的东西。突然他双手捂着脸蹲了下去，那熊一样的脊背，猛烈地抽搐起来，泪水顺着指缝无声地下流。

谁也没再说一句话，静默之间，像有一道强烈的阳光照射到了这千尺地下，扫荡了阴冷黑暗，一股温流注入人们胸间，一切仇恨、隔膜，全冰化雪消了。他们觉得心胸无限舒展开来，感受到了地面上少有的人与人之间的亲密。似乎他们的目的已经达到了。只要能这样亲密无间地在一起，虽死无憾。他们成了一个整体，即使大山把他们压成粉末，也绝不能使他们分开。

老工长默默地把面包塞进每个人的手里。

十、找到了生路

如果说，人在大海洋里、大沙漠里、大森林里容易迷失方向，而到过井下的人都知道，在那里面根本就不存在东西南北的感觉。老工长完全凭着他的记忆，或者说凭着他那老年的动物的本能，在带领大家前进。人们拼着最后的力气凿穿了一道又一道煤壁，在采空区钻、爬、摸索。互相鼓励互相扶持，他们几乎不是为了个人活命，而是为了维护这一集体的完整而艰难地挣扎着。如果是单个的人，也许早就“悬崖撒手”了。五天之后，他们终于找到了那个伪满时的自然通风井。

“呱哒板子”最后一个来到了风井下，他抬头一看那多少日子没见了的一线天空，悲喜交集地叫道：“宾他娘啊宾他娘，你该当不是个寡妇命哟！”

那细长的脖子，像砍断的高粱秸再也扶不起来了，他趴在地下呜呜一哭，这些死里逃生的汉子个个泪流满面了。

爬上这八百米的斜井就是蓝天！白云！耀眼的阳光普照大地，绿色的山岗起起伏伏，无边的田野上风吹杨树叶子哗哗响。啊！生活啊，生活那么美好！

衣服撕成了布条条儿；胳膊腿磨得血肉模糊；一张张鬼也似的脸，已经无法辨认；然而他们都活着一个也不少！老工长看了一遍突然想到上去以后赶紧打报告，今年无论如何也不退休了——他舍不得离开他们！闪着白光的天空，只有五分的铝币那么大。老头子却似乎看见上面有小孙子那胖胖的小脸蛋儿。耳边响起那娇嫩的嗓音："爷爷！爷爷！"

十一、最后的使命

休息了一会儿，冷西军觉得迷迷糊糊要睡过去了，心里想：反正没危险了，大家都睡一觉再往上爬也不晚！睡觉，是眼下最需要、最美的事了，他合上了眼。突然，老工长那嘶哑的声音叫骂起来："快起来！都他妈的快起来！"他催促大家快起来，显然都没动，他就"熊包"、"懒虫"、"混蛋"地骂开了。冷西军闭紧了眼睛不理他。

"快上，老天爷白给了你这么大的坨子，光为了坠秤砣用吗？我年轻时……"

这是冲自己来了，冷西军想。他这是怎么了？神经错乱了吗？张昆在教训这帮年轻人时总爱这么开头："我年轻时……"冷西军为对付这句话也准备了一句刻薄的："你年轻时草包一个！要不怎么闹腾了几十年才是个小工长？"

这句话能把老头子噎得嘴角冒白沫。

当下，冷西军又忍不住了，忽地跳了起来。可是他觉得眼前一阵发黑，脑袋像要炸裂般地疼痛。蓦地一惊，他明白了老工长的苦心——这是怕他们中毒！他有过这样的经验！再躺半个小时，大家会一个也爬不起来了，全得死在这里！但老工长又不敢明白告诉大家，怕大家一下子瘫了。

巷道堵塞，风井变成了排气井，地震引起的煤层破裂释放出大量的瓦斯气体，一齐涌向这里，这就是中毒的原因。这地方一分钟也不能呆了！

冷西军赶快行动起来，他要配合老工长叫大伙，伸手拉起王江："上去再歇，咬咬牙！"

这小伙子面条儿一样，一松手又躺下去了："我困死了，大哥，让我睡一会儿再走吧，反正我也知道路了。你们先上吧，别等我。"

老工长火了，大嚷了起来：

"混蛋！难怪你下煤洞子，天生是块废料！考场上你也睡了一觉？"

老工长这话，像一根燃着的烟头，狠狠地戳到了小王江脸上。小伙子则如一只烫伤了的猫儿般跳了起来。他没想到一向尊敬的老人会揭他的疮疤。气得两腿打战，转身向风井冲去。"呱哒板子"哼哼唧唧地跟在后面。

"现在轮到您了。"冷西军对老头子道。

"走你的，上去叫人来拉我上去。"

"不行！"

"为什么不行？嗯？怎么叫个不行？"

老头子显得沉不住气了。

"你很明白，"冷西军沉重地说，"等我们上去再去找来人，你就……"

"你，你……"

一经说破，老人像挨了一棒子颓然垂下了头。但又挺了起来。

"快滚！少啰唆！只要姓张的……"

他猛地做了个要站立起来的动作，然而没有成功，头撞在了煤帮上。冷西军大吃一惊，他以为老工长只是失去了信心，没料到他竟连站立的能力也没有了，啊，这条逞能于地下四十年的好汉，耗尽了全部生命力为大家开拓了生路，自己却走不出去了，心里一阵冲动，他张开两手几乎要扑过去抱住老人放声痛哭。却被两道凌厉的目光制止了，工长头倚在煤帮上挺直了腰，努力保持一副雄赳赳的姿势。

“少跟我来这一套！走你的！”

冷西军不知所措了。茫然四顾，才发现在眼前的还有李贵。

李贵脱下裤子，撕成了几片，又绞了起来，蹲下道：“我背你，有我们在，就有你在！”

冷西军不由分说，抱起张昆捆在了李贵背上。

三个人开始向上爬，若在平时，这两条壮汉把这么瘦小的老头子背上去不算一回儿事，可现在力不从心了。平时身大力不亏，号称车王的李贵，背着老工长，腿肚打颤，一步挪不了三指，走了两步又滑了下来。

冷西军趴在地上吼道：“上，踩我的肩膀头我拱你往上爬！”李贵脚不忍踩上去，脚尖刚挨上，就抬起来，冷西军火了，骂了起来，“你平时那个麻溜劲哪去了？娘们气！踩！踩我肩膀头，对，就这样！”偌大个一米八十的大汉，竟一步一声抽泣了起来。而冷西军可顾不上这个，他用全力一拱，李贵背着老工长往上爬一步，拱一下、爬一步。……

就这样，这两个水火不相容的汉子，如今在生死线上，在八百米深处，为着另一个人的生命，共同奋力，谁也离不了谁。爬上去一步，就是向生走近一步；爬上一步，就是离死远了一步。为了这个老工长的生，他们得冒着自己的死；可不就是这个濒死的人，才使他们灵魂上获得了新生吗？！

“干咱这一行的，到啥时候也是只有死在一起的，没有见死不救的！”这是老工长说过的话，不！这是大伙要说的话。只不过他俩在代表大伙，照着这话去做，头也不回地，一拱一爬，向着风井、向着新的生活奋进。……

原载《北方文学》1982年第2期

荣获“1982年全国优秀短篇小说奖”

肖尔布拉克

张贤亮

……

你别打瞌睡。跑长途，我最怕旁边的人睡觉。瞌睡，是会传染的。你抽根烟吧。不会？拿笔杆子的怎么不会抽烟？我可是抽烟的。在大城市，司机开车的时候不许抽烟，在咱们这儿可以随便。不然，个人坐在驾驶室里就太憋闷了。这儿不像咱们“口里”，一出车，千把里不见村庄，不见人烟，跑着跑着，眼皮子就不由自主地要耷拉下来。

你看，两边尽是卵石滩。这就叫戈壁。你大概原来想象戈壁是一片黄沙吧，其实不一定，这儿一望无际的尽是这种脑袋大、拳头大的鹅卵石。过了戈壁，前面就进山了。这儿的天山，也不是你在电影里看见的那样。这一段，全是光秃秃的石头，像铁打的一般。我们要顺着干沟进山。干沟，你听听这名字！这条沟不但没有水，连你的眼泪还没有流出眼眶都会一下子蒸发了；那儿没有草，没有树，连小鸟跟蚂蚁也没有，和月球上一模一样。一会儿你就看见了。在那里面开半天车，怎么能叫人不瞌睡？幸好，今天有你这个记者，咱们可以聊聊。

你在全国跑了不少地方吧？可是你不到新疆，就不知道我们国家有多大。维吾尔族人常说，在新疆，要饭的都得骑头毛驴，不然他在这个村要了吃的，还没走到那个村就饿死了。这当然说的是旧社会，可这话真形象。

我开车，爱带个人。有时候，我遇到路边靠两条腿赶路的人，总要把车速放慢一点，看看他想不想搭车。你看，在这一片荒无人烟的戈壁上，前面是气象森严的大山，两边是云层很低的天，要是看见一个孤孤单单的人在这种路上吭哧吭哧地走，心里不知怎么就会又怜惜他，又敬佩他。我们坐在车上不觉得，在地上，你就会知道，这么长的路，靠两条腿一步一步地践过来是什么滋味。

带个人在我身边，他不孤单了，我也不孤单了。我们开长途货车的，跟机器打交道的时候多，跟人打交道的时候少。在路上，跟熟人错车的时候，也是还没等笑一笑，车就唰地一下子过去了。机器呢，还不如牲口。我小时候在老家赶过驴车，毛驴尽管犟，可是个牲灵，闷起来你还可以跟它聊一会儿。它吧嗒吧嗒耳朵，好像还挺懂人话似的。汽车不是个活物——它要活了，你可麻烦了——跟它待的时间一久，人就会感到莫名其妙的寂寞无聊。所以咱们开车的到了站，下了车，都爱说说笑笑，骂骂咧咧。他哪是要骂人呢，他是要练习着说话哩。人是应该跟人待在一起的。

前几年，咱们车队来了个队长，严厉禁止咱们司机带人。说什么在朝鲜战场上，美帝国主义派来好些南朝鲜的女特务，尽装成“阿妈妮”来搭志愿军的车，上了车，就把司机捅了。这是啥时候的事！我一听就腻味：咱们有些官，总爱把战争年代的事拿到和平环境里来吓唬人。这样的官还不一定上过战场。打过仗、吃过苦的人都知道疼惜人。果不其然，后来他老收人家的烟酒给人拉私货，上面把他撤掉了。

你别看让人搭车是件小事。他招呼，你停下，他上来，就这一眨眼的工夫，他的心里就会想：咱们国家还是好人多哇！你呢，一看见他那副笑脸，心里也会暖乎乎的，开车也有劲了，人也不困了。我倒不是个爱聊天的人，只要旁边有个人，我就觉得不孤单了。今天是遇着你，我的话才多了点，我爱跟知识分子打交道。

我是怎么到新疆来的？那说来话长了。其实呢，我也应该算是回乡知识青年。听我口音，你可以知道我是河南人。我在老家的县上念到了初中毕业。那时候，我的理想可多啦。在电影上看到解放军就想当解放军，看到医生就想当医生，看了一本小说，就想当作家。反正什么都想过，就是没想到将来要开一辈子车。初三那一年，我在墙报上写了一首诗，有这么两句：

我的理想像天上的一片繁星，
在我的头顶上闪耀。

还不错？你别笑话我。不过那时候我才十七岁，老师也说，一个农村娃娃能有这样的才情，将来一定有出息。

谁知道，到了一九六〇年，家里困难了，爹妈连饭也吃不饱，我这个“有出息的农村娃娃”也不愿念书了，干脆回家养老人吧。可是，回到家，三个人捆在一起挨饿。爹妈就我这么一个儿子，老两口哭在一块堆，跟我说：“娃，你走吧，到外面寻个活路吧。念了九年书，哪儿找不到一碗饭吃！”咱们河南人生活能力最强，自古以来，走州串县、闯荡江湖的，数咱们河南人多。但凡老家有个天灾人祸，脚一跺，就往外省跑了。这时候，有个乡亲从新疆给我们家邮信来说：新疆好，新疆不但能找上工作，还能吃上饱饭。新疆，我还有印象，“我们新疆好地方呀”这个歌我在学校就学过。这样，我就决定到新疆来了。

当时，户口控制得很严，村头路口，到处刷着抓流窜犯的标语，要离开老家，就跟去做贼娃子一样。我们等了个没有月亮的夜晚摸出门。我爹把我送了十里路，走出公社的地界，再也走不动了，圪蹴在路旁边光喘气。我从包袱里掏出我妈悄悄包上的两块玉米饼子，又悄悄地塞到他怀里。“爹，你回吧。”我说，“我认识路，我带着地图来着。到了那儿，找到了工作，就给您邮钱回来。”

年轻人不恋家，尽管饿着肚子，翅膀还挺硬，总想扑腾扑腾往外飞。那时候，我连一滴眼泪也没有，一心以为有个远大的前程在等着我，一点也体会不到爹妈那时是什么心情。这种心情，随着自己年纪越来越大，体会才越来越深。可是，现在要我回想我爹，我妈最后跟我说的是句什么话，他们最后的模样是啥，全都想不起来了，只记得我爹圪蹴在路边的那团黑影。过去，在夜里开车，孤孤单单的一个人，我跟前老出现这团黑影，就在车灯前面的公路旁边圪蹴着。那团黑影像通行证一样粘在挡风玻璃上，车开到哪儿跟到哪儿，你别想抹掉它。

有时候，我也自己原谅自己，想到那天晚上要是我妈送我，娘儿俩兴许会在路边说些亲热话。我爹是个不吭声的庄稼人，我又是个不爱说话的小伙子，儿子跟爹总没跟妈亲……唉，就这样，爹妈养了我十八年，最后分手的时候，我竟连一句亲热的话都没给爹妈撂下……

好了，往下说吧！

我就这么到新疆来的。那年，火车刚通到尾亚。尾亚哪有现在这么气派，当时只有十来间破旧的土坯房房，盖在一片黄沙滩上。土坯房房周围搭着帐篷，跟蒙古人开“那达慕”大会一样，一座连着一座，里三层外三层。尾亚是终点站，来新疆的人全拥在这里，汽车虽然不停地往西送，可火车又不停地从“口里”往这儿拉，走了穿红的，来了穿绿的，男男女女，挤来挤去，这片帐篷中间经常有几千人，把白皑皑的雪踩得乌七八糟的。

来的是些什么人呢？有正式调干来的，有毕业分配来的，有随厂内迁来的，而多数却是那时候要抓的所谓“流窜犯”，就是后来所说的“盲流”。眼下呢，咱们这些人都有好听的称呼了，叫“自愿支边人员”。这也算是平反吧。老实告诉你，新疆现在建设得这样好，这些“盲流”或说是“自愿支边人员”可起了大作用啦。现在，我就知道好些这样跑来的人当了模范，立了功，受了奖，有的搞了发明创造，成了专家、工程师，还有在生产建设兵团当到团一级领导的。

咱们这些“盲流”是见面熟，刚凑到一块儿，就像认识了半辈子似的，三句话两句话就把各人知道的情况交流了。那些帐篷，原来都是生产建设兵团的各师团和各个单位、工厂派驻尾亚的招工处。招工的对象当然就是我这样没有职业的“盲流”。那时候，尾亚像个大自由市场，那个热闹劲儿，跟上海的南京路差不多。这儿喊：“喂、喂！到我们这儿来呀！我们这儿工资高、口粮多，过了这村可没这店啦！”那儿叫：“喂、喂！来咱们这儿吧！咱们这儿的牛奶当水喝，一个苹果有你脑袋大，错过这机会可没后悔药给你吃呀！”还有嚷嚷得绝的：“喂、喂！不吃肉的土鳖别到咱们这儿来呀！住上大楼头晕的土包子别到咱们这儿来呀！嫌钞票扎手的冤大头别到咱们这儿来呀！”好像一到他们那儿，就能吃上大肉，住上高楼，成把成把的人民币往口袋里揣似的。

在火车上，我还担心没有证明不好找工作。到了尾亚，老“盲流”告诉我，没有公社的迁移证，有选民证也行；没有选民证，拿封新疆哪个亲戚朋友给你的信也可以。最不济的单位，就是那些喊得最响、说得天花乱坠的招工处，那都是招到最苦的地方去干最重的体力活的。那些招工处，只要看人不缺胳膊断腿，眼睛鼻子也全，“海麦斯（维吾尔语，统统、全部的意思。)”收下，什么证明不证明的！

这老“盲流”有四十多岁，身上披一件像挂着猪板油一样的烂棉袄。他自己说他精通医道，想找个对口的专业，才没有轻易跑到那叫唤的招工处登记。我看他有点文化，就掏出我的初中毕业证给他看。他眼睛一亮，说：“你这可是个宝贝。就凭你这个，起码也得让你当个科员。你别到那喊叫的招工处去。”他指给我一个帐篷，叫我到那儿去找工作。

那个帐篷前面果然清静，门口的篷布上贴着一张白纸，写着“新疆文教厅尾亚办事处”几个墨笔字。办事员也斯斯文文的，跟那些大喊大叫、满嘴唾沫横飞的人不一样。帐篷里生着一个大汽油桶改装成的炉子，放着一张没上漆的白木条凳，坐着一排前来找工作的人。负责登记的干部是个胖子，坐在也是没上漆的办公桌后面。那时候，长得胖的人可说是绝无仅有，所以他给我的印象特别深。其实，到这儿找工作的人也不全有证明。要是没有证明，胖子就进行口试。提的问题是根据来人自己报的文化程度临时定的，什么“世界有几大洲、几大洋”啦，“中华人民共和国是什么性质的国家”啦，“元素周期表是谁发明的”啦，“‘子曰：学而时习之，不亦说乎？’是什么意思”啦，等等。我听听，我都能答得上来。这胖子是陕西人，挺有学问，人也和气，挨着我的时候，我把毕业证书递了上去。胖子一看很高兴，光问了我老家有什么人，什么时候来的，有谁跟我一起来的，马上就在登记簿上写了我的名字，叫我明天一早到这儿来集合，坐汽车上乌鲁木齐去。

从帐篷出来，我那个兴奋就别提了。我张开翅膀，在尾亚这一大片帐篷中间自由地飞呀飞的。科员当然更好，教员也不错。苏联有个电影，叫《乡村女教师》，我在中学里看了两遍，还挺受感动的。那时候，因为电影里的这个教师是女的，所以和自己的理想没挂上号，现在，生活一下子给我揭示了这样的前途，我才想起来，原来我的理想一直是当教师。我想象到我老了，也和那个女教师一样，白发苍苍，戴着眼镜，周围围了一群科学家、作家、军官，这些全是我教过的学生……

正在我一边飞翔，一边胡思乱想的时候，碰上了两个姑娘。这两个姑娘岁数跟我差不多，穿着打扮也带着那么点学生味儿，两个人扎四条辫子。她们在我跟老“盲流”聊天的时候就注意上我了，这时候就过来搭讪。原来她们也是河南人，老家跟我们公社相距不到一百里，这一听口音就听出来。姑娘问我找到工作了吗。我说找到了，还挺好，喜不自禁地把经过都告诉了她们，还吹牛说，那胖子很看得起我，连考都没有考。她们却发愁说她们找不到好工作，干体力活又干不动，怕还没干两下子就倒在工地上。这是实话，我看她们黄皮寡瘦的，哪有现在十八九岁的姑娘这样的水灵，我就随口说了句：那你们也到那个帐篷去试试看，当个小学教员吧。

这天，我在客店里落了脚。这客店也不知是公家开的还是维吾尔私人开的：两溜大炕，中间一堵直冒凉气的火墙，被子枕头全没有，还要三块钱一晚上。就这，还得靠你的力气像瓶塞儿一样死命往里挤。我好不容易往下蹭到炕面上，才摸到炕面上还铺着毡子。开店的总算有点良心。

在客店里，我才知道，有人换了好几次工作了，到处碰运气，哪儿待遇好就往哪儿跑。那些老"盲流"蹲在炕头上，背靠着火墙，一面抽莫合烟，一面绘声绘色地聊他们的经历。听他们的口气，全新疆没有他们没去过的地方。记者同志，我告诉你，那时候的新疆，真是天高任鸟飞，海阔凭鱼跃，和我们"口里"那种走一步也得开三张路条的情况完全不一样。我跟你说的这些，别说你在小说电影里没见过，恐怕你想象都想象不到。你们是从家门到学校门，从学校门到机关门，习惯了循规蹈矩的一套的。我再跟你说，新疆原来是中国落后的地方，而这三十年变化这么大，是跟这种开放的劳动政策分不开的。要是新疆那时候也和"口里"一样，把寻活路的人都当成"流窜犯"，光认纸条条不认人才，那么，现在好些地方还是戈壁滩哩！

好，咱们接着往下说。

第二天一早起来，我想，头天去得给人个好印象，从今天起我就是教师啦，于是花了三毛钱，买了一小蓝边碗凉水擦了擦脸。待我跑到那帐篷，被招去的人已经一个个扳着车帮子往车上爬了。胖子在车旁边拿着本本子点数，可是，一见我，竟沉下脸发开了脾气。

"去去去！"他说，"看你样子挺老实，原来也搞邪门歪道。这儿不要你，你上别处去吧！"

“咋啦？”我吃了一惊，“我咋啦……”

“咋啦？”他学着我的口音，“一个年轻人，带着两个姑娘四处乱跑，像啥样子？你们是啥关系？昨天问你，你还说你是一个人来的哩。一点不老实！”

我分辩说：“那两个姑娘不是我带来的。不信，你考考我好了。”

“还考什么？”他生气地一甩手，“都说是初中毕业生，可问个简单的四则运算都不知道，还把高尔基当成中国人。简直是瞎胡闹！”

知识分子都有个拗劲儿，那胖子脾气更拗。兴许是那两个姑娘拿我的牌子骗了他，把他惹火了，这会儿非一头撞在南墙上，怎么说都拉不回来。

车开动了，我一个人孤零零地站在沙土地上。胖子还从驾驶室里钻出半拉身子，巴掌拍着车门朝我喊：“小伙子，当教师，老实正派是头一条。不正派，你有多大的学问都不行！”

白高兴了一场，当老师的美梦破灭了，那些科学家、作家、军官都从我身边跑掉了！胖子也跑掉了，车轮打起烂泥溅到我身上。我垂头丧气地转过身，却看见那两个姑娘正在一座帐篷旁边怯生生地望着我哩。

“你们是咋搞的！你看，都是你们……”我把一肚子怨气发在她们身上。

两个姑娘挤在一块堆，低着脑袋说：“咱们没办法……咱们小学还没毕业，胖子要考我们，我们说不用考了，我们跟你是同学，一块初中毕了业，是你带着咱们上这儿来的。后来，没想到……”

我看她们眼泪汪汪的样子，知道她们也知错了。人掉在水里的时候，连根稻草也要抓一下，她们绝不是有意坑害我。我再没说啥，拔起腿就朝那大喊大叫的帐篷走。

“喂，喂，”姑娘叫住我，“干脆，你带上咱们俩吧。咱们都是老乡，你又是个好人，你到哪儿咱俩也到哪儿。”

我说：“不行。再是个好人，人家看我年纪轻轻的带着两个姑娘也犯疑心，你们没瞧见刚刚那胖子朝我喊，这不就是个例子？”

“那咋办呢？”姑娘说着说着就哭了起来，“咱们钱也花完了，这儿没一个熟人，回又回不去……”

我一看她们掉下眼泪，心里又不落忍了，好歹是老乡哩。我说：“好了，你们别哭了。在没找到工作的时候，咱们仨就在一块儿吧，我还有几件衣服哩。”

我跟你说过，爹妈就我一个儿子，所以咱们家虽然是庄稼人，我的衣服可不缺。农业社兴旺的那两年，家里有点钱就给我置衣裳，爹妈一心想把我打扮得像个人样儿，送到学校去。唉，想起来，要是咱们国家按一九五六年那样发展下去，兴许我现在已经当了大学讲师了哩。

我不说了嘛，那时候的尾亚像个自由市场。帐篷前面喊叫着招工，帐篷周围就搞小买卖，卖的都是随身带的东西，也有倒腾粮票的。当然，干这种事的全是我这样的“盲流”，有职业的干部工人谁搞这个？卖东西的时候不用摆摊，也不用喊叫，把东西拎在手上就行了，一会儿就有人过来问你。我先拣冬天不穿的衣服卖，一条蓝咔叽裤子跟一件新新的白布衬衫，才卖了十块钱。一九六〇年的钱不经花，一碗茶水三毛钱，一碗稀稀的面条一块钱，一块茶杯盖大的玉米饼子要五毛。三个人吃了一天，把裤子跟衬衫全吃光了。

晚上，我回到土坯房的小客店。两个姑娘也不知在哪儿圪蹴了一晚上。第二天早上，她俩红着眼睛来找我，说：“咱们把你的好差事给蹬了，就够对不起你的，再这么花你的钱，心里更过意不去。咱俩商量好了，就到招干体力活的帐篷去报名算了，反正咱俩也没啥别的能耐。”

我是泥菩萨过江，自身难保，她们既然自己愿意去干体力活，我只好说：“那你们就去吧。干不动重的干个轻省的，悠着自己的力气。反正总比老家好，还能吃上一口饱饭。”

她们去报了名，当天下午就坐上大卡车走了。我又卖了件衬衫，跑到她们的汽车那儿，给了她们每人两块钱。那汽车旁边还在喊叫："来咱们这儿呀，牛奶当水喝呀……"而她们俩在车上却眼泪唰唰地往下流，我在车下也禁不住难过起来，好像咱们真是同学，真是一块儿到这人生地不熟的边疆来的……

我们开车的司机能在全疆到处跑。好多年以后，有一次我的车停在库尔勒的街上，前面有一辆卡车在往下卸香梨。那个在车上搬筐子的妇女，我越看越面熟，好半天才想起来，那就是我的老乡，两个姑娘当中的一个。她干活挺麻利，人也比过去胖多了，肯定是结了婚，还生了娃娃，一举一动都透出能主事儿的泼辣劲儿。我盯住看了一会儿，可没好意思跟她打招呼。我把车开过去的时候瞟了一眼，那车是农二师一个团场的。大概她俩都在农二师的哪个团场当了农工了吧。

我呢，当时还留在尾亚。老"盲流"的话把我的胃口调高了。自以为当不成科员，当不成教师，别的需要文化的工作还多得很，总不能跟那两个小学还没毕业的姑娘一样，也去干体力活吧。晚上，我也凑到一堆"盲流"跟前去聊天。你别说，出门人都有侠义心肠，在外面跑的"盲流"尽管自己经了三灾八难，对别人的事却都挺热心。大伙儿听了我的情况，把毕业证书传来传去地看了看，七嘴八舌地给我出了好多主意，最后一致怂恿我到哈密去，说在哈密能找到会计这一类的工作。

会计也不错，我在中学还学过珠算，于是决定上哈密。

那时候，尾亚的班车挤得要命，一星期之内别想买到往西去的汽车票。我等不起，兜里只剩下几块钱，衣裳也没啥可卖的了。我照"盲流"教我的办法，去寻辆货车捎个脚。

停车场在这个帐篷城市的西边。黄沙滩上横七竖八尽是车轱辘印，一摊摊油迹把雪染得乌黑；汽车停得也杂乱无章，约莫有一百多辆，谁爱停在哪儿就停在哪儿。有的车门锁着，有的司机在车上忙活；有的司机面目和善，有的司机脸上挺横。那天清早我在车场转悠了半天，总不好意思向司机开口。太阳爬高了，汽车一辆一辆开动了，我还在畏畏缩缩。正在这当儿，我突然听到一辆油罐车的司机说的是咱家乡话，我就站在他车旁边看着，像对他修车感兴趣一样。

记者同志，中国人的家乡观念真是根深蒂固，那两个姑娘因为听见我说话，才盯上了我，这会儿，我也是听见这个司机的家乡话才盯上了他。过了一会儿，跟司机说话的那个干部走了，司机也把车检修好了。他把车盖盖上，转过脸发现了我，朝我喊："喂，小伙子，把地上那桶水给我递上来。"

我把水递上去，巴结地问："大伯，您这车往哪儿开呀？"

这司机慈眉善目，脸红扑扑的。他一听我的口音就笑了："嚯，咱们还是老乡哇！你要往哪儿去呀？"

我说我要去哈密。他说他上乌鲁木齐，正好可以捎我一段。他说他开的这车不许抽烟，刚刚那个交通厅的干部要他带个从"口里"来的"外调"人员，他想，搞政工的外调人员成天翻人档案，思谋着怎么整人，准是个爱抽烟的，还不如把我这个不抽烟的小伙子捎上哩，何况又是老乡。

他加好了水，从保险杠上跳了下来，叫我赶紧去拿行李，我把小包袱向他晃了晃，说家当全在这儿啦。他又笑了笑，打开车门，摸了摸我脑袋，说了声："走吧！"

咱们车走上大路，就看到那个交通厅的干部领着一个提黑皮包的人边跑边朝我们叫唤……

不瞒你说，这司机就是我的师父。在车上，我把咱们老家的情况告诉他，他听着直摇头叹气，说全是"大跃进"搞坏的。谁都知道，"大跃进"那阵子，就数咱们老家吹得邪乎。他又问我去哈密找谁，有哪门亲戚在那儿。我一五一十把我的想法说了，又掏出毕业证书给他看。他说，别看不起体力劳动，世界就是工人创造的，所以当工人最光荣。他一九四七年在老家参军以后就开车，一九四九年进了疆，上面叫他当干部他还不当，转业了，照旧开他的车。他跟我一路聊得挺对脾气，还没到哈密，就决定收我当他的徒弟了。

这样，车经过哈密，我就没下车，跟他一块儿直奔了乌鲁木齐。

这会儿，我师父早退休了。今年他整七十岁，在家成天养个花，弄个草。我经常去看他老人家。他说，你来看我啥也别带，要有好花，给我讨换一盆来。你看见你背后那棵君子兰没有？这就是我昨天从一个东北老客手里面，花了五十块钱买的。明天给他送去，他一准喜欢！

我说的这些你不厌烦吧？你们记者爱写大人物、英雄模范。我这一辈子没干过大事，平平凡凡。虽说也受过表扬，得过奖状，不过那都是咱公司内部的，连《新疆日报》也没上过。我说的这些，我知道你是不会写的，写了也没哪家报纸登，我只是给你提提神罢了。

你坐好，前面一拐弯就上山了……

……从此，我开上了车。日子就跟车轱辘一样，转得飞快；而且是，好日子就像加足了油门的轱辘，一小时八十迈，烦心的日子就像陷到泥坑里的轱辘，光打转转不出来。不管怎么样吧，反正一晃就是二十来年。这期间，车也换了好几辆了。我开的头一辆是苏联的“嘎斯”，后来换了咱们的“解放”，捷克的“斯柯达”我也开过，我还开过罗马尼亚车，这辆“日野”是最近才换给我的。

汽车的岁数不是按年代，而是按它跑的里程来算的，我觉得人的年纪也应该是这样。有人活了五六十岁，平平安安，没吃过苦，受过难，其实应该说年轻得很哩。有人从年轻的时候就吃苦，到三四十岁又经历了不少事，那就应该说他很老了。记者同志，你别看一些平平凡凡的小人物，只要是吃过苦的，哪一个人都有够你写一部小说的材料。

就拿我这个开车的来说吧，早先通商的时候，我还到过苏联、阿富汗，又到过巴基斯坦。尤其是在帮助巴基斯坦修公路那阵子，几次事故都差点把我命送掉。在还没有修好公路的外国崇山峻岭上开车，真比驾驶宇宙飞船还难！咱们新疆内部呢，那些年哪有这么平的路？不是搓板，就是大荒滩。遇上刮风下雨，你一个人掉在路上，叫你哭都哭不出眼泪来。到了冬天，一下雪，公路就像条河一样，结了一层砸也砸不碎的冰凌。车开到三四千米高的天山，一上一下，方向盘左一打右一打，每走一米都是鬼门关，闹不好就连人带车滑到万丈深崖下面去。这样的公路，我在苏联、阿富汗没见过，翻翻资料，别的国家也没有。人家碰上下雪，都先用清雪机把雪清了，不清雪，司机就不开车。所以说，谁是英雄？我看我们中国人都够英雄的！

好了，咱别自吹自擂了，说说自己的生活吧。

我对自己的生活没什么抱怨的。一个庄稼人的娃娃，如今开上了大汽车，国家把好几万块钱的东西交给我，光这一点就让我知道了自己的分量。那些年讲出身历史，咱们车队还数我清白，所以老让我出外勤，跑国际公路。我也兢兢业业，生怕辜负了领导对我的信任。可是内心呢，在好长时间里，总有个冰疙瘩化不开。

我爹我妈，就在第二年春天修水利的时候死在工地上了。我舅来信说，我妈临死的时候老唤我的小名，死了以后，从她兜里还翻出来我给她寄去的两张汇票。原来她都没上邮局去取——粮店跟市场上没粮食，我就是寄回去成把的钞票也白搭。我舅把这笔钱给她打了口薄木棺材，又把我爹的坟修了修。一九六四年，我攒了一笔钱回老家，二老双亲的坟上已经长满了青草，那年栽的杨树都有胳膊粗了。

我看了看那天夜里离开家走的小路，看了看我爹那晚上圪蹴的地方，后来都变了模样了：小路变成了大路，铺上了石子，我爹圪蹴的那个路边如今正是路当中，拖拉机在上面过来过去的。我师父说得不错：车是要往前开的，两眼老要盯着前方，偶尔在反望镜里朝后面瞧瞧可以，要是一个劲儿往后看，车非开翻不行！所以我还是回来照旧开我的车。

话虽是这样说，可世界上再没有我的亲人了，心里总觉着说不出的孤单。司机跟司机见面的机会少，我收了车他走了，他收了车我又走了，我跟我师父也很难有一块儿待两天的时候。以后，又开始了“文化大革命”，连熟人在一块儿也不敢说知心话，弄得谁也不相信谁了。见了生人，那两眼更是瞪得像乌眼鸡似的，先要掂量这是不是阶级敌人，是啥出身成分，哪像现在我跟你这个刚认识的人就能随便说知心话！人跟人的关系，还不如一九六〇年困难时期亲密。记者同志，你说什么最叫人痛苦？照我看，人跟人的心不能交往最难受。早晨起来，先穿内衣，再套毛衫，又加棉袄，棉袄外面还要来件无形的盔甲把自己装裹起来，这才出门。每个人都缩在自己那件无形的盔甲里面，所以一个单位的人尽管多，可都互相热乎不起来。

那几年，我老是闷声不响的。有一次，师父见了我，说："你也该考虑结婚啦，都二十六七，奔三十的啦。有了家，有个知疼问暖的人，兴许情绪会好起来。"我一想，也对！咱就准备结婚吧。

在新疆，寻个女人不容易，这儿男的多、女的少，得慢慢碰机会。幸好咱们开车的四处跑，不久，在达坂城的食堂里，咱们公司的几个开车的碰到了一起，吃饭中间聊起了这事，一个司机猛地拍大腿说："有了！远在天边，近在眼前，这达坂城就有个刚来的陕北姑娘，我替你说说去。"别人也都瞎起哄，还有个开车的唱起哈萨克民歌：

达坂城的姑娘辫子长呀，
两个眼睛真漂亮！
你要是嫁人不要嫁给别人，
一定要你嫁给我……

唱得我心里痒痒的。好！咱们去看看。

这姑娘是米脂人，那年陕北闹灾荒，她跟我一九六〇年一样，也是因为老家没吃的才跑出来的。"米脂的婆姨，绥德的汉"，这句陕北的口语和维吾尔人说的"达坂城的姑娘一枝花"一样，是尽人皆知的。姑娘二十刚出头，还是个完小毕业生，长得的确不错，虽然辫子不长，两个眼睛真的挺大。她姨妈在路口摆个茶摊，生活很困难，但也没提别的条件，光要求给姑娘报上户口、安上粮食关系。听老太婆的口气，她和姑娘并不亲，只想把吃闲饭的侄女儿早点推出去。

这事对我来说不难。领导上一直看得起我，因为不管哪派掌权，他都得用我的技术，给我的家属报个户口、安个粮食关系还在话下？我们一块儿去的几个司机一合计，就跟她姨妈说定了。

回来以后，我师父对这事很不以为然。他摇着脑袋说："你不知她的底细，哪能这么随便？这是一辈子的事哩。你别着急，让我慢慢给你找。"我说："我这些年四处跑，看的人多了，也有了点看人的经验。这姑娘一脸正气，不是个轻狂的样子。我看就是她吧。"其实呢，因为我多少年都没想到要结婚，一个人闷闷地过日子，经师父给我那么一点拨，我才发觉结婚是头等大事，一心想早点把这事办了，所以这次就没听师父的话，跟她结了婚。

我看你还年轻，结婚了没有？没有，好，那我跟你说说这夫妻之道。我结了两次婚，可以说有那么一点经验。

夫妇两个人过平平常常的日子，生活当中没有什么大事来考验双方的感情，那就得凭衣食住上的一举一动，眼睛神态上的一点一滴来看人的内心。这里面没有学问，只能靠你的感觉，拿你们知识分子的话来说，就是一种"直觉"吧。她对你是真心，就是扇你两巴掌你也能感到她手掌心是热乎乎的；她要对你虚情假意，就是成天把你搂在怀里喊乖乖，你也会感到她的怀窝冰冰凉。在社会上，好人能够装得出来，假积极也能骗张奖状、捞个党票，唯独在家庭里头，一年三百六十五天地过日子，晚上还要同床共枕，感情的好坏是绝对糊弄不了对方的。有的家庭，你别看他们碟子碗经常磕碰，要仔细观察他们相互之间的眼睛神态，兴许还是有情有意的一对哩。有的家庭，拿书上的话来说两口子"相敬如宾"，可没准正在同床异梦。

这陕北姑娘是个好姑娘，人勤快，针线锅灶都能拿得起、放得下，跟邻居没有一句闲话，从不惹是生非。每个月交给她的钱，怎么花的，一五一十她都记在小本子上。我收车回去，热饭热菜总在桌上等着我；衣裳脏了、破了，不等我说话，早给我拾掇好了。可要说感情呢，那是绝对的没有！

咱们新疆，先结婚、后恋爱的事多了！你不信你问问那些生产建设兵团的师长、团长，哪个人的老婆不是一九五三年一九五四年从山东、河北、安徽招来的大姑娘？这是王震老总对这些打了十几年仗的老战士的关怀。他们也没有经过恋爱，来了就结婚，可人家后来过得全挺好，“文化大革命”里面，都没有一个老婆甩掉自己的“走资派”的。感情，是能够在结婚以后培养的。

我也学着培养感情。那些年，你也知道，外头乱哄哄的，想为国家多出力都出不上，只好一心建设自己的小家庭。我打了不少家具，啥捷克式的、波兰式的，漆得油光锃亮；还有小沙发、落地灯。反正我出车巴基斯坦的时候攒了一笔钱，每个月的工资也足够两口人花的。

可是，她对我的态度，却始终像一个佣人对主人的态度，甚至比这还不如。雇来的保姆有时还跟主人笑一笑，她脸上连一丝丝的笑容都看不出来。打的这些家具，她从来不认为是她的，我在家不在家，她都不坐沙发；我给她买的衣裳，她一件也不穿。我看得出，这不是为了节约，她是有意要跟我拉开距离。碰上我休假，或是收了车回来，两口子在房里的时候，她不是想方设法地干些不必要干的事，就是像受气包一样，一个人搬个小板凳坐得远远的；两个大眼睛里空荡荡的，把一声叹息匀成很长很长的呼吸，悄悄地吐出去。我拉她出去看个电影，她就把脊背对着我：“看啥？老是《沙家浜》《威虎山》！”这话也对，那咱们就聊聊天吧。可除了家务上必要的事，她跟我别说有一句带感情的话，连一句多余的话都不说。记者同志，不怕你笑话，夫妻两人，总要亲热亲热吧。在这时候，她就跟个死人穿寿衣时一样任人摆布，一点反应也没有，搞得我又丧气，又心寒。

总之，她把人人穿的那件无形的盔甲也穿到家里来，连晚上睡在我身边也不脱。你说这叫我气闷不气闷？你看，我是瞎子、麻子呢，还是五官不正呢？哦，你别拿我开心，我怎么能比得上达式常，人家是最佳男演员哩。不过，我二十七八岁那阵子，自己觉得外表还能看得过去，脾性也好，为人也没干过亏心事。那么，这是什么原因呢？看起来她又不是天生的冷冰冰的脾性。我成天苦思冥想。老实说，这不由得我不想。我告诉你，家庭的苦恼要比政治上、经济上的挫折和困难更折磨人。要是政治上挨了斗，但有个和和美美的家，回来也能寻点安慰；家里穷，可老婆好，一家人也会过得高高兴兴的。现在我碰上了这样的老婆，简直比我单身汉时候还苦恼。不瞒你说，我抽烟就是那期间学会的。不但抽烟，连酒也喝上了。当然，每次不超过二百克，因为咱还要开车。

就这样，咱们过了小半年。后来，我慢慢发觉，街坊邻里的大嫂大婶见了我，老是带着一副怜惜我的样子，神情都有点特别。刚结婚的时候，我收车回来，进了家属大院，妇女们经常拦住我，拿我们小两口的事开玩笑。这些老娘儿们，什么见不得人的事都能说得出口。现在，跟我打起招呼来却是吞吞吐吐的，在我面前连提都不提我老婆了。这是什么原因呢？咱们虽然感情冷淡，可从来没有吵过一句呀！

好，有一次，咱们车队到伊犁，卸了货，晚上都住在绿洲饭店。咱们几个开车的凑起来，买了几十串烤羊肉，两瓶伊犁大曲，一边喝一边聊。你知道，那时候谁也不敢聊正经事，只有瞎扯淡、说女人最保险。酒喝到半截，大家聊得高兴了，那个在达坂城唱哈萨克民歌的司机又扯开嗓子唱起了陕北的《信天游》：

提起个家来家有名，
家住在米脂三十里铺村。
四妹妹和了个三哥哥，
他是我的知心人。
三哥哥当兵咳坡里下，
四妹妹埝畔上灰塌塌；
有心上前说上一句话，

又怕人笑话……

于是，大家伙儿又说到了全中国就数陕北的姑娘最风流，最有情有义。“和”上了一个“哥哥”，那就至死不渝。这时，几个人都拿我来开心，因为我老婆正是米脂人。正在起哄的当儿，有个喝得醉醺醺的小青年冒出这么一句：“咳！你要当心哩，只怕你那四妹妹的三哥哥不是你，另有别人哩……”

这句话一说，酒场上顿时冷下来，别的司机都悄悄给那小青年使眼色。小青年似乎也知道说错了话，光低着头吃羊肉串，不吱声了。

这话里准有话。不管别人再拿什么玩笑打岔，我也没兴致了。一会儿，那小青年上厕所，我也跟了出去。

在走廊上，我拽住他的胳膊，问：“你刚刚说那话是啥意思？你别怕，这里没你的事。”

小青年脸涨得通红，支支吾吾地说：“我没说啥，那是玩笑……”

这时候，一个年纪大的司机也跟了出来，说：“既然把话捅出来了，咱们都说开，别叫他钻在闷葫芦里了。走，咱们进房子里说。”

这样，几个司机把大家知道的情况告诉了我。原来，三个多月前，从陕北来了个小伙子到我家里找她，邻居不知道他们是什么关系，光听见他们俩在屋里哭，声音很低，但挺伤心。咱们公司的家属大院是一排排平房，百十户人家，没有单门独院，谁家里有个动静都瞒不住别人。司机的家属有好些不上班，妇女们来回串门子，少不了说张家长、李家短，而且她们交际广，又爱打听，公安局的侦缉队也比不过她们。不久她们就收集来了不少情报：这小伙子是跟她同一个村的，刚复员的义务兵，这次特地千里迢迢来寻她，他们之间原先准有什么瓜葛。现在小伙子在家属大院斜对门的畜产公司找了个烧锅炉的临时工干。我不在家的时候经常到我家。一去，两个人就关起门来说悄悄话。

“你别冒失，也别难过。”司机们劝我，“咱们瞒着你，是因为看你们两口子过得不错，弄不好倒成了挑拨你们的夫妻关系了。再呢，你又是个心思很深的人，咱们怕说错了闹出大事来。”

我听了，喉咙里像堵着块什么，强忍着眼泪说：“我谢谢大伙儿的好意，其实你们应该早告诉我的。我们两口子的日子不是像你们外表看见的那样，我是窝窝囊囊地过了小半年的……”

开车的听了我说的情况，都非常气愤。有的说把那陕北小伙子逮住揍一顿，再赶回老家。有的说，没那么便宜，应该送到公安局。年纪大的说，这事别张扬，把小伙子赶走算了，以后她生下个娃娃，兴许能安安生生地跟我过日子。

我脑子里乱哄哄的，就跟万花筒一样，拼出来几千几万的花样：歹毒的、善良的、阴险的、光明磊落的……都有，可最后还是没有拿定主意。

回到家，我更详细地观察她。可她还是跟往常一样，拿书上的话说，是“艳若桃李，冷若冰霜”。花的钱有板有眼，东西整理得井井有条，我想责怪她，都找不到一点茬子，有心把事捅破，又寻不出一句恰当的话开头。

后来，因为车要检修，我在家待了几天。修完车，该出车了，我刚开出车库，就发觉变速箱里有毛病，一换挡嘎嘎地响。那时候修理工不负责任，坏车修不好，好车倒能修坏，还得司机亲自动手。这天我就没出车，修了一上午车。中午，我提着借修理工的扳子回到家，一进门，她正跟那小伙子在一起！

她坐在床上，小伙子坐在她身边的小板凳上，两个人都低着脑袋，愁眉苦脸的，好像在想什么办法。见我陡然进来，他们倏地站起来。小伙子一脸惊慌失措的样子，她倒显得很镇静，一步跨到我跟小伙子中间，与其说她用她的身子挡住小伙子，倒不如说她用脸上的表情向我表示：“你看着办吧！要打要骂都冲着我来！”

说实话，尽管我脑子乱哄哄的时候，也有把他们抓住狠狠地揍一顿的想法，但到了关键时刻，我只气得浑身发抖。唉，记者同志，一个人突然想到一件从没经过的侮辱，虽然他有道理，也会一时不知如何是好。小伙子趁我愣神的当儿，嗖地从她身后跑了。她这才朝床上一坐，一脸横下一条心的坚决劲儿。

我牙齿打着牙齿，连连问她："这是谁？这小伙子是谁？"

她先是一声也不言喘，慢慢地，两行眼泪从她一对大眼睛里簌簌地往下直流，滴滴答答掉在她前襟上。她也不低头，也不别过脸去，也不出声，就这么坐着淌眼泪。

我这个人心软，见不得别人淌眼泪。她一哭，就把我的火给浇熄了。我把扳子往旮旯里一撂，一屁股坐在沙发上。我只想着她能说出一句骗我的话，说这是她的兄弟，或是她的乡党，那也就算了。那老司机说得对，把那小伙子好好打发走，然后跟她生个娃娃，以后，就跟大家一样过日子吧。

但是，她没跟我说谎，仍然两眼垂泪，一言不发。我目光失神，两手拄着脑袋，干坐在那里。看看崭新的家具，看看式样新颖的沙发跟落地灯，慢慢感觉到：两口子没有感情，家里所有擦得油光锃亮的东西全跟冰一样，发出来的光冰得瘆人。这些东西算什么？就是将来有个娃娃，又怎么样？家里娃娃一大帮的司机，为了两口子不和而在外面胡闹的、经常喝得醉醺醺的，我见得多了。司机的工作好，收入高，政治上又没有谁整他，为什么还有些人酗酒肇事？你去调查调查，多半是为了家庭问题。

既然她不说话，我就去找那小伙子。不管怎么样，事情我总得搞清楚。我饭也没吃——这时候谁还咽得下一口饭，一甩手走了。

小伙子在畜产公司的锅炉房旁边，紧靠着大烟囱用土坯砌了两面墙，盖了一间土房房。这间房子又像是三角形的，又像是月牙形的，可利用了烟囱的热气，还挺暖和。这房子简直就是建筑上的一个新创造。

小伙子不是个窝囊人，见我推开摇摇晃晃的纸板门进来，好像早知道我要来找他似的，挺客气地又是让座，又是倒茶。"伸手不打笑脸人”，我能怎么样呢？总不能一进门就揍人家吧，只好坐下来听他说话。

小伙子说，他们俩自小就在一个村长大的，七八岁开始就一块儿上山扒柴，一块儿上的学校，十七八的时候，两人订了终身，家里大人也同意的。以后他参了军，说好复员回来就结婚。可是这期间家乡闹灾荒，她爹又得病死了，他家也是自顾不暇，这姑娘只好到“口外”来投姨妈。她姨妈明知道他们有这档事儿，可是看我的工作好、工资高，又能报上户口，就硬逼着她嫁给我。姑娘呢，眼看姨妈家待不成了，未婚夫又远在千里之外，一时失去了主张，就跟我结了婚。然而，姑娘跟他说，她无时无刻不在想念他。

小伙子说：“咱们都是年轻人，我坦白地跟你说吧，我来是要她跟你离婚，把她寻回我身边的，或是回家，或是就在新疆找个工作——来这三个月，我也看了：新疆好活人。她呢，虽然跟你没有感情，可她说你是个好人，又不忍伤你，这就两头为难了。最近，我也有点看开了，既然咱们仨都错了，我就退出算了。可我要跟你说的是，一，咱们没背着你干那见不得人的事。二，我和她订婚在前，你和她结婚在后；咱们俩在一块儿十七八年，你和她只生活了半年；你们俩是在没有感情的情况下结的婚，就现在，你们俩又有多深的感情呢？而咱们俩是在有感情的情况下订的婚，在部队的三年，我每天都想着她。所以说，你要叫我一时抛开她不想，也是不可能的。你要能理解这点，那就能原谅我。要不原谅，那你就揍我一顿，可我也不会不还手，因为我没做那亏心事，我还觉着我蛮有道理哩！”

总之，小伙子絮絮叨叨说的是这样的话。一面说，一面还从枕头底下掏出她过去做的肚兜、荷包、布鞋、袜底来证明她对他的感情。大概这是他们陕北人定情的信物吧。我听着小伙子的话，看着这一摊花花哨哨的东西，心里酸溜溜的——她一件也没给我做过。可知道她还认为我是个好人，心里又暖暖的——这是她背着我说的真心话。我没把她看错，她果真不是个轻狂的女人，而是个有情有义的正经女人。可惜的是，她的情义不在我身上。

不过，我的气还没全消下去。我说："你说你们没背着我做那见不得人的事，为啥你一见我就跑？"

小伙子红着脸说："你手上拿着头号扳子，我怕你在气头上闹出事来。"

我说："你跑了，你就不怕我揍她？还说跟她有感情哩！"

小伙子低着脑袋嘟囔说："那阵子，我正在门外站着哩……"

正说着话，她急急忙忙地推门进来了，大概她以为咱们两个男人打起来了吧。看见咱们好端端地坐着，松了一口气，可又靠着烟囱哭了起来。这次哭出了声音，哭得挺伤心。

我和小伙子都不吱声了，小土房房里光听见她的哭声。听着听着，我突然想起尾亚那两个姑娘。要是那两个姑娘遇着她这种情况，又会怎么样呢？我看还是跟她一样没主张，凑凑合合跟随便哪个人结了婚，先安下身来再说。她有什么错呢？她也没有错。不知怎么，这时候，乱哄哄的脑子里却光想着尾亚那时候的情景。

停了好半天，我终于说："算了，你别哭了，事情已经搞成这个样子。现在很明白：我跟他，这两个人中间你只能跟一个。你现在就决定吧，究竟你跟谁？"

她还是哭，不说话。我看这一刻她把一辈子的眼泪都淌干了。过了一会儿，小伙子也呜呜咽咽地叫着她的小名说："你还是跟他过吧。到这里来，我看见你生活好了，也放心了。咱俩没缘分，白好了一场，过去的就过去了吧。"

小伙子的话刚说罢，她哭得更厉害了，可以说是号啕大哭起来。这不就等于表态了？何必再折磨她呢？我心里更怜惜她了。只怪自己没这个福分。我说：

"她的态度很明白了。跟我过，她难受，我难受，你也难受。我跟你们一样，也是从'口里'盲流来的。这种事，我见得多了，只怨自己老家没搞好。可咱们中国大得很，只要你们肯下力，没有绝人之路，在这儿，你们生活会好起来的。你们俩一块儿过吧。”

我说完这话，她不嚎了，抽抽搭搭的，情绪慢慢平静下来。尽管当时我有种好像卸了挑子的轻松的感觉，可是想到自己竟然不能得到这姑娘的感情，想到自己的孤单，心里又委屈，又凄凉，也不禁流下了眼泪。咱们三个，就在这小土房房里一起哭。

我跟她很快就办开了。这当儿，说啥话的都有，我全没有听。事情落到自己的头上，得自己拿主意。她收拾完自己的东西临走的那天下午，磨磨蹭蹭地不出门，给我做完最后一顿晚饭，她低声细语地说：

“要不，我就在这儿再睡一晚上吧。”

这是她跟我说的唯一一句带感情的话。我懂得她的意思。唉，农村的女人，只有用这个来表示她的感激。可这也仅仅是感激而已。我说：“算了，你走吧。我图的是人心，不是这个。你好好跟他过吧，别再分心了。以后，咱们虽不是夫妻，还是朋友，有什么困难尽管来找我……”

可这两口子真能干。早几年，就住在那三角形不是三角形、月牙形不是月牙形的土房房里脱土坯卖钱。这三年允许私人营业以后，两口子摆了个小吃摊，专卖陕北小吃。有醪糟，有羊肉水饺——他们叫扁食，要吃便下锅，调着辣子醋水；有羊肉馅饼、枣儿馅饼，还有油饸饹；有荞面碗坨，看去黑巴巴的，说要一碗，她便削成片，调上羊肝汤和蒜泥递过来。我看他们的生意比维吾尔人的烤肉摊还好，眼下已经存了好几千块钱了。当然，我没少吃他们的。我不要，可他们知道我收了车就往我这儿送。现在，咱们两家经常来往。我爱人每次来乌鲁木齐，都要吃她的荞面碗坨。我劝你也去尝一尝，真不错！他们的摊就摆在兵团开的“百花村”旁边。

好，别扯远了，咱再接着前面说吧。

我师父从“口里”开会回来，知道了这事，特地叫师娘炒了几个菜，把我叫去。他说：“我眼睛没有看错，在路上捡着了你这样一个徒弟。你做得对，做人就应该这样！”

我喝了两杯酒，眼睛红了。不知怎么，我心里总觉得委屈。我师父又说：“你别难过。她本来就是属于别人的，不是属于你的，你不过是还给了别人罢。你要认为她本来是你的，是你让出去的，那就错了。”

我说：“我想的不是这个，我总觉得我好心没个好报。”

师父说：“这你就更错了。存着好心想图好报，那好心也不是真的。做人哪能跟做买卖一样？”

我师父说得对。他当初收我这个走投无路的“盲流”当徒弟的时候，何尝想着我会报答他呢？开车的不像工厂的工人，我们出了师就各奔东西。他的徒弟不少，全新疆都有，有的到乌鲁木齐还来看看他，有的人出了师就奓起翅膀飞了，连面也不照。他从不在乎这个，谁来谁不来，随他们的便。想想师父，我的心也平静了，也不觉得委屈了。

可是，记者同志，我跟你说，有过家和从来没有家可大不一样。过去，不管她怎么样，我收了车总有口热饭热水，衣裳老是干干净净的，人也显得精神麻利。她一走，我成天没着没落，心里空荡荡的，不知干什么好，好像变得萎靡不振了。唉，记者同志，你知道咱们开长途车的过的生活么？一年四季老在外面跑，住旅店的时候比在家的时候多。今天跟这伙人一屋睡，明天跟另一伙人睡一屋；旅店的被子又黑又黏，盖哪一头都有一股脚臭味。有家的司机都有个盼头：在外面遭点罪不算啥，收了车就回家啦！而我呢，回到家也是冷锅冷灶，还要去下小馆才能吃上热饭。在路上，我经常看到有的司机停下车来，向路边的农民买大蒜、买辣椒、买鸡蛋，心里又羡慕、又嫉妒。瞧！这是个有家的人。我就是在路上买好东西、买上新鲜蔬菜也没地方送。

我懊悔么？也说不上懊悔。有时收车回来，看到他们两口子就在锅炉房前面的空场上脱土坯。两个人满头是汗，又满脸是笑，朝着我的车子招手。我就感到又暖和，又辛酸，说不上是啥滋味，不过不是懊悔。

以后，日子长了，也就慢慢淡忘了，生活也渐渐习惯了。记者同志，咱们开车的有个好处：可以多见世面。同时，新疆又是个好地方。春天到了，驾着车沿着赛里木湖跑，看着碧蓝碧蓝的湖水，看着刚飞来的大白天鹅，看着长满吉尔吉斯针茅草和马蔺的山坡，还有山沟里挺拔的塔松，心里什么忧伤的事也没有了。到了夏天，第一次能打开窗子跑车的时候，让天山上的风一吹，人马上又充满了希望，又有了劲头了……

哦，咱们上到山顶，该下山了。上山容易下山难……不过你别怕，这一条路线我跑得熟熟的……

你还要听我讲？我第二次是怎样结婚的？好吧？只要你不打瞌睡就行。那说来也有点意思，那是在我根本没想到要结婚的时候……

两年以后，有一次，我就在这趟线上跑车。那天，风很大，沙石打得玻璃唰唰地响，五米之外不见人。车过库米什，进了榆树沟，太阳已经在山背后了。榆树沟两边是悬崖绝壁，中间一溜泉水，沿着泉水哩哩啦啦地长着许多榆树。不知它们有多少年了，很大很大，树干弯弯曲曲，上面长满疖疤，一棵棵都千奇百怪的。树冠被风吹得摇来摆去，像喝醉了酒一样。可是这里风毕竟小得多，有水有树，没有飞沙，能见度很好。

我顺着风往前慢慢地滑。远远地，看见一个蒙着灰头巾的妇女搂着孩子坐在路边上。妇女穿着棉大衣，用衣襟包着孩子，显得很臃肿，看不出她多大岁数，身边还有两个提包。我以为她要搭车，把车速又放慢了一点。可是，当我开到她旁边的时候，她并没有伸手来招呼，只向我的车窗里瞥了一眼。

我开过去了。但是，她的眼光像刺眼的闪光灯在我脸上闪了一下，使我的眼蒙子上老印着她那副表情。那是一种什么眼光呢？又是怀疑、害怕，又是希望、要求。车子已经跑出去了好几十米，我心里还不安宁，好像她是我车上掉下去的一包货，不把她带上就不能往前跑。

我把车停了下来。打开门，好大的风！差点把车门掀掉。我捂着帽子，顶着风跑过去，问她："你要上哪儿去呀？"

她说她要去肖尔布拉克。我说："那你还等啥呀？上来吧。"

她畏畏缩缩地打量着我。这时候，我才发现她是个上海"知青"。她穿的不是普通的棉大衣，而是那时挺时兴的铁灰色风雪衣，蒙着大半拉脸的围巾也是拉毛的。怀里的孩子那时只有四岁，白嫩的小脸蛋冻得青紫青紫的，埋在他妈的风雪衣里，用惊惶的大眼睛怔怔地盯着我。

这时，沟口外又来了一阵风，从沟底下穿过去，把老榆树刮得呼呼叫。我没穿大衣，冷得瑟瑟发抖，连声催她上车。她还是犹犹豫豫的，反而把孩子搂得更紧了一点，好像我要抢她似的。

我知道她为什么不上车。唉，记者同志，不瞒你说，咱们司机里也有败类，把搭车的单身妇女拉到中途，寻个山坳坳或大戈壁，说是车抛了锚，赖着不走，让女的叫天天不应，叫地地不灵，只好让他占个便宜，满足他的淫念。还有的司机爱带个姑娘媳妇，他倒没十分坏的心，就图在路上说个笑、逗个乐。上海"知青"都是机灵人。他们探亲回南疆，一般都在大河沿下火车，为了省钱，然后就一截一截搭便车。要是一对夫妻或一伙人，他们总是叫女的在大路上拦车。车停了，男人才从藏着的沟里爬出来。这就说明咱们司机在上海"知青"眼里是什么人了。这个女"知青"，准是在等班车或是等个年纪大的司机开的车，要不就是等驾驶室里还有别的女人的。对我这样一个单独驾车的年轻人，她是不放心的。

风刮得越来越猛，太阳完全沉到山下面去了，摇来晃去的榆树枝变成了黑蒙蒙的一片。她错过了我的车就很难搭上车了。我赶忙从工作服里掏出驾驶执照，在她眼前拍了拍，说："你要不相信我，把驾驶执照拿去押在你那儿好了。最后一趟班车也过去了，再等别的车还不一定带你，而且后面也没啥车了，我知道的。你不顾惜自己，也得顾惜孩子，看他冻得啥样子！快上车吧。”

她没有拿我的执照，焦急地看了看孩子，又眯起眼睛看了看我，总算带着无可奈何的神情站了起来。我帮她拎着提包，急急忙忙把他们推进驾驶室。

我带过很多人，也捎过三四岁、四五岁的孩子。这样大的孩子在驾驶室里没个老实劲，不是摸摸变速杆，就是动动仪表盘，要不就瞅着窗外乱喊乱叫。奇怪，这孩子却一声也不言喘，躺在他妈怀里一动不动。走了一会儿，窗外的天一下子黑了；新疆就是这样，天说黑就黑。这时，孩子开始剧烈地咳嗽起来。那妇女也惊慌了，不停地摩挲着孩子，翻过来掉过去地把他包严实。我抬起脚松开油门，听了听，那孩子喘得很厉害。我伸过手去一摸，孩子的脑门子热得烫手！

“哎呀，不好！”我说，“这孩子病了！”

那妇女没有跟我搭话，突然小声嘤嘤地哭开了。

孩子喘着，妇女哭着，我心急火燎地加大油门。前面，乌什塔拉星星点点的灯光出现在山坳里。乌什塔拉是个只有三五户人家的小镇，晚上跑路的车一般都在这里过夜。可是我没有停，啊的一下从这个只有几幢土房房和一排招待所的小镇穿了过去。

“停车！停车！”那上海女“知青”猛地大声惊叫起来，一边用力拍着车门。

我说：“你别怕。现在咱们得赶紧找医院。乌什塔拉我比你熟悉，这儿连个赤脚医生都没有。”

妇女连哭带喊，还腾出手来拉住我的胳膊：“你别管！你别管！你别管！我要你停车，我要你停车！”

我一只胳膊被她拽住了，只好用一只手掌着方向盘。前面又是个拐弯，我紧张地说：“你别怕，我告诉你别怕，我不是个坏人。真的，我不是个坏人……”我懊悔我那些奖状没有带在身边，不然也可以对付一下。

“不！不！”妇女还是惊恐地叫着，“你要把我拉到哪儿去？我求求你，你停下来！我求求你，你停下来！……”

拐弯快到了。那弯子的一边是山，一边是深沟，这可不是闹着玩的！我挣扎着想把胳膊抽出来，她还是死拽住不放，好像拉住我的胳膊就把车拉住了一样。我恼火地吼道：

“我不知道在乌什塔拉休息呀？！你不累，我还累哩！我现在要把你们拉到焉耆去找医院……我求求你，你松手……你松手，我拿个东西给你看！”

妇女大概在灯光里也看出了前面的危险，把手松开了。我顺利地拐过弯，从车座下掏出一个白瓷茶缸，嘴唇哆哆嗦嗦地说：“喏，你看，这是我的奖品……我跟你说，我不是坏人。你放心吧，你把孩子抱好……我求求你，你别闹腾了。”

我当时的行为一定非常可笑。这白瓷茶缸能证明什么呢？上面光用红漆写了个“奖”字。这种东西几乎人人都有，什么也证明不了。但是，也不知道是这白瓷茶缸居然发挥了作用，还是这女“知青”在这会儿只好听天由命，她终于安静下来，紧紧地搂着又咳又喘的孩子，让我把车平安地开到焉耆。

那时候的医院，不用我说你也知道，半夜里想找个大夫比海底捞针还难。我把车在空荡荡的焉耆大街上开来开去，转了一家医院和两家诊疗所。房子里都亮着灯，值班的却不见，叫破嗓子也没人应，反而耽误了将近一小时。

“妈的！走！”我气呼呼地爬进驾驶室，“上库尔勒！那儿有一个我认识的大夫。”

这当儿，孩子的呼吸微弱下来，额头上滚烫，身上还打着冷战，已经处在昏迷状态。妇女直淌眼泪，蓝色的路灯照着她亮晶晶的泪花。她一点主意也没有了，只好由着我的主张。

我加大油门，飞也似的扑向库尔勒。一路上，只听见风在缝隙里尖厉地叫，眼前的公路像立起来了一般，往我们面前直挺挺地倒下来，公路两边黑漆漆的阴影一闪而过。路上已经没有车，谁也不妨碍我把行车速度加快到最大限度。我还从来没有开过这么快的车，只觉得前车轮在我手掌心里蹦蹦地跳，好像随时会飞出去一样。我烟也顾不上抽了，两手捏得汗都冒了出来，生怕驾驶盘从手中滑掉。

车翻越了贺拉山，到了孔雀河边，水箱里的水沸腾了，车子嗞嗞地直叫，像一匹被追赶得喘不过来气的马。我跳下车，一面说："你别怕，别怕，前面就到库尔勒了。"一面拿出榔头，敲碎了一块冰，把冰末子撒在散热器上。

我深更半夜把车停在这荒郊野外，妇女又露出害怕的模样，在车座上搂着孩子缩成一团。我没有灭大灯，干这些事尽量离她远一点。等我上了车，妇女好像松了口气，第一次用依赖的语调小声问："到库尔勒能找到医生吗？"

我说："能！"

记者同志，人只要取得了别人的信任，就有股力量催他非要把那事情办成不可。我心里想，就是医生钻到炕洞里，我也要把他揪出来！

车到库尔勒，已经是凌晨了。我没有开向医院，直奔到我认识的那医生家去拍门。

"谁呀？谁呀？"拍了半天，医生睡了，好不高兴地问。

我说："我呀！你忘啦？……"

这医生是四川人，去年探亲回来，又是棕箱竹篮，又是木器家具，撂在大河沿找不到车，眼看要变天了，急得团团转。那次是我帮他拉回家的。当时他千恩万谢，一定要给我点什么，我没有拿，他就说，以后有事找他，他绝对帮忙。这回果然用上他了。

医生穿好衣裳开开门，迷迷糊糊地问："是哪个的娃儿？是你的娃儿么？"

我看了看坐车上的妇女，说："不错，是我的！你快点吧！"

这一下医生清醒了，抖擞起精神，忙着找值班的，找护士，找司药，终于把他们母子安顿在病房里。

没有我的事了。我把车开到“二招”，放了水，寻了个房间打了个盹。天一亮我就上了去阿克苏的大路。

一个星期后，我从喀什回来。我想，虽然不是我的事，也应该去谢谢那个医生。我提了五十斤有名的阿克苏香稻米，跑到医生家去。

矮个子医生一见我，就指着我鼻子笑开了。“你搞的啥子名堂哟！”他说，“那上海‘羊杠子（维吾尔语，老妇女的意思。)’说根本不认识你，还要当人家娃儿的爸爸哩！人说‘车船店脚牙，不死也该杀’。你也是没有一句实话，害得我那晚上连觉也没睡好。”

我连声说“对不起、对不起”，又问孩子后来怎么样了。

医生笑着打趣我：“你娃儿好了，明天就可以出院了。”

卸了车，晚上没事，听着招待所里的人乱拉胡琴、乱唱“样板戏”，心里也好像那胡琴的弦子一样瞎跑调，总也静不下来。干脆，去看看孩子吧。

我提着两筒罐头走进病房，一眼就看见她坐在孩子旁边。孩子躺在床上，正指手画脚地跟她咿呀咿呀地说话。这时，我才看清她。她并不是“羊杠子”，顶多只有二十六七岁，一对大眼睛，脸皮黄黄的，神情带着一点忧伤。当她俯下身看着孩子的时候，我发现她是个很温柔善良的女人，和那晚上发疯似的拽着我胳膊时完全不一样。

她抬头看见我站在床前，眼睛忽然一亮，不好意思地说：“那晚上对不起你。我是……吃亏吃怕了。”

我说：“没有啥！孩子怎么样了？”

她说：“孩子是急性肺炎，医生说晚来一步就完了。那晚上亏得你……”

她一脸感激的样子，眼睛里也潮潮的。我倒难为情了，就低下头来逗孩子。

这小男孩显然是在上海长大的，说一口上海话，细皮白肉，长得跟他妈一模一样。玩了一会儿，我问他：“你长大了想干什么？”

孩子一字一板地说："我、姆、妈、叫、我、长、大、了、当、叔、叔、格、样、的、司、机！"

我的鼻子里像一下子滴进了醋，眼睛倏地被泪水蒙住了。为了不使眼泪流下来，我别过头去，假装哈哈大笑了几声。这孩子的话比任何奖状、表扬都使我感动。这时，好像有一只细嫩柔软的小手在揉我的心，把我心里所有的话都挤了出来，一股脑儿涌在我的喉咙上，反叫我说不出口。

孩子用小手指头勾着我的手指头，问这问那。我胡乱地应承着，心里却产生了一种对这孩子不可推卸的责任感，好像他就是我的儿子。是的，他就是我的儿子！他将来会遇着什么事呢？他从黄浦江边的大城市一下子跑到这滴水贵如油的戈壁滩能习惯吗？上海"知青"的生活我清楚。头一批来南疆的上海"知青"就是我们车队拉的，全是十七八的姑娘小伙子。他们在车上举着红旗，唱呀笑呀，见了硝碱地说夏天也下雪，见了毛驴也高兴得不得了。第二年，他们有回家探亲的，坐在我的车上就哭开了。后来，搞了七八年，"知青"都不年轻了，像她这样的，在人眼里已经成了"羊杠子"，但是住的还是地窝子，吃的还是老咸菜，喝的还是涝坝里的积水……唉，这些情况我不说你当记者的也比我了解。那时候，我也没想到有个"四人帮"，更想不到会打倒"四人帮"，以为他们的日子只会这么挨下去，那么，这孩子在这里的命运也就可想而知了。

"你们不是去肖尔布拉克么？"我说，"明天我送你们去！"

她的脸红了，低着头说："顺路么？哪能再麻烦你……"

我说："顺路不顺路你就别管了。明天你收拾好东西等我。"

实际上，是这小家伙用他那小手指头把我的心勾住了。我想随着他去见见他爸爸，跟他爸爸交个朋友，以后他们有什么困难我能照应一下。

第二天，我跟一个同志换了货，让他拉着博湖出的苇席回乌鲁木齐，我拉一车化肥向南，向尉犁。

我去医院接她。他们已经收拾好了。她圆圆的脸裹在拉毛围巾里笑着，眼睛挺亮挺亮。孩子伸出手来要我抱，在我怀里，又回过头去跟护士说“阿姨再见”。啊，这一天的太阳多么好！我从来也没有过这么高兴的一天，好像是我把刚生了孩子的老婆和刚生下来的儿子从医院接回家似的。

上了路，孩子更活泼了。果然和别的孩子一样，一会儿摸摸变速杆，一会儿摸摸仪表盘；他从来没有坐过大卡车，看见什么都新鲜，嘴里不停地问些天真的话。我第一次觉得这小小的驾驶室里这样有生气，也和孩子一样，第一次发觉我天天摸的这些东西竟这样有意思。这天，引擎也转得特别欢畅，简直像在唱歌；硬邦邦的坐垫的弹性也特别好起来，稍微一弹就会把我的头弹到车棚上去。

十点多钟，到了群克。卸完化肥，我买了几个面包，关上车门，说：

“走吧，咱们上肖尔布拉克！”

这一条路线不知你走过没有。这是逐渐地深入塔里木盆地，也就是塔克拉玛干大沙漠边缘去的。很多地段经常被沙子埋住，只有从车辙上才看出一点路的痕迹。这一带的地名有的叫“艾肯布拉克”，有的叫“必尔阿塔尔布拉克”，有的叫“克孜勒布拉克”……这“布拉克”是汉语“泉水”的意思。你别以为这儿的水多，相反，正是因为水珍贵才取这样的名字，就像甘肃干旱山区的地名多叫“喜集水”“营盘水”“一滴泉”一样。你就可想象，这条路是越走越荒凉。开始，还能看到哩哩啦啦的胡杨和红柳，不一会儿，刮起了风，窗外一片黄沙，车就像在雾里行驶，外面什么也看不见了。

汽车越走越慢，孩子失去了兴趣，躺在她怀里睡着了。她脸上的笑容也消失了，我说：

“来，咱们把他安顿得舒服一点。”

我把车停下，在车座背后给孩子垫了个窝，让他睡在里面就跟睡在摇篮里一样。孩子在我背后打小鼾，小鼻子小嘴呼出的小气气喷在我的脖子上，叫我痒痒的，别提有多舒服了。

一望无际的黄沙，只有我们这辆车像只小虫虫似的爬着。这样，外面就有一种无形的压力，使车里的人互相亲密起来。走着走着，她细声地叹了口气，好像自言自语地说：

“看，这就是我要去的地方。”

是的，这地方可真不怎么样。我问：“他爸爸呢？他会到铁干里克来接你们吗？”

她半晌没回答，最后，忽然说道：“他没有爸爸。”

“啊！”我又有点惊奇，又有点意外地高兴，“那么……是怎么回事？”

她朝我凄凉地微微一笑，随后皱着眉头说：“这件事，我们家里的人都不知道……但是，我总想告诉一个人。不说出来，我心里老憋得慌……”

原来，她的家庭是资本家。一九六四年她高中毕业，学校敲锣打鼓地把他们送上火车，她是抱着改造自己、建设边疆的决心到新疆来的。刚来的时候还当文化教员，可是，到了一九六七年，一批“造反派”夺了他们团场的大权，就把她下放到连队劳动了。以后，当然越来越受歧视。有一天，当了连长的“造反派”头头突然看得起她来，叫她拿上枪跟他一块儿去荒滩上打黄羊。打黄羊是为了改善连队的伙食，每个星期都打，不过只有出身好的民兵才有扛枪的资格。她当时兴奋得不得了，以为自己在贫下中农眼里算是“再教育”好了，跟着这小头头跑出老远，结果被小头头在一片红柳林里欺负了。不久，她发觉自己怀了孕，但既无处控告，又没法流产，更不好意思说出口，只好回到上海生下这孩子。为了不使爸爸妈妈伤心，还扯谎说她在新疆已经结了婚。这孩子一直放在她家里，直到前不久，上海搞“批林批孔”，又刮起了什么“红色台风”，把她爸爸妈妈扫地出门，赶到乡下去了，她不忍心再拖累他们，才把孩子领回来。

她说：“我要把他养大，孩子是没有罪的……同学们都劝我别领回来，我一定要带。我什么苦都吃过了，在我眼里，已经没有再困难的事情。”

“那个坏家伙呢？”我这才明白那晚上她为什么那样胆小，气愤地问她。

她苦笑了一下，说：“他早不知调到哪个团当保卫科长去了。”

生活里常有这样的事：你会把你的秘密告诉不相干的人，告诉陌生的人，就像我今天跟你这样。她说得很从容，不动感情，就如同说别人的事。我知道她是说给我听，更是说给自己听；她既不是想引起我的同情，也不是想求得我更大的帮助，她是要把自己过去的生活捋一遍，以应付更大、更多的困难。她这种口气就表明了这点。

虽然她很平静，但她的话却在我脑子里引出一幕一幕这样的情景：她怎样天真地笑着跟那个人跑，还自以为光荣地扛着枪……以后，吓得撂下枪尖声大叫……以后，在女宿舍里怎样东盖西掩，抬不起头来……以后，怎样来回几千里地奔波……以后……不错，他们现在住的还是地窝子，吃的还是老咸菜，但是能怪他们么？光这样生活过来就不容易了，就够有英雄气概的了。我别过头看了看她的眼睛。她的眼神很深沉，不像那晚上泪水涟涟的。我相信她能做到她说的话，在她眼里的确是再没有困难的事了。

正因为这点，使我不由得产生一种对她的钦佩和怜悯的感情，我关心地问：“那你为什么不真结婚呢？”

她说在他们那儿已经没有单身的上海小伙子了，可她又不愿跟外地人结婚，尽管有很多上海姑娘嫁给了外地人。她说如果嫁给外地人，那连能够活动回上海的一线之机都失去了。

我大着胆子说：“我也是从‘口里’来的，我的经验是：日子好过不好过，不在于在什么地方，而在于跟什么人在一起。”

她笑了笑，说：“这话是老生常谈了。”

我说：“巴基斯坦有句谚语：‘见了猫赶快跑。’这是老鼠的老生常谈，可对老鼠来说，却是千真万确的真理。”我说：“有好些老生常谈，对人来说也是真理。”她朝我看了一眼，轻轻叹了口气：“你说的也许有道理，可是真理和实际总有距离。”

幸好，我们是空车，太阳快沉下戈壁的时候，总算爬到了肖尔布拉克。这是沙漠里的一片绿洲，风景很好，土地也肥沃，可是全叫那些欺侮她那样的人给糟蹋了。来车旁边接她的一群上海“知青”，男男女女都有一肚子牢骚。一个穿得邋遢的，人家叫他“美国兵”的上海小伙子，拍着我的肩膀说：

“谢谢你啦，师傅！要在上海，总要请你上‘老正兴’，爱吃西餐，请你上‘红房子’。可在这儿……”他两手一摊，表示一点办法也没有。

我知道我在这儿住下一定会使他们为难——吃没吃的，住没住的；她刚回来，也需要收拾一番。我说：“我回铁干里克有事，就不麻烦你们啦。”

孩子跑过来拉着我的手，嚷嚷说：“你也住在这里，我不让你走！”

我蹲下来，摸着他的头说：“叔叔还要去拉东西哩，好多好多东西都在等着我去拉。你乖乖地跟妈妈在这里。”

他偏着小脑袋，想了想，又问：“你还来吗？”

我说：“我还来。”

“叔叔还开着车来？”

“我还开着车来。”

“一定来？”

“一定来。”

这时，她站在孩子旁边。我站起来，又像是对孩子，又像是对她重复了一遍：

“我一定来！”

回到乌鲁木齐，她和孩子的影子老印在我脑子里，怎么也磨灭不掉，一天丧魂失魄的，好像心丢在肖尔布拉克了。我师傅回来以后，我跑到他那儿去，把我的情况和我的心情一五一十地向他老人家端了出来。“好！”我师傅一拍桌子，“你不去找她还找谁？！‘肖尔布拉克’，汉语是‘碱水泉’的意思。在碱水里泡过的资本家小姐，比金子还宝贵！”

我买了好些年货，又特地买了好几辆不同的玩具汽车，搭上同志的车，在大年三十终于赶到铁干里克。我顶风冒雪走到肖尔布拉克，推门进她“家”的时候，正是他们上海人吃“年夜饭”的时候……

后来，她老是反反复复地追问我：“你为什么要爱我呢？”

我说：“我总觉得，爱，是说不出来‘为什么’的。我挺爱看评剧，可《刘巧儿》里的一段唱词我却听得不顺耳。什么‘我爱他，能写能算，能劳动，回家来，他能给我做先生’。爱，哪会有这样冷静的分析，哪能这样称斤论两。不瞒你说，我结过一次婚……”我把我跟那陕北姑娘的前前后后告诉了她。我说：“客观地看，不论从哪方面来说，我都比那陕北小伙子强。可那姑娘偏偏不爱我，偏偏愿意跟那小伙子受苦。住在窝棚不像窝棚，窑洞不像窑洞的破房房里，夏天脱土坯晒得脸蜕皮，冬天糊火柴盒糊得手裂口。这是为什么？我过去也搞不懂，老纳闷。现在我明白了：这就是爱情！我对你，也就和那陕北姑娘对那陕北小伙子一样，你又怎么能叫我说出个‘为什么’……”

她听了，眼睛红红的，点点头说：“我也有点明白了……”好了，前面就到你要去的地方了！你在哪儿下车？……没关系，我送你到门口……

现在？现在当然都好了。她在肖尔布拉克中学当副校长，每年寒暑假，他们就上乌鲁木齐来。我呢，领导照顾我，专跑这条路线，一个星期能回家一趟。孩子已经上中学了。不过他不再想当汽车司机了。他的理想是当作家，他说他将来要写我和他妈妈。我说：“我和你妈妈又不是英雄，而且有好些经历是不能写的，写了人家要批你，说你写了阴暗面。”他说：“爸爸，这就是你不懂了，文学的生命是真实。我认为你和妈妈都是真正的人！”嘿嘿！记者同志，我也不知道这小家伙的话对不对。

她爸爸前年落实政策了，又补发了工资、定息。要是不跟我结婚，她完全可以办回上海去。有一次，我一高兴，多喝了两口，我说：“你看，你懊悔了吧，要不跟我结婚，不就回上海照样当小姐了么？”

她当时没说什么，晚上睡在我旁边却嘤嘤地哭了，说：“你说的什么话？！你不是说了吗，‘日子好过不好过，不在于在什么地方，而在于跟什么人在一起’。我为什么非要回上海当小姐不可？你把人看扁了。”我知道这个玩笑开重了。哄了半夜才把她哄笑。从此，我再不喝过量了……

啊，肖尔布拉克，肖尔布拉克！碱水泉，碱水泉！记者同志，从我这一辈子接触的人来看，不单单在碱水里泡过的她是宝贝，凡是吃过苦、喝过碱水的人都是咱们国家的宝贝！你说是不是，记者同志？

……

原载《文汇月刊》1983年第2期
荣获“1983年全国优秀短篇小说奖”

阵 痛

邓 刚

开天辟地，铆工班的师傅们没有了笑脸，一张张沾着灰渣油渍的嘴铁闸般合紧，似乎万分痛苦。但你只要细细瞅去，却会发现，在这些佯装痛苦的表情后面，有一股掩饰不住的喜悦！这喜悦顶得他们眉骨一阵阵耸动，但暂时还不敢表露出来。

班长刚刚从车间主任那儿订包工签合同——这一个新车间，五百吨钢材，煨、打、焊、割，十个工匠，两个月包干，一吨钢材净得六块四。六五三千,四五二百，每人每月拿一百六十块。哈，顶得上两个科长的工资，天大的美事！包工单摊在大家面前，白纸黑字大红戳儿，两不反悔，一辈子的事儿，这回来真格的了！好——锤砸铁砧出声，汗珠摔地有响，出多少力，换多少钱，谁不打心眼儿里乐！但先别高兴，铆工班十二个人，明摆着，要开掉两个。开掉谁呢？当然，先捡孬的。第一个，不用说是焊工李月英。才生完孩子两个月，浑身皮肉松弛，整天低眉顺眼，当闺女时的青春朝气已荡然无存，上下工只惦记着一件事，回家给孩子吃奶。焊枪在手里刚攥两分钟，累了，需要休息，管你任务急不急，身子往旁边的工件上一倚，先歇半个点，谁能奈何？累坏了身子你负责！再说，挣你的钱吗？——现在不行了，搞包工包干，对不起，挣我们的钱了，不管不行，干不了，就请远点吧！但李月英毫不在乎，咱是社会主义，不会让她失业喝西北风的。上级有规定，不能坚持正常生产的孩子妈妈放长假，百分之七十开支。一个月少挣十来块钱算什么，雇保姆看孩子，一个月连工钱加情礼，三十多块。细算一下，里外里自己还多赚十来块，合算！李月英还巴望着赶快撵回家呢！

但是第二个却困难了，谁呢？当然大家心里都有数，却又不好意思开口，人总还有个面子，所以个个装出这副难看的模样。但第二个人自己心里明白，他倚在墙角里耷拉着脑袋，面孔赤红，紧锁眉头，他是铆工郭大柱。啊！郭大柱！这个立起像座塔，蹲下赛铁砧的汉子，要被大家开掉？别说笑话了！但这不是笑话，他就要被无情地开掉，只差人们把手指到他鼻尖上就是了！

从档案的表格里看：郭大柱，三十三岁，五级铆工，政治思想好，常年先进生产者……十全十美，端端正正。但是没用，人们不愿要他，因为他什么也不会干！五级铆工匠什么也不会干？是的，拿起图纸，郭大柱就眼花缭乱，被那些纵横交错的线弄得不知所措，甚至看不出倒正来；抡起大锤，他纵是千斤力气，也打不到点上，明明看得准，一锤砸下去，却偏砸在掌钳的钳柄上，震得人家虎口肿裂，骂他草包。他几乎成了废物，只好给二级工打下手，帮着搬搬抬抬，即使这样，人家还嫌他碍事绊脚。吃大锅饭时，大家还可以嘻嘻哈哈地在一起混，现在包工包干了，好枪好马都往一起抱团儿，谁要他！

郭大柱为什么没有技术？唉，怨天怨地生日时辰不对，但怨谁也晚喽！三十三岁，日过午了！

他默默地站起来，在四周人那样既怜悯又无可奈何的难堪表情下，困难地走出休息室。班长从后面撵上来，叫道：“大柱！……”下面的话有些难说了。郭大柱慢慢回过头来，咬了咬嘴唇：“别说了，我明白……”

一等郭大柱离开，铆工班的人马立即欢声笑语地谈开了："咱们大家都拿出真本事，这次干好了，下次包他一千吨！哈哈！……"但班长小声地说："够大柱受的。"有人立刻接话说："哼，可怜他？他也该倒点霉了！"

一滴热泪险些涌出郭大柱的眼眶，他踉踉跄跄地朝车间办公室走去。

厂部规定，凡是包工以后挤出的剩余劳动力，一律重新安排。于是，车间主任的办公室挤得满满的，一片怨声怨气。郭大柱偷偷地将目光扫去，天哪，这全是些平常泡病号、迟到早退、不正经干活、调皮捣蛋分子。一个"包"字"突"地砍将下来，把他们从那些真正有本事的人群中齐刷刷地砍开，全现出原形了。郭大柱，这个头脑聪明、性格刚强的汉子，竟要同这些五马六混的人为伍了！做梦也想不到呀！他赶紧找个角落蹲下来，脸上呼呼地发烧。四周闹嚷嚷的声音却一个劲地朝他两耳里灌：

"他们不要我更好，哥们早就不愿干了！"

"咱天天到这儿坐着，照样开工资，更不错，科长也不换！"

哈哈哈！几个小青年不以为耻，反以为荣，竟张着嘴乐开了。还有几个人，踏到办公桌上面，凑伙打起扑克来，一片"大王小王"，"二鼻子调主"的呼喊，好像参加庆功会似的。李月英不知什么时候也到了，还把孩子抱来，正敞着怀给孩子喂奶。旁边几个妇女正抓紧时间织毛衣，其中一个正给李月英的孩子相面，叽叽嘎嘎地笑着说："两耳贴脑，福气不小，将来能当大官呢！"李月英丧鼻丧脸地说："只要不当倒霉的工人，管干什么都行！"

但大多数人的表情是愁眉苦脸，忧心忡忡的。他们同郭大柱一样，感到自己是筛出来的渣滓，甩出来的劣货，正红着脸等候重新发配。但是郭大柱却又发现，在这群人里，也有些平常日子名声显赫的面孔，例如钳工副班长刘钢炮，还是厂里的标兵呢！多少次在全厂职工大会上发言，他都是声若洪钟，慷慨激昂，念出的决心书激动人心，谁听了都得热血沸腾，为钳工工匠们挣得了多少光彩！可现在也被撵出来了。是啊，真刀真枪，凭技术和气力的包工，再好的嘴又有什么用呢？顺着刘钢炮望去，郭大柱更是吃了一惊，全厂有名的“红管家”老阮头也在场！这个勤勤恳恳的老阮头呀，你怎么也给塞进这支丢脸的队伍里呢？不论是风雨阴晴，不论是春夏秋冬，你都会看到老阮头那弯弓一样的身影，在车间，在仓库，在马路上转悠，每一寸木材，每一根铁钉，每一片破布，每一滴机油，他都小心地积攒起来。有一次老阮头为了在冻硬的冰雪层里挖一个螺丝帽，整整用铁镐和手锤扒了一个下午呢！有人说这是得不偿失，但领导说这种精神值千金。后来老阮头为此手指冻成了冻疮，还坚持上班，多感人的事迹！天长日久，日久天长，老阮头捡的那些东西，装了好几个节约箱。每当记者下厂时，领导就把这些节约箱摆出来，挣得多少荣誉！每年年末，老阮头都捧一张“节约标兵”的奖状回家去。那奖状挂了整整一山墙！可就这么个光荣的红管家，也被撵出来了！人心啊……细想一下，人家要他干什么？干活顶不上半拉人使用，就会拣废铜烂铁摆节约展览，顶屁用！小伙子们背后都叫他“捡破烂的”。此时，老阮头正委屈万分地倚在墙根，小声小气地嘟哝着：“这年头，认钱不认人呀！……”

“哼！千不怪，万不怪，就怪咱太听官的话了！”刘钢炮愤愤不平地说，“早知有今天，当初宁肯当落后分子！”

郭大柱浑身猛地一震，不由得有些心惊。他自己不也这样想过吗？郭大柱沉重地埋下头。

厂里早就吵吵要实行合同包干，大家都兴高采烈，纷纷说这下可好了，多干多挣，不干不挣，那些松松垮垮、蹭蹭滑滑的现象会一扫而光的。你郭大柱却与众不同，预感到一阵阵不安，现在终于兑现了！一个“包”字推下来，人们都瞪起眼，好马强将都往怀里抢，弱兵劣马全往外面推，什么感情、友谊、面子，全不讲了！当然，那些不正经工作的人应该剔出去，但你郭大柱属于这一类的吗？不，他压根儿就不是这个队伍里的人！但是——啊，但是什么呢？……

隔壁车间支部办公室，头头们正叽叽咕咕地在紧张地讨论什么。看来他们对包工包干以后的形势估计不足。过去下面常常喊缺人力呀，缺物力呀，大会小会总是这样表决心：我们在人工少、任务重的情况下如何如何。可没想到一个“包”字行下去，卤水点豆腐，会出这么多水分，会挤出这么一大堆闲人来。原来想成立一个清扫队，一个技术学习班，现在看来远远容纳不了这么多的闲人。郭大柱头贴着墙，时时听到那边高书记尖刻的声调，好像是什么路线正不正的意思。一听到高书记的声音，他就涌上来一股说不出来的滋味儿，唉，他难道不是像刘钢炮发牢骚说的那样，“太听官的话了”吗？

刚进厂时，郭大柱和刘钢炮都是不到二十岁的小伙子，脑瓜聪明，浑身是劲儿，学什么会什么，师傅们都说他俩将来是了不得的铆工匠。谁知那时厂里三天两头开会，誓师会、批判会、决心会接二连三。郭大柱会写一手漂亮的字和文章，把班里的决心书、批判稿写得一摞一摞的。刘钢炮也显出了才华，他会朗诵，会念发言稿，嗓音像半导体收音机似的又亮又响，听起来有力气。大家乐坏了，把他们两个捧得宝贝似的，很快就成了人们公认的秀才，不管上面来多少政治任务，你说写还是讲，我们有秀才顶着呢！但是钳工班提意见，这样两个难得的人才不能放在一个班使用，于是连借加赖，把刘钢炮抢去了。后来领导上发现了，便以上级需要的名义，把他俩全弄到办公室搞革命。高书记郑重地向他们宣布，革命的需要就是一个人的理想。当然，他们毫不犹豫地扔掉了还没在手心里握热的锤枪刀铲，去整天地写，整天地讲了。师傅们也都羡慕地说：“走吧，这里水浅，养不住大鱼！”后来，如果不是每月回班组开一次工资，他们简直就忘了自己是工人。十来年过去了，他们一直打着“以工代干”的名义在办公室里奔忙着。有多少工作要干呀，政工组托他写稿，工代会求他画宣传画，保卫部门找他搞外调，计划生育办公室又叫他去画“一对夫妻一个孩”的宣传橱窗，车间工段请他下去画“决心栏”“批判栏”“学习栏”……真是一块香饽饽八下抢，郭大柱红遍全厂。刘钢炮更闲不住，加入巡回批判分队，批了这个批那个，堪称应接不暇。当他们望着开工资的单子上写着“铆工”“钳工”时，自己都觉得可笑了。涨工资时，高书记在大会上大声宣布：“像郭大柱、刘钢炮这样的青年应优先升级，他们任劳任怨，党叫干啥就干啥，对革命的贡献最大！”而那些在下面出力干活的伙伴们却远不如他们，一到涨工资时，就诚惶诚恐地跑到郭大柱这儿听信，求他在领导面前美言几句。这样，一天锤没打的郭大柱，一步一个台阶，毫不费事地晋升到五级铆工。

可是今天，他们这些“以工代干”的人突然成了废物，生活开了个多么可怕的玩笑！当“整顿”和“改革”的风头刚刚吹来时，首先遭难的是这些“以工代干”的人员。国家正式干部都“泥菩萨过河”，谁能保住他们！他们有些气不过，找高书记诉苦：“我们一心一意为革命做贡献，到头来一点正经技术也没学到手，就这么撒手推下去不管，合乎党的政策吗？”然而，高书记更痛苦：“……怪谁呢？怪‘四人帮’吧！”刘钢炮火了：“现在谁都是事后诸葛亮，什么‘四人帮’，说得轻巧，当年你怎么说的？‘紧跟党中央’，不是成天挂在你们嘴上吗？！”然而有什么法子，全车间、全厂、全市、全国，像他们这样“以工代干”的人多如牛毛，难道都能转成国家干部吗？再说，长眼珠的谁都看得见，干部们多得要把办公室胀裂了！精简机构确实是对的。好在高书记对他们毕竟是有感情的，在大会上宣布：这些“以工代干”的同志下去，是为了充实各生产班组的政治力量，一句虚话，给了他们一个光彩的面子下去了。但这些年整顿和改革的步子越来越大，事到如今，真枪实弹地包工，终于无情地把他们弄得一文不值了。

一直到中午，头头们还不露面。小伙子们说笑够了，扑克也打厌了，纷纷跳下办公桌，喊着到厂外下饭馆。他们一点愁意也没有，真令人羡慕！桌面上的计划纸被弄得满地都是。老阮头走过去捡起来，又吹又拍地一张张掸灰，并连连嘟哝："这么白的纸，多可惜！"旁边有人说："这老头，凤凰落坡了，还瞎积极！"

李月英的孩子从来没经过这么多人的场面，可能受了惊吓，屙了一泡稀屎。她正喊旁边的人拿纸给孩子擦屁股："要那份软乎的计划纸，软乎的！……"简直就像在这里住家过日子了。

虽然是初春季节，郭大柱却觉得燥热起来，他赶紧走出这个乱嚷嚷的办公室。

车间门口矗立着一座巨大的牌坊，这灰白色的水刷石建筑高高地向蓝空耸立着。当年，这里有郭大柱的功绩和骄傲呀！当全市各单位的领袖像、语录板此起彼竖的时候，他们厂也不甘示弱，将建食堂的水泥沙子一股脑儿拉来，干部、工人们苦战三天三宿，刘钢炮助战的嗓子都喊哑了，终于竖起了这个威风凛凛的大牌坊。离厂二里地，就能看见这雄伟的建筑。高书记立即给郭大柱一个光荣的政治任务：在上面画"庐山仙人洞"，郭大柱难住了，画个太阳、葵花、黑板报刊头什么的，还将就一气，要画大幅油画，那可是画家的事。什么画家，工农兵就是最好的画家！革命谁也不是天生就会！高书记一下批了一千块，买油彩，买画笔，需用物品，一应俱全！画一次不行两次，两次不行，三次，革命路程千难万险么！郭大柱一心干好这项工作，完成这一光荣而伟大的任务。他踏破鞋底，跑遍全城，拜师求教，终于学到了一点本领。全厂最大的叉车交付他全天使用。他脚踏在叉板上，手一挥，司机就赶紧随着他的手势开，一会儿升，一会儿降，他在半空里腾跃、挥洒，飞墨走彩，好不气派！全厂的人都纷纷跑来观光，啧啧赞羡之声不断。就在那时，他现在的妻子——全厂最拔尖的俊姑娘爱上了他。郭大柱现在还能清楚地体会当时的心情：他从半空里朝下面黑压压的人群一望，无数双倾慕的眼睛朝他仰望着，他总是在这些眼睛里面寻找最明亮的那一双……他那时多幸运，多幸福啊！更使他激动的是，每当高书记领着全车间的工人，在这牌坊下面排着整齐的队伍，朝油彩闪闪的画面表决心时，他的心情是何等兴奋！这人人虔诚崇拜的画像，是他郭大柱亲手敬画呀！那时，谁不说他郭大柱是出类拔萃的能干小伙子。可现在，自己倒像成了个窝囊废！

郭大柱叹了一口气，抬起头望望这高高的牌坊。一般各厂矿单位，这种类似的建筑早推倒了，可高书记对这座牌坊有着深厚的感情，始终坚持不拆。现在，倒有了新的用处，成了厂里的产品广告栏了。从美术学校分到厂里来的一个学生（当然画得比郭大柱强多了），在上面画了一个长发大美人，两只鸡蛋大的眼睛朝路人卖弄风骚，而那细柳般的纤臂正朝旁边指着：本厂新产品，美观大方，经久耐用，实行三包……

在这神圣得必须排着队伍瞻仰的画面上，换上一个飘飘洒洒的广告大美人。啊！谁敢想象！

刘钢炮摇摇晃晃地走过来，看来他是在厂外小馆里喝酒了，两眼赤红。最近刘钢炮常喝酒，好几次下班的路上，郭大柱看到他歪在路边墙根下呕吐。谁能想到当年英姿勃勃的小伙子，能变成这个熊样！刘钢炮晃到郭大柱跟前，说道："在这里发什么呆，还想画仙人洞？……哦——"他打了一个饱嗝，喷出一股难闻的酒气，郭大柱不由得把身子往旁一斜。刘钢炮又咕噜了句什么，听不清楚，他的嗓子沙哑了，像有毛病的半导体出现了杂音。老阮头一颠一颠地跑过来，对刘钢炮喊："高书记叫你去朗读社论，组织大家学习！"

"叫我念……念报……"刘钢炮歪咧着嘴，"哈！包工吗？……念一张多少钱？……"

刘钢炮第一次不听话了，郭大柱目送着他和老阮头一颠一晃地走远了。心想，难怪啊！反正是这么个熊样了！

通往厂大门的路上，走着一群群刚吃过饭的工人，他们脸上喜气洋洋地放着光，正在兴高采烈地谈论着包工包干的新鲜事，一个个声调放得很响。他们是认识郭大柱的，也许是故意大声说给他听。人们脸上的那种得意神情，使他很不舒服，也许，当年他曾在批判稿上、漫画上、那些步步紧跟的工作上，伤害过他们的感情吧！能怪人家记仇吗？是的，他曾背后听到工人骂他这样的人是混子、舔腚的，当时他是那样气愤；现在则感到悲哀了，如今，任何一次政治运动的受害者，都受到广大人民群众的同情，唯独他这一批受害者，群众却恨他们！

他不知不觉走到汽车站，脚步突地收住了，这不是要旷工回家吗？但他又苦笑了，笑话，他还有工可旷吗？汽车开来了，却见李月英急匆匆地从车上下来，大概她回家送孩子了。看到郭大柱，她惊奇地瞪着眼睛："怎么，下午自由了吗？"

"下午学习。"郭大柱无精打彩地说。

"哎哟，当官的点没点名？"李月英竟紧张起来，也不等他回答，就朝厂大门跑开了。郭大柱笑了，这个老娘们儿，真怪，工作时间懒懒散散，上下班时间倒抓得挺紧。他也稀里糊涂地跟在李月英后面往回走。进到车间，他习惯地向铆工班休息室走去，刚要推门，却听到高书记的声音："……你们不能为了一个'包'字就红了眼，把阶级弟兄推出去不管！"

"既然讲究包，我们就得实打实……"班长分辩着。

"这样吧，你们得收回去一个。这样可以使上面缓冲一下，一下推出这么多闲人，领导也难办。"原来，车间主任也在场。

"本来十个人干的活，非要我们十一个人干，这算什么包！……"班长还在叽叽咕咕地顶。

郭大柱气愤地抬腿要走，心里话，你叫我回去，我还不回去呢！我是要饭的吗，看你们的下巴说话？我郭大柱回家捡废纸、扒垃圾，也能养活自己！可是他却听到班长又说道："领导既然非要让我们收回一个，那就叫……李月英回来吧！"

啊——郭大柱差点儿一屁股坐在地上，原来在人们的心目中，他还不及一个懒婆娘!

“为什么不要郭大柱?”高书记有点儿火了,“真是怪事,政治思想好的人你们不愿要!”

“咱这儿没有写写画画的活儿,大柱能干什么?”四周很多人插嘴了,“李月英再干的少,总还有焊接技术!”

“不行,你们一定得留郭大柱!李月英好处理,放长假回家。可郭大柱,你们不要不行!”书记和主任同时严厉地说。

郭大柱像挨了一锤似的,一蹦高跑了,胸口里涌上一股酸溜溜的味儿,顶得他一阵阵难受。我这是怎么了?像个没娘的孩子,竟叫领导哀求人家收留!我郭大柱什么时候这么窝囊过!也许由于跑得急,泪珠从郭大柱的眼眶里甩出来。他茫然地跑了一阵,渐渐冷静了。他不知怎么跑到厂部医院来了,那刷着白油的大门出出进进,人来人往。对,何不到大夫那儿看看病,开几天诊断书。他此刻浑身热乎乎的,血压准升高。在早,郭大柱体检时,发现自己的血压不稳定,忽高忽低。但他从不借此去泡诊断书休息。而且他对那些无病装病、长期泡病号的人,有一种本能上的反感,从来都是瞧不起他们的,现在却要和他们走一条道了!

医院楼道里窜来窜去的人,大都是他们那支丢脸队伍里的成员。他们和大夫们嘻眯嘻眯地打着哈哈:“我们都是废物了,给点营养药补补吧!”

李月英也混在人群里看病,她似乎很痛苦地对大夫说:“我肚子不好,突然屙稀了,有痢特灵吗?”说着佯装肚子痛的样子,用手轻轻揉着腹部。郭大柱一阵厌恶,他想起了李月英的孩子上午屙稀,她这是装病给孩子要药,赚国家便宜。看她煞有介事地在那里表演装相,也不脸红,郭大柱真恨不得当场揭穿她的丑剧。但是他却痛苦地摇晃了一下,赶紧转过身去。要知道,在人们的心目中,你堂堂六尺高的汉子,连这样的人也不如呀!

郭大柱又从医院里逃了出来。

郭大柱一天没吃饭，却早早地躺到床上。妻子最近脱产念业大，住业大宿舍。她倒生活得满有劲头，准备考什么文凭，要回车间当技术员。为了学习好，忙得连星期天都不回家。唉，她要知道这件事会怎么想呢？郭大柱心烦意乱地翻转着身子，弄得床身咯吱咯吱响。九岁的儿子在写作文，小嘴竟朗即朗有声地念着："我长大要像爸爸那样，勤劳地建设祖国……"郭大柱突然觉得有些感情冲动，只有在孩子的眼里，他还有着光荣的身份。是的，他小时候也曾这样高声朗诵过："长大了，建设我们美好的祖国……"他终于长大了，而且在建设祖国的岗位上干了十三四年。十三四年啊，他出了多少力，做了多少事？他掐算了一阵，却渐渐地空虚了。他这十几年都干了什么呢？写了成百上千份批判稿；画了无数幅仙人洞、领袖像、葵花向太阳；描了一处又一处摆形式用的批判栏、学习栏、决心栏和标语口号……扪心自问，这一切对祖国建设和人民生活有什么作用？有什么意义？他猛地坐起来。他十几年，挣了国家六七千块工资，耗费了那么多资金和费用，实际上却没给国家和人民带来一分钱的好处！不，这样说怕是过分了。他还画过"一对夫妻一个孩"的宣传画；这两年回班组还帮帮抬抬地干了些杂活。但这些不是太微不足道了吗？十几年呀，你所有的贡献只是干了两年的杂活，只是画了几张宣传画，不觉得脸红吗？你对得起孩子作文里的那句话吗？他想到刘钢炮，想到另一些"以工代干"的人，如果冷静地坐下来算算，他们所做的一切究竟对国家和人民有多少好处？大概不感到脸红，也会感到吃惊吧？——不，不，这怪我们吗？一个充满怨气和愤怒的问号从头脑里闪出来，使他感到一丝安慰，并重新躺下去。是的，不怪我们，是怪那个倒霉的年代。如果我是今年才进厂，刚二十岁，三年五载照样能学成一身本事，争个"技术尖子"当当。想到这儿他嘴角浮起了嘲讽的笑容，"你们要认清革命形势，不要执迷不悟……"当初这样的词句无数次地在他写的批判稿中出现过，没想到多少年来，真正执迷不悟的正是他自己呀，是他这个被人家开出来的废物郭大柱！

郭大柱从来看不起厂里那些调皮捣蛋、软磨硬泡的家伙，他可从没旷一天工，没泡一天病号，没干一件调皮捣蛋的事，他从不怀疑自己整天忙忙碌碌，是在一心一意干好工作，一心一意为了革命。万没想到，他现在倒和这些人成了“一路货”，成了一条线上的伙伴了，郭大柱苦笑了。咳！这支队伍的人数还真不少哇！他整整一宿，就这样矛盾来矛盾去地折腾着。

郭大柱终于没有回班组去，而是坚决要求重新安排工作，管干什么都行，只要他能干。高书记和车间主任专门同他商量了一阵，说是下一步要建一个新厂房，各车间技术力量大部分开到工地上去，厂部决定成立一个工地临时宣传组，刘钢炮当广播员，他当宣传员，只是写一些标语口号布置工地，活是比较轻松的。除此之外，就只能进后勤组干杂活，再没有其他的工作可供选择了，看来，这个临时宣传组也是领导为他和刘钢炮苦心安排的。郭大柱沉吟了一会儿，轻轻地说：“我去后勤组干杂活。”两个头头愣了，怎么，闹情绪啦？现在政策变化太快，领导上也往往被动，这是尽量想办法来解决你的困难啊！郭大柱又平静地补了一句：“让我去干点实际工作吧，苦点累点都不要紧，我不能再执迷不悟了。”

郭大柱在后勤组的工作是往工地送开水。他像过去饭馆跑堂的那样，扎着白围裙，拎着一串茶碗，挑着两只水桶，在坑坑洼洼的工地上走来走去。五级工匠下来送水、打杂，谁的脸皮能受得了！他每迈一步，心里都感到那么艰难、吃力。尤其从热热闹闹的工作场地穿越，总觉得有一万只眼睛在盯着他，浑身都不自在。但送过几趟热水后，心情稍稍沉静下来了，他发现，根本没人理会他，大家都在忙着干自己的活儿，推土机隆隆地吼叫着，对着一堆堆乱石土块轮番冲击；大吊车的长臂在频频摆动，一会儿提一根沉重的钢梁，一会儿拽一捆铁筋！焊花从耸立着的支架上飞撒下来，撞击在纵横交错的铁柱钢梁上，又迸出万道流金溢彩。郭大柱也看到自己那个班了，大家都在热火朝天地忙着。班长正把一张张图纸摊在地上，用石子儿压住四角，朝着他的手下人比比画画讲解着。可能是有人提出问题了，只见他们全体又弯下腰身，重去看那图纸。再往上看，就见有几个人手提大锤、焊枪，顺着钢梁缓缓地往上爬去，咚！咚！咚！他们身立半空，舞动双臂，那亮闪闪的锤头，在初春的阳光下划出一道道银色的弧线。

"第七号筋板是A向！是A向！……

"钢梁垂直度误差四毫米！……

"再高一点儿！再高一点儿！保持三十度……"

人们在相互喊着，应着，指挥着。无数双粗壮而又灵巧的手在不停地工作，在这荒凉的土地上奇迹般地托起一座巨大的钢铁建筑。远远听去，各种机械的磨擦撞击，各种音调的呼喊，此起彼伏。乍听似乎很乱，但你只要听一会儿，却又觉得那么有规律，有乐感，那么悦耳动听！做一个局外人，从旁看去，郭大柱才真真地感到，他们是技术人，说的是技术话，干的是技术活，这种充满技术性的劳动，给他一种娴熟、热烈、欢乐而又优美的感觉。他从心里羡慕他们，或者说是对他们的劳动有一种全新的肃然起敬的感情。过去，他端坐在办公室里的时候，劳动从来没有对他引起过这么大的兴趣和激动。正相反，在烈日当空或寒风呼啸的时候，远远地听到那沉重的劳动号子，常常觉得自己是优越的，幸运的。但是今天，当命运的突然变化，把他降为一个打杂的挑水工时，他的眼睛从下面往上看了，他才感觉到了这支劳动队伍的分量。从平面图纸抽象的线条，到立体结构的车间厂房；从一堆堆平淡无奇的钢材，到精工巧造、闪闪发光的机器设备，这需要智慧，需要力量，需要技术。他的怨恨像水桶上的热气一样渐渐消散了，羞愧立时涌到全身。他被这支队伍无情地开出来，是因为他无能！他羞愧的是不仅没有资格待在这支队伍里，也没有资格拿五级铆工的工资！

郭大柱挑起水桶，悄悄地回到烧水房，倚在墙角里发呆。烧水的是老阮头，他的身影老是佝偻在灰腾腾的烟气中。这老头真行，还是保持“红管家”的本色。不知从哪弄一个破柳筐，满工地捡碎木屑破油纸烧火，倒真成了个捡破烂的了！门口堆着好几吨供烧水热饭用的大块煤，他压根就没动一点儿。

“多可惜，就这么扔了！”老阮头把一筐碎木头倒在水房中间，涌起一股呛鼻子的尘烟，郭大柱赶紧屏住呼吸。

“这是钱哪！”老阮头用羊角锤咯咯吱吱地从木头里往外拔锈钉子。

刘钢炮一阵风似的撞进来，立即又退回好几步。他被屋里的烟气顶得直皱眉头，只得在外面叫喊着：“大柱，你傻啦，干这玩意儿，像个劳改犯！”

大柱没吱声。

刘钢炮小心地往屋里跨进半步，看清了倚在墙角的郭大柱，便又抬高声音说：“上边定下来了，凡是进工地的，不管干什么，都跟着包工超额的部分提成，咱们也能一样挣钱！走——”他抢过去拽住郭大柱，“咱俩还去搞宣传吧！”

“以后呢？”郭大柱纹丝没动。

“以后？——管它呢！社会主义还能对不起你？”刘钢炮又压低声音说，“听说‘以工代干’的超过多少年以上，一律可以转为国家干部，有文件呢！”

广播喇叭里喊刘钢炮回去。他一边往外走一边回头说：“别死心眼儿！”一溜风地跑走了。过一会儿，广播喇叭里传出刘钢炮的声音：“……铆工班的师傅们猛打猛冲，一天完成过去三天才能完成的任务。为什么他们干劲这样高呢？工人师傅们回答得好：这是合同承包调动了大家建设四化的积极性……”

不知怎么，郭大柱发现那熟悉的声调并不悦耳，堂堂五级大工匠光有动嘴皮子的本事，不是很可怜吗？那些顶替进厂的毛丫头，哪个的嗓音不像播音员似的。

郭大柱挑着热气腾腾的水桶，在工地上一趟又一趟走着。他觉得刘钢炮刚才广播的那段话在理。紧张而奔忙的工地上没有像过去那样到处去贴“苦干实干加巧干，大干再大干！”之类的口号，也没有三天两头开什么誓师会、决心会、大干会；工人们倒一个个确实像在冲锋陷阵，猛打猛干。就在这刮着冷风的初春，有人干得热汗蒸腾，脱得浑身只剩下小背心。“包”字在他们心里使劲呢！

这时，刘钢炮的声音又在广播喇叭里响开了，郭大柱无心去听他说些什么。他想：社会主义是对得起我们的，可我们对得起社会主义吗？

郭大柱把水桶放在一块钢板上，不知怎么也涌上来一点情绪，竟张开嘴喊了声：“喝水呀，热乎的！”这怯生生的喊声似乎与这闹哄哄的工地不合辙，立即就消失了，就像根本没喊过似的。铆工班长和几个人跑过来了，端起碗，咕嘟嘟就往肚里灌，喝完用袖子一抹嘴，这才细瞅了一下郭大柱。大家似乎有些不好意思了，班长说：“大柱，有空闲常过来吧，学点玩艺儿，我教你！”旁边的师傅们也立即跟着说：“对对，过来吧，现场学东西快，我们都帮你！……”

郭大柱盖上水桶盖，突地觉得自己刚才也喝了一大碗开水似的，浑身热乎乎的。这些日子，他的心沉浸在不可名状的痛苦里，这是一种阵痛，一种新事物诞生前的阵痛。他挑起水桶，抬头望着这雷鸣电闪、腾烟喷火的工地，不由得放大喉咙：“喝水呀，热乎的！……”这一次也许使足了力气，那响亮的喊声久久地在工地上回荡。终于同吊车的起动声、汽车的尖叫声、机器的轰鸣声、劳动的号子声，渐渐融在一起，有些和谐了……

1983 年 2 月 4 日于大连刘家桥

原载《鸭绿江》1983 年第 4 期

荣获“1983 年全国优秀短篇小说奖”

小厂来了个大学生

陈　冲

一

杜萌推开车间的大门时，车间里正轰响着一片急促、杂乱的缝纫机的哒哒声，可是他刚跨进门口，这声音就突然减弱到几乎消失。与此同时，在他眼前出现了一个极其壮观的景象。第一个刹那，他看到的是一片黑色。那是头发，一台台缝纫机后面埋头干活的一个个女工的头发。没容他去分辨那都是些什么样的头发——灰黑的还是乌黑的，暗淡的还是光泽的，烫过的还是直溜的，那黑色突然一阵翻动，变成了一片白色。于是，在第二个瞬间，他看到了那些女工的脸。然而，又没容他去分辨那都是些什么样的脸——胖的还是瘦的，有皱纹的还是红润的，平庸的还是俊俏的，他仓皇地发现，正有无数道黑色的光束，乱箭般向他射来。

毫无精神准备的杜萌，进退失据地愣住了，拿在手里的介绍信，失手落到了地上。惊愕中头一个反应就是想赶快逃走。在他二十三年岁月中，还从来不曾被这么多人——而且是这么多女人——的目光这样地注视过。接着又是一个职业性的反应：这么多人因为他的出现而停止了工作，得损失多少工作量呀！

不过他并没有真的逃走。他得找到路厂长。轻工局组干科的徐同志关照过：一定要直接向路厂长报到。

他弯腰捡起介绍信，借此恢复了镇静和勇气，然后就朝前走去。那一张张白色的脸，接连着低下去，重又变成一团团黑色的头发，那缝纫机的哒哒声也格外激昂地响了起来。

走过四排缝纫机之后，他遇到了例外：有一团低垂的头发，在他走到近前时抬了起来，变成一张红润的、鹅蛋形的脸，并且向他投来一束清澈、明亮的目光。

这是一双凤眼，大大的，亮亮的，正面看是圆圆的，而从侧面看时，那眼梢略略延长了，变细了，最后合为一条稍稍向上的曲线。

“同志，你找谁？”

凤眼里没有好奇与探究，只含着愿意帮忙的善意。及至看到这女工年龄跟自己相仿，杜萌竟觉得已经和她熟识起来。——大学里流行的观念：同代人之间容易互相理解。

“我找路厂长——路明艳路厂长。”

“凤眼”立刻站了起来，放眼巡视车间，接着就亮开嗓门高喊：

“路师傅——有人找——”

这喊法，只能用“肆无忌惮”来形容。人们纷纷朝这边看，她却浑然不觉。等了一阵，没有反响，才哼了一声说：

“我们这厂长，眼睛尖，耳朵背！来，我领你去找她。”

路厂长正在干活。杜萌在局里待分配时，听到过不少关于她的传闻，说她精明果断，管理大胆，不讲情面，而且工作深入，作风朴实，“蹬机子”出身，当了厂长仍然保持着工人的本色，经常亲临生产第一线。果然，她此刻正坐在一张大案子前摘线头，跟身边的女工们毫无区别。可是等她起身迎过来时，杜萌又分明感到她与众女工截然不同：有一股近乎男性的干练、强悍之气。

“哦，你就是我要来的大学生！”她接过介绍信看了一眼。虽然介绍信递过去时是倒着的，她却只这样倒着看了一眼，就叠了叠装进衣袋，然后把手伸给了杜萌：“好！欢迎，欢迎！”

路厂长握手很有力，很实在，口气和词句都简捷而干脆。“你是我点名要来的宝贝，我把你安排在研究室！今后可得多给我卖点力气，听见没有？好，你自己去吧，我已经把我的办公桌给你搬过去了。”

杜萌大为感动，同时也暗暗吃惊：厂长把办公桌让给了我，她自己怎么办公？一直站在旁边的“凤眼”招呼他：

“来，大学生，我领你去。”

杜萌刚要道谢，路明艳却把脸一沉，朝“凤眼”训斥地说：

“干你的活去！巴掌大一块地方，人家会找不着研究室，用你瞎起劲？”

“凤眼”微微一红脸，但也没再说什么，一扭身走了。杜萌很觉过意不去，路明艳却仍在愤愤地说：

“这帮丫头，太缺乏自觉性！总是编着法儿蹓蹓逛逛，不肯抓紧时间多干点活！”

路明艳又去摘线头，杜萌只好循原路走出车间，不料在门口又遇见了“凤眼”。

“喂！大学生，跟我来！”

“刚才路厂长……”

“没事儿！”“凤眼”一撇嘴，径自在前面带路。

“这会不会影响你的工作量？”杜萌紧走几步赶上去，“你们不是实行计件超额奖吗？”

“不碍！其实，每天我都找点理由出来蹓跶这么一两回。”

“啾？”

“我手快！超额奖拿得太多，有人会把眼珠子瞪出血来。”她出声地轻轻一笑，停了步一指：“到了。这就是研究室。”

确实，永红服装厂只有巴掌大一块地方：一个长条院，两边是车间，横头一排平房，就是各职能科室。

“听说你是学企业管理的？”

“你消息很灵呀。”

“这么说，是真的？”

“你看我不像？”

“我只是纳闷，企业管理还用在学校里学？”

“企业管理是一门科学。”杜萌很郑重地说，因为这涉及他的职业自豪感。

“这说法听见过，可就是想象不上来。有机会给我讲讲，行吗？”

“这……”杜萌犹豫了一下，“看机会吧。”

“凤眼”用锐利的目光瞥了他一眼，一扭身就走了。杜萌感觉到这是一个不快的表示。他有点不安，对人家的热情报以这样的不热情。但转念一想，又觉得只能如此……

杜萌致孙颖的第一封信

虽然你不让我给你写信，但我还是要写的。

我已上班了！这个厂是本市轻工系统的先进企业，在很多厂“吃不饱”的情况下，它却承担着大量出口任务。听说这是因为路厂长起用了一个传奇人物当业务员……

……我相信自己在这里一定能发挥作用，不久就能用事实证明我的选择是对的！

殷切盼望你的回信。

二

杜萌是带着雄心和梦想来到这座不大的城市的。当有些同学——包括他的女友孙颖——为争取留在学校所在的那个大城市而四处活动时，他却要求分配到外地的基层企业去。

他和孙颖闹翻了，独身一人带着简单的行李来到本市。没想到从组干科直到局领导，几经努力都无法把他分配下去。他想起孙颖说过的话："在中国，工厂需要有专业知识的管理人员那种时代还远未到来！"难道竟是她说得对？

幸而出现了戏剧性变化。组干科的徐同志告诉他，在星期一的局调度会上，赵局长发了火："很多厂子管理混乱，一再出现经营性亏损，可是，局里好不容易要来的一个学企业管理的大学生，竟然给谁谁不要，甚至有人说这是上面甩包袱！谁是包袱？你们这些不尊重科学的人才是包袱！"正在众厂长面面相觑之际，路明艳呼地往起一站："赵局长，我对你有意见！分自行车票，少给我几张，那也罢了；分大学生，为什么不让我知道？不行！这个宝贝得归我！"

不用说，还没见面，杜萌已经深深感念路明艳的知遇之恩了。"士为知己者死"！不干出点成绩来，怎么对得起人家！他毫无怨言地忍受了生活上的种种不便。厂里没有宿舍，他仍然住在局招待所。厂里没有食堂，而招待所食堂的开饭时间又赶不对，只能到饭馆和私人小摊上去吃。公共汽车半小时一班，往往还不正点，每天上下班都要花费两个来小时等车坐车，迫使他不得不中断自学法语的计划。但他忍耐着，极力适应新的生活秩序，以他所能有的全部激情投入了工作。

可是工作上也远不像他所想象的那样顺利。路厂长再也没有照过面，别的人甚至不关心他的存在。研究室只有两位老师傅，专管"研究"服装式样、工艺、下料，与他毫不相干。"这可真有点天马行空，独来独往的劲头呢！"他自嘲地想，但还是按厂长的指示去努力熟悉全面情况。找人谈话，收集数据，翻阅过去的资料、报表，计算，综合，分析……可干的事情很多，每天却还得加班劳动。

工人加班，科室人员就到车间去当辅助工：摘线头，打包装，"扣活"等等。加班不发加班费，工人按多做的工作量领计件超额奖，科室人员则按工人们这部分奖金平均数的60%领奖金。明明是加班工资，偏要叫奖金，这也罢了，要命的是那个60%，直接而严重地损害了杜萌的职业自豪感。这个百分比清楚地表明，自下午四时至七时，从事复杂劳动的生产力被用来从事简单劳动，他生命的这一部分，被三文不值两文地贱卖了！每天整整三个小时啊，他并不需要那按60%发给的奖金！他需要的是加紧他的工作，是读书、看报、学法语！

分给他的任务是“扣活”。这种叫法的意义何在，他始终不明白。问别人，别人也说不清，大家都这么叫，就这么叫下来了。他们坐在一条很窄的案子前，把机工“砸”好的一条条领子翻过来，用锥子把领尖勾出来，把毛边剪齐，最后用电熨斗烫平。不断地、紧张地重复同样几个单调而枯燥的动作，干着干着就犯困。杜萌不由得暗想：一个工人这样干八小时，得有多大的耐力；这样干十一个小时，从精神到肉体都将是一种难忍的折磨！

然而，当他问工人们是否有这种感受时，得到的回答却是：“不，我们惯了。”问到这样成年累月加班加点是否感到厌倦时，工人们的回答仍然是：“不，我们惯了。”那口气是平淡的，全然无所谓的，听不出有丝毫怨气，连无可奈何的情绪也没有。

但是，杜萌并不就此满足。就算真是习惯了，那些本来会降低劳动生产率的因素便不起作用了吗？要得出这个问题的切实答案，不能靠估计，也不能靠询问。他得进行一系列精心设计的实验，取得科学的数据。

这时他有过一点踌躇。进行这种实验难度比较大。他虽不是一个轻易就肯知难而退的人，但毕竟刚开始独立工作，最好能有一点外界的支持，使自己的信心得到一个可靠的依托。

赵局长给了他这个支持，而且很及时。

这天晚上，赵局长到招待所来看望一个在此下榻的战友，离开之前，忽然想起那个几乎分配不下去的大学生还住在这里，便拐到了杜萌的房间。

"小杜，别忘了我们对你是寄予厚望的呀！"亲切地询问了生活情况之后，赵局长把话题转到工作上，亲切中也加上了一点儿严肃和郑重，"永红服装厂搞得不错，路厂长很能干。可惜她文化水平低，能干不能说，好的经验不能上升到理论高度来认识、总结，也就没法子推广。这个工作就要靠你来完成啰！好好干吧，有什么困难或者阻力，厂里解决不了，可以直接找我！我支持你！"

赵局长在杜萌房间里那张空着的床位上坐了十五分钟。他的态度使杜萌的积极性上升到一个新的顶点。临行前，他再次对没能及时给杜萌安排宿舍表示歉意，还笑着问他：有对象了吗？

杜萌致孙颖的第二封信

昨接阿洪来信，知你留校后竟被派到职工食堂当管理员，一下子把我给气懵了！国家那么缺乏受过专业训练的企业管理人才，而好不容易培养出来的大学生，却当了食堂管理员！这帮搞人事的官僚是怎么想的？

我真不知道该怎样安慰你，同时我又想，你需要的不是安慰，而是拿出勇气去抗争！如果在学校里实在争取不到本专业的工作，我建议还是争取下基层……

今天赵局长还特意来看我，说对我的工作"寄予厚望"。他也很关心我的生活，甚至还说到要给我介绍对象呢！当然，我告诉他：我在大学里已经有朋友了。我没有说出你的名字，但心里想的唯有你。

三

路明艳决定：把崔洁的妹妹介绍给杜萌做对象。这是她在与杜萌谈话结束时做出的，但未宣布。她要让崔洁出面去办这件事。

这次谈话，是几经考虑之后，又在仍然毫无切实打算的情况下开始的。她拿不准应该谈什么，怎样谈，只是打心眼里觉得非谈不可。杜萌来厂已经半个多月，整天晃来晃去，这怎么行？她不能容忍自己厂里养着一个闲人，何况还是个年纪轻轻的男劳力！

当然啦，杜萌是大学生。那次局调度会上，赵局长的火刚发开一个头，路明艳就听出了道理：谁要下这个大学生，谁就能在赵局长心目中得一个重视人才、重视科学、重视企业管理的彩头。她这人猛一看很倔，很死板，其实有的地方心眼也很活泛，很精明。现在到处都在强调专业知识，强调学历，这是大势所趋，尽管心眼里不舒服，却情知扭不过这个劲儿去。审时度势，她毅然要下了杜萌，而且一散会就到处夸口：别看我文化低，可我手底下有大学生！

人来了，怎么用？她把杜萌放在研究室，显得很重视这个干部。可是，管理这个厂，她并不需要这么个帮手，再加二百人她自己也满能玩得转。车间、科室一级的心腹，早已够用了。现在的问题倒是这些心腹啧有烦言：为什么给我们把发条上得紧紧的，却听任一个大小伙子晃来晃去不干活？让他帮着打包装去嘛！

路明艳自然不会让杜萌去打包装。恰巧有人报告：上个月一车间三组评上先进组，有弄虚作假之处。她灵机一动，决定派杜萌去调查核实，并提出处理意见。实际上，这种事她不用调查就知道是怎么回事，处理办法更是现成。她要用这个试试杜萌；试试他的能力，也试试他的忠诚。

她找杜萌谈话了。跟别人谈话，多数都是站在院子里谈，这次却是坐在厂长室里谈的，免得泄密，也显得郑重。

“来了这些日子了，感觉怎么样？”她有意问得含糊些。

“还行。”杜萌实实在在地回答，“根据你的指示，我正在熟悉情况，还没有……”

路明艳吓了一跳。根据我的指示？我指示过什么来着？多亏她记性好，记起杜萌报到那天下班时，他们在院子里对面相遇，他问起他的具体任务，她信口说：先全面熟悉一下厂里的生产情况吧。那不过是“以后再说”的意思，杜萌却当真奉为她的指示了。

“哦，好。那么，进行得怎么样？”她一面问着，一面赶紧权衡如果就这样以假当真地拖一拖有何利弊。

“我刚才……”杜萌疑惑而尴尬地望着路明艳，说不出话来了。他刚才已经在汇报这几天所做的工作，只不过路明艳没去听，现在插上来这样一问，倒把杜萌问愣了。

路明艳对这些全未理会。她忽然想到有人报告的一个情况，要证实一下，就问：

“听说赵局长去招待所看过你？”

杜萌错愕了一下，勉强追上话题的变换跳跃，才点了点头。

“他说什么来着？”

“主要是指示我把你在厂里的经验好好总结一下，上升到理论并加以系统化，以便推广。”

路明艳又得了启发。我怎么没想到这一点？这太重要了！不错，这个宝贝的宝贵之处就在这里！今年的市劳模会，局里把她报上去了，可市里没批，理由就是事迹不充分，材料不系统。而机械局某加工厂的厂长，本来成绩平平，只因有一帮笔杆子整了一份头头是道的材料，不仅当上了市劳模，还被说成是摸索出一套中国式的先进的企业管理方法。屁！那材料她看过，什么“三要三不要”，“五奖五不奖”，“七个全厂坚持”，“八个每日必做”，花里胡哨的，她实在不佩服！自己当年若能把高小念完，肯定比它整得漂亮。现在好啦，她手里有了一个大学生，而且是学企业管理的——你们谁有？

心中豁然开朗，她的话也就多起来，讲到她接任厂长两年来办过的得意事儿，讲到她使这个厂起死回生的关键措施。杜萌有时插进来讲一通理论，似乎是在印证厂长的实践经验。厂长讲到奖惩办法时，杜萌就讲起“泰勒制”——它为什么会出现，又为什么会过时，还引用了列宁对它的评价：“一方面是资产阶级剥削的最巧妙的残酷手段；另一方面是一系列最丰富的科学成就。”谈话气氛很融洽，厂长在借此向杜萌提供总结经验的材料，杜萌想趁机向厂长灌输科学管理的基本知识。讲了一阵，厂长渐渐显出确有“能干不能说”的弱点，而杜萌的谈锋却有增无已。他讲到梅约的“霍桑实验”，马斯罗的“人类需要层次论”，麦克格里戈的“X—Y 观点论”，讲到“行为科学”和“人群关系学说”。

“传统的企业管理只注意正式的组织机构，科室、车间、班组等，却忽视了人群中还有一种非正式的、自然的组织，这些组织有它们天然的领袖，也能左右有关人群的行动……”

路明艳好像在静听，实际上杜萌的话顶多有一半飘进她的耳朵，而这一半又顶多有一小半传到她的大脑，到了大脑的也引不起多少反应。倒是最后这一段话跟她的思路好像有些合拍。她正在想：既然这个大学生可以起重要作用，就得把他确实抓在手里。除了正式的上下级关系以外，还需要建立一种非正式的、但却更牢固的关系。就是靠这种关系，她取得了那些车间、科室里的心腹的绝对忠诚。为了建立这种关系，她有很多现成的办法，而对于杜萌，她很快就选择出一个最佳方案：给这英俊的大学生物色一个对象。又很快从一批候选人中选定了崔洁的妹妹。倒不是因为那姑娘最漂亮或最贤惠，而是因为崔洁是她最可靠的心腹。

“有件事要你办一下。”想定之后，她就打断杜萌的话，提出了调查三组的任务。见杜萌在本子上记下要点，又叮嘱道，“调查时要注意那个‘二组长’。她不是组长，可爱指手划脚，还真有人听她的，所以得了个外号叫‘二组长’。”

“她叫什么名字？”

“诸葛云裳。”

杜萌一面记下这挺拗口又挺漂亮的名字，一面问：“她是个什么样的人？”

“就是你报到那天领你来找我的。”

“哦——”杜萌记起了那双凤眼，接着又想到这些日子似乎没再见到过她。

“你知道崔洁吗？”路明艳话题又是一跳。

“听说是个能干的业务员，可惜一直没见到过。”

“她后天就从省里回来，我让她到招待所去见你。”

杜萌致孙颖的第三封信

……你真的不回我信？我多么希望得到你的谅解！我不要求你和我一样，只求你谅解我。和你不同，我的父母都是普通工人，供我读完这四年大学不容易啊！我应该让学到的知识发挥出最大的作用！

我没有选择错。我的实验正在进行。我相信不久就能向领导提出一份有价值的报告……

四

崔洁敲门的时候，杜萌正在写关于一车间三组弄虚作假问题的调查报告。

调查开头不大顺利。三组组长是位老实巴交的中年妇女，欠口否认有任何弄虚作假之事。问到具体情况，却又含糊其词。请她讲清楚点，她反而理直气壮地反问：“这还不清楚？不就是这么回事吗？”杜萌又把女工一个个找来谈，谈到第三个，就断定她们早已串通好了，答话就像从一个模子里倒出来的。他转而找来了那个聂彩芬。这女工年近三十，身材瘦弱，面色苍白，神情惊悸不安而又委屈可怜，没说三句话，眼泪已扑簌簌往下掉，倒把杜萌弄得不知所措，只好安慰一番，送走。

只剩最后一着了：找诸葛云裳。

“请坐。”杜萌站起来，指着旁边一把椅子对进来的诸葛云裳说。

“多谢。”诸葛云裳拉了拉那把椅子，但只扶着椅子靠背站着，

“在车间里坐累了，正好站会儿直直腰。唉，你自己坐嘛，用不着陪我罚站。”

杜萌坐下，目光却没离开她的脸。那儿有一双好看的凤眼，此刻正在捉摸不定地闪动着。那双眼很有吸引力，但此刻却流露着警惕，甚至带点儿敌意。

“最近怎么好像不大见到你？”他问。这是迂回战术，但也确是他想知道的。

“是吗？我可是天天都看到你。你是干部，对我们这些蹬机子的往往视而不见，这也不奇怪。”

话里带着明显的嘲讽，而杜萌心里却为之一动。这是个明快简捷的分析，恰好给他的实验增加了一个有力的旁证。工人们被淹没在单调而又紧张的工作里了。当诸葛云裳往缝纫机前一坐，她那好看的凤眼，罕见的姓名，热情的性格，就都不存在了。离得略远些，你就只能看见脑门顶上那一团黑发。每台缝纫机后面都有这样一团黑发……

“别绕弯子了，有啥话，你就直说吧！”那双凤眼热辣辣地瞄准着杜萌，话也是进攻型的，“刚才我已经有半个钟头没怎么干活了，再跟你这么耗下去，我今天的定额可悬乎了。”

“那好，咱们就来干脆的。我问你，刚才没干活的这半个钟头，你干什么去了？”

这一问来得很突然，真把诸葛云裳问得一愣，但她很快就恢复过来，而且发出一串轻声的笑。

“怎么？”杜萌盯住她追问。

“让你猜对了。”诸葛云裳笑着回答，同时把椅子一转，坐了下来，“好，索性来痛快的吧！那半个钟头，就是用来对付你了。”

“跟大伙串通……”

“不是串通，是我一个个地教她们。”

“如果我问到你没教过的问题呢？”

“那就不回答。反正她们决不会说我没教过的话。答不上来，就往那儿一坐，两眼看地。这是我们女同志的绝招！只要不开口，神仙难下手。”

“那么，你愿意讲一讲真话吗？”

“怪事！我教完了人家讲假话，自己倒来吐露真情？你以为会这样吗？”

“我希望有这可能。你问为什么？这很简单；你能帮聂彩芬的忙，为什么就不能帮帮我的忙？你看到的，这是我到永红厂接手的头一个任务，你让我怎么交差呢？”

诸葛云裳惊讶地抬高了眉毛，好看的凤眼忽闪闪射出几道很明亮的光束，倏地一扭身站起来，手扶桌沿吟哦了片刻。

“冲你这句话，我认了。你记吧：那几天因为我超额太多，怕奖金拿多了惹别人眼红，就让给了聂彩芬一部分。”

杜萌记下了，又问：“这是真的？”

“真假不用你管，你这样交差去就得了。另外我倒可以告诉你一个千真万确的情况：聂彩芬手笨不出活，一个月拿不了几块钱奖金，等于白加班。她家里经济条件不好，自己那么弱，孩子还常闹病。好啦，对不起，我得干活去啦！”

她不等杜萌同意就转身飘然而去。杜萌吁了口气，但心情并未轻松下来。他可以交差了，麻烦却将落到诸葛云裳头上……

不，他要为她辩护。他决定不采取口头汇报的方法，而是写一份调查报告。他要详细论述他的看法：一个集体，例如工厂里一个班组，非常需要一种“集体意识”，每个人都关心集体的荣誉，不惜为此牺牲个人的利益。归根到底，这是工厂的一项极可宝贵的财富。因此，他建议：非但不要追究诸葛云裳，还应该修改制度，取消原来那个有一人达不到定额就不能评先进的规定，同时增加一个新的条件；先进班组应该有良好的“集体意识”。他翻出自己积累的资料，摘引一些国内外的实例，来增强他的论述的说服力和理论性。

报告没有写完，崔洁来了。

写报告时，杜萌的脑海里不时显现出诸葛云裳的影像，而现在，他的面前站着的是另一位截然不同的女性。关于崔洁，他已经听到不少传闻，而一见之下，他仍然感到一种意料之外的惊异。跟他想象的不一样，比他想象的更有魅力，却又说不出这魅力表现在什么地方。很受看，但说不上多么漂亮。身材稍矮，稍宽，但决不胖。脸庞是圆的，由于消瘦又使这圆形受到破坏，但或许正因此才显出聪慧和精明。眉是描过的，脸上也施过一点粉，但一个年近三十的少妇，恐怕很难单靠容貌和修饰而获得魅力了。

“路师傅让我来看看你。”她一面说着，一面很随便地在那张空床位上坐下，接着就侧身靠在了被褥摞上，“路师傅说你对我感兴趣，那么，倒是派我来让你看看——噢，对不起，初次见面，我就这样坐没坐相、站没站相的，真是太失礼了。”

“没关系，请随意好了。”

“谢谢——说实话，我真是太累了！”她挪挪身子，靠得更舒服些，而且闭上了眼睛；杜萌看到，她的眼圈确实有一圈乌青色，“供销科明明还有两个业务员，可路师傅就知道没死没活地支使我。唉，真想得一场大病，住两个月医院，歇一歇。”

“能者多劳嘛。”

杜萌随口说了句客套话，不料崔洁却蓦地睁开眼睛，目光往他脸上一扫，他顿时觉得面颊上被什么软东西抽了一下。

幸而那目光随即转到桌边一排书籍上，接着，她欠起身抽出一本。她的眼真尖，那正是一本《销售学》。她漫不经心地翻了翻目录，又用手指在侧面一捋：

“好厚呀！你们大学里也学这个？”

“销售是企业管理中很重要的一环。”

“出差时听同行们聊，说是国外搞销售有很多讲究，不过也没想到能写这么厚的书。”

“现在国外销售学很热门，发展很快。比如市场信息学，原先是属于销售学的一部分，最近已经形成一门独立学科了。”

“咱们这儿用不着这些，”她懒洋洋地把书放在桌上，“把外贸局走通了，就全有了。”

“那也得有一套办法吧？”

“也许是，反正我没想过。好像只是听其自然，一旦路子走顺了，一顺百顺。”她苦笑了一下，接着说，“有人认为我能拿到合同，是因为女同志吃香。有个厂特意挑了个漂亮大姑娘，公家出钱做行头，买化妆品，训练口才，小嘴呱呱的。结果呢？照样一份合同拿不到。”说完又靠在被褥摞上，闭上眼睛。

“咱们的合同是不是多了点？”杜萌试探地问，“工人成年累月地加班加点，很辛苦。”

“辛苦？”她冷笑一声，“她们辛苦有人看见，我的苦朝谁说去？我记着数儿呢：从今年一月一日到今天九月十五，我一共在家里待了四十三天，其中还有五天赶上我丈夫出差。妈的，这究竟是为了个什么？为四化？为报答路师傅的提拔？为自己争强好胜？算了，不说这个了。”她又翻身坐起来，拿起那本《销售学》，笑吟吟说，“这玩艺儿虽说没用，心里又挺想知道知道。书太厚，没时间看，你能拣主要的给我讲讲吗？”

“当然可以，只怕讲不好。”

“甭客气。我对你的印象蛮好。真的，你这人很不错。这样吧，我明天去口岸，大概得十来天，等我回来，我请你上一课。”

“共同探讨吧。”

“那么一言为定。”她起身告辞，走到门口，又偶然想起似的转回身问，“可以带个人来听课吗？——不是外人，是我亲妹子。”

“你妹妹也搞供销？”

“怎么？非得当业务员才能听吗？”她以问代答，又很有魅力地嫣然一笑，不容杜萌再表示什么就翩然而去。她确实很有魅力，或许也确实很有办法。她的提议或要求，你很难拒绝。

杜萌致孙颖的第四封信

……再忙也有感到寂寞的时候。这种时候就会想起你，想起我们在三年级时那些愉快、幸福的日子……这样的日子还会再来吗？我等着你的回答！

我的实验已近尾声，正在起草一份意见书。大量事实和数据表明，我们厂的情况并不像表面看来那么好，相反的倒是潜伏着严重的危机。目前的“兴旺”，是建立在一个非常脆弱的基础上的。我们厂长的管理方法，尽管有一些可行或可取之处，总的说来，还停留在宗法式的、小生产的管理方式上……

殷切盼望你的回信！

五

意见书一式三份，一份留底，一份递交路厂长，一份抄呈局领导。杜萌从一件常见的小事入手，首先描述了他第一次走进车间时看到的那个“极其壮观的景象”，接着列举了通过实验得到的数据；一个平时文静的人，一上午曾因各种外界的动静停止工作十二次，共二十分钟；另一个平时好动的人，同类情况则为十八次，二十五分钟。下午发生此类情况比上午多百分之八十，四点以后的三个小时则为上午的一倍半。平均说来，仅此一项，一个工人一天里就有一个小时没干活。

意见书涉及企业管理的各个方面。他指出这样加班加点违背国家有关规定，而通过科学管理，目前十一个小时的工作量，完全有可能在八个小时内完成。他警告说本厂产品结构太单调，近乎俗话所说的“一棵树上吊死人”。既然没有取得外贸专厂的法定地位，就不宜完全放弃内贸生产。而外贸业务又在很大程度上依赖省外贸局的意愿，并非本厂真有居压倒优势的竞争力。即使全做外贸，也不能像现在这样只做一个国别，有限几个品种。他居然对人员使用也提出了不同意见：有些重要岗位上的人选，尽管得到领导信任，业务或技术上并不称职。

意见书密密麻麻一共十六页，路明艳接到手后，叠了个对折装进了口袋。她没有时间也没有兴趣看它，但很快就疑心它是个不祥之物。当天下午，一百九十四条裤衩，从旧金山万里迢迢退回到永红服装厂。裤衩前脸上有三个装饰性的纽扣，钉扣子时却把前脸和后片缝在一起了。路明艳下令追查责任者，几个心腹忙了半天，却毫无头绪：没人承认，而退货厂商又未说明这些裤衩属于哪一批哪几箱。倒是另一个心腹报告了一个新动向：车间里有少数人在议论，说这个事故完全是因为加班太多、人困马乏造成的。一追根，竟追到那个“新来的大学生”头上。

“这个浑小子！不知道这是在拆我的台吗？”路明艳恨恨地想，但没有声张。她虽然脾气暴躁，大事上却决不鲁莽。明年要当市劳模，就得笼络住这个大学生。前几天她已经容忍过一次，没有批驳那份调查报告，虽未改变规定，却也没有处罚诸葛云裳。

祸不单行。紧接着就是一封电报，内称崔洁在口岸上突然病倒住院。这根台柱子无论如何垮不得！她当即派了两名精干的女工，携款赶去护理。转天口岸又来了长途，路明艳听出是崔洁的声音。崔洁没提她的病，只是叮嘱对美出口的毛皮里女夹克，一定要比原计划提前四天发运。中美纺织品谈判正僵持着，生意难做，若赶不上口岸的船期，很可能引起严重后果。听着电话里那焦急的但却有气无力的声音，路明艳大为感动。她下了决心，如果在家养病的党支部书记下个月还不来上班，她就直接找局党委谈谈崔洁的入党问题。决不能让手下人的忠心得不到报偿！后来她由崔洁想到了杜萌。尽管她对意见书里那些术语、理论、外国人名很陌生，气味却一下子就嗅了个准。此人不是自己人！

路明艳得出这个结论，意味着杜萌从此进入了危险状态。而他本人竟毫无所知，仍在大量翻阅资料，每天都搞得很晚。意见书重点在于指出问题，建设性的意见不多。路厂长是个善于果断采取行动的人，说不定很快就会要他拿出一套完整的改进办法来。想到自己对此准备得还很不充分，不免十分着急。

越是紧张，越有人打岔。这天晚上，诸葛云裳竟到招待所来找他。

看得出她有话要讲。平心而论，他也很愿意跟她无拘无束地聊聊夫，那肯定会让他感到轻松而愉快。可是看到桌上摊着的一大堆资料，他又不能不抱歉地表示：最好别超过二十分钟……

“十五分钟就够了。”这次诸葛云裳倒未显出对他的冷淡有什么不满，“我来，共有两件事。第一件，感谢你替我开脱，居然使路厂长轻易饶过了我。”

“那是因为你本来就没有错。”

“路厂长完全是看在你的面子上才饶过我的，这说明她并不认为我做得对。奇怪的是，你在她那儿怎么有这么大的面子？”

“这，我说不上来，也没想过。”

“那就存疑吧。第二件事，有几个人托我打听一下，你对崔洁的妹妹是什么态度？”

“崔洁的妹妹？”杜萌认真吃了一惊。

诸葛云裳用那双好看的凤眼把杜萌探究地注视了一会儿，忽然噗嗤一笑：

“看来你还蒙在鼓里，厂里可早就传开了，崔洁要把她妹妹介绍给你，后台是咱们路大厂长。”

“哦——”这拖长的一声，表明他心里真的解开了一个谜。接着，他又问：“可是这跟别人有什么关系呢？”

“你可真够书呆子的！实话明说吧，厂里很有几个姑娘看上你了。”

“原来这样。那么就拜托你传个话，我在大学里有女朋友了。”

“就是你去过几封信，而一封回信也没收着的那一位吗？算了吧！现在的姑娘们可不管那一套。别说是单相思，就是两相情愿，她们也敢插进来碰碰运气。她们只是不敢跟崔洁的妹妹捣乱，因为那后面有路厂长。”

“莫名其妙……”

“有啥莫名其妙的？很清楚嘛！你是大学生，而现在正是大学生吃香的时候。”

“她们并不了解我的专业。”

“她们也有自己的专业，只不过没有文凭。吃香的是文凭而不是专业。当然，她们想从你身上沾点光。夫贵妻荣嘛！不过人家也会报答你的。将来伺候你，肯定比那个连信都不回的大学生强。”

“等一等！这些事你们怎么知道的？”

“这很平常。外国人认为中国是个缺乏信息的社会，其实我们这儿自有民办的路透社、法新社、美联社，消息灵通，内容准确，传播迅速。”她略一停顿，又回到原来的话题，“我劝你别把这儿的姑娘们想得太粗俗。谈起文明或者艺术，她们也满能说一气，从贝多芬到贝娄，从莎士比亚到萨特或者格里高尔·萨姆沙，从艾斯米拉达到艾青或者 T. S. 艾略特，知道的并不少！”

杜萌目瞪口呆，诸葛云裳却轻轻地笑出声来。他也跟着笑了。真是个精明聪颖的姑娘！一些并不陌生的名字，经她这样奇特地加以排列组合，便产生了强烈的戏剧性的效果。他们真的谈论了一会贝多芬和萨特，然后杜萌又讲到佛隆、麦克利兰、白莱克，讲到这些人对企业管理学所做出的程度不同的贡献……

诸葛云裳似乎待了不大工夫就走了。可是看看表，才发现溜掉的不是十五而是四十五分钟。杜萌并不真是书呆子，直觉向他发出了警告：在诸葛云裳所说的那些“姑娘”中间，未必不包括着她自己；而她那双好看的凤眼，确实已在产生吸引力。

但是，真正的危险并不在这里。

为了赶制那批将要穿在美国女人身上的毛皮里夹克，路明艳把加班时间一再延长，到第四天，时过午夜还毫无宣布收工之意。厂门口外面，渐渐聚集起一群男人。他们是来接妻子、女儿的。骚乱就从这群人中开始，始而议论纷纷，继则骂骂咧咧，最后一起拥进厂里朝路明艳“要人”了。他们的妻女平时就因加班加点顾不上家务，现在又要他们深更半夜地来接人，还得在外面候着，长期的积怨和眼前的怒气一起发作，在院子里把路明艳团团围住，鸡一嘴鸭一嘴吵闹起来。工人们也无心干活了，远远地站在车间门口或墙根底下看热闹。路明艳只得宣布收工。

“不识抬举！”人们散去以后，她愤愤地想，“好心好意让你们多挣点钱，你们倒又嫌苦嫌累！往后，谁不想干谁走人，我还怕找不着想挣钱的人？”

杜萌目睹这一切，真想过去劝劝厂长：时间耗得越长，工作效率越低。可是看到路明艳正在气头上，又不敢去劝。他也有点怕这位厂长了。

第二天，一耗又耗到了十一点，仍然没有要收工的意思。出去解手的人回来说，“大老爷们”又围在厂门口了。杜萌放心不下，决定无论如何要去劝劝厂长。可是厂长不在车间里。有人告诉他：厂长在包装组。

包装组正在突击装箱。一辆卡车停在院里，车斗里已经码起了很高的纸箱。装车工正把一个个纸箱从包装组搬出来，装到车上。

路明艳果然在这儿，正满脸是汗地和小伙子们一起打包装。她的实干精神没说的！

一个装车工夹着纸箱从杜萌面前走过，纸箱侧面的包装标记在他眼前一晃：

B L I

NEW YORK

12　PCS

STYLE　No.503

MRDE IN CHINA

C/N

“等一等！”杜萌突然大喊一声。装车工吓了一跳，站住了。杜萌把包装标记又细看一遍，触了电似的跑到别的纸箱前一一察看。都一样！全都一样！本来嘛，全都是一块模板“漏”下来的。所有的纸箱上，都把“MADE”误印成了“MRDE”。

听说此情，路明艳先是一怔，接着就刷地惨白了脸。口岸上很严格，包装标记有差错的货物决不放行。重打包装，且不说损失，定做新纸箱，最快也得二十天才能到货，根本赶不上船期啦！

她强自镇定，下令全厂收工，吩咐包装组帮着把装了车的纸箱卸下来，让杜萌把省外贸局随合同下达的包装标记样单找来。

她回到办公室，风风火火地给省外贸局挂长途电话，可是对方没人接。样单找来了，是复写的，那个搞错的字母潦草而模糊，看起来既像是“R”，又像是“A”。

这一夜，莫说是路明艳，连杜萌都难以入睡，他深深自责：标记是上个月底刷的，他来厂这么些天竟没有察觉。他认为包装是“二线”，任务单纯，根本没去看过。危险偏偏就发生在你认为最安全的地方！可是，厂里好几百人，包括包装组那十多个人——他们每天都无数次看见那批纸箱，其中有的人还亲手把那错误的标记往纸箱上刷了几十遍、上百遍，为什么就没有一个人发现呢？不懂外文？可这是一个相当常见的字呀！归根到底是因为缺乏主人翁思想！而他们之所以缺乏主人翁思想，除了缺乏政治思想教育这个原因以外，更主要的还是他们缺乏主人翁的感觉！没有这种感觉，一切大道理全是空话！

好不容易盼到天亮，一进厂门，杜萌就被叫到厂长室。路明艳总算挂通了省外贸局的长途电话，然后就把话筒交给杜萌：

“你跟他们讲！我讲不清楚。”

事情毫不复杂，但讲清楚谈何容易！对方打起了官腔，扯出一连串杜萌搞不清楚的问题：手续、权限、分工、责任，以及样单怎样下达，模板怎样刻制，字母怎样辨认，等等等等。路明艳又把话筒夺了过去，压着火气乞求地说：“责任的事先放一放，我路某人不会逃跑的。还是请你们先派个人来，商量商量善后事宜吧！”

人很快就来了，脸上没有皱纹，留着胡子，西装革履花衬衫，很容易让人把他鉴定为某位小显贵的令郎。架子大，口气更大，但仍旧绝口不谈善后处置，只是追问厂里应负什么责任。路明艳呈上样单，他只拿眼角扫了扫就放在一旁：“即使样单有错，责任还在厂里。你们不长眼睛？不长脑袋？ made in China 都不认识？”

这时候厂里已经乱了套，工人们撂下活三五成群地议论纷纷，车间主任弹压不住，把路明艳叫了出去。杜萌不愿独自陪那位小钦差，怕一时压不住火顶撞起来，也找个托词告便一会儿。及至他和路厂长回来，那人却不见了，一问，方知早已打道回省，接着又发现那张样单也被他带走了。

路明艳火冒三丈，又往省外贸挂长途。这回却怎么也挂不通了。黄昏时节，骑摩托的邮递员送来一份加急电报，电文如下：

此次事故后果严重影响极坏说明你厂管理混乱亟待整顿为确保外贸信誉挽回国际影响经研究决定此前下达给你厂的全部合同即日起一律撤销省外贸局

看罢电文，路明艳两眼发直，嘴唇发青，好半天才从牙齿缝里挤出半句话来：

“这是报复……”

现实就是如此严峻：永红厂不得不全面停产了……

杜萌致孙颖的第五封信

……因为出了这个事，领导一时顾不上研究我的意见书。我也被搞得心烦意乱，未能及时给你写信。

尽管如此，我还是一直惦记着你的工作问题的。阿洪来信说，你竟屈从地干起了食堂管理员的工作。我认为这样做是不对的！现在多么缺乏受过系统教育的企业管理人才！

我们学到的知识，应该贡献给社会，为发展国民经济服务。这是我们的义务，也是我们的权利！你如果有顾虑，我愿意出面替你反映。……

六

路明艳到省里去了三天，回来时脸瘦了一圈，比走时更加阴沉。对于那三天的经历，她绝口不提，也没人敢问。其实，那三天她全待在了招待所里，哪儿也没去。本来，她确实准备到省外贸局大闹一场，但住下以后，又冷静下来。她想到了自己是个党员。毕竟，永红服装厂不是她路家的买卖，而是党的一份事业。党把这份事业交给她掌管，她得对得起这个信任，得把这个厂从危急中挽救过来，搞下去。闹一场不会有任何结果，相反会得罪外贸局这个衙门口，也就断了厂子今后的路啊！

她回来了，指示供销科两个一向抓内贸的业务员赶紧出去找活。“没合同也干！既是工厂，不干活反正不行！”她用几乎失了声的嗓子主持紧急会议，制订应急计划。春秋衫、男女西式长裤……反正是大路货，做出来不怕没销路。任务到了车间，而车间竟不再正常运转！迟到早退，蹓跶聊天。女工们心里自有一杆秤：内销服装，你再不能拿“政治任务”压人了。何况你路明艳已经自身难保！路明艳可不信这个邪！她让心腹们把那些调皮捣蛋、消极怠工的都记下来。她要抓个典型，狠狠整顿一下。

天无绝人之路。崔洁回来了，那张圆脸已经变成了尖下颏。她的病只不过略有好转，听说厂里的情况，二话没讲，当天就去了省城。四天以后，她重新站在路明艳面前，交出了一份对某国出口猎服的合同！而且，经她一番努力，第一批布料和全套辅料一周后即可到厂！

路明艳亲自护送崔洁进医院，亲自搀扶那虚弱的身体躺在病床上，热泪在她眼眶里打转。是崔洁的忠心报国，才使她转危为安！想到自己至今还没把崔洁入党的事办成，她感到深深的自责和不安。

发现包装标记有错误的时候，如果崔洁在场就好了。崔洁一定会周旋好与省外贸的关系，决不会像杜萌那样，跟人家争辩，把人家得罪了。大学生——哼！不过是块晃眼的招牌罢了。真要他办点事，成事不足，败事有余！

现在路明艳心里有底了。只要有活干，她就有办法让工人们乖乖地给她干活。召开干部会时，她目光炯炯，神色严厉，语气坚定，放出风去：猎装一投产，全厂大力整顿劳动纪律！“少数个别的”，也许要处分三几个！到时候可别说我是杀鸡给猴看！

在这段时间里，杜萌的心情很复杂，很矛盾。厂子出现危机，证明他的意见书确有道理。但作为这个厂的一员，他又不能不为厂子的前途焦虑不安。他很想出一把力，却又无能为力。路厂长早已把他抛在脑后，而没有路厂长的将令，他无权采取任何行动。看到路厂长确实远比自己更有行动能力，他不能不佩服这个坚强的女人。他也不能不佩服崔洁，跟省外贸局的关系如此紧张，却在四天之内拿回了合同。有这样一批坚韧不拔的干部，再加上一大批吃苦耐劳、忠厚本分、顾全大局的工人，我们这些中小企业才能苦撑苦熬地维持下去，有时还能搞得火红热闹！可是，或许正因为如此，人们反而忽视了科学的企业管理？很明显，崔洁能从省外贸拿回合同来，靠的不是《销售学》……

国庆节放了三天假，人们玩了玩，歇了歇，再上班时，厂里出现了一种平静气氛。风波已经过去，大家都准备好恢复过去的老样子，干活就干活，加班就加班。午后，大喇叭广播了通知：明天开大会，布置生产任务，整顿劳动纪律，重申各项规章制度。杜萌不觉也舒了一口气：等一切走上正轨，领导就可以研究他的意见书了。

快下班时，有人来传话：厂长有请。

还是在厂长办公室——看来路明艳有意显示谈话的郑重性。她的脸色是平平的，喜怒哀乐一概看不出来。谈话只有两句：

“局里来了调令，调你回局组干科另行分配工作。明天你就不用来上班了。”

孙颖给杜萌的回信

杜萌同志：

本来不准备给你回信，之所以写这封回信，就是要告诉你我今后绝对不会再写任何回信，同时也请你绝对不要再来信。我的未婚夫不喜欢有这样一个男人死乞白赖地不断给我写信。

多谢你关心我的工作问题，不过你误会了。当食堂管理员，是事先讲好的。我的门子不够硬，只能这样。反正待遇一样，干什么都无所谓。我早说过，在中国，工厂需要有专业知识的管理人员那种时代还远未到来。你的情况，合眼一想，就能猜个八九不离十。我仍然希望你回头，虽然这已经跟我无关了，但终究对你有好处。

孙颖　9月30日

七

整整一上午，杜萌待在招待所的房间里，一忽儿义愤填膺，咬牙切齿，一忽儿失望沮丧，长嘘短叹。现在他算是彻底认识到自己的幼稚和无能了。他纳闷：小说当中那些一出校门就所向披靡的改革闯将，都是哪座仙山里修炼出来的？

他想不通！满腔热忱，一片忠心，换得的就是这种下场？我哪儿得罪路厂长了？没有呀！我给工作造成损失了吗？没有呀！除了交过一份意见书，我还没开始做什么工作呢。哦，不，这甚至不是对某种错误的惩罚，也不是报复；这只不过是抛弃，就像扔掉一块用不着的破抹布。

这想法让他痛心疾首，不过最后却也使他清醒过来。一块用不着的破抹布！不错，路明艳用不着他的专业知识，用不着他这个人！他的想法，跟她的做法格格不入；而永红服装厂的一切，是她说了算，没有他妄自非议的余地，更不用说插手干预了。

那么，还是孙颖说得对？不！绝对不！那样的时代肯定已经正在到来。不过有一点他看错了，就是那样的时代决不会自然而然、舒舒服服地到来，不会靠一个文件、一份意见书就顺顺当当地到来。这里将会有斗争，甚至得经过反复的较量。而他没有准备好斗争，甚至没有准备好有所行动。只满足于写意见书，这跟在学校里写讲义、在研究机构写学术论文，有什么本质的区别？本来就缺乏办事经验和行动能力，主观上再不注意，怎能不碰壁呢？把报到以来的经历细细回想一遍之后，他羞赧难当了。即使是在一些谈话当中，不管是跟路明艳，还是跟崔洁，甚至跟诸葛云裳，他总是处在被动地位，从谈话的内容到谈话的气氛，都控制在对方手里。大学四年，他一直是班干部，那时颇受称道的办事能力和口才，哪儿去了？

追悔莫及啦……但是他并不气馁，更不颓唐。这不仅是由于他的性格，更由于他的信念。他决不会回头，像孙颖信中希望的那样。那封信，尤其是“死乞白赖”一词，彻底触动了他的自尊心，也唤醒了他的理性。他决定再不理睬那个贪图安逸、追慕虚荣的女食堂管理员了！回头？笑话！他要沿着自己的路继续往前走！

下一步怎么迈？得全盘考虑一下。首先得让情绪松弛下来。中午，他出去吃饭馆，买了一大盘猪肺，喝了一升啤酒。好痛快！然后他回来睡午觉。好久没捞着睡午觉了。正像大学里说的那样，一场拼搏（通常指考试）以后，放倒头睡他个天昏地暗，然后去迎接下一个拼搏。他睡得很香，做了一连串的梦。他梦见自己站在那里，旁边放着一摞五元钞票，摞得和他肩膀一样高。是的，国家培养一个大学生，就得花这么多钱。他梦见大学里教过他的一个个老师，以及历任的辅导员。是的，他的大学文凭上浸透着他们的心血和汗渍。他还梦见他的父母和众多的兄弟姐妹。是的，他们为他节衣缩食，至今家里还没买下一样家用电器。最后他梦见了一双好看的凤眼……

敲门声把他惊醒了。服务员叫他去接电话。电话是诸葛云裳打来的。

“你为啥不到厂里来？你应该来！调走了也可以来嘛，看能把你怎么样！姓路的这一手太气人，太绝了。表面上她没说你什么，可是在这种时候把你调走，就能造成一种印象，好像前一阵的麻烦都是你惹的！”

是这样！杜萌又发现了自己的一个差距。很简单的道理，他却没想到。原来自己不仅是被当作破抹布，也是被当作替罪羊扔出去的。

“你在干什么？在睡觉？我的个天！你真够可以！喂，你没长着腿？你没长着嘴？你为什么不去告姓路的？找局长，找经委，再不行就找市长，省长！可惜了你那张大学文凭，还不如个女的！”电话里姑娘的声音并没提高，可是变得嘶哑了，发抖了，或许那张鹅蛋脸已经涨得绯红，或许那双凤眼已经含着泪水，“你还算个什么男子汉？整个儿就是个懦夫！”

啪！不等杜萌开口，那边挂了电话。

是鼓动，是谴责，还是激将法？杜萌没有回房间，直接敲响了赵局长办公室的门。

“太不巧啦！你看，我正忙着。”赵局长这样迎接了杜萌，目光压根就没从正在阅读的文件上抬起来。

“只要十分钟。”杜萌坐下，坚决地说。

“那……好吧，你说，我听着。”赵局长继续看文件。

“为什么把我调出永红厂？”杜萌问。

“这事我知道。”赵局长答非所问。

“这是一个阴谋！”杜萌严峻地说。

赵局长终于抬起了头。他心里掠过一丝不快：怎么？又要搞“文化大革命”？

“永红厂虽然正在恢复生产，”杜萌见夸大其词的策略已经收效，便换了平静、客观的口吻，“但是前一段的损失还有待清理。损失肯定不小。对此，路厂长是有责任的。”

“这个，我们要考虑的。”

“不过有个背景您可能不了解。发生问题之前，我交了一份意见书，其中核心的精神就是指出工厂管理存在着潜在的危险，弄不好会出问题，只是没估计到问题出得这么快。不过，如果及时考虑了我的意见……”

“就可以避免损失？”

“我愿意更客观一点：也许来不及完全避免，但有可能减少一些损失。关键不在这里，关键在于：现在路厂长仍然沿用过去的管理方式在恢复生产，所以一切潜在的危险依然存在。希望您充分注意这一点！”

“真是这样，我当然要注意的。可是至少你得先让我看看那份意见书。”

“意见书副本当时就抄呈局领导了。”

“是吗？”赵局长推开眼前的文件，拿起电话要办公室。那边经过一番查找，报称确有这样一份意见书，已根据内容批到局改革办公室阅办。赵局长皱了皱眉头，吩咐下班前把意见书给他找来。放下电话之后，又向杜萌解释："这种材料，照例都写明送局领导，可我们又确实看不过来。办公室这样处理，也是正常的。"

"那么，可以撤销我的调令吗？"

"这个嘛，调令实际上已经生效了，况且你又何必非……哦，这样吧，我再考虑考虑。晚上我看看你的意见书，明天早晨一上班，你就来找我，咱们从容谈一谈，谈充分一点，好不好？"

杜萌离开了二轻局。开头，他还觉得不满足——满肚子话还没倒出来呢！不过转念一想，他也感到相当振奋。他已经引起了局长的注意，局长已经约定明天谈一谈。今天的谈话谈得不错，从被动转为主动，谈话基本上是按他的意愿发展的。那么，明天的谈话，他也会成功的。他能够取得赵局长的理解，促使赵局长做出正确的判断！

是不是又在盲目乐观了？他边走边想。赵局长并未表明任何态度，甚至也可能只是在搪塞他。不能排除这种可能性。然而杜萌心里还是产生了希望，充满了期待。一个人要生活，要工作，总不能什么都怀疑，谁都不相信。况且，他一时也改变不了一贯的性格：总喜欢把事情往好的一面想。这常常使他的主观愿望与客观实际出现差距乃至背离。但是，这只是就具体的客观实际而言。如果把我们的目光扩大一点，放远一点，现实生活里还是好的东西多，事物确实总在朝好的方向发展。脚下的路虽然坎坷曲折，前途却充满了光明与希望！即使他在赵局长那儿真的碰了壁，也不能说他就算彻底失败了。他会去找经委，找市长，省长，就像诸葛云裳说过的那样。

现在他就是在往诸葛云裳的家走去。他走得不慌不忙，轻松，坦然。他想跟她随便聊聊。他已经认识到过去误解了她的热情。在她眼里，他不过是个不谙世事的、需要帮助的弱者，而她的善良的热心肠又使她乐于帮助一切弱者，如此而已。然而他却误解了她，甚至还在提防着她，想想真是又可笑，又可怜！自己把自己看得很高，其实却远远不如人家。既缺乏自知之明，也不了解诸葛云裳。岂止诸葛云裳，对厂里的工人们，他都缺乏了解。他远远没有和工人们融为一体，并不真正了解她们的喜怒哀乐，她们的思想、境界和价值。在厂里，他实际上还是个局外人——这是他遭到失败的一条很重要的原因。

他不慌不忙地走着。想到自己的失败，他竟没有一点儿颓唐，反倒有一点儿庆幸。真的，这一个回合，如果轻易成功了，决不会促使他思考这么多问题，长这么多见识。

再过一条街，就是诸葛云裳的家了。她在家吗？厂里总不至于今天就开始加班吧？可是，你这么想见到她，就是只为了随便聊聊吗？

就是随便聊聊。此外决无别的意思。当然，若是她有兴趣，他很愿意给她讲讲他所知道的科学的企业管理。

1983年8月26日初稿于兴城

同年12月28日修改于保定

原载《人民文学》1984年第4期

荣获“1984年全国优秀短篇小说奖”

走窑汉

刘庆邦

班前，矿工们在布满煤尘的更衣室里换衣服，没人说话，空气沉闷。他们下井之前老是这样。等走出井口才互相骂骂。

“当啷”一声脆响，一把刀子落在地上。众人看去，这是一把中间带槽的尖刀，两面磨刃，刀苗子窄而长，在微弱的灯光下闪着凛凛的寒光。有人 眼看出来，这把刀和几年前看见过的那把刀一模一样，连刀柄都是用血红色的炮线缠就的。

不用说，刀子是从马海州身上跌落的。这位大骨架的汉子正不紧不慢地脱着上身的衣服，脸上的表情和往常一样平静，那高眉骨下深藏的眼睛微微塌蒙着，谁也不看，刀子也不马上捡起来，任它在地上横躺着。

人们的目光很快集中在副队长张清身上。他已脱光了干净衣服，正弯腰从破木箱里取工作衣，青白的臀部在马海州身旁撅着。当张清从两腿之间看见那把钢刀落在他脚下，认出刀子和几年前刺进他胸膛的那把一样时，眼前一黑，差点一头栽倒在地上。但他猛地车转身：“你，干什么！”

“没什么！”马海州把刀子捡在手里，慢慢握紧刀柄——

空气一下紧张起来。屋里所有的人都张大了嘴巴，一个年轻矿工脸色发黄，目不转睛地看着马海州，即将发生的事吓得他直抖。

马海州把刀子往空中轻轻抛了一下，伸手接住，竖在脸前，“嗡”地吹一口刀锋：“我的，宰狗用的。”

“少来这一套，谅你也不敢！”

说完这句口气很硬的话，张清突然哆嗦起来，他咬了一下牙床镇定自己：“妈的，天……真冷。”

“张书记，”马海州还使用他入狱前对张清的称呼，“多心了吧？”

“我再给你说一遍，我不是书记了，连党员也不是，你不要再喊我书记。”

“哪能呢！张书记。”

换好衣服，该开班前会了，门外来了一个女人找马海州。这个女人穿着黑棉袄，黑棉裤，黑棉鞋，头上顶着黑毛巾，一身农村老太太打扮，可是，那张苍白、清秀的小脸儿说明，她还很年轻，不过二十多岁。她站在门外，低眉顺眼，想进来又不敢，从衣裳襟下掏出一个饭盒递进去。饭盒里是精粉面包的薄皮小饺儿，一打开饭盒，白色的热气呼地升起来。

有人跟马海州开玩笑，说他老婆对他不错。马海州冷笑笑，命老婆进去，眼角斜了斜张清。张清正低头抽烟。

年轻女人进来了，一转身脸朝外，倚在门边，看自己的脚尖。看罢脚尖看门外。门外下起了大雪，雪片子上下翻飞。

马海州胡乱吃几个饺子，就把饭盒盖上，放在一边，拿出一盒尚未开封的过滤嘴香烟，对老婆说：“小蛾，给师傅们散。”

小蛾把烟一一送到众人面前，唯独没给张清。

“为啥不给张书记？”马海州问。

“不要不要，我有，吸着哩。”张清说。

小蛾看看男人，站着没动。

“听见没有？”马海州提高了嗓门，“为啥不给张书记，他不是要给你迁户口吗！”

小蛾眼里马上涌出了泪水。但她很快擦干，一把揪掉头上的黑毛巾，往张清面前走去：“张书记，吸烟。”

张清刚要接，她一低手，把烟扔在地上，白白的烟卷立时滚上一层煤尘。

张清不开班前会了，站起来，左右裹了裹衣服，先自走向井口。

马海州紧紧跟在他身后。

马海州干活是没说的。几年的监禁生活，他那高超的采煤手艺不但没有生疏，恰恰相反，他所在的劳改场所也是一座煤矿，只不过是用高墙、电网、枪和狗围起来画地为牢罢了。如果眼下这座煤矿曾使他当过胸佩红花的青年突击手的话，那么，电网内的煤矿却把他造就成一架采煤的机器。他一到工作面，就扒掉上衣，露出马熊一样宽阔的脊背，拼命和煤壁过不去。这个班所有的工人都愿意和马海州一个场子干活。而马海州只想在张清身边干，弄得张清每个班都转换几个地方。在这熄灭矿灯就漆黑一团的井下，一双恶狠狠的目光老盯着他，他不能不防备。打马海州突然提前释放（一个偶然的机会，他救出过一个掉进冰窟窿的儿童）回来，并坚决要求回这个队，他就感到一种潜在的危险，时时威胁着他的生命。他开始做噩梦，时常半夜里惊醒。为此，他要求调换一个班，可第二天，马海州就到这个班来了。

马海州那一天到晚紧闭的嘴巴，那神情中严肃的宁静和目光里流露出的不可侵犯的威严，使队里每一个领导都不敢跟他打别。取代张清的那位党支部书记每次开会都表扬他，并准备让他当失足青年转变的典型，马海州用一个简单而有力的手势拒绝了。

班中休息时，马海州拖着一把尖镐出来了。别的矿工各自找地方坐下，躺下，只有两个人还在游动，似乎找不到合适的落脚处。一个是身材高大的马海州，另一个是张清。张清刚要找一个地方休息一会儿，马海州就一晃一晃过来了，几次都是这样，简直像甩不掉的影子。张清极度烦躁不安，他找个借口到调车场去了。

马海州瞅着那盏跳荡的灯光在巷道尽头消失，才离开人群，单独找一个地方坐下。他熄灭矿灯，黑暗中摸到一块坚硬的煤，在手里一点一点捻碎。

那边的人见海州不在跟前，开始讲女人。

他们每个人都装有一肚子关于女人的故事，而且津津乐道。矿工们常年在沉闷、阴暗的坑道里劳作，对于他们来说，最值得珍爱的莫过于女人，而最最可恨的是，当他们在地底下挥洒汗水时，人家在地面上勾引他们的老婆，说实在的，谁都有这个担心。因此，他们对这方面的事情特别敏感，特别关注。哪个灯房姑娘品行不端，谁家老婆偷汉，某干部是玩弄女性的老手，镇上那个“白母猪”最近涨价了，等等，每天都有新鲜的话题，而且谈起来兴高采烈，一阵阵发笑。

一记猛烈的金属撞击声，使他们的说笑戛然而止。有人听出来，这是尖利的镐头劈在溜子槽上发出的声响，并很快作出判断，这是那个沉默寡言的人干的，用意不言自明。于是，巷道里静下来了，静得能听见各自的心跳，谁也不再提及“女人”二字。

如果说这是工友们出于一种对马海州的惧怕心理，也不完全对。不错，他虽然识字很少，但头脑清晰，遇事有独到见解，吐口唾沫一个坑，有一种使人服从的威力。可是，他对每一个工人弟兄都很温和，劳改释放回来更是如此，连一句重话都不说，生怕伤了谁。一次，一个叫小四的矿工，家里失火，烧得只剩下一口水缸。老婆带着孩子来了，哭哭啼啼，要求矿上救济。救济款还没批下来，马海州来了，一把甩给小四二百块钱。小四不要。马海州说：“怎么，看不起我？”

小四愣了一下：“马哥，我给你磕头！”他正要下跪，马海州转身走了。

钱，是小蛾从家里带来的。出了那件见不得人的事以后，小蛾本想一死了之，但是，马海州在被戴上手铐、抓进囚车时，大声对藏在一棵树后哭泣的她喊："田小蛾，不许你死！……"

小蛾受的羞辱还用说吗！回到家里，她仿佛成了一只妖魔鬼怪，连三岁的孩子都朝她投瓦块。大年初一，她日上三竿才起床开门，却发现门鼻上挂着一只烂帮漏底的布鞋。她关起门来把布鞋烧了，第二天又被人挂上一只……凡此种种，小蛾都默默地忍受下来了，她耳边时时回响起丈夫在囚车腾起的烟尘中抛过来的那句话。一年四季，风雪雨霜，她向自己的那一份责任田里洒着汗水，一季又一季收获着庄稼。土地不嫌弃她，不辜负她，她打的粮食并不比别人少，然而，人们斜眼看见，这个女人身上的补丁越来越多，人也越来越瘦弱了。

当她接到男人的电报匆匆赶来矿山时，给马海州带来一个砖块似的布包，打开来看，里边全是大大小小的票子。可是，马海州并不稀罕，他冷冷地看了小蛾半天，说："我以为你早不在人世了呢。"

小蛾的嘴角抽搐着，抽搐着，说："我现在就……去……死！"说罢，咬着下唇，一摆头就往外跑。

马海州一下抱住了她，抱得紧紧的。小两口都哭了，泪水滚滚而下。

接下去，人们在井口、电影院、自由市场等地方，时不时地看见这个浑身皂衣的女人。而这个修女似的女人不论到哪里，必定有马海州陪伴。他俩相依相傍，十分亲热，像是要补偿失去的生活，再也不愿分离。

细心的人们还发现，凡是这两口子踪迹所至之处，不远的地方必定还有一个张清。换句话说，张清走到哪里，他俩就出现在哪里。

有人跟张清开玩笑："哎，你这两个保镖不错呀，够忠于你的。"

张清的脸黑了："哼，白看看吧，敢动我一根毫毛试试！"

下班了，工人们急着洗热水澡，三下两下扯光衣服，吸哈着，踮着脚尖，猴子似的往热气腾腾的澡堂里钻。张清出了井口，一闪身躲进调度室去了。每天，那个讨厌的家伙，老是和他在一个池子里洗澡，老是瞅他身上那块地方，他简直烦透了。今天，他要等别人都洗完再进去。

张清走进澡堂时，几乎没人了，黑乎乎的水面上漂浮着缕缕白气，水也不大热了。他左右看看，确认那个人早就走了，才慢慢下进池子里，把整个身子淹到脖子处。靠池边闭上眼睛，长长地出了一口气。

忽听有人重重地下水，张清不由得心里一惊，凭感觉，他知道又是那个姓马的，他妈的，太可恶了。尽管他闭着眼睛，仍“看见”了马海州那张开的鼻孔，河马一样的下颌和深藏在眉骨下面充满敌意的目光。他决计不睁开眼，也坐着不动。

水池里静下来了，连水的波动也感觉不到，怎么回事？张清睁开一点眼缝，看见马海州也像他一样的对面靠着。他心里十分焦躁，恨不得扑过去扼死他。可他明白，自己绝不是马海州的对手。

管澡堂的老工人催他们：“哎，该放水了，还泡尿哩，再泡就软了！”

张清说：“你咋唬啥，老子今天不走了！”

老工人笑了：“是张队长呀，我听说人家要做你的活儿，你小子没多少蹦跶了。”

张清站起来，拍了一下胸脯：“姓张的拔根汗毛，竖根旗杆，想打我的黑枪，没那么容易！”他瞥了一眼马海州。

马海州也站起来了，水中煤尘的沉淀使他的汗毛变得又粗又长，他漫不经心地擦着，两眼直视张清左胸，那里有一块伤疤。

伤疤又开始痉挛地抽动。那可怕的一幕在张清脑子里重新晃过之后，他不由得打一个寒战，伤疤下面也隐隐作痛。他转过身去。可是，马海州很快又站在他面前了，两眼直直地盯着那块伤疤，像是在欣赏他所创作的一幅杰作。

张清不洗了，他咬着牙，把拳头握起来晃着，做出一种类似疯狂的举动。

马海州也不洗了，他嘴角露出一丝不易察觉的微笑。

门外，正下着雪，一片灰蒙蒙的。张清走出更衣室，见门口立着一团黑影，黑影说：

“张书记……”

“见鬼！”张清逃也似的走了。

马海州喊：“小蛾，过来！”

张清身后马上响起宽厚的嘴巴嗫在脸蛋上的啵啵声。

回到家里，小蛾给男人端菜斟酒。男人低头喝起来，她坐床沿往外看着。天黑了，窗外一片清冷的雪光。

这是单身职工宿舍楼四楼的一间屋，门上装的是暗锁，他们的蜜月就是在这间屋度过的。当时，他们幸福得差不多每天都要落泪。是呀，全队的工人谁不夸马海州的小女人长得漂亮，粗腿，胖手，细腰，白脸儿，特别是那一双眼睛，纯洁清澈，露出孩子般的稚气和娇憨，令马海州爱不释手。那些天，不到临下井的前一刻，马海州绝不离开妻子，匆匆离去，往往半道上又匆匆返回，推推门看是否真的锁上了，在他下井干活时，不许小蛾出屋，无论谁叫门也不许开，可是，尽管如此，还是出了那件马海州一想起来就心如刀绞的事。出事那天，他们的蜜月刚刚度过半个。

如今，他们又住进了这间屋子。现任党支部书记出于好心，打算给他另调一间屋，以免引起不愉快的回忆。马海州平静地说：“这样吧，如果队里住房有困难，我们就睡在这间屋门口的楼道里……”

酒饭一毕，海州仰在床上，两眼直愣愣地瞅了一阵屋顶，又让小蛾讲那件事的经过。

那件事的始末小蛾已经复述过不知多少遍了，可马海州还让她讲，而且越问越细，连当时那个坏蛋的两只手各放在什么部位都问到了。小蛾不敢不讲。无非是那个狗日的（小蛾语）怎样拿薄铁片捅开了暗锁，怎样谎称马海州把钥匙交给了他，还说每个工人的老婆来了都要做贡献，谁的贡献大就给谁迁户口，等等。

小蛾讲完，马海州大发脾气，质问小蛾："谁让你讲这些的！"于是，两口子就哭，哭罢就疯狂地亲热，而后，小屋陷入了沉寂的深井。

可是，过不了多大会儿，两口子就衣着整齐地出来了，像是去走亲戚。他们双双来到二楼张清门口，粗的声音："张书记！"

细的声音："张书记！"

他俩一递一句喊着，节奏把握得很好，显得不急不躁，彬彬有礼。

屋里一点动静也没有。

楼后有人说话："张队长，哎、哎，慢点，怎么从这儿下来啦？地震啦？"

没人答话。

张清找到矿长，提出回家探亲一个月。矿长不准。他跟矿长发火，无用。

第二天下井，张清自己包一个场子，闷头闷脑地干起来。

马海州要的采煤场子和他紧挨着。

张清往上挖，马海州也往上挖。按井下的说法，一个跑，一个撵。两根矿灯的光柱不时地碰在一起。

张清的场子冒顶了，破碎的天顶突然间倾泻而下。他刚要撤出来，觉得两腿很沉，像陷进了淤泥河，怎么也拔不动。接着，身子也被一些强有力的东西团团挤住，这些东西在迅速上移，眼看要勒紧他的胸口和喉咙，"活埋！"这个可怕的念头在脑子里闪过之后，他把两手举起来，拼命扭动身子。无效。大声呼救。溜子的轰鸣盖过了他的声音。顶板还在冒落，面对这灭顶之灾，他无能为力。只有等死。"天哪！这……这是怎么啦？"他绝望地闭上了眼睛。

这时，一束灯光指过来，在他那扭曲的脸上停住。他知道，这是马海州的灯。从刚冒顶的那一瞬间起，说不定姓马的就发现了，但这个狠毒的家伙绝不会救他，他妈的，可遂了你的心了，盼的不就是这一天吗！想到这些，他睁开眼睛，多少天来第一次朝马海州直视过去，占有了死亡仿佛使他突然得到了优势，抿紧的嘴角露出高傲和蔑视。他看见，马海州的眼皮向下塌矇着，鳄鱼皮一样粗糙的脸上没有任何表情。装没看见，到时候可以不负任何责任，没那么便宜！他正要大声喊马海州的名字，“噼里啪啦”又一阵碎矸碎煤落下来，压死他的手臂，拥住他的脖子，他喊不出来了。

尘雾中，他见马海州扑上来了，随着一张扒锨在他身旁左右猛扒，碎煤碎矸退下去了，他的胸部和手臂露了出来。当他意识到马海州要干什么，两只手突然抓住扒锨，死死不放：“你……别管我……让我……”

“啪！”马海州扫脸扇了他一巴掌。他一愣神，手松开了。马海州又扒了几下，两手掐住他的两个胳膊窝，一使劲，把他拽了出来。他的裤子被拽烂了，两只深筒胶靴也留在冒落物里，矸石划破了腿，鲜血流出来。但他的命保住了。就在马海州把他拽出来的一刹那间，一块巨大的磐石落下来，砸在他刚才站立的地方，一声闷响，烟尘腾起，几根钢梁铁柱顿时化为乌有。

张清浑身抖起来了，他双手抱住马海州的一只胳膊，扑通跪倒，声泪俱下地说：“海州兄弟，你救了我的命，我……我对不起你，不是人……”

马海州往下看了他一会儿，笑笑，厌恶地把胳膊一甩，转身朝工作面下头走去。

马海州救了张清的事很快在矿上传开了，人们说张清走运，并得出结论，说马海州根本没有害张清的意思，都认为，张清应该重重地感谢马海州，趁这个机会和解和解，说不定还能成为好朋友呢。

这天晚间，张清提了几瓶好酒，请现任支部书记陪同，到马海州屋里致谢。

门开了，马海州堵在门口，问他们有什么事。小蛾正脸朝里坐在床沿上哭，小肩膀一抽一抽的。听见有人来，马上倒在床上，拉开被子蒙住头。这个女人更瘦弱了。

党支部书记说了一大堆表扬马海州的话。马海州说：“您弄错了，我谁也没救过。”

支部书记示意张清把酒提进去。张清说：“海州兄弟……”

“出去！”马海州往门外一指。

张清硬着头皮把酒放在一个方凳上。

“小蛾！”马海州喊。小蛾没动。

“小蛾，起来，看谁来啦！”

小蛾“呼隆”跳下床，乌发往后一甩，两眼谁也不看，径直走到方凳前，抱起捆在一起的酒瓶子，斜举过肩，使劲朝门外摔去，“嘭！”酒瓶全碎，瓶碴飞溅，酒流了一地。做完这些，小蛾又蒙头躺在床上。

支部书记愣了一下，赶紧上前，双手笼住马海州的两肩，推他坐下，说：“小马，你听我说，听我说……”

马海州纹丝不动，两眼盯着张清。

张清低下头，走到门外，他踩着一块瓶碴子，发出了声响，他一惊，打了个前跌。

在同一天晚上，马海州和田小蛾又去叫张清的门。张清怀着一种侥幸心理放他们进去。马海州说：“张书记，有个问题请教你一下，听说这玩意儿能当钥匙用，不知怎么个用法？”他拿出一个薄铁片伸在张清脸前。

这正是张清使用了不知多少次的那个铁片。他的脸黄了，身子不由自主地往后退，退，但他突然站住，拳头握起来说：“姓马的，你到底要我怎么样？说吧！”

马海州把低头站着的小蛾轻轻揽在怀里，胳膊搭在她脖子上，大手在鼓起的乳房上抓着，说：“我想跟书记学点见识。”

张清抄起一把椅子，举过头顶——

小蛾赶紧转身，张开双臂护住男人，觉得不妥，要冲过去夺椅子。马海州拉住她，闭着嘴巴笑了一下。

张清把椅子打在暖水瓶上了，打在电话机上了，打在柜子上了，他像发了疯一样，抡开椅子，把屋里所有的东西都打得稀烂，而后一头扑在床上“哞哞”地哭起来。

几天后的一个清早，这班的人在更衣室里换好了衣服，却迟迟不见副队长张清来开班前会。有人猜测，他可能到医院看病去了，因为近日他举止有些不正常，老是犯愣。有人见他刚买回一碗饭，一口未吃就扣在泔水缸里了。还有人在他背后无意中咳嗽了一声，他竟吓得一下跪在地上……

突然，井口方向传来一阵救护车凄厉的尖叫声。一个矿工跑进来报告说：“张清跳窑了！”

大家一惊。窑深百丈，摔下去必定粉身碎骨，救护车用不着了。

人们的目光集中在马海州脸上。马海州的表情和往常一样平静，高眉骨下深藏的眼睛微微塌蒙着，谁也不看。

矿工们纷纷朝井口跑去，要看个究竟。

马海州坐着没动。

不一会儿，那个叫小四的矿工跑来，脸色煞白地对马海州说，小蛾跳楼了，她是从四楼那间宿舍的窗口跳下去的，已摔得脑浆迸裂。

马海州呼地站起来。……可是，他又坐下了。

原载《北京文学》1985年第9期

班中餐

刘庆邦

人是铁，饭是钢，一顿不吃心发慌。范成书对这句俗话一直不能理解。他很想理解，把铁和钢放在一起想呀想呀，还是理不出一个让他满意的头绪来。人和饭的关系比较容易理解，人对饭来说，是依存的关系；饭对人来说，是被依存的关系。这对关系是铁打的关系，哪个人不吃饭都不能存活。打个比方，人的嘴一辈子都得啃在饭这个果子上，等到啃不成果子了，人的生命就该终结了。而铁是铁，钢是钢，虽说钢是由铁炼成的，但铁不炼成钢也可以独立存在，可以铸成铁锅、秤砣什么的，把人说成铁，把饭说成钢，有些风马牛，不合逻辑。后来范成书总算想通了一点点，人们之所以把铁、钢、慌放在一起说，也许没什么讲究，只不过图个押韵顺口而已，不值得皱着眉头深究。范成书想把这个问题放下算了，可别人一说到这句俗话，不知不觉间，他又皱起了眉头，差点儿劝别人不要这么说。这让范成书对自己不是很理解，一个没日没夜在井下挖煤的人，好好挖煤就是了，瞎琢磨那些生硬的字眼儿干什么！就是因为对自己不理解，范成书才有些管不住自己，一遇到让他放不下的字眼儿，他还会揪住不放。

近来在范成书脑子里转来转去的一个词儿叫能源。这跟他的工作有关，因为煤也叫能源。煤是国家能源，也是世界能源。不管什么词儿，只要能跟国家和世界沾上边，都堪称大词儿。能者，能力、能量；源者，源头、源泉，“能源”这个词可了不得。虽说“能源”是一个大词儿、好词儿，并不是用在哪里都合适，如果有一个窑哥们儿说走哇，下井挖能源去，别的窑哥们儿一定会笑话他，说他装雅，转文。挖煤就是挖煤，挖煤就得脸黑，怎么，把挖煤说成挖能源，黑脸就变成白脸了？

把能源往广处想了想，范成书觉得能源并不是无所不能。能源能烧锅，能取暖，能发电，可以供给工业，供给农业，直接作为人的能源就不行。也就是说，人不能直接吃煤，人还得靠吃饭保持体能，维持生命。当矿工被幽困在井下时，为了活命，是可以嚼一点由亿万年前的腐殖物变成的原煤，但天天吃煤绝对不可以。连古人都知道，煤可以做燃料、雕刻原料、建筑材料，还可以做墨，做药，做随葬品，就是不能做食品。

这就说到班中餐了。什么是班中餐？不就是班中饭吗！人平常说吃饭，又不说吃餐，干吗把班中饭说成班中餐呢？爱咬点文嚼点字的范成书，对班中餐的说法有些质疑。然而，班中餐的说法是上边下来的，是上了煤炭工业管理部门文件的，他也只好跟着说。矿工下井挖煤，说是八小时工作制，真正工作起来，加上两头走路的时间，恐怕十个小时都不止。这个时间在井上相当于一个白天，人们要吃三顿饭。同样长度的时间，在井下爬了低山爬高山，流了白汗流黑汗，倘若一顿饭不吃，身体恐怕难以吃得消，也会影响挖煤的效率。于是，上级规定，凡是下井挖煤的矿工，班中要吃一顿饭，这顿饭的名字就叫班中餐。班中餐由矿上的食堂统一加工，免费提供。

范成书多次吃过矿上统一配送的班中餐。干活儿干到一定时候，专事送班中餐的师傅，用短扁担一头挑着班中餐，一头挑着一大铁壶温开水，就到井下来了。挖煤人听到“开饭啦”一声喊，便纷纷从工作面走出来，到下面的巷道集中用餐。班中餐多是一只大号的牛舌火烧，有时也会变变花样，做些像馒头夹鸡蛋，猪肉黄豆芽卤面条，用白菜豆腐做浇头的盖浇饭等。夺下高产的时候，范成书他们还在井下吃过肉包子，喝过鸡蛋汤。后来，班中餐被个体户承包，饭菜的质量就不行了。直到有一次，井下的矿工们吃班中餐吃得集体跑了肚子，班中餐食堂才被迫停止营业。国家为每个下井的矿工发放有班中餐补贴，补贴金额多次调整上涨，已从当年的几角、几块钱，涨到目前的十多块钱。不送班中餐了怎么办？矿上就把这笔钱直接发给每个矿工，让他们自行解决班中餐问题。

从统一转为分散，由集体转为个体，班中餐的名字虽说没变，却一下子丰富起来，或者说多样化起来，称得上“百花齐放，百家争鸣”。用餐时打开饭盒来看，有米饭馒头面条，包子花卷水饺，面包饼干蛋糕，鸡蛋猪蹄凤爪，应有尽有，不应有的也有。比如说，有的矿工下井不带主食，只带苹果、香蕉等水果之类。再比如说，有个矿工把饭盒打开了，一看，里面盛的不是任何可餐的东西，却是老婆的奶罩。那哥子把奶罩从饭盒里拎出来，以奶罩为参照，除了可以进行一些饱满的想象，一点儿都不能解决肚子的问题。这件事被窑哥儿们传为笑谈，倒是给班中餐增加了一点额外的趣味。让人无话可说的是，也有的矿工，下井把嘴带上了，却什么吃的都不带，只能闭着嘴巴，勒紧裤带干活儿。因为不吃班中餐，有人撑不住，晕倒在澡堂里的情况也是有的。

范成书可不干这样的傻事，他虽然不认同饭是钢的说法，对饭作为硬件的重要性还是承认的。他不但每个班都要吃班中餐，还要吃得饱，吃得好。他对班中餐的要求是，既要色香味俱佳，还要富有营养。范成书研究过，人身体里的能量和力量，主要是来自热量。有了足够的热量，人的身体这台机器才能发动，运转。热量不够，哆哆嗦嗦，“机器”运转起来就不会正常。没有了热量呢，人离完蛋恐怕就不远了。人体内的热量是从哪里来的呢？当然是从每天吃的饭里来的。饭包括粮食、肉类、奶类、蛋类等，还有蔬菜，每样东西里都有热量。那么，这些东西里的热量又是从哪里来的呢？这个问题仍然难不倒范成书，他高调回答：世界上所有物质里所包含的热量都是太阳给予的。他的回答如此肯定，口气如此之大，颇有些物理学或哲学的意味，不能不让工友们怀疑。有工友说：你这样胡抡，鬼都不信。我问你，煤在地底下埋着，成天见不着太阳，煤里边的热量和太阳有什么关系呢？

范成书哈哈一笑说：你这个问题问得好，我就知道你会问这样的问题。煤现在是见不到太阳，但不要忘了，煤是由亿万年前的森林变成的，那时的森林可是成天在太阳下面晒着。森林倒下了，在地面和沼泽中堆积成黑色的腐殖质，由于地壳的不断沉降而进入地下，并在高温、高压、缺氧的情况下，经过一系列复杂的物理、化学变化，形成了煤。煤的雅号叫太阳石，就证明着煤和太阳的关系，证明着煤里所包含的热量，都是事先由太阳给它储存起来的。

工友不服气，说：照你这样的说法，人晒晒太阳不就完了，还吃饭干什么！

范成书说：人不是冷血动物，像蛇、鳄鱼等冷血动物，晒晒太阳就可以吸收热量，调节体温。人是温血动物，或者说是恒温动物，人体所需要的热量，只能通过食物从内部吸收。

一个成天价在煤窑里滚的人，知道眼珠是黑的，眼白是白的，就行了，知道这么多干什么！工友说：你哥子懂得这么多，应该到学校去教书，在井下挖煤，有点儿屈材料。

你这话我爱听，我老婆也是这么说的。

老婆顾向欣每天给范成书带什么班中餐，范成书并不知道，老婆也不提前告诉他。老婆都是把班中餐装进一只不锈钢饭盒里，外面再包上一层比较厚、不透明的塑料袋，直到他临去上班，老婆才把饭盒递给他。像是传递什么秘密，老婆每天都笑眯眯的，笑得有些神秘，仿佛在说：我不告诉你，你就美去吧你！每次在井下打开饭盒，范成书一喜，的确都能得到美的享受。老婆变着法子给他做好吃的，有时一星期都不重样。有一次，老婆给他带的米饭，米饭上面的盖头竟然是红烧鱼。范成书一见，不免有些皱眉。井下有个不成文的规矩，班中餐里一般不放鱼。凡鱼都有刺，无刺不成鱼。矿工在井下吃饭都是狼吞虎咽，没工夫挑刺。就算有工夫挑，井下光线那么差，把刺挑出来也不容易。以前他对老婆做的班中餐从未挑过“刺”，这一次恐怕要把“刺”挑一挑了。然而，他把鱼肉放在牙上咂了咂，鱼肉软软的，酥酥的，里面一点儿刺都没有，不但没有硬刺，连软刺都没有。嘴里吃着又甜又香的鱼，范成书有些感动。这好老婆，为了让他在井下也能吃到他爱吃的鱼，背地里不知用了多少心，费了多少劲呢！

这天范成书升井回到家，顾向欣一见面就问他：怎么样？

范成书耷着眼皮，不说话。

怎么，鱼刺把你的喉咙卡着了？把眼皮撩起来，看着我的眼睛！

范成书不但没撩起眼皮，反而把眼皮闭上了。闭上眼睛后，他仍然没有说话，却张开了臂膀。他张开臂膀的架式，跟螃蟹张开双螯的架势有些相像，只是他双臂张开的幅度比螃蟹双螯张开的幅度大得多。范成书的用意是明显的，在等待顾向欣投入他的怀抱，他要把他的好老婆抱一抱。

顾向欣没让范成书抱她，她在范成书手上打了一下，说：好你个臭小子，看把你美的，老婆烧的鱼好吃吧！我不但做饭做得好，又喜欢做饭，这样的好老婆到哪儿找去！

范成书双臂合拢，像是已经把顾向欣抱到了，身体还摇晃着，已陶醉得不成样子。

少跟我玩自作多情，天天给你做好吃的，你以为我是为你呢，我是为我自己。男人靠饭养，女人靠男人养。我用好茶饭把你养好了，为的是让你对我好。

明白。我现在就要对你好，让你看看我的实际行动。

顾向欣没让范成书的实际行动马上付诸行动，她说让我想想。

想什么?

想想明天给你做什么好吃的。

矿工往井下带班中餐，用金属饭盒封闭起来是必须的，因为井底还活跃着另外一种生态群体，被矿工称为“白毛女”的白毛老鼠。老鼠嗅觉灵敏，牙齿也相当厉害。如果只把班中餐包在塑料袋里，不扣进金属饭盒里，就会被老鼠们当成大餐吃掉。所以，矿工们下井哪怕只带一个馒头，或两个苹果，也要装进饭盒里。他们把饭盒带到井下后，集中挂在一处巷道的煤墙上方。到了用餐时间，他们取下饭盒，各吃各的。

吃过鱼肉饭的第二天，范成书像往日一样，接过老婆递给他的沉甸甸的饭盒，一句话没问，就把班中餐带到井下去了。不用问，老婆又给他做了好吃的。至于是什么好吃的，要得把戏成，还得盖头蒙，到时揭开盖子就知道了。吃班中餐的时间矿上有规定，上班四个半小时之后方可用餐。比如上早上的八点班，要到中午的十二点半之后，才能暂停劳动，擦一擦汗水，到工作面外面的巷道，为身体补充新的能源。季节到了春天，天气一天比一天暖。地面上草地绿了，桃花红了，万象更新，一切都是春天的气象。范成书他们到了井下，由于井底与地面隔着几百米厚的土层、沙层和岩层，他们看不到春天的景象。然而别忘了，井上往井下送的有风。井上是春天的风，那么送到井下的风就是春风。莫道井下无春天，清风徐徐报消息。风里所包含的信息是全息，井上的春天里有什么样的信息，在井下的巷道和工作面奔流的风里都可以接收到。范成书轮到上八点班，和工友米传金在一个采煤场子干活儿。范成书负责架棚，米传金负责攉煤；范成书是技术工，米传金是力工。他们是一对好搭档，互相配合默契。在吹过工作面的春风里，他们似乎闻到了花香，听到了鸟语，感受到了春天阳光的暖意。风里有春天，他们心里也有春天。心里有了春天，不管在什么环境下干活儿，他们都可以把春天带到那里。热爱劳动的人，时间总是过得很快。等他们把第一茬煤采完，就到了吃班中餐的时间。米传金对范成书说：该吃饭了。

今天的顶板有些软，有一架棚子还要加固一下。范成书让米传金先去吃吧，他随后就过去。

米传金的老婆给米传金做的班中餐，也是盛在不锈钢饭盒里，外面包的也是塑料袋，并和范成书的班中餐挂在一起。等范成书从工作面走出来，米传金快把班中餐吃完了。他一边吃，一边啧着嘴说真香，真香，我老婆今天做的饭真好吃！

范成书暗暗笑了一下，他以前从未听见米传金夸过自己老婆做饭好吃，今天这是怎么了，是饭真的变好吃了，还是米传金的嘴变甜了呢？他从煤墙上取下自己的班中餐，心说：真正好吃的饭在这里呢！

哎呀，我老婆以前从来没做过这么好吃的饭！米传金继续赞叹。

看把你美的，你老婆给你做了什么好吃的，把你美成这样？

我也说不太清楚，好像有羊肉、小白菜、馓子，还有辣椒丝，反正好吃得很。

连什么好吃的都说不清，真是瞎搭了你老婆的一片心意。

那嫂子给你做的是什么好吃的？

范成书把饭盒打开了，没有给米传金看。米饭上盖的是白菜豆腐，这让范成书觉得不大对劲。大白菜秋后刚下来时最好吃，冬天吃也可以，只是一到春天，白菜叶子就糠了，白菜帮子就纤维化了，再吃就跟吃草差不多。春天应该是吃青叶碧鲜的小白菜的时候，老婆怎么还让他吃大白菜呢！谁都有考虑不周的时候，看来顾向欣是晕了头了。范成书没吃白菜，先尝了一块豆腐。豆腐没进咸味，吃进嘴里像吃了豆腐渣一样，更让他失望。总的说起来，这顿班中餐要咸不咸，要淡不淡；要香不香，要甜不甜；要辣不辣，要酸不酸，跟以前每日班中餐的味道相差太远。把饭做得如此糟糕，顾向欣实在是太失水准。为了给老婆留面子，范成书半句埋怨老婆的话都没说，硬着头皮把一盒班中餐吃完了。

往塑料袋里收拾饭盒的时候，范成书突然想到，米传金会不会拿错了饭盒，吃错了饭呢？因为米传金的饭盒跟他的饭盒是一样的，包饭盒的塑料袋也都是乳白色，米传金从工作面出来又饥又渴，来不及仔细分辨，吃错饭完全有可能。范成书又记起，顾向欣为了避免他的饭盒与别人的饭盒弄混，曾特意在他的饭盒上贴了一条胶布，并用圆珠笔在胶布的布面上写上了他的名字。时间一长，刷饭盒时把胶布弄掉了。胶布虽说不在了，粘胶布留下的白胶痕迹还在，应该可以辨认出来。于是，范成书对米传金说出了他的疑问：传金，你今天是不是认错了饭盒呢？

米传金愣了一下，说不会吧？

我的饭盒上有一小块粘胶布时留下的白印子，这个饭盒的盒盖上没有。

是吗，我一点儿都没注意。米传金把已经装进塑料袋的饭盒掏了出来，用矿灯往盒盖上一照，果然照到了一小块白印子。米传金顿感羞愧，说哎呀老兄，实在对不起！

范成书赶紧安慰米传金，这有什么关系，反正都是班中餐，吃到肚子里效果是一样的。

我说今天的饭怎么这么好吃呢，原来我吃的是嫂子精心给您做的饭，您看这事儿闹的。

这样也好，权当让你尝尝你嫂子的手艺。

我嫂子的手艺太棒了，她做的饭好吃得很，怎么说呢，沾舌头。我的舌头这会儿还香着呢！

你嫂子干别的事情本事不大，就喜欢鼓捣着做吃的。

我老婆要是像嫂子那样爱鼓捣就好了。哎老兄，我老婆做的饭是不是很难吃？

很难吃也说不上，只是味道稍稍欠缺那么一点儿。

我老婆笨得像头猪，她做出来的饭也跟猪食一样。

话不能这么说，有个老婆天天给你做吃的，你就应该知足。

下班一回到家，范成书就把当天在井下发生的一幕对顾向欣说了。他没有表现出有多么遗憾，是当成一个笑话对顾向欣讲的。

顾向欣的样子却有些遗憾，说：我做得那么好吃的羊肉饭你没吃着，可惜了。那小子倒挺有口福的。米传金老婆做的饭怎么样?

范成书嘴巴不笑眼睛笑，不说。

说一说嘛，别人老婆做的饭是不是比你老婆做的饭好吃些?

范成书的嘴巴凑近顾向欣的耳朵，像是要跟顾向欣说一句悄悄话。

顾向欣耳朵痒了一下，躲开了，说：我耳朵上肉又不多，你咬我耳朵干什么！有话大声说，不许小里小气！

米传金老婆做的饭好吃极了，要不是捏着鼻子，我一口都吃不下。都这时候了，他老婆小戴还用过时的白菜烧豆腐，我一说你就知道了。

顾向欣说：看来我还得在饭盒上贴上胶布，写上你的名字。别人一看见你的名字，就等于用胶布把他的嘴封上了。

范成书不同意再在饭盒上贴胶布，写名字，那样做好像故意防着别人似的，显得有些小气。范成书说：别人偶尔吃错饭也好，让他们知道知道我们家顾大厨的手艺。米传金吃了你做的班中餐，一直赞不绝口，说他从来没吃过这么好吃的饭。

真的?米传金真是这么说的?

我蒙你干什么，米传金还要谢谢你呢！

依你这么说，错还错对了?

本来嘛，错和对都是相对的。

又该在井下吃班中餐时，米传金把场子里的煤清理干净了还不走。范成书让米传金先出去吧，他随后就到。米传金说不着急，坚持等着范成书一块儿出去，一块儿开饭，好像他一早出去又会吃错饭似的。范成书不禁摇了摇头，笑了一下，他相信人的眼有记性，舌头也有记性，米传金一次吃错饭，不会再有第二次。但他见米传金站着不走，便放下工具，拍了拍米传金的肩膀，和米传金一块儿出去了。

范成书打开饭盒，见顾向欣今天给他做的菜是鱼香肉丝。菜里不仅有肉丝，还有胡萝卜丝、青椒丝、笋丝。肉丝是酱黄色，胡萝卜丝是红色，青椒是绿色，水发玉兰片切成的笋丝是白色，黄红绿白相间，且不说菜的味道如何，只看菜的颜色就够诱人的。顾向欣盛饭的形式比往日也有所改变，往日她都是以盖浇的形式，把菜盖在米饭上，今天她把饭和菜分开，饭盒的一头盛的是白米饭，另一头盛的是鱼香肉丝，饭大约占三分之二，菜大约占三分之一。这样的形式，不知顾向欣是听别人说的，还是自己想起来的。形式是内容，也是思想。也许顾向欣觉得这样盛好看一些，也许是方便让别人尝尝她做的菜。范成书自己还没尝，却对米传金说：来，尝尝你嫂子今天炒的鱼香肉丝。

不尝不尝，你自己吃吧。

范成书看了一眼，见米传金的饭盒里盛的仍是白菜豆腐盖浇饭，他说：你客气什么，跟我不要客气。人写了好文章，希望别人能看到；人做了好吃的菜呢，同样希望别人尝一尝。他挖了一勺鱼香肉丝，放进米传金的饭盒里。

米传金显得有些不好意思，说：不是我客气，人怕比，菜也怕比，吃了嫂子做的菜，我老婆做的菜就没法吃了。

不至于吧。范成书把鱼香肉丝尝了一下，麻辣鲜香俱佳，的确好吃无比。而他挖给米传金的一勺菜，米传金还没尝。好吃的一般要到最后才吃，是最后提高的意思。如果先吃好吃的，一上来定高了口味，后面一路往下走，就会越吃越反胃。这时范成书给米传金提了一个建议：挖煤要学习，做饭也要学习，你可以让你们家小戴跟你嫂子顾向欣学学烹饪的手艺嘛！你嫂子的手艺是祖传，她姥爷、舅舅都是厨师，她母亲做菜的水平也很高。

学习好是好，小戴那么笨，嫂子愿意教她吗？

这没问题，你嫂子可喜欢显摆自己的烹饪手艺了。

顾向欣在矿上的图书阅览室上班，小戴在矿灯房上班，单位不见矿上见，两个人以前就认识。她们知道，她们的男人在同一个采煤场子干活儿，同安危，共患难，结成了兄弟般的情谊。而她们两个呢，虽说不是妯娌，恐怕跟妯娌也差不多。在两个男人的授意下，小戴真的登门找到了顾向欣，向顾向欣学起了炒菜的技术。顾向欣对小戴很热情，教得也很热心，恨不能把自己炒菜的技术全部教给小戴。小戴的学习态度也很好，娃娃般胖胖的脸上一直腼腆地笑着，虚心向顾向欣问这问那，恨不能自己炒的菜立马好吃起来，也能受到丈夫的夸奖。

小戴向顾向欣学习之后，范成书对米传金带的班中餐格外留意，想看看小戴做菜的技术是不是有所进步。这天，米传金带的班中餐上面盖浇的菜是红烧肉、海带和粉条。米传金刚吃了一块红烧肉，就连夸不错不错，说经过向嫂子学习，做出来的菜味道就是不一样。米传金让范成书尝一尝，鉴定一下。范成书见红烧肉有些发黑，酱色像是重了。不能拂了米传金的好意，他还是尝了一块。范成书控制着自己，才没把眉头皱起来。红烧肉的口味过于重了，而且只有咸味，没有甜味，一点层次感都没有。米传金问怎么样？范成书说还可以，肉烧得挺烂乎的。他没对小戴烧的红烧肉提什么意见，以免影响小戴学烧菜的积极性。

可巧，范成书这天带的班中餐，里面的菜也是红烧肉、海带和粉条。顾向欣烧的红烧肉如玛瑙，红亮诱人。取一块入口，软而不烂，肥而不腻，咸中有甜，甜中有咸，香味浓厚，却又层次分明，甚是可口。同样的饭菜，不比不知道，一比差距就出来了。有来就有往，范成书也让米传金尝一块儿他带的红烧肉。

米传金说都一样，不尝了。

尝尝吧！范成书还是让米传金尝了一块儿。

米传金咂咂嘴，品了品，说还是嫂子做的菜好吃，自己老婆烧的菜太咸了。

范成书这才说：盐是好东西，一盐提百味；盐也是坏东西，做菜放盐太多，就把别的味道遮住了。做菜放盐，关键是“准确”二字。

说实话，我也不会做菜，这些话我都是听你嫂子说的。

米传金不明白，做菜所用的食材是一样的，自己老婆也向嫂子学习了烧菜的技术，做出来的菜为什么味道不一样呢。

熟能生巧，学的时间长了，也许味道就一样了。范成书说。

男人成天价在井下出力流汗，小戴也想让米传金吃上可口的班中餐。以前小戴对饭菜的味道不是很重视，她以为饭菜就是管饱的，只要能填饱肚子就行了，管他什么味道不味道。现在她才知道了，人要吃饱，还要吃好。这个好，主要指的就是味道。既然米传金认为范成书家范嫂做出的饭菜味道好，她接着向范嫂学习就是了。她到阅览室跟范嫂请教，到范嫂家的厨间看范嫂给她做示范。她还准备好了一些食材，把范嫂请到了家里教她。又学习实习了一段时间，结果怎么样呢？不能说小戴做班中餐的水平一点儿提高都没有，但还是不如顾向欣做出的饭菜味道好。

味道是一个问题，喜欢探讨问题的范成书，和顾向欣一块儿探讨起了味道问题。顾向欣认为，味道不是一个实在的东西，是一个虚的东西。凡是虚的东西，都很难数字化、技术化，做起来只能凭感觉。她还认为，味道不是单一性的东西，是一种综合性的东西。只有把多种味道综合在一起，综合得恰到好处，才说得上味道好。如果有一样味道使用不当，就会影响整道菜的味道。范成书不太同意顾向欣的看法，认为顾向欣把日常性的烧菜神秘化了，菜烧得好不好，好像起重要作用的是烧菜者的遗传基因和天赋，而不是后天的学习。他问顾向欣：你是不是认为自己天生就会烧菜？

你这个人，就是爱抬杠。我什么时候说过我天生就会烧菜，我不过是喜欢烧菜而已。除了喜欢，还有两条很重要，一是用心，二是耐心。烧菜如果不用心，只是为了应付肚子，完成任务，烧出的菜就不会好吃。班要天天上，日子要天天过，菜要天天烧，每天都考验着人的耐心。如果哪天没有耐心的参与，烧的菜也不会好吃。

我服了，我老婆端得厉害。你说的这些话，应该写出来，写成文章。别人看了你的文章，一定会受到启发。

你小子又在挖苦我，我哪里会写什么文章！

在一个休息日，顾向欣提出，她要请米传金和小戴两口子到家里吃饭。

范成书问：要不要我陪着？

不让，你该干吗干吗去！

哇，我大哭！

我拿盆，等着接眼泪。

你是不是要尝尝眼泪的味道？是不是要把眼泪当作料？

不告诉你！

吃饭地点不是在井下，就不能叫班中餐。虽说不是班中餐，范成书和米传金做出的还是老爷们儿的派头，动口不动手。顾向欣在厨房里大显身手，拉小戴给她打下手。其中有两个菜，顾向欣准备好了食材，让小戴上手操作。她就站在小戴身边，从点火、放油、下材、翻炒，到先加什么，后加什么，每样作料加多少，什么火候出锅，一一指点小戴，差不多等于手把手教小戴炒菜。热腾腾的菜肴端上桌，顾向欣指出，这两个菜是小戴炒的，欢迎大家品尝。范成书尝了，米传金也尝了，都说味道不错，共同举杯向小戴祝贺！小戴的两个脸蛋红得像红柿子一样，说这都是嫂子的功劳。

喝了酒，吃了饭，等米传金两口子走后，范成书才跟顾向欣说：小戴所炒的两个菜，味道还是差一点儿，跟你亲手炒出来的菜还是不能等量齐观。

顾向欣瞪了范成书一眼：我说范老板，你的嘴巴也太刁了吧，你也太难伺候了吧！就算你当过矿上的劳动模范，对饭菜也不能这般挑剔吧！

对不起对不起！我是对事不对人。我还是想弄明白，同样的食材，同样的作料，同样的技术，同样的操作程序，只因不是同一个人操作，为什么炒出的菜味道就不一样呢？我把我的想法说出来，你看看有没有道理。如同每个人的长相不一样，手纹不一样，活跃在身体上的微生物不一样，每个人的呼吸和手气也不一样。人在炒菜做饭的时候，难免会加入自己的呼吸和手气。呼吸、手气各异，做出的饭菜也百人百味，因人而异。个性化的味道是学不来的。

顾向欣哼了一声，说：瞎琢磨！

所以说，我老婆是天下任何人都不能代替的。

正说饭菜的味道，你扯上我干什么！

道理都是一样的。

出乎范成书意外的是，终于有一天，范成书和米传金在井下吃到了同样味道的班中餐。哥俩把两盒班中餐并排放在一块儿，你尝我的，我尝你的，没有吃出任何区别。你的菜中有椒辣、麻辣、酸辣之味，我的菜中也辣味俱全。井下比较潮湿，而辣味有提热、开胃、祛湿、祛风之功效，吃点辣味对矿工的身体大有裨益。二人吃得胃口大开之际，范成书一再夸小戴做菜的水平可以了。

一回到家，范成书就对顾向欣说：不得了，小戴已经把你的烹饪手艺学会了，今天她做的水煮肉片跟你做的一模一样，味道丝毫不差。

真的？那好呀！

范成书看见顾向欣偷偷笑了一下。

你笑什么？

我笑有的人总是疑神疑鬼，人家明明没笑，偏说人家笑了。这一说，顾向欣好像找到了笑的理由，满脸都是笑容。

顾向欣的笑，让范成书真的产生了怀疑，他问：我们今天吃的班中餐是不是都是你做的？你做了一式两份，分装在两个饭盒里，一份给了我，一份给了小戴，对不对？

顾向欣先说没有呀，又说哎，不告诉你！

2017 年 8 月 28 日至 9 月 11 日于北京和平里

原载《作家》2018 年第 3 期

爱

刘云生

一

父亲是矿工。

可是，我下井前，父亲并不希望我将来当矿工。那时候，他常对人说："这窑苦，我替后辈受了。"

从我上学起，父亲对我的学习就抓得很紧。说是抓，其实只是督促。父亲不识字，只会说："你给爹好好念书。念成书，就不用钻窑窟子。"我不懂钻窑窟子有啥不好，说："爹钻窑窟子，我也钻窑窟子。"父亲恼了，绷住脸骂我："不懂事！"我低头缩到墙旮旯。慢慢地，父亲拉过我，伸出双手对我说："你看爹这手。"我仔细看父亲的手，手很大，手掌很厚，手上尽是裂口，裂口里渍着煤黑。左手大拇指甲又黑又扁。我不觉得父亲的手有啥不好。在我的印象里，这双手总是把苹果、橘子拿给我；这双手总是在夜里搂我的腰，拍我的屁股。我说不准父亲的手是好是赖。

我开始好好学习了。由于父亲督促，由于知识吸引。不管啥原因，父亲总是高兴的。那年月，时兴吃食堂。父亲吃职工食堂，我和母亲吃家属食堂。刚开始，吃得还好，后来就不行了。不仅吃不好，还吃不饱。父亲每天下井领一个干粮饼，他舍不得吃，给我揣回来。我每天写完作业，就能吃到一个纯粹的白面饼。我吃饼的时候，父亲常常瞅我。我理解父亲的心意，更加用心学习。我用优秀的成绩，编织着父亲的梦。

然而，我上初中不久，就进入动乱年月。初中课程没念多少，又迎来“毕业分配”，分配前，老师让学生回家问家长：下乡？还是下井？我回家问父亲。父亲张口就答：“下乡。”

我下乡一年，母亲病逝了。父亲独自拉扯两个弟弟、一个妹妹。

我隔半年回一趟家。每次回去，都见父亲老一点，瘦一点。每次回去，父亲都是东跑西跑，买菜割肉给我改善生活。

夜里，更深人静，弟妹们和父亲都睡着了。我睡不着。父亲蜷曲在炕上打呼噜。他那沉沉的、长长的呼噜声，把我带回悠远悠远的童年时代。

“嚓嚓嚓，嚓嚓嚓”，隔壁家的叫蚂蚱叫得我心痒难挨。我晃着母亲的腿不住声地要叫蚂蚱。母亲说：“你爹回来，领你逮去。”父亲一下班，我就要他领我去逮叫蚂蚱。父亲说：“爹受了一个班。”我说：“不，不。”父亲说：“等爹吃口饭。”我还说：“不，不。”父亲朝母亲笑笑，领我上山了。山上的草真绿，山上的花真艳，山上的风真凉，山上的叫蚂蚱真多。我跑呀，跳呀，摘呀，逮呀。我喊呀，叫呀，闹呀，笑呀。父亲逮了叫蚂蚱，说声：“回吧。”我说：“还要一只。”父亲又逮了一只，说声：“回吧”。我说：“还要笼笼儿。”于是，父亲又领我到大北沟，掐柳条儿编笼笼儿。柳条儿细柔细柔，捋掉青皮，骨干儿白嫩白嫩。数不清多少根枝条在父亲的手指间欢跳，欢跳成好看的笼笼儿，欢跳出好听的“嚓嚓”声。父亲说：“回吧。”我也说：“回吧。”可我走不动了。父亲背起我，我却爬到父亲肩上，骑在父亲脖子上。父亲架着我行走在曲曲弯弯的山路上。风儿架着白云飘游在绵延起伏的山峦间。我想不到父亲还空着肚子，我不知道那段山路竟是那么长。

父亲蜷曲在炕头上，打出沉沉的、长长的呼噜声。父亲的胳膊伸在被窝外。我想给他盖点什么。可我没盖。我轻轻下了炕，取出手电筒。我用一本书，卷住电筒头。我把手电光照准父亲的手。

父亲的手不那么大了，手掌不那么厚了。手上的硬茧显得更硬，手上的裂口增多了。裂口里除了煤黑，还有油腻。那又黑又扁的大拇指甲上竟还沾着一片薄薄的蒜皮子。

我已经二十岁。我也有一双手。二十岁，一双手，虽然有活儿可干，但每月还得吃父亲几块“救济”。下乡几年，虽然物质上所获无几，但古朴的乡风，淳厚的农民，使我明白了许多人情事理。

第二天一早，我回乡下去了。在乡下，我更发狠地干活儿。同学对我说：“干吗那么傻？一天多挣二分儿工，二分儿工等于四分钱。干吗那么傻？”我回答：“四分钱总还是四分钱。”我依然发狠地干活儿。但我不由得自问：我傻吗？

煤矿到乡下招工，“优先照顾知青”。我报了名。下乡后，我常常躺在煤油灯下看书，视力越来越差。为被招上，我连背几天视力表。背得滚瓜烂熟。但是，事到临头，竟不顶事。好在医生睁一只眼闭一只眼，我中了。

同学向我祝贺。我买了鸡，买了酒。正当我们把盏碰杯的时候，父亲来了。

下乡四年，父亲第一次来看我。平时，我每次离家，父亲都嘱咐我：“勤回来，爹没工夫看你去。”总算父亲看我来了。可他连身像样的衣服也没有换。依然是那身褪了色的工作服，肩上还挎着一个工具兜，里面装着五斤挂面。父亲看我来了。二百多里路行车劳顿，风尘仆仆，让一个泥孩子领着，寻到我的住处。

我一边迎接父亲，一边示意同学：瞒住我爹。同学点头，朝我笑笑，忙请父亲喝酒。

“你们这是……”

“过礼拜。”

“噢，就要这样。”

父亲抿一口酒，吃一口菜，瞅一遍里外屋。突然，他问我：

“矿上没从这儿招工？”

“招了。”

“你报名了？”

“没有。”

“噢，这就对了。”

父亲一气儿喝了几盅酒。

父亲乏了，早早睡了。同学临走，悄悄对我说：“大伯问到村里人，咋办？”我说：“我爹相信我。”

果然，父亲没问村里人。第二天一早，他就要回去。我说：“您在这儿多住几天吧。”父亲说：“不啦。赶快回去上班哩。再说，把你弟妹们丢在家里，不算回事。”其实，我巴不得父亲早早离去。我把父亲送到村口。父亲说：“别送了。就这儿待着吧。咱家祖辈都是庄户人。待在这儿也不赖。”我点头应承，不再往前送父亲。父亲迈着长腿朝黄土圪梁走去。那个空空的帆布兜在父亲干扁扁的屁股后边直晃荡。

父亲走后一个月，我回矿了。我把行李寄在同学家，像往常一样，两手空空回到家里。父亲依然东跑西跑，买菜割肉，为我改善生活。那天，父亲心里高兴，多喝了两盅。饭后，他把弟妹们打发出去，关好窗子，又到门外看看，然后回来，关紧门。他从箱底抽出一个小包，打开了，露出一叠票子。

“你看，爹攒了这么多。”父亲把票子递到我面前，“你也学得灵活些，多和村干部接近接近，遇到工厂啥的，让他们提引提引。”

我说：“你先放着。用时，我再拿。”

父亲把钱重新包好，沉默片刻，又说："爹没本事。你别嫌爹。你能进个工厂啥的，爹就歇心了。"

夜里，也许是父亲喝多了酒的缘故，呼噜声打得格外响、格外长。胳膊伸到被窝外，我给他盖了几次，都没盖住。

第二天早晨，我到矿上学保安。临走，对父亲说："去看看同学。"

中午，我回家后，见父亲没做饭。弟妹们缩在一起，互相瞅着。父亲黑虎着脸一股劲抽烟。我在门口呆立片刻。父亲猛然喊道："往里走。"

我走到父亲面前。"我问你，你报名了？"

"嗯。"

"我问你，你咋瞒我？"

"爹……"

"我不是你爹！"

我垂着头，不吭声了，只见父亲夹烟的手瑟瑟地抖动。

"你说，你咋瞒我？"

我不吭声。

啪！我脸上重重地挨了一下。

"我知道，你小子长大了！成人了！能离了老子了！"

我捂着火辣辣的脸颊，慢慢抬起头。父亲的脸由于暴怒而变成酱紫色，颤抖的嘴唇上溢着白沫。

父亲在我的直视下慢慢垂下头，慢慢坐到灶台上，双手插入黑白掺杂的短发中，使劲抓挠，许久许久没有改变姿势。

我哭了。

那天中午，一家人都没吃饭。

二

我也是矿工回采当装煤工。出煤班，我挥着大铁锹，攉十几吨煤。准备班，一二百斤重的坑木，我一气扛几十根。这工作，我同样感到又苦又累，但我挺得住。我觉得，我替父亲分担了一半生活重担。我还觉得，我的劳动价值远远超过下乡时的“四分钱”。我不缺勤，更不旷工，有时候休息日还出勤。

新掌子面安装溜子，队长派我抬机器。掌子面很热，剥光衣服干坐，也直冒大汗。我们光着膀子，肩上垫块毛巾，先抬电动机。电动机半吨多重，四人抬，按说不咋吃力。但是，顶板不够高，人伸不直腰。脚下不平整，四人吃力不匀劲。我们弯腰撅屁股，跌跌绊绊地一步步挪动。前边一处顶板垮出一个大窟窿，地板上堆着石头碴。必须用最快的速度冲过去，方能安全。四人不约而同一振，使足全身力气向前闯去。本来想快些，可是，恰恰抬到大窟窿下，一个伙伴跪倒了。我和另两个伙伴不约而同恶骂倒下的伙伴。那伙伴一声不吭，紧咬牙关，拼命站起来。我们踉踉跄跄通过危险地段，四人不约而同扔掉抬杠，软软地跌在地板上。心急速地跳，汗不住地流，粗重的喘息声在巷道里回响。我们啥也不说，啥也不想，一动也不动，只静静地享受着卸掉重荷的松快。

抬完电动机，又抬减速机。抬完减速机，又抬铁溜子……该出班了，我们穿好衣服，到大巷等车。大巷中冷风习习，我抱着双肩，蜷缩在横峒里。

亲身体验了矿工的艰辛，等于重新掂量了父爱的分量。

矿车还不来，等下去，也许晚上十点前出不了井。我在井下多耽误一分钟，父亲在家里就多心焦一分钟。我步行朝外走去。

晚上十点整，我回家了。父亲戴着老花镜，正给我缝脚套。

父亲指头粗，缝帮子，紧捏钢针，一扎，一拨，速度比较快。缝底子，先狠劲一扎，再把针屁股顶在炕沿上，往过一顶，然后用牙咬住钢针，慢慢把线拉紧。

我很快吃完饭，对父亲说：“您睡吧，我来缝。”父亲说：“我老了，觉少。你快睡吧。”我要出父亲手中的活计，说：“咱们一起睡。”

父亲这才躺下了。第二天早晨，我睡醒后，父亲已经上班去了。我的枕头边，放着一双新脚套。

脚套是用拆开手套的帆布缝成的。父亲领的手套从来不戴。我小的时候很能吃零食。街上来了吹糖人、卖瓜子的，我就盯住不走。母亲骂我："你爹一天能挣多少钱！你一天得花多少钱！"我不管钱不钱，跟紧卖货的就是不走。每逢此时，父亲要么让母亲买，要么用手套换。我高兴了，母亲却常常叹息；"啥时候才懂得心疼人呢？"

我估计父亲还没下井，便一骨碌爬起来，穿好衣服，拿上脚套，朝井口走去。

父亲刚开完班前会，正在澡堂换衣服，他坐在板凳上，两手抱着包脚布使劲揉搓。

早年，父亲下井时，穿球鞋绑裹腿。后来穿上水靴，就感到天大的福气。隔半年还发一尺包脚布，他舍不得用，说："白洋布包臭脚，明糟蹋材地。"他剥段破胶管，用含胶的硬帆布包脚。

父亲使劲揉搓的，就是这种包脚布。

我把脚套递到父亲面前。父亲一抬头，见是我，忙说："不用，不用，这是给你穿的。"我抽出父亲手里的包脚布，一扬手，扔了。父亲慌慌起身，要拣。旁人说："这老汉，没出息。儿子孝顺你哩，你就穿吧。"还有人感叹："看看人家的儿子！"父亲瞅瞅脚套，瞅瞅我，瞅瞅众人，终于坐下来，把脚套穿上了。

人工回采苦很重，工作时间也很长。

父亲做熟饭等我回家。锅里的水熬干了。添上，又熬干了。还不见我的影子。父亲出门朝路上瞭，边瞭边自言自语："咋搞的？人工回采还不交班！"见到过路熟人，他就问："没听说井下出了啥事吧？"父亲左瞭右瞭瞭不回我，便撅撅地向井口走去。

这些都是邻居告诉我的。邻居说："别人也等儿子，少有你爹那个急法。"我说："儿走千里母担忧。我妈下世早，父亲就是我的母亲。"邻居叹口气："也是的，可怜老汉了。"

父亲显得非常老，看外表，远远超过五十岁。夜里，再难听见他打呼噜。早晨，他总是咳嗽，一口接一口唾痰。

我原以为下井后，家庭收入多了，父亲会欢乐、健康。想不到，事实竟不如想象。

七十年代初，矿上常搞大会战。

我们队长在会战中也经常“穿红鞋”。每当队长“穿了红鞋”，小学校的腰鼓队、中学校的军鼓队、工会的文艺队、家属的送水队和矿领导就来祝贺。工人出井了，不能回家，得鼓起精神听喜报，看节目。这班走了，那班又来，都得热烈欢迎。我清清楚楚地看见，队长瞅演节目的空儿，到墙角偷吃了几口馒头。他听见鼓掌声，赶快到台上讲话。讲着讲着，脖梗一挺，头一扬，“咯儿”一声。讲着讲着，脖梗一挺，头一扬，“咯儿”一声。大伙憋不住地笑。慢慢地，他也不“咯儿”了，讲话来劲了，但他又不时地朝窗口瞪眼。他向窗子望去，见父亲趴在窗外，手搭凉棚朝里瞄。屋里光线暗，人又多，父亲大概看不见我，便挪到另一个窗口。大概还是看不见我，他又挪到门口，抱住门框朝里瞄。正赶上文艺队出门，父亲被撞过来，撞过去，也不懂离开门口。队长过去，大声呵斥父亲：

“你这老汉，真成问题！天天来，天天来，说了多少遍了，还是天天来！不知道你儿子是下井的？扎根煤海，扎根煤海，这能扎根煤海？”

我气极了，不等队长宣布散会，拉着父亲就走。路上，我也不由得对父亲发脾气：

“您这人！说的别来了，别来了，还来，我要真的出了事，您来了，顶啥！自己不懂心疼自己，闹得别人也不好受！”

父亲一声不吭，低着头，默默地跟我回家。

从那以后，我没见父亲再到井口接我去。

矿上依旧是没完没了的大会战。三石门打仓房（一种采煤方式），我当了小组长。全组十六人，除了挂工伤、批病号、请探亲假、请事假、旷工、公出等，上班的只有七八人。可我每天都领二三十号人，其中有中学生、教师、家属、医生、炊事员、机关干部。这些人经常支援高产，干活儿倒还摸门路，只是安全上需要替他们操一份心。我们队长三把抓一升，最擅长“虎口夺食”。他倒真是好运气，夺了几年，也没闹出大问题。我们打仓房，空顶越来越大。支护跟不上，煤壁被压得噼噼啪啪闷响，队长还是一个劲催我：“打眼儿放炮，出煤出煤。”我真发愁。

回家后，我闷闷不乐。父亲把饭端给我，冷不丁对我说：“别听那狗瞎吵吵。那狗是违章指挥，你该咋办，就咋办。”

我下井二年多，没听说过还有“违章指挥”一说。我瞪大眼睛看父亲。父亲多皱的脸同往常一样。

“吃完饭，你径直找矿长去，多要些坑木。明天下井后，无论如何要把柱子补齐。另外，把老张师傅从溜子上换下来，让他专门听顶。这样工不白花。”

父亲平时很少对我说这么多话。要说话，也少有今天这么干脆利索。父亲和我不在一个盘区，他对我们队的根底竟了解得这么详细。这些，我们都没去细想。我觉得，父亲的话有道理。

第二天一下井，我先让人补柱子。队长见我头天瞒过他找矿长，今天下井不出煤，问我：“还有没有我这个队长？”我俩吵得脸红脖子粗。他打电话向采区告我，说我不听他的指挥。我说：“听你的也行，你给我立个字据，出了事，你完全负责。”队长气坏了，恶声恶气地骂我：“球大个家伙，成精了！”

柱子补了一多半，张师傅突然又晃灯，又呐喊：“快撤快撤！”大伙儿慌慌撤到安全地段，目光齐刷刷朝里张望，谁也不说话，心都绷得紧紧的。掌子面里很静，偶尔有煤帮炸裂的响声，声音和前几天一模一样。我们等了十分钟，不见动静，大伙的情绪开始松弛。又等了十多分钟，还不见动静，有人想接着干。张师傅拦在头里不让动。又过了十多分钟，一个大“闷墩”爆响了。“哗啦啦”，溜子尾部漏顶了。

队长听说二号仓房漏顶，张皇失措跑过来："人咋地？人咋地？"好几张嘴同时回答："不咋，全不咋。"队长一脊背靠在柱子上，眼睛直直地朝里盯着，大口大口吸着滚出的尘雾。

收工了。队长叫我到背处，说："家伙！成精了。黑夜到哥家喝酒去。"

几天来悬着的心终于踏实了。我感到腰酸腿疼，浑身乏困。深深的五号斜井，地下水顺着水沟"哗哗"流淌。我蹲下洗洗手。凉凉的水沫溅到脸上。我索性把脸也洗了。我牵着毛巾，看毛巾在流水的冲刷下悠悠摆动。好一会儿，我才向上爬去。水泥台阶随着井坡一级一级向上排。坚硬的台阶被行人磨得油亮油亮。我的脚又一次踏上这油亮的台阶。我曾经抬着受伤的伙伴爬过这台阶。我想过，不准哪天别人也抬着我爬这台阶。那时候，我感到最痛心的是看到父亲的悲痛。

我突然想起，是谁告诉我，父亲依然到矿上迎接我，他不再到队部，也不再到井口。他常常躲在澡堂前的树丛后，偷偷地等我归去。有一天，阴雨绵绵，他穿着单薄的衣服在树丛后探头探脑，让护矿队找了麻烦。

今天，也许父亲又在那里等我。

我不由得朝井口望去。

井口是一团极亮的白光。

三

父亲退休了。

他一心一意给我忙媳妇儿。刚开始，兴致很高，满以为傻大大个儿子，挣着傻大大的票子，娶个傻大大的媳妇儿满不愁。没想到，说了几个，竟没一个成的，有的绕绕弯弯推托："甭着急，孩子还小哩。先给孩子挪动挪动，以后咱们再说。"有的干脆直戳戳明捣："不找窑黑子。"

“狗的！你不想找我，我就稀罕你来？”父亲说是这么说，可他着实急了。他把老伙伴几乎都动员起来，撒开人马，东一头，西一头瞎撞。撞了几个回合，也没撞出结果。一位老伙伴对父亲说：“如今年轻人讲究自由，你没问问你儿子和女同学们有没有对眼儿的？”父亲信实了，回家问我，我说：“好像都挺好。”我吸溜一口气，又说：“好像都就那么回事。”父亲“唉”了一声，出去了。

其实，我们年轻人背过大人活动得更张狂。只要聚在一起，就是张三娶李四，王五嫁赵六。而且，还互相牵线挂钩，通风报信，你吹我拍。但，弄成的实在不多。失败的主要原因是：下井的也想娶女职工、市民。那会儿，这风可盛了。谁要娶了女职工，得劲得要命。我也迷迷糊糊中了这门子“邪气”。不知天高地厚地给几个女职工一一写信。结果一一以失败告终。一位同学是过来人，他向我传经送宝：“那事情，得两头热。单你一头热，不顶。”

谁在那头热我呢？我热了好一阵子的心冷了。

休息日，我不再出勤。清晨，我像上早班一样早早上山去。我绕过马茹茹丛，跨过卧牛蒿，踩着碎石子儿，向上爬一段，朝后看一会儿。看生我养我的故土。看我熟悉而又陌生的矿山。我爬上山顶，极目远眺：茫茫苍苍的天穹下，连绵起伏的山峦无垠无际。矿区在天的苍茫和山的无垠中，显得矮小而又窄巴。我迎着强劲的山风，不由地又向远山爬去。渐渐地，矿区被深深地淹没在山的波峰浪谷间。

世界上只剩下山和我。

“叮当，叮当。”铁锤撞击钢钎，响声在群山间回荡。十几条光膀子壮汉，贴着高高的石壁采石。太阳光灿灿，石壁白花花，风被挡在山的那一面，鸟被惊得远走高飞。我为多挣“四分钱”，把生命甩在石壁上。咸涩的汗水渍木了脑袋，渍僵了舌头，我们只是不声不响地干活儿。汗水出脱了，劲儿使尽了，我们横躺竖卧，在石壁前歇息。

翠翠的山。蓝蓝的天。山与天的联接线上现出一个小小的黑点。

“燕燕，燕燕。”

人们来劲了。

对面山上的黑点渐渐增大。一眨眼，一个点变成两个点。山间小路蜿蜒曲折，俩黑点在小路上时隐时现。

“嗨哎——”

燕燕在那边扬扬草帽。

碧草间露出了小骟驴的白嘴头，驴背上的驮篓从草尖上擦过。白白的小草帽，飘飘的粉褂儿，燕燕捏根柳枝，笑盈盈朝石壁走来。

采石汉一拥而上。

“啥饭？啥饭？”

燕燕少言寡语，不紧不慢，逐个把菜分给众人。

小骟驴到沟底喝水去了。燕燕来回给大伙添饭。

大伙吃完饭，燕燕又给众人盛那半罐子沤苦菜带浆水。她最后把罐子递给我，乌溜溜一双大眼向我一眨。我明白，苦菜浆水里有一只白生生的去皮煮鸡蛋。

燕燕要走了，但是饭碗不够数了，勺子也不见了。她追着嫌疑分子又打又骂，石场上爆起欢乐的笑声。

燕燕追乏了，捣鬼的人还是不愿把勺子碗还给她。燕燕骂一声：“收工后，敢不给我送回去。”

燕燕赶着驴儿走了，顺着来时的小路，缓缓走向山尖上的蓝天……

休息日，我在山上海逛了一整天。下山后，我到队里请了五天假。第二天，我到乡下去了。

别离两年多的乡村，依然是绿草、黄土、斜柳、沙坡。燕燕长大了，大娘却显老了。我下乡时住的西下房，做了燕燕哥嫂的新房。

大娘乐坏了。杀鸡、淘黄米、压粉、捞豆腐。燕燕少言寡语，不紧不慢，跟大娘忙这忙那。

我的心热了。悔不该迟迟才来探望她们。

第三天，大娘早早做了晚饭。吃完饭，她叫燕燕领我到小王庄看电影。

通往小王庄的路，绕一座小山包，踧一程大沙坡，过一段平川地。我和燕燕并肩而行。路悄悄地朝后退去。

“你咋想到看我娘来？”

“我想起你赶着驴儿送饭。”

“你知道村里人说你干啥来了？”

“大概说我相亲来了。”

太阳跌进大山的怀抱，泛起了满天红晕。

夜幕完全降临，电影开演了。燕燕靠在我的身边，手儿让我握在手里。

银幕上花红柳绿，说不清演的是什么。

“这电影，我看过两遍了。”

“我也看过两遍了。”

“要不，咱们别看了。”

“就是，咱们走吧。”

我和燕燕退出电影场。

小王庄的人们几乎全看电影去了。村街静极了，无一人过往。偶尔有小动物穿过街面，急速地钻入夜的漆黑中。

村外倒比村里显亮。我俩顺原路返回，小王庄放电影的声音渐渐听不清了。

“你当真喜欢我？”

“喜欢。你呢？”

“那辈子就喜欢你了。”

弯弯的月牙儿悬在天边，长长的小路弯入田野。土包边一片矮矮的柳丛，柳丛下一片软软的沙土。

“坐会儿吧。”

“嗯，坐会儿吧。”

我和燕燕离开小路。

假日满了，我从乡下回到矿上。我把订婚的事告诉父亲，父亲不同意，劝我说："订农村的，万般苦楚。对机会，还是订个有工作的，以后你调到井上，挣钱少些，也不愁过不了。"

我坚持要订燕燕，父亲坚持不让。我找人说服父亲，父亲也找人说服我，我们弄僵了。父亲让人捎话说："娶农户，他自个儿娶去。"我也下了决心：拼死挣个一千两千，非把燕燕娶来不可。

一月里，我已经加了十几个班。那天早班收工，队长问我："二班还缺人手，你在不在？"我说："在。"队长说："好。我让人把饭捎下来。"大家全走了。我来到运料巷，用木楔子把地板上的浮煤刮刮平，便躺下了。为了省电，我把矿灯拧灭。眼前一片漆黑，工作面死一般寂静，几百米地下的一角里，只剩下我轻微的呼吸声。

燕燕走来了，手拨着繁茂的柳枝，脚踩着松软的沙土，月白色小褂前拖一条乌黑大辫。

"你要的，已经给你了。明天，你走吧。我不怨你。"

"我要娶你。"

"娶我要花许多钱。"

"花多少，我掏多少。"

"以后，我弟弟定亲，还要花许多钱。"

"花多少，我掏多少。"

"你会后悔。"

"我不后悔。"

……

二班的人们还没来。我饥肠辘辘，躺在潮湿的地上，身子越来越冷。我拧亮矿灯，坐起来，想找点事做。我搓搓双手，掌上有几处发疼。我把矿灯插在胶帽上，把手掌亮在灯光下，用指甲抠手掌上的木刺。

为了攒钱，为了娶燕燕，我把月初领的手套卖了。我料到，以后的日子还要紧巴。但我决不后悔。

每个人都有每个人的生存位置。元帅的位置是统领千军万马，小炉匠的位置是沿街敲敲打打。每个人又有每个人的生活圈子。宇航员跨出了地球的范围，庄稼人与田土形影不离。每个人还有每个人的遭际命运。我妈恰恰嫁了我爹而生了我。我瞒着父亲当了矿工，私订终身。不管人生位置高低贵贱，不管生活圈子大小宽窄，不管由自己和不由自己，只要我做了自己想要做的事。我就心满意足了。

父亲因为我坚持要娶燕燕，开始自己心疼自己。每天中午，他喝二两酒，喝完了就睡觉，睡醒了就咳嗽。白天，他常在街上闲逛，遇到熟人常说："活了这么大，才弄明白，拉扯儿女没一点意思。"晚上，他拧开烂半导体收音机，不管啥节目，一听就是大半夜。

父亲病倒了，胸闷，吃不下饭。他拿出三百块，托人买板材，他把余下的两个折子、一叠票子全给了我。他对我说："爹省了。饭给饥人吃，炭给寒人烧。自古就这样。你去吧。"

四

我和燕燕结婚了。

我俩过得很好。我们两家成了三辈子拉不倒的亲戚。

燕燕嫂嫂第一个来矿上走亲戚。

嫂嫂是后山人，嫁到燕燕娘家，她已经很喜欢了一阵子。这会儿，又能到"大地方"走亲戚。听说她来之前，欢喜得三黑夜没睡好。

嫂嫂很能干，来了两天，就把要洗的几乎洗遍了。她尤其擅长做莜面，莜面卷儿搓得又细又长。父亲可喜欢了。

闲暇时，燕燕就领嫂嫂逛大街，看电影。

燕燕给嫂嫂买汽水。售货员启开瓶盖，往瓶里插根空心杆儿。嫂嫂接了瓶，有点不满地瞥售货员一眼，便抽出那杆儿，扔掉，仰了脖儿，咕嘟咕嘟喝。没喝几口便呛了，眼里鼻里尽是水。

小妹回来，学给家里人看，大家都笑了。嫂嫂红了脸说："我要在这儿住上三年，不比你们懂得少！”父亲也笑了，但替嫂嫂打圆场：“你们有谁能搓了嫂嫂那莜面卷儿！”

嫂嫂在矿上住了个把月，内兄来了，接嫂嫂回去了。

嫂嫂走后，岳父来信说：几个孩子里，没出一个念书人。老小学习好些，但村里的老师差劲，想叫他来矿上念二年高中。燕燕先让我问问父亲。我和父亲说了，父亲说：“该着的事，来吧。”

自从娶了燕燕，家里的日子十分火色。但，开支增加了。为了弥补，我放弃了调到辅助单位的机会。领导表扬我：扎根一线，心红志坚。

我依旧在人工回采当装煤工。

那天，我们装完煤，又去拿木柱。顶板低，不能扛，木柱都是贴在腰侧，用一条胳膊夹着走。我夹着木柱，正低头走路，忽听后边有矿车疾驰的声音，便赶紧跨出道心，靠在煤帮上。矿车嗖的一下过去了，木柱的头儿被擦了一下，我手一松，柱子掉在腿上。

我跌倒了，疼出一身汗。

伙伴们赶上来，有的扶我，有的喊人，有的去打电话。

伙伴背我爬五号斜井。我想到了父亲，想到了燕燕。

救护车早已等在井口。伙伴要抬我上车，我说：“背我回家！”

他们不听，我在背我的伙伴脖子上咬了一口。队长看看我，对伙伴说：“背他回家，只去两个人。”

到了街口，邻居们围上来，我高门大嗓地说：“没事情。没事情。”

父亲出来了，见是我，只愣怔一下，便忙着让我进屋。燕燕的脸色煞白。

不一会，队长也来了，人还没进门，声音先进来了：“没事情吧？怎么搞的！”

父亲赶紧迎住说：“没事情。”

队长装模作样看看我的伤势，说：

“没事情也该到医院检查检查。”

父亲说：“是应该到医院检查检查。能不能要个车？”

队长说：“我就去要。”他一出门，便返回来，笑着说：“嗨！真有活雷锋，不知谁已经把车叫来了。”

大家忙着抬我上车，我说：“我饿了。”父亲“唉”了一声，不理我。

我住院了。

燕燕又来看我。她抱了一大摞语文、数学之类，放在床头，看我的伤。

“疼不？”

“不疼。”

“闲着没事，看看书。”

“嗯。”

“想看吗？”

“想看。”

“可要真看！”

燕燕走了。好长时间，她没来医院。我问小妹，小妹说：“嫂子在家做饭。”我便专心学习。说来也怪，上学时觉得很不容易做的题，如今不用人指导，光凭看书，倒容易做出来。许多过去没学过的，也能学得通。熄灯后，我默默背诵：“边边边、边角边、角边角、角角边、斜边、直角边。”渐渐背得如同流水。我想，在伙伴结婚的时候，叫新娘子用这玩艺儿绕口令倒很不错。

我回家了。

小妹告诉我：“嫂子小产了。爹气坏了，但不敢吭声。嫂子把她弟弟打发回村后，就托人找了临时工。搬石头，没搬几天，就小产了。”

夜里，燕燕坐在我的对面，也不看我，低声说：“孩子掉了。”

“知道了。”

“怨我不？”

“不怨。”

“我想叫你考学校。”燕燕抬头看着我，“听我不？”

“听。”

燕燕瘦了，面色苍白，眼睛显得更大更黑。

我开始有目的地读书学习。简直学得昏天黑地——白天，黑夜；坐着，躺着，站着；吃饭时，睡梦中，满脑子的词文、算式。

清晨，我拄着拐棍在山道上盘绕。天还没亮，但山野的积雪同山涧的灯火却使地比天显得亮堂。天气很冷，脚趾冻得发疼。脸上却火喷喷的，好像那心中的热全从头上冒了出来。

天色渐渐放亮，山下飘起一缕缕炊烟。我下山了。

回到家门口，听见队长在屋里说话：“这会儿开计件工资，还有出勤奖、安全奖。”他又来“挖潜”。

我进了屋，队长同我打招呼：“出去遛遛？”我“嗯”了一声。队长说：“咋地？能上就上吧，下去开溜子，月底也不少拿。”我说：“能上，我就上了。”父亲说：“能上，我就让他上了。”燕燕说：“再让他恢复恢复。”队长点了烟，吸一口，眉头皱起个疙瘩。

我依旧昏天黑地地读书学习。

父亲见我伤势好转，慢慢地沉不住气了。他先是督促我每天多活动活动，后来对我说：“能上就上吧。”再后来问我：“这班，是不是不打算上了？”我不吭声，他又说：“认了这辕，就得拉哩。有那念书的命，早就念成了。如今成了家，又想念书，真让你媳妇儿去搬几年石头？”我照旧不吭声。父亲生气了，但不发火，又开始每天喝二两酒。

燕燕小产后，身体稍稍复原，又去搬石头，但是，土建队不要她了。我知道，那是父亲做的鬼。从此，燕燕便一心在家里做饭。一家人的饭，也是管够她做的。从我受伤以后，她常常做三样儿饭；一样儿给我和父亲吃，一样儿给弟妹们吃，一样儿她自己吃。她吃的那一样儿，多是粗粮、剩饭。而且，吃的极简单：剩饭，一热、一泡，现饭，白水、玉茭面，搅疙瘩软糕，就了咸菜吃。她常常在别人吃完以后才吃饭，端了碗，立在灶边，吃得极迅速。有时候，小妹要给她换吃食，她便高高地端了碗，侧着身子躲。有时候，她也笑着意思意思。背过众人，父亲拿眼睛瞪我："看看，弄得像个人家？"我就在背地里劝燕燕："不要三般两样的。"燕燕说："爹老了，你病着，弟妹们小，家里常有客人，那点点细粮，够谁吃？吃粗粮，我吃惯了。只要你在饭桌上，无论吃啥，我也吃得香。你上班那会儿，做熟饭，等不回你，就是给我吃人参，我也咽不下。"

一席话说得我鼻子酸酸的。

燕燕倒笑了："你这人，还算个男子汉？这是国家规的定，我敢违反？你是工人，我是农人，不见我分的尽是粗粮？"

我望着燕燕略带调皮的笑脸，默然了。

过了一会儿，燕燕又说："我想过了，如果我现在吃馋了，将来你考上学校，你的那份儿细粮不在了，我反而吃不下荤，咽不下素，白白饿死了，说不定会称了哪个女人的心！"

燕燕看我一眼，又调皮地笑了。

想不到我真的考中了，只是拿到的不是入学通知书，而是工作调动单。我成了综合机械化采煤工人。

街上行人熙熙攘攘，街边大摊小摊五花八门。我突然想到，今天应该改善一下伙食。于是，我买了烧鸡、豆腐皮、白酒、葡萄酒。

我一进门，燕燕就问："考上了？"我把食物在她面前一晃。她笑了："啥学校？"我说："先吃饭。"

那天，燕燕例外没做重样饭，她和小妹把一瓶葡萄酒喝了个瓶底朝天。父亲喝得也不少，而且喝得极从容。他已经打听到我考了个啥名堂。

吃过饭，回屋后，我才把调动单拿给燕燕。燕燕一脸的喜色，接了便看。很快，她脸上的喜色不见了，只剩下让酒烧红的脸颊和满含疑虑的眼睛。

“不是大学？”

“不是。”

“不是中专？”

“不是。”

“还是工人？”

“嗯。”

燕燕慢慢放下调动单，侧过身子，慢慢拉过一个枕头，连同胳膊枕在枕头上，闭上了眼睛。

“明天写信，叫你兄弟再来矿上念书吧。叫嫂嫂也来走走。”

好大一会儿，燕燕才说：“女人的心眼儿真死。”

原载《山西文学》1986 年第 2 期

荣获“第二届全国煤矿文学乌金奖短篇小说奖”

窑　谷

谢友鄞

一

如果不是表哥和表嫂进入这条山谷，开发第一口煤窑，也许至今不会有这条窑谷。

绵延百余里的辽西大山，这样的山谷太多、太平常了。它们像无数古老的皱褶，深深地嵌入大山间，又被海涛般的林木淹没了。

世世代代老实巴叉，土里刨食的乡民们，忽然之间明白过来，他们紧跟表哥和表嫂涌入这条山谷。他们在两侧的山根下，山腰间，像蚂蚁一样蠕动着，探掘着，开起一口口小小的煤窑。本乡人，这山是他们的田，都有开采权。随着一声声炮响，山摇谷鸣，大山痛苦地分娩，连五脏六腑都给掏搅出来。一挂挂装满黑金子的大车连成串儿，一副副绳套绷得像就要离弦的箭，马儿蹬碎谷底的乱石，抢爬着，喀嚓嚓，喀嚓嚓，冲出了谷口。然后，马儿们扬首喘息，挺起胸脯，踏踏踏，踏踏踏，去乡镇，去县城，去远市。

谷口很快热闹起来，有了宿店，大车店，挂掌的烘炉。铁匠扎起皮围裙，懒洋洋地往绑牲口的架子旁一靠，背后的火舌躲躲闪闪地舔。见到熟头巴脑的人，那铁匠就会嬉皮笑脸地招呼："来啊兄弟，给你挂副好掌吧。"谷口处立下了一块石碑，上面凿进两个血红的字：窑谷。

外乡的汉子们也涌入窑谷。自然，他们只能做雇工。而且，大多是打短活。干个一年半载，腰包里填满后，烧得慌，就要走出窑谷的。

甭以为窑谷里都是金窟银洞，谁都能轻轻爽爽地捞一把。有些好端端的汉子走进去后，却拄着拐，一瘸一瘸地出来了；有的更惨，两脚朝天，被横着拖出了窑谷。

进入窑谷的人竟不断捻。

辽西一带，地理上接近内蒙，历史上缘近女真，汉、蒙、满人杂居，还有他们结合的后代。他们歪骑在马上，冷漠地瞥了一眼马车上的棺材，从外地赶来的亲属们擎着灵幡，撒着纸钱……这不但没有吓退他们，反倒产生了更大的刺激甚至诱惑，你永远也捉摸不透这些辽西汉子的性格，他们一磕马肚，涌进了窑谷。

我到窑谷不久。

高考落榜后，我离开了在县城的家。县城里没有多少活计好做了。连修鞋，崩苞米花，卖变色镜等勾当，都被那些挑着担子，从温州、广昌、蚌埠一带魔术般拥来的男女们占满了。跟他们抢地设摊吗？我一向少言寡语，那种生意油子的谄媚的叫卖声，饿死，我一句也喊不出。我不怕山高水远，苦行苦做。我还年轻，我想多走一走，闯一闯，好在这个世界活起来了。

恰在这时，我接到表哥表嫂邀我来窑谷的信。一看那活泼泼的字，就知道是表嫂写的。她还用纤细的红笔描了又描，画了张进入窑谷的线路图。

表哥的煤窑在进入谷口不远的南山腰上。煤井六七十米深，一架架木棚撑住顶板和两壁，从井口一直延伸到掌子面上。每天的程序都是一样，表哥、我和几位雇工汉子，用电钻在煤壁上打满炮眼，填装好火药雷管，然后扯出总导线，撤到井口外待避。随着一阵炮声；细听，掌子面上落煤如雨。表哥的脸上露出笑来。过了会儿，大团大团的烟尘涌出井口。我们立刻返回井下，把小山似的煤炭装进煤筐。每一筐煤都有一百五六十斤重，我们吆哧吆哧地喘息着，沿着斜坡巷道，爬一样走出井口，把煤倒在井口外的煤堆上。

窑活儿真苦。可是，每干完一天活，从黑幽幽的井下钻出来，绕过煤堆，走到井口旁的场院上，心就豁然敞亮了。拓平的场院有篮球场大小，戳着间土房。表哥和表嫂的家在镇里，这里是他们和雇工们的临时伙铺。表哥今年二十九岁，人太单薄，受了一天大累，脸色发灰，不像那些骠壮的汉子。

拴在房头的枣红马，咴咴地叫唤起来。它常到井下跟我们一起驮煤。今天一大早儿，表嫂就带它到十多里外的镇上，驮米面肉菜回来。表哥赶紧走过去，搂住马颈，拂弄它秀美的鬃毛，皮毛锦缎般光亮的腰身；马儿甩动长尾，欢实地踢跶四蹄。那条黄毛狗“二黄”围在一旁转来转去，一会儿撞撞表哥的腿；一会儿从他胯下钻过去，逗咬着马尾。场院上充满了生气。

我们洗过头脸后，一身清爽，围住方桌，在礅凳上团团坐下。这时候，已是傍晚，红日沉入山凹间。抬起头，触目苍山如海，深蓝浅黛的山浪，挟裹着海潮似的林涛声，从四面八方俯冲着拍涌过来，压向这块小小的山腰场院，扑进我们的怀里。醉倒了人啦！

表嫂拎着水壶，从土房灶间走出来。她二十七岁，不像一般山里女人那样黑。薄薄的耳垂上吊着耳环，颤颤地闪；也许是受了蒙族妇女的影响，这里的女人，从十几岁的小闺女到六七十岁的老太太，向来都是戴耳环的。一双眼睛又黑又亮，长长的眼角斜入眉梢，醒眼的俏。表嫂拎着沉甸甸的开水壶，一阵风似的卷到桌旁。

喝茶，一项日常的而又隆重的仪式开始了。

这里的人嗜茶如命，饭前喝茶，饭后喝茶，每人一只大号搪瓷缸，缸底铺满厚厚一层叶子，都是浓酽的红茶。开水壶有十多斤重，斜翅里伸出长长的嘴。表嫂将开水壶向上一提，又一沉，并不见壶身倾斜，哗——茶水就斟满了，不泼不洒，不多不少，离杯沿只差一指肚。每次倒水，她都是先给伙计们一一斟好，再给我这个亲戚兼雇工倒，最后才是表哥。用心那个仔细。

我头一回喝茶时，掀开盖子，一瞅那茶水，不由叫起来："黑的！"茶缸里沿上，还胶满了一层茶垢。

表哥和伙计们抱住大缸子，喉咙里咕嘟嘟地响，像吞咽一个个铁球，惊天动地的，喝得那个香。

我受不了诱惑。端起缸子刚喝了一口，"哇"地吐了出来。"啊，苦的！"这哪里是茶水？分明是汤药，比汤药还要苦！

伙计们哄地大笑起来。

表嫂忍住笑，一本正经地说："喝吧，照蒙族人的茶砖还差着呢。喝透了，浑身的汗毛眼儿都能张开，皮子里的邪火脏毒泻尽，舒坦不死你哪。"

我苦笑着。心里说：我从小就怕喝汤药啊。

表哥关心我，特意为我买来包茉莉花茶。不料，表嫂却一把将花茶夺过去，冲表哥嚷嚷道："上啥山砍啥柴。喝不惯酽红茶，怎在窑谷扎下根！"

我不禁一怔。

我并没有想在这儿长待下去。

谁也拗不过表嫂。她在茶量上用了点"增减法"，循序渐进地诱导我，慢慢地，我习惯起来。

我捧着缸子，喝着茶水。山下谷口处的铁匠炉，叮叮当当的打锤声传上来，真真切切的，好静。炉火在薄暮里洇开来，洇出一片橙黄。隐隐约约看得见，铁匠炉旁新开张了一家饭店。

表嫂朝山下一指，撇嘴说："才一个幌。"

在这一带，饭店门前都要挂幌子。这幌，是竹罗圈下围上一圈红布条。有一、二、四、八之分。一个幌的店，只有零星小吃，如煎饼、包子、豆腐汤；两个幌，就有炒菜，能叫灶了；四个幌，表示有套菜，包席；八个幌的饭店，偌大县城只有一家，那是天上飞的，地下跑的，海味山珍，无所不包。

可这毕竟是窑谷的第一个幌，窑谷毕竟有了一面幌啊。

二

表哥年轻轻的，竟有点儿拱肩了，他从小没爹没娘，孤苗儿弱，没坐下好根。跟身段儿挺秀，说话、走路、做活一团火似的表嫂没法比。表哥自个儿也服气："人比人死，货比货扔嘛。"说完，俯下身去，抽烟，嘿嘿地笑。

人哪，各有各的长处。辽西汉子，身材骠壮，但大多嘴上木讷，话极少。往那儿一坐，个个像泥塑金刚。表哥的嘴头子硬，这就显得稀罕。唠起吃喝，表哥简直通古博今了。他抹去嘴角上的茶汁，津津有味地说："几百万年前，咱这窑谷往东，都是大山森林，电闪雷击，天火烧了森林，烧死野兽，原始人吃后，觉着比生吃好。"表哥举起手，比比画画地一指，"窑谷往西是大海。"哪儿有海呀？众人疑疑惑惑地望去，起伏不尽的山浪，倒是像海。表哥肯定地说："这山，都是几百万年前冒出来的。古代人把猎物放在海边，潮涨潮落，野兽让海水一泡，有了咸滋味，嗨，更好吃。"

表哥的议论新鲜又有道理，使我非常惊奇。

他眼睛发亮，瞟我一眼，然后，缓缓地巡视众人，得意地说："县大街上的八个幌，我坐过，我吃过。嗨，全羊席六十多道菜，连一个'羊'字也没有。"

正在土房灶间忙活的表嫂走出来，把身子往门框上一倚，手里剥着葱，笑嚷道："得了吧！那回呀，他带我去吃八个幌。吃到半道，猫下腰，伸手在我的脚底直摸索。跑堂的过来了，旁边都是人，气得我一蹽脚。过了会儿，他又勾下身，鬼鬼祟祟的，把我恨坏了。你猜他做啥？从我挽着的裤脚里捏出截细谷杆，用牙一嗑，劈成两半，剔牙呀。我说：‘要死了！桌上不就摆着一筒牙签嘛。’啊，他眼球都吐出来了。连牙签都不认识。还吹哪！”

大伙儿笑起来。

表嫂说：“他呀，打小就是个小烧水的，跟厨师混多了，听到些个，就遥处卖奉。”

表嫂倚在门框上，手里剥着葱，嘴里揭着表哥的短。山地的葱辣，直熏眼仁，也许是乐的，她泪花儿都出来了。表哥不言语了，吃吃地笑。

我早就听说过，在我们这一带，几乎村村都有个小烧水的。那是困难人家孩子干的机灵活。表哥的茶炉，有城里公家茶炉三分之一大，据说，就是谷口那个铁匠打的，实用，轻巧。谁家有红白喜事，盖房起大院啦，只要他听到信儿，也不用人家请，将茶炉一揹，早早就撂在人家的门前或当院，生火烧起水来。谁家能不给赏钱。若是抠搜，赏钱给少了，他会不停地填凉水，让水老不开；没治，添钱吧，水鼻儿就会吱吱地欢叫起来。办事的人家没有不设席的，表哥跟厨师没少混，难怪他对中国烹饪业知道那么多。一次，一个大队干部家办喜事，他刚烧上火，忽然听人嘀咕，村西有家死了人。表哥愣了愣，悄悄打听清楚后，撤掉火，揹起茶炉就朝村西去。他把茶炉往人家门前一支，烧起火来，水烧得又快又好，水鼻儿呜呜咽咽地响，像是哭。那户人家困难，给赏钱，他没要。啥事就怕比，人家那个感动。那家的小闺女——就是表嫂，追上去把钱塞到他的手心，他硬是没要。表哥这辈子，就干了这么一件打腰提气的事，没承想，却成全了他一辈子的大事。

表嫂也真精明。伙计们出的活儿，记件，下账；跟运输户大车，煤场财务打交道，什么煤量、等级、价款、税收等，都是她张罗，一手经管。这个家，表嫂是魂儿。

这一天，来了位有身份的客人，表哥拉我陪席。这人有四十多岁，一脸颟顸相，往矮木墩上一坐，好大的一堆；两条长腿从桌子底下探出来。从谈话中，我听出他是乡镇上管工业的干部。他说，省城矿业学院代培技术人员，一年学费一千四，两年呢，三千差二百。乡镇干部很精明地伸出两个指头晃了晃。照本宣科说，那大学堂，开设放炮开采、架棚支护、瓦斯通风等生产技术课。如今小煤窑安全差，上头有精神，要动员人去学习。可他快跑遍一条窑谷，没人愿去。是啊，让外乡来的雇工们去吗，显然不行。像我吧，尽管沾亲带故，也从没有打算在这儿长待下去。开窑的去吧，譬如表哥表嫂，忙得四脚朝天，还有干不完的活。离得开?！让他们掏那么厚的钱，跑那么远的路，捧着一本本能打死人的书，在人挤人的板凳上“坐化”两年。抛家舍业的。笑死！

乡镇干部说，偌大一条窑谷，几十口煤井，连个技术员都没有，将来出了大事故，上级要封窑的。

表哥赶紧躬身，给客人续酒，用筷头戳着菜盘，打岔道：“喝呀，喝呀。”

我看出表哥心里非常紧张，不由暗暗笑了。自打开了这条窑谷后，后山上被冷落了多年的山神庙又有了香火。表哥曾带我去玩过一次。那座庙宇藏在郁郁葱葱的山林中。庙院围墙用土黄色沙石砌成，青灰勾缝，是很俏的“虎皮石墙”。墙随高就低，越涧跨峰，还真有点气势。庙前的石阶上爬满绿藓。走进去，里面是一尊泥塑山神，两面斜开的照壁上画满山妖小鬼。山神像基座上嵌着八个字“神镇山妖，保汝平安”。供桌上香烟袅袅，不知谁家供上了一桌白面馒头。表哥在祭桌前跪下，磕了三个头，然后拉着我，笑笑，走了出去。

表嫂又端上来一大盘炒猪心，下酒的菜，绝了。一方桌闹得满腾腾。

表哥讨好地觑着客人道：“咱小煤窑，几十米深，跟耗子打洞似的，凑合着往前闹吧。”

表嫂忙活儿完，扯过墩凳，在一边坐下。攘塞他说：“你就看耗子那么远。过个二三年，就是几百米深。不设电动绞车，你揹得起。井深了，巷道纵横交错，瓦斯增加，压力增大，不懂技术能行？”

表哥笑道：“干吗弄那么深，差不离，就换个井口呗。”

那干部道：“嚯，几十家都这么滥采起来，用不了几年，一条窑谷就会翻个稀巴烂。瞅着吧，还得为争地盘打起来。要我说，终归还得联合起来，像人家大矿，往深里开。”

提起大矿，我想起来。早几年，表嫂他们一村里的人，每逢农闲，都到百里外的阜新煤矿去包活。那里是国家大型煤炭基地，离我家住的小城很近。火车开进煤场，几个人包一节车皮，在限定的时间内，把堆积在线路旁的煤灰装满车皮，耽误了火车开车时间是绝对不行的。那真是玩命的活啊。我曾看见过表嫂干活，她把手里的大锹抡得跟风车似的，像扬场，像飞瀑，煤炭嗖嗖地飞进车皮内。在晃眼的阳光下，那嗖嗖甩出去的煤炭划成一条弧，像一条闪闪的河。表嫂只穿着件背心，奶头一颤一颤，奶头尖儿是黑的，四周洇满了汗渍，仰身扬锹，乳房不时露出半截来。

也许最苦重的活反倒有魅力，也许是干苦活重活儿的人更有魅力，表嫂她们装车时，常有人围着看景。歇息时，表嫂接过表哥递过的毛巾，擦脸；接过表哥端上的凉茶水，喝着，边跟一旁的人说说笑笑。表嫂会说爱笑，长了，认识不少人。有矿山的小头头，有技术员。自然她懂得多，望得远。

乡镇干部喝得眼球红，双手举杯齐眉，冲表嫂道：“掌柜家的，有远见，敬你一杯。”

表哥却慌了，忙说：“哎哎，俺家就这两口人，脱不开身。让别家的煤窑抽人去吧。”

表嫂用热辣辣的目光盯住我，我连忙避开她的眼睛，举起酒杯，遮饰着，将一口酒搁了下去。

表嫂露出一脸的失望，把眼里的话咽进了肚子。

乡镇干部瞅瞅我，瞅瞅表嫂，又瞅瞅表哥，醉痴痴的目光落在饭桌上，宽厚地笑着摇摇头。好酒好菜，好意思难为主人?！道：“那、那，我再到别家煤窑看看去。”

三

表哥和表嫂在场院外的山坡上种了一小片玉米。他们本来就是农民，今天却用近代的生产方式做起产业工人的事业。风梳垄宽，玉米长得壮，每株都是两三穗。才立秋，就有不少成熟的了。山风吹得满地的叶子簌簌响，我们淹没在一人多高的玉米地里。

表嫂说：“明年哪，咱们改种点‘玉白娇’。表弟，专给你煮着吃、烧着吃，城里没有，尝个鲜。”

表嫂对我好，很亲。可我还要远走高飞哪。

表嫂笑道：“哎，表弟，听说你们城里，小伙儿一米七往下就算残废了，搞不着对象。”

我“噗”地笑了。我的个头不很高。表嫂真逗，话里处处藏着心计。

表哥凑上前，说：“尽是新鲜事。一家只生一个孩。我要是下，一下就下俩儿。看他怎么着。”

表嫂嗔笑着，骂道：“放你妈的屁！”扬起一只苞米，朝表哥砸过来。

表哥一躲，尺把长的苞米砸在我的肩膀头上。表嫂一愣，忙走过来，揉着我的肩，笑道：“这咋说的，这咋说的……瞧你表哥那个没出息的样儿？往后呀，表弟，你可别跟他学！”

我不由放声笑起来。

二黄不知啥时钻进了玉米地，向上一蹿一蹿地跳，噢，帮着收苞米呢。它向上一跃两只前爪一划拉，嘴一咬，一穗苞米棒就掰下来了。我发现，它只掰须穗紫黑色的，胡子青绿的苞米一个也没掰。奇啦，成没成，它竟认识。

表嫂一手掐腰，一手指划着，嚷道：“你们看，你们看！”

二黄趁我们不注意叼起一穗苞米，出溜溜钻出玉米地，把苞米甩到枣红马的面前。那儿已经有三四穗了。马儿喷着响鼻，秀美的尾巴直甩。

表嫂笑骂："狗杂种，还挺会溜须呢。"

山地的人民，真是能啊。多少年来，玉米面和高粱米就是他们的主食。逢过大年，每户人家才能由供销社分给二三斤白面，四五斤大米。如今好了，手头宽裕，集市上有细粮买。但辽西的水土和气候，能供给人民的仍然只有玉米和高粱。对这块祖祖辈辈扎根的土地，他们毫无怨言，能供给他们什么，他们就默默地接受着什么。譬如玉米吧，她们熬粥、煮楂饭、蒸窝头、摊煎饼，甚至能捏出一个个大饺子来。贴玉米面饼子，更是日常的样式。没想到，就是这最简单最普通的生活，却让我出了洋相。

那天，表嫂引着火，十四印大铁锅的锅底填上水，和好的面盆搁在锅台上。表嫂贴的玉米面饼子，圆溜溜，不厚也不薄。面发得好，揉得透，渲松；嘎巴更是金黄焦脆。她正要往锅边上贴，忽然谷底传来喊声，是大队管工业的那个干部叫她下去。只有我在跟前。表嫂瞧了一眼锅，对我说："你贴吧。"赶忙跑下山。

我洗了洗手，从面盆里抓起一团面，在两只手上来面倒了倒。我知道，饼子不能贴得太下，若挨着水，水沸起后，饼子的下圈就会被浸烂；若贴得太上，同一张饼，不但上生下熟，还会出不来嘎巴。于是，我瞄准位置一甩，不料，哧溜，饼子顺着锅沿溜进了水里。我忙用手去捞，面碎了，水变成了玉米粥，浑黄。我这才发觉，水还不热呢，凉锅贴饼子——出溜了。这话，我打小就听说过。我忙把"玉米粥"舀出来，倒在炉灰坑里，想了想，又撮了两铲炉灰盖上。然后，换上新水，将火捅旺锅烧热后，我仔细甩贴起来，"啪"，第一个玉米面饼子贴上了，好；再接再厉，第二个、第三个，转圈都贴好，我满意地盖上锅盖。

半个小时后，表嫂跑了回来。一双眼睛亮亮地望着我，吸了吸鼻子，说："好香。"

掀开锅盖，乳白色的热气蒸腾。忽然，表嫂叫了一声，连连跺脚，双手像敲鼓一样捶着我的肩，笑得上不来气了："你呀，你，砸了我的锅啦！"

我一瞅，傻了；转圈一锅大饼子，个个长巴咧形，手指，掌肚，甚至手上的纹络都清清楚楚。这哪里是玉米面饼，分明是一个个大巴掌。我脸上顿时冒出热汗。啊啊，怎么办？表嫂兼包伙食，怕汉子们嫌弃。她瞅瞅我，说；"伙计们挨了一整天大累，夜里还得倒班，这……"表嫂想了想，转身噔噔噔跑下谷底，到那家新开的饭店里买面来一大海碗熟肉，又打了两斤烧酒。汉子们升井后，瞅着比往常多加了的酒和菜，都惊讶了，感动了，说；

"掌柜的，化这么大的破费，心不疼啊！"

表嫂冲他们笑笑，没吱声儿。

说来也怪，在此后生活的道路上，我虽然经历了许许多多的惊风急雨，灾祸磨难；走过了许多平原大川和现代化的城市，这桩小小的往事，却永远留在我的记忆中。

四

后半夜，忽然狂风大作，把我们都吵醒了。满山的树木哗哗响，像疯人摇着乱发。场院上的墩凳骨碌碌地滚。绳子上的衣裳被刮起，像幽灵，呼啦啦飞向谷底。对面马棚前的一只空铁桶被掀倒，哐啷啷怪响。二黄吓得钻进马棚里，哀哀地叫。一道闪电划过，黑暗倏地被撕开，在战栗、炫目的光耀里，那匹马冷静地站着，扬着头，形象十分清晰。咔嚓嚓，一串巨雷震响，整个世界陷入了狂暴的雨幕中。

天亮了。谷底升起白濛濛的雾气，林木苍翠，雾气里洇透着淡淡的幽蓝，慢慢笼罩住整条窑谷，到处都是淙淙的流水声。

我们走到井下，煤井的顶板有渗水，淅淅拉拉的；不时有一二块泥巴，"啪嚓"，掉下来。

这本应引起我们的注意，吃井下这碗饭，必须贼精细。我提醒表哥，居安思危，这小井，三面石头夹块肉，更应时时提防，留心观察。可表哥和汉子们，还有枣红马，络绎一串，一趟又一趟，只顾忙着往井上运煤。晌午时，正爬到巷道中段，蓦地轰隆隆一片巨响，我只觉得被什么狠推了一把，一股气浪冲得我跌撞后退，仰倒在地。黑尘四起，井口前方那一片诱人的白光倏地消失了。

我下意识地惊喊一声：

“冒顶了！”

惊恐使我做出不由自主的反应，闪电般地从地上跳起。我的胳膊被狠狠地揪住了，一扭头，才发现身后还站着三个汉子。这功夫瞎闯乱钻，更容易出事。他们一个个黑着脸，异常的冷静。我像受到神奇的感染，立刻安稳下来。沉默片刻，他们说：“前头的不知咋样了？”

他们想到的，不是自己被堵死在卷道里，而是前面的兄弟。我不由得一阵羞愧。我前面是马，它驮着两大袋煤；马前头是表哥和另外两个汉子。我的心猛地一沉。一个汉子咬牙切齿地叫道：

“快扒吧！”

我们仿佛全都恍然大悟！抢过一把尖镐，没命地刨起来。

没有　个人说话，只有呼哧呼哧的喘息声。　个小时过去，两个小时过去，从顶板冒落的乱石、煤块、杂木等被迅速清理开。干着干着，我觉得头昏，气短，胸闷得厉害。一位伙计撂下锹，贴着巷壁软软地坐下去，我吓了一跳。另外两个汉子交换了一下眼色，对我说：“甭怕。这井浅，巷道短，活埋不了。”

我心里慌乱，只有一条出路，顾不得那许多了，跟着两个汉子又拼命地干起来。我们三人合在一起，简直像一台疯狂的推土机，黑货被迅速地搬开。又不知过去了多长时间，对面隐隐传来铁器碰撞声和叫喊声。我们精神一振，挖得更快了。半小时后，巷道被扒开，一片刺眼的白光倏地扑进来。我跌跌撞撞地冲出去，啊，表哥，啊，另外两个伙计，他们全没伤着。表哥一把抱住我，我激动地搂住他，我们抱得那个紧哪。过了会儿，我推开他，贪婪地吸了口新鲜空气，顿觉脑清心亮。一扭头，发现表嫂坐在一边的地上，累得直喘。她的身旁撂着把秃镐，还有两只折断了把儿的铁锹。表嫂抬起手，拂了拂蓬乱的头发，朝我一笑。我的心颤了，她的手掌上全是血糊糊的泡。在外面，他们是怎样一场拼哪！

被堵在里面的两位汉子，扶着坐倒的那个伙计走出来。不料，刚走出井口，那位伙计往地上一坐，号啕大哭起来。我愣了，他好端端的，并没有伤着一根汗毛呀。那汉子拍着大腿，越哭越伤心，鼻涕泪水一把把地甩。表嫂却松了口气，说："遭了瓦斯熏了。没事，怕笑不怕哭。"

巷道堵死，空气不流通，煤壁里渗出瓦斯，这种无色无味无形的气体使我们中了毒。怪不得那阵我头昏气闷。果然，过了会儿，那汉子不哭了，惊奇地瞅着我们，愣了愣，自个儿一撑地，晃晃地站起来。

我咧咧嘴巴，笑了，说："国家大矿，都有安全设备。咱这小矿——"

表嫂立即盯住我，说："这不，没技术，不行噢。"

我恍然明白，逃避似的躲开她的眼睛。心上却像被刺了一下，感到以前从没有过的压力。

只有枣红马被埋住了，脊梁骨砸得稀烂。我们把它拖到场院上。它斜躺在那里，浑身被汗水和污泥染成褐色。一条条肋骨吃力地上下起伏，牵动着胯骨上的皮肉，一下比一下弱。头已经抬不起来了。

表哥蹲在它的身边，耷拉着头，肩背一抽一抽。

表嫂打好热水，让伙计们洗过手脸，又替他们沏好酽茶。然后，返回来，对表哥说：

"宰了吧。"

什么？！表哥猛地抬起头，恐怖、茫然地盯住表嫂。

"趁还有口气，宰喽。"表嫂加重口气。

我怔住了。表哥同这匹马的感情多深哪！表嫂不是不知道。她怎么这样狠，再贪也不在这一锅马肉啊。

表哥回头一瞅，那些汉子坐在方桌旁休息，朝这边张望着，一个个脸色阴沉沉的。表嫂担心伙计们瞅着这匹要死不死的马，想到自己；担心阴凄凄的情绪和气氛没完没了地弥散开来，自己的矿办不下去。凡是煤窑出了事故，她都特别细心善后处理。表哥明白了，可他不敢下手。眨眨眼，对表嫂说："……你来吧……"表嫂瞪了表哥一眼，一咬牙，转回屋，咕嘟咕嘟喝了几大口酒，取出一把屠刀。山里能干的女人，三教九流的手艺活都沾染。表嫂把刀藏在背后，走到马前。那只握刀的手背上青筋蹦跳、修长的五指在刀把上勾连、摩挲，骨节发出细微的折裂声。她按照老风俗，两腿跪下，低下头，对奄奄一息的枣红马，喃喃念道："有买的就有卖的，有吃的就有杀的，有杀的就有让杀的。"顿了顿，又念道："马啊马别怨我，快死快死早托生。"说罢，一个快步冲上去，寒光一闪，刀从马的咽喉向上一个大抹脖，瞬时鲜血四溅……

突然一声凄厉的狂吠！二黄一窜老高，跌出场院地，朝谷底哀叫着翻滚下去……

山下传来消息，那面的煤窑，死了人。

第二天早上，表哥躺在炕上，没起来。

那些汉子，坐在场院上，闷闷地吧嗒着烟，谁也没动。大难当头时，他们什么都不怕。可是事后，像从一场噩梦中醒来，一切都变得特别敏感。此刻，雇工们的敌对情绪最容易升腾起来。作为精明的雇主，表嫂看出了这心理。表哥躺在炕上，像吓坏的大孩似的眏巴着眼睛。

表嫂悄悄推他一把，小声说："大伙都看着你哪！"

"让……让伙计们休息几天吧……"表哥嚅嚅地说道。

不料，表嫂的眼里冒出火来，咬着牙根低声道："混账！你心眼好，滚蛋，出家去算了！"

表哥脸色煞白，将被头往上一拽，死死地蒙住了头。表嫂恨得一跺脚，抓起安全帽，转身冲出土屋。

“表嫂！”我大声喊道。

她理都没理我，穿过场院，绕过煤堆，蹬蹬蹬地朝井下奔去。

我紧跟在后边。心想，总不能让一个女人下窑挖煤、揹煤啊。我说：“你上去吧。我来。”

昏黄的灯光里，表嫂浑身一颤。突然，她回过头来，一把抱住我委屈地哭起来：“表弟，我的好表弟，跟那个窝囊货，活着没劲呀。”

我慌得不知说啥好，连忙安慰她说：“表嫂，我我……”

表嫂叹了口气：“你呀，眼下替不了我们。我们是雇主，人家瞅着哪。你若心疼表嫂，啥时在煤窑当家就好了。”

我一愣，沉思起来……

表嫂抹去脸上的泪痕，一笑，忙俯下身，倔强地揹起煤筐，朝井上走去。一百五六十斤的煤炭压在她的身上，简直像座小山。她揹着，爬着，走几步，手撑一下地，再拼力挺挺身。越往前走，坡度越大，一步比一步艰难，有时，甚至双膝和两只手同时拄地，分不清她是在走，还是在爬。

煤堆顶上立着计吨的箱斗。跳板悠悠直颤，表嫂的身子立刻晃起来。啊，若一个闪失栽下去，煤筐压在身上……

表哥不知什么时候跑了出来，急得双脚直跳：“扔下，快扔下！”

表嫂若是把煤筐一摔，扔下跳板，就没事了。可她仍固执地朝上走着……

坐在井口外的汉子们动摇了，纷纷站起来。在这个坚强女人的面前，他们又急又愧。平时，沏茶倒水的顺序表嫂都注意得很，从不伤碰伙计们的心。谁的媳妇进山来看自家的汉子，她姐前妹后地唤，甚至包饺子，做小灶。有些女人，不放心自己的男人特地来召唤他们回去，宁肯在一起受累，受苦，还是希望家里有个活蹦乱跳的人好啊。可是，让表嫂这么围前围后、亲姐妹似的一待，都不好意思开口了。

一个年轻的汉子央求似的喊道："嫂子，快放下吧！"那声音直颤抖。平时，他们一直喊她"掌柜家的"。

表嫂还是不语，平衡一下身子，继续向上走去。

我揹着煤筐，抬起眼，只见前面的表嫂在煤筐底下大躬着身，低着头，脸憋得紫红，汗水爬满一脸。我们的目光倏地相撞了，像石击电闪，表嫂的眼睛突出着，喷着两团火。我垂下眼去……

突然，一个汉子吼道："伙计们，还愣着干吗！"

大伙儿猛醒，争抢着冲上跳板。表哥绕过我，要在后面去托住表嫂。表嫂怒喝一声："滚开！"

表哥傻了似的站住了，我站住了，汉子们站住了，只有表嫂在走，一步一步地朝上走。世界静得出奇。煤堆上传来表嫂吆咻吆咻的喘息声。表嫂揹的又是个大号筐，煤装得岗尖她咬紧牙关，坚持走到了煤堆顶上，旋身松手，煤，哗哗地倒入箱斗中。

五

中午，在我们视野所及的长长的谷底，装满煤炭的马车连成一串，缓缓地朝谷口外驶去。阳光当顶，充满山谷，一车车煤炭闪烁着黑亮亮的光泽。这辽西雄浑壮阔、连绵不绝的大山间，这条窑谷，不过是一条小小的褶缝，但就是从这里，默默地、不断捻地输送出去了多少光和热，使乡镇，使县城，使远市一天天兴旺发展起来。可是，从窑谷拉出去的，除了那一车车的煤炭外，还有几口新打成的棺材，装在马车上，夹在长长的车队里……

晚上，伙计们早早地睡下了。

这间土房，南北两面都有炕。辽西山区有许多旧俗：对面炕，男女混杂便是其中的一种。关于大炕的传闻，我听到过一些。近些年，新房迭起，开始分辈隔房了。也许这间土房是煤窑的临时伙铺，从简，又恢复了过去的习惯吧。伙计们睡在北炕上，表哥和表嫂睡在南炕。我刚来时，跟伙计们挤在一起。表哥招呼我："过来吧，北炕太挤。上这边睡。”我不肯。表嫂笑道：“南山有虎，能吃人哪！”随后，表嫂把我的铺盖抱到南炕的炕头，把她和表哥的被褥挪到炕梢，中间空了一块。我只好乖乖地转移到南炕上，面壁而睡，做壁虎状。

我迷迷糊糊地睡了过去。

不知什么时候，我懵懂一下醒过来。天哪！表嫂怎么过来了？！我吓了一跳，半轮的月光下，她穿着红布裤衩、绣花胸兜，一只手撑着头，侧身偎在我的对面，一双黑亮亮的眼睛俯视着我。

“醒了？”她小声道。

真真切切，是表嫂。我打了个寒战。正想坐起来，却被她丰润有力的胳膊拥紧了。

北炕上鼾声如雷，此起彼伏，还夹着一两声刺耳的鼻哨。不知谁翻了个身，“咕咚”，像什么东西投入了瘆人的黑井。我的头轰地响起来。表哥睡着了吗？

表嫂的嘴巴伸到我的耳边，声音低低地说：“有个事儿，跟你商量一下。”

有什么天大的事啊？！我不由自主地轻轻推了她一把：“表嫂，明天——”手触在她渲软的乳房上，吓得我一抖缩，浑身发热起来……

表嫂抿嘴一笑：“不跟你说妥，睡不着啊。”

窗外，夜缓缓流着，动情而且宽舒。表嫂的皮肤闪着光泽。虽然她年轻、俊俏，可爱；虽然我一辈子还没有这样接触过女人，可是，在这样一间屋子里，在这样一铺炕上，在汉子们和表哥的身旁，一切魅惑都变得毛骨悚然了。

表嫂小声道：“表弟，哪儿也别走啦。去省城学习吧，求求你。”说着又向我身边靠了靠……我脸红心跳，好羞愧。表嫂的举动也真大胆！

表嫂说：“你有文化，又没牵挂，只有你去学习最合适。”

我仍然不语。表嫂又低声急切地说：“去吧去吧，别犯傻了。表嫂一生一世都不会亏待你。”

啊，我，我还能说什么呢。我身子一动，轻声道："表嫂，让我想想。"

不料，表嫂伸出另一只光溜溜的胳膊，猛地压在我的胸口上，道："你不说死，我就——"表嫂猛地挑我一眼，"反正你表哥也管不住我！"

表嫂知道我的人生观，知道我要"浪迹四海"，几次想法挽留我，都让她失望。万没想到，她竟采取这样一种办法。或许是急了？也许她，辽西山地的女人，根本就没有把这当成一回事。

表嫂颤声道："往后啊，煤井越挖越深，水火瓦斯坍塌冒顶，什么都跟着来了。你能眼瞅着表嫂的煤窑出事故？！眼瞅着表嫂抚恤赔偿，封窑破产吗？！煤井将来要发展，地底下就是一座城。像你表哥说的那个，老鼠拨洞似的干，不行了。表弟，嫂子这条窑谷需要你啊。"

表嫂沉甸甸的话，表嫂的一片真情，使我激动思索起来。这条窑谷，有可能变得一天比一天生机勃勃，也有可能成为充满灾难、死亡和恐怖的山谷。人闯世界，满世界走，就是寻找最适合自己、最需要自己的地方。需要你，就有了责任，就有了价值。一种神圣的责任感激得我再也无法推脱自己，于是，我脱口道："行。"

表嫂半裸的身子一颤："你应承了？"

我点了点头。

"再说一遍。"

"行。"

"好兄弟！"月色朦胧，表嫂眼里闪出喜悦的亮光，扑上来，在我脸上狠狠亲了一口。我没有回头，连动都没动一下，闭上眼睛，凭耳朵，凭着我提溜起来的心，感觉到她用脚尖在炕底下摸索着自己的鞋，然后蹑手蹑脚，溜向了那一面。

辽西的大炕啊！……

六

几天以后，我一切准备就绪，告辞窑谷。

表哥在谷口大车店，为我借了一匹好马。大车店主说，骑到县城，交给城关大车店掌柜的就行了，他们是兄弟。然后，我再乘汽车，转火车。乡镇管工业的那位干部，特地赶来，斟了满满一杯酒，为我壮行。表嫂请烘炉的铁匠，打了一把崭新的蒙古式腰刀赠给我。我拒绝了。我想，我一手握着缰绳，仄身骑在马上，一脸的心事重重，一脸的感慨和严峻，已经够像一个辽西汉子了。我忽然设想，如果不是去学习，如果不是还要回到窑谷，一抖缰绳，从此浪迹远方，会怎么样呢？北上内蒙？东去沈阳？西出义县、锦州？都会觉得空落、渺茫。学习毕业以后，尽管我还回来，但离开窑谷，仍然产生了一种说不清的深沉的感情。那浓酽酽的红茶，嘎巴金黄焦脆的玉米面饼，充满情义的枣红马、二黄，小山般的煤筐，同我一起堵死在井下的汉子们，懦弱而饶舌的表哥，对人行事通灵似玉、深思远虑的表嫂，还有，那如潮似梦的大炕，这一切一切，都使我产生了深沉的依恋。

我微笑着，望着铁匠、店主和表哥，终于绕过他们，勇敢地回过头——表嫂一直站在我的背后，她连连扬起手中的安全帽，频频朝我投来灼热的目光，眉眼飞动，欢乐地朝我挥手，像个肆无忌惮的大山姑娘。

一股热浪涌满我的心房。我一抖缰绳，马儿向前奔去。……

原载《上海文学》1986 年第 4 期

荣获“1985—1986 年全国优秀短篇小说奖”

列车在行进中

孙春平

一

425次列车停在了石城站。

这是一个不大不小的三等站，列车却要在这里“休息”整整二十分钟。十分钟后，一列直达旅客快车将从后面赶上来，在这里停站两分钟，然后425次才能跟在它的后面“匍匐”前进。铁路术语把这叫“待避”，旅客则用最通俗的话叫它“让路”。管它“待避”也好，“让路”也罢，反正都是应该的，谁让它是普通列车呢！

轰隆隆，直达快车进站了。怪不得要让人家跑到前面去，连车厢也比普通列车漂亮、气派。鲜亮亮的绿色喷漆晃得人耀眼，挂在车身正中的那块标牌上一道醒目的红杠杠和“直快”两字，显示着人家的优越身份。再细看，那车门竟也比“普客”的宽些，车窗也大些；同样标志着硬席车厢，隔窗望去，人家是清一色的淡绿色人造革座席，别说坐，看一看也舒服；而“425”呢，硬木椅连油漆也早被磨得失去了光泽。甚至连“直快”下车购买食品的旅客也显得大方、豪气，一个个急匆匆跳下站台，不过两分钟的时间，售货柜里的烧鸡去掉了一大半。可“425”站了这么长时间，烧鸡几乎是无人问津呢。

站台上突然发生了一件让人们惊异不已的事情。从直达快车的软席车厢里突然走下一高一矮两位从服装到长相都跟我们黑眼珠、黑头发、黄皮肤的旅客完全不同的人来。他们在站台上前后左右顾盼了一番，突然举步向停在站台对面的“425”走来。

“喂，外国人！两个外国人！”

“哪国的？”

“谁知道！”

站台两侧的车厢里都探出不少黑头发的脑袋，一颗颗的黑眼珠里闪现出那么多惊奇的光。

两位外国人走到“425”的一个车门，抓住扶梯就要上。

站在车门旁的女列车员忙伸出手，拦住他们，指指对面的车厢：

“上错了。你们是那列车。”

大个子的外国人不知是听不懂，还是因为别的什么，不住地摇着脑袋，“No，No（不，不）”地叫着，一手抓住车门，一条长长的鹭鸶腿已登上了车梯。

站台上的车站值班员跑过来了。直达快车马上就要开车，丢下两位外宾可能要算一个了不得的“事故”。他把绿色信号旗紧紧地抓在手里，也连说带比划地参加了劝阻。

从直达快车软席车厢又跑过来一位帅帅气气精精干干的铁路工作人员。他穿一身笔挺、合体的毛料员工服，同其他铁路员工普普通通的海蓝色的确良相比，这似乎可以立竿见影地说明他的特殊身份和地位。他彬彬有礼地走到外国人面前，指指车门上方“硬座车”字样的标记，又指指自己腕上的表，劝请他们赶快回直达快车。

外国人仍在摇着脑袋。“直快”开车的时间已经到了。

“等一等！”那位“毛料服”一把抓住值班员的胳膊。

“开车的时间已经到了！”

“再等一等。”

“你？”

“我叫陈赋光，局客运处的。”他掏出自己的工作证，“我的职责是检查指导站车的外宾和国内贵宾的接待工作。”

“这……”值班员为难了。尽管已有人大包大揽地承担了责任，可铁路行车是高度集中指挥，时间就是命令，除非行车调度，谁能当得这个家？车站值班员不会不懂这点起码的常识。

机车的汽笛，运转车长的哨声，在一声接一声揪心地叫着，值班员翻了“毛料服”一眼，狠狠心，又一次要扬起擎旗的臂膊。

“你要干什么？这是外事工作，造成国际影响，你负得起责任吗？”陈赋光又一次紧紧地按住值班员的胳膊，他有些生气了，语气很严厉。

“国际影响”真把值班员镇住了。他垂下手臂，茫然地看看周围，准备听之任之了。

就在这时，旁边有人说话了：“陈同志，您既然是局机关的，更应该明白，您现在并没有权利指挥行车！”说话的是一位年轻的女同志，中上等身材，一张说不上漂亮的椭圆脸，两只稍有几点上翘的细眼睛。惹人注目的是她左臂上的绿色菱形列车长臂章，庄重之中有几分威严。

“我叫刘静兰，425次列车长。”迎着陈赋光诧异、审视的目光，她平平静静地自我介绍说。

“外宾怎么办？”他问。

“外宾要乘425次列车，当然就是我们的客人了。”

“可425没有软席……”

“接待工作并不是仅仅靠软席。”列车长的嘴角淡淡地一笑，不无隐隐的讥嘲。

陈赋光暗暗地叹了口气，松开了抓着值班员前手。他当然也知道不准发车不是个好办法，可他能把外宾硬拉回“直快”去吗？唉！这些洋客人哪，有福不会享，放着舒舒服服的软席车厢不坐，非要跑来挤硬板凳，鬼知道他们在想些什么！

绿色的信号旗高高扬起，摆动。内燃机车一声悠扬的长鸣，牵引直达快车轰隆隆开出站去了。晚两分十五秒。

二

425次列车上的旅客不少，别说座位，恐怕想找个能舒服站立的地方也不容易。列车长刘静兰当机立断，将两位外宾领上了列车中部的餐车。跟在后面的陈赋光总算长长地吐了口气。

十分钟后，425次也开出了。

还没到开饭的时间，餐车上安安静静的。白色的餐桌台布，白色的座椅外套，穿戴白衣白帽的女服务员轻盈而忙碌的身影，使餐车显得洁雅而舒适。

"他们是哪国人？"刘静兰低声问。

"不知道。他们在滨州站上的车，当时我正在站上，见有外宾上车，就跟车来了。"陈赋光说。

滨州市最近由几个西方国家合资援建一座大型化工厂，来了不少外国专家和工程技术人员，都是高高的鼻子深眼窝，连专搞外事接待工作的陈赋光也分辨不出他们属于哪个国度了。

"他们要到哪儿去呢？"刘静兰又问。

"买的票都是到古陵关的，八成是去名胜古迹玩玩吧。"

"那为什么不坐直达快车了呢？"

一说这事陈赋光心里也是纳闷，谁知道他们是一时心血来潮，还是有意到中国的普通列车上来体验体验生活？陈赋光突然想起一件事："喂，小刘，有外宾上车，各车节厢还没通知吧？"

"有必要吗？"

"怎么没必要？一会儿他们冷不丁要到各节车厢跑跑转转，怎么办？你赶快让广播室通知一下吧。"

“可这让广播室怎么说呢？”

“可以播个曲子嘛。”

“播曲子？什么曲子？”列车长诧异地问。

“小刘，今天我不是来检查你们车上工作的，咱们现在的目标是一致对外，你就不要跟我打哑谜了。我知道你们列车上都有紧急通知的办法。”陈赋光诚心诚意地说。

列车上的事陈赋光确实琢磨透了。真有那么一些车班，为了应付紧急情况，诸如领导上车或上级机关突然检查，事先在内部定了“紧急警报”曲子，什么《社会主义好》《三大纪律八项注意》，一旦播出来，列车员们心领神会，立刻格外小心在意。

刘静兰微微笑了：“老陈，你说的我懂了。可我们车班从来没搞过这个。”

陈赋光心里一沉，两眼盯着列车长，不知她说的是真话，还是到这种时候还有意跟他“留一手”。凭感觉，这位女列车长是一位自有主见、不那么驯服的人物。他更加担心了，如果今天自己指挥失灵，这位刘静兰在接待工作中闹出个一差二错，那影响……

“你当列车长几年了？”

“五年。”

“你还不到三十岁吧？”

“二十七。”

“我到局机关就有二十年了。”陈赋光意味深长地一笑。

说话间，车门推开，一个俊俏灵巧的小列车员走到刘静兰跟前：“车长，你叫我？”

刘静兰指指陈赋光：“这是局客运处的老陈同志。”又指指小列车员，“她叫于珂，三号车厢的列车员。我想让她临时担任一下翻译工作。老陈同志，您看这可以吧？”

陈赋光大觉惊罕，一是奇怪自己竟没有注意列车长什么时候做了找翻译的安排，二是没有想到这普通列车上竟是个藏龙卧虎之地。自己常和外宾打交道，也不过只会说几句“你好”“再见”之类的日常用语。他不由又上上下下打量起这个还有几分孩子气的小姑娘。

于珂听列车长布置了任务，斜眼扫了两位外国人一眼，脸蛋突然红了，小声说：“车长，我怕不行。”

“现在不是说行不行的时候，干吧。”刘静兰的目光在小于珂脸上平平静静地停留了一小会，又微微笑了，“你不是常说没有实际锻炼口语的条件吗？这机会可别放过。沉着点，别慌，啊！”鼓励中带有几分抚哄，像大姐姐对小妹妹。

“嗯。”于珂轻轻地点点头，“车长，我那节车呢？”

“我已经让别人去替你了。”

陈赋光低声嘱咐道：“要谨慎，注意影响！”

突然，于珂转过身，一拨刘静兰，悄声说：“车长，那个大个子外宾懂得咱中国话。”

刘静兰一愣：“你怎么知道？”

“我听他告诉那位小个子，说‘这位小姐是给咱们当翻译的’。你看他们还瞧着咱们笑呢。”

刘静兰淡淡的眉毛拧在一起，关照于珂：“按正常礼节接待。只要他们友好，我们就尊重他们。你先问问他们要不要在车上吃午饭。”

于珂走过去了，好奇而又有些不安地站在两位外国人面前。那位大个子爱说，嘴巴总是叽里咕噜地不闲着。小个子则爱笑，咧着嘴巴听大个子夸夸其谈。小个子白胖胖、笑眯眯的，慈眉善目，如果不是高鼻梁深眼窝，倒很有点像大雄宝殿里的大肚弥勒佛。那位大个子长了一个尖尖的鼻子，一张阔阔的嘴巴，两只骨碌碌总是转的蓝灰眼珠，诡谲中透着几分滑稽，使人想起南斯拉夫电影《桥》中那个“猫头鹰”。于珂问过要不要吃午饭，大个子“No，No”地摇过一阵头后，突然两个指头往嘴巴前一凑，做出个吸烟动作，提出要买香烟。于珂很快从餐车主任那里找来几包“中华”高级过滤嘴香烟。大个子拿在手里把玩了几下，又扔回餐桌上，变戏法儿似的从自己口袋里摸出两包烟来：一包英国555牌，一包美国加长云丝顿，抽出一支，得意地吞吐起云雾来。于珂心里陡地生起一股怒气，拿起烟就走。小个子外国人却忙叫住她："小姐，我喜欢吸中国烟，可以照顾给我吗？"

另一处，列车长、餐车主任和陈赋光正研究一件迫在眉睫的事情。为了避开两个外国人，他们躲到餐车外间的走廊里来了。

问题很简单，餐车开餐时间已到，后厨一切准备工作就绪，要不要正点开餐？如果正点开餐，两位外宾怎么办？他们已明确表示不想在车上就餐……

"我看今天情况特殊，就特殊处理吧。"这是陈赋光的意见。

"如果请他们到车厢里去坐呢？"餐车主任嗫嚅地试探问。

"笑话！你们这种老掉牙的车本来早该淘汰了，条件不好，人又那么多，让外宾也站着吗？再说，这趟车的客流成分多数是山区农民，外交礼节知识太差，真要当外宾面说出几句不在行的，这国际影啊……"谁知"国际影响"究竟为何物，今天好像挂在了陈赋光的嘴巴上。

"可是……餐车也有销售定额……"

"好啦好啦，回去由我跟你们段上说。"陈赋光又是大包大揽，他很有点瞧不起这种"鼠目寸光"。

列车长刘静兰好半天没说话。她对眼前这位久有耳闻、初次接触的上级机关来的人物很有些不满，而这种不满又不是由今日始，也不完全是缘他而发的。她入路十年了，穿上员工服就在这条线上"跑车"，先是当列车员，后来提升了车长。因为是普通客车，只要不出什么大毛病，上级领导是很少光顾的。特别是近几年，国家对外开放了，列车上的外宾多起来了，领导更是把眼睛盯在那几趟直达快车上，调兵遣将，"重点保护"，列车长选"精明"的，列车员挑"干练"的，甚至连年龄、身高、相貌都成了标准。于是，段上令人气不平的怪事就多起来了：某某车班因为外宾在留言簿上写了个"Very good（很好）"，就一夜间成了模范车班，大会小会做经验介绍；某某车班因为外宾在车上发了点脾气，段上就将全车班的当月奖金一抹如洗……前些日子，段上还闹出这么个笑话：有个进京车班软席车厢的“旅客留言簿”上收到一封用法语写的表扬信，笔者又没留下姓名。为此，上上下下、大大小小的不少领导都被惊动了，车班人坐下来回忆提供线索，段上又派出人顺藤摸瓜，左查右调。查的结果，原来写信的人不过是个普普通通的中国某大学的一位副教授，连点侨眷侨属的边儿都不沾。唉，好扫兴！……想这些有什么用呢？难道刘静兰还不懂得搞好外宾接待工作的重要性吗？可咋重要也该有个“度”。哲学上讲，质、量、度三者是辩证统一的。总不该为了应和外宾的一心血来潮，连列车的正点运行都不顾了吧……

可是，光生气又有什么用？自己毕竟不过是个兵头将尾的小车长，又是头一次“涉外”。人家老陈可是专搞这个的，经的见的懂的都比自己多，况且，这位老陈在段领导那里说话的分量她也是早有所闻，明天人家只要往段长室拨个电话，自己吃不了就得兜着，要是车班全月的奖金给抹去了，那自己就更是猪八戒照镜子，里外不是人了。最好的办法当然是听老陈的，天塌了由他顶，出了成绩车班当然也有份……

“车长，你就说话呀！”餐车主任催着发愣的列车长。

列车进了山洞，轰隆隆，轰隆隆，像打闷雷。一股机车的油烟味从窗隙钻进来。刘静兰趁这工夫下了决心，等列车一钻出山洞就说：“这样吧，让广播室广播一下，因特殊情况，餐车开饭的时间稍稍往后推一推，请广大旅客谅解。餐车工作人员先停下后厨工作，把车上带的面包、饼干等方便食品马上送进车厢，不管多挤，也要把开水送到旅客座席上去。同时向旅客做些解释。列车正点到达古陵关的时间是午后一点三十三分，外宾一下车，咱们马上开饭。”

“这……”餐车主任还有点犹豫。

“就这样定了吧。请同志们都辛苦点，一会儿我也到车厢去。”

餐车主任走了。陈赋光为自己的意见被顺利采纳而高兴。是呀，只要这个问题解决了，外宾那儿估计也不会再出什么“洋花样”，今天这出难唱的戏就算被自己顺顺当当“导”下来了。对了，现在应该鼓励这位年轻的列车长了：“小刘同志，我搞客运工作二十多年，今儿可算发现人才了。你这几步棋走得好哇，稳健、果断、沉着，看得也远，有大将风度！怎么样，想不想到进京直快车班挑挑大梁？那才锻炼人呢！”

刘静兰脸红：“老陈同志，这个主意我还拿不准对不对呢。”

“怎么会不好呢？搞咱们这行的能叫旅客满意就算‘对’。像今儿这事，外宾如果不满意，在外国报刊上弄咱们几句，那就不是你一个列车长的事了，怕是连局长都得跟着‘吃锅贴’。所以，一遇到跟外国人打交道，咱们就得机动灵活，脑袋里的那根轴多抹点油，多想点办法。反正就哄弄他们高兴呗！”

陈赋光心里高兴，谈兴大发，从衣袋里掏出烟盘，取出一支叼在嘴上，又顺手摸出一只精巧别致的小打火机，不知怎么一弄，“啪”，一股蓝幽幽的火苗窜出来。陈赋光点燃烟，见刘静兰好奇地望着他手里的打火机，便得意地把那小玩艺在手上掂了掂：“怎么，你也喜欢？外宾送的，人家这种小玩艺就是制得精巧。你要是喜欢，就拿去玩吧。我还有。”

刘静兰脸一红：“我又不抽烟，要它干什么？你留着用吧。”

陈赋光哈一笑，把打火机丢回衣袋里：“可不是，你看我这人。”说着，又从上衣口袋里拨下了一支白亮亮的圆珠笔，“这个你可用得上，日本的，三用。咱们初次合作，算个纪念吧。”

刘静兰坚决地推辞着：“我不要，真的，不要，谢谢您！”

陈赋光看刘静兰的神情，便也不再勉强，说：“这些年，我没少跟外国人打交道。其实，外宾是挺讲究礼节的，也大方，初次见面常送个小礼物。当然喽，除了接受一些小礼物，这些年的新奇事、倒霉事我也没少碰上。你听我给你讲个‘尖端’的。这有十来年了，有一次，一个日本铁路参观团到咱局来，团里有好几对夫妇。按礼节，咱们接待的时候也应该是夫妇一同作陪。可我那位内当家只会在幼儿园带娃娃，上不了大席面。领导临时指派了一位女同志，让我们假扮夫妻陪同客人。那天，日本客人游览时雅兴大发，非要给我们‘夫妇’拍照。拍就拍吧，反正是演戏呗。万没想到，他们回国后，把那张双人彩色照片洗好，给我邮到了家。上面还写了几个字，‘恭祝白头偕老’。我那位孩子妈哪知道这里的‘姻缘’，砸翻了醋坛子，跟我大闹天宫。我自己咋解释也没用，只好把领导请到家作证。你说，这事我冤不冤？”

刘静兰不由得“扑嗤”一声笑了。很快，笑容隐去，两道淡淡的眉毛又拧在了一起，她沉思地说：“你这个故事倒是挺教育人的。”

正说着，餐车主任急匆匆推门进来：“车长，有些旅客要见你。”

陈赋光抢先问：“什么事？”

餐车主任看看他，又看着刘静兰，犹豫了一下，说：“他们说，有些话请女车长过去再说。”

“小刘，大主意要自己拿准，不要听旅客瞎哄哄。”陈赋光似乎觉察出了什么，不放心地叮嘱道。

刘静兰和餐车主任来到紧邻的硬席车厢，吵吵嚷嚷的人们立刻静了下来。一个愣头愣脑的小伙子手里扬着一张十元钱的票子，远远地递过来：“车长，买饭票，我要吃饭！”

一人领头，八方响应：“对，凭什么叫我们饿肚子？”

“不饿今天我也吃，就争这口气！”

“你不开饭，我们坐餐车等着！”

等性急的年轻人的喊声低了些，一位胸前飘着一把银白胡须的老人才说：“姑娘，匣子（广播喇叭）里说，有特殊情况。啥特殊啊？我们都眼见了，不就是两位洋人上车了嘛。咱这上千号的人就不顶他们两位尊贵？”

老人的语声不高，可分量好重，砸得刘静兰心头一震。

一位戴眼镜的中年人拨拨众人，挤到眼前来：“车长同志，我是

《滨州日报》社的记者。您知道大家为什么一定要请您过来吗？刚才在石城站站台上的事大家都看得很清楚，大伙儿为你伸大拇指，直夸了你好半天呢。这位老大爷还说你是女中丈夫，巾帼英雄！可没想到刚过一会，车上就因为有外宾，连中国人的午饭都免了。大家说这主意不会是您的，也不应该是您的。您是一车之长，大家都看着您呢，您该是这一车人的主心骨啊！”

一车厢人都静下来，上百双眼睛眼巴巴地望着列车长。那位记者的话说得动情入理，好多人都眼泪汪汪的了。

刘静兰只觉得有一股滚烫滚烫的东西从心底往上涌。猝然间，她感到羞愧、惭悔，不敢迎受这些热辣辣的眼睛。同时，她也感到一种骄傲，一种支撑她的巨大力量。她稍稍镇静了一下，说：“谢谢同志们的批评！谢谢！刚才的决定是我做出的，我辜负了同志们的期望，我向大家检讨。我现在宣布：十分钟后，餐车开始营业！”

“噢——”年轻人欢呼起来。

“哗——”掌声淹没了车轮的铿锵。

“有一件事还请大家帮忙。现在车上人很多，座位很紧，我一会儿把外宾客人请过来……”

话立刻被人们打断了：

“别说了，我们懂！”

“车长请放心，上了车就是我们的客人，我们会招待！”

“家里家外咱们分得清，保证不会给中国人丢脸！”

三

列车长刘静兰将两外宾带进硬席车厢，车门刚刚推开，就响起一阵掌声。靠车门的座席已空出两个临窗的座位。小个子外宾仍是满面堆着笑，不住地点着头，嘴里还不断地发出两个生硬的汉语音节：“谢谢，谢谢。”那个大个子的蓝灰眼珠则仍在不断地骨碌着，眉毛搭在高耸的眉骨上，虽然心里不情愿，可面对这些热情好容的面容和这虽然简陋、拥挤，却整洁、干净的车厢，也挑剔不出什么，只好咧了咧嘴巴，拍了两下巴掌，跟在小个子后面入座了。

这位大个子可不是位“温良恭俭让”的角色，用句中国的歇后语形容一下，豁牙子啃西瓜——鬼道道多着呢。今天他和小个子休息，到古陵关去游玩就是他的主意；中途改乘普通客车，也是他灵机一动的产物。说句实在话，他并不是跟中国人有多大敌意，可他愿看有些中国人那种慌乱劲儿。他觉得这很滑稽，也很有趣儿。刚才他在石城站的站台上就看出那位中国“毛料服”是位顶滑稽有趣的“性格演员”，而且又拧眉瞪眼地和女列车长意见不合，他故意捉弄人的劲头更陡添了几分。刚才女车长请他们到硬席车厢来，他就紧拨弄脑袋。“翻译小姐”将车长的意思告诉他，说餐车就要开饭了，他眼珠一转，从口袋里摸出几张花花绿绿的钞票，扔在餐桌上。列车长告诉他，如果愿意就餐，可以与中国旅客一同进行。他却表示说不想吃饭，只想继续坐在这里，他可以出钱把这餐桌占用下来。列车长不同意，说这会影响其他旅客用餐。大个子又从口袋里摸出几张票子。列车长说，我们列车的宗旨是为旅客服务，不是为了钱。大个子没词儿了，竟掏出手帕捂鼻子，嚷说怕硬席车厢脏。沉静平和的女车长突然变得冷峻而严厉，说：“不尊重主人的客人不是尊贵的客人，不懂得尊重别人的人也就不懂得自尊。”那位“翻译小姐”毫不迟疑地将这两句话译了出来，他瞠目结舌，不知如何回答才好。多亏小个子伙伴急忙将餐桌上的钱抓起来，塞回他的衣袋里，拉起他就跟列车长走，嘴里还埋怨他：“他不对！我们在朋友面前不该这样。”他知道“翻译小姐”把伙伴的这两句倒戈的话也翻译给女车长了，所以现在他脸上尽管挂着勉强的笑，可他觉得心里很窝火，绞尽脑汁地琢磨着办法，打算再小小地难为这位不卑不亢、软里带硬的中国女车长一下，也好出出肚里的气恼与憋闷。

此时，最恼火、最焦虑，也最无可奈何的是陈赋光。他不明白，已经定下来的事情，怎么刘静兰只是出去转了一圈就变了主意，而且跟自己连一声招呼都没打，就擅自主张地将外宾请到硬席车厢去了。看着外宾跟刘静兰走出餐车，他有心要拦一拦，又情知刘静兰不是个驯顺听话的角色，家丑外扬反而不好，便恨恨地在硬席车厢门外的连接处停住了脚步。

“小刘，唉，刘静兰同志，你、你这不是胡闹吗？”一向潇洒自如的陈赋光一见刘静兰出来，气得不知说什么好了。

刘静兰好像什么都没发生似的，仍是笑眯眯、平静静的，说：“怎么？这不是在我们自己的列车上吗？”

“哼，你呀，口气倒不小！真要弄出什么影响……”

刘静兰又笑笑：“我倒没想得那么严重。您还是从我们中国人自己的角度看，列车上今天有没有违章或违背政策的事吧？”

陈赋光又闹了个倒憋气：“唉，你……呀！”

哒哒——哒哒——列车在正点运行。透过门玻璃，可以看到小个子外宾正津津有味地品尝着中国旅客给他的大红枣，他也拿出刚刚在餐车上买的中华牌香烟请大家抽……

突然，于珂推门跑出来，慌慌张张地报告说：“车长，那位大个子外宾肚子疼，看样子疼得还挺厉害，怎么办呀？”

刘静兰和陈赋光都吃了一惊，也顾不得再争辩什么，急急忙忙向车厢里跑去。只见那位大个子伏在茶几上，两手捂着肚子，嘴里不住地哎哟着。陈赋光凑到跟前去问，他也不回答，抱着肚子喊得更厉害了，惊得满车厢的人都往这边看。小个子脸上的笑模样也没有了，不知所措地看看这个，瞧瞧那个，求告列车长赶快想办法。

陈赋光直起身，对刘静兰说：“看起来阑尾炎、胃穿孔或者胆道蛔虫的可能性比较大，这几种病闹起来都是很急的。现在有两种办法，一是马上和局调联系，请求将列车临时改为特别快车，以最快的速度把病人送到古陵关医院抢救。再一种办法就是下一站停车后马上送他们下车，到附近医院治疗，怕的是附近的小医院条件不好。前一种办法最保险，也有先例，又最能体现我们社会主义制度的优越性……”

年轻的列车长愣愣神，说：“也只能这样了。要不要先在旅客中找个医生？”

“那当然更好了。马上叫广播室广播。”

刘静兰刚要转身，旅客中那位白胡子老人突然拉了她衣襟一下：“姑娘，且慢！”他凑到大个子面前，伸手抓住他的一只腕子，眯着眼睛静静地号了一会脉，然后站起身，对刘静兰一点头：“跟我来吧。”

老人转身就走，列车长紧跟在后面。出了车门，老人停住脚：“姑娘，老汉我多少通点医道，不知你可信得过我？”老人长长的白色寿眉下一双眼睛炯炯有神地望着她。

刘静兰有些狐疑地望着这位很有点仙风道骨的老人，说：“老大爷，有话您就说吧，怎么会信不过呢！”

“那我就斗胆直言了。”老人隔窗斜扫了车厢内一眼，愤愤地说，“我看这位外国人没病，纯粹是装的，吓唬咱中国人！”

刘静兰一愣：“你老有什么根据吗？”

“你看他叫得那样欢，脸上都不见一丝汗迹。我又号了他的脉，脉象缓和均匀，不硬不软，绝无内脏疾患之象。我敢打这个保票！”

刘静兰心一沉，可不，从上车大个子就连着搞了几个不友好的小动作，自己刚才又不客气地抵制了他一下，他完全有可能闹出这么一出“恶作剧”。可是……

“老大爷，您看这事怎么办好呢？”刘静兰为难了。揭穿吧，他要给你来个死撑着不认账，你又能给人家怎么样呢？若不揭穿吧，就眼睁睁地受他欺骗耍弄不成？

老人冷冷一笑：“古人有句老话，叫作‘以其人之道，还治其人之身’。我看，千万不能再像你们那位领导似的，顺毛摩挲不是个好办法。”

“您是说……”

“这样……”老人一拂白髯，凑到姑娘跟前，如此这般，这般如此，末了说：“这事刚才我没敢冒失，只等你点头，我就办！”

刘静兰激动地一把抓老人的手，果断地说：“行，就这样办！老人家，谢谢您了！”

银须老人回到车厢，第二次抓住大个子腕子。可这次老人不是眯着眼了，而是不动声色地紧紧盯着大个子。那两道目光如光如电，似芒似刺，绝不亚于伏在丛莽之中的猎人的眼睛。大个子从伏着的臂弯里偷偷往外溜了一眼，两道目光怦然相撞，不由心底一激灵，忙又装模作样地大声哎哟起来。银须老人嘴角微微一笑，手下的劲儿暗暗加了些，那似乎不是在切脉，而是在擒拿了。大个子心底暗叫不妙，唯恐被揭穿了把戏。刚才他听“料子服”的两条“高招”，前一条倒是正中下怀。可面前这位老者，相貌不凡，高深莫测，怕是要在他手里露馅了。看来别无他路，只有硬撑装到底了。我肚子疼不疼谁知道？任你中国医祖华佗转世，我也只是给你喊个没完没了……

不料，片刻之后，银须老人对他的小个子伙伴说：“这位先生虽说偶感小恙，可也无甚大妨。这位先生是内火太盛，外加饮食不节，食积停阻胃肠，气机梗滞，才致如此腹痛。”

小个子听了于珂翻译过去的话，忙问：“那老先生有没有妙手回春的办法呢？”

老人捻髯一笑，胸有成竹：“诊而不治，何谓医道？我这里有银针三支，只要给这位先生按穴位针灸下去，不消半个时辰，疼痛即可减轻。”说罢，伸手从行李架上取下一只黑提兜，果真摸出三支足有一拃多长银亮亮光闪闪的钢针来。

大个子看在眼里，吓了一跳，也不等于珂翻译了，忙又摇手又晃脑袋，哎哟声变成了“No，No”声。

小个子说：“我们这位先生不敢扎这种针。老先生还有没有别的什么办法呢？”

老人说：“那就服药。我这里有一丸中药，请这位先生马上温水送下，我可担保药到病除。只是这位先生要多跑几趟厕所，待把腹中积堵之物都排泄出去，病也就大愈了。”

大个子万没想到中国白胡子老头会弄出这么一手，这才叫绝呢！吃下去吗？把肚子泻个一干二净？笑话！不吃呢，又怎么推脱？他暗暗叫苦，脑门上这回可沁出了汗珠，心里已彻底认败服输了。

大个子毕竟是个大个子。进不成则退。他又轻轻地哎哟了几声，慢慢直起腰，嘴角挂着苦笑，说：“谢谢老先生，我现在觉得好些了，药就不要吃了吧。”

老人听过翻译，仰面呵呵而笑：“是嘛，刚才我就说这位先生是偶染小恙，无甚大妨。这不，腹中梗阻之物自行疏通，病痛也就自然而消了。”

旁边围观的旅客似乎也看出了其中的奥妙，不由都开心地笑了。那位《滨州日报》的记者还抱拳向老人祝贺：“老先生驱疾祛邪，医术高明，实在令人佩服，佩服！”

陈赋光看看旁边微笑不语的刘静兰，心中也明白了大半。他心里好不是滋味。这么大的事儿。她又撇开自己擅权专断了。大个子外宾居心不善，固然可恼可气，可这种办法就可取吗？如果……如果大个子心中怀恨，回去给你来个胡说八道，那……

汉医之道“立竿见影”，大个子很快连“哎哟”也没有了。小个子心中顿悟，自觉脸上无光，又不好公然发作，便干脆把脸往旁边一扭，看着窗外飞快向后退去的景物，不再理他的伙伴了。

车厢里渐渐平静下来。旅客们回到各自的座位，有人又捧起了书本，也有人继续甩起扑克。刘静兰忙着处理别的事情去了，列车上有那么多的事情等着她去处理呢。当然，也有人心里一时很难平静下来。你瞧，陈赋光躲进一间乘务员小休息室，沉着脸，锁着眉，谁知他又在想些什么？还有那报社记者，把小本子摊在膝盖上，蜷缩着身子，已在挥笔疾书了。

内燃机车高鸣着汽笛，牵引着绿色长龙，盘岭跨川，风驰电掣，直向前方奔去。

列车正点运行……

四

故事到这里，似乎应该画个句号了。可是，不！

第二天，陈赋光用电话将列车段段长叫到局机关，当着处长、科长们的面，将昨天的事不无气恼、不无忧虑地原原本本报告了一番。正当几位领导面面相觑，琢磨着该怎样表态的时候，报社来了电话，说准备在报纸上发表表扬425次列车长刘静兰维护民族尊严的可贵精神的文章和群众来信，征求铁路部门有什么意见。

城府极深、富有经验的客运处处长犯了一阵难之后，采取了一种极稳妥的办法："让报社先等一等，我们了解了解情况再说。"

于是，陈赋光奉旨，拐弯抹角地找到了滨州化工厂基建总指挥部负责外宾接待工作的同志，请他们了解一下那两位外宾那天乘车旅行的感想和意见。很快，人家答复了，说外宾什么也没讲，只是苦笑笑，耸了耸肩头。

这是个包括什么含义的动作呢？电影上外国人的这种动作太多了，它所表示的意义因为条件和情况的不同也太复杂了。

最后，关于发生在425次列车上的改事既没见诸报端，刘静兰和她的同事们也没受到什么表扬或批评……

原载《萌芽》1986年第4期

甜的铁腥的铁

杨咏鸣

在孩子们的眼里，她是个不可思议的女人，她能把一大堆乱七八糟的钢铁变成一辆辆矿车；在孩子们眼里，铁是世界上最坚硬的东西，他们想把一把锉刀或一块汽车弓子磨成匕首而毫无办法，即使在水泥地上磨得火星飞迸，锉刀和汽车弓子也不改变形状……为了把一段钢丝变成蛤蟆钎子，他们往往要花上半天工夫。

她手握着铆枪，对准了裆下骑跨的钢铁。刚才，有一根烧得通红的大铆钉哧溜一声蹦到她的脚下，烫得油稀稀的土地冒起了一股白烟。旁边那个手握火钳的孩子夹起铆钉，咬着牙，偏着脑袋把铆钉送进事先钻好的孔里。于是，她压紧铆枪，身体随着铆枪剧烈抖动。她清楚地感觉到，那根烧红的铆钉在铆枪的击打下迅速缩短，头部变成了一个圆溜溜的帽儿，把大拉条和小拉条铆合在一起。

烧红了的铁比原来更甜，她的手一触着沉重的钢铁，就能感觉到它的甜味。冬天冻凉了的钢铁和夏天晒热了的钢铁，味道有区别。现在她所摆弄的这些钢铁，都是呱呱叫的好家伙，尽管它们表面颜色有的钢蓝，有的褚红，有的黝黑，但里面全都闪着银子样的光芒。刺人眼目的钢铁粒子洪流滚滚，呼啸奔腾，散发着一股股带着甜味的气浪，排成矿车的形状。

她铆了五个铆钉，抬起头来看见了给她送饭的丈夫。

丈夫送的大米饭，炖猪排。她夹起一块猪排填进嘴里，瞪起眼睛看丈夫。猪排的骨头炖得太酥了，她什么也没咬着。

“饭有点酸。”

“我新做的。”丈夫有点委屈，逗得孩子们嘻嘻窃笑。

“饭有点酸。”

“不酸。”丈夫尝了一口说。

“有点。”

“酸你还吃得那么香。”

满满一盒饭，已经被她吃得差不多了。她确实觉得饭有一股酸巴拉叽的味道。

丈夫见她那说做不一的样子，黄瓜脸上的薄嘴唇儿咧开了。满院子的矿车轴，矿车碰头，矿车底盘，矿车斗子，废钢铁，以及院子四周的矮小厂房都哈哈大笑，原地蹦了起来。贴在房脊上的那轮夕阳颜色大变。

车间里静悄悄的。靠墙的地方，摆着四个巨大的塑料箱子，箱子里装满了深绿色的液体。如果把人放进里面，就会化得连一块骨头都不剩。丈夫静悄悄地在车间里待了二十四天，他摆扑克，望塑料箱子里的液体翻花，听人夸奖他老婆，眯起眼睛打盹。到了第二十五天，他有了活干。他把一块奇形怪状的铁用塑料钩子勾起来，小心翼翼地放进深绿色的液体里。有那钩子钩着，奇形奇状的铁悬在液体中间。等浸够了，他又把铁拿出来，放进电镀槽里。

干完这件事儿，丈夫就回家给妻子做饭去了。

在电镀槽里，有一种银白色的金属，以光的速度向那块铁上撞击，层层包围那块铁，等到第二天丈夫捞出那块铁的时候，那块铁已经闪闪发光，被一层坚硬的外壳保护起来，永不腐蚀。

丈夫从车间里走出去的时候，他没有注意到，背后塑料箱子袅袅升起的一股气体，无声地钻进他的衣缝。这气体每天都这样干，连他的毛发里也被它钻了进去。

工厂的院子里灯火照耀，如同白昼。哒哒的铆枪声在院子里打了一个旋，又笔直地冲上天空，像爆竹一样劈劈炸裂，白天吞够了热的铁，晚上又把热吐出来，灼人肺腑。钢铁舞蹈时扑起的尘土，猛烈地钻进她的鼻孔。一架刚刚铆好的矿车底盘从她脚下爬起来，像条惊醒的狗似的撒腿狂奔，跑进黑乎乎的一排矿车斗子里去了。它一路上撞着了矿车轮子，矿车轴，矿车斗子，发出叮叮当当的响声，整个院子里万马趱动，喧嚣不宁，令人胆战心惊。

这气氛令人难以言说的工厂是个家属厂，家属厂的四周是煤矿机械厂，机械厂的四周是国营煤矿。这就是说，国营煤矿包围着机械厂，机械厂包围着家属厂。毫无疑问，她是个家属，她丈夫是机械厂的职工。她总想走进机械厂里看看，机械厂里有六栋巨大的厂房，里面摆满了各种各样的机床。可是她一动起到机械厂去的念头，她的面前就会竖起一道透明的墙，像玻璃一样把她挡在外面。

她对丈夫说："给我讲讲工厂吧。"

于是丈夫说："……有车床，有镗床，有铣床，有摇臂钻床，有龙门刨床，还有吊车、水压机……"

她又对丈夫说："给我讲讲，工厂。"

丈夫又说："……有车床，有镗床，有铣床，有摇臂钻床，有龙门刨床，还有吊车……水压机……"

"给我讲讲电镀车间。"

于是丈夫又给她讲电镀车间。

丈夫越讲，她越不清楚，越感到糊涂，越想到工厂里看看，到电镀车间里看看。

“再讲一遍。”丈夫刚讲完，她就说。

丈夫困了：“讲讲讲讲，你天天在工厂里，天天让我讲！”

丈夫说得对。机床声日夜在四面轰响，自己身子确实在工厂里。可不知为什么，她总想看到机械厂，又总是看不见。

她记得自己从关里奔向这片工厂时年纪很轻，一路上她不断朝车外张望，看见的尽是连绵的石头山，像一座座给刀劈成几半的白色太阳，闪着光芒，浮着云烟，炙烤蓝天、村庄和大地。她热得不行，饥肠辘辘，手里紧攥着丈夫的关外来信，急盼着投向那块凉爽的土地。列车缓缓爬行着，她不时看见车厢几乎是擦在陡立的峭壁上，发出咔哧咔哧的巨响，车轮在钢轨上当当空转。她的心，一阵阵沉醉，又一阵阵惊恐。列车员说：“一定有人没有起票，不然山不会刮车厢。”在一个小站，列车员把她撵了下去。她把身子弄得扁扁的，换了个车门又钻了进去。她仍是忍不住朝外看。她看见了铁路两侧飞掠而过山村、树林、海湾，看见了飞掠而过的碉堡。碉堡里空无人迹，偶尔，有的向外喷射子弹。车过山海关时，她望见了耸立在蓝天中的一角飞檐，一头似龙非龙似虎非虎的怪兽从飞檐上腾空飞去。

她从那时起走进这片工厂，二十四年再没出去。

她进入这片工厂时只有十八岁。这块地方方圆几百里都是一片白地。白地上人山人海，耳际全是熟悉的乡音。被关内的太阳晒得黝黑的人们背着行李卷，穿着挽裆棉裤，携妻带女，来挖掘白地下黑色的石头。她找到了丈夫。当时他正蹲在地上摆弄一种挖煤的机器，机器卸开来了，丈夫两手油污，把一块咯咯发笑的铁零件扔起来又接住，扔起来又接住。她第一次听到了铁的声音，看见了铁因发笑而作出的鬼脸。那时，她的脸色鲜嫩无比，粗布下的皮肤比青蛙还滑腻，一阵一阵从骨头里涌出的气力和现在一样猛烈。她和丈夫在离机器不远的地方搭了两间小屋，一共用了七百多块大土坯，十几捆树枝。她第一个早晨从小房子里出来时，面孔血红，怕凉、怕风，羞得连气都喘不上来。她想到人们一定会猜出她和丈夫在房子里干的事情。那种事情简直惊天动地。此后她三次惊天动地地嚎叫，在小房子里生了两个男孩，一个女孩。

在生第一个孩子之前，她两天两夜没有睡觉，坐在煎饼鏊子前面不住地摊煎饼。第三天早晨，丈夫下班时，看见一摞摞煎饼堆满了半个屋子，直顶到屋顶上。那时她正劈开双腿，把一个哇哇乱叫的孩子从腿裆中间拽出来。她和丈夫一天天地吃煎饼，孩子一满月，她就说："带我去干活！"

她初次来到那些钢铁面前，吓坏了。有一卷做矿车斗子的四毫米钢板，她刚从一端把它展开三四米长的一段，它就突然往回一弹，把她从平地弹起一米多高。她想把一块做矿车底盘的铁条搬起来，可是那铁条竟在下面伸出一只手抓住了冰冻的土地。她抡起大锤一口气砸了一百多下，在克子底下把那铁条砸断了，看见那像婴儿的牙齿一样晶亮的断口，她忍不住用舌头舔了一下，谁想到铁条立刻咬住了她的舌头，连皮带肉撕了一大块去，弄得她一个星期不敢咬煎饼。第一次开支那天她领到了十五元钱。她拿出十元钱给了看孩子的老太太。丈夫说："累了一个月剩五元钱，你一个月的工资顶不上我三天。临时工，别干了。"她用牙咬了丈夫一口，说："你怕了？我不用你做饭！"她照样做饭，照样上班。生第二个孩子、第三个孩子和生第一个孩子一样，满月就上班。那时丈夫已当了六级电镀工，她不知道，丈夫每天夜里拖住她的身体时，都在腐蚀她。她不知道，她健壮无比的身体抵抗住了丈夫的腐蚀。

铆枪猛地跳了一下，发出一声啸叫，她愣住了。她看见铆枪头子从枪身上飞出去，当的一声，射穿一块四毫米厚的钢板。那个掌火钳的姑娘吓得尖声嘶叫，接着就抽泣起来。铆枪头子穿过钢板后，经过姑娘的腋窝，钻进她身后的地里。她扔掉铆枪，一屁股坐在地上。铆枪头子如果稍稍偏一点，就要从姑娘的乳房穿过。姑娘低头看了看自己的腋窝，那里冒出一股焦煳味。九个孩子都很小，大的二十多岁，个个兜里藏着玩具。他们像她年轻时一样，被成吨成吨的钢铁逗弄得一会儿哭，一会儿笑，一会儿激动，一会儿苦恼。她小心翼翼地带领他们，生怕发生钢铁伤害他们的事情。她望着遍地黑乎乎的钢铁，心头充满了甜蜜的恐惧。

电灯光下，她慢慢举起了右手，仔细察看食指的指头肚。她看见了藏在指纹里的红色印泥，她每天上班之前用刷子蘸着肥皂水刷三次，可怎么也刷不掉。举着右手，她想起了与厂长签订承包合同那天的情景，她还想起了厂长给她送螺丝来的情景。五十公斤一箱的车碰头螺丝顶在厂长的肚子上，汗水顺着他漆黑的脸颊流淌，箱子里冒出股股白烟。合同规定他们造一百五十台矿车，加工费一万五千元，满六十天交货。拖期一天，扣发加工费一百五十元，拖期两天，扣发三百元，拖期三天，扣发六百元……如材料供应不及时，责任由厂方承担。在那张印着黑字的合同纸上，她的指纹和厂长的印章并列在一起。她的身后，九个孩子和众多的临时工瞪大惊奇的眼睛，注视着她的一举一动，注视着那张神秘而陌生的纸。六十天后，这张纸将要变成一百五十台矿车和一万五千元钱。就是这张魔纸，把厂长支得像走马灯一样到处弄钢铁；支得她带领九个小临时工每天用十四个小时与那些钢铁搏斗。

这张魔纸让她窥见了二十年想见而不得见的秘密。

她想起来，那天太阳跳起来的时候，家属厂的厂长和机械厂的厂长陪她一起来到他们厂的围墙下面，机械厂的厂长狠狠一镐，就把那墙刨下半块砖来。半分钟以后，那道阻隔了她二十年的墙出现了一道豁口。机械厂的厂长用手一指豁口说："就从这里把钢板运进去！"小厂长替她向大厂长商量好了，租用机械厂的压力机轧制矿车斗子。当那道墙上的碎砖在镐头下噼噼啪啪纷落时，她不胜惊讶地发现，这一圈没有门的墙竟是由她早些年砌起来的。在不造矿车的日子里，她挖过土方，砌过墙，盖过房子，烧过锅炉，是她自己把自己围在了里面，二十年不得出去。更使她惊讶的是，那些日夜喧响的机床竟在空转。巨大的车间里阒无一人，车床的卡盘上空无一物，时间像铁屑一样打着卷被车下来。五米轧机上下冲动，把时间轧成豆饼的形状。她和九个孩子每两个人抬起一块钢板，迅速送到模具里面，矿车斗被连续轧制出来，活儿又快又好，她用贪婪的目光注视眼前的好机器。她特意到丈夫的电镀车间看了看，丈夫正对着塑料箱子里的绿色液体发呆。

她的目光穿过橙黄的灯光，在漆黑的高空那儿停住了。灯光以外的整个天空，布满了沉重的钢铁。记得第一块轧制矿车斗子的钢板在剪板机下剪断的时候，她指着银白的断口对孩子们说："你们舔舔，甜的。"那些钢板把孩子们弄得一脸哭相。她苦笑了一下，对还在哭泣的姑娘说："别哭了，今天就干到这，收工吧。"

在那一天，她最后一个离开工地。有一把两米钢板尺躲进铁板底下，她累了一身大汗才把它找出来。她又用这把钢板尺在地上掘了半天，磨破了手，好不容易找到了铆枪头子。

在回家的路上，她又一次听到机械厂喧嚣的机器声。她仍然在喧嚣声的包围之中。

走在路上，她不断回忆刚才离开工地时遇到的情景。她听到一辆矿车斗子里传出笑声。她刚把挂在木板上的刀闸开关拉下来，九个孩子中的一个小男孩和一个小女孩立刻趁黑钻进矿车斗子。她知道，他们在里面一定会干那惊天动地的事情。她喜欢矿车里的男孩，他像个女孩一样坐在她家的缝纫机前，踏得轮子飞转，一会儿就把一件上衣举在手上让她看。他当着她的面换衣服，他的小身子挂满胎脂，像去皮的萝卜一样粉嫩，小女孩则像夜晚的蛾子一样偷看他的身体。她听见矿车斗子里的钢板被蹭得吱吱作响，里面夹杂着只可意会不能言传的声音。

她接着想起了丈夫让那张魔纸弄得神魂颠倒的情景。丈夫像个孩子一样，把锅碗瓢盆摆满锅台床铺窗台，把筷子插了满地。等她下班的时候，丈夫已经把饭做好了。丈夫如同抱窝的母鸡想蛋一般，刚上班就往家跑，跑回家绕着锅台转几圈，然后跑回车间里。他往往复复地跑着，一刻也不停息。到了晌午，便呼哧呼哧地喘着气把饭送到工地。她不喜欢吃丈夫做的饭，她总觉得饭里有一股酸味。那酸味正是钻进丈夫衣服里的气体，在丈夫摆弄碗筷的时候，掀锅的时候进入饭菜里。她吃进了这种气体，在干活的时候，又把气体传给了坚硬的钢铁。她摸遍了每一块钢铁，每一块钢铁里多少都有了这种气体。

她迅速脱光了衣服，像青蛙一样嗤溜一声钻进被窝。丈夫又一次强烈地腐蚀她，把极酸的液体注入她的身体。

她摸着丈夫松弛的肌肉说："有一股酸味。"

丈夫说："是你身上的汗酸，你赶上打腻的老母猪了。"

她张开牙齿狠狠咬住丈夫，用鼻子哼哼。

丈夫说："我要叫了。"

"要不怕孩子听见你就叫。"

"吆……乌……哇……嗳日……英烟一……忧……吆……"

丈夫扭头望望孩子住的屋，灯亮着，三个孩子还在学习。

丈夫在她的奶子上搓来搓去，说："你身上的泥真厚，天天给你搓也搓不净。"

她说："等干完活就好了。"

丈夫来了精神："你回趟关里老家吧。几年没回去了。"

"几年没回去了？！"

"几年没回去了。"

她笑笑没回话。

她来到白地上已经二十四年。二十四年没有回去过。

就在她和丈夫说话的时候，她家房子四周围满了黑压压的人群。整年整年被困在家属厂围墙里的人们，对她家的房子充满惊奇。

今年春天，她把住了二十多年的小土房扒掉，用废旧钢铁当支架，盖了三间砖瓦房。她用自己的力气，把山上的石头赶下山坡，把河里的沙子赶出河槽。她在地槽里遇到一块生满红锈的巨铁，巨铁还和她开了一个玩笑。她举起巨铁扔出沟外，巨铁又滚了回来。巨铁落地后从她的大腿中间穿过，没伤她一点皮肉。

那些日子，她在山上追赶石子，在河里追赶沙子。石头和沙子发出轰轰隆隆哗哗啦啦的声音。声音传遍了整个家属厂的院子。人们都说她是个疯魔的女人。每天每天，她家四周都围满了看房子的人，各种各样的脚印在房子四周踩出层层叠叠的坑洼。

她印指纹的第六十天，家属厂的院子里猛然站出二百台狗腥狗腥的矿车，比原来的计划多了五十台。她和九个孩子每人手里拎着一只漆桶，用刷子蘸了黑漆往矿车上抹。她蹲在地上，猛然，肩膀给人拍了一下。一个女记者穿过两道围墙进入家属厂采访她。女记者问她以前的工资，现在的工资，丈夫的工资，眼珠闪闪发亮。女记者说要写一篇通讯，题目就叫《比矮了丈夫和他的国营大厂厂长》，说以后还要用她的材料写一篇小说。她用小拳头敲敲矿车，铁的气味更甜更腥；她又用手转了一下车轮，车轮转起来好多天好多天没有停止。她拿刷子蘸了最后一汪漆抹在矿车上。厂长将一万五千元工资和超产奖金以及那一堆滴溜酸辣的目光一起递到她的手里。

记者听见金子喧哗，问她如何花这笔钱。

她说："回关里老家。"

她又一次看到白色的石头山；又一次看到枪声未曾停息的碉堡；又一次看到山海关上那飞动的怪兽。她一路没阖眼，温热的手心里攥着一张硬纸板。她时刻都等待着列车员来查票。二十四年前她出关没有车票，这次她买的是卧铺票。

一个月以后，她脸上挂着东海岸的阳光返回了家属厂。一进院子，她吃惊地站住了，那些矿车没有拉走，女记者摸过的那个矿车轮子，仍在嗡嗡地空转。她俯下身去，用滚烫的手抚摸着它，热泪扑簌簌流下来……

吉林作家进修学院

1986.11.

原载《上海文学》1987 年第 3 期

荣获"1987—1988 年全国优秀短篇小说奖"

下一站

张伟明

我失业了，想不到我真的失业了，当我学着吹雨的样子把手指戳到香港婆杜丽珠的鼻梁上时我失业了。失业是什么滋味呢？失业就失业了，我不想它是什么滋味，我只知道吹雨走时很洒脱。那天，杜丽珠指着正在巡拉的吹雨说：“你，马仔！坐到位上干活去！”

“我是管理员。”吹雨说。

“坐到位上，马仔！”

“你叫我什么？”吹雨问杜丽珠。

杜丽珠没想到竟有人敢顶撞她，故她响亮地重复了一句：“马仔！”

“马仔？”吹雨也重复问了一句。

“对，马仔！”

大约过了两分钟吹雨当着百多人的面把辞工书掷在香港婆杜丽珠鼻子底下。

“现在辞工扣七天工资！”

“就七天工资？”吹雨微笑着问。

“七天，一分不减！”

吹雨看了一眼纷纷回过头来的工友，然后回过头来依然微笑着对杜丽珠说："杜小姐，余下的二百多元我一分不要，往后劳你帮我领出来，就当是我给你的小费。"骤然，吹雨收敛起笑容，把手指戳到正变得恼羞成怒的杜丽珠鼻梁上，一字一顿地说："告诉你，本少爷不叫马仔，本少爷叫一九九七！"

然后他就这样走了。我发现很多女同胞都用目光注视着吹雨的背影，直至他从茶色玻璃的大门口消失。

吹雨就这样走了。他是个大学生，是名牌大学的。而今我也从这家公司走了，我也算得上是一个大学生，但不是名牌的。不是名牌怕什么，我自信有个名牌的头脑。

我失业了，眼前的车辆还是那样多，阳光依然那样灿烂，行人都是那样匆匆忙忙的。而我站在路边，手里拿着两个旅行袋，不知往何处去。洒脱了两分钟后我成了一个流浪汉。那日我头痛得厉害，在QC房里，香港QC部经理杜丽珠走过来，要我把那个精神受到刺激的QC妹炒掉。听说那个QC妹被一个男孩子抛弃了，又有人说她因工作紧张受到了刺激，所以这几天她变得非常神经质，情绪很容易激动。但我发现她在非常努力地工作，这个女孩很美，她笑的时候很腼腆，在这种紧张的工作环境中她的笑容显得很珍贵，所以我对她的印象特别深。我想：让她平静一段时间吧，她会好起来的，我喜欢她的笑容。杜丽珠不知什么时候走开了，我的头依然在痛。我好像对杜丽珠说过在这种时候不应该炒她之类的话。第二天早上我的头痛得更厉害了，在QC房里我感觉到杜丽珠在对我大发雷霆，她问我为什么没有把那个QC妹炒掉。这个香港婆一发雌威我的头便痛得一塌糊涂。我从口袋里寻找止痛药，摸遍全身找不到。最后，只记得我拍响了桌子，把手指戳向她鼻梁上，用力吼道："老子先炒你鱿鱼！"走出公司后我的头变得不那么痛了，而我这才清醒地意识到我已经失业了。

我失业了，人们依然来去匆匆，车辆依然开得飞快，扬起了尘埃，这个城市也有尘埃，这使我很沮丧。现实是块时冷时热的铁板。

“现实真他妈的！”我头脑里不知怎么竟会闪出这句粗话来。

失业是什么滋味呢？失业就失业了，悲哀不会变面包。

我觉得我应该洒脱一下。此处不留爷，自有留爷处；处处不留爷，爷去当八路。我常常听我爷说这句话。

我爬上一辆公共汽车，刚站定，服务小姐便走来问我去哪站，我漫无目的，却又很肯定地说：“下一站。”

下一站！下一站是个什么样的地方呢？

不管怎样，汽车载着我又开始起动了。

公共汽车到了下一站，我走了下来。这里是一片居民住宅区，很有规划的楼房一幢幢的，都不超过十层。我看了一眼天空，然后又再看了一眼排列有致的楼房，从那阳台上传来的画眉啼叫把我这个流浪汉的心揪了一下。我很羡慕那个鸟笼里的画眉。我放下旅行袋，这片住宅区能提供给我什么呢？难道要我挨家挨户去敲门问要不要保姆么？当保姆那是娘们的事。一辆公共汽车又在我跟前停下来，我走了上去，服务小姐问我到哪一站时，我照例说“下一站”。我究竟应该属于哪个“下一站”呢？在我把两毛钱拿给服务小姐时，我又重复了一次“下一站”。重复就是力量。汽车开动时我很留恋地看着那个画眉鸟。记得在家时，我把离休在家的老父养的一只刚买来的画眉鸟偷偷放了，我走后听说老父为此病了一场，我把第一个月打工挣来的四百元全数寄了回去，没半个月这四百元亦全数退了回来的，老父打来了电报，电报上写着“我要的不是钱”。

公共汽车比其他车辆开得慢，服务小姐那好看的小嘴被涂上了口红，我觉得很可惜。

下一站到了，这里是工业区，工业区没有住宅区那样别致，但比住宅区气派多了。巨大的牌匾写着什么公司什么集团的文字，气度非凡。而我并不感到渺小。我向路旁那花花绿绿贴满招工广告的墙壁走去，左下角的那张招工广告吸引了我。这张广告写着急聘生产管理员、质检管理员、文员之类的字样。OK，质检管理员！我忙掏出本子把这家公司的地址记下。我看了一下表，快到下午上班时间了，匆忙找个餐厅吃了一碗面，然后按照地址找到了那家公司。在人事部门口早已站着一个男孩，他脚下的背式旅行包大得出奇。

我走上前向他点了点头："还没人上班？"

他推了一下鼻梁上的金丝眼镜，说："他们正忙呢！"

他没问我是不是来见工的，我也没有问他，看我们的情形问了也是废话。

他又推了一下鼻梁上的眼镜，看来他的眼镜挺值钱："见什么？"

"质检管理，你呢？"

"生产文员。"

"原来干什么？"我问他。

"也是文员。"他答，挺文雅的，看来是块文员的料。要不是他的脸皮太白点，我对他的第一印象或许会更好些。

"你原来也是干质检的吧？"

"是的。"我问他："你为何不干了，工资太低？"

"不，被老板炒鱿鱼。你呢？"

"我炒老板鱿鱼。"

我们相视笑了一下，他伸出手："我叫朱江。"

我握住他的手："是广州人？"

"广州人。"

我们互通过姓名。从人事部走出个女文员，这女文员态度挺温和的："二位是来见工的吧？"

得到我们肯定的回答后，她把我们引进了人事部，发给我们一张打印着中英文的表格。我们把表格填好后女文员把它拿到一个看上去像个经理或人事主管的中年男子面前，中年男子刚好结束对一个女孩的考核。中年男子拿起桌上的表格，他首先叫的是朱江，朱江站起身走到他面前坐下，他对中年男子的提问对答如流。最后中年男子提出要看他有什么学历证明，看来朱江早有充分准备，他从口袋里拿出的结业证、毕业证就有十本之多。除了只有一张是正牌中专文凭外，其余的都是些什么初级电脑培训学员结业证啦，秘书专业结业证啦，吉他专业结业证啦，交谊舞培训学员证啦，气功函授学员证啦，满桌的红本本，看得中年男子眼花缭乱，最后在朱江的表格上签上“OK”，朱江满心欢喜地对中年男子点了点头：“多谢了！”

看着朱江那满桌的红本本，我多少有点心虚了，我兜里只有一本中文专业毕业证和一本TQC函授学员证，尽管我把函授教材已一一啃过了，但结业证还没那么早寄来呢。

中年男子叫到我的名字，我只得硬着头皮上了。他看着我填的表格：“你是中文专业的？”

“是。”我尽量使自己自信点，这种时候自信很紧要。

“你学的跟QC不对口嘛。”他的眼睛透过镜片看着我。看来香港人也强调专业对口。

“我受过TQC培训。”

“什么是TQC？”

“全面质量管理。”

“有这方面的什么学历证明吗？”他的眼睛依然透过镜片看着我。

“忘记带来。”我撒了个谎。

中年男子露出犹豫的神色。我赶忙抓过一张纸在上面画了个全面质量管理的鱼骨图。

中年男子看过我画的鱼骨图后，似乎满意地点了点头，拿过我的表格，很快在上面写了两个字：OK。

他问我什么时候可来上班，我说随时都可以，接着他告诉我下个礼拜一来上班，先试用一个月。

我的紧张劲全都放松了下来。我学着朱江的样子对他说了声：“多谢了！”然后还鞠了个躬。

在我走出人事部时，那女文员正带进来一个挺好看的女孩子，这个女孩子有一种无言的吸引力，我正欲多看她一眼，朱江在门外叫着我，原来他还在等我。

他急急地问我："怎么样？"

我向他伸出手，做了个 OK 的手势。

他的眼睛睁得圆圆的："OK！"

走出厂门时我心想：妈的，给老板打工就是这样来劲！

"去餐厅，我请客！"

"不，我请！"

有这样一个患难朋友真是我的幸运。

在餐厅里我们喝得像对炒虾。周围的工厂静静的，但都灯火辉煌。

当朱江把最后一杯酒喝下去后，他告诉我："那次我没有敲门就进了经理室，看见经理的手伸进了女秘书的裙子里面。"他把杯子拿起来对着门外瞄了瞄，"下午经理找了个借口，炒了我的鱿鱼。"说完后他轻轻叹了口气。他年纪并不比我大，他那最后一声感叹使我感到内心一片怆寒。

后来我才知道，他出来打工已有六年，他一拿到中专毕业文凭就来闯荡这个世界了。他用余下的酒把我吸的烟头淋灭了："现实真他妈的！"他也会说这种话。然后他就不再跟我说话了，他把目光移向那马路的一排路灯上。

走出餐厅，朱江已不是餐厅里的那个朱江了，他那鼓胀的背包并没使我感到是他六年来打工生涯的一种沉重的缩影，而给我的感觉是："让风来吧，让雨也来吧。"

这开发城市的天空布满了星星。

紧紧张张的一个月一晃过去，我费了半个月的时间才熟悉了新环境的工作程序。海风懒洋洋地吹过来，我无聊地躺在床上，看海风的手在抚弄蚊帐。今天是个例外，星期天不加班。紧张嘈杂的大宿舍今日最为平静，工人们不是跑出外面去松松筋骨，就是躺在床上蒙头大睡。我们这房住的六人都是高级员工，除了那个在南疆打过仗的在D线当线长的阿标外，其余的兜里都装着文凭。学历最低的是朱江，但他兜里的文凭最多。

我无聊地走到走廊上，依栏点数那马路上开过的车辆，后来我才发现在一千辆汽车里才有一辆是国产的东风牌汽车。以后我把我发现的数字跟阿标说了，阿标说他在一次伏击战中，发现十辆越南军车中有五辆是中国制造的。他说他用火箭筒把那五辆国产车打成了五堆废铁。说这话时他那脖子间的伤疤很亮地闪了一下，像是一枚勋章。自发现这个数字后我就再也不敢去数那些车辆的数字了。我把目光移向那长长的走廊，走廊那边正走过来一个穿牛仔裤、黑衬衣的姑娘。我的心被她那黑衬衣揪了一下：这不正是那天在人事部门口遇到的那个女孩吗？远远的我便能感觉到在那张美丽而又漠然的脸上有一双诗人戴望舒描述过的那种太息般的目光，这双目光使我的心为之战栗。她轻轻地撩拨了一下耳际的头发，这种姿势带着一种无尽的优雅。在她走向我跟前的楼梯口时，她抬头看了我一眼，从这一刻起，我明白这双眼睛已渐渐刻在我心灵上了，我的心灵正以不曾有过的颤动在承受着这双目光。我呆呆地看着她的背影，我在她那黑色的背影中读着那种无言的感觉。她太像我那个女朋友了，我那个女朋友是个粤剧演员。一日，被她那酒鬼继父强奸后，她失踪了，我喝醉了酒在大街小巷找了她四天，最后人们在一个湖边发现了她的尸体。她那浮在水面上的忧郁的双眼，揉碎了我的心。尽管这是七年前的事了，岁月无情地模糊了我对她的感觉，但那双浮在水面上的眼睛已深刻在我生命之中。

她的背影从我眼前消失了，我的神情一定挺可笑。我回过头来，海风还在吹个不停，我对我刚才的傻态报以自嘲。第二天在她给我送来BOM时，我知道了她是生产调度室的秘书，她的名字叫质君。

那天晚上她的目光把我搅得彻夜难眠。

这时朱江从门外闯了进来，怀里抱着一摞杂志："哥们，我给你们送吃的来了。"

阿标从蚊帐里跳了出来，扒在那堆花花绿绿的杂志上兴奋地问："哪里弄来的？"

"在街头书摊。"

朱江弄来的尽是些封面女郎，不是露出大乳房，就是那露出大腿的非法出版物。

阿标翻到了一本有幅一丝不挂的女郎的插图后便钻进了蚊帐里，变得一声不响起来。

崔多达又躺倒在床上，看他的书。我看了一眼那蚊帐上的狼，感觉周围的空气很沉闷，我走出阳台，看满天彩霞。天边有排红色的鸟飞过。天那边真美！

房间里传来声音，是朱江在叫我，说是有人找。我回过头，见是生产线的女质检员袁以佳正依在走廊上的栏杆看着我。我走向她："你找我？"

"对，找你。"

"有事吗？"

她看了看走廊那头，回过头来说："没事。不行吗？"

袁以佳是生产线女质检员当中最有灵气的一个，也是跟我最谈得来的一个，有时她会把什么都对我说，就像是一个刚从学校毕业的女学生。有时又显得很深沉，我对她的感觉很难把握，但我对她挺有好感的，跟她在一起周围的空气仿佛都变得温柔起来。

我忙对她说："不，我正闷得慌呢。"

"是吗，那我们出去吃夜宵吧。"

我看了看天色："还早呢。"

"走吧，吃夜宵又没规定要哪时哪分。怕请客？"

我看见朱江的头从蚊帐里伸出来，他用手给我打了个 OK 的手势。

"好吧，我们走。"

我们来到了一家装修得挺别致的小餐厅，餐厅的女服务员都穿着好看的红裙子。

袁以佳在看菜单，在柔和的灯光下她看上去很美。

我叫服务员先来一瓶上好的啤酒。女孩子面前应该气派点。

“不，两瓶。”袁以佳把抄好的菜单拿给刚要走的服务员。

“你很会喝酒？”

她对我笑了笑没有说话。我发现在她那喜悦的脸上掩饰着一种哀伤。

喝过两杯酒后，她突然不再说话，似乎在数门外的车辆。

“你说，我美吗？”她的眼睛看着我，我没有想到她会问我这句话。

望着她那红润的反映着一层迷人光泽的脸，我对她说：“挺美的。你怎么啦？”

她抬头看了看我，然后低下头看着酒杯：“那，今晚你带我去旅馆吧。”

她的话使我愕然。她是不是喝多了？

“我快要嫁人了。这个人我一点都不爱，甚至恨他，但他很有钱，能养活我。”

我问她为什么要跟我说这种话，我感觉到我的口气很生硬，我知道她并没有醉。

她喝了口啤酒，用手拭去嘴角的泡沫：“我十四岁时他就把我强奸了，我要报复他。”她说这话时看上去很平静。我看着她那充满着灵气的脸，如果不是她亲口对我说，我怎么也不会相信她童年会有这样的遭遇。

我不知说什么行，心里一阵苍凉。

“你为什么就要嫁他？好男人还很多。”我对她说。

“除了他我不会再嫁别人了，”她接着说：“嫁给别人我的灵魂不会安宁。”我对她说：“你可以不嫁人。”

“不嫁人？”她眼睛潮湿，“我十八岁就从家里出来打工，到现在快五年了。也许你很难相信，这五年里我做过的工厂就有四十多间，这五年里我经历过的事情很多，我做过七个月工资只有四十三元，却要干十五个钟头的工厂。这五年里我被老板炒过鱿鱼，我也炒过老板的鱿鱼。我住过四十多人一间的铁皮房，也露宿过街头。最使我忘不了的是在一个胶花厂的时候：那天早晨睡在我下面的是一个北方妹，我掀开她的蚊帐叫她起来去上班时，她一动不动，我摸到她那冰凉的手时我晕了过去，那时她已经死了。回到家后我病了一场。在家里待了半年，我父亲是个粮所的职工，是个酒鬼。他不敢去走后门为女儿找个工作，喝醉后就哈哈笑个不停。那个强奸过我的坏蛋又天天来缠我，跪在我脚下要我嫁给他。这样的家庭这样的环境使我感到非常痛苦，我又跑出来打工了，我把那个家伙塞给我的二千元丢进了河里。我始终相信外面会有更美好的世界。如今五年过去了，我看着一幢幢楼房升起，而这五年里，除了给我两个读书的弟妹寄回五百元外，我一无所有，我得不到在这里的常住户口，我没有一份稳定的工作，我身旁没有一个亲人，这五年里留给我的是貌似年青实则苍老了的心。我已经感觉到很疲倦、很累，所以我要嫁给他，我要活下去，他能养活我。”

从她的眼里流下两行晶莹的泪水：“但我恨他，我要报复他。”

我没有说话，我在不停地喝酒。

她把手伸过来，攥住我的手：“人如果能够重生，我会嫁给像你这种男人的，但这是不可能的事，所以我求你接受我的要求，你是我这一生中愿把一切奉献的第一个人，也好让我这一生能有一段欢乐的回忆。”

我从她手中抽出手，倒了杯酒，一口气喝了下去，流出的酒液溅湿了我胸襟一大片。

“你同意就点个头，不同意我现在就走，但我这一生会记着你的，我不会忘记你。”

我还在不停地喝酒，我看着袁以佳那充满灵气而又年轻的身影走出了门外。

在黑暗中我向宿舍走去，我抬起头，走廊那一边的月亮非常大，月亮里站着一个孤独的影子，她是一个穿黑色衬衣的姑娘。

一朵云把月亮遮去了，再也看不到那个影子。

我感到我的大脑正被一种什么东西压迫着，我愤怒地转过身来，袁以佳正站在我背后，她静静地站在那里，平静而又柔弱。海风撩起了她的头发，使我感到这好像是个遥远的梦。我走向她，把她抱在怀里。她那贴在我怀里的脸上看不见泪水，看不见泪水。许久，许久，我回过头，那巨大的月亮里站着一个孤独的影子。

自袁以佳辞工后，我的心情一直非常忧郁。这个世界每个人都有一段痛苦的记忆，而袁以佳带给我的记忆却是那样的沉重，那样的无可奈何。这如同有一双不知从何处伸出来的手正把一朵刚开放的鲜花摘下丢进江河里，而我却眼睁睁地看着这朵鲜花随波不知流向何方。

在生产线的女工里我每天都能看到生疏的脸孔，而原来那些熟悉的脸孔便像那被摘下的鲜花默默地不知漂向了何方。

我无聊地翻着朱江买回来的杂志。阿标的床前围着一群工友，阿标在说着他在南疆作战时的故事："那天我们攻下了一个山头，这个山头布满越寇的尸体，这时我看见一个一丝不挂的越南女兵微笑着在向我走来，她那双腿真修长。在她还在继续向我走近时，我学着电影上的那种样子背过了脸，那杀红了眼的连长冲过来用左手打了我一个耳光，他的右手已经被炸飞了，他厉声地命令我端起火箭筒，这时我才发现那个女兵手里握着一个手雷。我把扳机扣下后，那个女兵变成了一阵烟，她长着一双多美的腿啊！"

当阿标在讲他那第二个故事时我已进入了梦乡。

我做了许许多多的梦：我梦见吹雨成了个大明星，他在银幕上把手指戳向一个丑女人的鼻梁上时洒脱非凡；

我梦见质君是个舞蹈演员，她在阳台上给我跳《天鹅湖》，然后她变成了一只天鹅飞进了月亮；

我梦见阿标那火箭筒没有响，后来那个越南女兵做了他的妻子；

我梦见崔多达从巴黎回来了，他变成了一个大富豪，他坐着小汽车去找那个大额骨的老板，然后把钞票掷在他脸上；

我梦见朱江把他的文凭全都卖了，换回来很多杂志；

我梦见那个笑得很腼腆的女孩和林黛玉在一个玩具厂做公仔，那公仔在做着拳击的姿势，很逗人；

我梦见袁以佳在我梦中做梦而又梦见了我。

后来我醒了，房间里静静的，只能听到阿标的鼾声。

我在床上躺了很久，辗转难以入眠，只好从床上坐起，我看见阳台上映着一条影子，像是朱江。我穿上衣服，来到阳台上，那影子真的是朱江，朱江听见我来，回过头问我："你也没睡？"

我点了点头："你怎么没睡觉？"

"习惯了，一到这种时候我就失眠。"他深吸了一口烟，"这种情形已有好几年了，这是自我母亲跟我父亲离婚后便开始了。我很爱我的母亲。"

他对我笑了笑："别为我担心，有些事情只要习惯了就不再会是一件很痛苦的事了。"

想不到他会这样坚强。我看了一眼夜空对他说："忘记过去的痛苦吧，每个人都有自己的痛苦。"

"痛苦是忘记不了的，我只想忘记过去的快乐。快乐是和痛苦成正比的，少一些快乐的记忆也就少了些痛苦的比较。"

这句话从他嘴里说出来，我的心底有点冷。

"睡觉吧，"我对他说，"明天还要上班呢。"

回到床上后，不知为什么我想到了质君的那双眼睛。这一晚，我失眠到天亮。

崔多达从会议室开会回来，坐在办公桌上半天不吭声，良久他才抬起头对我们说："准备打背包走人吧，公司准备下马。"

"怎么回事？"我吃惊地问。

"老板要移民到加拿大。"

"就这些？"

"就这些。"

"不可思议吧？像这种情形我早已习惯了。"朱江不知什么时候站在了我的背后，他看上去很平静，好像在跟我说一件鸡毛蒜皮的事。"很多大学生不是羡慕资本主义国家的那种就业环境吗？哥们，这就是资本主义。"说完他用手推了推他那鼻梁上的眼镜，他的脸还是那样白得令我不舒服。

我在想被这家公司录用后想到的那句话：妈的，给老板打工就是这样来劲！

崔多达塞给我一叠资料："拿着吧，留着有用。"

我想到那种情景：一只不知从何处伸来的手把一朵好看的花摘下丢进了河里，那朵花却不知要漂向何方。

我们三人站在马路旁时已是一群失业的流浪汉了。崔多达将他朋友给他画的那幅画包得严严实实的挂在背后一刻也不离身。朱江还是像我第一次见到他时那样，他那背式旅行包仍是那样大得出奇。

妈的，我又成了流浪汉，又站在马路旁边看那飞快的汽车和匆匆的行人。我还没来得及跟质君真正谈过一次话呢，我还没问过她是不是芭蕾舞演员，我还没问过那月亮里的影子是不是她，我还没问过她是从哪里来的，我还没问过她为什么总喜欢穿黑色衬衣，我还没来得及问她，也是我一直以来最想问也是最需要问的一句话：你为什么也有和我那死去的女朋友那样的一双眼睛？

一切都来不及想，一切都来不及看，我又成了个流浪汉，不知要漂向何方。

“你看，质君！”朱江叫着，把手指向前方。

前方站着一个穿黑衬衣的女郎，那款款的身影有一种说不出的孤独。

我的心怦然跳动着：真的是质君！我望着她，我感觉到我有很多的话要对她说，真的，有很多话要对她说。

她好像看见了我们，定定地站在那里，海风撩起她的头发，我又感到这是个来自遥远的梦。

一辆黑色轿车停在她面前，我看见她坐了进去。她坐黑色轿车？

那辆黑色轿车徐徐驶向那开阔的马路，在那车流里那辆黑色轿车就像海洋中的一只黑色方舟，将要漂向那天的尽头。

我的心掠过一种怆恻，我的眼睛有些潮湿，真的，我有很多很多的话要对她说。

我回过头，眼前依然是飞快的车流，匆匆的行人。

一辆公共汽车在我们面前停下来，朱江在我背后说了声：“上车吧。”

我们三人都上了公共汽车。拥挤的公共汽车慢慢开动了。服务小姐向我们走来，微笑着问：“三位到哪站？”

哪站？我看看朱江和崔多达，他们二人也在看着我，几乎就在同一时候，我们都笑着对服务小姐异口同声地说：“下一站！”

说完，我们都笑起来。笑得很自信。

公共汽车依然还是那样不紧不慢地开着。

原载《大鹏湾》1989年第2期

女人之约

毕淑敏

郁容秋的病危通知，快下班的时候送到工厂医务室。

医务室负责人兰医生，把握不准把这悲痛的消息，是立即上报还是等到明早上再说。

按说该早点报上去。毕竟是辛苦了一生一世的职工，到老了死了，领导要去看看，叫去的安心，活着的心里也温暖。但这个时机很难把握，报得早了，死或不死还不一定。医院里怕负责任，常常未雨绸缪，领导兴师动众地去过了，最后病人又全须全尾地复了原。出院后在厂门里碰上了，两下里都不大自然。病人觉得自己没死，劳驾了那么多领导，挺对不起人。领导嘴上不说什么，心里怪医务室谎报军情。若是信送晚了，领导三脚两步赶到，病人已进入弥留状态，瞳孔散大得连人影也辨不清了，拉着领导的手直叫自己小儿子的名，自然也是医务室的失职。最好的时机是病人回光返照的时刻，头脑清晰，思维敏捷，面色和善，双目炯炯有神，放射出智慧的光芒。而且格外健谈，充满了对世事的深刻洞见。古人曰人之将死，其言也善，指的就是这种时刻。

只是这个火候很难把握，跟战机似的，稍纵即逝。判断一个人什么时候死，比判断一个人什么时候生困难多了，没有任何公式可以遵循。

生死不由人。兰医生是一位负责的医务工作者，她决定下班后不回家先上医院。一来是要当好领导的参谋，二来她很想看看厂里这位最美丽的女人，如今病成了什么样子。

已经过了探视时间，传染病医院里充溢着古墓般的荒凉。裹着棉大衣的老人从幽暗的拐角处发出不许探视的警告。兰医生出示了病危通知书，这是最好的通行证，她所向披靡。

郁容秋住高干病房。入院时医院床位极紧张，厂长指示：一定要不惜一切代价挽救病人，要血有血，要钱有钱。

护士小姐敲着病历说："只有高干病房还有空床。高干们吃的是国宴，卫生条件好，自然很少得传染病了。只要你们付得出房钱，普通人不是传染病也能住。"

陪同郁容秋住院的兰医生，想起了厂长的指示，毫不犹豫地接过了入院登记表。姓名年龄籍贯这些都好填，唯有是何种干部级别这一栏犯了难。无论多少房钱厂里可以不在乎，但任命一个高级干部的事，兰医生想：别说是自己，就是叱咤风云的厂长，也得顿挫一下。

"你现在是多少级？"她问蜷在一旁的郁容秋。

"四……四级。"郁容秋的脸上像涂着没有搽开的增白粉蜜，寒霜一片，眼圈黑得像盖了两枚墨色图章。头发像京剧里的青衣，一缕缕被冷汗粘在额角，惨白的嘴唇嘶嘶吐着气："四级。"

"填四级可不行，这也太高了。'文革'以前，一个华东局中南局的书记还不够四级呢！虽说瞎填呗，也得差不多。"小护士瓦片形的白帽子，因为晃动，像蝴蝶花似的颤抖着。

兰医生知道郁容秋的四级是确有其事——她是厂里的普通四级车工。

"能住你们这儿的最低级别是多少。"兰医生问。因为下垂得过久，蘸水笔尖聚起一滴椭圆形的墨水，根蒂部正在瓶颈般地变细，墨水滴渐渐变成饱满的鸭梨形，颤颤巍巍地闪动着柏油似的微光。

“怎么也得十级以内。”护士小姐毋庸置疑地说。

兰医生给郁容秋填了一个九级，相当于“文革”前的厅局地师级。

这是一间很大的病房，有吊灯、冰柜、遥控彩电……洋红色的地毯冲淡了医院里惯常的萧瑟之感，带来轻微的暖意。甚至气味都不是令人自惭形秽的消毒水味，而是像栀子花一样淡淡的幽香，像大宾馆豪华的客房。

郁容秋侧卧在半摇起的特制病床上，床旁的地灯像一支金笔，勾勒出她尖峭的身影。肩胛骨像倒竖的铁锨一样锋利，颈子像用灰白的铁丝编织而成，看得见一根根粗细不等的脉络。唯有裹在蓝条纹病号服里的双腿，仍旧是笔直的。由于宽大服装的遮掩，看不出瘦弱，仿佛一段美丽的桦木。

兰医生准备了满腔的怜悯，她预备看到一个被疾病折磨得濒死的妇人。劝慰和同情，像瀑布一样壅塞在她的齿间。

听得门响，卧床的女人吃力地转过身来，兰医生惊骇住了。

郁容秋像年画一般艳丽，面颊白里透红，双唇晶莹闪亮。翘起的睫毛像蝴蝶的触须一般轻盈颤动着……

哪里有这样美丽的垂危病人?！这尤物般的女人难道会死吗?兰医生立即想到这是郁容秋同医生做了手脚。这个女人，什么事情办不成呢?

她家住在兰医生楼下，也就是说，她的天花板就是兰医生家的地板，是近邻了。但兰医生从不跟郁容秋打招呼。一是大家搬到这楼里不久，并不熟悉。二是这女人的名声很坏，外号“大篷车”。

“大篷车”很妖媚，是那种眼睛能抛出绊马索的女人。兰医生上楼的时候，亲眼见过她领着陌生的男人在开门。楼道不宽，“大篷车”

正从精致的乞丐包里往外掏钥匙，男人脸朝墙壁，身子侧向一旁，友好地给兰医生让路，也许是怕兰医生筐里支棱着的芹菜蹭脏了他笔挺的西服。

兰医生回到家，放下芹菜，洗净手上的泥，去收阳台上的衣服。她听到楼下窗帘环在窗帘轨上小心翼翼滚动的声音，才确信人们关于郁容秋放荡的传闻绝非虚构。

郁容秋就是这么个女人，她丈夫似乎知道这一切。兰医生也在楼梯口遇到过她丈夫领回陌生的女人。但实在讲，那些女人都没有郁容秋漂亮。逢到这种情况，人们总要问清是谁开的头，以便多少能排出个道理来。但郁容秋家的这种局面，已经好多年了，没有人知道谁打的第一枪。因为她男人是外单位的，跟大家没关系，厂里的人就把仇恨集中在“大篷车”身上，不让自己家的孩子同郁容秋的女儿玩。这种防范绝对是有道理的。郁容秋的女儿不过十六七岁，打扮得像个少妇，也常有男孩子来找她了。

有人敲门，兰医生打开一看，几乎不敢认这位楼下的邻居。她卸去往日时髦的服装，穿一套土豆皮色的工作服，蓬头散发，简直像是上门推销被套的外地灾民。但细细观看，裹在粗糙衣服内的胴体，依旧是光洁而明亮的。

“跟您借样东西。”她笑眯眯地说，一改平日的风骚模样。兰医生不合时宜地想到了一个词：从良。

“我能有什么东西值得你来借？”兰医生惊讶地问。眼前的这个女人虽不敢说有多少财富，但男人们供给她的日常用品，都是奢华而昂贵的。

“借鞋。”郁容秋跺跺小巧玲珑的脚，一双雪白的半高跟皮鞋，把地板跺得像一面铁皮鼓，“脚上没鞋穷半截，您不知道这句古话呀！”

“咱们俩的脚倒是差不多大。但我绝没有比你这双更好的鞋。”兰医生斩钉截铁地说。

“您有。肯定有。我想了半天，最后判定这东西只有您有。您先别把话说死。我要这东西也不是为了自己，全是为了厂里。”郁容秋很诚恳地说，生怕兰医生一下关了房门，便把白鹿蹄似的脚，横在门轴处。

兰医生糊涂了，不知自己朴朴素素的家里有双什么鞋被这女人看了去并且如此耿耿于怀。

“到底是什么鞋呢？”连她也好奇了。

“‘军臭’。我想借您的‘军臭’穿穿。”郁容秋回答。

“‘军臭’是个什么东西？”兰医生真糊涂了。郁容秋赶紧解释：“‘军臭’就是解放鞋。”要不是兰医生当过兵，还真没处找这种古老的装备。

“大篷车”装上“军臭”的轮子，那副尊容，叫人啼笑皆非。

“你为什么要这副打扮呢？”兰医生虽说对郁容秋平日的张扬不以为然，但看到一个漂亮女人钻到这样一套不伦不类的行头里面，好像红玫瑰一下变成了狗尾巴草，还不如当初妖娆着顺眼。

“我当了黄世仁了！”她兴奋地在兰医生家洁净的地板砖上走来走去，崭新的解放鞋底留下一行“人”字形的橡胶花纹。

三角债是一个巨大旋涡，把庞大的国营企业淹得两眼翻白。这件事细说起来复杂透顶，简而言之就是赖账。你欠我的，我欠你的，像瞎驴走在一圈没有尽头的磨道上。兰医生所在厂的厂长是一位干练的女强人，她最初不愿意该人家的账，结果受害最深。账面上她有一大笔钱，但保险柜里空得能给耗子做窝。眼看连工资都发不出来，厂长组织了浩浩荡荡的讨债大军。机关干部全体出动，厂长财神爷似的供着他们。买来飞机票，带上土特产，最后厂长再亲笔签上一封言辞恳切情意浓浓的信笺，恳求对方把拖欠的钱还了。

没想到杨白劳如今比黄世仁横多了！欠账不还，成了天经地义的事。各路兵马落荒归来，只带回极少的现钱。全厂几千人的嘴巴要喂，机器不能停产啊！女厂长心急火燎，恨不能用钢钎把太阳穴打个洞，让脑浆凉快凉快，想出一个好办法。

人一到没主意的时候，就想起老祖宗的招数来了。“贴黄榜！”厂长说，“我就不信，我偌大一个厂子，就没个讨债的人才！咱们的干部，一个个养尊处优惯了，高贵得不行，哪里像是讨账的，像新女婿上门，羞羞答答，客客气气，还能要得回钱来哇？债主就得像个债主的样！卑贱者最聪明，我要不拘一格选人才。甭管你是谁，讨得回钱来就是好样的！”

黄榜贴出来了。底下的工人觉得这是个出头露脸的好机会，不必一天八小时站在机车旁边苦熬苦挣。当干部，出差给补助，还能山南海北地逛逛。就算是讨不回来钱，谅也不能怎么着，大不了还回来当工人呗！真有胆大妄为的撕了黄榜。女厂长的榜同旧时代的不同，不是揭走了就算完，而是随揭随贴，能人多多益善嘛！

过了几天，新贴出的黄榜就没人揭了。听说对每个敢揭榜的人，厂长都在百忙之中亲自面试。没有人能过得了这一关，厂长一挥手，你该回哪儿回哪儿，你该干什么就干什么去。有人问女厂长是如何面试的，这些落第之人都守口如瓶。

一时间，谁能加入讨债帮，成了一件大荣耀的事。

一个阳光明媚的早晨，“大篷车”郁容秋走到布告栏前，把黄榜扯了下来，团在手里，却又并不马上离开，用涂着蔻丹的指甲，细细地剔残留的黄纸屑。相当一段时间内路过大门口的人都看见她站在那里抠纸屑，不明底细的人还以为她又犯了作风问题被人抓住，罚在那里打扫卫生呢！

郁容秋从来没有这么近地观察过女厂长，她觉得自己在靠近一块冰，有一股端庄的威严，从这个女人身上逼射而出。

这是厂里的外宾接待室，最豪华的房子，女厂长把它当作了考场。郁容秋从来没进过这间屋子，满屋的金属光泽晃得她睁不开眼睛。虽是自己的厂子，却有到了外地的感觉。主要是因为空调使屋里像秋天一样凉爽。还有厂长没有穿惯常的工作服，而是一套质地高档的西装。

陌生的环境，陌生的人。女厂长正是刻意营造出这种气氛。店大欺客，你要是连我都不能说服，还想赤手空拳讨回钱来吗？

两个女人互相注视着。一个是这个厂的最高领导，一个是最普通的女工。

女厂长打量着郁容秋。她有许多工人，她不可能都记住他们。这个女人很漂亮。女厂长不喜欢漂亮的女人，她最优秀的女工程师和女车间主任，都不漂亮。她自己也不漂亮。漂亮几乎是女人事业上的大敌。但厂长很快纠正了自己的思维状态，这次要不拘一格选人才。价值观念要整个颠倒过来，因为索债这件事本身就是颠倒了的乾坤，平日里选拔干部要重学历，这回厂长完全不计较这点，而且私下里认为学历越低越好。学校在教授人们知识的同时，也教授人们矜持与自尊，而这两条，恰是于索债极不相宜的。还有平日里要注重表现，这回厂长豁出去了，无论是谁，无论用何种办法，只要把钱讨回来就是英雄好汉。

女厂长讨论过郁容秋的处分问题，那是几年前的事情了。女厂长记住了这个名字，但她不认识这个人。她尽量使自己公正平和地说："现在，假设我为某大厂的厂长，而你是我们厂派出的清欠人员。金额为一百万。开始吧。"女厂长双手抱着肘，缩在巨大的皮圈椅内，好像一只肥硕而警觉的老猫。

郁容秋面对这个威风凛凛的女人，感觉自己像灰尘般的委琐。美貌、机智、令男人神魂颠倒的手段，这些赖以支撑自己全部自尊的基石，都在顷刻间摇摇欲坠。她从前只在很远的地方看到过厂长，觉得她盛气凌人，不可一世。一大群男人簇拥着她，她颐指气使地吩咐他们，每一句话都是圣旨，在这样近的位置上观察厂长，她觉得厂长实在是一个姿色平庸的女人，斑白的头发，沉重的脑袋，皱纹像一把精致的折扇，铺满脸庞……

门无声无息地开了，像一股轻柔的夜风溜了进来，一位潇洒的小伙子挟着卷宗走到厂长面前，毕恭毕敬地放下，殷勤地打开到某一页……

郁容秋看惯了男人们讨好的嘴脸，她不佩服男人，她觉得自己能征服他们。她佩服女人，尤其佩服不用她这种手段征服男人的女人。她呆呆地望着厂长，这是在她有限的生活圈子里，活得最高贵的女人。

郁容秋的椅子与女厂长的皮圈椅等高，若论身材，郁容秋还更挺拔些，这样她双眼的位置与厂长是在同一水平，严格追究起来，郁容秋的眼珠还要比厂长的眼珠位置高上几毫米。但郁容秋额头低垂，眼睑半旗似的降着。眼光透过密集的睫毛，仿佛夕阳穿过笔直的白桦树林。眼波飘带似的荡过单人床一般宽大的写字台，从青瓷笔筒的边缘溅落下来，绕过包绕着厂长的那团威严空气，像只小蜜蜂盯在厂长胸前第二颗纽扣上面。那是一粒像纪念章一样沉重而古老的铜纽扣。

"这个扣子不好，要是我，会选一种黑色有大理石花纹的扣子。"

郁容秋很奇怪，这个屋子里难道还有第三个女人吗？她能看到自己大脑屏幕上闪现的字吗？要不怎么把自己心里想的话给说了出来？她可真够胆大的了！竟敢批评厂长！厂长是谁？厂长是郁容秋在这个世界上看到的最至高无上的女人。也许有许多女总统女总理比厂长更荣耀更辉煌，但郁容秋没见到她们。电视里见过的那不算。郁容秋在电视里还见过龙卷风和火山爆发呢，同她毫无关系。郁容秋知道全厂的人都崇拜厂长，出身于高级知识分子的家庭，受过高等教育，如今是这样一家重工业工厂的掌门人。做女人做到这个份儿上，多么气派呀！

那个不知天高地厚的女人，藏在何处？她就不怕女厂长恼羞成怒吗？

女厂长挺满意这个开头。她面试招聘催款员，完全是即席发挥。她被三角债搅得五内俱焚，急等着谁能把钱收回来。她是全厂几千人的当家人，像无米下锅的小媳妇，等着用这钱去还账、买原料，给大伙开工资，买过节发的肉鸡和活鲤鱼。

很多人见了咄咄逼人的女厂长就嗫嚅不语，女厂长挥手就把他们赶出了这间华丽的办公室。这个样子还想索账吗？催款员要先有一种从气势上压倒对方的勇气，而绝不能被对方所屈服。

这个女人居然从指责她的衣服开始，这挺好。从来没有人指责过厂长的穿着，这套西服还是她出国考察时定做的。

郁容秋静等了半天，没听到那个胆大妄为的女人再说第二句话，才猛然醒悟到自己在下意识中把心里话说了出来。她看一个女人，首先是挑剔她的衣服。作为拥有出众姿色的女人，她对别人的长相很宽容。长相是父母给的，就像出身一样，但衣服可是随自己选择。她挑剔过全厂所有女人的服饰，觉得她们都不会穿衣服，她因此充满了自信，觉得自己很有眼光。但她没敢挑剔过厂长，厂长不是平常意义上的女人。没想到，面试竟这样开始了。

"穷啊！厂里没钱。发不出工资。扣子是随便买的，你说的那种扣子很贵。"厂长随随便便地说。

"那种扣子并不贵……"郁容秋只说了半句，就噤了声。女厂长已经开始扮演一个赖账的角色了。

"我临到进贵厂大门之前，先跟厂里的工人聊了聊，知道您厂子里虽说困难，可并没有到揭不开锅的地步。您看，我这儿有您厂工人的工资条，计算机打的，正经不少呢！不瞒您说，我们厂可真到了山穷水尽的地步。发工资那天，没给大伙发钱，发了一个纸条，说没钱请大家勒紧皮带坚持几天，等借回钱就发，先发工人，后发干部。大伙儿一看，也不好再说什么了。最苦的是那些退休工人，腿脚不利落，顶风冒雨地跑到厂里来领钱，年岁大了儿女们嫌弃，全靠这两个钱给自己撑腰呢！我说的就是上个月的事，天气预报不知您还记得不，我们那儿下大雪，发不下钱，老头老太太这个骂哟，说厂里蒙骗他们，肯定是把工资存银行里赚利息了，又哭又闹。不怕您笑话，我家还真等着您厂里还了账，我厂里拿这钱发了工资，我拿这工资去买粮呢！我对孩子说，上回你过生日，你舅给你的那十块零花钱还在不？孩子说在，我没乱花。我说你真是妈的好孩子，这钱先借妈用吧。妈说话算话，一定还。只要厂里有了钱，妈就还你的，妈不会赖你的账。大天白日的，妈哪能是那种人呢？”

郁容秋慢条斯理地娓娓道来，一副良家妇女的忠厚相，话语中却机锋四伏。

好！哀兵必胜。女厂长不禁心口夸赞。不过她也更为焦虑：这女人谈到厂内的情况，不是事实，起码目前还没到这种地步，但只要局势继续恶化下去，谁又能保证那种举债食粥的情形一定不会出现？

“今天你就是说出大天来，我也没钱。告诉你，要钱没有要命有一条！”女厂长恶狠狠地说。要她说出这些话来不容易。她是端庄而矜持的知识女性，纵是被逼急了，也不会这样发泄。但从那些灰溜溜回来的催款员嘴里，她听熟了这句泼皮语言。

郁容秋可不怵这个。女厂长咬牙切齿吐出来的话，在她听来那么亲切那么熟稔。她从小就是被这种语言腌出来的，明知厂长是在模仿别人，也顿觉亲热。

“我要您的命有什么用呢？自古以来，杀人偿命，欠债还钱，天经地义的事。真要赖着不还，咱就去打官司。您这个厂宣布破产，到时候来戴大盖帽的查封您的厂子和固定资产，拍卖产品，以资抵债。人死账不烂，这笔钱说到哪，您也是要还的！您这厂长当得挺滋润，为了这九牛一毛的事，何必咱们公堂上见！再说，我这回来，是立了军令状的。您的命金贵，我的命可是不值钱。您要是真敢赖账不还，我就敢写了帖子到处散，然后一根草绳吊死在你工厂大门框上！”

“别……别……”不论是作为现实中的还是假设中的厂长，女厂长都急忙摆动双手。

郁容秋轻快地笑了，厂长平日的威严都被这个动作抹去了，原来是个不禁吓唬的女人！看来，她没有跟泼人吵过架！

女厂长毕竟是厂长，她迅速调整了思路，正襟危坐说：“我纵是有还钱之心，也没有还钱之力。真是没钱。人人欠我，我欠人人。要不然我把欠我厂钱的厂家名单抄给你，你能要回多少，全带回去抵账。这下总行了吧？”这又是一把讨债员们无法对付的撒手锏，女厂长转赠给郁容秋。

“您甭跟我说这个，我是一家不烦二主。是您欠我的钱，不是别人欠我的钱，我跟旁人说不着。冤有头，债有主，讲的就是这个理。您可以广开门路，清仓挖掘，俗话说船破了有底，底破了有帮，快沉了还有三百大钉呢！瘦死的骆驼比马大！再不然，我给您出个主意，前两年不是各厂都买了许多国库券吗？您就把它折给我们算了。反正您留也留不住，还谁不是一还呢？给了我，我们全厂念您的好，我个人更是感激不尽。利率该多少算多少，保证不让您吃了亏。您要是同意，咱们这就去取国库券吧！”郁容秋说着站起身，做出要走的样子。她虽平日里常同各色人等对垒，像今天这样滴水不漏地叫板，也着实费了精神。幸好临来之前多少看了会子报纸，说起来才有板有眼。

“国库券没有了。你来晚了，昨天有人在你前头要账，已经给搜刮走了。”女厂长已开始佩服这个卑微的女工机敏的思维和伶俐的唇舌，但她还要逼她一下。外出索债，什么情况都可能遇到。

“一点都没剩？不能吧，犄角旮旯里总还能再找出点。”郁容秋也觉得自己这话根底不足，可她没想出应对之词，只好借反问以争取一点考虑时间。

“我堂堂一厂之长，怎么能骗你呢？”女厂长扮演的厂长果然愠怒了。

“我哪敢怀疑您呢！”郁容秋已经思谋出了对策，反正事情已无理可讲，拿出女人斗法的手段就是了，“那厂长就请您多原谅了。打今天起，我每日到您这办公室外候着拿钱。钱一天不到手，我是一天不会走的！”说完，脸上配合语气布出严霜一般的神色。

“这么着吧！你大老远地跑一趟也不容易，我们厂现有一万台照相机，就抵给你们吧！”并不是女厂长突发奇想，真有一个厂要拿这笔货色抵债，她一时还没想好怎么处置。

“一万台照相机？”郁容秋喃喃重复，望着厂长阴晴莫测的脸色，她真不知该如何对答。她突然想自己来遭这份洋罪干什么？厂里有钱发工资，自然有她一份。若是都开不出钱来，天塌下来有高个子顶，且轮不到她一个妇道人头上呢！况且有那么多男人同她好，他们绝不会看着她挨饿受穷的！饿死谁，也饿不死老娘！

她想站起身来扬长而去，走出这间洋溢着冷气令人寒毛孔闭锁的陌生房间，回到她的车床前。她轻车熟路，手艺不错，车出来的活计像她的衣服一样清洁合体。

可她不能就这么走了，得给女厂长一个面子。女人都爱面子，她之所以想当讨债员，不就是想给自己挣一份面子吗！她把厂长这个问题回答了就走。

怎么答呢？去他的讨债员吧！郁容秋顾不得这些了，她只从一个持家的女人来琢磨这件事：“一万台照相机，合我们厂每人分四台？我们要那么多这玩艺干什么使呢？能熬能煮还是能穿能盖？况且您保修吗？零配件全吗？您不能这么打发我！再退一万步讲，就是我不跟您为难，我一个小小的办事员哪里就拍得了这么大的板！您看这样好不好，您把照相机就地拍卖了，便宜点会有人买的。再把现钱给我。我呢，也同时给厂子里发报请示，能有现钱实在是最好不过。万一卖不出钱来，厂里再定要不要相机的事……”

女厂长被折服了。不卑不亢、不温不火，真是滴水不漏、铁嘴钢牙啊！她站起身，两手撑着桌沿，用对一百个人讲话的声调说：“郁容秋同志，从现在起，我正式聘任你为我厂清欠业务员！”说着伸出手来。

郁容秋吃惊地半张着嘴，任湿润的牙齿在清冷的空气中渐渐干燥……许久才伸出手去，仿佛试摸炉子烫不烫，小心翼翼地把半截手指送进厂长的掌心。

厂长很高大，她的手却是纤巧而绵软的。她吃惊这个身材窈窕的女人，手指却像手表发条一样坚韧而有弹性。她用力摇了摇。

郁容秋受宠若惊，她讨好地问："您扮的这个厂长是个男的还是女的？"

"男的或是女的，这有什么关系呢？是厂长，这一点就足够了。"女厂长不悦地说，她经常碰到这种性别上的歧视。对于来自男人的，她多少已习以为常；对于来自同性的，她更敏感而愤怒。

"当然很重要！"郁容秋对堂堂一厂之长对这个问题的忽视感到吃惊，她愿意为厂长弥补缺陷："假如对方是女的，话谈到这里，就没有什么指望了，我只有等您的指示，是空手而归还是押回一万台照相机。假如是个男的，当然还有办法……"

"什么办法？"女厂长已约略猜到了，她眉毛下面的筋肉聚在了一起。但她毕竟是厂长，眉毛本身还停留在原来的位置，整个面容静如止水。厂长受过的高等教育和她良好的家教，使她不愿意以恶意去揣测别人，尽管那谜底已昭然若揭。于是就显出一种恶毒，彼此心领神会不行，她非要当事人把自己的心思明白无误地昭示在太阳底下。

郁容秋脸上有了悲壮的神气："现在不是都时兴用兵法吗？三十六计里，可有美人计这一说。我既然敢揭了您的黄榜，就作了这个准备。为了厂子，为了大伙的利益，我也豁出去了。只是我有一个要求，倘若我把钱讨回来了……"

女厂长被这种卑贱和高尚混淆在一起的坦白打动了，她截断郁容秋的话："我将给你以重奖，你还可以按比例提取数目可观的钱……"

"不！厂长！我不是指的这个。"郁容秋觉得自己也够胆大的，竟敢打断厂长的话，可她到这里来，不就是为了要说出这句话吗？！"厂长，我只是想与您有个约定……"

女厂长静静地注视着面前这个女人，她的要求和她的坦率，都令女厂长深深不解。女厂长懂几国外语，有高超的管理经验，可她不懂这个与她生理构造相同的女人。不懂就不懂吧，这个纷杂的世界上有多少令我们眩惑的事件！只要能维持工厂的正常运转，其他的又算得了什么！

“好！我答应你！”女厂长郑重地说。

“我天南海北地走，一定能为您买到那种有黑色大理石花纹的扣子。”郁容秋说这句话的时候，像一个调皮的少女。

女厂长正换下西服换上工作服，要到车间里去巡视。

“就是上门讨债，也不必跟灾民似的呀！”兰医生对借到了“军臭”的郁容秋说。

“穿成这样才好要钱呢！人穷志短，马瘦毛长。我一钻到这套衣服里头，自个儿都开始可怜自个儿了。递个小话，装个傻要个赖的，都觉得那么自然。现在我可懂了，为什么演员一穿上服装就进入角色，道理是一样的。干什么吆喝什么呗！”郁容秋兴致勃勃。像兰医生这种地位的女人，在厂里平日要属第一世界，根本不屑理睬郁容秋，今天这么友好，自然是因为郁容秋位置不一样了。

“人凭衣服马凭鞍。有些大厂门禁森严，你这副打扮，恐怕连大门也进不去。”兰医生依旧忧心忡忡。当医生的本来不关心生产，可三角债空前地普及了大家的忧患意识。

“您等着！”郁容秋穿着“军臭”，“噔噔”跑下楼，像士兵紧急集合时一般迅捷。

数分钟后，郁容秋回来了。浑身珠光宝气，像一位雍容华贵的夫人。没容得兰医生看分明，腾腾又跑下楼。这一次装扮成一位端庄清秀的女干部……兰医生一时间眼花缭乱，她家成了服装模特演出的舞台，楼下郁容秋家则是后台化妆间。

因为频繁的穿穿脱脱，郁容秋白缎子似的皮肤，沁出淡蓝色的网纹。兰医生给她披上一件军大衣。对这种讨债方式她无以评说，但人可不要冻感冒了。

郁容秋很感动。从来没有哪个女人这样关切过她。“这件军大衣也借给我好吗？我第一站是去东北。”

兰医生点点头。

从此她很难在楼道里再碰见郁容秋了。那女人来去匆匆，好像一股裹着巴黎香水的旋风。郁容秋转战南北，几乎每战告捷。为厂里索回了大量欠资。从此，她出去清债，都是坐飞机。何时回北京，一个电报或是电话打回来，就有小卧车到机场去接，俨然成了一个功臣。郁容秋偶尔出现在厂里的时候，总是穿着最豪华最时髦的服装，连兰医生都觉得借给她军用品，简直是受骗上当。大家背后议论，这个女人，过去是“大篷车”，现在成了“国际列车”了。发奖金的时候，有的人作鬼脸说，这是“大篷车”卖 × 挣回来的钱。大家哄堂大笑，然后该拿钱买什么就高高兴兴地去买。骂归骂，表面上对郁容秋客气多了。头头脸脸的科长们，见了郁容秋也都点点头示意，毕竟她是厂长亲自发掘出来的能人，又给厂里索回可观的资金。经济滑轮抹了润滑油，别的都是小节了。

郁容秋从未有过这样的神采飞扬，走路的时候腰杆笔直，好像行进在硕大的席梦思床垫上，每一步都充满弹性。

兰医生以敏锐的职业眼光，觉察到郁容秋的苍老和消瘦。尽管施了很重的脂粉，仍旧像破旧门窗上的新漆，无法遮盖虫蛀剥脱的斑驳。

“最近怎么样？”兰医生问女邻居，她觉得她的气色越来越不佳了。

“账收得很有成效。”郁容秋忧郁地回答。她现在对所有以前伤害过她的人都趾高气扬，对一般人也爱答不理，但对兰医生，始终十分尊重。

“账催完了，你就可以好好休息几天了。”兰医生说。

“我不喜欢账催完了，也不想好好休息。现在这样多好！”郁容秋说。

真是一个怪女人！原来她的忧郁，不是因为身体不佳，而是担心账快清完了。兰医生本不想再说话，但医生的直觉告诉她，面前这个盛装的女人，患了渗入膏肓的重症。

“要是觉得哪儿不舒服，早点看看。人不能太疲劳。当医生的，喜欢有点小病就大叫大嚷的病人，那样不耽误病情。”兰医生谆谆告诫。

“我就是头痛、恶心……全身没有力气。”郁容秋倚着楼梯栏杆说，全然不顾面粉似的尘土沾脏她华美的衣服。

“还有什么？当病人的没有什么不可以对医生说。”看到郁容秋欲言又止，兰医生循循善诱，“要是在这里说不方便，就到我家去吧！”兰医生以为郁容秋要说出什么怪症状来了。

“其实，我根本就没病！”郁容秋猛地把身子撤离栏杆，把披肩发抖得像大风中的床单。

这女人，讳疾忌医，根本值不得可怜！兰医生在心里冷笑，疾病是最科学的一个妖怪。

果然，郁容秋在外地索债现场突然晕倒，那边怕出人命官司，立即给她买了机票连同欠款，专人护送她回来。兰医生奉旨到机场去接郁容秋，把她直送医院。她几乎不认识这个风流的女人了，不但因为郁容秋容颜枯槁，更因为她的打扮：破烂不堪的衣服，脚下穿着“军臭”……

郁容秋被诊断为晚期肝硬化。

看到兰医生这么晚来看她，郁容秋说：“兰医生，您来了。”打着招呼，眼睛却还痴痴地往外张望，好像兰医生把什么人掩藏在门外。

“就我一个，先来看看你。怎么样，好些了吧？”兰医生看出郁容秋病势危笃，嘴上还是说着宽慰的话。

凑近了看，才发现红妆之下，郁容秋的肤色已十分黯淡，幽冷的死亡气息，像一种最持久的香精，盖过一切化妆品的气味，从这个鬼魅般的女人身上散发出来。

“病人是不应该化妆的。你描了眉，扑了粉，打了唇红，医生就不知你病得怎么样了。”兰医生温和地说。对一个就要永远离去的女人，什么事不可以原谅呢！

“医生知道不知道，其实已经没有用了。我自己知道就是了。”郁容秋平静地说。

兰医生想起她曾矢口否认自己有病，就说：“要是早点医，会好得更快些。”

“我没有病。”郁容秋微笑着，露出雪白的牙。她全身已充满病态，唯有牙，还是美丽而洁净的。

病到死已临头，还这样固执！兰医生就是再想宽容她，也有几分愠怒。

“真的。这不是病，都是酒害的。我这几年跑外，您知道我喝了多少酒，我想一担担挑起来，能浇几亩好地了！我的肝就是叫这些酒给腌坏了。世上不是有醉枣吗？我的肝是醉肝。赶明火化我的时候，八宝山的烟筒里冒出的气都得是酒味……”郁容秋调整了一下枕头的高度，使自己侧卧得更舒适，用手轻轻捶击着自己的右肋：“我觉得我挺对不起我的肝，它跟了我这么多年，我原来都不知道肝在哪儿。想起来不知道肝在哪儿的日子，已经那么遥远了。所有不知道肝在哪儿的人，但愿你们永远别知道。我不能喝酒。有人说会喝酒的女人血管里有一种酶，能把喝下去的酒变成水，这边进那边走，喝多少也不醉。我不知道那种酶是个什么东西，可我知道我没有。我只要喝酒，就觉得那些藏着火苗的水，把我的胃烧得一块一块脱皮，就像尿碱沤了的墙灰，大片往下掉。我鼻孔里喘出的气，只要划一根火柴，就能呼呼冒烟，好像我是沼气炉子似的。酒顺着肠子进了肝，我能感到它们像四脚蛇似的在我肚子里爬。我买过猪肝，软软的，像是一顶红丝绒的帽子。我知道我的肝硬得像一块生锈的钢板。肝中间的每一个小孔都浸满了酒精，像冻豆腐的蜂窝里都结满了冰一样。我想，我死了以后，谁要是有兴趣敲敲我的肝，一定像用高跟鞋敲木鱼一样，又脆又响……”

兰医生椎骨发凉。她不怕死人。也见过濒死之人的侃侃而谈。当一个人要永远告别的时候，他所有的聪明才智，都会像蜡烛临熄灭前的最后一跳，爆发出凄艳的火花。但这个女人太清醒、太冷静了！她不知该怎样同她讲话，居高临下的劝慰或是设身处地的怜悯，都显得那样苍白。她嗫嚅着："既然不喜欢喝酒，就不要喝吗……"

"谁说我不喜欢酒？谁说的？"郁容秋涂着黑色眼影的眼帘，像海鸥翅膀一样忽闪着，显出肝脏病人特有的暴躁，仿佛要把那个说她不喜欢酒的造谣生事者从黑暗中揪出来。片刻之后，她又开心地笑了："我可喜欢酒了。要是没有酒，天知道我的活可怎么干！男人们喜欢酒，他们是酒做的骨肉。我跟他们对着喝，酒场上的男人都不愿输在一个女人手里，可他们没有我这种决一死战的气概。他们醉了，我不醉。或者说我连说的醉话也是向他们要账。酒可是个好东西，它能叫人的嘴巴特别快，根本不听大脑指挥。您是研究医学的，您可以查查是不是酒能在神经上钻成洞，让人的思维乱窜？我口袋里有台录音机，我把他们酒桌上说的话都录下来，等他们酒醒了放给他们听。他们比听世界名曲还专心致志。听完了，什么也不说，立马就地还钱然后就赶我走……"

兰医生真没想到自个儿每月发的奖金，竟散发着腥烈的酒气，像一篓子醉蟹。她搓着手说："嗨……真没想到……"

几乎没有人来看郁容秋。她的丈夫不知和什么女人寻欢去了，女儿也早已有了自己的幸福。厂里的有关业务部门来看过郁容秋，进了门，屁股连椅子也不沾，好像病毒会透过厚厚的衣裤，像蚊子似的叮进他们肉里。郁容秋每天都用仅存的气力，把自己化妆得很美丽，端庄地等待着……今天总算来了一个人，她怎么能控制自己谈话的欲望呢！

"当然也有不近烟酒、花岗岩一块的。这样更好办了。我就打扮得花枝招展到他家去。他当然躲着不见。这正中我意，我对他夫人说，你丈夫欠了我的钱，从此后我天天来，什么时候还了什么时候算。这一招，简直灵验极了。当天晚上他们家里就不会安宁。我不知道枕头风在别的事情上有多大效力，这桩事上可是马到成功。其实，外地小市的土厂长，我哪能看到眼里去，不过是吓他们一跳看着好玩就是了，谁跟他们当真……”郁容秋咯咯笑起来。声音也是无法化妆的，干瘪粗散，像是从啄木鸟凿空的树洞里发出来的。

戴着瓦片帽的护士小姐走进来，她不去谴责呷呷怪笑的郁容秋，反倒向兰医生竖起了手指：请安静！兰医生明白，这种对危重病人的迁就，也是死亡确已逼近的征兆。她顺势说：“你好好休养，我改天再来看你。”心里说，赶快要向厂长报告，郁容秋的日子不多了。

郁容秋恋恋不舍地欠了欠身，算是送行。突然她说：“等一等，我有样东西要给你。”吃力地从床头柜里拽出一双鞋。

是“军臭。”刷得很洁净，像一条背面是绿色、腹部是黑色的干鱼。“医院里找不到鞋刷，我是用手指头捅着刷的。可能不干净，请多包涵。”

兰医生接过鞋，黑色胶底的花纹已经基本磨平了，可见这女人在外地时是经常穿着它的。“我留着也没用，你以后穿吧。”兰医生又往回送。

郁容秋嶙峋的手腕拦住她：“我大概没有机会再穿这鞋了。”

“别说这话！你能好！能好！”兰医生诚心诚意地说。

“病在谁身上，谁自己知道。”郁容秋凄然一笑。也许是觉得气氛太伤感了，她转了话题：“其实，就是我的病真好了，这活我也干不长了。”

“为什么呢？这活全厂再没有比你干得更好的了。”兰医生谈的是真心话。无论对郁容秋怀有多少成见的人，也得承认这是一个事实。

“是啊！从前骂我是破鞋的人，现在乖乖地冲我笑。以前有不少男人跟我好过，可他们当着人从不理我，好像我身上刷了一层永远不干的油漆，谁沾上就像斑马似的，走到哪都会被人辨认出来。为了他们的这份怯懦，单独相处的时候我加倍惩罚他们。他们不愠不恼，我都搞不清谁是真正的能人了。有时候，看着昨天还在我胯下受辱的男人，今天变得冠冕堂皇当着众人讲大道理，大家还挺服气他，我就想，我征服了这个男人，也就征服了所有佩服他的人。兰医生，您别笑我，我是普通人家的女儿，偏巧又生得心比天高。我想做个出类拔萃的女人，可我没有这个机会。没想到清理三角债给了我一个扬眉吐气的好机遇。我从来没有这么舒心过，从来没有这么被人尊重过。别说喝的是酒，就说喝的是毒药，我也眼睛不眨地咽下去。甭管我在不认识的人那儿受了多大委屈，可一回到我认识的人堆里，我心里甭提有多快活。这回不是靠哪个男人抬举，这是我自个儿挣回来的面子。所以，我巴不得老这么乱，你欠我的，我欠你的，永远也理不出个头绪，我就可以一辈子在天上飞来飞去的清欠，病了住进这带空调铺地毯的高干病房……还是九级……九级啊！我们家祖祖辈辈连见都没见过这种州官府官级的干部……”郁容秋的声音低落下去，好像是梦呓般地模糊起来。兰医生知道垂危病人往往有这种情况，时而神采飞扬，时而萎顿如泥，情绪像潮汐陡升陡降，她蹑手蹑脚地退到门口，打算通知护士前来照看，然后自己赶快离开，后事还且要张罗呢。

“兰医生，托您给我带个话。”郁容秋突然扶着床沿睁开眼，声音清朗得如同婴儿的第一声啼哭。

“行。行。带给谁？”兰医生忙不迭地答应，心想这一定是同她相好的一个男人。兰医生是标准的贤妻良母，但听了郁容秋这一番披肝沥胆的剖白，她决定哪怕是违背常理，也一定把这可怜女人的口信带到。

“带给厂长。”郁容秋说。

“哪个厂的厂长？”兰医生掏出随身带的纸笔，预备记。这女人四处周游，定然认识很多厂长。

“就是咱们厂的厂长啊！”郁容秋反倒对兰医生的一本正经惊讶起来。

“什么话，你说吧。”兰医生松了一口气，她回去的第一件事，就是要向女厂长汇报郁容秋的病况。

“我同厂长有个约定。”郁容秋神秘地说。

“什么约定？”

“您回去同厂长说，我跟她有个约定，她就一定记起来了……”郁容秋又像雪人似的萎顿下去，充满不愿被人打扰的疲倦。她的头枕在蓬松的鸭绒枕垫上，只压出一个极浅的坑，好像头是一只空水罐。罐子将最后一滴水都倒了出来，就异乎寻常地安静下去，等着岁月的风沙将它掩埋。

“你放心，我一定带到。好好休息，会好起来的。”兰医生说。

“您说，我真的会好起来吗？”不知从哪来的力量，郁容秋突然用两手环住兰医生的手腕，兰医生有一种被铐住的感觉。

都病成这种样子了，怎么还存这种不合实际的幻想！刚才不是挺明白的吗，怎么眨眼间又糊涂了？不过，兰医生什么都见过，她小心翼翼地把手退出来，然后毫不踌躇地撒谎：“一定能好！”

“郁容秋真的没有康复的希望了？”女厂长问。在自己家里，厂长卸去了西服和工作服，只穿一件华丽的精纱羊毛衫，像一位尊贵的夫人。

“是的。不但没有康复的希望，而且依我多年医务工作的经验，她的时间也只有这几天了。”兰医生拘谨地说。她虽然常给厂长看病，但这一刻是汇报工作，厂长不是病人。

“你是说她一定要死了？”厂长逼问了一句。

“是这样。”当医生的并不避讳死这个字眼，也许是刚从郁容秋那儿回来，谈到一个目前还活着的女人的死期，毕竟令人不安。

“如果她会活下去，我以后会看她。她给厂子里立下了汗马功劳，她在厂子经济形势最恶劣的困境之中，给了我们以莫大的帮助。假如没有郁容秋的努力，我们不会这么快地从困厄之中走出，我们会永远记住她的功绩的……”女厂长竖着茶杯盖，轻轻拨动茶面上浮动的梗叶，缓缓地像念一段讣告。

兰医生预感到了某种不祥的气息。

“现在，她要死了，我看，我就不必去了，叫有关部门安排一个后事即可。我很忙，我有许多事。全厂几千工人，我不可能每一个离世的时候，都在他身边守着……”女厂长很响亮地把茶杯盖扣上了。

“可是，郁容秋不是一般的工人啊……”兰医生说。

“是啊，她不是一般的工人。她不如一般的工人，她受过处分，名声很坏……”女厂长平视着兰医生，她不明白这个平日很聪慧的知识分子怎么这样不开窍！

“可是郁容秋她说与您有个约定！”

“郁容秋说的？她告诉你了？她至死都不忘这件事吗？”女厂长显然紧张起来，她焦躁地站起身，在地毯上走出很急遽的步伐。

兰医生没想到厂长的反应如此强烈。那究竟是怎样一个女人与女人的约定呢？

“厂长，我只是想与您有个约定。不是钱。我的丈夫对我不好。我的女儿没有钱已经这样轻浮，有了钱，更不知会怎样，我不要钱。我只是希望，假如我能出色地完成规定的清欠指标，我想让您给我鞠一个躬……您是不是觉得我太狂妄了？不，您是我最敬佩的女性。您不仰仗任何男人，凭着自己的本事，堂堂正正地立在这个世界上，所有的男人和女人都尊重您。我一辈子也做不到像您那样，可我渴望也光荣一次，也像模像样地立在人前头一次。厂长，别笑话我这个想法冒昧，我愿意一千次一万次地给您鞠躬，只求倘若我是个合格的催款员，您能代表全厂，给我鞠一个躬……”在那间充满冷气的房间里，郁容秋脸庞上淌过透明的汗液，仿佛粉脸上覆盖了一片水色的香叶。

这真是一个奇怪的先决条件。尽管突兀，女厂长还是感到惬意。“我的腰弯一弯就那么值钱吗？”她戏谑她说。

“我说过了不是为了钱。”漂亮女人低下头，口气却毫不退让。

“好，我答应你！”女厂长郑重地说。鞠个躬算什么呢？这在国际上是普通的礼仪。你可以故作清高地不谈钱，但一厂之长必须谈钱，钱已经像厂长自身的血脉一样宝贵。况且，这个女人能否搞到钱来，还是一个不明底细的神话。女厂长巴不得能早点给这个女人鞠躬，那证明严冬即将过去，春天就要到了。为了工厂，她已经付出了全部心血，再加上脊柱倾斜一下角度，算得了什么牺牲！

今天的厂长望着那天的厂长，觉得她很愚蠢。她没有想到启用这样的女人，在全厂掀起轩然大波，人们普遍认为厂长已经山穷水尽，穷途末路。女厂长坚决顶住了这一点，就像洪峰到来的时刻要不断加高堤坝，她苦口婆心地开导大家：不论人怎样，钱总是干净的。厂里的种种传闻她都知道，她不止一次庆幸自己是女人。假如是男厂长，重用这样的女人，会被人们舌头编织而成的绳索，活活勒死。她以自己卓越女企业家的人格，在为一个下贱的女人做名誉上的担保。这种牺牲和这种代价，只有在其位的人才能体验到。

“郁容秋没有说她同您约定了什么。只是说让我带话给您，说您一定记得的。”兰医生小心翼翼地说。

“是的，我记得。”女厂长决定对女医生敞开心扉。一个工厂就像一座海岛，厂长像个孤独的渔夫。

“她要我向她鞠个躬。”女厂长已经平静下来。

好个独出心裁的女人！兰医生在吃惊的同时，也佩服郁容秋的匪夷所思。

“我不鞠！”厂长斩钉截铁地宣布。“作为女人，我很可怜很同情这个女工，不管是什么原因造成她的命运，她的一生是不幸的。假如我是普通人，我完全可以鞠这个躬，作为生者对即将逝去的人的安慰，我还可以做得更周到一些。但是，我身不由己，因为我是厂长！厂长向这样一个卑贱的女人屈膝，会成为厂内经久不息的新闻。在可以预见的不久的将来，它甚至会演绎成骇人听闻的传说。”

兰医生点点头。厂长绝非多虑，工厂的休息室像远古时先民们居住的洞穴，可以诞生最神奇的想象。

“实在讲，像郁容秋这种人的崛起，是由于不正常的经济形势造成的，就好比饥不择食一样。现在，作为一个历史阶段，它已经从我们面前翻过去了。她就要死了，我却还活着，还要给几千人当家。好比一个家里的爷爷，给一个不肖子孙鞠躬，你说我以后还能否有权威？”

兰医生不语。

“所以，请对郁容秋讲，并非我一厂之长食言而肥，实是在官身不由人。假如她为了这个厂子，已经付出了重大的代价，那么，请求她再做最后一次牺牲，她想借我这一躬以提高自己做人的价值，我却不能鞠这一躬，要保持作为厂长的价值。作为一个女人，我失信于她，她可以在九泉之下怨恨我。作为一个厂长，我别无选择。”

夜，静寂得如同一张无边的桑叶，无数不知名的声音，蚕似的噬着它，留下大大小小朦胧的空洞。

兰医生的思绪像秋千一样徘徊在两个女人之间，她觉得环境太能左右人的意志了。在充满华贵和死亡气息的干部病房里，她义无反顾地同情郁容秋。在女厂长家被焦灼脚步摩擦的女人的步伐踩出战壕样的痕迹，她想：女人能够干的事业，除了从医之外，实在是很有限的……

“兰医生……您给我带话……带到了吗？”郁容秋终于没有气力化妆了，像一片剪纸，平展展地架在白色的被子下。各色抢救胶管，像一把怪异的伞，笼罩着她。

“带到了……带到了……”兰医生忙不迭地说。

“那她……怎么还……还不来啊？”郁容秋像一个等妈妈回家的小女孩子，怯怯地问。

“她忙。她可忙了。咱们都不知道她有多忙，她可是真忙啊……”兰医生语无伦次但非常坚决地说。

郁容秋闭了一下眼睛，再睁开的时候，像拧去盖子的墨水瓶，漾着幽蓝的光。

“兰医生，您知道我这一辈子什么事干得最漂亮吗？”

“不……不知道。”兰医生夸张地摇头。只要郁容秋不谈厂长，什么话题她都乐于奉陪。

“就是讨账了。”

兰医生点点头。这一次，没有夸张。

郁容秋又闭起眼睛。兰医生以为她就此疲倦地昏睡，觉得很好，没想到她又像打开一本沉重的字典一样，翻开眼皮，刚才是在积蓄力量。

“所以，我一眼就能看出谁想赖账了。厂长觉着我没用了。她放不下面子。她想赖了同我的约定。对不对？兰医生，您甭骗我，我什么都知道。厂长赖了我这笔债，我就要死了，我没地儿去讨了……兰医生，您跟我说实话，我说得不错吧？”郁容秋的双眼，像极地生满了苔藓的荒原，在一片惨白的背景下，暗淡而执着。

“不不！绝对不是这样！你想到哪里去了！厂长说她一有空第一件事就是到医院里来看你，她说你给厂里立了大功。你不能这么不相信人！你要是这样，连我都信不着，我这就走！”兰医生佯装发怒。一般人都不敢对病人发火，但兰医生敢。只有这样，病人才能相信谎言，而谎言是对病人的最高仁慈。

郁容秋果然慌了。“我信。我信。兰医生，别生我的气。我纵是信不过厂长，也不能信不过您。只是我这一辈子，被人骗的次数太多了，我也骗过人……我知道您不会骗我，厂长也不会的，不过是我一天自个呆着没事，瞎想得太多了……”郁容秋没有闭上眼帘，兰医生却看不到她的眼神。这其中隔着水幕，像汽车大灯厚而瓷的玻璃罩，把郁容秋的瞳仁放大得如同古井……

兰医生再也不想多呆一分钟，否则对自己对别人都是煎熬。刚想溜走，听到郁容秋对着空洞的天花板说：“我等着您……”

兰医生在其后的几天内，坚决不去医院。她怕自己抵不住那充满死亡智慧的诘问，反倒更添痛苦。但她终于忍不住了，跑到医院。她想郁容秋是个聪明的女人，隔了这么长的空白，她该不会再追问什么了。

兰医生猜得真对，郁容秋真的不再追问那件事了。

“这是你们的高干女病人最后一直握在手里的东西。”戴瓦片帽的护士小姐平摊开手。

三枚像围棋子一样润泽的扣子，有着黑色大理石样的纹路。

原载《青年文学》1992 年第 8 期

中方经理和资方经理

沈仁康

天气预报中雨，来的是暴雨。有了脚下这条坚硬的水泥路，我们免了清明时节困惑的困惑。车子在风雨里直窜，犹似赛艇在浪的森林里出没。我们去叫“浪底”的村子，正像往浪底钻了。雨雾朦胧，村子的越来越近的影子，漂浮在乳白色之上，轻飏飏的。首先迎面而来的，是那家合资企业，钢筋水泥厂房有凝重感。

兴华编织厂有点气派，旁边扩建的建筑物的脚手架在白雾里影影绰绰，孕育着更大的气派。“有点气派”加上“更大的气派”，就是它的未来。就目前看，它的几千平方米大厂房坐落在侨乡的一个小村里，就是非凡了。这家合资厂是县里最早的一家，建厂时在厂旁周边栽下的玉兰花，窜得很高了，也像在开着三班，满负荷地散发浓香。

车子停在厂门口，中方经理司徒新很快出来欢迎我们。这是位个头不高、身材单薄、脸色黧黑的壮年人：如果在拳击场上准是个不堪一击的失败者，据说在经济擂台上却颇有锋芒，人不可貌相，海水不可斗量，拳击场上力量取胜，经济擂台智慧占先。他目光有穿透力，微笑着，却也一个个打量我们；他善于言辞，一接触就给人热情、谦和的印象。

他寒暄几句后，领我们参观厂房，他身体单薄腿脚却“噔噔”地有劲。他一边走一边介绍：

“人类进化了几十万年上百万年，它的杰作之一就是造就了女性型体的妙不可言的美，那曲线，那风韵，那凝脂，那流盼……我们厂的产品就是使女性形态的美感更富美感，我们是在参与人类进化、创造杰作的工作，锦上添花，花里增彩，诸位请参观，多提意见。”

这个厂生产的是女式胸衣、内裤、长筒丝袜。工人中绝大部分也是年轻女性。

司徒新经理的口齿伶俐，具有魅力的导白，真使人感到他们在女娲用泥巴捏人时，从旁做了帮手的。他们是女性风采不容忽视的设计师。他又说：

“有些事物的美在于直，比如摩天大楼直上青云；高速公路直伸远方。女性的美在于曲线，世界潮流讲究减肥。减肥，就为曲线，上下一般粗，啊哈，就有点那个……我们的产品就为女性三围更合比例、更为丰满，窈窕基础上的丰满，不是唐代崇尚的痴肥。女士们选用了我们的产品，顿时会感到她的胸脯，大腿增添了不可克制的诱惑力。”

他轻松地卖起广告来了。

厂房实在敞大、宽阔，天花板上的日光灯游龙一般从这头伸向那头。织带车间卧牛般的、长颈鹿般的、哈巴狗般的机器，都在争相发言，声音嘈杂，但又有规则。镶嵌在女性内衣内裤上的、白的黑的棕的各色花边，在这嘈杂声中潮声一样涌现出来，像无数条不断流的小溪流啊淌啊，流淌成了大捆大卷；剪裁车间庞大的长桌上，剪切机像英国绅士，不动声色，从从容容、颇具风度地来来往往，把大料切成碎片，送往车缝车间。如果说，上面两个车间人烟稀少，车缝车间却是人山人海的集市了。各式车缝机在嚓嚓切切，没有大珠小珠落玉盘的美妙，也有雨打芭蕉的效果。数百名女工埋着头，全神贯注，披着黑长发的脑袋犹似浮在灯光下的黑色蘑菇。参观者经过她们身边，她们并没有斜视一下的好奇，高速的运转使她们的情绪凝固了。一厚叠一厚叠镂空的、镶边的女内裤、女泳装、胸罩、长筒绣花袜，在没有说笑、咳嗽的声中，被送到检验车间、包装车间。那里有印满外国文字的塑料袋、纸箱等着它们，有集装箱在等着它们……

一切在速度中运行。女工们在不断地把自己的美丽和年轻，分散给这许许多多产品。

司徒经理的声音又响起来：

"诸位已经知道了，这家合资厂是全县最早的，那时，改革开放刚刚起步，一些外商投资者还在徘徊观望、逡巡踯躅、忽上忽下，下不定决心，而这个厂的合资者，香港企业家于金城却果敢决断、毅然投资，那是要有胆识的，有点义无反顾精神的，至今仍受到人们称道。"

参观之后，司徒经理一定要我们留下来，谈一谈。谈什么呢？再谈谈女性内衣内裤的美感吗？我们不想了，想到别处再参观参观，这个侨乡小村，一百多年前，鸦片战争前就有人出洋卖"猪仔"了。它是九河下梢的锅底，低于水平面一米，如果没大小堤围的保卫，顷刻间，水就淹到我们肩头。这几年里，七八家合资厂办在这里，电子厂、鞋厂、树脂管厂、保健食品厂等，这个村也由穷得出名到富得出名。我们想走访走访其他厂，但司徒经理执意不肯，这人很热情，是出自骨子里的热情。他说：

"于金城先生今天从香港赶回来，他本来明天回来，听说你们来便提前了一天。水翼船快泊码头，接他的车子已经派出，诸位稍候一候，见见我这位老战友。他这人好客、善谈、开朗，也有点大大咧咧，你们见见他，吃餐便饭。饭菜是极普通的，本厂职工食堂传统产品……"

我一听中方经理与资方经理是"老战友"，寻觅新鲜题材的习惯使我敏感起来：

“什么样的‘老战友’？含意，含意，什么‘含意’？”

“中国人民志愿军炮兵部队的老战友。”

“于金城先生当过志愿军的炮兵？”

“一点不错。”

这比女性内衣内裤更有吸引力，生活里存在我们想象不到的故事。我是崇尚文学创作的现实主义的，生活丰富多彩而又天然合理。司徒经理的这席话，给了我们“悬念”。“悬念”是最吸引人的东西。当然，留下来有了最大的理由。

五十多岁干瘦精明的小个子司徒经理，把我们引进了他的办公室。

坐定之后，我问：

“司徒经理与于经理，是一对老战友，可否作进一步的解释，鄙人愿闻其详。我这个人有好奇心。我想，人世间的平凡太多太多，巧合也不在少数，巧合就有故事、情节和戏剧性。巧合是文学创作的基因之一，这个基因是天然合理的生活给予的。过去把小说创作说是‘传奇’，‘传奇’就是巧合，而且是很巧的巧合。司徒经理，你说呢？”

司徒新亲自给我们倒茶，谦谦一笑：

“平凡中有巧合，巧合中有平凡，情节有一点，戏剧性就说不上了。我们一边等于先生，一边聊。”

讲的人有怀旧情绪，讲得热烈，听的人有怀旧情绪，听得有趣。那到底是很久远的事情了。

司徒说：

“1950年的冬天，我们部队过的鸭绿江，向南穿插。我和于先生同一个乡，又是老乡，战友加老乡。十二月份，朝鲜半岛风雪特别大，特别冷。我们广东人是‘冰’‘雪’不分的，把‘冰’说成‘雪’，初次见到冰雪，啊啊地感到新鲜，但那风雪、那冷劲很快把我们的新鲜的亢奋冻僵了。多少战友脚手冻坏了，往后方送，别看我和于先生是南方老广，抗冻，脚手没事，活蹦乱跳。他是运动员体质，百炼精钢；我当时皮包骨头，也没事，人不可貌相嘛。

“过清川江的时候，江面封冻了，过的人员辎重多了，水急冰薄的地方又压裂了，我们是淌着冰凌冻水过江的，那个冷法，直钻骨髓，像有尖锐的铁针往血脉里钻，钻到哪里就一阵尖痛之后麻木了，现在说起来，仍叫人打冷战。

“我个子小，矮，不到一米六,一脚不慎踩到深坑里去了，水漫过了耳朵，整个身子漂起来。幸好于先生走在身旁，他机警，一把抓住我的领子，提小猫一样把我提起来。他牛高马大。这种时候牛高马大沾光，他救了我一命，要不我漂到黄海里去了。今天也难得见到诸位了。

“过了江，风一吹，全身衣裳冻住了，裤腿也冻直了，没法打弯走路。在膝盖附近把冰敲断，才迈得开步子。那个冷呀，没法说，那个苦呀，没法说，没有戏剧性，只有寒冷。如今，我盛暑不用空调，是为把当年渗进我骨头眼里的寒气拔去。奇怪的是，当年我们谁也不想回避这寒冷，谁也不去想这世界上还有篝火、火炉、暖炕、暖气这样的东西，我们只凭意志和体内的青春抵御大自然的冷酷。现在歌曲里唱‘让世界充满爱’，那时，周围充满了恨，爱是力量，恨也是力量，也许是比爱更有力量的力量。

“……1950 年 12 月 6 日，我和于先生并肩走进了平壤，那不过是一片瓦砾，它被炸平了。我们流泪了，吃尽了千辛万苦，我们总算是第一批踏进它的中国人民志愿军。”

这段经历，证明了这个瘦小的躯干里，蕴含着无穷的精力，它应当与铀同属。

遥远的战争对年轻人来说，已是冷却的陈迹，表现了冷漠，他们追寻热辣辣的现代生活；而对参加者说，那是永远新鲜的记忆。因为我们凝神地听，使得司徒经理特别兴奋，他感到有一种被人理解的快活。

“后来呢？”我问。

“后来嘛，后来我们都复员了。”司徒继续说，“不久，于先生在香港的父亲病危，要他去接遗产，电报就像朱高宗十二道金牌召回前线的岳飞那样，树叶般飞来。他出生于香港，出生纸还保留在那里呢。他是犹豫了一阵的：尽管他因为这层关系，没法在部队呆下去，但他当过革命军人的人，要去当资本的拥有人，阶级属性彻头彻尾大改变，在他是不愿的。无奈，忠孝不能两全，他还是走了。人生道路之玄妙，契机在那一瞬间，差之毫厘失之千里。一别，我们三十多年没见面，也没有音信。在我，也不希望他有什么音信，阶级斗争一浪高过一浪，外面写封信来都是罪过。

“我建设了三十多年社会主义。有一天，他忽然钻到县农机厂来找我，我当时是厂长，十几个工人，成天在一间平房里抡铁锤、拉风箱，烟熏火燎，破旧简陋，年年亏损，上面要补笔钱才能过日子。我当时蹲在地上，和工人一起翻砂，一只手突然抓住我的衣领把我提了起来，哈哈一阵大笑。我一看，是他老兄，还是清川江上把我提起来的劲头。我俩一进名为办公室的小屋，又笑又闹，又打又跳，三十多年白活了，我们成了老年轻，都是五十出头的人了。我捅捅他鼓起的肚皮，说：‘大佬，你是中大教授了。不过，你别高兴太早，我说的不是中山大学的中大，是中间大两头小的中大。’他也捅捅我说：‘还是一只猴子，放在油里泡也胖不起来。’他呵呵笑，我咯咯笑，三十多年不见了，友情还在。

“他说：‘我专程找你的。’

“我说：‘什么事，神秘莫测。’

“他说：‘合资办厂的事，我先出一千万港元，你来当中方经理，我信得过。我曾是这队伍里的一员，这个队伍我信得过，别人疑虑，我不疑虑，别人退缩，我不退缩……怎么样？’

“那还在八十年代初，这间合资就这么开的头。”

我在笔记上记着，然后合上本子，连声说：“有点意思，有点意思。”

我想从中思索点什么，因为活跃的交谈，使我注意力没法集中。我环顾经理办公室，觉出这家工厂设备、工艺是先进的，办公室是简单的，没有一般大工厂大公司写字楼的豪华、没有真皮沙发、没有高级地毯、没有茶色铝合金窗、没有空调器、没有落地丝绒窗幔；有的是钢窗、风扇、花砖地板、普通沙发……司徒经理又介绍这个厂的经济效益是好的，投资份额在几年中已赚了回来。

经理室的隔壁是行政、财会、业务办公室，房子不小，人数不多，电传机始终在运转，程控电话也不寂寞，电脑在吱吱叫，它们的触角伸到了外部世界。

不久，汽车喇叭响了两声。

司徒说：“曹操到！”

果然，楼下有人用粗嗓门叫喊着：

“司徒，司徒！”

司徒向我们一笑：

“人没到，声先到！他不是文质彬彬的绅士，还是直肠直肚的军人。”

门口一暗，一个魁伟的身影挡住了门口，他就是资方经理于金城，一米八五的高个儿，如没那鼓鼓囊囊的肚皮，他还是很标准的篮球运动员。底气足，说话起回音，走路“噔噔”响。

“司徒，你怎么让客人空着肚子听你清谈哪？”

“哈，你这是倒打一耙，不都在等你嘛！”

“对不起，诸位久等了。开饭！民以食为天！”他潇洒地一挥手，说。

“我以为你永不饥饿哩，看你这肚子！”

“酒囊饭袋，到时就得装点进去，不装不行。”

这厂里的火头军是从农村来的临时工，依旧是农村风格，菜肴料足、货真、量大。五菜一汤，个个大碟是金字塔，味道也偏咸；这与酒楼、饭庄的好看、精致、量少，讲究色香味，是截然不同的两种风格。

于先生早从提包摸出一瓶法国拿破仑白兰地酒来，给每人斟满了一杯，少要也不行，他说："杯子小，就这么一杯，这头一杯，要货真价实，商品讲质量，喝酒也讲质量。我们第一次见面，彼此有个'满'的印象，干！"

他出入的高级酒肆，当然不在少数，香港的希尔顿，广州的白天鹅、东方、花园，尝够了美味。可是，他也并不嫌弃眼前的农村风格的菜式，大口大口，吃得很香，喉结的上下移动，似乎发出声响。他食欲好，吃相认真，目不旁视，难怪肚子大，皮带是特制的，特别长。他的吃风，绝非绅士式的细嚼慢咽，而是梁山泊聚义厅摆宴的气势，风卷残云，速度惊人。

我在捕捉他"吃"的个性，他发觉了，一笑。

他说："我块头大，饭量自然大。战争环境里养成的习惯，几十年改不了。那时，司徒吃两碗，最多三碗，我要吃六碗，吃慢了，哨音一起，集合出发，肚子还空着一边呢。那时，我背迫击炮的底座，六碗饭也坚持不很久。我有时羡慕猴子脖子上有一个夹囊，没事时可以倒出来慢慢嚼，我却不能。"

吃得热了，司徒把外衣一脱，穿一件衬衫"战斗"。他听于先生的话后，嘿嘿笑："六碗？隐瞒了真相！你最多吃过九碗！全不为后方人员着想，他们把粮食送到前线有多困难！头上飞机扫射，地下地雷开花，炮坑挡道，水河阻路，你一吃就九碗，嘿嘿嘿……"

大家前仰后翻。

司徒说得起劲时，扬手比划，他的衬衫露了马脚，腋下脱了线，露出一块白肉。这回轮到于先生数落他了："当今，堂堂的中方经理像你这样穿露肉衬衫的，恐怕寥寥无几了。不怕别人说你做作吗？怎么样，当众人的面，我送你一件，把破的换下来。尺码可能大一点，对付着穿吧！"

司徒问："你那衬衫多少钱一件？"

"嫌质量差？五百港元一件哪！"

"不要，太贵，我只穿二十五元人民币的。"

"我懂，如果我俩只是朋友关系，我送几件衬衫你都敢收下，但是我俩一个是中方经理一个是资方经理，你不敢收了！钢筋铁骨！"

"当年你把我从清川江漩涡里提起来，现在你不能又把我按回去吧！"

两个经理，一对老战友斗嘴，真的豁达是灵魂的无拘无束。我总感到司徒不如于先生轻松，他是在修筑无形的堤防。我更感兴趣的是，一个战士成了资本家的不好玩味的质变。

我问："十年河东，十年河西，分变为合，合变为分，人间戏剧化的东西很多，于先生你如何看？"

他反问道："你是记者，阅人多矣，阅世也深，你接触的资方经理远非我一个，你看我与其他资方经理有否不同？我身份变了，但有一点未变。我受过这里的教育和很深的文化影响，在这里生活了很多年，因而我能较早地理解、坚信这里，我遵法守纪，我有爱国信念，我到底为它的壮大蹚过水河、爬过大山、背过沉重的迫击炮底盘，受过伤、吃过苦，这些我都记得很深很深……"

我说："请你说下去。看来简单的'本质'覆盖不了复杂的'现象'。"

于先生拍了拍圆鼓鼓的肚子，似乎感到了负担。他调正了坐势，继续说："我再给你讲一个美国俘虏成为合资者的故事。"

司徒经理插话说："我们从平壤南进时，于先生中了冷枪，冷枪从背后射来，要命的一枪给迫击炮底盘挡了，另一枪打中臀部，射穿盆骨，他在医院里躺了好久。"

于先生说："大难不死，我伤好了，赶回前线去。天还冷，阴坡还有雪，可是春天来了，草泛绿，树抽芽。在大同江南岸，因为敌机轰炸我走岔了路，糊里糊涂走进敌人窝里去了，我一点没发觉。我看到敌人的巡逻兵，心里喊糟了。我没有枪。只有两颗手榴弹，木柄的，我紧紧攥在手里。我躲在茅草堆里等巡逻队过去。后来，又一个美国兵向我走来，金发碧眼，二十岁上下，身材瘦削，还挺英俊。他是憋尿憋急了，出来解手的。我本想用手榴弹在他头上敲一下的，没有那样做，我扑上去，把他按倒在地。他哪里是我的对手，他浑身战栗，尿了一裤子，没用的家伙，不是当兵的材料。

“我在香港上过几年学，学了几句英语，现在正好派用场。我警告不要喊叫，乖乖地跟我走。我弄清他是名军需官，到朝鲜半岛来不到两个月，他叫迈尔斯。他拿出一张印了中朝俄英几种文字的投降书给我看，无非是留他一条命。他说他刚刚认识我们这个世界的多彩和可爱，他不愿就这么离它而去。他认为上帝的世界冰冷、寂寞、苍白，只有严肃没有欢乐，他还不想急于走进那个没有人生苦恼人生幸福人生曲折的天堂。他留恋尘世，尽管尘世有种种丑恶血腥，但他仍认为尘世是可爱的。我答应他优待俘虏，条件是听我的指挥，否则手榴弹是不讲情面的。

“他很听话，我找不到绳子他也没有跑。快到我们部队营地时，敌机又扫射了一次，把树枝打得乱飞，岩石块乱蹦，混乱之中他也没有逃走。

“当时，部队里没人懂英语，这个迈尔斯就交给我，由我送他去俘虏营。

“迈尔斯懊伤地说：‘我本不想到朝鲜半岛来，可是兵役法逼着我来。大家盛传朝鲜人吃饭捧的是金碗（其实是铜碗），到那里能发财。金碗对贫民窟里的黑人有吸引力，而我的父亲是大企业家，我不需要金碗。我刚学完贸易专业，我的论文得到好评，是关于企业管理的。我想在实际中证明我的看法，我想做生意，也就是说，我希望不是穿军服而是穿礼服到朝鲜来，仁川登陆的不应是登陆艇应是远洋航轮，上岸的物资不是坦克而是货柜车，夜晚不是来听大炮机枪声，而是观看民族舞蹈民歌联唱……我不喜欢战争，我害怕血、烧焦的房子。我哥哥在塞班岛给日本人打断了一条腿，不过那场战争与美国利益相关。而这场战争呢？我们并不需要，我讨厌万里迢迢去战争……’我说：‘迈尔斯，等战争结束，你来中国做生意吧，开工厂什么的也行！总会有那么一天的。人民要交流，要和平，要友谊。’迈尔斯说：‘一言为定，于，你是好人，你有爱心，你没弄死我，我感谢上帝和你。上帝是虚空的，你是实在的。如果这回我死了，我会质问上帝，我有什么错，如此轻率地就结束我的生命？我一口一口面包一口一口水，经过了漫长的二十年，才成长起来，那么轻率地就结束了，这不公平，太残忍。好在我没有死，我感激你和你们的俘虏政策。我想做点事，我有我的理想。’

“我说：‘迈尔斯，你上朝鲜来，放过枪吗？’迈尔斯说：‘没有，我看到的第一个敌人就是你。你，你们说话有信用，就像我父亲做生意。’我说：‘战争的品格是凶神恶煞，贸易的品格是和平微笑。国家和人一样，一个国家老想伸手到几千里几万里外去，烧别国的房子，杀别国人，炸别人的工厂，城镇、田园……这是强盗！人民喜欢互通有无，握手微笑。’

“迈尔斯说：‘于，你是我的敌人，但你和善，又是我的朋友。叫你是敌人是上面要的，从我自身的体验你是朋友。第一次见到你时，你是那样高大，你的手臂很有力量，你卡我脖子时只需再重一点，我便完蛋了。但你心存仁慈。于，我永远记住你，还有你的国家。’我说：‘迈尔斯，我心中有数，不会卡死你的，我怕你叫喊，要不也不那么重手了。你不能老记着卡脖子的那一场戏哪。’

“以后，我没有再见迈尔斯，据说遣返他回国时，他想见见我，没被允许；他要把脖子上的金链脱下来，送给我做纪念，也被拒绝了。这个迈尔斯，后来我到香港后真还想过他几次，这个美国少爷兵真在主持他的公司了吗？在搞他的贸易了吗？不过，这种念头一闪即逝。”

大家听得津津有味。

这个故事，是司徒经理的续编。

时间如逝水，过了几十年。在玉兰花的香味里，在机器细微的喧闹里，在酒酣饭饱的夜晚，重提往事，又觉新鲜了！司徒口若悬河，于金城也能讲，过了几十年了，那些细微末节他记得很清晰。

故事并没有完，于金城又说：

“中国改革开放后几年了，我到了瑞士苏黎世。那是大航空港，近一百条航线，通向世界各地。苏黎世和日内瓦一样，城边有一个大湖，叫苏黎世湖。我乘游艇游了湖。水是翡翠蓝的，远处的积雪的阿尔卑斯山倒影在湖里，十分壮观。这时，我想着一个城市建筑规划问题，苏黎世湖岸是没有什么建筑物霸住的，因为天然风景是属于所有人的，不属于某个人或某些人，不像中国，私人的或一个单位的建筑霸住沿河、沿山、沿海的风景区，使人到了河边江边却不知哪里有河有江……想着想着，我走进湖滨一家餐馆用餐，餐馆临湖，风景尽收眼底。用的纸巾也全印上全湖的风景图，叫人称赞这里生意人的头脑。我一个人嘛，就这么东看西想。

“这时，一位中等身材的、五十多岁的洋人，问我：‘可以吗？’他想和我同坐一张桌子。我说：‘请！’忽然，我似乎感到这个人面善，他也盯住我瞧。最后，他说：‘你是中国人！中国人是和平的，和善的，守信用的……’我猛然想起了什么，问：‘先生，如果我没有错认的话，你叫迈尔斯。’他眼睛一亮，站起来，跑过来和我拥抱：‘你是于！……’

“文学家常言道：‘世界很大，又很小……’这不，世界很大，又很小，几十年后我们重又见面了。我到欧洲办事，他也到欧洲办事，地点时间都要完全一致才能重逢，这种完全一致不就是巧合吗？

“我说：‘迈尔斯，你有没有实现你当年的愿望？’

“迈尔斯说：‘我一直在经营一家大的电子工厂。于，你也在搞贸易？人类是需要文化和经济的交流的……’他的头发灰白了，说话比当俘虏兵时自信多了。

“我把我的情况一说，他拍着我的肩头说：‘我愿意和你合作。’

“我说：‘中国改革开放几年了，你是承诺过要和中国合作的。’

“迈尔斯说：‘于，你应当成为我的桥！我对中国是信赖的、好感的、亲切的。’

“我说：‘迈尔斯，我们是不打不相识。’

“迈尔斯说：‘但愿人类少点隔阂、仇视，更不要有敌对的战争；多点了解、亲善，多一点友爱的贸易。于，你说呢？’

“我说：‘迈尔斯，你说得对。’

“迈尔斯说：‘于，我记得你的双手是很有劲的。’说着哈哈大笑起来。这家伙，老忘不了我卡过他的脖子。

“迈尔斯要我和他一起，自由自在地游一游湖区。我只一个人，而他，还有秘书等一班人等着他。他摆摆手：‘不管他们，我要躲开他们，我们俩好好聊一聊。于，这几十年里，我不时会想起你来。因此，刚才我一看见你这么大高个儿，脑子里马上一闪：会不会是于？果真是你。这几十年里，你就没有想起我？’

“我忙说：‘想起，想起。’

“迈尔斯得意地、欣慰地哈哈笑。”

好长时间，大家沉浸在这种故事的回味之中，希望从中理解点什么、提炼点什么、升华点什么。那些遥远而临近的思绪纠结在一起。

我是现实主义者，我急于知道某种结果，也就是中国戏曲中惯有的大团圆结局。我继续追问：“后来呢？”

司徒新经理说：

“后来的发展，我更熟悉呢。于先生引着迈尔斯多次到我县考察、洽谈。迈尔斯对中国人的真诚友善、信守诺言和努力工作，印象始终是很深的。他投资了一千万美元，办了一间两头在外（即原材料、市场在外）的合资电子厂。厂房已经盖起，最大的车间里面像个足球场。它已部分生产。生产的是组装出口收录机。一些高级的自产元件项目，正在陆续上马。这个项目的引进，应当归功于于先生，他陪迈尔斯跑了不知多少趟。迈尔斯这个人也不错，不是刁钻之徒，人很诚恳坦率。这个电子厂，诸位如有兴趣，明天可去参观参观，今天是不行了，太晚了。”巧，话音一落，墙上的钟敲了十一响，午夜时分了。

于金城先生说：

“不过，迈尔斯先生今夜会来。他六十岁了，精力充沛，是个夜游神，常常是夜间行车。他说这可以节省时间。他对这个合资的电子厂寄以很大希望。”

司徒新又补充说：

“迈尔斯说过：‘企业家都想赚钱、扩大业务。对于中国，我是心甘情愿的合作者，我想搞成一件事业……”

他又说：“马克思讲过：商品经济是一门超级大炮，可以摧毁一切。我们这几年学着用这门超级大炮去摧毁一穷二白。应该说，过去我和于先生是战友，如今我向他学习。商品经济的春潮开始了。”

于金城说：“司徒，什么时候学得谦虚起来了？诸位，不知有多少次，他跟我吵得脸红脖子粗，还拍过桌子呢！”

司徒新说：“如今，你我到底不是一个战壕里的了，你代表你的利益，我代表国家的利益。”

于金城笑笑说：“我们是在一条战壕里的合作者嘛，每个钱里有你的一半也有我的一半。卡过人家脖子，都能成为合作者，何况红红脸、粗粗脖子、拍一拍桌子？”

“哈哈哈……”大家都笑起来。

夜很深时，大家告别了。

于金城和司徒新都没有走，他们还要等迈尔斯。

我走出工厂一看，我们漫长的谈话间，雨一直没有停，纷纷扬扬，时大时小。春雨嘛，来势是汹涌的。

原载《人民文学》1992 年第 9 期

学习微笑

李佩甫

一

刘小水眉心有一颗痣，于是，她被厂里抽出来了。

刘小水是食品厂糕点车间的女工。那天，她正站在案子前炸梅豆角，手里拿着油乎乎的笊篱，火太烤，她不经意地转过脸来，用手背捋了一下头发，不巧正好被厂办主任看见。厂办主任一眼就看见了她眉心的那颗痣。厂办主任说："你，说你呢，过来一下。"

刘小水手里抓着笊篱，迟疑了一下，说："说我呢？"说着，又望了望站在一旁包角儿的组长，组长接过她手里的笊篱，说："去吧，你去吧。"于是她就去了。

刘小水长得并不算十分好，嘴唇厚了，颧骨略高，人也有些木相，两只眼睛大也算大，就是呆，还一脸忧色。可她眉心有颗痣，那脸就活了。你也说不出她哪儿好，就觉得有一种什么东西，在悄悄地打动你，叫你不由想看她一眼。

同时被挑出来的还有七个女工，自然都是些厂一级的鲜艳，刘小水算是第八个，也是年龄最大的一个，厂里决定让她们去学些礼仪，好接待来厂投资的港商。

“礼仪”是由市文化馆的老师承包的，说是每人三百，厂里穷，最后搞价搞到二百五。拿钱时又落到一千八。一千八百块钱拿过去之后，就开课了。教礼仪的老师姓冯，是一位很高傲很负责任的女性。她讲的第一课是微笑。她说：“知道什么是微笑么？微笑是一种艺术。是一种具有穿透力和征服力的艺术。微笑表现的是一种自信，一种女性特有的魅力。在公众场合，它可以产生摄人魂魄的效用。微笑可以有千万种功能，它可以是热性的，也可以是凉性的。热性的，可以烧穿人的五脏；凉性的可以使人冻结，使人望而却步。你们知道蒙娜丽莎么？谁知道蒙娜丽莎？不知道？没人知道……”

女工们有人在下边小声议论说：“是不是一个姓蒙的演员，好像有一个蒙古演员……”

老师摇了摇头，说：“不知道不要瞎说，这是一幅画。一幅以微笑而著名的世界名画。这幅画就叫蒙娜丽莎的微笑。那是一种穿越时间穿越国界的微笑，是永恒的微笑……”

接下来，老师开始指导微笑了。老师让她们站成一排，一个个练习微笑。老师说：笑一笑。她们就一个个轮着笑，有的嘴张得太大，有的笑得太响，有的不好意思，扭着腰笑，一个个都不太合格……老师就一个一个给她们以指点。老师说：“你，笑得有点过头了。微微的，要微微的……你呢，目光要温柔，不要浮。对了，要含蓄。还有你，笑得太空了，你懂得我的意思么？你的笑里要装上东西，笑里面有很多很多的东西……”

轮到刘小水的时候，老师看了看她，说：“你笑一笑。”

刘小水就笑笑。可她一笑，泪先下来了。

老师说：“你怎么连笑都不会？”

刘小水不好意思地擦了一下脸，说：“我会笑，只是笑不好。”

老师看了看她说：“你有一颗痣，这很好。你很有魅力。你笑一笑。”

刘小水就再笑。老师摇摇头说：“不行，这样不行。你还是不会笑。你的眼没笑，光张嘴不行，要学会用眼睛微笑，眼睛是心灵的窗户，你要把窗户打开……”

刘小水的眼睛也跟着睁开，对着老师笑……

老师吓了一跳。老师说：“你还是不会笑。听我说，要自信，一定要自信。你闭上眼睛，跟着我默念，春天来了，花儿开了，鸟儿叫了，天空多么晴朗……”

刘小水就跟着念……

老师说：“好一点了，稍稍好一点了，对……”

老师突然问：“你叫什么名字？我好像在哪儿见过你……”

刘小水想起来了，她知道她在哪儿见过这位老师。她只是舔了舔嘴唇，她的嘴唇有点干。

马上就有一位叫李月琴的年轻女工报告说：“老师，她叫刘小水，是糕点车间的。她很会做点心，差一点就当上技师了……”

老师喃喃地说：“噢，刘小水。好像在哪儿见过，记不起来了。”接着她又说：“刘小水同学，你要好好练习，你真的很有魅力……”

刘小水不知道什么是魅力，又是不好意思地舔了一下嘴唇。

老师说：“你的魅力就在你的厚嘴唇上。你要记住这一点。”

女工们哄地一下都笑了。老师说：“好了，别笑了。让你们笑你们不笑，不让你们笑，你们又笑……”

老师对众女工说：“不要小看微笑。我告诉你们，微笑其实是一种生活品位的体现。不是谁都会微笑的。不过……”老师说到这里停顿了一下，涩涩地说，“我拿了你们厂的钱，我现在要告诉你们一个小窍门。人都有不想笑的时候，不想笑也不要紧。如果在一些场合，在一些不想笑又必须微笑的场合，你就微微把嘴张开，露三分之一牙，注意，是三分之一弱，这样你就会带出一些笑意……”

接着，老师给她们每人发了一只小圆镜子，让她们回去后自己练习。老师说："好，今天就讲到这里，下边练习猫步……"

二

临近中午，刘小水骑车来到了市医院的门前。她把自行车扎在了看车的老太太那里，老太太正忙着挨车挂牌，挂到她的跟前，抬头一看是她，就把牌重又收了回来，老太太不收她的看车费，自然也不挂牌。老太太说："喂呢。"

她就说："喂呢。"说着，就急急地往公共厕所跟前跑。

公共厕所前摆着一张收费的小桌，她的苍老的母亲就坐在小桌的后边，母亲旁边是一个小孩车，车里站着她那八个月的孩子。有风刮过来了，荡起一片腥腥的灰尘，母亲的脸很脏，孩子的脸也很脏，她的母亲一边收费一边摇着小孩车照看她的孩子。孩子许是饿了，在车里一蹿一蹿地动着，哇哇乱叫。母亲看了她一眼，说："你看你。"说着，就站起身来。

刘小水没有答话，就探身上前抱起孩子，顺势坐在母亲让出来的椅子上，把孩子往怀里一横，飞快地解开胸前的扣子，把奶头塞进孩子的嘴里……这一切她都做得很从容很自然。尔后她抬起头来，望着医院门前的马路，中午了，正是下班的时候，马路上行人很多，自行车像河水一样淌淌地从眼前流过。有很多行人的眼睛一闪一闪地在眼前晃，她觉得那些目光正在注视着她胸前露出的一点点乳房……她仅是把衣服往下拉了拉。

母亲的目光从她头上漫过去，望着一个从男厕所走出来的男人，说："那事咋样了？"

她说："还那样。"

母亲说："不是就一回么？"

她说："就一回。"

母亲说："要多少啊？"

她说："三千。"

母亲说："你说说，这算咋回事哪？"

她说："交了钱的，都回来了……"

母亲说："看看你这一家，看看这一家人……"

她说："也不全怨他。是我让他去的。车间主任叫他，他能不去么。他说要去团结团结人家，我说你去吧。赶上了，也没有办法。"

母亲说："厂里，就不能……"

她说："厂里不知道，我没让厂里知道。厂里三个月没有开工资了。厂长一直在跑合资，如果能合资就好了。厂长在会上说，跟港商合资后，至少月工资一千……"

这时，母亲突然跑起来了，母亲跑上去拽住那个从厕所里走出的男人，小声说："同志，同志，你还没给钱呢。"

那人一边走一边说："小便，小便也收钱？"

母亲赔着笑说："小便一毛，大便两毛……"

刘小水小声说："妈，没钱就算了。"

母亲也说："要是真没钱就算了……"可她仍在那人跟前站着。

那人转过脸来，望了母亲一眼，说："我说没钱了么？有钱。"说着，从兜里抽出一张一百元的票子，随手扔在了地上，说："找吧。"

刘小水再次说："妈，没钱就算了。"

母亲望着那人，很勉强地说："你真没零钱？要真没就算了。"

那人说："没有零钱。你找吧。"

母亲再次看了看那人，默然地从地上捡起钱，匆匆地向路边的一个水果摊前奔去。母亲跑动的姿势很像是一个陀螺……

母亲终于把钱换开了。她走回来，把一毛钱的纸币放在桌上的纸盒里。刘小水看见那一毛钱脏兮兮的。于是，她不由得张开嘴，舔了一下嘴唇。舔嘴唇的时候，她突然想起了老师，她的确见过文化馆的这位老师，那是几个月前，她就坐在这里给孩子喂奶，一边喂奶一边替母亲收费，她收过老师一毛钱……当时老师看了看她。老师穿得光鲜鲜的，那目光有一点那个，看得她很不好意思。接着，她又想起了老师的一句话："三分之一弱……"这时，母亲看了她一眼，母亲说："你笑啥？"

刘小水赶忙说："我没笑。"

母亲说："你看你。"

刘小水说："妈，我没笑。"

母亲说："是嫌丢你的人了？是不是嫌丢你的人了？要嫌丢人你把孩子弄走，别往我这儿放……"

刘小水心里一酸，说："妈，我真没笑……"

母亲说："你想想，你哥，你弟，啊？你妈抱着摇钱树呢？你把孩子抱走吧，我谁也不给恁看了……"

正说着，父亲从医院里走出来了。父亲脸上喜孜孜的。他随手把一张五元的票扔在桌上的钱盒里，说："一个肝癌，早上断气了。洗洗，穿穿，给了十块。医院扣去五元。"说着就弯下腰，从刘小水怀里接孩子，一边伸手一边说："来吧，乖乖。"

刘小水看着父亲的手，父亲的手很粗。父亲曾是八级车工，退下来了，厂里却开不下工资……父亲老了，父亲的胡子很白。刘小水望着父亲，小声说："爸，你洗手了么？"

父亲有点尴尬。父亲慢慢缩回手，说："你看你，我会不洗手？"过了一会儿，父亲又说："人死了，细菌也就死了。"

母亲不愿意了，母亲紧着脸说："抱走，抱走，赶紧抱走。你爸这么大岁数了……"

父亲马上说："算了，算了。抱走咋办？她公公那样……把孩子给我吧。"

刘小水没有把孩子递给父亲。她把喂饱奶的孩子重又放进小孩车里，说："爸，你累了。让他自己玩吧。"尔后，她站起身来，说："妈，我走了。"

母亲不说话，母亲一句话也不说。

父亲说："走吧，你走吧。回去还得给你公公做饭呢。"

她走了几步，听见父亲气喘喘地从身后赶了上来，父亲摇着白苍苍的头，一句话也没说，把五块钱连同一叠毛票塞到了她的衣兜里。她刚想说点什么。父亲说："走吧，快走吧。"

骑上车，蹬了几圈，刘小水回过头来，阳光下，她看见儿子在厕所门前的小孩车里站着，在一片明亮的臭烘烘的空气里，父亲蹲在车前逗孩子玩，孩子的小脸红扑扑的，在笑……

拐过路口，她停住车子，蹲在地上，"哇"一声吐出来了。她觉得今天的尿臊味特别重……

三

下午，仍是练习"猫步"。"猫步"之后是"三步""四步"……

老师说："走猫步的要领是高贵。要昂首挺胸，面带微笑，走出优越，走出高贵……"

可刘小水却趁上厕所的机会溜出来了。她先是跑出去给公公送了一趟汽水。公公也是退了休的工人，两年前得了脑血栓病。半身不遂，治了一段，没有治好，厂里就拿不起医疗费了。后来又在家里吃中药，吃了一段时间，却仍是半边身子能动半边身子不大能动。如今他在电影院旁边卖汽水。

当她来到电影院旁边的时候，看见公公正在为一个买汽水的孩子开瓶。公公的身子在开瓶时歪成了一个倾斜扭曲的支架。他一只手高高地半蜷着。那是一只僵硬的不听使唤的手，那不顺遂的胳膊就像是只断了弦的弯弓；公公的另一只手却紧贴在汽水瓶上，手腕子一压一压，看了让人心酸；最用劲的是他的下巴了，就好像是那个下巴在起那个瓶盖，他的下巴紧紧地绷着，绷成一斜一斜的肉棱，肉棱子一紧一紧地脉跳着，看上去惊心动魄。她赶忙走上前去，说："爸，我来吧，我来。"

公公斜斜地看了她一眼，却没有松手。公公仍在开那个瓶子。公公曾是八级钳工，他一直在开那个瓶子，大约有半分钟的时间，他终于把汽水瓶子打开了，尔后他很快地转过脸去，背对着那孩子，用含糊不清的语音说："喝。"

刘小水默默地望着公公，没有再说什么。她知道公公背过脸去的原因是怕吓着那孩子……

这时，她下意识地摸了一下衣兜。有一段时间，她总是不由得要摸摸衣兜。那时候，她的衣兜里时常装着一沓子公公看病的报销单据，那一沓子小纸都快在她兜里磨烂了。大约在两年的时间里，她每天下班后都要去堵通用机械厂那个大背头厂长，她站在厂大门口等过，也在厂办公室门前候过，常常一站就是几个小时。有时候也到厂长家门口堵他。找得那大背头厂长一看见她就躲。有一次，天刚蒙蒙亮，她终于在厂长家门口把他堵住了。厂长刚刚起床，厂长提着裤子说："你怎么这样？你怎么能这样？我们厂光偏瘫十八个，家属一个个都来堵门子，还让我活不让了？！……"可还是有一沓子小纸没有给报销，那都是钱，是借的钱。

公公是病人，按说是不该让他出来的。不管怎么说，都不该让他出来做这种事。可公公是个倔人，他非要出来，她也没有办法。她唯一能做的，就是抽空给公公送趟汽水。送汽水也是为了还债，她觉得她是欠公公什么。自从有了那件事之后，她就觉得她欠了什么……

如今，她最害怕上街。走在大街上，她会有一种老鼠的感觉。阳光很好，她却成了一只老鼠。她脑海里常常出现一双老鼠的眼睛。那是童年里的一只老鼠。那只老鼠被邻居家的孩子捉住了，尔后把它泡在油桶里，接着又点着了火，在人们的围观下，那只满身是火的老鼠往街上窜去，那时她还小，一出门就撞见了那只带火的老鼠，老鼠望了她一眼……现在，她觉得自己就像是一只着了火的老鼠。街上的生活，还有那些声音那些颜色都是很烧眼的。她已经很久没有进过大商场了，她是不敢看，不敢看那些摆在柜台里的东西。东西真好，真艳，也真贵，她害怕那些东西。她觉得那些东西能吃人，那些东西会把人活吃了。

在骑车回去的路上，刘小水心里说：我不能再去笑了。我笑得不好，我不去笑了。这么想着，刘小水又回到了厂里，她走进车间，对正在包角儿的组长说："吴姐，我不去了，我不想去了。你给厂里说说，换个人吧。"

组长转过脸来，看了她一眼，赶忙说："别，你可别，千万别……"

刘小水说："我真的不想去了。"

组长四下看了看，忙把她拽到一旁，小声说："水，你傻呀。你知道，如今梅豆角滞销。有钱的都吃高级点心去了，没钱的连梅豆角也不吃了。听小道消息说，你别问是谁说的，厂里跟港商合资后，立马就裁人，只留一半人。厂长正在广州跟人家港商谈判呢。将来不知道会裁到谁，你想想……"

组长又说："我是为你好。"

刘小水舔了一下嘴唇，愣愣地站了一会儿，说："那，我还是去吧。"

组长望了望她，说："你男人……出事了？"

刘小水脸上一紧，忙说："没有呀。好好的，上着班呢。"

组长又看了她一眼，说："你知道，我也不是好事的人。所里（派出所）来人了……"

刘小水望着组长，过了一会儿，轻声说："吴组，你别跟人说。"

组长说："我不说，我不会说的。"

刘小水望着组长："……"

组长说："来人是找你呢。戴着大盖帽，在车间门口问，刚好让我碰上。他问谁是刘小水，我说刘小水没来，刘小水抽出来了。他就说，你告诉她，让家里赶紧送钱，不送钱，他们就不放人。他说，没钱他们是不会放人的……"

刘小水不吭了，好一会儿，她又说："吴姐，你别跟人说。"

组长再次说："你放心，我不说。"尔后，组长问："多久了？"

刘小水说："半个月了。"

组长问："啥事？"

刘小水说："也没啥事。"

组长说："我不说，我不会乱说的。"

刘小水说："车间主任说让他去玩玩，他就去了。"

组长说："就玩玩吧？"

刘小水说："就玩玩。"

组长说："罚多少？"

刘小水说："三千。"

组长说："那你，那你……"

刘小水说："借遍了，没处借了。"

组长叹了口气，说："国福是老实人……"

刘小水说："别人都出来了。交了钱的都出来了。也有没交钱的，托托人也出来了。他没经过事儿，出来的人就说他咬人家了……"

组长又说："国福是老实人……"

片刻，刘小水说："他一坦白，人家就要三千。还说他不老实。"

组长说："我知道，国福是老实人。"

刘小水沉默了一会儿，说："这日子没法过了。"

四

夜里，刘小水的枕头湿了两次。

她想，人是可以杀人的。有时候，好人也会杀人。公公就有过杀人的念头，他是想杀死他自己。公公曾经有过强烈的"国营工人"的自豪感。那时候，他总喜欢说："球，我是国营。""我怕啥？我是国营。""我能报销，我是国营。"后来，当医药费不能报销，他的病又迟迟不见好转的时候，他就再也不说他是"国营"了。他常常一天一天地躺在床上，两眼望着房顶，眼里射出猫一样的光亮，一句话也不说。不久，公公就开始要安眠药了。他总是不停地要安眠药，一天两片，一天两片……可是，她发现公公要的药一片也没有吃，他偷偷地把所有的安眠药全都积攒起来了。直到有一天，当她给公公拆洗褥子的时候，她才发现了那个藏在褥子下的药瓶，那个药瓶里整整装了一百二十粒“速可眠”！她悄悄地拿走了那个药瓶……

后来，公公一直在找那瓶药，她知道公公在找那瓶药。每当夜深人静的时候，公公住的房间里就会传出猫样的扒拉声，那是公公在床边上、褥子下扒拉着找那瓶药。公公只有一只手能动，所以那声音听起来很别扭。男人曾去问过两次，男人说：“爸，你干啥呢？”公公不说，公公一句话也不说。

可是，可是，怎么说呢？她也算是动过杀人念头的。两个月前，为了一件衣服……她，她鬼使神差地又把那瓶安眠药找出来了！那天下班后，她想买一只发夹，就绕到市场街去了。街上有很多卖衣服的小摊，她走得很快，没敢在那些小摊上多停，到处都是五光十色的，她不敢多停。可她还是被一个卖衣服的姑娘拉住了。她的目光仅是在卖衣服的架子上瞥了一眼，那件衣服的确好看，她不由自主地瞥了一眼，就被那卖服装的小姑娘拉住了。那姑娘很会做生意，她拉住她说：“大姐，你看看，这件衣服特别适合你穿，你试试吧？”她偷眼看一下价格，那上边醒目地标着：1600。此刻，她就像小偷被人当场捉住了一样，一下子脸就红了，连声说：“不不不……”那姑娘仍然不放她走。姑娘说：“大姐，你是不是嫌贵？这件衣服的确很适合你穿。要不这样吧，我赔钱卖给你，一千！行不行？”她像是被烫住了似的，又连声说：“不不，我不要不要……”那姑娘还是拽着她说：“大姐，我是真心想给你，八百行不行？八百！”她低下头喃喃地说：“我、我、我、不不不……”那姑娘急眼了，说：“这样吧，大姐，你穿上试试，如果不合适，我一分钱不要，白送给你！这件衣服真是太适合你了！四百，四百行了吧？”这一刻，她的脸火烧火燎的，她恨不得有个地缝钻进去！她扭过脸去，慌慌地说：“不要不要不要……”那姑娘气了，说：“大姐，我是看你穿上好看，真心想给你。你说多少钱，你说个价，你随便给，这、行、了、吧？！”最后一句，那姑娘是咬着牙，一字一顿说出来的，那话就像刀子一样！！就在这时，她猛地转过脸去，她掉泪了，她眼里的泪一下子全涌了出来，她用力地甩掉那姑娘，哭着跑了，她走一路哭了一路……就是那天，就在那天，她竟然悄悄地把那瓶安眠药重新放在了公公的床头上！她不知道这是为什么，她说不清楚到底是为了什么……第二天，她一天都精神恍惚。下班回来，她直接就进了公公房间，心里怦怦乱跳，直到看见那瓶药的时候，她才暗暗地松了一口气，又叹了一口气。在床头上，她一眼就看见了那瓶药，那瓶药仍然在床头上放着……

就在这时，公公突然睁开眼来，漠然地说："我看病借的钱，我自己还。"

那一刻，她觉得脸上很热，火辣辣的！

尔后公公就瘫着半边身子去卖汽水……

是啊，她为什么要那样呢？现在她明白了，她是害怕。公公害怕过，男人也是害怕。夜里，做梦的时候，她梦见了一棵树，树上有很多蚂蚁，她还梦见自己也变成了一只蚂蚁。他们都成了趴在树上的蚂蚁，很小很小的蚂蚁。树动了，他们感觉到树在动，树摇晃着，树一直在动。开初，他们都一直以为他们是在树上长着呢，他们跟树是一个整体，很牢固。可是，到了后来才发现，其实他们是一个一个的，很散很小的一个。跟树并没有直接关系。他们并不是树……她记得男人下班回来的那天晚上，曾心神不安地在她身边走来走去。男人是个老实人。男人闷闷地说："主任说，让去玩玩。"第一次说的时候她并没在意。男人在她身边扭了一圈，又说："主任让去玩玩。"当时她正在厨房做饭，她转过脸来，望着男人，说："是不是想让送礼呢？"男人说："主任只说，去玩玩吧。"她没有再说什么。吃过饭，男人又说："车间里又要搞优化组合了……"她望了男人一眼，说："得多少钱？"男人说："他只说，去玩玩吧。"男人又嗫嗫地说，主任说了，他跟大伙不够团结。他说："我是不是去团结团结人家？"她不耐烦地说："去吧，想去你去吧。得多少钱？"男人说："我也不知道。"于是她从男人交给她的工资里拿出了三十块钱，默默地递给了男人，她又说："你早点回来。"可男人一去不回。男人是为团结而去，可男人的结局很糟糕。男人胆小，人家一问，男人把主任们的事情全都屙出来了，屙得很净。男人说他只一回，他的确只一回。于是，他们就说男人很老实。于是，主任们先后都放出来了，只有男人没出来。结局是很不团结。

妈的！

刘小水从床上爬起来，只听"扑嗒"一下，那面发的小圆镜子从衣兜里掉了出来。她捡起镜子，对着自己的脸，照着看了一会儿，心里说：笑啊，你笑啊，你怎么不笑？笑吧，露三分之一牙。

那瓶药一直在公公的床头上放着。她把药拿出来之后，不知为什么，公公却突然变卦了，他不再需要那瓶药了。可那瓶药却成了压在她心上的一个秤砣。多少天来，她一直想把那瓶药取出来。奇怪的是，凡是公公不在的时候，那瓶药也不在。公公一在，那瓶药就在。每天下班回来，她都先去看那瓶药，她害怕看见那瓶药，又害怕看不见那瓶药。

这会儿，她一直谛听着公公房里的动静。她是想趁公公睡熟的时候，把那瓶药取出来。只要取出那瓶药，她就不再欠公公什么了。

夜深了，她悄悄地下了床，悄悄地来到了公公的房里。刚一站定，就听见了公公的咳嗽声。黑暗中，公公躺在床上，两眼发出猫一样的亮光。她望着公公，公公也望着她。终于，公公说："国福该回来了吧？"

她说："爸，不是给你说了么，国福出差了。"

公公说："也该回来了。"

她说："快了吧，大概快了。"

公公咳嗽了两声，又说："不是说不超过十五天么？我听人说拘留不超过十五天……"

她望着公公，不知道该说什么。国福的事，她没有告诉公公，可公公还是知道了……

公公说："你去睡吧。"

她说："爸……"

公公说："知道。去睡吧。"

黑暗中，她看见了那个药瓶，那个药瓶就在公公的床头上放着……

五

课上到第三天，下午的时候，她们正在跟着老师走"国标"，厂办主任突然来了。厂办主任说："停停，先停停。"

老师问："怎么了？"

厂办主任说："先停停，有个活动。"

尔后，厂办主任把她们召集在一起，很严肃地宣布说："晚上有个活动。不是港商，港商还没到。审计局的到咱们厂里来了。晚上咱请人家吃个饭，饭后到皇上皇去，活动活动，你们都要参加。注意，一定要热情。特别是那个姓沈的，沈科长，一定要让他玩高兴了，这跟咱们厂的前途有关……"

一时，女工们都很紧张。有人说："'国标'还不大会呢……"

厂办主任说："有个三步四步也就应付了。主要是热情……"

刘小水对厂办主任说："主任，我想请个假。我……"

厂办主任看了她一眼说："不准假。养兵千日，用兵一时，谁也不准请假。"主任又看了看众人，接着说："都回去拾掇拾掇，弄得利落些，该化妆的化化妆。"

晚上，一辆破面包车把她们拉到了"皇上皇舞厅"。进了舞厅，刘小水就觉得眼晕，到处都是半明半暗的光，到处都是半明半暗的颜色，闪闪烁烁的光，闪闪烁烁的颜色，人就像是在梦里一样。只见沙发是一小团一小团的，中间是一个圆圆的小矮桌，桌上放着各种饮料，人却没有几个。厂办主任走在前边，恭身对坐在一小团沙发里的人说："各位，各位，分开坐吧！分开坐。"于是，那些人就分开坐了。厂办主任领着她们，一小团沙发里填一个，一小团沙发里填一个，填到一个红胖子跟前时，一下填了两个……刘小水也被填到了红胖子跟前，看到她们，红胖子很客气地笑了笑，她们也赶忙笑笑，“露三分之一牙”。还没等坐稳身子，音乐响了，就听见厂办主任弯着腰四下里跑着小声说：“上，都上，主动点。”

刘小水站起来时，发现有六对已经下了舞池。红胖子跟了女工小葵……她只好重新坐下来。望着眼前的小桌，桌上摆着各种饮料，还有瓜子和口香糖。这时，女工李月琴猫着腰凑了过来，贴着她的耳朵小声说：“刘姐，你知道今晚厂里花多少钱吗？”刘小水问：“多少钱？”李月琴说：“舞场的雅座全包了，还打了折，要三千。”刘小水愣愣地望着她：“多少？”李月琴说：“不骗你，三千。”刘小水说：“不会吧？不会。”李月琴拿起一罐“健力宝”，说：“你知道一罐这个多少钱？”刘小水问：“多少钱？”李月琴说：“外头卖五块，这里卖二十。”她又拿起一盒口香糖问：“你知道这个多少钱？十块。”刘小水说：“就这么一小盒？”李月琴说：“就这一小盒。你信了吧？”刘小水不吭声了。李月琴抓起一包瓜子塞进了刘小水的衣兜，说：“不吃白不吃，给孩子带回去。”不知为什么刘小水突然想哭。

跳第二轮舞的时候，红胖子邀了刘小水，红胖子脸喝得红彤彤的，走路有点摇晃。他一边跳一边笑着对刘小水说：“你，你有一颗痣。”刘小水赶忙“露三分之一牙”……那人又结结巴巴地说：“你，你你有一颗痣，很好。”刘小水再“露三分之一牙”。那人的手在刘小水的背上滑了一下，稍稍用了点力，看着她说：“你，你那一位呢？那一位在哪儿工作？”刘小水又“露三分之一牙”，迟疑了一下，说：“在局里。”那人的手又稍稍松了一点，说：“哪，哪个局？”刘小水说：“局里。”那人说：“知道。是哪个局？”刘小水默然说：“算了。不说他了。”那人说：“噢，我明白了。”尔后，那人手很正常……

跳第三轮舞的时候，女工小葵正跟人跳着，却“呀”的一声，手捂着脸从舞场上跑下来了。她跑到刘小水跟前，往沙发上一坐，哭着说："他捏我屁股。他捏我屁股。"这时，厂办主任匆匆跑过来，低声说："别吭，别吭。姑奶奶，不准再吭了啊。回头再说……"说着，又赶忙拉起刘小水，说："上去，你快顶上去。"刘小水就站起身来，顶上去跟那个酒糟鼻子跳。酒糟鼻子讪讪地笑着说："开个玩笑嘛，开个玩笑……"刘小水只好重新"露三分之一牙"。酒糟鼻子说："其实我们不愿来。是你们厂里非让来，像这种档次，是比较低的，我们一般只去蓝天。去过蓝天吧？"刘小水摇了摇头。酒糟鼻子说："那是个好地方。"跳了一会儿，酒糟鼻子又说："你们厂那些破事，不说也罢……早早晚晚还得我们盖这个章啊。"说着，一只手又滑了下来，看样子想捏刘小水的屁股，看了看刘小水的脸色，手又浮上来了，说："你很不一般，你有一颗痣。"

舞跳到了半夜，待送走客人，已是凌晨一点钟了。一直站在门口恭身送客的厂办主任，这时才把脸上的笑抹去，沉着脸走回来说："开个会。"尔后，他的目光在众女工脸上扫了一圈，严肃地说："今天我要批评你们。批评什么你们心里清楚。老实说，我也知道审计局那些人是王八蛋。我能不知道他们是王八蛋么？他们走一处吃一处。什么没吃过，什么没玩过？……可是，咱们厂现在正是关键时候，厂长正在广州跟人家港商谈判。急需审计局的审计报告。咱们厂目前的情况是资不抵债，又必须让他们审计出资产雄厚的数字来，这样在谈判桌上才有话说。这是求着人家的事呀！你们是厂里的职工，说起来就和我的亲妹妹一样，让你们受委屈我心里也不好受。哪个王八蛋心里好受！可是……你们能不能为厂里想想？"

众女工都被感动了，一个个愣愣地望着发火的主任。小葵眼里仍含着泪，小声嘟哝说："他捏我屁股……"

李月琴说："那你说，让人家想怎么就怎么？"

厂办主任说："我也不是那个意思。我是，我是说，摸摸捏捏的……只要不是太那个了，就算了。这作为一条纪律吧。"

李月琴说："屁纪律。"

厂办主任说："就算是屁纪律吧。"

厂办主任说到这里，摆摆手说："算了，时间不早了。以后注意就是了。"说着，厂办主任从兜里掏出一小叠钱来，说："今晚大家辛苦了，一人发十块钱，吃碗烩面吧。"尔后女工们一个个排队到厂办主任跟前领钱……

刘小水手里捏着十块钱，突然笑了。厂办主任愣了愣，说："你笑什么？嫌少？"

刘小水说："不是。"

厂办主任说："那你笑啥？"

刘小水说："我忘了给我公公掂尿壶了。"

众女工全都哈哈大笑！

六

星期天，母亲要了一个小小的阴谋。

母亲先是打发父亲去守厕所。尔后把哥哥姐姐弟弟全都叫来，说是要开家庭会。等人来齐后，母亲从衣兜里掏出一张化验单，先递给大哥看，接着又递给二哥，二哥看了递给姐，姐看了后递给刘小水，刘小水又递给了弟……等他们都看过之后，母亲说："你爸以前是肺气肿，这你们都知道。现在又转成肺那个了，医生说发现了那个细胞……这事你爸还不知道。我也不想让他知道。你们谁也不能给他说。今天把你们找来，就是跟你们商量商量，这病还治不治了？"

一时，屋里的空气就有些紧张。众人都不说话。片刻，大哥捋了一下乱糟糟的头发，蓦地站起身来，表现出了少有的果决。大哥说："治，怎么能不治呢。"

二哥是铁路工人，穿着一身体面的制服，他不大爱说话，只是慢慢地吸着烟。他工资是有保证的，手里略显宽裕些。不过，他也刚刚买下房子，说话就有点吞吞吐吐，他说："爸这么大岁数了，动手术怕是有危险吧？"

姐姐在糖烟酒公司上班，夫妻关系不好，两口子经常打架，一打就摔东西。她抿了一下嘴，说："这病，动手术，是不大好……"

母亲说："我也不主张开刀，那样花钱太多。人老了，早早晚晚也是一股烟儿，不能再给小的添累了……"

大哥从二哥拿的烟盒里摸出一支烟来，不慌不忙地点上，说："妈，看你说哩。不是怕花钱，只要能治病，花多少钱……"

母亲看了大哥一眼，大哥怏怏地坐下来，不再说了。

姐姐说："我们公司有个经理，也是这个病。花了十几万，也没治好……"

母亲脸一变，马上说："你说这干啥？不治就不治，你说这话干啥？"

姐姐赶忙解释说："妈，我不是那个意思。我是说……"

母亲沉着脸说："那你是啥意思？你不用说了……"

立时，又是一片沉默。

过了一会儿，母亲又接着说："我也没想让你们多花钱。我最近打听到一个吃中药的偏方，都说能治这个病。一服药一百多，一个疗程三十副。这得几千块呢。你们说说，看咋办吧？"

大哥立场鲜明，大哥说："治吧。多少钱也得治呀。"

二哥看母亲不高兴了，也说："治吧。花多少，我们几个抬出来。"

姐姐沉吟了一会儿，很勉强地说："爸有病了，不是别的事，我，我也算一份吧。"

弟弟随口说："老头一辈子了，该花花吧。我也没说的。"

只有刘小水没有表态。刘小水觉得没法表态。她手插在衣兜里，紧紧地捏着母亲给她的二百块钱，手心里都捏出汗来了。这二百块钱是昨天晚上母亲偷偷塞给她的。母亲没说别的，只说："你先拿着，不是让你花的，明天给我拿来。"这就是说，母亲知道她拿不出钱来，所以母亲私下里做了一点手脚。她不安地看了大哥和小弟一眼。大哥厂里早就开不出工资了。大哥买房时交集资款还欠了一屁股的债。大哥经常来找母亲借钱，一次次地来……却从来没有还过。大哥不可能拿出钱来。小弟也拿不出钱来，小弟好赌，一次次地输，也常常跑到母亲这里混饭吃……可他们却仍然做出一副气壮的样子。她怀疑母亲有可能也在他们那里做了手脚。想到这里，刘小水心里很不是味。

母亲看了她一眼，那目光的含意是很清楚的。刘小水这才抬起头来，有些慌乱地说："我也……拿吧。"

这时，大哥再次站起身来，说："我是老大，理应带头，我先拿吧。"说着，他很体面很从容地从兜里掏出三百块钱来，放在母亲的面前。

紧接着，小弟也从兜里掏出钱来，很豪气地说："我一时手头有点紧，先搁这儿二百，余下的回头再说。"

刘小水立时就明白了，大哥和小弟拿出来的钱肯定也是母亲给的。母亲心里像明镜一样……

终于，二哥说话了，二哥说："我也先拿三百吧。让爸先用着，不够回头再说。"说着，二哥从兜里掏出钱来，数了数，说："只有二百九了，回头我送来。"

姐姐也从她掂的包里掏出钱来，说："我也拿三百吧。"她还特意说明，"这是我从银行取来的公款，回头我再补上。"

此刻，刘小水才有点不好意思地从兜里伸出手来，把手里捏了很久的那二百块钱拿了出来……她气不壮地小声说："我，先拿二百吧……"

到了这时，母亲那绷紧的脸才露出了一丝笑容，母亲说："不管多少，都是有孝心的。你爸的病，就那样了，也不多拖累你们，家里有我呢。"

等到天黑之后，哥哥姐姐弟弟们全都走了。刘小水因为要等着给孩子喂奶，就没有走。一直捱到了这般时候，母亲才默默地把那叠钱拿出来，放在了刘小水的身上……

刘小水说："妈，这，这是……"

母亲说："你大哥确实没钱，他好喝酒，成天喝，塌一屁股。买房交集资款还是缠着我给他凑的。他拿那三百也是我给的。老三更不用提，自己还养不住自己哪，也别想要他一分。那二百也是我私下里给他的。你二哥在铁路上，日子好过一点。你姐那一窝，生气归生气，也比你强……他俩这六百，加上我借这六百，统共一千二。有四百还是从看车的老徐婆那儿借的。看能不能把国福买出来……"

刘小水说："妈，爸……？"

母亲说："你爸就那样了……"

刘小水心里一湿，把钱又推了回去说："妈，这钱我不要，我不能要，就让他在那儿住吧。"

母亲说："当娘的，手心手背都是肉。如今姊妹们也不比往常了，各自一家，说起来都有难处，谁也顾不得谁了。我不这样说，怕是这六百块钱也挤不出来……"

刘小水哭了。她想，日子怎么过到了这种地步？亲哥哥亲姐姐的，一母同胞，还用得母亲这样去"诈"？！

母亲又说："你爸说了，他不怕咒。咒咒也死不了人。"

刘小水默默地说："妈，这钱我慢慢还吧。"

说话间，母亲就又变脸了，母亲说："你别给我说这种话！"

刘小水说："妈，我是真还……我一定还。"说着，她又掉泪了，脸上的泪像断了线的珠子一样，一串一串地落下来。

母亲说："就你泪浅。"

刘小水眼里含着泪，默默地笑了。

七

又是一个"活动"。

这次是跟银行搞"活动"。厂办主任说："厂长的电话打回来了，要我们想办法跟银行搞好关系。将来跟港商合资，港方出百分之六十，咱们出百分之四十，这‘四十’里边有二十以厂房设备抵，余下的二十主要靠银行贷款。这次冯行长带队来咱厂考察项目，咱们一定要热情接待。晚上去蓝天！……”

于是，学过些“礼仪”的八个女工谁也没让回家，六点钟就集合了。到了七点钟的时候，厂办主任又打发人回来通知说：客人正在“全聚德烤鸭店”吃饭。吃过饭可能要去洗“桑拿”，因为有客人提出要去洗“桑拿”。让她们不要动，耐心等待。于是，每人发一个烧饼，说让先垫垫饥。

女工们坐在那辆破面包车里，一边啃烧饼一边骂娘。都说厂办主任不是东西，拿人不当人，是个溜沟子货！骂着骂着，有女工不好意思地问：啥是桑拿？有人说：不就是洗澡呗。有人说：那可不是一般的洗洗。又有人问：那是怎么洗？有人说：带按摩呢一个钟点几百块！又是一片骂声……只有刘小水一个人没有骂。刘小水有点心不在焉，她一直在想着男人的事。她早上到派出所去了一趟，兜里装着那一千二百块钱。所里人说：你就是刘小水？她说，我就是。所里人拍着桌子说：太不像话了！你们这家人真出奇。别的人家出了事，都是跑前跑后的，恨不得立马把人弄出来。你们可好，一直不照面！怎么着，抗上啦？！刘小水赶忙解释说：不是不照面，是借不来钱……所里人翻开眼看了看她，说：钱拿来了？刘小水说：他就一回，能不能……？所里人一拍桌子说：又是这话？！到现在了还不老实？告诉你，三千块钱一分也不能少！你不要以为熬过十五天就可以走人了，没那回事！回去吧，回去赶紧凑钱，啥时候钱凑齐了，啥时候来领人……出得门来，刘小水又掉了两滴泪。

八点半的时候，又有人来通知说：客人正在本市“第一楼”洗“桑拿”。很快就要出来了，让她们马上去蓝天等着。于是，破面包车立即开动，把她们送往本市最豪华的蓝天舞厅……

一直到九点钟的时候，客人总算到了。到底是银行的人，又刚刚洗了“桑拿”，一个个看上去西装革履，红光满面。厂办主任腰勾得像虾一样，头前领着。一边走一边对女工们小声吩咐说：快进去，快进去。咱们包了三个卡拉OK包间，一个是“玫瑰厅”，一个是“贵妃厅”，一个是“菊花厅”。于是，八个女工又分别被领进了三个厅。这些厅看上去有十几平方大，光线半明半暗的，墙上到处都是红红绿绿的壁灯，地上还铺着厚厚的地毯，看上去金碧辉煌……刘小水和李月琴、小葵被分进了“菊花厅”。进“菊花厅”的银行客人是两个科长一个股长。科长一个姓马一个姓卞，听口气那马是正的，卞是副的；股长年轻些，姓吴。那姓吴的虽然年轻，因为在银行工作，又因为当上了股长，走路也是高视阔步，一副满不在乎的气派。三个人却又是三种爱好。马科看起来有四十来岁的样子，人长得富态态的。他不喜欢跳舞，喜欢卡拉OK。他进来往沙发中间一坐，就是OK，而且特别喜欢唱《嫂子》，张嘴就是：“嫂子，借你一双大眼……”卞科人很瘦，看起来很严肃很正统一个人，却也是喜欢唱卡拉OK，不过他最喜欢的是《潇洒走一回》，张口就是：“红尘呀滚滚，痴痴呀情深……”吴股是喜欢跳舞的。不过，他进来就瞄中了年轻漂亮的小葵，只抱着小葵一个人跳，而且只跳“一步摇”……这天晚上，小葵倒是没叫一声，只是不时地看刘小水和李月琴一眼，偷偷地给她们两人使眼色，希望能换 换她。可吴股一换人就不跳了，结果还是小葵陪他跳。刘小水和李月琴则成了抄歌单的，两人轮换着跑出去送歌单。在一次次送歌单的过程中，刘小水才知道，在这里唱一首歌竟然要十块钱！当马科点歌点到五十一首（其中包括十七首《嫂子》）、卞科点到四十七首（其中包括十一首《潇洒走一回》）时，刘小水突然踉踉跄跄地跑到蓝天的门外抱头大哭起来！李月琴赶忙叫来了厂办主任，厂办主任匆匆赶出来，好言好语地问：“怎么了？你到底是怎么了？”接着又骂着：“我也知道那些王八蛋不是东西！是抠你了是掐你了？”刘小水只是哭个不停，哭得厂办主任眼也湿湿的。厂办主任红着眼说：“你说吧，到底怎么你了？要是真作孽了，别看是银行的，我也不饶他！”到了这时，刘小水又不哭了，她擦了擦眼里的泪，默默地说："不是。"厂办主任又问："是摸你了？"刘小水又说："不是。"厂办主任愣愣地望着她，说："那到底是怎么你了？姑奶奶你说话呀！……"刘小水又默默说："啥也不为。"厂办主任说："啥也不为，你跑出来哭个啥？你说实话，到底为啥？"刘小水喃喃地说："主任，唱一首歌就要十块钱么？……"说着又掉泪了。厂办主任仍然不明白，说："是呀，怎么了？"刘小水又喃喃地说："一首歌十块钱。"厂办主任说："十块就十块，碍你什么事了？"刘小水又说："我没想到，一首歌要十块钱……"厂办主任厉声说："你就为这事跑出来哭?！真是太不像话了！你马上给我回去，好好招呼客人。"刘小水喃喃地说："他们一直唱，一直唱……"厂办主任没好气地说："唱就给他们点么！我告诉你，要是厂里贷款的事黄了，我可不饶你！去吧，去吧，好好招呼客人。来这儿就是让他们乐的么。让他们随便点！"刘小水不再吭了，她擦了擦脸上的泪，重新又回到了"菊花厅"。走到门旁时，她站住了，重新"露三分之一牙"……回到包间后，李月琴偷偷地对刘小水说：还唱，还唱，我真想掐死他们！刘小水低声说："我也是。"正坐在沙发上喝饮料的马科见她们两人在窃窃私语，笑着问："两位小姐说什么知心话呢？来来，也唱一首……"两人赶忙"露三分之一牙"……不料，马科又非要唱"树上的鸟儿成双对"，于是，刘小水就只好跟他和唱"成双对"……唱着唱着，马科悄悄贴近刘小水，低声说："你有一颗痣，一晚上我都在看你这颗痣。叫人心动啊……"

闹到凌晨两点半的时候，歌已唱到了三百七十四首。于是客人们兴尽而去……

八

刘小水回到家，已是将近凌晨三点钟了。

她太乏了，想赶快睡觉。可是，推开门，却听见公公房里"呼哧、呼哧"的喘气声。她赶过去拉开灯一看，只见公公正挣扎着在地上爬哪！……这时候她才想起，她又忘了给公公掂夜壶了。公公半身不遂，一定是起夜时从床上掉下来了。她急忙上前，叫一声："爸，你……"可她却撞上了一双恶狠狠的眼睛，那是公公的眼睛。公公两眼怒视着她，一下子就把扶他的手推开了！

她又叫了一声："爸，我……"说着，又要扶他起来。可公公就是不起来，公公像狗一样躺在地上，用那唯一能活动的胳膊撑着身子往外爬……

刘小水再去扶他，可公公又一次把她推开了，公公呼呼地喘着气，一只手紧抓着床腿，慢慢地，慢慢地撑着身子坐起来……

刘小水说："爸，我不是有意的……"

公公喘着粗气，嘴唇颤抖着，好半天才说："匪了，你匪了！……"

刘小水赶忙解释说："爸，是厂里……"

公公的目光像刀子一样，根本不容她说什么。公公只是重复说："匪了，你匪了！……"

刘小水听公公话里有话，再一次说："爸，真是厂里让我……加班。"

公公抬起头来，重重地"哼"了一声，竟然突兀地吐了她一口，说："呸！匪了！"

刘小水望着公公，不知怎么的就来了狠劲，她上去拦腰抱起公公，一下子就把他从地上抱了起来！公公的身子往下出溜着，可她硬是把他抱起来了……她把他往床边上一放，说："坐好！"说着，一阵风似的刮出去了，旋即，她提着一把尿壶走进来，往公公跟前一递，微微闭上眼，说："尿吧。"

公公浑身像筛糠一样抖着……

她眼里含着泪，恶狠狠地说："你尿啊！"

公公哭了，公公像小孩一样呜呜咽咽地哭起来……

尔后，刘小水又折下身去给公公铺床。她铺床的目的是想找那瓶药，她想，公公一定是把那瓶药塞在什么地方了……可她把被子、褥子、单子全都翻了一遍，却仍然没有找到那瓶药。她只是看到了一些钱，那是公公卖汽水挣来的钱，公公把卖汽水挣来的钱全塞在褥子里了，褥子里铺着一张张的毛毛票。她没动那些钱……

过了一会儿，公公塌着眼皮嘟哝说："你匪了。"

她说："我就是匪了。"

公公说："你匪了。"

她说："我就是匪了！"

就这样，公公说一句，她还一句；公公再说，她再还……两人的目光对视着，都是恶狠狠的。片刻，她觉得和老人这样对嘴没有意思，一点意思也没有。就说："你老了，我不跟你一样。"说着，扭身回房去了。

躺在床上，刘小水仍觉得委屈。她知道，公公是看她穿裙子了，又回来这么晚……过去她上班从来不穿裙子，她也只有两条裙子……她又想起回来的路上，她曾经遇上了一个男人，那男人也是从舞厅里出来的。看上去西装革履，很体面很有钱的样子。那人在后边跟了她很久。那个男人凑上来对她说："交个朋友吧？"她没有吭声，只是越走越快。那男人又说："交个朋友嘛！"她走得更快了。可那男人仍死皮赖脸地跟着她，那男人说："认识一下嘛，明晚我请你吃饭怎么样？"她说："你别跟着我，你老跟着我干什么？"那人说："认识一下嘛。认识一下也没啥坏处……"走到一个十字路口的时候，她出溜儿一下钻到路边的厕所里去了。蹲在厕所里，她的心怦怦乱跳，她想，那人要是……要是……要是……尔后再……她会怎样呢？这样想着，她的脸不由得红了，她骂自己说：你不要脸，真不要脸。

过一会儿，她心里说，我要匪早就匪了……这么想着，她迷迷糊糊地睡着了。睡梦中，她感觉有一条蛇贴在了她的身上，那条蛇紧紧地缠着她。这是一条花蛇，蛇身上全是"人民币"样的花纹，每一个鳞片亮闪闪的，全是十元票，她揭呀揭呀老也揭不完……

第二天早上，刘小水又到派出所去了。可她去了之后却不敢进门，只是在门外边转来转去……她带钱不够，怕人家又熊她。这时，刚好警长小刘进门，见她在门口处可怜巴巴地立着，就说：“哎，你在这儿干啥呢？”警长也姓刘，原是一个院的，早年曾经跟刘小水好过一段，有过那么一点点意思。后来多年不见，那旧日的情分也一点一点地褪色了……人家当了兵，又上过警校，调来调去的，现在是警长了。刘小水本不想见他，每次见他总有点不好意思，脸上烧烧的。这会儿撞见他了，也只好答话。刘小水低下头去，不好意思地说：“国福，出了点事……”警长小刘看了看她，说：“噢，我知道，我知道这事。原来沈国福跟你是一家呀？！……”刘小水脸红了，为男人，也为自己……她吞吞吐吐地说：“就，就一回。罚太多了……”警长小刘问：“罚了多少？”刘小水眼湿了，低声说：“三千……”警长小刘看了看她说：“这样吧，你待一会儿再过来，我给你问问。”说着，大甩手走进去了。

又过了一会儿，刘小水才硬着头走了进去。进去后，当着派出所别的民警的面，警长小刘先是沉着脸把她训了一顿！警长小刘说：“……怎么着？你们这一家是怎么着？真是抗上了？”

刘小水低着头说：“不是抗，是真借不来钱……”

警长小刘一拍桌子，怒斥道：“借不来钱？借不来别犯法呀？！”

刘小水小声说：“也就一回……”

警长小刘说：“看看，看看，又不老实了。一回？哼，逮住一回就说一回，逮住十回还说一回！不认错是不是？”

刘小水忙说：“认错，认错。”

小刘警长看了看她，说：“……算了，算了。少罚点，拿两千吧。”

刘小水忙说：“两千也借不来，真是借不来……”

警长小刘说：“你看你看，还讨价还价呢？！你说多少，你说吧？”

刘小水灵机一动，说：“我就借了五百块钱，我真是借不来了……”

站在旁边的一个民警喝道：“不行！五百？！开玩笑。根本不行！”

警长小刘也说："五百？五百不行。闹了一晚上，除了上交，你总得让我们吃碗烩面吧？"说着，小刘暗暗地给她使了个眼色。

刘小水说："那，那就六百？我再去借借……"

警长小刘说："你们家的情况我知道一些。哼，这回就算了。六百就六百吧。赶紧找钱去吧。我可告诉你，超过今天，还是三千……"

出了派出所门，小刘警长出来送了两步，刘小水却觉得咫尺天涯，也艰难地"露三分之一牙"，连声说："谢谢，谢谢。"小刘警长很大气地摆摆手，说："去吧去吧，赶紧弄钱去吧。"刘小水也觉得没脸再说什么，就勾着头紧走。走着，她摸了摸揣在兜里的一千二百块钱，觉得小刘还真不错，人家总算给帮忙了。这样想着，心里竟酸酸的……

九

钱交了，可男人还是没有回来。小刘警长说："罚三千只交了六百，所长不大高兴呢。拖两天吧，我再做做工作。"刘小水也不好再说什么，只有等。

第二天，男人没能回来，港商却到了。厂办主任就急急地布置"活动"，让她们候着，随时准备给港商接风。

晚上，一辆破面包又把她们拉到了"蓝天"，说是等候通知。八点钟的时候，港商没来，主管局长来了，也在那儿候着，说是要陪陪港商。九点钟的时候，说是港商有可能来，副市长也要来，厂办主任就慌慌地把"蓝天"包下了。到了九点半，一个电话打过来，说是港商太累，又不来了。立时，局长气了，局长说："这是干什么？要人呢！他不来算了，我们玩……"厂办主任吓出了一头汗，也不敢不让局长玩，可又怕花钱太多，不好交代，就偷偷地给厂长打了电话，厂长累残了，哑着嗓子，很生气地说："他想玩就让他玩。"说着，"啪"地把电话撂下了。厂办主任愣了片刻，小声吩咐说："跳吧，跳吧。"

于是八个礼仪女工就轮流陪局长玩……

在局长跟人跳舞的时溪，李月琴悄悄地对刘小水说："你知道港商住在哪儿么？"刘小水说："我不知道。"李月翠说："厂长正生气呢。"刘小水说："我什么都不知道……"李月琴说："听说港商一下车就被副市长接走了。厂里为他安排的宾馆他没住，住到副市长家里去了……"刘小水说："真的？"李月琴说："这还有假。听说厂长非常生气……"刘小水说："怕是有什么关系吧？"李月琴说："这就不知道了。"刘小水又小心翼翼地问："不会有别的啥吧？"李月琴说："不会吧。谁知道呢。"接着，李月琴拿起桌上摆的香蕉，说："吃，只管吃。"刘小水说："这跟吃金子一样，我吃不下去。"李月琴说："反正钱掏过了，不吃白不吃。"刘小水想想，也是，就跟着李月琴吃。边吃边说："真可惜呀，真可惜呀……"这晚，两人一连跑了三趟厕所。

由于港商没来，厂办主任的脸色也不大好，女工们心里都恍恍的，没跳出什么气氛。到了十一点的时候，局长说："算了，算了。"尔后拂袖而去。

由于今晚没跳出什么"效益"来，厂办主任就没发那十块夜餐费。女工门走的时候全都嘟嘟囔囔的……

刘小水回到家已经十二点了。进门一看，发现男人已经回来了。男人看她的目光很阴郁。她默默地看着男人，似乎想说点什么，没等她开口，男人劈头就给她了一巴掌！男人说："你，你匪了！……"

刘小水一下子愣住了，愣了很久很久……她没想到，她真的没想到男人会打她。男人很老实也很胆小，没想到在那里边住了半个多月，住出胆气来了。男人站在那里，腰也直起来了，脸上多了些横气。

刘小水一时就觉得身上软，看了一眼公公的房间，小声说："我就是匪了……"

男人上前一把揪住了她的头发，这时她闻到了一股很浓的酒气。

男人过去是不喝酒的……男人又说："你匪了！"

她很委屈，她说："我就是匪了。"

男人说："你是有外头了！……"

她说："我就是有外头了……"

男人又扇了她一巴掌！她说："你别打我的脸，别打我的脸，我明天还要上班呢……"可男人就偏打她的脸。男人揪着她的头发往屋里拽时，一下子就把她惹恼了。她像疯了一样扑到男人身上，死命地跟男人厮打……

一个时辰之后，公公房里传出了咳嗽声……

这时，男人像是酒醒了似的，突然抱着头蹲在地上呜呜地哭起来。刘小水也不理他，默默地爬上床去，眼里流着泪，身子扭向里躺下了。男人哭了一阵，又摸摸索索地爬上床来，扑到了刘小水身上，刘小水一下子就把他掀下去了！男人又扑上来，掐着她的脖子，说："你说，你是不是有外头了？"

刘小水两眼望着他，说："我是有外头了。"

男人说："你真是有外头了？！"

她说："我真是有外头了。"

男人看了她一会儿，手一紧，说："你要有外头我杀了你！"

她说："你杀吧。"

男人说："你以为我不敢？"

她说："你敢。"

男人喘着粗气，跑进厨房拿出一把菜刀来，高高举过头顶，明晃晃地对着她，说："说，到底有没有？"

刘小水忽地坐起身来，迎着他说："你砍吧。"

男人手一松，刀掉在地上，男人哭起来了，他擂着头，一下一下地打自己……

刘小水望着男人，她想，男人还是太老实了。结婚的时候，她唯一不满意的就是男人太老实。可母亲说，老实人好，老实人你跟着不吃亏。可现在亏就亏在老实上了！要不是男人太老实，怎么会……过了一会儿，刘小水默默地盯视着男人，眼里的泪先是一滴一滴的，尔后是满脸满脸的泪水……刘小水默然地说："算了。你既然这样说……"

男人惊呆呆地望着她，好久才说："没有那事吧？"

她说："你说有就有。"

男人又捧着头不吭了。她说："你是猪脑子？也不想想……"

男人嘟囔着说："我知道是你送了钱……"

刘小水擦了擦眼里的泪，可她擦着擦着，越擦眼里的泪越多，越擦越伤心，她横眉立目地指着男人说："你，你知道那钱是哪来的？那钱是我妈从我哥我姐那儿诈来的……"

男人直起头，愣了片刻，慢慢、慢慢地在床前跪下了……

夜很深了，刘小水躺在那里，终于不忍心男人就那么跪着，她坐起身来，轻声说："算了。"

男人慢慢地从地上站起来，磨着身子爬到床上，悄悄地贴在刘小水的耳边，讨好说："我在里边遇上了个人，他告诉我了一个祖传的秘方，说是用潮虫喂鸡，能赚大钱……"

刘小水不吭，只暗暗地叹了口气。

男人说："你不信？是真的。那人谁都不说，就告诉了我……"

刘小水忍不住说："那是个啥人？"

男人说："是个老头。"

刘小水说："犯的啥事？"

男人说："我，我也不大清楚。说是跑江湖的，诈骗了谁……"

刘小水说："你是个猪脑子！"

男人不吭了。好一会儿，男人叹了口气，说"我怕，我怕这个家也散了……"

又过了一会儿，刘小水说："我真想匪了，我真想匪个样让你看看！"

男人一点一点地磨着身子，慢慢、慢慢地又爬到她身上去了。她想，男人真不是东西。

十

港商来了，学过些“礼仪”的女工们日夜都在等待着港商的召唤。她们期望着港商能尽快地跟厂里合资，那样的话，她们就是合资企业的女工了……

可是，五天来，港商一次也没有“活动”过，他们甚至没有见过港商的面，谁也不知道这位港商到底是什么样子。只是不断地有小道消息传来，说是厂方跟港商的谈判正在艰难地进行着，双方有了一些新的矛盾……

厂办主任每天皱着眉头，却仍然要求她们候着，随时准备“活动”。于是，她们每天傍晚都老老实实地在那辆破面包车里坐着，耐心地等待。

这天下午，又到了下班的时候了，可仍然没有港商要“活动”的消息。厂办主任接连打了几个电话，垂头丧气地走到车前说：“回去吧，都回去吧。”

女工们纷纷从车上跳下来，各自回家。刘小水和李月琴一路骑车走着，李月琴说：“你听说了没有？港商是个小老头。”刘小水忧心忡忡地说：“他不会变卦吧？”李月琴说：“这个小老头也真是的，这么多人候着，让他玩，他还不玩。”刘小水说：“只要能合资就行……”李月琴说：“就是。谁想跟他‘露三分之一牙’？”刘小水也笑了。默默地说：“就是。”

当刘小水骑车来到电影院门前时，她突然发现电影院旁的汽水摊前围了很多人，人们都在愣愣地傻看着什么。她心里“咯噔”一下，紧走几步来到跟前，只见在夕阳的余晖下，公公挺身在汽水摊前站着，仍是蜷着一只胳膊，伸着一只胳膊，那只伸着的手里攥着一个启瓶器，启瓶器紧紧地压在案上的一颗钉子上。刘小水知道，那只钉子是公公用来练习一只手启瓶用的。公公看上去满面红光，嘴角处流着长长的水涎……原来人们是在看公公嘴角的水涎，这么多人都在看公公嘴角的水涎！水涎拉得很长很长，摇摇曳曳地吊垂着……

刘小水走上前去，叫了一声："爸……"

老人没有吭声，老人半勾着头一声不吭。老人脸上的皱纹舒展开去，看上去竟然笑模笑样的。

刘小水看着公公，倏地，她的脸色变了，她上去推了一下公公，只见公公的身子慢慢地慢慢地歪下去！她赶忙扶住公公，到了这时候，她才发现公公已经死了，公公竟是站着死的！……

这时，围观的人群慌乱地动了一下，有人跑上前来，说："送医院吧，赶快送医院吧！"

此刻，刘小水反倒不害怕了。她默默地扶住公公，在众人的帮助下，一下子把公公背了起来，尔后一步一步地往家走。她默默地说："爸，回家吧，咱回家吧。"

晚上，男人去通知亲友和单位去了。刘小水烧了一些热水，独自一人给公公擦洗身子。公公很安详地躺在那里，脸上透着从未有过的红润。换衣时，她一下子就看见了那瓶安眠药，那瓶药原来就在公公的脖子里挂着！公公在药瓶上系了一根小绳，他白天一直把那瓶药挂在他的脖子上……

刘小水一边给公公擦洗一边默默地流泪。她觉得很对不起公公，公公是个很硬气的人，公公没有吃那瓶药，公公用半残的身子，用仅有的一只手，站在街口上劳作，直到最后那一刻……

掀床的时候，刘小水又发现，公公的褥子下已经铺满了他挣来的钱，那大多是一角一角的、一元一元的票子，更让人震惊的是，公公还写下了一张小纸，在这张小纸上，公公用铅笔记下了他患病以来所欠下的钱数，有一些数目已经打过钩了；还写下了火化的费用……刘小水看着，眼里的泪一滴一滴地落下来。

在以后的时间里，刘小水一直在数那些票子。那些钱的数目并不很大，可她总是走神儿，数着数着，眼前就出现了公公的那张脸，她看到的是公公卖汽水时的那张脸，公公的脸很旧，纹路一道一道的，那是一张歪脸，有着一股狠劲的脸，上边全是劳作的印痕。她听见公公说：我看病借的钱，我自己还。十点钟时，通用机械厂的厂长和工会主席来了。厂长在老人跟前默默地站了一会儿，回过头说："家里有什么要求，说吧。"

男人看了看刘小水，刘小水默默地说："没啥要求。"

厂长愣了，厂长知道，每到葬人的时候，家属是最难缠的。厂长迟疑了一下，说："这个，厂里效益不大好。不过，沈师傅是老工人，老模范，力所能及的，政策允许的，我尽量满足……"

男人又看了看刘小水，说："那药费的事……"

刘小水说："不用。爸说过，不麻烦厂里。"

厂长看了看刘小水，他知道这个女人去过他家多次，总缠着他报销药费……现在看她这样说，也不知是什么意思，心里就有些怯怯的。就说："这样吧，厂里救济一千块钱，其他按规定办……"说着，他看了看工会主席："老王，你把这事办了。"

工会主席赶忙点头说："行，行。"

刘小水却十分果决地说："不用救济。我们不要救济。"

听这么一说，厂长更慌了。厂长看了看工会主席，说："老王老王，你留下吧，看看还需要什么……我还有个会。"说着，又安慰了两句，赶忙走了。

厂长走后，工会主席忙说："天热，后事还是早办好。刚才，厂长在这儿，你们不提，现在他走了，超过一千，我做不了主……"

刘小水很干脆地说："不要你做主。"

十一

一送走老人，刘小水就急着往厂里赶。她已经好几天没到厂里去了，不知道他们糕点厂跟港商合资的事到底怎么样了？她担着心呢。

当她来到厂门口的时候，却见大门口静悄悄的，一个人也没有。再往厂院里看看，也没有人，院子里一个人也没有。她有点诧异，忙朝传达室里溜了一眼，只见那个看大门的老头，无精打采地在屋里坐着，正眯着眼打瞌睡。她忙问："大爷，厂里怎么……"

老头睁开眼来，看了看她，仍是无精打采地说："……嗨，黄了。"

刘小水问："啥黄了？"

老头懒得多说，只摆了摆手说："去吧去吧，厂里正开会呢。那事儿黄球了！"

刘小水快步走进会场，只见几百名工人全都在三车间里站着，黑鸦鸦一片人。谁也不说话，没有一个人说话。只有厂长一人在讲话，厂长的脸肿得像面包似的，不时地吸口凉气。厂长说："……我刚才已经说了，我对不起大家。跟港商的谈判失败了。港商提的条件我无法接受，也不敢接受。为了跟港方合资，咱们厂前前后后花了二十多万，可到了现在，港商提的条件越来越苛刻。咱厂有三百多名工人，港商提出只留三十名，其余的全部裁掉，这事我能答应么？我要是答应了，怎么跟大家交代呢？！另外，港商提出让副市长的妹妹做港商代理，这也是我不能答应的……说心里话，这里边有许多弯弯儿是我不能说的。可我必须给大家一个交代：为什么港商会一变再变，这主要是市里的某一位领导起了作用，这位领导把港商接到家里，别的话我就不能多说了……"

会场里很静，人们全都傻傻地望着厂长……就在这时，人群中突然响起了尖锐的哭声！尔后又突兀地戛然而止……人们四下寻去，你看我，我看你，片刻，人们终于看到了一个戴黑纱的女人，这女人她紧咬着嘴唇，却是满脸满脸的泪！这就是刘小水。刘小水憋不住大哭起来，整个会场上都响彻着她的哭声！谈判失败了，厂长没哭，主任没哭，刘小水哭了……

立时，会场炸了！工人们乱哄哄地嚷叫起来……

厂长大声说："在目前的情况下，咱们厂没有别的办法，也没有别的退路，只有宣布破产……"

这时，工人们全拥到前边，闹嚷嚷地围住了厂长……厂办主任在一旁挥着手说："这事不怪厂长，主要是市里，大家有意见可以找市里……"

工人们像没头苍蝇一样在车间里拥来拥去，只有刘小水站在那儿没动。她站在涌动的人群中，人像是木了似的，就那么站着。李月琴走过来，拍着两手对她说："成天让人笑，让人笑，笑来笑去这不还是一样么？这不还是一样么？！……"可刘小水就像没听见似的，仍是那么愣愣地站着……好久之后，她才发现身边已经没有人了，人们都闹嚷着到市政府去了。

外边的太阳很毒，阳光火辣辣地照着，可刘小水走出来的时候，却觉得身上很冷。此刻，组长走到她的跟前，小声说："厂长的意思是，让大家都到市里去反映情况。厂长说连去三天，市里肯定解决……"

刘小水想了想说："我不去了，我不想去了。"

组长说："去吧，厂工人都已经去了……"

这一次，刘小水很坚定地说："我不去了。你看我戴着黑纱呢……"说着，就往厂外走去。

刘小水回到家，见男人也在家里坐着，她说："你怎么不上班？"

男人苦着脸说："我被车间组合掉了。车间主任说……"

刘小水默默地望着男人，说："掉了就掉了吧。"

男人小心翼翼地说："要不，再送送？"

刘小水说："送啥？礼轻了人家看不上，重了咱又送不起……"

男人张了张嘴，迟疑了一会儿，说："要不就炸些梅豆角吧？你过节炸的梅豆角，他们都说好吃……"

刘小水半天没有说话，好久好久，她才站起身来，说："你买糖去吧，买五斤糖。"

男人听话地站起身来，乖乖地买糖去了……

晚上，刘小水整整熬了半夜，她先是揉出来七斤面，不用称她也知道有七斤面。她把面揉得很好，揉面的时候她什么也不想，只是两手在面里动着，动得很滋润，这里面含着一种感觉，有一种很快乐的东西在面里含着，她觉得揉到了，到了面不沾手的时候，她就知道揉到了，她揉出来的面从来没有这么好过。尔后擀角了，角要擀得均匀，要厚薄一致，过去逢年过节给家里人做，都是马马虎虎的，是那个劲儿就行了，这回是最后一次了，厂垮了，也许是最后一次了，以后她就不再是糕点厂的女工了，所以她格外讲究，她擀出来的皮、捏出来的角一个个就像是机器做出来的一样，比机器做的还要好。炸的时候，她仔细倾听着油锅的声音，到油开始发亮，油烟还未冒出来的时候，她才把角子丢进去，那是最佳的火候，丢进油锅里的角翻上来就是焦黄色了……接下去是熬糖，熬糖浆是很讲究温度的，超过七十度糖浆就灌不进去了，低于七十度也不行，家里没有温度计，那就只有用手量了，她不时地把手贴在熬着的糖浆上，一次次地试量糖的温度，凭感觉寻找最佳的温度点，尔后把炸好的角丢进去……终于，她炸好了十斤梅豆角，那是她由始以来炸出来的最好的点心，每一个角都把蜜一样的糖浆灌进去了，灌得很好，一个个看上去饱嘟嘟的。她心里说：真好。

男人站在一旁，一直在看她做，男人忍不住想捏一个尝尝，她打了他一下，说："这不是让你吃的，这么好的东西，不是让你吃的。"她自己也没有尝，她舍不得尝。接着，她又对男人说："这是最后一次了。你记住，这是最后一次，咱总不能给人送一辈子！"男人喏喏的。

第二天，男人提着点心到车间主任家去了……男人没有多久就又回来了，仍然是苦着一张脸，男人说："主任看都没看，主任那儿净好烟好酒。主任说，他做不了主……"

刘小水愣了一会儿，说："他没看么？他看都没看？"

男人说："没看。"

刘小水默默地说："他要是尝尝……这是最好的点心。"

男人又说："也许是这个塑料袋太旧了……"

刘小水盯着那些梅豆角看了很久很久，整整十斤那！整整炸了半夜……尔后，她二话没说，掂上就出门去了。男人忙问："你干啥呢？"她气呼呼地说："我扔了它！"可出了门，她又有点舍不得，她掂着这袋梅豆角走了一条街，然后她又重新把梅豆角掂了回来，倒在一个大盘子里，再次走上街头，鼓足勇气高声吆喝说："谁要梅豆角，谁要梅豆角！尝尝，都来尝尝……"没想到，一个小时不到，竟然卖完了。

点心卖完后，刘小水回到家又大哭了一场。

十二

七天后，刘小水在街头上摆了一个卖点心的小摊，专卖梅豆角。男人成了她的下手，来来回回地给送货。她站在摊前，笑着对过往的路人说："尝尝吧，自己做的，干净。"生意居然很好。

她把孩子也接过来了，就在她的摊旁，摆放着一个小孩车，孩子站在车里，在阳光下笑笑立着，牙牙学语。

那个教礼仪的老师从她的摊前路过，望着她说："你会笑了。"

刘小水就很自然地露三分之一牙，笑着说："我爸说，人死了，细菌也就死了。人活着，细菌也活着。"

老师愕然。

原载《青年文学》1996年第6期

卖 厂

隆振彪

宋师傅走过车间，见大门贴了封条；正纳闷，接着又发现仓库门上也交叉贴着盖有大印的封条，便愣愣地不知该怎么办了。

宋师傅是劳碌命，早先在车间里抡大铲，每天把酒糟铲进铲出，拌料、入池、起窖、装箩，都是力气活。他系个裤头，光着脊梁，还直淌汗水。一天下来，喝三两“谷烧”，洗个热水澡，周身通泰。后来厂里搞起了机械人，改固体为液体，生产食用酒精和色酒；他没多少文化，便调到仓库。仓库清闲轻松，宋师傅却忙乎，他总是拿块抹布，在齐胸高的酒坛子间转圈子，顺手将坛盖盖严，扫扫抹抹。仓库很大，每一列坛子装一种酒，宋师傅闭上眼也能分得清。他虽有嗜酒的习惯，却从不在仓库抿一口，除非兑酒时请他品评，他才舔一舔。

近些年来，酒厂越来越不景气。大气候不好，又贷巨款扩建新厂房；负债经营，效益滑坡，无力还贷，银行再也不肯贷款，厂子便瘫在那里。已经几年没生产了，工人想上班也没班上，年轻力壮的便四处打工，年纪大的拾点破烂换两个油盐钱，日子迷迷糊糊地混着过。只有宋大有师傅，仍然作古正经地去上班，每天八小时，一分钟也没少；仍然有那么多的事要做，要抹洗仓库的坛坛罐罐，要到车间里去打扫、擦锈，常常弄得一身灰一身汗。大伙一见他往厂区走就说："劳动模范又去模范了！"宋师傅年年评劳模，不但是县里的劳模，还是市里的劳模。这几年厂里再也分不到劳模指标了，宋师傅才没参评。但没参评不等于不是劳模，宋师傅做事依然勤力勤心，风雨无阻，没分文报酬上班，谁能做得到？厂长赵公明劝他："厂子都稀烂了，你何苦还劳累？"宋师傅说："我愿意。"侄儿宋爱国说："你老糊涂了。"宋师傅说："我心里明白得很。爱厂如家，谁听说家穷就厌弃家了？"有人怀疑他神经有毛病，他说："你才有毛病。"宋师傅不在乎人们怎么看他，忙忙乎乎地上班，总觉得自己仍然是主人翁。那年，他作为酒坊的伙计和老板一起"公私合营"，成了地方国营酒厂的正式工人，"国家工人"四个字便像金印似的烙在他心上。几十年了，他很为自己是"国家工人"而自豪。厂里几年没开支，他能体谅；再怎么样，咱还是国家工人，自己看重自己。不上班，便觉失掉了什么；上班，才觉得踏实。

可今天大门贴了封条，不能上班了，心里空落落的。他就怪自己，星期天不该去旮旯里栽菜，厂里发生了什么事都不知道。愣神了一会儿，见办公室那边聚拢了一群人，便走了过去。

办公室平时难得开门，今天打扫一新。宋师傅隔着门缝朝里瞅了一眼，见赵厂长和经委王主任身子朝前倾，与一个他有点面熟的银盘脸谈着什么。宋师傅不好意思偷听，转过身，人们便问："他们谈得怎样？"

宋师傅说："我没听。"

"咋不听？"他们就有点责备的意思，说厂子要拍卖了，买主就是那白脸汉。宋师傅恍然明白为何到处贴封条了。

早就传闻要卖厂，说是由造纸厂接收。宋师傅心里虽然难过，但一想到造纸厂也是国营厂子，自己还是国家工人，便觉得也没掉份，就不再凄惶。今儿，大概是来谈这件事吧？他想。

办公室里的声音大起来，只听赵厂长说："刘老板，酒厂都是些勤力人，老实听话，留下他们你不会吃亏……"

宋师傅听糊涂了。赵厂长为何称造纸厂的人为"老板"？为何央求他收留酒厂的职工？不是说连人带厂房一齐转过去吗？都是公对公，有什么求奶奶拜爷爷的呢？就问旁边的人。

"宋师傅，你是隔年的皇历了！"旁人告诉他：纸厂接收酒厂的事早就泡汤了，他们自己就嫌人多难养活，哪愿再增加负担。今天来买厂子的是深圳老板，叫刘三金。

"刘三金，是他——"怪不得有点面熟，宋师傅忆起了以前的事。

当年，刘三金跟他一起抡大铲。小伙子贪杯，那晚下班，他偷喝了一斤"老谷烧"，酩酊大醉倒在洗澡池里。水淹没了他的口鼻，他仍然人事不省。宋师傅听到澡堂里水哗哗响却无人声，以为是有人忘了关龙头。过去一看，才发现命若游丝的刘三金。他赶忙将他背出来，给他掐"人中"、灌凉水、喝醒酒汤，忙乎了一个通宵，他才救治过来。后来，刘三金跟厂长干架，一气之下跑到深圳混了七八年，竟人模狗样地混出个脸面来了。

"他买酒厂，咱不成了他手下的伙计了？"宋师傅心里就有点苦涩。

"不叫伙计，叫打工仔。"旁人纠正道。

反正是一回事。

宋师傅想着就憋屈得慌。当了三四十年扬眉吐气的国家工人，又转到老路上给老板当马牛，累死累活不说，还得看人家的眼色行事，没你说话的地方。世道越变越叫人不明白。

"……我是买厂子，不是买人，凭什么硬把他们塞给我？！"刘三金声音很响，口气硬硬的，"再说，厂子也不是我想买，是你们找上门来要我买！现在又提这个那个，是不想谈生意了？"

"刘老板，别误会，别误会。事情好商量，好商量！"王主任在说话，声音不大，门外的人却听清楚了。有人发牢骚："政府想把我们撂给资本家，资本家嫌我们累赘，谁也不管咱死活，这日子怎么过？”

“谁在说怪话？赵公明你去看看。”王主任生气地道。

赵公明打开门，又关上，说：“厂里的职工在外面听着。”

“换个地方再谈。走！”王主任最先甩开房门，满脸不高兴地往外走。银盘脸的刘三金紧跟在他后面。赵公明最后一个出来，无可奈何的一脸苦相。宋师傅一见赵公明的神情，头也低下来，闷闷地回了家。

宋师傅住的还是许多年前的旧宿舍，一溜青砖黑瓦的平房，厂里唱着把这砖房子拆了重盖，唱了几十年，可总是没钱。墙上的石灰皮已经剥落，露出糊墙的泥浆底子。宋师傅早就应该搬进新宿舍，可是每次他都让给了别人，就一直住在这里。

宋师傅是“一张肚饱了，全家不饥”。他不是没结过婚，二十年前，妻儿在一次车祸中丧生，他就再也没娶过。曾有好心人为他作介绍，他谢绝了。他想得很简单：自己是国家工人，生老病死有国家管着，再不用“养儿防老”，只要把工作干好就行。却不料如今形势不同了。宋师傅习惯地看看已经发黄的一张张奖状，心里有很深的感触。

闷闷地坐了一会，宋师傅便去热饭菜。侄儿宋爱国走了进来：“叔，下班啦？”

宋师傅声也不吭，只点了点头。

爱国掀开锅盖看了看，说：“叔，你又吃青菜？”

宋师傅说：“青菜好吃。”

爱国说：“我给你的钱呢？你又没舍得称肉吃？”

“吃了吃了。”宋师傅答道。隔壁的申长顺，一家五口，半边猪脑壳，炖锅白萝卜过的年，自己比他们强多了。

爱国不信，说：“下次我不给钱了，买东西来。”

宋师傅说：“我没说要你给钱。我有工资。”

爱国说："你有啥工资！以为我不知道？"

宋师傅的老兄死得早，侄儿靠他抚养大，又送他念大学，当了外科医生。叔侄俩感情很深，爱国隔三岔五就要来看望他。见宋师傅苦涩地笑笑，不开腔，默认了，爱国便大发感慨：厂里的工人们死干活干，也挣不来多少；到头来还要失业，没人管没人问。钱都落到少数人口袋里去了，富的富得流油，穷的穷得打板屁。这世道可真是有点不公平。

宋师傅张罗着要给爱国弄饭，被爱国拦住了，说是病人家属请他到馆子里喝过几盅了，他就是想看看叔。

叔侄俩唠着家常，爱国又说起医院的事，说有一个姓李的失业工人，靠卖血供儿子上学；每次动大手术需要输血的时候他就来了；看到那张没有血色的脸，他都不忍心再将针头插进去。有一个姓肖的"大款"，患尿毒症，肾坏了，靠换血活着，愿意花二十万元买一只好肾；现在没有谁挨枪子儿，肖"大款"到处放信，要他也留神点儿，看谁愿意卖肾。

临走时，爱国往桌子上放了一百块钱，再三嘱咐宋师傅要注意营养；就低下头，跨出低矮的房门。

厂长赵公明有一种像狗被驱赶的感觉。

好说丑说，刘三金只同意留下二十个身强力壮的工人，还有六十个人没去处，经委主任王立阳只叫他签字；他实在拿不起那不到二两重的笔。刘三金也不肯在合同上画押，因为这二十个人他还没见过。王主任便叫他出榜，叫这些人集合，让刘三金当面敲定。

写名单的时候，赵公明手直打颤。睡梦里也能想象得出形容的那五六十号人，他们等了几年，身上衣口中食这回真的是没指望了，他们有什么罪过？他长吁短叹着，那张榜便贴出来了。很快围拢上了一群人，见没有自己的名字，就纷纷诘问赵公明。赵公明也无法辩白，借口再去找刘老板商量，逃也似的离开了。

酒厂弄成现在这个样子，该找谁去？谁也说不清。前任厂长据说胆识过人，敢于上项目，上规模，盖起了新厂房，产值利润翻了几番，事迹上了报，他也升了官。等他赵公明来接手的时候，却发现账面上的数字大都是编出来的，近两百万的贷款分文未还，库存的40吨酒精杳无踪影，原材料也已告罄。他只得到处借债，重开炉灶。一年下来，辛辛苦苦赚到几个钱，还不够还利息。他就像雨天背蓑衣，越背越重。去年冬，一个浙江老板怀揣两百万元来酒厂，打算两家联营生产笋罐头，条件只有一个：县内笋子不能外流。他打了个报告，经委主任王立阳递了上去，新上任的县委书记大笔一挥：按市场经济规律办。书记的指示很明确：参与市场竞争，不搞地方保护主义。那浙江老板看重的就是笋子资源，见状拍屁股就走了。刚燃起的希望之火，又熄灭了。

闹腾了好几年，也没闹出什么起色，妻子就说："你还舍不得那破厂啊？不是我养着你这个大男人，你喝西北风去！"

妻子在邮局工作，旱涝保收。妻子早就嚷着要他调出去，可企业的干部跟企业一样苦命，不能调机关，不能调事业单位；再说，他也舍不得就这么扔下工人们。他们跟着他吃了这么多的苦，少吃少穿，从不埋怨半句；他总得让他们有个念想。如今县里要把酒厂拍卖，他只求把工人安排好，谁知却落得这么个结果。

厂里没有会议室，开会时天晴在场坪里，落雨在食堂里。

食堂早几年就停火了，破破烂烂。榜上有名的二十个人不用喊，自动来了。刘三金照着名单一个个打量着，不时询问几句，像挑牲口生怕上当似的。

申长顺一见这阵势便有点发毛。他缺乏营养本来体质就差，这几天又拉肚，紫色的脸更显得老相。刘三金端详了一会儿，摇了摇头，申长顺愈加胆怯，讷讷地说："我……我……能……干活——"

旁边的人低声说："他是个老实人。"

刘三金说："我知道。"

申师傅的老实在厂里出了名。要他干啥就干啥，喂过猪，煮过饭，抡过大铲，做过杂工。

申长顺想说：咱俩曾一起抡过大铲哩，你就一点面子也不讲了？当他明白刘三金并非不记得他，早就想好的话又跑到爪哇国去了。见刘三金没有收留他的意思，脑壳立即晕乎起来，身子愈发虚脱，两腿一软，跪在地上，哀求道："刘老板，你发发善心吧，我什么活都愿干。"

申长顺真的是走投无路了。厂里发不出工资，家里有五张口要吃饭，他到处做零工，给附近农民挖地，一天才给七块钱，还时常找不到活干；他不得不哀求刘三金赏口饭吃。

刘三金无动于衷，眼睛看着外面。

宋师傅黑着脸走了进来，刘三金看到他就亲热地伸出手去："宋师傅，我早就想来看你了，可就是忙！"

宋师傅说："你还认得我？"

刘三金递一根"555"香烟给宋师傅："我哪能忘了你呢？"

宋师傅没接他的烟，对申长顺说："起来，跪烂膝盖也没用！"

刘三金没答言，看看名单，对宋师傅说："名单上没有你的名字。我破例，替我看仓库吧，我不会亏待你。"

宋师傅冷冷地说："我是国家工人，不给资本家干活。"

刘三金神情就有点僵，他从钱夹里掏出一沓钞票，说："这里有三千块钱，就算我报答你了。"

宋师傅愤怒地推开他的手："我什么时候要你报答了？你那命就只值三千块钱？"

众人见宋师傅越说越出格，怕惹恼了刘老板，纷纷劝他息怒。

宋师傅平静下来，说："三金，我怎么也想不透，你也算在厂里干了六七年，怎么对大伙就这么狠心，一点人味也没有，你……"

刘三金辩解道："宋师傅，我是办企业，不是慈善家。我能养活这么多人吗？任谁也不会这么傻！”

宋师傅说：“如果你没钱，算我瞎说。你能买下厂子，怎么就不能让大伙都有口饭吃？”

“我有钱？”刘三金怪怪地笑，“你知道我的钱从哪里来的吗？”

当年，刘三金血气方刚，一气之下单身闯深圳，为找个饭碗几乎跑遍了全城。他在建筑工地扛过水泥，在玻璃厂干过浇注；在塑料厂仓库当搬运工时，救下了一个被流氓污辱的湘妹子。湘妹子叫小玉，很快与他好上了。可比他大两岁的女老板也看上了他。是跟多情的湘妹子继续打工族的艰难生涯呢还是与腰缠万贯的小富婆过优裕的日子？他犹豫了许久，最终还是选择了后者。婚后他很快明白了：其貌不扬的小富婆看中的是他的相貌，只从他身上攫取性的满足，把他当作一件能在人前炫耀的装饰。虽然她让他当上塑料公司经理，挤进了白领的行列，从本质上他仍然是打工族。他不甘心这种屈辱地位，便暗暗积攒钱财。已沦为“包妹”的小玉也把她用肉体和泪水换来的钱交给了他，他又向小富婆借了一笔钱。回到故乡，他准备利用本地资源办胶合板厂，并物色了所需要的人。他廉价买下酒厂，只是看上了厂房、场地。他要当一个真正的老板，赚很多的钱，摆脱小富婆的桎梏，与身心受到损害的小玉过一种有钱人的生活。

见人们都怔怔地看着自己，刘三金狠狠道：“你们知道什么？你们什么也不知道！”

场坪里，大家围住了赵公明，纷纷质问他为什么榜上没有自己的名字？赵公明有苦难言。

大家夹着赵公明往食堂里挤，把食堂塞得满满的。吵嚷声、叹息声、恳求声……混杂在一起，谁也听不清别人在说什么。

“吵什么？吵什么！”王立阳气哼哼地走进来，双手做了个往下压的姿势。赵公明挤出人群，张罗着搬过桌椅，王立阳招呼刘三金坐下，自己面对人群端坐着，手习惯地扶了扶桌沿，犹如大会主席台那个位置。

王立阳轻易不到厂里来，照他的话说是“不当婆婆”。只是为了卖厂，才来过几趟。今天是要陪刘三金，等他看过人后签字，他才在办公室呆着。见外面吵吵嚷嚷，不得不露面了。这卖厂的事，千万不能黄了。

经委系统有十几个厂子，大都不景气。他毫无办法，只帮着向上面喊困难，争资金。去年县里新来了位很有魄力的书记，指示对那些活不起、死不起、拖不起的国营企业要大胆拍卖、破产。王立阳不是没有思想，他也知厂子“转、租、卖、破”也好，国有民营也好，总之要给工人一条出路。可是他只能跟着说套话。重要的是要应付上面，而不在于想着下面。他听说刘三金想在故乡办厂，便找上门，说酒厂场地宽，厂房都是现成的，劝他买下。厂子好卖，工人怎么办？你总不能像卖厂房设备一样拍卖吧？况且也没有人买。

但是他管不了那么多，这是全社会的事。他要的是领导的好印象。为官之道，只有两个字：唯上。如果他不这样做，领导就会拿掉他的乌纱帽，换个人照样去干。兴许，这破“差”卖“小”还真能医治千疮百孔的国有企业哩。

这件事只许成功不许失败！

赵公明想这个破厂长也快熬到头了！工人们也实在是可怜。

在这些不景气的厂子中，酒厂是境况最差的。因为没钱向劳动局交“待业保险金”“养老保险金”“劳保统筹金”之类，厂里没事干，工人失业，便拿不到一分钱，退休工人没有退休金，看病没钱报药费。尽管如此，他们心中还存一线希望：厂子还在哩，国家不会扔下他们不管。直到厂子像甩包袱似的被甩出去的时候，他们才明白自己已成了累赘。

王立阳扫视会场。人们安静下来后，他微微笑了一下，说：“县委提出的口号叫‘官逼民富’；把发展民营经济作为我们党领导人民自己解放自己、自己致富自己的一场群众运动……具体到国营企业，我领会，就是要逼大家不要只靠铁饭碗，铁饭碗也靠不住！尤其是亏损企业的职工，不要坐等国家来包揽一切，那是不可能的！应该去干个体、去做生意、去办私营企业……”

有人高声说：“咱们没资金、没技术、没场地、没门路，能干什么呀？”

他皱起眉头，又听到议论声：“卖东西的人比买东西的人还多，商店都亏老鼻子了，还做什么生意？”

“听说开按摩店挺来钱。”

…………

“咳！”王立阳咳嗽一声，下面的声音戛然而止。他不满地说道：“你们是被旧体制养懒了，没出息了。不换脑筋伤脑筋，换了脑筋才有干劲！”

没人吭声，王立阳就问蹲在前面的申长顺：“听明白了没有？”

申长顺万没想到王主任会问他，张口结舌，好一阵说不出话来。旁边的人便推他：“主任在问你呢，你哑巴了？”

申长顺终于明白过来，喃喃道：“大道理我不懂，我只知道：我在厂里苦了二十八年，整整二十八年啦！厂子是我爹，是我娘！爹娘死了，我就成了孤儿，没人要，没人管！王主任，领导上可得为我们找条活路。我不懒，大伙可以作证！”

王立阳很不耐烦：“谁说你懒了？我是说要解放思想。你看人家刘老板，当年也是酒厂的工人，敢于扔掉铁饭碗，只身闯深圳；如今闹腾出好大的光景！你们应该向他学习！”

“不值一提，不值一提啰！”刘三金摆了摆手，说，“我的情况跟他们不一样。”

王立阳沉吟了一会，又说：“这卖厂子的事，上面有指示、有政策；不卖，你们又有什么法子救活厂子？”

宋师傅站起来，问道：“这卖厂子有政策，安排工人有没有政策？”

“我刚才不是说了吗，要自己致富自己！”王立阳有点生气，面色便不太好看，“你是劳模，要跟党一条心！”

宋师傅胸脯起伏着，直直地瞪着王立阳，一声不吭。好一阵，才“噔噔噔”地走了出去。

老师傅啦，免不了有点老脾气，王立阳想。又侃侃而谈。

宋师傅又来了，径直走到王立阳面前，把一叠发黄的奖状摆到桌上，颤声道：“王主任，你问问良心：我什么时候不跟党一条心？这些奖状是从天上掉下来的吗？”

“奖状还是收起来吧！”王立阳不悦，说，“现在不是以前了。”

宋师傅脸色阴了，说：“我知道，这年头，只有钱才是老子！劳模，没人看得上眼。我头上这顶红帽子，戴着还有什么意思！”

赵公明劝慰道：“宋师傅，我们都很尊重你！”

宋师傅摇摇头，苦笑。“嗤”地划燃火柴，红色的火苗跳动着，舔着发黄的奖状，接着便冒出了耀眼的火花。

王立阳大惊：“你这是干吗？”

宋师傅没回答。手一松，一朵朵火花向四面散去，直到火花变成了白烟，他才收回目光。眼睛分明有点潮，幽然地说：“天天说咱是主人翁，其实咱就连自己的主也做不了！想想就寒透了心……”

王立阳批评道：“老宋，你这种情绪很不健康！”

宋师傅没理他，问赵公明：“厂长，你再也想不出法子了吗？难道咱酒厂就只有拍卖这条路了？”

赵公明叹了口气，说：“不是找不到项目，是借不到钱。没钱，我能干什么？”

宋师傅问：“要多少钱？”

赵公明说：“最少也要二三十万。”

“要这么多？”宋师傅像是自言自语又像是在问赵公明。

赵公明说：“这还不包括工人工资，不包括一应费用，如……”

“别说废话了！”王立阳不耐烦地打断他俩的话。

赵公明被抢白，低下头。

王立阳对工人们说："道理我已经讲透了，你们走吧！不要再围着刘老板。"

大家不动。

王立阳转身对刘三金说："人都看过了，你愿意挑谁就挑谁，你愿意要多少人就留下多少人。我们政策很优惠，环境很宽松，你尽可以放心在合同上签字。"

刘三金微微点头。

王立阳站起身，对赵公明说："还磨蹭什么？一签字，你也解脱了。"

赵公明心情沉重，低下头，不忍看人们一眼。

"这字不能签！"宋师傅突然雷似的吼了一声，涨红了脸。

赵公明惶然，重又坐下。

宋师傅攒足了劲儿，说："厂长，厂子不能就这么卖了！大家还盼着有条生路啊！"

"宋师傅，咱们没钱啊！穷，说话就硬不起来……"赵公明涩住了。

宋师傅喊了声："钱，我有！"

人们都愣住了。

签合同的事也就搁下了。

赵公明见宋师傅最近一直不露面，以为他是说了大话不好意思，躲着自己。

这天他碰到申长顺，问起宋师傅。申长顺说宋师傅病了，在家里躺着。

进了宋师傅的家，一股呛人的中药味和一种长年没翻修的旧房子的霉味扑面而来，屋里光线挺暗，宋师傅微闭着眼躺着。不知挂了多久的蚊帐补了十几个疤，变得灰不灰、黑不黑的。听到脚步声，宋师傅睁开眼，见是赵公明，黑皱皱的脸上便露出了笑容，朝后面灶披间喊："爱国，厂长来了！给领导端凳，倒杯茶来。"

爱国一副爱答不理的样子。

赵公明问道："什么病？好些了吗？"

宋师傅说："没病。就是身子有点虚，没劲儿。老了，不中用了。"说着便撑起身子。

爱国给他腰背垫了个枕头，说："你是没病，可是连命都快丢了！世界上没有第二个像你这样痴的人。"

赵公明听不明白，便问："宋师傅，出什么事啦？"

宋师傅笑笑："没事。"

原来，宋师傅避开爱国，自己找到了那个姓肖的大款，愿意卖一只肾给他。肖大款喜出望外，不但用二十万元买下宋师傅的肾，还给了两万元医疗费。等到爱国知道消息赶到省城，宋师傅已动过手术躺在病床上了。身体还很虚弱，宋师傅便执拗地非要回家。他是嫌住院太贵，又不肯开好药，爱国只得给他抓些中草药，托隔壁的申长顺帮着照料。

宋师傅很虚地喘着气，抖索着从破烂的垫絮下面摸出一个布包，递给赵公明，道："这钱是少了点，把你为难了！"

赵公明接过钱包的手直打战，想不收，又怕伤了宋师傅的心。看看宋师傅，他眼睛就红，叹道："宋师傅，说什么也不能卖肾啊！你这不是拿刀子扎我的心吗？"

宋师傅叹道："我生是酒厂的人，死是酒厂的鬼！没有厂子，我就什么也没有了。两只肾是活着，一只肾也是活着，能替大伙存个念想，我值啊！"

赵公明心里一酸，说："没承想厂子落到这种地步，我这个厂长无能啊！"

宋师傅摇头，说："哪能怪你哩，是厂子把你给拖住了。"

爱国闷闷地说："怨谁也没用。这就像人得了癌症一样，没治。"

宋师傅就横了他一眼，对赵公明道：“厂长，大家都相信你！过些日子，我也去上班……”

宋师傅说着又气虚虚地喘起来。

赵公明再也忍不住了，泪就流了出来，说了声：“宋师傅，你要安心静养！”就起身告辞。

宋师傅突然喊：“厂长——”

赵公明一脸泪水地回转过身：“宋师傅，有话，你就说吧！”

宋师傅看着赵公明的脸，说：“我身子骨不比以前了，怕是离天远离地近……肚子里有句话……说得不对，就……”

赵公明身子弯向宋师傅：“你慢慢说，我听着呐！”

宋师傅吃力地挪了挪身子：“我是说，千难万难，你都要挺住！毛主席怎么说来着：越是困难越……我记不清了……要是吃不住劲，你就把事情都推到我身上……”

赵公明再也克制不住自己，他一下抓住宋师傅的手，颤声道：“宋师傅，你别担心……你……”他眼泪刷刷地往下流。

赵公明到贵州请来了老师傅，酿造出了中档的白酒——“小茅台”。这小茅台与真茅台都是酱香型，乍一品尝，倒真有点茅台名酒的味道；瓶型，装潢也和茅台酒相仿，使人感觉有一种茅台兄弟的品格。

小茅台在县里渐渐有了知名度，赵公明仍要全厂职工勒紧裤带，把极其有限的资金用在刀刃上，在省电视台打广告，又找到一家名叫“阿丽亚”的商厦做经销商，一车一车的小茅台往那里送。

酒厂没生产的时候，倒还安静；广告一打，小茅台一摆上柜台，一大帮索债的便来了。他们在办公室坐着不动，缠着赵公明要钱，不给钱不走；逼得赵公明东躲西藏。藏也是白藏，这些人精得很，不给钱便拿酒；到仓库里一箱一箱地提。

仓库的小茅台越来越少，省城的货款又迟迟没有要回来——为了避免被银行冲抵利息，结账一律用现金。资金异常紧张，已无法维系生产，赵公明只得奔赴省城找阿丽亚商厦的经理于胖子。

于胖子说："人家不付货款，我有什么办法？"

赵公明感到奇怪，问："买东西怎么会不付款呢？"于胖子说："他们跟我们如同我们跟你们一样，都是代销，要卖脱才有钱。"

赵公明明白了：自己要不是陷入三角债的怪圈，就是于胖子拖着不给钱。可是刀把在人家手里，他只得低声下气，求于胖子无论如何也要付清货款，厂里已没有一分钱，全指望它救急。

于胖子说："没钱？没钱怎能生产？"

赵公明心里一酸，声音有些发涩："我们宋师傅卖肾换的钱……拿工人的血肉钱生产，我当的什么厂长啊——"说着说着就泪流满面。

于胖子就笑。

"你笑？你竟然还笑！"赵公明眼里冒火，"我们的血肉钱你到底给不给？"

于胖子停住了笑："我不是已说了吗？"

"你这个王八蛋！"赵公明愤怒地向前一步，一拳打在于胖子的牙巴骨上。于胖子的牙被打脱了两颗，满嘴是血。

于胖子叫来几个手下人，手一扬："送派出所。"

派出所要罚款四千，赵公明拧着脖子："要钱没有，要命有一条！"

赵公明被送进了拘留所。

宋师傅见赵公明老没回来，厂里一片混乱，心里很急。这天他到车间里去，摔倒在发酵池里，再也没有爬起来。

赵公明从拘留所放出来后，很快在卖厂合同上签了字。他给宋师傅烧了很多纸钱，在坟前呆呆地站了很久。

宋师傅真的退休了，他想。

赵公明悄然离开了酒厂。

刘三金将酒厂改建成胶合板厂，原来被挑中的那十九个人都来恳求他收留没有出路的工友们。他们宁可少拿工钱，也希望大伙都有口饭吃，有个地方栖身。

刘三金掏出计算器按了一阵，觉得合算，就答应了。

事情出乎意料地顺利，王立阳很高兴。

县委书记听了汇报，高屋建瓴地总结："无论姓'社'还是姓'资'，我们不求'所有'，只求'所在'。烟囱是在咱们的土地上冒烟嘛，这就是发展的硬道理！"

便有记者来到厂里，刘三金兴奋地接受了采访。

工友们说："写写宋师傅吧，他是个大好人！"

记者的文章见报了，上面没有宋师傅的名字。

原载《湖南文学》1996年第9期

最后的资本家

毕四海

儿子第二次来到大陆是秋天的一个晚上。冷雨绵绵，50岁的儿子和80岁的父亲不紧不慢不冷不热地谈着话。儿子下榻在毛泽东当年住过的一幢房子里，这个房子具有政治意味，因而除了政界显要任你再有钱也是住不进去的，可是儿子住进去了。儿子说是汪市长亲自安排的。儿子说汪市长这个人很义气，也很敢吃，他不明白儿子为什么要说这句话，他也不明白这句话到底是什么意思。窗下有两棵大树，一棵是梧桐，另一棵也是梧桐。树梢和三层小楼一般高，肥大的梧桐叶贴在窗户上。

谈话进行了很长一段时间。他觉得什么都谈了，可是想想又觉得什么也没谈。

秋夜显然已经很深了。他坚持着要回去。他说秋嫂一个人在白楼害怕。儿子说那些爬山虎真的40岁了？他说，是的，1955年秦市长亲手栽下的。儿子问秦市长是谁？他说55年A市的市长。儿子说，老爸也是会交朋友的。他说都是一些公事。儿子说那不是朋友。朋友是指办私事的交情。儿子又说红瓦白墙都让爬山虎爬了个严严实实？

父亲点点头，说这东西真能活。儿子说，小白楼旧了，老了。父亲说，多少年了，红瓦不红白墙也不白了。儿子说可是小白楼还是小白楼。真正地道的法式小楼在A市恐怕只有这一座。父亲叹口气沉浸在岁月的长河中不言语了。说起小白楼他的故事太多，太多了就不想说了，只能沉默，小白楼和他生命勾连在一起了。

儿子打破沉默说，40年前，你第一个敲锣打鼓把工厂送给他们，那样的举动是真心实意的吗?

父亲说，是的。儿子讥讽地说，一个男人能真心实意把自己的女人送给别的男人？父亲说，你懂那个年月是怎么一回事?

儿子说，白天敲锣打鼓，夜里却暗自垂泪，那又是怎么一回事？儿子读过国外一些写那个年月的书，自以为知道那个年月的一些故事。

父亲说，白天笑是真心，夜里哭也是真心。

儿子摇摇头说，那是硬讹。清产核资才1000万，年息才拿10万，等于白送。他说，我是愿意的，我心服口服。儿子说，不服就要斗你，游你的街，把你定成不法资本家。他复杂地摇着头，不知道是表示什么意思。儿子站起身，很有气魄地挥挥手，有意识地学习某个伟人的样子，说四十年后他们做梦也想不到，你的儿子却要把江北第一丝织厂再买回来，恢复建业厂的名字。让您出任董事长，我当总经理。

他苦笑了，说，你没有那么英雄，人家不开门，你们也进不来。儿子说，可是，他们开了，不开过不下去了。

他问儿子，你有那么多的钱?

儿子说，我有那么大的本事。在中国可以少花钱，多办事。儿子很得意的样子。停了停，儿子又说，当然，我这样子做，对他们也不无好处。

老头知道儿子说的是实话。知道儿子两次来大陆进行了有目的、有计划的活动。老头也相信儿子能够办得到。可是，儿子的计划却让他陷进复杂的情态而心烦意乱，多年的心平如水如今泛起波澜。应该梳理一下，应该有自己的态度，他想。他说我要走。儿子突然说，今天看来，48 年妈妈带着我逃离 A 市也许是件好事。父亲哼了一声，盯着儿子。儿子看看生气的父亲，有点后悔说出这句话来。父亲却很快恢复了一脸冷漠。他想，看来，岁月是能够磨平一切的，包括男女之间的恩恩怨怨。父亲对母亲当年的背叛如今不是不置一辞了吗？那个跟着国民党的师长跑了的姨太太，在父亲的记忆深处也许早就消失得无影无踪了。可是，父亲好像一刻也没有忘记我这个儿子，去年我第一次回大陆，在飞机场上父亲抱住我竟然老泪纵横……骨血毕竟是永恒的，而男女之情却像是桃花一样开得匆匆谢得也匆匆。儿子说别走了，这幢毛泽东的行宫我包了整整一个月，我在二楼已经给您安排了房间。有些事情我们爷俩可以做彻夜长谈。老头说不，送我回小白楼。从 81 年又回到小白楼他没有一个夜晚不是在小白楼里度过的。

深夜，A 市汪市长的专车开出了黄河宾馆，车上坐着当年的丝绸大王裘建业。车子向天桥左边的小白楼驶去。

在这座人口二百万历史近两千年的城市，几乎没有人不知道小白楼，却又几乎没有人知道小白楼的历史、小白楼的两代主人，以及小白楼的故事，倒是有少数几个人知道它曾经是市委统战部的所在地。

1910 年，法国商人卢地在天桥旁边花了几个可怜的小钱就买下了一个四合院，他相中的不是那几间破屋而是那块宽敞的地基。买过来不久，他就拆了中国人的平房，盖起一座典型的法式小楼。雪白的白瓷砖贴面的墙壁，连三尺高的大理石的楼基也是乳白色的。那时候白瓷砖只有欧洲有，他便用轮船把它们运来。法式楼房的典型特征在于顶子，它们的楼顶都是等腰三角形，且两条腰很长很陡，顶角很小很尖，铺着红色的石棉瓦。一幢小楼倒是有五个顶子，中间是最大的一个等腰三角形，东西南北各有一个小的等腰三角形。按照某个条约，这座古城归德国人租占。在这个城市里，除去大片大片中国人的平房和楼房以外，德国人盖的圆柱体的城堡还是很多的，而法式小楼仅此一座。这座法式小楼从盖成那天起就因其独特因其稀有而出名。在许多关于这座城市的历史、文学、史传类书籍中都有这座小白楼的一席之地，人们把它写得很神秘，很诡异。后来日本人占领了这座古城，法国人卢地称自己为“第二亡国奴”，作为一个工厂主和法兰西公民，他无法忍受日本宪兵的敲诈勒索而决定出卖他的缫丝厂和小白楼，那时他的厂子有缫车 260 台，最高年产丝 500 担，在中国近代的丝绸发展史上，没有人敢删去卢地这个章节。低廉的价格吸引了他的年轻买办袭建业。袭建业知道这个工厂的利润，回到老家卖掉祖传良田 500 亩，买下了法国人的爱丽缫丝厂和小白楼，把“爱丽”改名“建业”。他的这个卖地买厂的行动震惊了古老的齐鲁大地，他的老地主的爹爹因此而被活活地气死。可是他没有后退。小白楼换了主人以后仍旧是小白楼，围着小楼的仍旧是十几棵梧桐，小楼前面仍旧是四五公顷草坪，草坪上仍旧不时地落下一群洁白的鸽子。仍旧没有院墙只有一圈铁栅栏。不过，小白楼的新主人不再奉行老主人的法兰西式的“单身贵族”的生活方式，而是在小白楼里建筑起了他的中国式的封建大家庭，一妻三妾，七八个儿女，四五个壮年男子做护院，一位袭姓老人做管家，还有妻子收养的一个小姑娘一直做着妻的丫鬟。一个大家庭的兴起和衰亡有时候是很迅速的，很奇怪的，正当他的大家庭其乐融融的时候，解放 A 市的战争打响了。妻子害怕炮火，带领着许多儿女和两个小妾向乡下逃走。走到半路，一颗流弹把七八个人炸得血肉横飞。于是，小白楼里只剩下他和一个小妾，还有小妾生的儿子，最命大的是妻子的丫鬟，那颗流弹过后只剩下她的小命，她跑回小楼。后来，小妾又带上儿子跟着人家跑了，一幢小白楼可怜只剩下袭建业和那个叫小秋的丫鬟，小秋愈长愈大变成秋嫂，做起他的保姆来。他让她嫁人她也不嫁，他想辞掉她她也不走。在那个“红色恐怖”的岁月里，袭建业作为资本家理所当然被遣返老家，秋嫂也矢志不移地跟着他。秋嫂一辈子没结婚。造反派让她交代和袭建业的关系，她说人家是主人，俺是奴才。造反派问她袭建业几十年里有过不轨行为吗，她骂你们别将贼心比人心。人家可是正人君子。什么正人君子？造反派说三妻四妾的，你别美化资本家。她说人家那是明媒正娶。81年落实政策，市委统战部搬出小白楼，袭建业又回到小白楼。老头问她秋嫂，你还跟着我吗？她说俺习惯了。于是，一幢小白楼便成为一个老男人和一个老女人生存的天地。早晨，启明星还在，老女人就挎起一个别致的竹篮到天桥下边排队买油条。从来都是买四根。有一天她买了五根，她有点饿，想多吃一根，这种情况是极其少见的。老头看见她多买来一根油条，有点生气，说，这一根油条也要二两白面、半两花生油，才能做出来，怎么愈大愈不会过日子了？老女人知道老头一天不和自己吵一架便难受。早晨不吵晚上必定吵。不是嫌她把菜买贵了，就是说她把地扫脏了。再不就是骂她把衣服补坏了，反正吵架已经成为老头每天的课程。其实，她也喜欢和他吵，不吵便觉得气闷，便觉得少了一件什么东西而心里吊牵牵的。她说，你是越老越古怪了。老头问，我头上长角了还是腚上长尾巴了？老女人说，都不是。老头问，那你说说，我怎么就古怪起来？老女人看他一眼，说，要是我，银行里存着几百万，又有楼房一大座，省长也不如你财主，不一天一顿水晶肘子也一天一顿粉皮炖排骨。老头说，一个礼拜一顿，营养也足够了。老女人嘿嘿冷笑，说，亏你还是丝绸大王，几千台机子，几万担银丝。老头急了，说，那不是我的了，我早就卖给了国家。老女人说，可是你还有小白楼，还有几百万存款，A市谁有？老头说，秋嫂……我这个人犯毒是不是？一辈子七八个儿女命里只摊一个却还远在天边，一辈子三四个老婆命里却是一个也剩不下……秋嫂说，东家，能人也能不过命。明天天阴，你还要转那两个十八里，不怕腿疼？他说，风雨无阻嘛。

一幢小白楼披挂着苍青的爬山虎，就像一个古代武士穿着全身的盔甲。爬山虎的每一根青藤都有几十米长，都有人的胳膊一般粗细。

一枚枚叶子像荷叶一样大，秋雨在上面凝结成一颗一颗的玉珠，玉珠滚来滚去的轻易不肯滑落。草坪中央那棵老铁树几十年里从来没有开花，连一次也没有。儿子第一次来的时候修理过它，还给它种上了什么激素，它却照旧不开花。对于女人来说，你就是这棵不开花的铁树。有一次著锦的母亲含情脉脉地看着他，站在铁树下边，说。他明白这个女人的心思，女人嫌他枯燥，就知道丝绸就会赚钱，很少把女人放在心上，他说我不是也有一妻三妾吗？女人哀怨地说，你是把女人当成财富，娶她们只是为了显示你的富有。把她们占为己有就不再去管她们了。他不能不承认这个女人说得对。也许，他注定了后半生孤苦伶仃地一个人过一辈子。儿子第一次来大陆的时候，曾经半开玩笑半认真地说老爷子，凭你的条件什么样的女人找不上？何苦要清苦几十年呢？守着一座小白楼，有什么意思？工厂又没有了。他说，可是我有存款，我有我的乐趣。他没有向儿子说出他的乐趣是什么，其实，他的乐趣说到底也很简单，就是用那架象牙算盘计算利息，计算本金。许多年里许多个阴雨天气，他待在这幢发霉的楼房里干的事儿就是这个活动。另外，还有一个乐趣……

今天，儿子袭著锦把汪市长请到小白楼上，汪市长说小白楼我是熟悉的，15年前，我做着统战部副部长的时候，曾经在这里办过公。儿子说那段光荣历史市长大人就不要提它了，强占民宅实在是不大光彩。市长哈哈大笑，说，大哥，那不是人的过错。儿子笑了，说，对，是时代出了点毛病，哈哈。老头听着他们的说话看着他们的神态，感觉着儿子和市长确实很有交情，像哥们一样，看着他们，他想起了自己，那时候，我和秦市长也是朋友，却好像没大有什么私交。儿子和市长这样的朋友却有私交，并且非同一般。一年前，儿子来大陆旅游却不大去游山玩水，而是把大部分时间放在和党政官员交朋友上。他说，儿子，你是商人，和当官的眉来眼去的有什么用处？儿子说，在大陆，干什么事情也离不开政治的。他看看儿子觉得儿子对大陆的事情相当熟悉，认识得相当深刻。儿子就是那一次和汪市长交成好朋友的，关系发展得很快。他发现，这位年纪仅仅三十七八的汪市长也很愿意和儿子交朋友。后来，他才看出来，愿意和外商交朋友的大陆官员决不仅仅汪市长一人，这几乎成为一股风气。有的地方甚至规定什么书记什么长要交几个外商做朋友才算完成一项政治任务。儿子快要回台湾的时候，汪市长和儿子达成一项协议，由儿子负责送汪市长的十六七岁的儿子到美国去读书。汪市长在宴请著锦的家宴上说，大哥，我的儿子就是你的儿子，你是办也得办不办也得办。当然，花费我是会一文不少付给老兄的。著锦派场的面庞让过量的茅台染得成了大红布，他意味深长地看了汪市长一眼说，兄弟，这点小事大哥我办了。汪市长问，大哥，你有什么事让我办吗？儿子说，以后也许有麻烦您的，眼下没有，什么也没有。那个家宴他也参加了。那时候他想，世道真的变了，过去，秦市长和我交朋友好像完全是为了公事，为了统战。照顾我，也是为了执行他们的政策。而今天汪市长和儿子交朋友，却好像“公私合营”，公中有私，私中有公，中午是市政府公宴，晚上便是市长的私宴。私宴上可以谈公事，公宴上也可以谈私事，对于汪市长来说也许就成了公事。

汪市长和儿子坐在一楼的客厅里，他也坐在那里。汪市长站起来，双手抬抬那个紫檀木的茶几，那茶几铁铸的一般一动不动。汪市长又去用细奶奶的润白的手摩挲着红木的沙发，说，裘老先生，我敢说，一个A市，纯真的红木、紫檀家具怕也只有小白楼这一套了，那些暴发户做梦也想着这些东西，而您对它们却似乎并不太喜欢。

老头把脑袋靠在沙发上，说，这东西也是法国人卢地卖给我的，当时只值一亩地的钱。

紫檀红木经过100多年的历史，愈发光泽照人，镜子一般，而小楼的那些墙壁却古旧得像老年人的皮肤，枯瘦如柴。儿子说，兄弟，侄子在美国还好吧？

汪市长说，小子挺有出息的，正在考哈佛。

儿子点点头，说，在台湾，一般人家的儿子也没有读哈佛的福气。当然，在大陆，几百万人中也许只有一两个人的儿子有此吉星高照。

汪市长说，大哥，小弟再一次感谢了。

儿子说，一家人别说两家人的话。再说，把大陆的孩子送出去深造，也是一种爱国嘛。

今天是怎么了，也许外面的绵绵秋雨容易让人怀旧，过去的一些事儿总是没头没脑地钻出来，干瘦的小脑壳都有点儿承受不下了……建业丝厂彩旗飘扬。他亲自背着一面牛皮鼓，两只手机械地打出一些节奏来，鼓槌子上的丝绸像炉中的火焰在脸前头上下地跳迸。他带着一支队伍去政府报喜。秦市长问你想通了吗？不要急嘛，可以慢慢来。他说通了。秦市长又问心里舍得吗？他说这、这厂子本来就是工人们的血汗干出来的，我凭什么舍不得？舍得，舍得，一边说着，他的鼻子却禁不住开始发酸。他急忙背过脸去。秦市长笑哈哈地看着他说，你是A市第一号大资本家，你带了头事情就好办了。他鼓足勇气问市长，是你负责清产核资吗？秦市长说是张副市长负责那项工作，不过，你放心，国家不会亏待你们的。他看看市长，想说什么又没有说出口来。……晚上，他揣着一个锦缎盒子敲开一扇门。开门的是张副市长。他有些不大自然，张副市长却笑容可掬地把他请进家门。坐下。倒茶。呷一口茶水，谈一些无所谓的事。张副市长问你来找我有事吗？他结结巴巴地说，有，有一点小事。说着，他打开盒子。说一条小小的项链，送给小姐生日的礼物，请市长不要推辞。副市长笑了，说，袭先生，你是一个有心人呀。他说，市政府正在给建业丝厂清产核资，我有数，1200万是值的。我、我想汇报一下……他要详细地说给副市长听，这1200万是怎么得出来的。副市长却似乎没有那份耐心去听，打断他的话，说他们已经把表报上来了，只有一千万呀。他眼巴巴地看着这位负责全市“公私合营”清产核资的副市长，露出恳求的神态。副市长也瞟了一眼盒子里的24K足金项链。项链又粗又长，起码也有50克。副市长说我想想办法，想想办法……

儿子的脸庞渐渐在他的面前清晰起来。额头四四方方，鼻梁又挺又高。他知道这个脸庞是自己年轻时的翻版。儿子说他在台湾并不是纯粹的商人，他听了有点害怕。儿子笑了，说，爸，你放心，我不是一个特务。我只是在一家学术机构里兼着研究员。

汪市长说如今哪有纯粹的商人？往往都是既官又商，又学又商。

老头子点点头，承认汪市长说得对。

儿子问，用设备来顶投资的美元，别人没有说什么话吧？汪市长说，大哥，此事你就不必担心了吧。

儿子说，我想做到心中有数。汪市长沉吟一会，说，谢书记是有点那个……不过没什么，我给顶回去了，我说大部分外商投资都是用进口设备来顶的。设备即美元，美元也要买设备嘛。他不会太傻的，一下子投资一千七百万给A市，他又要捞到多大的政绩？说到家我是给他打工的。

儿子笑悠悠地，说，大陆上的党政一把手关系很微妙呀。

汪市长似乎不想谈这个话题，赶忙岔开去，说，考察设备的专家已经给市委打出报告，说你提供的设备绝对是90年代国际一流的。大哥，你在西德让他们玩得很快活吧？

儿子镜片后边的金色眼睛闪过一抹幽光来分析来体味，幽光却转瞬即逝。他听见儿子小声地对汪市长说，他们哪能和兄弟比呢？他们在我心中的位置只能是你的一些打工的。

汪市长说，不过，也不能让他说咸道淡的。

儿子笑了，说，哪能呢？还是那句老话，第一是爱国，第二才是做生意。

儿子和市长的谈话虽然并没有避讳自己，可是他听不大懂其中的内容，只是感觉着有些神秘，有些不大放心。

汪市长沉吟片刻，说，签字仪式十天以后举行如何？

儿子说，贵市的作风也真够“马拉松”的。

汪市长说，这件事就这么定了。大哥，汪市长看定了儿子——老头子再一次看到两个人的目光在交缠在流通——说，你侄子读哈佛的事你可是要上心呀。老头听见儿子小声说，那边来了报告，侄子怕是考不上，只有读自费喽。兄弟，小事一桩，一切有我嘛……这种谈话内容老头子是完完全全听懂了，听明白了。他迟钝的心灵有点儿害怕，他想劝劝儿子，他想了想又作罢了。他知道50岁的来自台湾的儿子是不会听从任何劝告的。也许……也许什么呢？他也说不出也许什么来。

80年代初，小白楼的周围还是有一些居民楼的，当然都是一些破破烂烂、灰不溜秋的火柴匣子，也还有一些年纪大的人指着小白楼说知道不，丝绸大王袭建业就住在里头。人家根本不用干活，几辈子也不用，共产党每年给人家的定息就有10万。有人哼一声，说早就给老小子冻结在银行里了，充公了，老小子早就被扫进历史垃圾堆里了。又有人说，那是“文化大革命”，如今人家可是又抖起来了，银行乖乖地开冻，利滚利500万，统战部也乖乖地走人。有一个戴眼镜的学问人说，知道不，袭建业是A市没有摘帽子的还活着的最后一个资本家，56年，全国定了82万，79年摘帽子划进工人堆里去了78万。剩下的活着的都是国宝了。过了几年，那些居民楼拆迁，小白楼周围矗起十几座摩天大厦。银行、电业局、大酒店，一家接一家地搬进去，袭建业便没有了邻居，再没有人知道小白楼里住着什么人，再也没有谁能够认出他来。有一次两个银行职员发生争执，一个说小白楼是国家安全机关，所以不挂牌子；一个说屁，里头什么人也没有，它的主人在台湾是个大官，人家让它闲着市里的官们便让它闲着。

他在人群里实在是个不惹眼的干瘦老头，老式的做派，老式的包装。夏天，一件乳白色的蚕丝大褂是秋嫂缝的，一条乳白色的蚕丝宽腿裤子也是秋嫂给缝的。拿着一把芭蕉扇到天桥下边乘凉打蚊子。家里根本没装空调，一台30年代的华生电风扇老掉了牙，他不用，让给秋嫂去使唤。春天和秋天，十锦缎的夹裤夹袄也是老式的，也是秋嫂的针线活儿。他喜欢，不，是习惯了。到野外去看农人种庄稼，有时候兴头来了，还会耕一回地使一次牛，扬一回场，垛一次柴火垛。冬天来了，他解下永远拴在裤腰上的钥匙，说，秋嫂，到三楼上去撕一匹绸子下来，买二斤新棉花，给我制一件小棉袄。秋嫂接过钥匙上楼，打开中间的大房子，大房子是个八边形，顶上吊着一挂水晶石宫灯。过去它是小白楼的舞厅，袭建业就是在这间房子里认识了职业高中生马芬，又把她拥进怀里，并且是在这间房子里让马芬怀上袭著锦的。后来，也是在这间房子里，他引狼入室让风骚的三姨太马芬认识了国民党的钟师长……如今大房子做着小白楼的仓库，准确地说是丝绸展览厅。秋嫂常进常出并不感到有什么出奇的地方，换个人进来却一定会被这间大房子惊奇得瞪大眼睛。儿子几十年后又进入这间房子，就发出一声很响的哇，说，简直是一部中国近代丝绸的历史。按照年代的顺序，八面墙上依次挂着建业丝厂、江北第一丝织厂的所有产品。1935 年，是一束生丝，犹如老女人头上的银发。1936 年，是一匹白绫罗，建业丝厂的第一代产品。1937 年，是一匹织锦，标签上注明出口日本、美国。1938 年，是一匹十锦缎，标签上注明获巴拿马万国博览会金奖……截止到 1955 年，这些绸缎显然属于建业丝厂的产品。从 1956 年开始，墙上仍旧挂着第一年江北第一丝织厂出产的产品。没有一年的间断。甚至“文化大革命”的十年，后来也补上了。如果说为着一根油条一棵葱一个鸡蛋，袭建业不断地和秋嫂吵，嫌她不会买没有买出赢来，而对于秋嫂一次从工厂买来一匹绸缎有时难免买重复，袭建业倒是从来没有说过一个不字。

可以说，这个仓库消磨了袭建业 1955 年以后大部分的时光。除去雷打不动的早、晚散步，除去偶尔的野外郊游和天桥下边的乘凉，老头儿基本上都在干着两件事情。第一件，在他老式的书房里从一台保险柜里拿出一摞账簿，那台象牙算盘，帐簿用毛笔工工整整地记录着从 55 年 6 月份开始的存款，第一个月增息多少，第一年增息多少，本金、利息到达了多少。每一次他都要用那台不大不小的象牙算盘核算一遍。他的算盘功夫很硬，连有名的曾在全省算盘比赛中拿过第一名的王四眼镜也佩服他，说老厂长是用心在打算盘子。这件事占去了三分之一的时光。第二件，倒背着双手，仰着脑瓜，一件一件地欣赏着墙上的展品。吊灯打开，角灯打开，所有的灯都打开，灯火通明。他从 1931 年看到 1995 年，又从 1995 年看到 1931 年，他反反复复地看，百看不厌。这件事毫无疑问占去三分之二的时光。秋嫂说有什么看头，不就是几匹绸子吗？他嘿嘿笑着说看的是岁月是故事是命运哩。

没有人知道他的底细没有人做他的邻居更好，这样子可以让他充分享受那份清闲，那份孤独。

早晨五点，春夏秋冬，每天，他还有一门必修的功课。晴天阴天刮风下雨，飞雪飘霰，他都准确地不差一分一秒地从小白楼的那扇锈迹斑斑的大铁门走出来，一溜小跑来到江北第一丝织厂的西北角，开始 18 华里的散步。18.9 华里恰好是工厂的周长，老头要走 15000 步。他目不斜视地、目中无人地、两条长臂垂直不弯来回做机械摆动地走着。全部的思维都变成算数的加法，一、二、三……晚上 7 点，按照早晨的模式再走一遭。这种习惯是从 1955 年 6 月 18 日建业丝厂换成江北第一丝织厂的牌子开始的，那天晚上他一边走一边哭，走到一半，天下起了大雨，泪水和雨水掺和在一起流了他一头一脸。在老家的那十年他也没有停止这种散步，不过，他找到了和“江北”的周长相等的一个地方，那地方是一处监狱。

高墙。铁丝网。岗楼。哨兵和他都熟了，每当他在下边走过，哨兵都会向他招手致意。儿子问，老爸，你都是 80 岁的人了，还健步如常，还能一天走三四十里路，且耳不聋，眼不花，头脑也不糊涂，你可有什么秘诀？他说，第一，为人不做亏心事。第二，散步，40 年，14400 天，547200 华里的散步，风雨无阻，雷打不动。

今天，绵绵秋雨仍旧没有停歇的意思。儿子要带着他去赴市政府的一次宴会。他看看相伴五十年的瑞士梅花表，离七点还差 50 秒，他说，秋嫂，给我伞。儿子说，市长的专车在门口哩，要伞干什么？

他说，我是去散步。儿子说，我要让袭家在A市东山再起。三十年河东三十年河西，他幽幽地看儿子一眼，说，我不愿意做出土文物。儿子说，不是出土文物，是还乡团。当然，是红色……还乡团。儿子为自己的说法笑了。他说，我这一辈子最看不起的就是中国的地主，不管是白的，还是红的。虽然我也是地主出身。儿子说，你是中国的资本家，也许是最后一个。秋嫂拿来了油布黄伞，他撑开来，走进秋雨中，又停住脚步，回过头来，对儿子说，《红楼梦》读得熟吗？里头有一句话，机关算尽太聪明，反误了卿卿性命。

儿子终于在小白楼里住了一夜，并且还是和老父亲住在一间卧室里。他对秋嫂说，让我伺候老爷子，你回你的房子里去吧。他给老爷子灌好那把老式的磨得锃光瓦亮的锡壶试试温度，然后把它放在绸缎表子粗布里子的被子里。他问，你就不能买一床鸭绒被？老头说，那东西空有虚名不暖和。还是棉花好，还是粗布被里好。儿子笑了，说你还是个地主。老头说，中国的地主活得仔细讲究哩。他把紫檀木枕头给老爷子安放好，他知道房子老了难免有蝎子长虫什么的，而这种云南产的名叫“蛇总管”的紫檀木是能够吓跑那些虫子什么的。他说，我知道你有钱，你应该把房子装修装修，收拾收拾。太旧了太老了。可是，仍旧那么富贵。老头子说，就你一个，你又不回来，我懒得动它。儿子说，厂子买过来以后，我就要彻底翻修小白楼。作为袭家的象征它应该重放光彩了。老头问，你打算长住大陆？儿子说，大陆好做买卖，还有人情，还有官场。不过，也不能长住，台湾还有一大摊子事。老头听了就叹了一口气。

老爷子戴上水晶石花镜，躺进被窝开始翻看几十年从来没有间断过阅读的《新民晚报》。今天读完一版老爷子就把它放下了，以往可是要一字不落地读到第八版的，读完了就睡觉，电视是从来不看的，客厅里的大彩电只有秋嫂一个人打发。

老爷子问，锦儿，你真的要买“江北”70%的股份？主意打定了？

两鬓业已斑白的儿子说，那才花几个小钱？

老爷子默默算了一下，说，怕要三四千万哩，你有多少钱？说实话，儿子的主意打动了他的心弦，他本来已经麻木的心灵又开始活动，可是，他又有点害怕，莫名的……

儿子笑了，说，爸，折本的董事长咱们不干。不要三四千万，有个千儿八百万足矣。

老爷子的一颗心往下沉去，沉去。他怯怯地问，怎么，“江北”才折1000万？

儿子说，瞧它那个破样，设备是一堆废铁，厂房是一片老屋，1000万就是很爱国很爱国的了。

老爷子掀开被子一个鲤鱼打挺坐起来，两只眼睛怔怔地看着儿子保养得极好的又白又红润的面孔，看上半天，才问，折价已经定了？儿子说，基本上敲定了，就等十天后签字了。老头问，谁定的？儿子说，当然是他们定的。老头说，是你，肯定是你，逼着人家折成这个样子？儿子笑了，说，我哪有这么大本事，能够让共产党的市长局长厂长们乖乖地听我的。他说，我还不知道你？知子莫过父嘛……儿子又一次大笑，说，难哟，过五关斩六将的。他说，可是，你们会变法。不知道为什么老头儿突然想起了社会上流传的一些民谣，什么“小米加步枪，打跑国民党；大炮换金元，败将又风光”；什么“昔日你爹和我爹拼命战场，今天你儿和我儿痛饮酒浆”……心里头莫名其妙地涌上一些苍凉。老头问儿子，所有关口都同意了？儿子说，厂长书记审计局长国有资产管理局长市长一关关一卡卡都很满意，他们称赞我是爱国典范哩，他们几乎众口一词，说“江北”顶多值1000万，袭先生出的价公平，公平。老头子情不自禁地叫起来，放屁，全是放屁。骂出这句话来他就伤心地落下眼泪，喃喃自语地说，我交、交出来的时候工厂折价1000万，40年过去物价上涨了50倍，折价还是一千万。不，我的工厂，我的工厂绝不是这个贱样。它是江北第一大丝厂呀……土地，1000公顷，厂房，18000间，设备，缫丝机1523台，动力设备108万千瓦，还有……还有许多许多，你们骗不了我，谁也骗不了我，贱卖，贱到山南海北也要卖个2000万。不能再少了，说什么也不能再少了，再少就有点伤天害理了。

儿子奇怪地看着老父亲，他觉得老爷子疯了，迷了，他冷冷地问，老父，厂子还不是你的吧？老头儿怔住了，回答不出来。儿子又说，怎么，老爸，我发现你一个资本家比那些市长局长厂长的还共产党呀。人家根本就没有把工厂当成一回事。本来嘛，国家的，又不是哪一个人的。

老爷子痛苦地说，你不懂我的心，根本不懂我的心。

儿子尖刻地说，老爷子我必须提醒你，1955年他们就把厂子“共”了“产”，几十年里你是拿了几十万的定息，可是那点小钱比起厂子的价值来只是九牛一毛。

老头子说，我、我不管那些政治，我只是觉得太不公平了。你们不是在做买卖吗？做买卖就要公平。儿子说，老爸，要公平你儿子就必须多掏美元，上百万地掏，掏出来去买本来属于我们自己的东西。我不会那样子干的，再说……儿子似乎不想把什么事情都说出来，沉吟半天，憋不住，他还是把一些话说出来了，他们谁也没有让我轻松地过关，他们这些“山大王”一个一个都让我留下了买路钱。唉，那些个故事，还是不说了吧……老爷子干瘦的脑瓜猛地一颤，问，你，你干了一些什么？你肯定是干了一些……事情。儿子富态的面庞有点儿扭曲，他不想去搭理老头。老头儿却执拗起来，“抠”住儿子不放了，说，锦儿，咱们袭家是大买卖人，和人家做生意，可不能干出那些小商小贩的鸡零狗碎。儿子显然叫老爷子戗坏了，瞪了老爷子一眼，说，我鸡零狗碎？老爸，我这是入乡随俗。唉，真的是一言难尽。在欧洲、美国，商场和官场不大搭界，事情不好办，在亚洲，在大陆，商场和官场勾搭连环，事情也让人挠头。就、就说那位给工人七八个月开不出支来的陈大厂长吧，他几乎是“明火执仗”地问我要了一套三居室的房子。我把贵妃山庄的房产证和钥匙交给他的时候，他竟然还人五人六地说，谢谢袭先生挽救了“江北”，挽救了“江北”2500名工人。我逗他，说你不害怕？他哈哈大笑，笑得很开心很自信，确实一点点害怕的样子也没有。说我害怕什么？告诉你，袭先生，贵妃山庄的总经理是我哥们，他已经给我写出证明。陈厂长让我看了一张纸条，这张东西让我目瞪口呆自愧弗如。纸条上写着——兹证明1995年×月×日陈海华交来购房款壹拾肆万元。下边是那个总经理的签名。厉害呀，何等的厉害哟。老头子听了儿子的故事，感觉着眼前头幻出一张大网，这张大网经常出现，这张大网让他愤怒，无奈。但是聊以自慰的是他觉得自己和这张叫老百姓深恶痛绝的大网没有一点点勾连。想不到儿子却钻进了这张大网并且为它编扣加节。老头子的脑瓜开始索索发抖，他在心里长叹，历史为什么总要一次次轮回？儿子40年以后为什么又要走我40年以前走过的老路？他怯怯地问，那几个局长你、你也是用的这一招儿？儿子苦笑，说，老爸，你有点与世隔绝呀。其实，这种东西可是世界、起码是亚洲的通病。南韩、日本的政界商界丑闻不是一个接着一个吗？我们国民党当年不是被金钱、美女打了个落花流水吗？老头子听着儿子自以为很艺术的说话，不停地摇颤那颗核桃一样干瘦的小脑瓜，说，你还不了解共产党，你和共产党打交道还显得太嫩。你还不了解历史，国民党败就败在自己身上的毒瘤自己割不下来，只好任其腐烂。共产党胜就胜在身上的毒瘤自己可以毫不留情地割下来，比如张青山刘子善比如王宝森……这样慢慢地低诉着，他似乎看见面前有一本厚厚的大书翻开了，40年前的一些灰暗的日子重新流淌回来。一些事情没有忘记，还清清楚楚地贮存着。一天，他正坐在资方厂长的办公室里漫不经心地拨拉象牙算盘子，一队佩戴着红袖标的工人冲进来，不由分说便把一个铁牌子挂到他的脖子上。牌子上写着“不法资本家袭建业”。他的名字是颠倒着写，还画了红×。他说工友们、我是拥护公私合营的，我是带了一个好头的。领队的工人吼叫袭建业，你别装蒜了。我问你，张副市长的金项链是不是你送去的？那家伙已经下马了，供出受了你的贿，多给你折了两百万，好一个说人话办狗事吃人粮食不拉人屎的家伙，想着法子坑国家呀。他的脑袋一下子胀大如斗，他在心里说自作自受聪明反被聪明误。他晕晕乎乎地被拉到街上，大街上的阳光刺得他眼晕。他被迫敲着一面破锣，一边敲一边喊，我是不法资本家，我拉干部下水，我……晚上，他打开小白楼北边阳台的门，他想跳下去。下边，是那棵从来没有开过花的铁树。他感觉着巨大的冤屈吞没了自己，他说厂子是我用心血、用生命一点一点搞起来的，我想多卖几个钱又有什么罪过？我是一个老老实实的人，“五反”的时候我守法是很好的，抗美援朝我也捐了大炮十门，我对待工人像对待家人一样，我当年买的是外国人开的厂子，我为国家是出了力的……月亮爬上屋顶，很大很圆，他却看到月亮有一个豁口，豁口流着一滴一滴的鲜红的血。他的心一阵一阵地绞疼。四周的天地变得黑暗起来，他喃喃自语没路了没路了。他闭上眼睛向楼下跳去，那时候却出现了一个男人把他拦腰抱住了。抱住他的男人高高的瘦瘦的，弯着腰像个大虾米。他觉得很面熟，他记起来了，“大虾米”是秦市长，市里几次开会，他和秦市长碰过几回酒杯。那一夜秦市长没有走，就住在他的家里。秦市长的话让他想起老家秀江河的春水，舒缓平静清澈温暖。秦市长说，我说说陈仁先生的故事吧，也许能给你一些启发。周恩来总理在中央工作会议上说，陈仁是全国第一号的资本家，他在这个地方讲，他那个阶级应该消灭。可是，另外碰到一个人又跟他说，你祖宗三代辛辛苦苦地搞了这点工厂，在你手里送出去实在可惜呀。他也眼泪直流。这是很自然的，合乎情理。交出工厂如弃敝屣，没有一点点痛苦，那就不是资产阶级了。他嗫嚅着，可是，我、我想多折两百万，就拿出对付国民党收税官的法子来对付你们……秦市长说，也情有可原。一辈子就搞了这么一个工厂，想多卖几个钱也是人之常情。再说，骨子里你是一个买卖人嘛，天下的买卖人哪一个不想赚钱呢？

他在秋雨绵绵的夜里说出了上面的故事，他的叙述像老家的一条小河。

儿子听着，自始至终，一脸冷漠。听完了，儿子说，老爸，如今秦市长那样的人你打着灯笼恐怕也找不到了。

他却没有听见儿子说什么，仍旧沉浸在回忆里，说好人呀。第二天，他走了又来了，还用吉普车拉来一棵爬山虎。他动手挖坑，把一个坑挖得又大又圆又深，还仔细地捡出土里的石头、瓦块，他把爬山虎栽到坑里扶正，偎好，放上带来的肥料，盖土，浇水，还用了一个上午的时间砌好一个花池子，砌得方方正正，一个一个砖牙子排列齐整有序。干完活，他说，小白楼是咱们A市一大景观，应该让它更加美丽。

江北第一丝织厂中外合资签字仪式如期举行。绵绵秋雨下了七天七夜，后来好歹停止了，秋高气爽，大地洗得很干净。爬山虎青枝绿叶，有些水珠在叶子上滚来滚去。袭著锦说签字仪式就在黄河宾馆举行吧。汪市长有点不大乐意，说，大哥，这件事让我给你主持就在厂子里进行，你要想让书记办就到宾馆里去。袭著锦想了想，同意汪市长的方案。不过，他说，要把调门儿吹高。市长笑了，说，这事大陆比你们会干。于是，在工厂办公楼前面扎起彩台，能来的官们都来了，能来的“传媒”都来了。汪市长西装革履，上衣口袋里插着一枝花，站在两位签字人的后边。汪市长很高兴，他的秘书已经和“传媒”说妥，要好好宣传宣传他引来的这项数额最大的投资。除了本市的传媒，一个记者还答应把文章发到中央一级报纸上去。他说可以活动活动。站在两位签字人后边的还有袭建业老先生，他没有穿西装，他几乎从没有穿过西装，却穿了一身丝绸大褂，大褂上用别针绾着一枝花。签字人是袭著锦和厂长。镁光灯不停地闪烁。三四台摄像机黑洞洞的镜头也开始扫描。按照袭著锦的要求，传媒要突出袭建业和汪市长，于是，他们两个人便成为镜头的焦点人物。汪市长红光满面，神采奕奕，他悄悄地对袭建业说今天晚上许多50岁以上的A城人又会记起丝绸大王的故事。袭建业的表现却似乎并不太热情，脸色也不太好看。他看到台前黑鸦鸦的人群，心头掠过一片阴影。他产生了一种要出事的预感。他知道这件事情有许多内幕，他也知道工厂里工人和厂长已经水火不容。按照程序，汪市长当然要发表演说，不外乎先讲 A 市的大好形势，A 市出台对外商投资的优惠政策，然后便是大讲袭著锦先生雄厚的经济实力以及浓厚的爱国爱乡的赤子之情等等。汪市长讲完，袭著锦接着来。他说“江北”原来就是袭家的产业，后来由于众所周知的原因改变了产权关系。先是“公私合营”，继而“公营”，到了今天，“江北”已经奄奄一息啦。在这种情况下，我作为 A 市的一个海外游子，哪能见死不救呢？我在欧洲、美洲的工厂有七八个，赚的钞票够我用的啦，可是，我还是要投巨资来挽救“江北”，不为赚的啦，完全是出于爱国爱乡的赤子之情。为了救活“江北”，我要改变“江北”的产权关系，把它变成“私公合股”。按照合同，我们袭家已经占有 70% 的股份。袭建业老先生将出山，担任董事长，我亲自任总经理，陈厂长只好屈驾副总啦。他的讲话整得全场鸦雀无声，人们的心头滚过一声声惊雷。袭建业那颗干瘦的脑瓜又摇颤起来，面庞也有点铁青。陈厂长被市长捅一下腰眼，慌忙站起来，说这、这是 A 市最大的一项外商投资，是汪市长交朋友引来的金凤凰。全套西德 90 年代国际一流抽、纺、织、染一条龙设备，价值人民币 1700 万，全部由袭著绵先生提供，袭著锦先生爱国爱乡之情令人感动，他充分理解“江北”的困境，同意“江北”以房产、设备折价入股，同意“江北”折价人民币 1000 万元。按照合同，一个月后进口设备将全部到位。一个月后，“江北”换牌，换成“建业丝厂”。朋友们，同志们，我们“江北”的春天来临了。从此，我们全体员工将变成台资企业的雇员，工资将全部上浮 70%。厂长讲到这里把目光投向台下，期望引起人们的掌声，他的期望却落了空，台下没有鼓掌，却出现了三五一伙的窃窃私语。汪市长带头鼓掌欢迎董事长袭建业老先生讲话。所有的镜头一齐对准袭建业，有一个记者叫丝绸大王卷土重来了，历史呀！袭建业不知道因为什么已是泪流满面，连连摆手，一句话也不讲。

咚。咚。咚。礼炮三声。

签字即将开始。礼仪小姐已经端来了高脚杯和金奖白兰地，汪市长笑容可掬地面对各种镜头。他想起“谢老”（市长对书记的戏称）有一次出丑，用手挖鼻孔被录了像放出来。因此，他每一次都很讲究。他要充分显示风度和气质，他经常说风度和气质乃是权威的外衣，看看人家毛主席那份讲究，空前绝后。

礼炮的声音在那个秋天里还没有完全消散，台下慢慢站起一个高高瘦瘦、弯腰像个大虾米的中年男人。他是“江北”的工会主席秦川，人称“三杠子”，是说他“三杠子砸不出个屁来”，天生木，不好说话。这不，这种场合大小也是个主席，未张口已先红脸。吭哧半天，才说出话来，那话又像温水一样，我想，这个合同是不是……厂长，慢慢地签。我、我说实话吧，工人们叫它卖厂条约哩。秦川的木讷让台下几十名性子火的老工人站了起来，几十双混浊的、苍黄的、板滞的目光投向主席台。一个“络腮胡子”说，厂子换主天大的事，也得让咱们工人合计合计呀。一个“独眼龙”说，不是叫俺主人吗，卖主人的家当不让主人说话是个什么理？一个“老花镜”说，我们是、是怕走上火柴厂的路子，到了那个天地惨的还是工人。

袭建业认识秦川，知道他就是当年秦市长的儿子。一些老工人他也认得，其中一个还是他的徒弟，他刚进法国人卢地的缫丝厂干的也是抽丝工，后来才做成的买办。市长有点恼火，小声问厂长，签字仪式让那么多工人参加干什么？厂长委屈地小声说你不是要求愈红火愈好吗？市长说工人再多也红火不了。厂长说，今天有点怪，也不知道一下子从哪儿钻出这么多工人，还净是些老家伙。市长压住火，说，去，晓之以理，动之以情，别把好事办砸了。厂长说，好的，市长。几个工人翻不了船的，您放心。

厂长整整领带，站起来，像平常那样迈着四方步子走到台前，浮上一些笑容，说，大伙对厂子关心是好事，我谢了。唉，都是我没本事，不能让咱们厂在恶劣的大环境中挺住。你们也七八个月开不出工资来了，心里有火发出来好。天无绝人之路，咱们厂难受的关头，袭先生来投巨资了，救活了工厂，也救了大家。不是已经告诉大家了，下个月 15 号，建业丝厂开饷，执行新的工资标准。秦川，你一个月就能拿到上千元了。这明明是天大的好事嘛，大伙说是不是？

这时候的秦川已经从激动中平静下来。平日的木讷竟然不见，倒是变得有板有眼起来，口才也不简单了。其实，这个 60 年代末的工科大学生肚子里还是有货的，只是有的时候是“茶壶里煮饺子——倒不出来”，有的时候却口若悬河，十分雄辩。至于说什么时候表现前者什么时候表现后者，截然不同的表现分别是什么因素诱发的，他自己也搞不清楚。反正，此时此刻他觉得自己一下子“理论”起来。他说，这样个合资法对我们个人也许暂时有点好处甜头，可是，我们总觉得太亏国家、太亏“江北”了。而从长远处来看，肯定也不会有我们工人的好果子吃。火柴厂的情景我们是知道的，我们的合资法和他们一样。好日子没有几天，接着就是以种种理由辞退、劝退、下岗，一句话，老工人们由主人变成了打工的。是这些老师傅找了我，他们要求厂里和市里重新考虑一些事情。比如折价问题，不要让人家觉得国家的厂子是没娘的孩子，仨核桃俩枣的就能把厂子“捣鼓”了去。还有，工人特别是老工人今后在厂子里的地位问题，要事先有个说法有些条文才好。这位王会计大家都认识吧，大家叫他王四眼镜。王师傅干了一辈子会计。老厂长，他可是您的铁算盘子呀。咱们工厂的每一寸土地、每一间厂房，每一台机子，每一颗螺丝钉都装在他的脑子里。他第一个找到我，他哭了，他骂起娘来，说一千万，太缺德了。

这时候，那位身高不足一米六〇、体重不过百斤的老头儿摘下啤酒瓶子底一样的眼镜，两只手抖索着撩起衣襟擦拭。他是南方人，几十年对人十分和气，说话从来细声慢语，几乎和别人没有红过脸吵过架。今天，他却有点儿反常，他站起来张口就带骂字，哪个河龟审的，算的，折的，他会小九九吗，他懂得审计法的条条框框吗，他明白这些都是国家资产半点也马虎不得吗？他糊涂头糊涂脑糊涂身子，他可以找我王四眼镜嘛。听说你们还请来了什么审计专家，狗屁，把“江北”折了个1000万，他们不是狗屁不通就是藏了猫腻黑了良心……老厂长，这厂子原来是你的，你心中有数，你说说，它到底值多少钱？

袭建业呆若木鸡，坐在台子上不知道说什么好。那个寒冷的冬天却不期而至，雪花似乎在眼前飞卷，西北风像野狗一样乱窜。好像也有一个市长，是的，日本人封的伪市长，还兼着A市的伪警备司令。他穿着一身黑军装，他带来的几十个兵也是一身黑皮。伪市长说，袭先生，兄弟是为公事而来，战时管制，对不住喽，你的工厂要做兵营，三个车间你必须给我腾出两个来，改造成兵营。他的脸盘子又青又灰，他被迫领着伪市长去查看车间，你要把一个大车间给我分割成38个小房间。他木头一样走进车间，车间的情景让他呆了。他的工人们似乎是突然地把家搬进了车间，大车间变成了一个一个的小家。有木床，铺板，有老婆孩子，有锅碗瓢盆，还有晾在机子上的尿布……那时候还十分年轻的王四眼镜说厂长，阿拉的家挨了飞机，无有办法，只好来车间住了。工人们七嘴八舌，说厂长，机子还是可以开的。厂长，你用机枪大炮也赶不走我们啦……他明白了工人们帮助自己的苦心。他知道，工人们和自己在一起保护着这个厂子。那时候，他想起了黄河边上发洪水的情景，佃农们和地主一起用命来保护不属于自己的土地……

王四眼镜显然动了感情，说，我在“江北”干了一辈子，不管“江北”是谁的，反正它让我成了家，混出了一大家子人口。如今“江北”遇上了困难，我们这些老家伙不能不管。我们老了，可是心里明镜似的。今天我们不管“江北”，明天“江北”就不会管我们了，怕是想管也管不了了。看看火柴厂就是个例子，叫香港老板占了大头，不几天就尿出了浑招，50 岁以上的普通工人一律退休，只发基本工资。惨呀。我可以吹句大牛，谁算，也不如我王四会算。谁审，也不如我王四会审。谁折，也不如我王四会折。“江北”，起码要值两千万。当然，这不是你们自个的东西，你们不会心疼的。1000 万，人家多少一用劲，大头就占去了，厂子叫人家变变戏法就变去了。袭老板刚才也不避讳把话都说透了。惨呀，我们当了一辈子国家的工人，一转眼工夫却又成了人家老板的打工。

王四眼镜把一个会场说得半天没有一点动静。

厂长打破沉寂，苦笑，说，这样的烂厂子，一千万，谁要？也就是人家袭先生，对厂子有感情，才咬着牙接过来。是不是，袭先生？

袭著锦的样子有点儿尴尬，本来就有点歪斜的嘴巴这一刻吊得更厉害了，并且呈现一种僵止的状态。厂长的话倒是让他把吊着的嘴巴放正了，却又裂开来，露出几枚金牙。从王四眼镜对待“江北”的态度，他不由得想起了老爷子对待“江北”的态度。他认为，“江北”从来也不是王四眼镜他们的，可是他们却把“江北”视为自己的命根子。1955 年以后应该说“江北”也不属于老爸了，可是老爸仍旧对“江北”一往情深。在这个问题上，想不到工人和资本家没有什么不一样。这种感情是一种什么样的东西呢？

厂长对王四眼镜攻起心来，说，王老头，我知道你一家七口人祖孙三代还挤在两间平房里，七口人就有四口人在“江北”做工，“江北”完了，你可就惨了。

王四眼镜看着厂长，两只鼓凸起来的眼睛幽幽的。他说，厂长，所以俺们才把“江北”看成命根子。俺们当然不能跟厂长比了，七八个月工人开不出一文钱，厂长照样坐皇冠。“江北”卖了废铁，厂长换换地方还是一个官。而俺们没有别的路，只有盼着“江北”好起来。

厂长叫哎，这就对头了。江北要好起来大家才有日月。江北怎么好，只有一条路，中外合资。王老头，下个月，你就阔了，一家四口，三四千元进家了。

把咱们工人当孩子哄不是？眼前头也许能拿个几千块，转眼老板一句话说不定会把咱们修理得一文不值。给国家当工人，主人不主人的不说，怎么着也是金饭碗。给老板打工，再好也是泥饭碗。袭老头是个好老板，1952年他为了自个的腰包还不是一口气辞了一百个老家伙？王四眼镜在心里嘀咕着，只拿眼睛去乜厂长。

厂长哭丧起脸，说，拜托了好不好？好像我成了卖国贼。

王四眼镜却不再去搭理厂长，而是把脸膛朝向袭建业。他说，老厂长，今天是你儿子用“私”来“合”我们的厂子，当年，是共产党用“公”去“合”你的厂子，都要公平好不好？老厂长，你该说句话了，难道你忘了当年，忘了秦市长？

王老头的话像子弹击中了袭建业，他颤颤巍巍地走到台前，已是泪流满面。唉一声，沉重地唉一声，却又巍巍颤颤地退回到台后。他看见了那个灰色的夏天，那个工厂的民主会。他低着脑袋坐在一边。那天，秦市长也来了，坐在他旁边。秦市长哈哈笑着，说共产党讲究公平。大伙说说，建业丝厂应该折多少钱？也就是说，共产党应该出个什么价去买建业丝厂？一个工人叫，对袭建业这样的不法资本家……秦市长打断了那个工人的话，说，我在这里向大家宣布一下，市政府已经把袭建业先生定为守法的资本家，并任命他为江北第一丝织厂资方厂长。他看见那时候的他满面泪水，说我把厂子送给国家了，一文不要。秦市长爽朗地大笑，说老袭呀，你不能不说心里话呀！有一个工人说，袭建业的厂子按说值一千万，可他是靠剥削工人的血汗起家的。再说，他还拉干部下水，我看，折个500万就很便宜他了。许多工人七嘴八舌地议论，说500万，对就折500万。说500万就不少了，一年就拿5万，我们他娘的一辈子也休想挣走5万。说生个儿子还是让他当资本家呀……这样，不大公平吧，人家的厂子，确实值1000万哩，戴眼镜的苏州人王小四说。工人们拿眼去瞪王小四。秦市长看看袭建业，问老袭呀，你说心里话说实话说行话，你的厂子值多少钱？他看见自己豁一下站起来，说，市长，我的厂子真真正正货真价实值一千万呀。秦市长说那好就折1000万。他看见那时候的他像个孩子一样地站在秦市长面前，任凭两行泪水在腮上流淌……他想，我应该说话了，应该说话了，看看儿子，他却又拖不动腿。

签字仪式卡壳显然出乎决策者的意料。

汪市长很生气。他把厂长拉到一边，问，这个工会主席有政治背景吗？他见厂长没明白他的问话，只好赤裸裸地说，他和谢书记有什么关系吗？

厂长说，他是50年代秦市长的儿子。

汪市长在心里思虑开来。他知道那位秦市长是徐州人，而现在的谢书记是河北人，秦市长死于59年，而谢书记那年才生人。他们好像搭不上界的。这位秦川只是一个小小的工会主席，和谢书记好像也挂不上钩的。不过也不敢粗心大意，如今民间通天的人物不少，官场通地的人物也不少，不能保证他们没有勾连。今天秦川的口气挺硬的。上纲上线也挺毒的。想到这里，他小声地对厂长说，快刀斩乱麻，快签，签完马上结束仪式。

厂长拧开笔帽，说，袭先生，我们签吧！

袭著锦说，民意可违？

厂长说，什么民意？完全是莫名其妙。

袭著锦说，那、那我们签啦？

秦川看到他们的合理阻挡在当权者眼里根本不算一回事，心里就着火了。刚才还是滔滔不绝，十分的雄辩，这时候却又变得不大会说话了，几乎是一个字一个字地叫出下面的话，你们要是硬签，我们就要到市委去反映，去告你们。

两位签字人同时怔住了。

汪市长心中掠过一道阴影。市委两个字让他产生了连锁的心理反应。他想，肯定又是那位谢某人嫉妒我，怕我功高压主。于是就要打出工人群众这张牌来阻止我干好此事。事到如今，退路是一点也没有了。传媒在看着我，A市的官场在看着我，这件事情办砸了，其后果绝不仅仅是一件合资中途夭折，弄不好会“拔出萝卜带出泥”。这不单单是一桩买卖，这是政治。

他示意厂长快签。

这时候，台下那一片原来坐在地上的工人纷纷站起来。他们好像是一座沉默的黑松林，每一个人都是一棵树，四五百个工人四五百棵树。过去的岁月里，有的人也骂娘，说“厂子垮了鸟逑”。有的人甚至偷了工厂的三角铁去焊小卖部。有的人也公开怀恋袭建业当厂长的日子。有的人对工厂彻底灰了心天天用劣质白酒打发时光。可是，今天他们却不约而同地聚集在这里，说是来看看当官儿的如何唱完这台子戏。结果是越看越生气，越听越恼火。本来，他们对于其中的许多事情并不知晓，只知道厂子被当官儿的不清不白地贱卖了，只知道有可能糊里糊涂变成打工的。他们都是一些老实的工人，他们还不大相信自己知道的这些事情，想，也许是瞎传吧。结果，那些事情全是真的，这样就深深地刺伤了他们的心。他们不约而同地站起来，眼里喷着火。秦川站在他们中间。今天他们觉得工会主席是自己的头头了，过去他们可是不大拿工会主席当一回事的。他们很佩服秦川的骨头，那一个字一个字组成的几句话更是点着了他们心中的干柴。他们大叫，对头，告他们去，不信市委也阴天。……秦川毕竟是秦川。他天生的有那么点政治头脑。他想，无论如何，我们也不会给国家添乱子的，哪怕好心也不行。他说，工人弟兄们注意了，这是工会举行的一次集体活动。谁也不许在外面惹事。到了市委，我和王师傅进去说，大伙呆在外面，谁也不许乱说乱动，大伙记住了吗？工人一齐喊，记住了。

厂长在市长的授意下，站到了台前，强扮笑容，说，有事咱们好商量，我们“江北”历来有民主的传统嘛。秦主席，厂里什么重大决策不都是经过职代会的吗？

秦川说，那好，厂长，关于这件事，我们工人的态度也很明确，我们同意合资，但是要重新审计，重新折价，评审组要有工人参加。评审结果出来了，要交职代会讨论，通过了，你才能卖厂子。

还有，合资行，说什么国家也要占大股。国家拿不出占大股的钱，我们凑份子。砸锅卖铁，卖血，也要帮着国家占大头。2500 名工人，一个人 1000 元，就是 250 万。

厂长咽下一口唾沫，说，咱们再商量一下好不好？你先叫工人坐下，好不好？

厂长至此才明白了汪市长让他软泡的意图。汪市长的秘书走过来小声说，伙计再磨蹭一小会儿，公安局马上就来人。

厂长只好再去和秦川谈话。他慢慢地点上一支烟，慢慢地抽上一口，慢慢地用商量的口气，说，改革开放是国家的政策，袭先生来投资是利国利民的善举是不是，咱们可不能伤人家的心呀。兄弟们，先坐下，咱们可以讨论讨论这件事情怎么办才好。大家都有权利发表意见，谁都可以说话，一个一个地说，把心里话都说出来……

厂长磨蹭工人们的时候，袭建业也把儿子拉到一边，说，修改投资方案吧，锦儿。儿子阴沉着脸，说，我正在想，建业丝厂挂牌的第一天，我就要来一场清洗，把工人中的党员统统清洗出去。老头看着陌生的儿子，说，你要办好厂子，倒是应该重用他们。你应该小心的倒是那些贪官污吏。儿子突然问，老爸，1955 年折价 1000 万，你心里好受吗？老头说，我心服口服。儿子摇摇头，心想，你那是为了报恩，报答那位秦市长的救命之恩。儿子又问，爸，那位秦市长搞好了你的统战升官了吧？老头说，你根本不了解共产党的历史。后来，秦市长因为我，犯了右倾错误，又批又斗。批斗了一年，秦市长就死了。好人哪。你知道吗？这个秦川就是秦市长的儿子。秦市长死的那年他才七岁。我偷偷去给他娘俩送一点钱，那天夜很黑，下着雨。小秦川不要，说什么也不要。七岁的孩子说袭伯伯，我爸爸当市长就应该办事公道。我爸爸临死的时候说，小川，做官也好，做民也好，都是人，都应该办事公道。

袭著锦倒是有点被老父亲的故事感动了。

公安局长率领七八十名全副武装的干警急匆匆赶来并马上包围了会场。

汪市长这时候倒是出奇地冷静。他摘下金丝眼镜用绒布仔细地擦着，擦着。很平静地说，改革开放是一种经济秩序，是一种很脆弱的人文环境。大家要好好保护它，像保护自己的儿女一样。工人同志们，不要紧张，不用害怕，公安局的同志们来，纯粹为了保护改革开放，不是来干别的事情，大家坐下来，哎，这就对了，坐下来好嘛。字还是要签的，好事还是要办的，工人同志们，你们要相信政府，本届政府是用心的是负责的，是给大家谋福利的，关于“江北”折价问题，这种事情有程序有步骤，绝不是哪一个人定的，我市长没有这个权利，他厂长也没有这个权利。我们专门成立了一个评估班子。审计、国资局的领导都参加了。他们经过细致的工作，认为一千万是比较合理的。另外一件事大家普遍担心，怕工厂改变了产权关系会影响到工人，特别是老工人的地位，怎么会呢？建业丝厂还是在大陆嘛，还是在共产党的领导之下嘛，工人还是主人嘛。汪市长振振有词地说着。连袭著锦都觉得汪市长真是能说会道。他在想，也许汪市长仅是个例，那个谢书记好像就不大和汪市长一种讲究，我有过几次试探，不都被他谢拒了吗？不过，大陆的百姓也不大像西方说的那样“阿斗”了，当官的有点怵头他们了。看，那位王四眼镜就不大怕市长，来了公安局也不怕。听，他又说话了，袭著锦竖尖了耳朵去听。市长，你说什么呀，你就是把死人说活我也不信。你就是把我抓起来，判我死刑，“江北”1000万，我也不、不认这个账。

汪市长想发作，想骂你是老几，凭什么非要你认这个账，你把自己当成什么样的人了？笑话。他却还是把火气压下去，采取不屑一顾的态度避开王四眼镜，而是对两位签字人说，签。

秦川对于公安局的突然光顾心头不啻是火上浇油。汪市长的寸步不让更是激怒了他。虽然是“老九”出身，他却具有工人那股天不怕地不怕越压越硬的脾气。两眼瞪得牛大，话说出来像“杠子”了，你们肯定有交易，地下交易。要不，为什么非要往贱里折腾“江北”呢？

市长笑一笑，胸有成竹地说，你们在厂子里闹吧，怎么闹我也不管。可别上街，丑话在先，一上街，我就逮人。秦川说，市长，您说什么呀？我们哪闹了？我们只不过是准备到市委反映一下情况。市长铁青了脸，说，到市委说明情况是我的事，还轮不上你们。市长很自然地想起一个月前火柴厂老工人闹事的那天，2000 名工人乱成一锅粥。紧急关头，他想出了这条妙计，他称为“关起门来唱戏”。那天，他让武警把火柴厂圈了个水泄不通。工人们尽情地在厂子里头发泄，骂娘，喊口号，哭叫，他一概不予理睬，公安局长问，工人砸机器怎么办？他说，蠢，主人嘛，怎么会砸自己的东西呢？工人们还真的叫他说准了，闹得沸沸扬扬，对工厂却秋毫未犯。他下令，出门一个逮一个。结果是 A 市依旧桃红柳绿，火柴厂子里头的“大闹天宫”一点点也没有影响 A 市的大好形势。后来，一个记者写了内参，据说许多地方效而仿之。

如法炮制。市长在心里说。

工人们乱嚷，吓唬谁哩，不信老百姓找市委也犯法？邪了。有本事把事情日鬼公道……

秦川说，你们死活要签？

市长说，你们要上街？

秦川说，市长，我们上街做甚？我们是到市委去反映问题。

市长说，秦川，我说话可是一句顶一句的。市长在心里嘀咕，这个秦川，张口市委，闭口市委，说不定真的有后台，后台说不定是真的在市委。我不能手软……反正你们上了街。

秦川说，那好。走到工人队伍的前面，只说了一个字，走。

市长对公安局长说，你下令吧！

局长一挥手，两名干警迅速跑到秦川的跟前，把秦川挟在中间。

空气变得紧张了，刹那间，场面好像变成一堆干柴，一颗火星即可酿成大火。秦川甩开膀子，在两名干警的挟持下，向工厂大门走去。

突然，那个干瘦的小老头站到了彩台的边缘，沙哑着嗓子说，工友们，大家不要上街，大家坐下来，听我说几句话好不好？工人们站住了，一齐回过头来看着台上的老头。老头似乎有某种魔力，工人们在那种魔力的作用下，慢慢地回到台前，重新坐下来。

老头儿说，这个字不能签，谁签了，谁就会成为千古罪人。

汪市长呆了，厂长呆了，那位台湾老板也呆了。

老头儿看着儿子，说，锦儿，你也满头白发了，白发人知天命，通古今，赚国家便宜、坑国家的人是不会有好结果的。你不要和我瞪眼。我老了，也许已经落伍。可是，我有种感觉，你用设备来顶投资，这不是一种公平的商业行为。锦儿，你那套设备——作为这个工厂的老主人、老工人——我说不能要。你要投资就来美元，起码是现钞，这样才公平。

这时候，有一个老工程师慢慢站起来了。老头儿认得他。当年，他是自己的一个挡车工。老工程师很窘迫的样子，停顿半天才说，我本来不想把这件事说出来的。不，不是不想，而是没有勇气，因为我在西德考察的时候拿了人家袭老板500元美金。今天，老厂长的举动让我羞愧得无地自容。老厂长不愧是丝绸大王，他身体瘦小却是一个很高大的人，他有良知。他真心实意地爱着厂子，我得向老厂长学习。我要说出这件事情，袭老板的设备没说的，90年代国际一流，我可以担保，我在西德做了考察、比较。大家不必担心他会用一些破烂来坑“江北”。他是袭建业的儿子，他要振兴“江北”，他不能坑他自个。可是，他钻了我们的空子，利用我们对国际投资市场的一无所知而又把投资视为救星的心理。其实，任何投资都是生意，人家要赚钱，人家要算计，这里根本没有恩赐，也没有什么精神、主义。他实际上是替我们买了一套设备。那家公司规定，他可以拿到30%的介绍费510万。这510万袭先生肯定不想给我们，也不会给我们。他甚至把这种“国际回扣”作为一项秘密，用贿赂知情者的办法来保守这项秘密。可是，他的老父亲出于人格的惯性和一个老工厂主的敏感，把儿子卖了。我也把袭老板卖了，请他原谅。

老头儿站在台上向老机械工程师鞠躬致敬，说，伙计，“江北”有你们不会完蛋的，它还会爬起来，再度辉煌。锦儿，修改你的投资方案吧，这个工厂我最有数，不值两千万，也值1999万。另外，你用设备来顶1700万，除去510万的回扣，实际投资应该是1200万。

儿子沉重地说，让我想想，有许多事情我要想一想……

老头儿说，你是应该想一想。有些人也应该想一想。

秋天里，有一行大雁排成一队人字向南方飞去，掠过人们的头顶，天空很蓝，云彩洁白，大雁很黑。

秋嫂来了，爬上台子，把一个发黄的本子交给袭建业。袭建业掀开本子，看到了卢地当年的签名，还有后来A市人民政府的签章。他很激动，嘴巴子有点哆嗦。他说，我在这里宣布一件事情，这件事情在我的心中埋藏许久许久了。我从1955年开始拿共产党的定息，每年10万，一共拿了70万。70万存到今天连本加息已是5125673元。我一分也没有动。还有这幢小白楼，这是房产证。我决定把它们全部入股。不过，我的股份要算在国家的名下，也就是说，这个工厂不管谁来投资合营，国家都要争取做最大的股东。我要为这个争取做一点贡献。在这一点上，我和工人兄弟们一个立场。说完了，他看着儿子，那无声的眼光是在问，你同意吗？袭著锦陷在一种复杂的感情中还没有梳理出头绪来，他无法回答老爷子无声的询问，可是，他还是从心底里生出了对父亲的敬重。老爸，你是一个干大事的人，你有大气度，他在心里说，也许我并不同意你这样做。

台下几百双员工的目光一齐投向老头儿，目光里充盈着热辣辣的情义。

汪市长跑过来一把握住老先生的手，连声说感人，感人。他觉得自己是真心的，真心佩服这个被历史淘汰的人物。

老头儿摇颤着干瘦的脑袋，泪眼婆娑，说，作为这个工厂的资本家，我和工人师博一样为它付出了一辈子的心血和汗水，它是工人的命根子，也是我这个八十岁老头的命根子。我入股后只有一个要求，“江北”换牌，换成“建业丝厂”。工人师傅们不知你们答应不答应？

王四眼镜的啤酒瓶子底儿一样的眼镜叫泪花蒙得花里胡哨，世界在王四眼镜的眼里似乎变成了一副写意的水墨画儿。他又一次站起来，提高了他的苏州人的公鸭嗓子，用南腔北调说，老兄弟们，老厂长入股了，阿拉我们也来入呀。阿拉入、入1000元，娘的，“彩霸”先晚一点儿“彩”吧。秦川说我也入1000元。无数个工人叫嚷着，我入500我入1000我入800……王四眼镜摘下眼镜，看清了市长的脸庞，说，市长，你记下了，我们工人的股份一律码在国家的名下。

原载《青年文学》1997年第2期

男工张义

肖克凡

罗厂长走进办公楼的时候，听到有人喊他。他做出毫无反应的样子，径直走进黑洞洞的楼道。厂长当得久了，人也就成了精，暗中积累了许多宝贵经验。譬如说走在厂里听到有人呼唤罗厂长，他是绝不应声的，大摇大摆继续朝前走去。见他麻木不仁的样子，人们都以为他听力有限，也就不追究了。当然，也有跑上来拦驾的，横着身子挡住去路，一个劲儿向他诉说着。这时候的罗厂长往往贡献出一双耳朵——听。久而久之，罗厂长的耳朵起了一层茧子。这种“耳聋战术”虽然恶化了他的公众形象，但毕竟为他省去许多麻烦。总而言之他心中最为明白，自己是患了厂长综合征。

罗厂长走进黑洞洞的办公楼，就是工人们通常所说的厂部。大中华日用化工厂的厂部设在这幢昏暗潮湿的危楼里，阐述着领导班子廉政建设的业绩。身材粗壮的罗厂长虽然走进暗无天日的楼道，但并没有甩掉身后的那个尾巴——张义声声叫着罗厂长，小步一串儿跟了上来。

说起这个张义，在大中华日用化工厂原来是一个名不见经传的人物。他一双小眼睛，其貌不扬，走起路来八字脚，形象委琐。由于他的名字与传统京剧里的人物雷同，尤其是上了年纪的女工见到他，总是要张口唱起《钓金龟》里的段子：“叫张义，我的儿啊，听娘教训，待为娘对娇儿细说分明……”

就这样，张义成了全厂女工的儿子。

《钓金龟》里的张义是一个丑角儿。大中华日用化工厂的张义也就成了反面形象，广大群众总是拿他开心。时间长了，张义成了一个自卑心理很重的工人。

而立之年的张义追在罗厂长身后说：“这一大早儿您跑到哪儿去啦？我们从八点就在您办公室门前等着，现在已经九点半了……”

听着张义的叨叨，罗厂长抬头朝前面望去。果然，厂长办公室门前聚着一大群人——全厂十几位著名病号人人手里拿着一沓子医药费单据，等待着他的到来。

罗厂长笑了。当年杨白劳出门躲债，躲到腊月三十那天的傍晚，也就告一段落，匆匆赶回家去跟喜儿过年。如今当厂长还不如杨白劳，你躲债的日子永远不会告一段落，无论什么时候都有人站在门口向你讨债。新债旧债三角债，钩打连环，撕扯不清。怀着这种心情，罗厂长怏怏走到办公室门前。

那十几位全厂著名的病号不声不响看着他。

“罗厂长，我们又来跟你磨牙了，真是不好意思。不过我们也没有办法呀！谁让我们身体不争气呢，治病就得吃药……”

“如今跑一趟医院最少也要花上一百多块钱吧？厂里什么时候能给我们报销一部分医药费呢？哪怕只给报销百分之三十，也能缓解一下我们家里的经济压力啊……”

“我们也需要扶贫！”

这十几位老病号你一言我一语，站在罗厂长办公室门前诉起了苦。

罗厂长毫无表情地掏出钥匙，打开办公室门。于是这十几位老病号随着罗厂长走进办公室。

一车间著名病号秦金符张口就说："其实咱厂的一车间挺好的，可是偏偏来了一个日本商人要买咱们的地皮！买就买吧，一下又泡了汤，真是麻子不叫麻子——坑人！"

老病号们愤怒起来了。四车间的张义大声说道："我早就说日本鬼子最不是东西！从甲午海战开始他们就没停止欺负咱们。凭什么不找日本政府要战争赔款？毛主席活着的时候宽宏大量，一句话就说不要啦！周总理也太厚道。现在啊，咱们的第三代领导人就应当找日本政府索取战争赔款。哼！那笔战争赔款我估计数目小不了，兴许能把全国人民的医药费全都报啦！"

罗厂长觉得张义这家伙说出话来与众不同，就劝慰大家不要把报销医药费的希望寄托在日本的战争赔款上。最近，厂领导班子针对一车间的困境，几次召开专门会议研究出路问题，可望拿出一个切实可行的办法。之后，罗厂长苦苦一笑对大家说："其实我平时有个头疼脑热的，也是舍不得看病吃药，就这么硬扛着。"

二车间著名病号宋玉安说："头疼脑热扛一扛就过去了，我这肺气肿能扛吗？一口气上不来就要蹬腿咽气！罗厂长你真是站着说话不腰疼啊。"

罗厂长说："是啊，我什么时候要是患上肺气肿，咱们就算是扯平啦。"

张义苦苦哀求说："罗厂长你跟财务科说一声儿，每人先给他们报上一二百块钱。虽然解不了穷，也解一解急。你看行不行啊？"

"一人二百,十人就是两千,一百人就是两万啊。咱厂要是富余那么多钱，二车间不早就能够买来原料开工生产了吗？咱厂没钱呀！最能赚钱的一车间又唱上了空城计。大家容我一段时间。再有三五个月，我估计形势就能好转！"

说起大中华日用化工厂的形势，其实去年还是很好的。今年一下子就不行了。一车间的地皮先是被一位日本商人看中，说是要开发，建立一幢夜总会。于是一车间的人心就散了。正当谋划搬迁的时候，日本商人突然改变投资方向，闪了一车间的腰。之后又赶上了市场动荡，一车间一下就没了元气。二车间的日子基本能够维持，可就是没有资金购买原料，成了等米下锅的傻媳妇。风雨飘摇的四车间原本是全厂最差劲的地方，主导产品“万年油”积压在库失去市场，只得停产。车间主任李富起，外号“老母鸡”。然而“老母鸡”毕竟有“老母鸡”的办法，历尽千辛万苦，鸡啄碎米一般觅到一条生路：来料加工。为一家外商独资公司生产柔柔牌女式高级内衣内裤。这一招儿可谓独辟蹊径，四车间一下子看到了光明的前程。张义，正是四车间的工人。

“老母鸡”果然不同凡响，立即组织人马动手改造旧厂房，四车间的工人们大干快上，只用十天时间就将四车间变成一座亮堂堂的缝纫场。然而走上岗位的，却只能是清一色女工。四车间的男工们呆呆看着，成了一群无可奈何的待业者。

张义也在其中。

张义找到车间主任“老母鸡”，强烈要求上岗。

“老母鸡”问道：“你一个大老爷们跟着起什么哄啊？坐在缝纫机前边你能跟那些老娘们儿一样，往那高级乳罩上轧花？”

张义承认自己对高级乳罩那东西很不熟悉——妻子平时只穿中式背心。但他仍然强烈要求上岗试工。“老母鸡”无奈，只得让他上岗一试。消息传出，立即成了全厂的笑谈。张义却不为所动，第二天早晨上班，就坐在缝纫机前，干了起来。“老母鸡”很是惊讶：“张义从前你做过缝纫啊？”

张义摇了摇头告诉“老母鸡”，自己只是在家里练习了一天一夜。

“老母鸡”暗暗统计，张义的缝纫速度，比一般女工稍慢。看着张义那灵巧的手指，“老母鸡”同意他上岗试工，以观后效。第四天的时候，张义一跃成为这道工序的轧花冠军。全车间的缝纫女工无不悻悻然，没人能够追上他的进度。很快张义就得到一个绰号：“张大娘们儿”。

张义说适者生存，人必须随着环境变。既然四车间能够变成缝纫车间，那么张义也就应当变成“张大娘们儿”。但人们都说张义这种不男不女的做法，不是给改革增光而是给改革抹黑。

张义乐此不疲，乐乐呵呵上岗，成了一个缝纫男工。这头五条腿的牛，月月奖金都是轧花工序第一。

大中华日用化工厂落入困境以来，工人们眼珠儿都胖了。只有缝纫男工张义成了唯一受益者。很多人说，改革开放的最大成果就是把张义改革成一个缝纫男工。有人怀疑，坐在缝纫机前边的张义已经不是男人了。于是每当张义走进厕所的时候，身后总是跟着几个好奇的小青年儿，想当场给他验明真身。

工人们愤怒地说：“操！咱们刚刚开始企业改革，张义就变成了娘们儿。真他妈的没劲。”

一时间，张义仿佛成了一个莫大的错误。

如今，张义又随着这一群全厂著名的病号，跑到厂长办公室里诉苦来了。

这时候罗厂长不再说话，定定坐在椅子上抽烟。这十几位著名病号也都蔫头蔫脑的，仿佛中了鸡瘟。于是就这样沉默着。

桌子上的电话铃终于响了。

抄起听筒，罗厂长嗯嗯着。

“对不起诸位病号，我要去参加一个紧急会议，马上就到了点了。你们所反映的情况，厂里一旦有能力，立即解决。希望你们理解厂里的难处。大家散散吧。”

秦金符说：“罗厂长你是不是存心躲着我们？”

“我躲得过初一，躲得过十五吗？”他拍了拍秦师傅的肩膀，众人也就随着站起来，往办公室外边走。

站在楼道里秦金符又说：“我们这一代人是社会主义的光没沾上，资本主义的光沾不上。论年岁吧！不老不小的，活得真没意思！”

罗厂长听了这话，默然。

人们都走了。四车间的张义又转了回来，脸色显得很不好看："罗厂长我有几句话要对你说……"

这时候罗厂长恍然大悟："我也让你们给闹糊涂了。张义你怎么也成了老病号啦？没病没灾的你跟着起什么哄呀！"

张义苦笑着说："从前我是没病没灾的，可是天有不测风云啊！"

罗厂长看了看手表："咱一边走一边说，我要赶到局里参加紧急会议。"

张义却不言不语，静静跟着罗厂长朝前走去。

张义的一举成名，也令罗厂长感到新奇。一个男人居然能够在心灵手巧的女工堆儿里抢到一只饭碗，得到"轧花冠军"的称号，真是特大新闻。于是他就对跟在身后的张义说："你有什么事情就说吧。"

张义环顾左右然后压低声音说道："罗厂长我告诉你一件事情！你没看出我有什么反常的地方吗？我得了种怪病！胡子越来越少啦……"

"胡子越来越少啦？"罗厂长停住脚步，盯视着张义的脸颊。张义此言不虚，无论是他的上唇还是他的腮下，当初"亩产上纲要"的沃土竟然变成稀稀拉拉的盐碱滩。照这样下去，有朝一日张义的面孔肯定要成为不毛之地的。

"张义，这到底是怎么搞的？你要抓紧去医院检查啊。"

"查了，从验血到CT，查了好多项目，医院纯粹是为了赚钱。大夫也说不出子丑寅卯，就让我先注射一个疗程的雄性激素。医药费我吃不消，所以急着找你报销。"

罗厂长眉头紧锁。是啊，人们刚给张义起了一个"张大娘们儿"的外号，这家伙就不长胡子了。俗话说这就叫众口成灾。这真是不可思议。

"张义，我问一句不应该问的话，你现在的夫妻生活怎么呀？"

"原来还能维持每周一歌的水平，现在退步了，变成每月发薪了。

再退一步，恐怕就要变成每年上缴公粮了。”

不知为什么，罗厂长心底涌起一股悲哀的浪潮。一个男人在改革开放的大好形势下，居然不长胡子了。目前虽然病因尚未查明，但罗厂长断定，这十有八九属于社会转型时期的心理紊乱症。心里的紊乱造成角色认知的迷失，误导生理特征，便成为一个走在男女边缘的男不男女不女的“二尾子”。

“张义，厂里眼下经济非常困难，肯定不会给你报销医药费。”说着罗厂长伸手从上衣里摸出一只纯皮的钱夹，翻出里面的所有钞票：“真不好意思，这二百多块钱你拿去吧，算是我对你的声援。病，一定要抓紧治。千万可别变成了女的。你要是变成女的，你老婆怎么办吧？她跟你可就成了姊妹关系啦？那真乱了。所以我说你必须牢固树立战胜疾病的信心。”

张义将罗厂长递来的二百块钱接在手里：“我自从当了缝纫男工，每月工资四百八，还能挺住……”

“挺什么呀！你都快变成女的啦。”罗厂长拍了拍张义的肩膀，转身就走了。

张义追上来说：“罗厂长，我的病你一定替我保密！”

罗厂长走到汽车库，钻进那辆破旧的上海轿车，赶往局里参加紧急会议。

局里非常关心大中华日用化工厂的处境，紧急会议的主要内容就是讨论如何促使企业尽早走出困境。会上，制订了嫁接外资的方案。会后，立即与美国的一家公司开展谈判——全厂轰轰烈烈闹开了合资。一忙，罗厂长将张义这个人忘到脖子后边去了。

一天，他坐在办公室里起草合资意向书，门吱地一响，张义走了进来。

看到张义，罗厂长恍如隔世，双眉紧锁似乎绞尽脑汁也很难忆起前世的事情。

张义从怀里掏出一只黑皮钱夹，捏出两张百元钞票说：“罗厂长……”

罗厂长定定注视着这二百元钱，记忆一下就恢复了：“哦！张义你的病到底怎么样啦？”

张义小声说：“没有什么明显恶化。”说罢，就将二百元钱放在罗厂长的办公桌上。

罗厂长急了：“我什么时候说过要你还这二百元钱？张义你到底是怎么想的呀！这钱，你拿回去。”

张义沿着自己的思路说：“我呢，下一步还想继续吃药，我相信胡子很快就会重新长出来的，因为我不可能没有胡子。我听说咱厂要跟美国人合资？”

罗厂长告诉张义，这次与美国人合资只包括二车间以及一车间的一部分。至于已经改成缝纫场的四车间，与合资毫不搭界。

张义颇为失望地说：“那我就继续往乳罩上轧花吧。”

罗厂长看了看手表，差十分两点。厂长办公会的时间就要到了。张义却在桌子对面坐了下来。

“罗厂长，我想请你吃一顿饭……”

罗厂长想了想：“嗨！张义你什么时候学会了这一套啊？等你的病治好了，我请你吃一顿饭！”

张义笑了笑：“罗厂长我觉得你这个人挺好的。我想跟你交一个朋友……”

听了这话，罗厂长心头泛起一阵警惕：张义这家伙是不是性变态啦？我一定要多加小心。这样想着。罗厂长就换了一个话题，问张义是不是又遇到了什么新的困难。

张义低着头说，没遇到什么新困难，跟妻子的关系也在调整之中。

罗厂长心里说，张义啊你的当务之急是想办法长出一茬胡子来。

张义嘿嘿笑着，又说：“罗厂长其实我是来告诉你一个好消息的。你知道《男友》杂志吗？发行三百八十万册啊。它命题征文，叫‘男人心事’。每篇不能超过三千字，必须真情实感。我呢就把自己如何成为全厂唯一缝纫男工的事情写了出来，其中还提到我的外号‘张大娘们儿’。当然，文章里我没说自己不长胡子的事情。寄去一个月就有了消息，说我得了一个二等奖。昨天刚刚收到《男友》寄来的八百元奖金。罗厂长敢情写文章也能小康呀。编辑部把评委评语的复印件给我寄来啦。评委说，这篇文章以切肤之痛描写了当前国有企业男性职工的处境，表现了身与心的冲突，个人生命与外部世界在社会转型期的碰撞……”

他打断张义的话说：“明天你把《男友》带来，我想看一看你写的文章。”

张义十分感激地笑了。他来找罗厂长，正是为了满足自己的荣誉感。一个胡子渐渐绝迹的男人，除此之外还能有什么引以自豪的事情呢？于是他使劲与罗厂长握了握手，噙着眼泪扭头走了。

罗厂长看到，那二百元钱摆在办公桌上。看来这个张义不随便接受别人的援助。罗厂长叹了一口气，将这两张百元钞票放进抽屉，起身到会议室去开厂长办公会了。会上，罗厂长接到市政府办公厅的一个电话，说是李吉钢市长明天上午来厂视察。

全厂立即行动起来，连夜人搞爱国卫生运动。

第二天上午八点半钟，李市长的车队驶进工厂大门。工厂领导班子迎上前来，请市长到会议室里听取汇报。李市长说不听汇报，径直走进四车间的大门。

这属于冷射，打了一个措手不及。

大队人马涌进四车间。车间主任李富起连忙迎了上来。这位外号“老母鸡”的车间主任不卑不亢说了一句欢迎视察，就闪到一旁。罗厂长挤了上来，向李市长介绍说：“四车间适应市场变化，给外商来料加工制造柔柔牌高级女士内衣内裤，这里百分之九十五是女工。目前职工的收入，居全厂中上游水平……”

四车间的厂房光线明亮。一百台缝纫机，横看成行，纵看成排，机器轰鸣汇成一曲大合唱。罗厂长告诉李市长，这里实行两班制生产，这样一百台缝纫机就变成二百台了。

李吉钢市长顺着车间通道朝前走去。两边都是缝纫机，中央的通道显得很窄。两侧看到的都是缝纫女工的背影。她们埋头工作着，没有工夫回头，更没有工夫遐想。从一个个缝纫女工的背影上，已经很难看出她们的脾气秉性、性格情绪，那只是一个个背影而已。罗厂长为自己的这个发现暗暗感到震惊。是啊，如果男人看到的只是女工劳碌的背影，那么女工幽深的心灵必将成为盲点。

紧张有序的生产场景似乎感染了李市长。他指着一个女工的背影对姜合营说："你看她缝纫的速度！熟练得就跟杂技演员一样……"

说着李市长就越过一台台缝纫机，朝"杂技演员"走去。

随行的记者们立即准备拍照。

这真是一位"杂技演员"——缝纫起来她身体的任何部位都在散发着巨大的潜能。左手一甩，那只高级胸罩刷地进入针下，顺势一牵，眨眼之间机器轧花完毕。右手一甩这件成品就落入身旁的塑料筐里。全套动作一气呵成，堪称一流技艺。李市长兴奋地说："应当归纳成一套工作法，推广！"

这个"杂技演员"猛然回头，瓮声瓮气说了一声谢谢市长。李市长毫无思想准备，被这个女工堆儿里突然冒出的粗声大嗓吓了一大跳。市长的警卫员本能地做出反应，将身体横在市长与缝纫机之间，虎视眈眈注视着"杂技演员"。

李市长必须与人民群众在一起。他伸手拨开警卫员。罗厂长这时说道："李市长，这是一位缝纫男工啊。"

望着留着两撇小胡子的张义，李市长极其惊讶："什么，动作这么利落怎么是一个缝纫男工啊！"

张义抬起头来大声说道："我本来就是一个男的！"

罗厂长也对张义唇上突然出现的两撇小胡子感到意外。张义一定是吃了什么好药。

“怎么这里还有缝纫男工啊？”李市长问道。

“老母鸡”说：“多年以来，我们都是提倡男女同工同酬的呀！张义强烈要求上岗，我们不能剥夺他劳动的权利啊。”

李市长看了看张义：“好！时代不同了，男女都一样。改革嘛，能将懒惰的变成勤快的，也就应当打破男女界线。譬如说如今劳务市场已经出现了男保姆。这也是新生事物嘛。”

文字记者忙着记下市长的言论。摄影记者忙着拍下这个感人的场面。

市长一行前往二车间视察去了。

张义捋了捋两撇小胡子，笑了笑。之后，他低下头去，继续往那一只只高级胸罩上轧花。

下班之后，张义破例到厂里的浴室洗澡。走进更衣室，就听到隔壁女浴室里传出一段女声京剧大合唱：

“叫张义啊，我的儿，听娘教训，待为娘对娇儿细说分明……”

张义站在女浴室门口大声喊道：“都给我闭上你们的臭嘴！”

之后，张义拎着毛巾走进男浴室。

工厂浴室已经取消了池堂，全都换成喷头式的。站在喷头下，任热水喷淋在头上，张义突然大声喝道：“操你妈妈的，我是一个男的！”

人们以为张义发了神经，就都离他远远的，希望事态进一步恶化，然后看乐儿。

张义站在高处的一只喷头下面，涂满洗发液开始洗头。很快，他头上就篷起一团白色泡沫，覆盖了他的面目。一个外号“猴七儿”的小伙子趁机跑上前去看了看，然后跑回来悄声对大家说：“没错，这家伙是个男的！”

人们低声议论起来。

“很快张义就要变成一个女的啦！”

“这年头什么事情都可能发生。变性手术你们知道吗？男的能变成女的，女的也能变成男的。”

一阵水响，张义站在喷头下面，哗哗冲去头上的泡沫。他擦干面孔四处看了看。人们立即闭嘴不语。

这时候，顺着浴室的明渠，从张义方向漂来一宗物件。

“猴七儿”猫腰捡起来，仔细看了看，突然哈哈大笑：“假的！‘张大娘们儿’的胡子敢情是粘上去的。”

人们抢着去看“猴七儿”手里的假胡须，为真相终于大白而感到无比快乐。

张义悄无声儿擦干身子，穿上衣裳走了。

走在厂道上，迎面遇到罗厂长。罗厂长正要问张义胡子的事情。张义当头就说：“我呢，凭劳动吃饭，到什么时候也不算错误。罗厂长，厂里什么时候能给我们报销医药费？”

不等罗厂长回答，张义大步走了过去。进了四车间，车间主任“老母鸡”喊住张义：“李市长视察咱们车间的时候，跟你合拍的那张照片明天报纸就登出来啦。咦，张义，你什么时候把那两撇小胡子给刮啦？”

张义说：“李主任我跟你说，无论我有没有胡子，只要全市举办职工技术比武，轧花这道工序我保证拿第一。你要信我的话就把那八个女工都裁了。她们的活儿我一个人全包啦！如今也不选劳模了，我这个人就是生不逢时。”“老母鸡”呆呆望着张义，不知道说什么才好。

张义自言自语说：“操！从来没听说过胡子越长越光荣……”

原载《延河》1998年第5期

牛铃摇春光

王德林

青草发芽驴放屁的时节，连发从乡下来到了矿上。年轻人一拨一拨到城里打工，剩下年老的守着田里的日子，连发不想陷在泥土里等老，社员个个都是向阳花的年代早已成为历史，他得跑步跟上这个时代。

连发到矿上除了挣钱，还有一个打算，就是寻找爱情。

但这一想法很快被段里的伙计们扑灭，都说，都啥时候了，还一口一个爱情呢，要找到古典小说和古典诗歌里去找吧。有文化的技术员还引经据典很是论证了一番，弄得连发有些沮丧和灰心。

连发在井下总是一副任劳任怨的样子，混得像个店小二，整天让大家呼来喝去的。在籍工的优越感明显高于连发他们这些农协工，动辄就说，愿干干，不愿干滚回乡下去。稍有懈怠，班就被划掉，一天的活就算白干，值班段长凶巴巴，活像旧社会的地主老财和矿山把头，农协工们只能忍气吞声敢怒不敢言，在人屋檐下不能不低头。连发心中那种寄人篱下的屈辱尤为强烈。在籍工捞木头只需捞三根圆木，个把小时就可升井，而轮到连发他们就要捞六根，还要附加几块拌子，一个个像狗似的在上山下山钻来钻去，累得吭哧瘪肚，铁丝深深勒到肩上的肉里，火烧火燎的痛。

井下光线饥馑，连发像头被蒙了眼罩的驴，时常在溜子道跟掌子头转磨磨；空气浑浊得如同一张毯子，紧紧将他裹住，令他感到阵阵窒息。

连发在忍受井下黑暗蹂躏的同时，自然便联想到家乡广阔天地的无比亮丽，以及飘拂在田野间的清新气流，还有像在山坡抹了绿色涂料的青草和道旁黄色的九月菊、白色的马蹄莲，还有家里那三头黄牛回圈时的泥黄色叫声……连发觉得井下的黑夜连着黑夜，露天的阳光，明月和星光只是这黑暗链条上的一个个逗号，他每天都在这条黑链上运转，恰如流淌在运输皮带上的一块煤，不管在井下块有多大，辗转折腾到地面早已化成碎块或煤面子，心里就充满了黯哑的惆怅与孤独。

放炮的间隙，大家横躺竖卧在小川（井下用来躲炮休息的地方）里闲得五饥六瘦，便用烟熏酒腌的粗嗓门谈女人，一个人开了头，其他人也顺犁沟走，笑声嘎嘎跟大鹅似的，同头上的矿灯一起晃动飞扬。最后，话题总是聚焦到绿盖头上。

绿盖蜷在角落里，像一只被遗弃的病猫，安全帽扣住半个脸，矿灯搭在肩头昏暗着。

绿盖有名有姓，绰号跟他的经历密切相关。

绿盖也是农协工，比连发早来二年，起初也是踌躇满志地来寻找爱情，可很快便流于失败，娶了个寡妇，那个寡妇是个公亡家属，嫁给绿盖时瘦得似个干面包，但很快就被绿盖滋润得白白嫩嫩，整日在家搔首弄姿满意着绿盖的欲望。后来发生的事对绿盖来说匪夷所思。

那天绿盖上三班，因井下瓦斯超限不能生产，就早早回来了。院门没插，屋门也是虚掩着的，绿盖推开门，便把妻子与另一个男人目击在了床上。绿盖悚然一惊，一屁股跌坐到缝纫机旁的椅子上。那个男人用被子蒙住头筛糠般抖个不停，脚露在外边，有点顾头不顾腚；

妻子趴在枕头上双手支住下颌与丈夫对视，眼睛一眨不眨。绿盖的目光里饱含痛苦、哀伤、屈辱、愤恨、茫然和空洞。这种胶着对视足足持续了五六分钟，空气骤然凝固成一团二氧化碳，仨人都听到了彼此粗重的喘息声。月光逡巡着把这一切瞅得真真切切。绿盖妻子当时想的是丈夫到外面能拿菜刀，还是斧子木棍之类的凶器，绿盖脑子里则是一片空白，处于死机状态。绿盖趔趄出去的时候，妻子绝望地闭上了眼睛，感到死亡的阴影正在头上徘徊。可出乎意料的是，绿盖再没进屋，而是跑到井口饭店喝了个酩酊大醉。绿盖再也没有回那个家，绰号却在井口不胫而走，人们纷纷向他投来鄙视的标枪，他从不躲闪，一派死猪不怕开水烫的无畏。

绿盖在爱情上的流产，让连发生出些兔死狐悲的感慨，同时为自己的未来忧悒，悲愁仿佛积在沼泽中的水那样郁积在心头，排也排不出去。

井下小川里每个班都呈现着放炮前惯有的热闹景象。

咀嚼女人是个永恒的话题，它能鼓动起矿工们的另一种情绪，使他们蠢蠢欲动跃跃欲试，渴望起另一种人生，就更加拼命地干活，升井后匆匆洗个澡，便恶虎扑食般扑向各自的女人。

连发胸前长有三个痦子，有次算命先生给他相面，说他将来能当上副处级，胸前的三个痦子有一个发红时，好运道就来了。来到矿上，连发每天升井洗澡时，别人都穿衣服了，他却站在更衣室那面锈迹斑驳的镜子前仔细观瞧，三个痦子呈不规则的三角形散落在胸前，一概紫黑着，无丝毫发红的征兆。连发边看边嘀咕，操，还副处级呢，能混个副段长也行啊，至少不会受这些窝囊气。那三个痦子一直紫黑着，直到他离开矿山也没起啥变化。

连发这些天走马灯似的看对象。

升井后，交完灯在澡堂子里涮一涮换好衣服，身上披着井下的黑暗，来到矿区公园。连发头一次到公园时是个月明星稀的晚上，一对对男女做着不同的姿势长久不动，他还以为是些雕塑呢，到了近前才知道看走了眼。来的次数多了，连发便把这看成是陈列以爱情为主题的雕像馆，自己也想跻身这一行列。

跟女方见面后，连发憨然一笑，一双手没地方搁。然后便口气显贵地说，俺家有三头牛、五头猪、十二只鸡、八只鹅、六只鸭，还有一条大黑狗，这些都是俺家的固定资产。女方听了扑哧一笑，闻到一股农作物和家禽的味道，便掩鼻子走开。

每次看对象回来，段里的伙计们都撺掇他请客，连发结结巴巴地说，成葫芦瘪葫芦还不一定呢，请啥客呀。脖子胀成了牛脖子，好粗。

连发对象看了不老少，没一个成的，钱却没攒下，一次一次地请了大伙喝酒，每次都跟真的差不多，祝贺连发找到了爱情，酒醒后却发现连发还是孑然一身，大家心里就挺什么的，骂女人都他妈瞎了眼，都钻进钱眼儿里，认钱不认人了。

矿山红火的日子不知从啥时画了句号，好像兑了水的酒，已经没有那么醇厚的味道了。井口那些曾经写满高产会战口号的宣传板，已破败不堪，有如弃妇的破衣烂衫。井下资源枯竭后，老矿成了一具僵死的骷髅，在它朽烂的身体上，这里那里总可以剜出些新鲜血肉，这就是回采和残采，死马当成活马医。但就像多米诺骨牌，一张接一张地倒下去，总有最后的牺牲者，工人们的工资一压就是半年，升资如同彗星出现一样稀少，许多农协工支撑不下去，纷纷离开矿山。矿区蹬倒骑驴拉脚的急剧增多。姜维已去，蜀人谁人能为大将？连发也不想将自己这条贱命安顿在黑咕隆咚的井下，正在犹豫不决时，绿盖的死使他最后下定了决心。

连发那天和伙计们坐在井口饭店喝酒，话题又夯到女人身上。已经破罐子破摔的绿盖瞪着发红的小眼睛，说了句很精辟的话，现在的人不管男女，都他妈是黄鼠狼，既想偷鸡，又怕遇到猎人，还寻找爱情，狗屁。连发没言语，只顾闷头喝酒。绿盖拿蛇信子样的目光扫一眼连发，狡狡地笑了笑，又说，你干脆到人市随便找个女人，花三十五十的，放一炮得了，还爱情呢，傻帽。连发勃然大怒，狠命一礅酒瓶子，住嘴，我找的是爱情，不是公共厕所，要去你去，你懂个鸡巴。绿盖瓷在那里，半天没回过神来，那对小眼睛忐忑不安地瞧连发，一副等候发落的模样。连发拂袖而去，绿盖说的人市是指一些做皮肉生意的女人，到劳务市场拉客，三十五十就成交，人们就把劳务市场叫成人市，同狗市等同起来。

事隔三天，是个零点班，连发正要去捞木头，绿盖把他拉到一旁，一时竟忠厚起来，忸怩了半晌，黯然说，那天我喝多了点，说那些醉话你千万别介意，咱都是农村来的，不易。连发听了一愣，如冬草被春风抚摸了一样，不知怎么，一下子想到了兄弟这个温情脉脉的词。伸手拍了拍绿盖的肩头，哽咽道，没什么，我早忘了。掉头走开。连发捞到第四根圆木刚走到排气孔时，猛然听到一声闷响。

咣咚——

不好，是煤炮。

连发像感觉到危险的羚羊那样抬起头，警觉地听着掌子面的声音。巷道里布满了煤烟和灰尘，宛若无数个跳蚤在灯光里蹦个不停，头上的矿灯射出不到半米便被它们挡了回来。

班长金大个子从烟雾里钻出，连滚带爬地去给井上的调度室打电话。

掌子面埋住的是绿盖。

连发被这一事实猛地攫住了，心像受了电殛，剧烈地颤动起来。

连发和伙计们跪在地上发疯般扒，一个个像急红了眼的困兽，咆哮着左右突奔。连发的手被铁锹抢出了几个口子，血流不止。灯光晃动着急切，交织成一张网，要把埋在煤堆里面的绿盖打捞上来。哗哗哗的攉煤声似一把把利剑，无情地切割着众人的心。锹镐的碰击声铿铿震耳，咸涩的汗水不时遮住人们的视线，挥汗如雨和鱼死网破用在这里再恰当不过。

绿盖的头露出来了。

头上的安全帽砸飞了，连发把自己的摘下来给绿盖扣上。

绿盖的肩膀露出来了。

绿盖的上半截身子露出来了。

头上的货还在哗哗往下淌，井长及时赶到，指挥大家在空顶上架木垛打穿杆，把货堵住。

金大个子俯身摸了摸绿盖的鼻子，已没一丝热气，但他仍信心十足地往下挖。大家这会儿都显得小心翼翼，扔掉家什，一律用手扒，生怕碰疼了绿盖。

绿盖被直接送到了太平间。

医生说绿盖的肺子憋炸了。

绿盖没有亲人，是段里的伙计们送他走的。

绿盖在转眼间化成一缕轻烟，从火葬场的大烟囱里无牵无挂地飘走了。连发仰头望着他远去的魂魄，耳边再一次响起绿盖那天在井下对他说的那几句话，真是人之将死，其言也善啊。绿盖走了，却把哀恸植入了连发的心中，金色的阳光被无形的绿盖撞碎后，落叶一样纷纷扬扬弥漫了连发青灰的脸颊，使劲抖了抖，头脑累得像刚放过电的电池一样。伤心的哀乐低声回响着，如同井下的排水沟里流动的暗河。

连发蓦然醒悟，原来死亡已经在自己身边静候，生命行程的终结也就在眨眼之间。

连发知道自己不是矿山的最后守望者，矿山好比村头那座桥，弯弯的背一拱一拱的，已经不住多少人踏了。连发背着行囊走到井口操场的大门前，回头一望，已是泪流满面，心酸得差点哭出声来。他感到，这是诀别。

回到村里的连发赶着家里的三头牛，很农民地在山坡上游荡。牛尾巴一甩一甩剪着绿茵茵的草地，脖子上的铃铛清脆悦耳，回响在山涧沟壑，似叮咚的泉水。

山坡上漾漫着一层淡紫色的雾气，阳光透过雾罩映在光溜溜的牛背上，金黄得耀眼。

连发躺在柔软的草地上，把脸和天平行着，眯缝着眼全心全意地晒太阳，敞开的怀里跳跃着那三个蝌蚪状的痞子，仍是一概黑着，嘴里嚼着一根嫩草，像是在咀嚼岁月。

连发恍若看到一根藤蔓从春天的额头跳下来，搭在山脚下，顷刻便氤氲成遍山的翠绿。便慨然叹道，春天又来了。没错。觉得自己轻飘飘，像长了翅膀一样，跟燕子们一起欢叫着在群山之上涂抹春光。

连发那年走的时候是春天，如今回来又是春天，转了一个圈又回到了起点，冥冥之中像是有只手在拨弄着他的命运。连发认为只有青翠的山坡和田野是忠于自己的，年年月月，向他提供着生存的一切，他的生命最终会溶化在这里。身旁的叶芽摇晃着疯长，生着刺，硬着折弯的枝条，把天空毛茸茸地割裂开。

春风抚在脸上娇柔无力，颇似女人的纤手，连发觉得这当然要比危险丛生的井下写意得多。

口了像蜕皮的兽皮，一动不动地挂在墙上。偶尔，矿山的一幕幕或清晰或模糊的在眼前闪现，遗忘了的东西如上了钩的鱼，马上从漆黑的深渊里冒出，又生动又具体，栩栩如生。矿山的一切都像用雕刻刀深深地刻在他大脑深处的褶纹里，这段情结被连发日复一日地叠成两个字：怀念。一些温暖且潮湿的东西慢慢地爬上心头，心便磁针一般顽固南指，居然有些魂不归兮，神不守舍。

春天一天天往深里走，万物生机盎然地复苏起来，在连发的母亲为儿子的婚事急得白头搔更短的时候，在人们都争相传唱村里有个姑娘叫小芳的时候，连发娶了本村一个叫小芳的姑娘，开始复印饮食男女的庸常生活。连发有时暗自好笑，爱情就在自己身边，还大老远跑到矿上去寻找，好悬把条命搭上，真是。

成了家的连发与以前不同，身上多了一些奔放和激情，俨然是一条准备逆流而上的鱼。黄牛们哞哞的叫声不时在田间地头跳跃，音乐般让连发亢奋。

让连发做梦也想不到的是，他走后名字还阴魂不散地在矿上起着某种作用，管理段长刻了一个连发的手戳（这种手戳不止连发一个）。每月拿着考勤表到井口工资组批工资，领出的工资很快就变成了段领导们的下酒菜和流动资金。有次矿上搞精减，报到局里说简掉一千二百多名富余人员，受到局长的表扬，夸他们改革的力度挺大。其实，这一千二百多人早已离矿，全是些农协工和劳保的名单，一直吃着空饷。管理段长每次往工资表上摁手戳时，都觉得连发的名字有些永垂不朽的味道。

当管理段长借连发的名字冒领工资的时候，连发正趴在自家的土炕上扑通扑通地繁衍后代呢。

原载《作品》2000 年第 5 期

荣获“第五届全国煤矿文学乌金奖短篇小说奖”

开冲床的人

王十月

一

有个打工仔，名字叫李响。可他的世界没有一点声响，于是给自己改了个名字，叫李想。他希望自己是个有思想的人。还有个打工仔，来自广西，年方十八，瘦瘦小小，像棵草，工友们都叫他小广西。他俩在同一间五金厂打工，都开冲床。有一天，小广西的一只手掌被冲床砸成了肉泥，连血带肉溅了李想一脸。李想当时在神游，并没意识到溅在他脸上的是血，是肉，只感觉到有东西扑打在脸上。他纳闷地看见小广西跳起来，蹲下去，又跳起来，接着身子像陀螺一样转着圈子；小广西的嘴不停地一张一合，像一条在岸上垂死的鱼；他脸上的肌肉在抽搐、扭曲，直到把身子扭成了麻花状。这古怪的模样让李想产生了联想。他经常这样，看见事件甲，就想到事件乙，又由事件乙想到事件丙……他的联想漫无边际。李想时常觉得，这一切都是他的名字在作怪。觉得他名字中的这个想字，不是思想的想，而是胡思乱想的想。比如现在，李想想起了麻花，厂外面有卖天津大麻花的，李想第一次见到，惊讶得不行。呵！那么大的麻花！这哪儿是麻花呀，可不是麻花又是什么呢？这些，已是十年前的事了，十年前，李想十八岁，和如今的小广西一个年纪，李想从湖北来到广东打工，在老乡的帮助下，给这间厂的人事经理送了一条“特美思”——那时想要进厂不容易，何况李想这样失聪的人，就更不容易，但有了一条“特美思”，进厂又变得容易了起来。因此容易和不容易，有时是辩证的，是相对的。——李想顺利进了这家五金厂。那一年，李想见到了许多前所未见的事物，比如冲床，比如许多稀奇古怪的植物，总之一切都是那么新奇，天津大麻花就是其中之一。李想对天津大麻花情有独钟，每次经过卖麻花的摊点，闻到那浓浓的油香，他就会想起过年时母亲炸的油饼。母亲在炸油饼时，李想就眼巴巴地盯着锅里，说，“妈，完球了，油没有了。”母亲鼓他一眼，朝他挥着手说：“去去去，出去玩，这么多油饼还塞不住你的嘴。不说话没人当你是哑巴。”谁承想一语成谶，他竟然真成了哑巴。进厂后第四个月，李想生平第一次拿工资，一百八十元。在李想看来，那是一笔不小的数字。拿到工资李想就出厂门，直奔麻花摊点，买了一根天津大麻花。李想捧着天津大麻花回到宿舍，左看右看，终究没舍得吃。在家里，只有生病了，母亲才会买回几根小麻花，泡在糖水里，这是李想记忆中的人间绝味。闻着天津大麻花的油香，小学四年级那年冬天的记忆纷至沓来，他记得那个冬天下很大的雪。那时的冬天仿佛都有很大的雪，常常是清晨一觉醒来，雪已把门堵住。他喜欢雪，在雪地上追踪着兔子或野鸡的足迹，追出很远，直到雪地上的足迹突然消逝，他从来没有追到过野兔或是野鸡，却乐此不疲。那个冬天，他在追野兔时不慎掉进水凼子，爬起来时浑身皆已湿透，回到家，在火边一烤，烤得手脚生痛，仿佛有鱼在咬。当晚他就病了，高烧不退，感觉是跳进了火炉，外面的世界冰天雪地，他身体的季节却在夏天。那场病持续了一月有余。李想尚能忆起，母亲每天晚上站在寒风呼呼的山头上为他招魂，母亲喊：“响儿哎，回来哟。”父亲在屋里答：“回来了。”母亲和父亲的一喊一答，成为李想对于声音的最后珍藏。冬天过去时，李想的身体从夏天回归春天，却陷入了一个无声的世界。用现在的眼光来看，那是一次医疗事故，乡间的医生用庆大霉素和链霉素对李想的身体进行了轮番攻击，杀死了病毒，也直接导致他双耳失聪，听力损失九十分贝以上……李想看着天津大麻花时就想起了母亲，想起了母亲为他招魂的声音，那声音来自他的体内，仿佛是从某个细胞里不经意逸出。李想想起母亲一辈子没有离开烟村，没见过这么大的大麻花。他抻长脖子吞着口水，仿佛一只吞食田螺的鸭，最后小心翼翼包好麻花，去了工业区邮政代办所，把那根大麻花寄回家。顺修短信一封，告知母亲，说：儿在外面一切皆好，拿了工资，不愁钱花，工作并不累。说：每天坐在冲床前，把薄铁片伸进冲床口里，踩一下电钮，如此简单。说：车间里一大排冲床，在不停地冲着铁，冲着铝，冲着不锈钢，还有电锯在锯着铁，锯着铝，锯着不锈钢，火光四散，像花一样，煞是好看……李想的思绪游走一周，他再次看着身体扭成麻花的小广西，突然灵醒过来：小广西出事了！李想觉得脸上黏糊糊的，伸手一抹，抹出一巴掌血，血中带着肉屑，那是小广西的血，是小广西的肉屑。血和肉屑一如王水，腐蚀着李想的脸。脸上的皮肉被撕裂，痛感瞬间从脸经过心脏直抵脚尖，李想的意识再次逃离了现场。“王水”二字，是从前一位工友写给他看的。厂里有个车间，车间里有个池子，池里盛满王水。李想初次见到王水，呵！好神奇。像火！像一个张着大嘴的怪物！水居然可以吃东西？李想见过一位工友的手指被王水吃掉，余下黑乎乎的一截，像根从灶里拔出的木棍。这厂子里是危险和恐怖的，到处是吃人的王水和咬人的电锯、冲床。拿着原料从仓库到冲床车间，或是从冲床车间到镀铬车间，就像是经过一片危机四伏的原始森林。李想时常觉得一双眼不够用。半年后，李想对车间熟悉了，哪里有电锯，哪里有王水池，哪里会飞出像暗器一样的铁片，哪里的地下有“绊马索”，这一切他都了然于胸。王水没有吃到他的肉，冲床没有咬着他的手。给他写下“王水”二字的工友，那只写字的手早已被冲床吃掉了，就像小广西的手一样。失去了手不久，小广西失踪了。十年来，李想习惯了这样的失踪。他知道，用不了几天，甚至是几个小时，就会有人来填补小广西留下的空位。这硕大的车间，能坚持做满二年的人已不多，能全身而退者更是少之又少。李想已记不清这车间吞噬了多少根手指……李想时常会想：他们做事何以马虎若此？李想就不一样了，他在这位置一坐就是三年。五年。八年。十年……可能还会坐下去。李想觉得冲床很温柔，很安全，也很听话。脚尖轻点一下控制，冲床的大铁掌呼地抬起，放下要冲的料片，脚尖再轻点控制，冲床呼地冲下。一切都是那么简单。看着小广西那血肉模糊的断掌，李想木然地想，好好的人，脑子又没毛病，为何把手放进冲床口，手在冲床口里，为何又要踩控制开关？若只一个人如此尚可以理解，为何每年都有人会犯同样的错误？李想喜欢他的这台冲床，和冲床有感情。仿佛这冲床是他的恋人。每天下班，他都会拿起抹布，把冲床擦得干干净净，油光闪闪。李想甚至觉得，他和这台冲床是一个整体。他熟悉冲床，就像熟悉自己的手指，操控冲床，如同指挥自己的四肢。他向工友表演开冲床，他的动作是那么有节奏感。在表演的时候，李想闭着眼，他的心里没有冲床，也没有铁片，只有一个宽广的舞台，他在跳舞，动作舒展、轻盈。那是多么美妙的境界呀。他冲出的产品整整齐齐，铁片上冲出来的圈一个紧挨着一个，材料没有一点浪费。这事被经理抓了现行，他因此而被罚款五十，这让李想心疼了好多天。李想后来不再表演。身体被限制，思想却获得了无限的自由，坐在冲床面前时，所有的思想，最后都落在渐行渐远的声音上。关于声音，李想实在无法忆及太多，他只依稀记得母亲和父亲的喊魂声，房前屋后树林里的鸟叫，草丛中不绝的虫鸣。有时李想一边开着冲床，一边努力回忆那些鸟叫和虫鸣。他相信一定还有鸟叫和虫鸣躲在他身体的某个细胞里，在和他玩捉迷藏。他就和这些声音玩起了游戏，发誓要把它们找出来，而声音在躲避着他。他一次次徒劳无功，后来李想明白了，以他的能力是无法找出这些声音的，他想到了医生。医生在检查了一番之后，给他开出了一堆的药。后来的很长一段时间，李想把工资都交给了一家又一家的医院，换成了中药、西药、藏药、各类祖传秘方……李想打工有了明确的目标：挣钱，治病，找回失去的声音。因为这个目标，再苦再累，李想也没有觉得苦和累。他更多看到的是希望。终于有家医院给了李想真正的希望：手术植入电子耳蜗。李想不再病急乱求医，他开始存钱。十万元，这是医生报出的数字。对于李想来说，这是一个无穷大的数字。然而李想从此安心地坐在了冲床前，冲床每上下起动十次就是一分钱。李想无法计算出，当他手中的钱变成六位数时，冲床要上下起落多少次。但他相信，这一天迟早会到来的。李想读过一篇课文，叫《愚公移山》。李想还看过一个故事，叫《精卫填海》。李想觉得他是愚公，他是精卫。他在冲床上贴一张纸片，上书六字：有志者，事竟成。

二

李想和小广西睡一张床。李想睡下铺，小广西睡上铺。宿舍里八个人，小广西是李想唯一的朋友。

在小广西出现之前，李想的世界就是车间，就是冲床，就是手中的那些金属。几十台冲床在不停地起起落落，响声震天，李想安坐其中。那是李想的无声之阵，没有声音的世界里，李想早已忘记了语言。强烈的自尊，让李想不愿通过手势与人交流，也不会张开嘴发出徒劳的声音。也许是看见了小广西，让李想想起了初出门时的自己，他产生了想和小广西交流的冲动。李想听不见小广西对他说些什么，可是他喜欢“听”小广西说话。小广西出事后的很长一段时间，李想在回忆他和小广西的友谊时，脑子里总是浮现他们第一次交流时的镜头：

（李想）拿出纸和笔，在纸上一笔一画地写道：我叫李想，你叫什么名字？我们交个朋友。

（小广西）脸刷地变红，嘴快速地一张一合，双手乱摇。

（李想）急坏了，在纸上快速写道：我不是坏人，看到你，想到我刚出门时的样子。

（小广西）脸更红，嘴迅速一张一合，双手不停地比画。

（李想）写：你在说什么呢？我听不见，你能写给我吗？

（李想）把纸片塞进小广西的手中。

（小广西）看着纸片，一脸茫然。

（李想）写：晚上很冷，我看你没有被子，为什么不去买，是没有钱吗？我借钱给你。

（小广西）突然痛哭，抱着头，蹲在地上，肩膀一抽一抽。

这个镜头无数次出现在李想的回忆中。当时他并不知道小广西不识字。后来，还是另外的一个工友见到在哭泣的小广西和不知所措的李想，居中翻译，把小广西的话译成字，把李想的字再念给小广西听，才为他们解了围。工友在纸片上写道："他叫韦超，来自广西，他说他不识字，连自己的名字都不会写。他没有钱买被子，但他说不冷。"

那天晚上下班后，李想和小广西一起去逛街，李想帮小广西买了一床被子。

一个哑巴，一个文盲，他们的初次交流，后来在这间五金厂作为笑谈被广为流传。而在这笑谈流传的时候，李想和小广西成了形影不离的朋友。他们当真是奇妙的一对！上班时，李想的身边就坐着小广西。睡觉时，李想的上铺就睡着小广西。吃完饭，两人一起到厂外的公园走走。小广西看见什么新鲜事都会问李想，明知李想听不见，可他还是会问，还是会说。李想能感受到小广西眼里透出的情绪，那些快乐或者忧伤，于是他也被感染了，一起快乐或者忧伤。

小广西说：我喜欢上了小玲子，不敢对她说，她读过书，有文化，又是做仓管的。我晓得我们不般配。可我就是想她。

小广西说：我不想在这间厂里做了，车间里太吵，每天晚上睡着了耳朵里还在嗡嗡嗡地响。

小广西说：开冲床太危险了，听说每个月都要出工伤呢。

小广西说：你是好人，为什么不找个女朋友呢？你存了那么多的钱，肯定会有女孩子中意你的。

小广西说这些时，李想就看着他，脸上一直带着笑。

小广西有时也会使点坏，用广西话骂李想：丢雷个嘿！

李想还是笑。看着李想笑，小广西忍不住了，自己笑得不行。

李想却不笑了。他看出了小广西笑里的坏，举起拳头冲小广西挥一挥。小广西忙拱着手说对不起对不起。李想脸上便再次绽开了笑。

工友们也问过小广西：你都对李想说什么呢？你有毛病么，你说什么他又听不见，不是白说？

说：小广西小广西，你这是对牛弹琴呢。

小广西问什么叫对牛弹琴？

说：这就是对牛弹琴。

小广西的脸又红了，说，你们欺负人。

厂里经常会贴出一些罚款告示：某某某员工，上班时不按规定操作，罚款一百以儆效尤之类。

小广西害怕被罚款，每次出告示都要挤过去看。看见上面有他的名字就害怕。有一次，厂里出的是奖励告示，上面有小广西的名字。

小广西紧张地问工友们：我是不是又被罚款了？

工友笑：罚了，罚一百。

小广西说：我没有犯错误呀，为什么罚我？

工友指着告示，一字一句地读：我厂冲床车间员工韦超，在上班时间不按规矩操作，罚款一百，以儆效尤。

小广西急了：我哪里不按规矩操作了，经理今天还表扬了我呢，我哪里不按规矩操作了。

围观的工友们哄地笑。小广西却哭了。

李想挤过来，看到告示，他为小广西高兴，他不明白小广西为什么哭，奖了一百块还哭什么呢？他拉着小广西，指着告示上小广西的名字，对他举起了大拇指。

这是李想第一次通过打手势来与人交流。

小广西终于从李想的表情，从工友们的坏笑里明白了，这不是罚款。小广西却高兴不起来，他学会了沉默。小广西不喜欢和那些工友们一起玩，和他们在一起时，他很自卑。他喜欢和李想在一起，和李想在一起时，他觉得他是生活的强者。和李想在一起时，他什么都说，包括他晚上手淫，包括他手淫时心里想着的人都说出来了，说出来了，他的心里就平静了，而李想是他最好的“听众”。永远也不会把他的秘密泄露的听众。

三

李想快存够做手术的钱了。坐在冲床前，他会想小广西：要是小广西还在那该多好。想他做了手术，就能听到小广西的声音了。李想感到无限遗憾，他连小广西去了哪里都不知道。小广西离开后，李想身边的冲床空了两天。第三天，冲床的座位上坐了一个陌生人，和小广西一样的年轻，和李想出门打工时一样的年轻。陌生人冲李想点头，打招呼。他的脸上写着谦卑、讨好的笑。李想熟悉这种笑，他刚进厂时，也对身边的老工人这样笑来着。这笑的意思很明显，希望得到老工人的关照。李想于是也对陌生人点头微笑。陌生人朝他伸出了手，李想也伸出了手。李想突然看见了一把刀，带着寒光，从高处劈下，刀锋横过陌生人的胳膊，像剁一根脆萝卜。李想没有想到，一个月后，他真正看到了一把刀，一把西瓜摊上常见的刀。刀握在小广西的手中。手是左手。小广西的右手成了一根光秃秃的肉棒，很怪异地挥舞着。小广西是来厂里索赔的。那时，工人们都已下班，到了吃饭的时候，有人看了一眼便去打饭了，有人打了饭又赶回来在看热闹。李想刚走出车间，就看见写字楼前围了一圈人，接着看见了小广西。他兴奋得想朝小广西跑过去，可是他才跑了两步就瓷在那里了。李想看见了一群穿迷彩服的治安员，治安员们的手中拿着一米来长的铝管，正呈扇形向小广西围过去。小广西的腿分明在发抖，李想看得很真切，为小广西捏一把汗。小广西一步步往后退，可他的身后围着厂里的工人。迷彩服在步步逼近。小广西退一步，迷彩服就进一步。小广西手中的西瓜刀在迷彩服们手中的铝管面前显得是那么幼稚可笑。谁都知道，小广西坚持不了多久就会举手投降了，他们在等着这一刻。连迷彩服们也坚信这一点，他们挥动着手中的铝管，并没有急于进攻，他们只是吓唬着小广西。那意思很明显，是想好好玩玩这不知天高地厚的家伙，就像猫戏弄老鼠一样。谁也没有料到小广西会作困兽之斗。小广西并不想这样收场，他的本意不是这样的，他只是想拿着刀来吓唬一下老板，现在的情况不妙，很可能是赔偿没要到反遭一顿暴打。他回头望了一眼，目光落在小玲子的身上，那是绝望的目光，可是大家都忽略了这一点。小广西往后退一步，突然用那没有手掌的胳膊拐在了小玲子的脖子上，手中的刀挥动着……李想目睹了这一切。他看见小广西的嘴在很迅速地一张一合，却不知道小广西在喊着什么。李想的心一下子揪了起来，仿佛有只硕大的爪子，一把揪住了他的心脏，如同揪住瓜蔓上的一个瓜，只要那爪子稍一用力，那瓜就要应声而落。李想的手揪着衣服的角，手心沁出了汗。李想并不为小玲子担心，他知道小广西不会伤害小玲子。他为小广西担心。他多想喊一声："小广西，你别犯傻了，快把人放了，把刀放下。"然而他喊不出来。李想就恨自己，为什么没有早点存够钱，没有早点去做手术。小广西劫持了人质，这一突变打乱了迷彩服们的阵脚，乱了一阵之后，警察就赶到了厂里。迷彩服开始把围观的工人往后撵。小广西早已劫持小玲子退到了一间空着的办公室，现在和警察僵持着。他手中有刀，有小玲子，刀就架在小玲子的脖子上。警察手中有枪。李想第一次如此近距离地看到真枪。厂门口停了那么多的车，车顶上还在闪着蓝色和红色的光。李想曾经是多么喜欢这些五颜六色的光啊，这是城市之光。乡村是属于白天的，乡村的夜晚漆黑一片，而城市不分白天和黑夜，都是那么的繁华、灿烂。李想在给母亲的信里，写下了他对城市夜晚的感受和热爱，写下了城市的灯光。现在，警车顶上闪动的灯光让李想不寒而栗。他仿佛看见一颗子弹穿过小广西的头颅，像穿过一个西瓜，小广西的头颅从中间爆开，空中飞溅着红的瓜瓤，黑的瓜子，他甚至闻到了空气中弥漫着血腥味。有警察上了楼顶，还有警察进了对面的楼里，他们手中的枪都指着一个方向，焦点就是小广西。只要他们的指头轻轻一扣，一切将无法挽回。李想多想冲上去告诉警察们，小广西是个好人，他不会伤害那个女工。可是警察把外面围得严严实实，他根本无法靠近。他想喊，喊不出声音，他找来了纸和笔，在纸上写：小广西是好人，你们不要开枪。可他的纸片无法递到警察的手中，就算递到了也不管用。他急了，一急就乱了方寸，冲警察拼命比划，可是没有人去理会他。一个警察手里举着喇叭，在对着小广西喊些什么。这样的场面一直在持续，从中午到了下午。负责指挥的警察朝楼顶上的警察们挥了挥手……李想不顾一切地冲了上去……这时，太阳落到了五金厂厂房后面，天空在最后辉煌一下之后，迅速暗淡下去。太阳落下去了，第二天照常升起，如同李想的生活。李想的生活并没有因此而有什么太大的改变，他的上铺又睡了新的工友，不过李想不再想交朋友了，他怕自己受不了那种心脏被摘除的痛。他不再与人交流，不再拿起纸和笔。每天的工作重复而单调。他的脸上再也看不见笑容。每天坐在冲床前，他的思绪依然飞得很远。思绪是天马行空的，像一条射线，他是射线的起点，另一端，伸向了无限的未知。打工的日子平淡如水，这一年，有一件事，对于李想来说尚可一提，他参加了由镇里组织的外来青工技能比武，凭借炉火纯青的冲压技术，获得了全镇第一名。当记者采访他，问他打算怎么花这一万元奖金时，他写道："存起来。"记者问他存起来做什么用？他摇了摇头，没有回答。记者又问他有什么梦想，他在纸上认真地写道："听鸟叫，听虫鸣。"写下这六个字的时候，李想突然泪流满面。一年后，李想的梦想终于实现了。他存够了植入人工耳蜗的钱，做完手术后的他，并没有回家去听鸟叫，听虫鸣。他得再存一些钱，未来的生活需要这些钱，生活远比听鸟叫虫鸣重要。他再次坐回到冲床前。车间里是震耳的噪声，噪声剧烈地冲击着他的耳蜗，这是他所未料想到的。他在这个位置上坐了十几年，记忆中，这里是那么的安宁，像梦一样。而现在，他的耳朵里被各种各样的噪声塞满了。他没有想到，冲床每冲击一下，会发出如此巨大的响声；他没有料到，电锯锯过铁片时，声音是这样的尖厉刺耳。他的胃一阵阵地痉挛，想吐又吐不出来，蹲在冲床前一阵呕，终于呕出一摊绿幽幽的胆汁。李想咬着牙，重新坐在冲床前，努力调整好情绪，平静着心境。脚下轻轻一点电钮，冲床猛地抬了起来，差点把他的下巴削掉。他手握铁片，四顾茫然，怎么也不敢把铁片放进冲床的虎口里。这是李想所不能容忍的。好几分钟后，他鼓起了勇气，把铁片放进了冲床的铁掌上，脚尖轻轻点了一下那踩过千万次的脚踏开关。冲床巨大的铁掌结结实实地砸在了他的右手上。过了好一会，他才感觉到痛，他跳了起来，接着就蹲了下去，又跳了起来，身子像陀螺一样转着圈子，他的嘴不停地一张一合，像一条在岸上垂死挣扎的鱼。他脸上的肌肉在抽搐、扭曲，直到把身子扭成麻花状。

原载《北京文学》2009 年第 2 期

胭脂杏

陈　年

磅秤的指针在数字“52”跟前哆嗦了几下，停下来。一百〇四斤。一百〇四斤废铁五十二块钱。废品收购站的老板麻利地算好账，拉开缠在腰间的钱包，抽出几张新崭崭的钞票，用指尖一张张展开，边数边摆成一把扇子。

“不对吧？你这家伙肯定又在秤上做手脚了。缺斤少两，你就等着下油锅吧！”陈小手每次卖废品时都要这么说。

“呵！我才不怕鬼，没听说有钱能使鬼推磨？鬼也怕有钱人。”老板一颤一颤地抖动着手里的扇子，新纸币发出动听的哗哗声。“听听，听听，我的钱会说话的。钱通人性，就喜欢和有钱人说话。你不知道，现在有钱人都喜欢花新钱，花新钱相当于玩处女。”老板的嘴唇肥厚，向外面翻着，说话时粉红的牙床都露在外面。

“新钱一块能顶二块花？那你给我换成一百块的旧钱！我就爱花旧钱，越破越好。”陈小手眼白向上一翻，一脸的痞子相，嬉皮笑脸地反问。

老板笑笑，并不回答陈小手的问题，自顾自地说：“要我说，陈小手你就是个呆鸟，不会把握机会，机会你懂吧？”老板往手心里吹了一口气，噗的一下，“就是那么一小会儿，错过了也就错过了。”

“钱多扎手。”陈小手很讨厌老板说话的腔调，神气个屁，不就是个收破烂的。不想再听他啰唆，把钱揣进兜里，头也不回地走了。

猪头肉带耳朵的那块最好吃，柔韧的脆骨包在一层薄亮的肉皮下，咬着下酒有韧劲又有嚼头，越嚼越有味儿。陈小手站在“肉头”的熟肉摊前，伸着一根指头比画：“对，对，就从这边的耳根割。带上猪嘴头更好。吃猪头肉不能太肥，肥了腻嘴。”

“就数你会吃，人人都要买瘦肉，剩下的肥肉留着给谁？”肉头操着油腻腻的尖刀说。

随着刀尖，陈小手不由人地张大嘴，一直瞅着肉头的刀准确地把耳朵割下去，又拐了个弯儿把猪嘴捎带上，才把大嘴巴合上。陈小手知道爱喝一口的男人都馋猪头肉，猪耳朵下酒最美。一口烧酒，一口肉，那美滋滋油浸浸的滋味不差个中意的女人。

肉包在透明的食品袋里，红润润油汪汪的一块，香气拧成一股绳儿直往鼻子里窜。陈小手的嘴角不自然地抽动，舌头下面藏着一条虫，不一会儿就从嘴巴里爬出来。陈小手咽口唾沫，用手背擦了下嘴角。掏出刚才卖废品的新钱，肉头用他油浸浸的手一抓，票子的边角上沾满油污。想起收购店老板说的，花新钱相当于玩处女，陈小手拿着肉往胭脂的店里走。

胭脂在街的拐角处开着一家理发店，地段不是旺市也不太冷清。铺子有个好听的招牌名儿——胭脂杏。三个大字飘在一片粉白的杏花林云端。“杏”下面的“口”字描画成一张红艳艳的嘴巴，微微张着，似乎一动，就要吐出一串串情意绵绵的话来。三个大字下面还有四个小黑字：杏发出众。同样“杏”下面的“口”字，画成一张嘴。谁也说不清为啥叫个这店名儿，反正街上的男人一听这名，嘴里酸溜溜地往外冒水。

路过菜市场陈小手又拐进去买了黄瓜、香菜，外加一瓶二锅头。二锅头一定要喝北京牛栏山出的，其他地方的二锅头喝了头疼。

“现煮的猪头肉，刚出锅的，闻着就香。”陈小手拎着酒肉笑嘻嘻地推开理发店的门。胭脂正在给一个老顾客理发，从镜子里剜他一眼，没和他说话。

陈小手不生气，一屁股坐在客人刚才坐过的椅子上看胭脂理发。胭脂一只手拿着小剪子，一只手插进客人的头发里，手指头叉开，食指和中指缝里捏着挑起一小缕头发，黑色手柄的小剪子在上面轻轻一掠，燕子剪水一样。动作又轻又快。

胭脂来矿上开铺子有几年了，人们都知道胭脂年轻时干过那种事，现在人老色衰，就是想找个合适的窑黑子嫁了，然后安安生生地过日子。但她想找个啥样“合适”的人却没人知道。

“刚出锅，还热乎着呢！”陈小手自说自话。干坐着无聊，陈小手站起来拎着东西边说边钻进胭脂里面住的小房子。胭脂的理发店不大，但收拾得齐整，外面是店面，贴墙根挂一面大镜子，镜子下的台子上摆着理发工具。里面用一块三合板隔开，算是卧室厨房。板上开一个小门，门上挂一块半截子的白帘子，里面的床腿呀，桌子腿呀，还有女人淡粉的拖鞋，半隐半现。有一些暗示藏在帘子后头。也把一些想入非非的念头隔在外头。

帘子上面绣着喜鹊登梅的图案，那几只喜鹊活着，时不时地随着帘子飞几下。飞得来理发的男人们心花花乱。

“刀呢？切菜刀放哪儿啦？”陈小手在里面咋咋呼呼地喊。胭脂不理，放下小剪子，退后小半步，看看剪出的发型，又从镜子里瞅瞅顾客的脸形，想一想拿起一把小黄梳子插在头发上。薄片的小黄梳子，在黑黑的头发间月亮一样地穿进穿出，雪亮的剪刀刃沙沙地咬着头发。胭脂有一个习惯，拿起理发工具做营生的时候从不说闲话，不管多重要的事，都要等理完发手停下来再说。

猪头肉拌黄瓜，神仙闻着味儿也走不动。陈小手在里面把洗净的黄瓜在案板敲得梆梆响。他用声音暗示胭脂要开饭了，也在暗示外面那个理发的人快点走。

“蒜呢？家里有蒜没了？没蒜可不行，猪头肉没蒜逼不出味来。”陈小手知道胭脂手里有活，没工夫和他搭话，可还是要咋咋呼呼。这样喊着心里顺畅舒服，似乎胭脂真成了他的老婆。谁家的男人做饭时不顺嘴喊老婆剥瓣蒜拿根葱来？

磨磨蹭蹭地把香菜择好，蒜也剥好，外面的人还没有走的意思。忽然想起没买醋。陈小手挑开帘子问胭脂醋放哪儿啦。胭脂在镜子里看到陈小手的头上停着一只扑扇着翅膀的喜鹊，也不回头用梳子指了指里面架子上一溜瓶子。陈小手身子缩回去，在那一溜瓶子里找，一个一个拧开盖子闻，最后找到一只空瓶子，有日子不用，瓶底子长着一层白膜。

“我先买醋去，吃猪头肉没醋，就和男人没女人做伴一样没味。”陈小手一个人唠唠叨叨从里边出来，认真看一眼理发的人，都在一个矿上住着，低头不见抬头见，看着面熟，但却叫不上名儿来。

理完发，胭脂拿起吹风机把幔布上的碎头屑吹掉，一只手轻轻捏住男人的后衣领，另一只手拿一把大软毛刷子掸藏在脖子窝深处的碎头发屑。清理干净，把顾客带到洗脸池边，摆好凳子，调好水温，洗净头发渣，再坐到镜子前，用吹风机边吹干边整理出发型。

刮脸不？胭脂问。现在有了电动剃须刀，来理发店刮胡子的客人少了，当然能要得了剃刀的理发师傅也越来越少。

刮！从鼻子里哼出一个字。说完男人身子往后一躺，享受地闭着眼。理发店的窗台上常年摆着一只小碗，里面放着些碎肥皂头，用时倒一点开水，拿一把软毛刷子来回地转，转着转着白白的泡沫就多了。

胭脂拿起吸饱肥皂液的刷子往男人脸上涂。抿嘴！干脆的两个字，女人抹的时候都要这么叮嘱客人一声说。拿起剃刀，胭脂看了一眼镜子里的男人。发现男人正偷着瞟自己，胭脂喜欢这样的眼神，也常常被这样的眼神忽悠打动一下。

刀是新磨过的，胭脂先放在自己的头发试一试刀刃快不快，轻轻一触，噌的一声，几根头发落下来。

一只手托着男人的脸，另一只手指捏着剃刀轻轻落在脸颊上。手指沾过水，有点凉。刀锋利无比，只是这么顺着刃口一拉，脸颊便光洁无瑕。

手要轻，活要好，脸要笑。这是当年师傅教给她的吃饭口诀。前两句她做得好，后一样做不来，只要一拿起推子剪子，她脸上的笑，就被风刮跑了。也不是故意拿捏做样子，她知道这是以前落下的毛病。当初，爹是不同意她学这门手艺的。爹说，一个女孩子家成天摸完男人的头摸男人的脸，这营生脏，还有点张不开嘴。不服气爹这样说，心里留了意，做营生时，总要摆出一本正经的样子。慢慢地成了习惯，改不过来。

胭脂也知道有的顾客挑理，嫌她的样子死，干活时没个笑模样。和钱没仇，但就是不会边做营生边和顾客调笑。不过，她的手艺好，能使来剃刀，会刮胡子，会剃光头。刮胡子是个手艺活，没有几年的工夫不行。新手刮不了胡子，不是割了下巴就是划了脸。血糊拉碴地难看。

男人咧着个嘴，难看得要死。疼？胭脂用询问的眼神看一下。男人不方便说话，点点头。胭脂拧个热手巾捂在嘴上，硬胡子用热毛巾捂过，刮起来不疼也省刀刃。这是师傅留一手的活儿，只传给她一个人。

小卖店跟前就有，几分钟的路，陈小手拿着醋回来，看到那个男人还没走，眯了眼，舒舒服服地半躺在椅子上，让胭脂给刮胡子。陈小手用劲一甩帘子，上面的喜鹊飞得老高。

找你三块。

还没涨价？

没呢，都是些老顾客，熟人熟脸地涨不起来。胭脂的声音。陈小手知道街上理发店都涨了价，理一次发三元。

没了顾客胭脂也进来帮忙，头发低低盘地成一个髻，一把淡黄色的小梳子插在上面做簪子，懒散中透着说不出的味道。陈小手心麻丝丝的，胭脂这样的小女人，就像凉拌猪头肉一样，虽然上不了大席面，但男人们私底下还就是好这一口。

拌好的猪头肉红润油亮，胭脂伸手捏起一小块猪耳朵，不是直接放进嘴里，而是把嘴张得大大的，手一松，肉刚好掉进嘴里。

“知道你好这口，我赶着锅口买的。香不？”陈小手讨好地说。

胭脂眯一眯细长的眼，嘴里吧唧吧唧大声地嚼。“香，真的香，是肉头家的吧？他家这味儿我一吃就能吃出来。哎，陈小手，你听说没？街上人都说肉头家煮肉时放大烟壳子？”

“大烟壳子我早听说了，放大烟好，放了大烟人们才能吃出瘾来。越吃越爱吃，越吃越想吃。”陈小手顺手捏了胭脂一把。胭脂也不躲，很自然地靠上去。

陈小手和胭脂的关系用当地的土话说叫朋锅或是搭伙，不领证不结婚，平时胭脂住陈小手家，陈小手也住胭脂的理发店。谁也不管谁的私事，有合适的对象各找各的。没有，就暂时朋锅。陈小手隔三岔五地相亲，胭脂也和别的男人见见面。谁也不吃谁的醋。

胭脂还想吃个醋熘土豆丝，陈小手麻利地炒了。

屋子小，摆不下桌子，陈小手和胭脂头顶头围着一小块切菜的案板，陈小手专拣肥肉吃，把瘦肉留给女人。吃着饭胭脂忽然说，帮我问问，看谁要盘店？

陈小手心里顿一下，脸上笑着，找上好男人了？

胭脂嘴里嚼着块黄瓜含含糊糊地说，就是想出去走走，有机会在城里学习学习。

学习？就你，还学习？早干吗去了？老毛驴的岁数了才想起上学呀。陈小手咧开大嘴呵呵地笑。

胭脂脸上现出恼来，我这样的人咋啦？我就不能学习了？

能！能！能！陈小手看胭脂脸色不好，不敢得罪一口气连说了三个“能”。

胭脂知道陈小手从来没个正经样，懒得和他斗嘴。拿过陈小手的杯子，喝了一大口，一股辣劲冲上嗓子眼。上啥学哩，就是想去太原学点新潮的理发手艺。现在有几个人头发长了才理，城里人都时兴漂染呀，洗护呀，直板烫呀，陶瓷烫呀，干洗呀，按摩呀，再不出去学学新活儿，慢慢地我的理发店该关门了。

出去学手艺也不用着急卖铺子，回来接着干呗！一根肉丝卡在牙缝里，陈小手撇根火柴棍边剔边说。

不想回来了，小地方不养人，学了新手艺，我想在城里开一个大发廊。胭脂看了一眼门帘上的喜鹊登梅图案，有风吹过，上面的喜鹊跃跃欲试地想飞。

你是本地人，认识的人多。帮着问问，价钱低点也行。

在城里开？陈小手想起以前对胭脂的传闻。看来这女人是熬不住了。

嗯，到城里开。胭脂夹了一筷子土豆丝，醋放得少了，不脆，吃起来有点发蔫。

真想走？陈小手问。

早走晚走都是个走，到哪都是一个人，我老守着一个地方有什么劲儿？胭脂喝了酒情绪有点低。

等个称心的男人呗。陈小手想开个玩笑。但没笑出来。

好男人早没了！胭脂用筷子来回地拨着一段香菜。

那是你眼高。跟前的好男人多了去。一句话就一口酒，陈小手不知不觉喝得眼前起了雾。

胭脂刚来矿上开理发店时，是他给找的铺子。胭脂的表姐和陈小手家是邻居，那时胭脂的爹刚死，脚上穿着一双白鞋，鞋面挑着两颗麻桃，像是两只眼睛，低低地在人们的腿缝间无声无息地游走。一副让人心疼的可怜样儿。胭脂说，她学过理发手艺，想在矿上开个店，大哥帮着租个房。

正好陈小手的一个朋友有个店要出租，陈小手便帮她租了下来。后来听说，胭脂的爹是让她给气死的，胭脂在城里的理发店，靠手艺也靠身子。她爹丢不起人，连气带病死了。等胭脂得到信，回去已经入土。爹走了，亲情散了。村里没法待，胭脂只好投靠矿上的表姐。表姐也不想收留她，要不她以前的这些丑事，还能在矿上有鼻子有眼地传出来？陈小手不在意这些，女人嘛，有点风流事，有点故事才会让男人惦记，晚上睡觉时咂巴着嘴想。

不过陈小手不惦记胭脂，那会他刚订了媳妇，媳妇的嘴角长着一颗痣，那小女人，妖得很，噘着小嘴说，那是一个馋痣，专为找陈小手长的，跟了他以后准能过上吃香喝辣的好日子。说得陈小手心里毛毛糙糙的，老想着亲那张小嘴嘴。

胭脂的理发店生意出奇地红火。胭脂的手艺好，胭脂的人缘好，胭脂这种模模糊糊的从良身份也好，馋嘴的男人们都想看看做过那种事的女人是怎么个样儿。平日里有贼心没贼胆，现在借着理发偷看几眼也是满意的。众人拾柴火焰高，受大家照顾，胭脂手里有了钱，很快就买下了铺子。

日子过得真快，一晃都五年了。

什么时候走？陈小手喝了一口酒问。

也不急，等铺子出手了再说。胭脂另倒了半碗酒，和陈小手碰个响，一仰脖干了。

吃口菜，吃口菜，干咂酒一喝就醉。陈小手没话找话。胭脂又倒了半碗，脸上泛起一层晕，粉艳艳的上彩。身子发软，轻飘飘地，嘴里叫着，不能喝了，不能喝了，再喝下午开不了店门。

陈小手嚷嚷着，开啥店呢？不开了。今儿咱高兴，高兴了就是爷，是爷就不给人理发。给钱也不给那些孙子理。

胭脂也跟着嚷，对，给钱也不给那孙子理。

两个人喊着喊着声音小下来，陈小手说，要不我娶了你吧，我养活你。我呢，受点委屈，好的没有，赖得也能将就。你也不用成天给男人洗头洗脸了。

胭脂的脸拉着。话，刀子一样丢过来。我说，陈小手你也不撒泡尿照照。你养活我？你自己还成天偷鸡摸狗混饭吃呢！说着话从陈小手手里夺过酒瓶子，又要喝。陈小手赶紧把盘子碗撤下来，端到水龙头下洗。

胭脂气鼓鼓地坐在镜子前拿着小镊子一根一根地扯眉，时间长没修，都长得有点没形了，胭脂看着镜子里的自己有些呆，眼看着就是三十五的大关，女人过了三十五岁走得都是下坡路，老得快，一天一天样。不是胭脂不想折腾，而是折腾不起了，没有多少好日子等着她折腾。

陈小手给自己规定，千万不能贪，路子好但不能多做。老走夜路的人容易遇上鬼。东西卖了钱，够他几天的生活费就行。铁价高时，少拿一点。便宜时，就多拿几块。陈小手的“拿”是领导暗里同意的。也不是陈小手和领导有特殊的关系，只能说陈小手命大。几年前在井下放炮时碰上瞎炮，陈小手死里逃生拣了条命，但他的脸给毁了，煤粉镶进破损的肉皮里，左上边脸留下一大片蜘蛛样的煤斑。出了院，那个嘴角长着一颗馋痣的准媳妇又找了新人。陈小手不怨人家，年轻轻的姑娘谁也不想成天瞅着让人恶心的蜘蛛。

经过磕磕碰碰，陈小手有点灰心丧气，没事时就爱赌上一把。输多赢少，但他迷恋赌钱的那种感觉，成百上千的钱风一样来，又风一样去。不过陈小手不让自己陷得太深，只玩工资，输光就离开赌场。输得没饭钱时陈小手就出去想办法解决一下生活问题，在矿区偷点废铜烂铁，也不大偷，小打小弄。被抓住了，让单位领导领回教育教育，罚几个钱，然后放人。后来陈小手隔三岔五地让领导接送，领导的脸也是脸，领导绷不住了，让他家里有啥困难提出来。陈小手笑了，让矿上给他出笔整容的钱。后来，矿上机分厂的废铁，陈小手随便拿，只要不是用汽车拉，能背多少背多少。陈小手很知足，每次不多拿，只卖足生活费就行。

陈小手出事后，怕死再不敢下井，矿上给他调到场面上看澡堂子，以前上班累得贼死，一下班就想睡觉。现在工作轻闲，隔三岔五地去胭脂的理发店坐坐，接个电线，安个插座。遇到胭脂忙时，也帮着给顾客洗洗头，扫扫地。再后来，两个人便住在了一起。

想不到的顺，几乎没费事，房子便出手了。交了一半定钱，写好卖房的契约，只等胭脂收拾利落，腾空房子便把另一半钱也交了。

胭脂把东西都收拾好，给陈小手打了个电话让他过来吃散伙饭。胭脂包了饺子，西葫芦羊肉馅的，吃完滚蛋饺子她也就从矿上滚蛋了。

陈小手从外面进来时，一眼就看到坐在里面包饺子的胭脂，先是觉得特别别扭，后来想起那块经常挡着的喜鹊登梅的帘子不见了。心一下子空落落的，这种女人心肠真硬，说走就走了。

饺子吃得没滋没味，陈小手倒了半碗蒜醋，还是吃不出个咸淡来，最后咬了只独头蒜，辣得鼻涕眼泪一起流。

吃了饭，胭脂去洗碗，陈小手坐在那儿发呆，以前都是陈小手洗碗，胭脂在旁边吸一根烟，有时，一根烟还没吸完，顾客已经上门。胭脂把吸了半截的烟，插进陈小手的嘴里，起身给顾客洗头。烟蒂沾着胭脂的口水，湿湿的，陈小手也不嫌弃，吸得云山雾罩的。

临走理个发吧！以后没机会了。陈小手有点不舍地说。

理个啥发型？板寸？要不来个毛寸？毛寸显得人精神也年轻。

啥寸不寸的。没那么花哨，就剃个光头吧，光头好，泻火，一目了然，走哪都是五百瓦的电灯泡！陈小手吮着牙花子说。

胭脂打开旅行包，把理发工具取出来。电动推子在头皮上耕地一样地跑，黑色的麦子一层层地躺倒。推子的嗡嗡声响成一片，声音有点刺耳，钝了，推子该加油了。停下手，胭脂用小油葫芦往里面点了几点煤油，再紧一紧螺丝。

票买了？

买了，夜里十点的车。

推光头最后的一道手续是用剃刀刮头皮，刮成青白色，一点黑头发茬也看不出。剃光头是真功夫，普通人根本剃不了，在剃头行里一直传着一个小徒弟剃葫芦霜的笑话。

雪亮的刀刃子刮得头皮“噌噌”地响。“对门的二婶子给我说了个女人。”陈小手猛地一转头，他忽然想真真地看一眼胭脂。

胭脂正在干活儿，没提防男人动弹，手下一不小心，拉了一个小口子。血洇洇地出来，粉粉的，撕一块面巾纸沾干净血。胭脂有些慌，也有点不好意思，师傅说过，刮破的是客人头皮，而丢的是你自家的脸皮。顾客的头脸走到哪都是一张理发店的活招牌。你拉了人家的头脸，只能说明你手艺臭。

大中午血旺，那口子一直洇洇地往出渗血。胭脂从外面买了根雪糕，敷在伤口上。看着陈小手脑袋上顶着一根伊利雪糕，胭脂大声笑起来。“没劲吧，你说你，扯不扯淡？你相媳妇和我说个啥？”

也没啥，就是想告你一声。陈小手的眼睛一直盯着胭脂看。

噢，长得挺好看吧？胭脂的牙根酸溜溜的。

咱这张脸有女人找就不错了，还敢挑拣人家的模样？男人的牙很白，一笑胭脂的眼前亮一下。

后来谁也不再说话。天忽然阴了，要下雨。

刮脸不？

刮。

胭脂把刷子沾上热热的肥皂水，弯下腰，脸低低地俯下来，男人能闻到女人身上好闻的苦杏味。刷子上还留着热水的温度，抹在脸上温温的，舒服得像在用一条热毛巾擦脸。仰脖！胭脂说，陈小手听话地仰起脸，脖子抻得老长。有一股淡淡的肥皂味儿，热热地散在嘴边。胭脂仔细看着手下的活儿，有涂得不均匀的地方，又补上两刷子。陈小手的半个脸还有脖子都白得起腻，像是戴了面具。胭脂从镜子里看一眼陈小手，上半边脸的那个大蜘蛛，狰狞地爬行在上面。胭脂的手指小心掠过那一大片煤斑，把手里的剃刀移到男人的脖子上。

陈小手的胡子稠密，脖子上也是一片黑森林。

别再说话了，要不我就成杀人犯了。胭脂破例在理发时和顾客说笑，胭脂笑起来很好看，一排碎碎的牙齐整整的。

看到胭脂笑了，陈小手想和她开个玩笑，把手藏在围幔下，裤裆处支起一个小帐篷。胭脂笑得更响了，边笑边骂，流氓样。男人浑身的肌肉放松，手也不老实起来，从围幔下伸出去，摸女人结实浑圆的大腿。胭脂下意识地一躲，手下又多出一道血口子。不由得有些气恼，叫你不要动，偏动，这下好了，又开了一个口子。陈小手不觉得疼，趁机捏着胭脂的手，笑呵呵地说，一家人嘛，割就割一刀。我的这个人早晚还不是你的。

谁和你是一家人，各门各姓的。胭脂还嘴。这样的玩笑话他们经常说，顺嘴就来，已经没有新鲜味儿。胭脂也不把这话搁在心里，耳边风，轻轻一吹就走。男人嘛，就是过过嘴瘾。占点便宜，谁也不会当真娶她。

脖子凉凉的有东西在滚动，陈小手用手一摸，红红的一片。

你真敢杀人了。陈小手连说带笑地跳起来。

天黑了，雨还没落下来。胭脂把剃刀推子擦抹干净，放进旅行包里，从墙角里拿起一把扫帚扫地。今儿个就不走了！陈小手看着女人笑，女人没说话，弯着腰扫地上的头发茬子，那些油亮的黑麦子沾了土，灰头土脸的。胭脂雪白的一截腰露在外面，腰眼中间有一颗胭脂痣，淡粉色，如同被人有意点了胭脂点，楚楚动人。陈小手的手抬了几抬还是没忍住放在那段雪白上。胭脂不动，静了几秒，回过脸有情有义地看着陈小手。

胭脂和陈小手在一起睡觉也不是一次两次了，每次都是鱼欢水欢的。这一次两人都绷着劲，都想好好地做一次，表现一下。可两个人的身体碰在一起时一下子陌生起来，不知不觉有些离别的伤感夹在里面。做后面的一个动作时，陈小手努力把自己弯成一张弓，所有的力气都集中在一点，胯下的性器就变成一只锋利的箭。陈小手全身颤抖着，抓紧胭脂的两只奶，手背上有水珠滴下来。陈小手心里酸酸的，难分难舍地酸。

累坏了，抽了两根烟才缓过劲来。想起兜里要送女人的东西，陈小手从被窝里爬起来，光着身子去取，在外面的大镜子下看着自己上下两处的丑样子，陈小手有点难过。

那是一颗玉白菜，光头好，水色也足。银星金店标价一千六。

胭脂把玉放在手心端看了一会儿，笑着说：玻璃货吧，花了几块钱?

陈小手一愣，点点头说，不值钱，玻璃的。

外面的雨声炒豆样敲着玻璃，雷声在不远处吼着。雨越下越大。

陈小手光着屁股被警察从被窝里摁住，本来要揪他的头发，可他新理了一光头，滑溜溜的。只好掐着他的脖子。那时胭脂已经穿好衣服，拎着伞，提着箱子准备出门。

陈小手因偷盗重要工业器材被劳教三年。

大概快过年时，管教说有一个女人来看他。隔着铁栅栏，陈小手一眼认出那个女人是胭脂。胭脂挺着大肚，丑了很多，丑得完完全全像个别人的老婆了。

胭脂一见面就骂陈小手是个王八蛋，骂陈小手害死她了。她说她怀了陈小手的孩子。陈小手有些发呆，怎么会有了孩子?这时他想起那天他弯成一把弓时，胭脂没有让他戴安全套。本来他们一直都用套儿，有时他不想用，胭脂还会跟他发火。

胭脂说肚子里的那个孩子叫杏儿。在她们老家“杏”“幸”同音，种杏树就是种幸福。

原载《阳光》2009年第6期

荣获“第六届全国煤矿文学乌金奖短篇小说奖”

在龙华跳舞的两个原则

邓一光

FC下班的时候，三色工衣大军潮水般涌出厂门，气势汹汹向环形过街天桥涌来。他精神为之一振。

这是他一天当中最好的时刻。

他靠在桥上。这样视野很好。环东二路和油松路在他脚下分道扬镳。有时候他有一种幻觉，如果把两只脚分开，分得很开，要是没有留意，同时也没有定力，说不定人会从当中分开，各自跟着环东二路和油松路去了很远的地方。他拿不准这个，所以一般情况下他比较注意，采取双脚环绕靠在天桥护栏上的站姿。

轰隆隆的雷鸣声由远而近。他眯缝着眼睛，看潮水般向他漫过来的三色工衣大军。他主要看红色工衣。有时候他会扫一眼蓝色或白色，如果哪个蓝色姑娘的腿比较长，或者白色小伙的个子比较高一点，然后快速收回视线。大多数时候，他看红色的POLO衫。

其实他根本看不见她。数万名红色POLO，加上数万名蓝色POLO，再加上数万名白色POLO，他们几乎在同一时刻涌出厂门，一部分沿环城二路两端散去，一部分跨上过街天桥。纷乱的脚步声轰然作响，气温立刻上升了好几度。每一次，他的眼睛都会被色彩夸饰的三色工衣刺激得受不了，人被反复淹没在三色工衣的潮水中，因为窒息，咽喉隐隐作痛。

他像一块不起眼却执拗的礁石，每一次都站在同样的地方。他两只脚环绕着，一只胳膊从扶手上绕下去，抓住冰冷的栅栏，这样就不会被冲离原地。

和往常一样，这一次也是她先看见他。她挤出人群朝他跑来，脸上带着虚荣满足后的潮红。姐妹们哄笑。她转身冲她们扮鬼脸，吐唾沫。有过两次，他要她别吐唾沫，这样不文明。其实他不在乎这个。他看到她，心里的石头就放下了，重新有了呼吸。

“录了没有？”她从胸前的褡绊上摘下工牌，问他。

“日他个先人板板，老子今天被周豁皮整惨了……”前面一个男白色说。

“没有。”他替她抵挡着人流的冲击，把她拉到身前，护着她，“快了。但今天没有。”

“还是计划生育证明的事？”她说。

“我弟弟遭勾了，是板材的一个狐狸精。晚上你们帮我扎场子，把钱要回来……”身后一个女红色说。

“嗯。”他说，挥手赶开飘来的烟。身边有好几支贪婪的香烟。

“烂货，娃儿都几岁了，还想母牛吃嫩草……”身后的女蓝色说。

“王大洪，王大洪，八点半到广场，今天教新舞……”有人在人群中高声喊。

她又问了一句什么，话被淹没掉。他们不再说话。说也听不见。他牵着她的手，不让她被挤开。他们被人群裹挟着，下了天桥，再挤过人群，回家。他的黑色T恤在铺天盖地的三色工衣中显得很孤独。

回到共和新村的家，她先洗澡。他们没有安热水器。谁知道会不会在龙华干下去。他为她提来热水。她冲进阳台改建的卫生间后，他把门掩上，靠在同样用阳台隔出的狭小厨房里，点着香烟，听卫生间里传来的水声。

刚搬来时，他们从楼上与她同流水线的工友吴元琴那里提水。后来吴元琴的男朋友朱先勇说，热水器负荷过大，坏了，他们就换了楼下他的同乡老石。每天两桶热水，30公分的桶，每个月给老石十元钱热水费。给钱的主意是她出的，不然老石的热水器也有可能负荷过大。她还提出两人一起洗，这样能节约水。这个办法行不通。他宁可洗冷水。不是0.88平米的卫生间里无论如何容不下两个人，是她太瘦。

他不愿意看她的身体。不忍心。每次看到她瘦骨嶙峋的身体，他心里就难过，胃里一阵痉挛。

“别拖了，回去补个计划生育证明。不然一辈子温不上工。”她在卫生间里说。

“昨天就没有要证明。前天也没要。”他说。他不想离开她，一天也不想。“昨天和前天只招普工。不然我已经打上卡了。”

“听他们说，最近管理工需求量不大。”她从卫生间里露出脑袋，浴帽往下滴着水珠。“其实不一定非在FC。好多电子厂都缺工，你去肯定抢手。”

他不接她的话，脸色阴郁，把烟圈吐出封闭的栅栏外。

“和你商量件事。”水声停了一会儿，她说。

“你说。”他说。

“小珍她们去龙华广场跳舞了。”她说。

“去就去。”他说。

“我也想去。”她说。

“不行。”他说。

“不像你想的那样。”她说。

“我没想。你怎么知道我想了。”他说。

“我不能一天到晚待在家里。大家都跳。”她说。

“你怎么待在家里了？是我。”他说。

“你真的可以到别的厂找工。你这样是给自己为难，给我为难。”她终于说出这句话了。

他不想和她讨论这个问题。他辞职是为她，她要不明白，就是不讲道理了。倒不是名声问题，普工底薪太低，他不能接受。他在原来的厂是管理工，他想考 FC 的新干，组长不行，最差应该是线长。如果他们要结婚，他就得挣钱，不能靠她挣。全是因为她，他才辞了工，从观澜跑到龙华来。她怎么会这样想？

他没有回答她。卫生间里水声又响起来。很快她洗完了。

他把干净衣裳抱来，隔门递给她。她脱下的红色 POLO，他几把给搓了，晾到栅栏前。

她从卫生间里出来，头发湿漉漉的。她的脸蛋红得好看，衣裳也合身——如果不考虑她瘦骨嶙峋的身体的话。

晚饭是炒河粉。他用咸肉炒的。过年从家里带回的咸肉和口蘑，他一般留给她。他想给她好好补一补。

吃过饭，他还是答应带她去龙华广场看跳舞。时间还早，他还是心疼她，不想她不开心。但是，她不能跳，这是原则。

她依然很高兴，换了一件出门才穿的蕾丝套头衫，兴奋地挽着他的胳膊。出门时，她叫了楼上的吴元琴和朱先勇。下了楼，她一个劲拉着他往前快走。

天黑以后，那群人在龙华广场集中。有人拖来公放，调试了一会儿，公放正式响起来。一个高个子男青年拍着手，走到领舞者的位置。几个男女骨干自动站到第一排。他们跳起来。

人越来越多。差不多有上千人。全是附近厂里的青工。他们在音乐中认真地跳，动作整齐划一。不知道附近驻港部队的军人看了会怎么样。也许他们不看，他们要做俯卧撑。也有人不跳，在广场灯光外的黑暗草地上静静地搂抱着。广场很大。广场外更大。

她投入地看广场中央的领舞者，脸上带着羡慕的神色。有一阵她的胳膊在他的胳膊肘中发硬，轻轻颤抖。

他从高个子领舞者身上收回视线，不满意地看她，再看她的脚。她穿着他给她买的紫色镶金边坡跟鞋，脚指头像一簇秀气的蒜头，带花绊的鞋跟着公放的旋律轻轻踮动。他忍了又忍，还是没忍住。

“什么意思？”他说。

“怎么啦？”她说。

“我已经说了。”他说。

“我又没做什么。”她说。

“踮脚干什么？你那算什么？”他说。

“我很累，你能不能让我放松一点？”她说。

“不要找不愉快。”他说。

“是你找。”她说。

“回家。”他说。

他推开人群往外走，离开广场。有两个穿着滚轴鞋的男青年一脸兴奋地谈论着刚从电讯店里买的新手机，从他面前一掠而过。

她在原地站了一会儿，闷闷不乐地挤出人群，跟上他。

他在马路边等着她，把手伸给她。她先没接他的手，后来接了，任他牵着。他们过马路。

“想不想吃点东西？我带你去美食街。”他问她。

她摇头。

“要不，给你买两只烤生蚝？生蚝补人。”他说。

她摇头。

“说话。”他有点生气。

“说什么嘛。”她说。

“不要赌气。没意思。”他说。

“我没赌气。”她说。

“还说。”他说。

她把头埋下，过一会儿靠过来，腮帮子依上他的肩膀，手指在他手心里轻轻挠了一下。他放松了。

回到家，他们看电视。江苏卫视的《非诚勿扰》。她喜欢《非诚勿扰》。《为爱向前冲》她也喜欢。他想和她说说他考工的事，看有没有别的办法。她看得津津有味，他就放弃了。

电视机是他从观澜带过来的。房子也是他租下的。那个时候他的条件多好啊，吃中层干部食堂，中秋节发月饼，甚至还添置了一部助动车。有什么办法，她在观澜找不到工作，总不能让她一个人在龙华冒险吧？

但他不喜欢她为男嘉宾着急的样子。等第三个男嘉宾出局以后，他关掉电视，要她早点睡。明天还要上班，她累不起。

她没犟，上床睡了。他把明天早上为她准备的一个肉包子、一袋豆浆放进锅里，把晾在栅栏前的红色POLO收进来，用电吹风一点一点烤干，叠好，放在她的仔裤边。她的旅游鞋也烤了一下。这一切都做完，他去冲了个凉，灯关上，这才钻进被窝。

她在那里等着他。她知道他会干什么。她从来不说不，总是依他。她和他在一起不容易。她是和家里决裂才跟了他的。她不能怪家里。他谈过七个，有两个都要结婚了，结果还是吹了，闹得人财两失。有一次他从厂里揣了一把刮刀出来。还有一次他决定结束掉自己。她拿定主意嫁给他，不管家里怎么反对。他都二十八了，她就是六亲不认也要嫁给他，就是死也要嫁给他。她不会对他说不。

他在被窝里搂住她。小心翼翼。每一次，他都害怕她会碎掉。这是有可能的。她是有可能碎掉的。人们喜欢形容一个柔弱的人，风都能吹倒。她就是风能吹倒的那个人。

在原来那个厂，他去人事部领新分来的工人。来来往往的保安和电车工和他打招呼。他看见警戒线外站着几个女孩子，没录上的，脸上带着茫然，她也在其中。保安驱赶她们离开。她们笑着跑过鼓风机。她被阻止在鼓风机前，像夏天水塘边的泽芹，摇晃了两下，无助地坐在地上，站起来，又跌坐下去。她的短发碎裂开，无助地贴在脸上。他的心抽着疼。他撇下新员工朝她跑过去。他就是在那个时候一下子爱上了她。

“睡吧，我抱着你。”他说。

“嗯。”她说。她就乖乖地睡了。

马路对面的广场传来公放的声音。龙华到处都在跳舞，共和新村、瓦窑排、水斗村、清湖村，凡是有空地的地方，必定有男女青工聚集。

“13 跳”之后，警察查封了几个稍大点的广场，不让跳了。警察说，什么时候你们不跳楼了，就让你们跳舞。政府很快干预下来，又让跳了。果然，以后好一段时间没有再发生跳楼的事。

下午五点以后，他去了环形过街天桥。环东二路和油松路还在那里。一长列柜式货车驶出 FC 厂西门，从桥下通过，驶向罗湖方向，从那里去香港，再装船去更远的地方。

桥上有一个长发男青年，穿着红色的 POLO 衫，扒在西边天桥的护栏上，百无聊赖地冲天桥下吐唾沫。要是吐到驶过去的货柜车上，长发男青年就乐，呵呵地一个人笑。驶过去的货柜车没完没了，他总能吐到，这样他就乐个不停。

一群提着行李和塑料桶的乡下青年一脸兴奋地从西边桥上过去。另一队提着行李和塑料桶的乡下青年满是疲倦地从东边天桥上过来。

桥上走光后，长发男青年看见了他。他懒散地靠在正对工厂大门的南桥上。长发男青年看了他几眼，过来了。

“等老婆？”长发男青年说。

“嗯。”他犹豫了一下。

“我也是。”长发男青年咧开嘴冲他笑。

他不想理对方。吐唾沫算什么，FC 一天出几百辆货柜车，瞎子也能吐上。有本事往下跳，砸货柜车，嘭一声，那才有品质。

他也不喜欢对方的穿着，明显揩老婆的油。女人穿红色可以，男人穿算什么？他最讨厌穿红色 POLO 衫的男人。有本事褡绊上吊自己的工牌。

他朝长发男青年胸前看了一眼。长发男青年没有摘工牌，也看不出胸肌，老婆的工衣穿在身上倒是很合适。

“还有两天就出粮了。科技园的取款机又要经历一次严峻考验。”长发男青年知己地说。

出粮有什么，他不在乎。他都坚持这么长时间了。他和别人不一样，靠当月出粮过生活。他不。他还有些积蓄，无非节省一点，不乱花钱，两个月他也拖得起。

他从不去发廊，不频繁换手机，仔裤和旅游鞋是两年前添置的，他坚持得住。

“你和你那口子也不住在科技园吧？”长发男青年继续搭讪。“有老婆的人住在园里不方便。”

他当然知道。FC 有让联合国难民署羡慕的单工宿舍集群，宿舍里有空调、电视和洗衣机。但他不愿意她住在宿舍里。他听说过女工宿舍里如何混乱的事。他还听说过一个女工死在宿舍里，两天之后才被人发现的事。他不会让她那样。他要知道她每分钟的呼吸频率。

她只是员工一级，没有住房补贴。他认了，三百五十元一个月的房租他掏得起。掏不起他也掏，卖血也掏。

“李明波的女朋友被人勾走了。造作线上一个贵州娃干的。”长发男青年说，“李明波是我老乡。所以我才来接我老婆。以前我才不接。你是哪里人？”

“你说什么？”他收回视线，扭过脸问。

“我问你是哪里人。李明波和我是一个院子的。你不会是我们汉川老乡吧？”长发男青年开心地说。

“我问前面那句话。”他盯着对方那张挂满脏兮兮头发的脸。

“什么？”长发男青年困惑地看他，不明白他说什么。

他们没有再说什么。长发男青年百无聊赖地离开这边，回到西边的天桥上，扒在扶栏上到处看，也没有再冲天桥下吐唾沫，虽然货柜车络绎不绝。

他就是不放心这个。她是他谈的第八个，够了。总要有个结果。总要有一个结果吧？几十万员工的FC，减去一半女工，剩下的一半全是潜在的危险。他不能把她藏起来。他不知道该拿她怎么办。谁都能搞定她。风都能搞定她。

他读中专那年，镇上有十二个未嫁女。第二年剩七个。第三年，等他读完中专回到镇上，只剩下三个未嫁的，都跑到珠三角打工来了。

他暗恋其中一个。他读书的时候，她向他送过秋波，还约过他。他不能等镇上其他的未嫁女长大，等不起。他追到顺德，再追到东莞，最后追到宝安。宝安是个好地方，全中国的励志青年都云集此地，但她不向他送秋波了。眼神迷乱，心思不集中，她不知道送给谁。也许送给谁都可以，也许送给谁都不对。她让他离她远一点，别缠着她。

他痛苦了一阵，振作起来。他看出来，宝安不光是全中国有为青年的蓄水池，也是全中国清纯女孩的花园。他以为他如鱼得水，总有收获。可是，快十年了，他还是独身一人，直到遇到她。

九点过后，她才从厂里出来。他没有离开，被三色工衣淹没了两次之后，他仍然站在天桥上。她没有分开人群跑向他，他就等在老地方。礁石等着浪花。

很快解释清楚，是加班，因为这个她才下班晚了。他心里还是不舒服，之前脑子里胡思乱想的念头，需要很长时间才能降解，这个他知道。所以，他没有告诉她长发青年的事，那个喜欢往天桥下吐口水的汉川佬。

她没有提出去龙华广场看跳舞。去也只能赶上尾子，没有必要。

晚饭他为她做了合蒸，咸肉和咸鱼，外加一盆粉丝白菜，煎了虾酱。她必须多吃一点，加强营养，这样她才能够尽快结实起来。

她很累，没有胃口，但吃得很开心。她把鱼肚子上那块没有刺的夹给他。他再夹回给她，肉夹烂，埋进饭里。他让她告诉他今天她经历的事情，详细地告诉。她急着给他讲她打听到的情况。FC 最近的确只招普工。是安环课一个台干告诉她的。她的意思是，他可以先去别的厂。他出来快十年了，干过的工种数不清，到哪个厂都抢手。等 FC 招管理工了，他再过来。

台干是 FC 自己的人，台干的话比较可信。他在 FC 见工半个月，事实证明了这一点。但他不会去别的厂。他就是要进 FC，别的厂给个中管他都不去。

“你这样给我很大的压力。”她停下来，不吃了。

“是我有压力。我说了不要你挣钱。你只挣一部分就行了。一小部分。”他说。

“究竟为什么？”她说。

“你还问。”他说。

“你这样让人受不了。我都受不了了。”她说。

“再吃几口，瘦的不腻。”他剥下一块咸肉，把瘦的部分夹到她碗里。

“求你了，你到底想干什么？”她快哭了。

“你还不明白？”他说。

“你不要老想着监视我，好不好？”她急了。

“什么意思？你什么意思？”他说。

“我那是正常说话。不可能我不说话吧？我说了什么？”她说。

“你自己清楚。”他说。

“我不清楚。我都让你和张国奇对质了。对出什么了？”她说。

没对出什么。他那样做很傻，当众出丑。一大群红色 POLO 衫，还有蓝色和白色POLO衫，胸前或胳膊上一律吊着FC的工牌，他们站在那里，站在受到中伤的一脸委屈的张国奇的身后，那种眼光真是可以杀人。

但他不甘心。要是这样，台干又是怎么回事？台干比其他人更不要脸，他们以为自己是珠三角的拓荒者，高人一等。被台干迷惑的人还少吗？那些血汗工厂里究竟在发生着什么？

他想知道台海战争什么时候打，福建需不需要支前民工。

他看她的手机。她的手机安静地放在床头。今天好像一声都没有响，连信息声都没有，这不正常。要是这样，她要手机干什么？他已经不在观澜了，和她在一起了，她可以用他的手机给家里打电话，用不着有一个手机。

她哭了，嘤嘤的，哭一会儿撑不住，从放着菜盆的凳子边退开，窝到床上，把枕头抱起来哭。她身子弱，累不起。还有，他规定，她可以哭，但声音不能太大。出租屋一砖的墙，不隔音。好在房间不大，只有30平米，她能够做到。

她是哭着睡着的，衣裳没脱，人窝在床头，怀里抱着枕头，像一只没见过世面因而害羞的麻雀。他坐在那里，听着广场上那台公放突然停下来，什么声音也没有了。他想他们散了，回去睡觉了。只是她在梦里还在抽搭，委屈得要命。

他站起来，把凉了的饭菜收进厨房。他在那里站了一会儿，抬手抽了自己一耳光，又抽了一下。他的脸火辣辣地疼。他想够了没有？他那么想了，把脑袋抵在墙上。那里有一片污浊的水渍。他用力在水渍上撞了两次。

有一阵，他满眼冒金花，过了一会儿好多了，眼眶里的泪水一点点收去。

他把她的红色工衣洗了，用力拧干，用吹风机一点一点吹去水分。他解开衣扣，把还有一点潮气的工衣贴在胸膛上，靠在栅栏前。他看马路对面空无一人的广场，灯光下，那八匹欢快的马儿老也不肯放下撅起的蹄子，好像它们很眷恋这个地方，要是放下蹄子就收不住，它们就必须离开这里似的。

楼上吴元琴气恼地喊了一声，然后是朱先勇小声的说话声，好像是在赔罪。楼下有什么东西跳动的声音，然后是孩子咯咯笑着到处跑动，是老石那个捣蛋的儿子。

他把烘干的工衣从怀里取出来，叠好，回到屋里，把工衣放在她的仔裤旁。他拿起她的仔裤闻了闻。他决定明天把她的仔裤洗了。

他上了床，平着身子躺下。她捧着自己的脸，不知道是不是做了什么不愉快的梦，鼻息短促，频率不稳定。他慢慢转过身，面向她，在黑暗中看了她一会儿，伸手为她脱衣裳。

她动弹了一下，睁开眼睛，看清楚是他，放心了，闭上眼又睡。他把她搂住，一点点搂进怀里。他的手指在她的背上，瘦削的背，比山峰尖锐的背。他知道那里有一块伤疤。是她六岁时和弟弟争一只鸡蛋，她父亲朝她掷出一支燃烧的青杠木，它灼伤了她。

她在梦中抽搭了一下。他停下来，憋住气，一动也不敢动。她没有破碎，至少这一次，她没有。他想她都做了一些什么呀！他有些发抖，比她更委屈。而且，他心里涌出对她无限的疼怜和温情，怎么堵都堵不住。

她是他在这个世界上惟一的牵挂，是他的家。如果他能寿终正寝，他要和她在一起；如果不能，他要为她去死。他就是这么想的。

他瞪大眼睛，一动不动地搂着在梦中啜泣的她，一遍一遍在心里想着，直到晨光渐渐涌入屋内。

下午快六点的时候，环街天桥上的人流开始多了。上班的三色工衣大军进厂后，天桥上空了一段时间。他看见了那个小个子青年。

小个子穿一套李宁牌运动衣，背着一个巨大的挎包，手里拿一只木架。这个其实没什么。进厂的人数以万计，他得抓紧天桥护栏才不至于被踩成粉尘。他转过身，背对着过桥的人流，他就是这样看到那个小个子的。

小个子在天桥下，就在他脚下。小个子在马路边蹲着，从巨大的挎包里拽呀拽，拽住一堆橘红色的东西，摊了一地。然后小个子撅着屁股在那儿往橘红色东西里打气。橘红色的东西慢慢胀开，鼓起来。原来是一个安全气垫。

小个子把气垫充足气，从挎包里掏出一团红布，抻开，绑在木架上。小个子走到马路上。上下班高峰期，来往车流很大，它们不耐烦地响着喇叭。小个子不慌不忙，看也不看顶上鼻子的车流，把绑着红布的木架支在马路上。

他不明白小个子要干什么。他看清楚了红布上写的字。“施工重地，车辆绕行”。红布上就是这么写的。他看见小个子退回人行道，拖着气垫往马路上走。一个人，有些吃力，但他也做到了。

小个子把气垫放在红布架子前，退后两步，打量了一下距离，重新移动了一下气垫，再度退出马路，从地上拿起空了的挎包，背上，朝天桥上走来。

上班的三色工衣早就走光了，还有五分钟，也许还有八分钟，下班的三色工衣大潮就会从另一边涌来。

天桥上没有人，只有他和小个子。他看见小个子低着脑袋，往一只胳膊上绑扎着什么，样子很认真。也许感觉到有人在看，小个子抬头看了一眼。两个人的目光撞到一起。小个子很快低下头，继续绑扎，然后在挎包里掏着什么。他闻到一股汽油味。

FC 下班了。三色工衣大军潮水般涌出巨大的厂门，气势汹汹朝天桥涌来。上万名红色 POLO，加上万名蓝色 POLO，再加上万名白色 POLO，他们几乎在同一时刻涌出厂门，一部分涌往环东二路和油松路，一部分跨上过街天桥。纷乱的脚步声隆隆作响，气温立刻上升了好几度。他被淹没在三色工衣的潮水中，因为窒息，咽喉隐隐作痛。

他还是觉得有什么不对劲。他转过身，这样环绕着的两只脚就有些松开，抓住冰冷栅栏的手也有些松动。他看见了那个小个子。

小个子出现在南边天桥上，他爬上护栏，面向FC大门，摇摇晃晃地站住，这样不但他，别人也能够看见他了。

小个子手里握着一只简易的扩音装置，冲着扩音装置喊了一句什么。他的声音被三色工衣大军制造出的巨大声音淹没掉，嗡嗡的。他看见小个子低下头摆弄了一下扩音装置，重新送回嘴边。

“孙爱芳……”小个子冲着简易扩音装置喊。

这一次，他听见了。附近的一些三色工衣也听见了。也许更多的三色工衣没听见，他们正忙着说话，或者惦记着赶紧回家。也许更远一些地方的三色工衣没听见，比如沿着环东二路分流的，还没有涌上天桥的，他们没听见。但没有什么，小个子手中的简易扩音装置发出一阵刺耳的尖啸声，接下来，他通过扩音装置喊出来的话，他们应该都能听见。

“孙爱芳，孙爱芳，我知道你在。我知道你在这里，在他们中间。”小个子喊。

湍急的人流打了个结。有人驻下脚。更多的人驻下脚。他们扭过头，或者不用扭头，看摇晃着站在南边天桥护栏上的小个子。有两名治安协管员拼命朝这边挤。天桥上顷刻间爆满，他被膨胀的人流压在护栏上，喘不过气，他的肋骨被人撞疼了，一只鞋也快脱离脚。

“孙爱芳，我只想对你说一句话。你不要不耐烦，我只说一句，从此以后你就解脱了。”小个子对着扩音装置喊，“我爱你，孙爱芳，做鬼我也爱你！”

人们开始有了呼应，鼓掌、吹口哨、吆喝着起哄。有人在努力拉开圈子，为小个子撑出一个舞台。他被退过来的人群压在护栏上。他呼吸困难。他已经坚持不住了。礁石要被冲垮了。

接下来的事情谁也没有想到。一团火苗冒出来。是小个子。他举着顷刻之间燃成火炬的拳头。他把它高高地举在头顶。他那张扭曲的脸在飘摇的火光中显得有些不真实。他朝人山人海的三色工衣中茫然地看了一眼，举着火炬纵身跃下天桥。

人们发出一声喊。浪头突然退回去。他被解放出来，喘着气拼命咳嗽。有人朝马路上大叫。那里刹车声响起一片。

他不是第一个跑下桥的。他在桥上摔了好几个跟头，手掌被划破了。他其实一点忙也帮不上。马路被截断了，治安协管员朝人们喊叫着，他根本挤不进人群。他觉得他应该去那里。他和他是一路人，只是方向不同，但他应该去。

谁也没有留意马路上的安全气垫是什么时候被搬开的。小个子直接摔在水泥地上，一辆来自油松路方向的载重车把他撞得飞起来，再从他身上辗过。空气中弥漫着强烈的汽油味，但火肯定是没有了。

这一次，他看见了她。是他先看见她的。天那么黑，他却从三色工衣中一眼就认出了她。

她也看见了他。她离开她那些流水线上的姐妹，朝他走来。不是跑，是走。

他朝她微笑。本来笑不出来，但他认为应该笑一下。他觉得自己有理由朝她微笑。不管怎么说，他还在，站在南桥上。汽油味和火焰都消失了，他还在。他没有注意到，她的脸色不好，比平时更苍白。

他握住她的手，紧紧握住，为这个他有些粗鲁地挡住了一群朝他们涌过来的三色工衣。

“出了什么事？”她朝天桥下闪着顶灯的110警车看了一眼。

“没什么。”他说。小个子已经不在了，已经被先前离开的120急救车带走了。他打算以后再告诉她这件事。她胆子小，他不想吓住她。

她不再问什么。这和平常不一样。他感觉到她的手心里一点汗也没有，它在他的手掌里软弱无力。她累了，他心疼地想。

他们回到共和新村。他们一路上都没有说话。她也没有朝马路对面的广场看。这个时间有点长。走到村楼下的时候，他忍不住把事情告诉了她。

“我录上了。上午就录了。”他说。

她站下来，借着马路边微弱的路灯看他。

“是普工。但没什么。就普工吧。”他说，咽下一口唾沫。

她还在看他。她的半边脸在路灯的阴影里，看不清。

“我问过，三年晋升一次。我会比别人快。我有把握。”他自负地说。他不用汽油，不用点燃，不用纵身一跃，照样能够做到。他的确和小个子的方向不同。他就是要和小个子的方向不同。他觉得他要谢谢小个子。他应该谢谢他。

她没有说话，用一种奇怪的目光看着他。

他想，没事的，他们终于在一起了。她会很快摆脱掉伤感，他发誓他会做到。他们两个加起来能挣三千多，如果尽可能地加班，能超过四千，够了。只要他们在一起，什么苦他都不怕，他能挣更多的，他会这么做。

“你怎么了？”他还是觉得有什么事情不对。他有些心神不宁，觉得附近什么地方还有汽油味。

“没什么。”她说，扭头往楼里走。

他有点儿心慌。不会出什么事了吧？不会是台干的事吧？这么一想，他怒火中烧，赶上两步，追上她。

“到底怎么了，你说。”他说。

她不回答他，径直上楼。老石在炒菜，问他们昨天怎么没来提水。他没有理老石。他觉得热水不重要。他觉得昨天也不重要。他觉得除了她，什么都不重要。

回到家，她才给他说，到底发生了什么。她把门关上，关好。他要求过，注意影响。一砖厚的墙，他们要注意影响。她告诉他的事情其实不是他想的那样。没有什么台干的事，没有。她只是辞工了。如果还需要说明的话，她是今天上午辞的工。自退，当月薪水自动放弃。

“为什么？”他说，怎么都没有明白过来。

“你去哪个厂，我就跟你去哪个厂。我就是这么想的。”她说，哽咽了一下，身子发软。

“为什么？为什么要这样做？”他还是不明白。

“那你要我怎么办？”她朝他喊。“你知不知道，我害怕下班，害怕上天桥。每次上天桥，看着你靠在那儿，扒着护栏，被人群淹没掉，又淹没掉，我怎么都看不见你，我就觉得呼吸不过来，我就想死！你要我怎么办？”

他愣在那儿，呆呆地看着她。现在他明白过来，为什么这一次她没有向他跑过来，而是走向他。她的脸色本来就不好，但今天尤其糟糕。她把自己辞了，事情就是这样。

他们都不说话。屋里一点声音都没有，天在渐渐黑下来，直到马路对面的龙华广场上响起公放的声音。

她起身去拿外套。先拿了一件，丢开，又拿了一件。

“你去哪儿？”他问。

“广场。”她说。

“干什么？”他说。

“跳舞。”她说，低头找鞋子，他给她买的坡跟鞋。

“不行。”他说，觉得自己很无力。

“我要去。”这一次她没有妥协。

“站住。”他说。

她已经走到门口了。他追上去拉住她。屋子很小，这很容易。她用力甩动胳膊，想甩开他，但没有做到。

“放开我。”她说。

“不许去。”他放开了她。

“偏要去。”她去开门。

他不想那么做，不想她破碎掉，就算什么结果也没有，他也认了，但他必须阻止她。

“你给我听好，我只说一遍。”他把手举起来，像是要阻止那道门，然后他想到那只举起来的火炬，又气咻咻地放下。“我只说一遍。关于去广场跳舞，有两个原则。”

“你说。”她盯着他，身子轻轻地颤抖。

“第一，不许把衣裳最上面的那颗扣子敞开，不要露出你的脖子。”他说，“还有，以后上下班，不要和白色工衣走在一起。蓝色的也不要。”

“就这两个？”她说。

“一个。我说了，这是第一。我刚才说的。”他说。

“扣子是第一，白色工衣和蓝色工衣是第二。”她说。

“不要犟嘴。你总是和我犟嘴，我不喜欢这样。”他说。

“那你说清楚。”她说。

“我已经说清楚了。我现在就在说清楚。”他感到三色工衣大军向他涌来。礁石在发出断裂的声音。她还在犟。她想干什么？“不要打断我的话。”

“好吧。”她脸色苍白，靠在门上。她只想离开。她快坚持不住了。

第二个是什么呢，他问自己。他不是问自己。他什么都清楚。没有什么他不清楚。问题是，怎么是两个原则呢？还有，谁允许过他有原则？他悲伤地想。他真的不知道该说什么好。

外面传来音乐的声音，是《走进新时代》。那些人又在跳舞了。高个子领舞者。站到第一排的骨干男女。他和她都知道，接下来会是《复兴之路》。

他站在门口，她靠在门上，他们谁也没有说什么。他们什么都明白。

2011年2月20日　深圳我无居

原载《当代》2011年第3期

过 年

黄静泉

到了农历十二月三十日下午，孩子们从兜里掏出拆散的小鞭炮，叭一个叭一个放着，过年的气氛就变浓了。

矿区里的人家都开始在小院儿里用煤块垒旺火，这就要比城市里过年的气氛更浓一些。城市里是高楼大厦，宽敞马路，有些城市不允许放炮，点旺火更不行，所以城市里的年是一年不如一年了。你想想，你在楼群里用煤块儿垒起一个旺火，是谁家的？垒了旺火也不知道是谁家的，垒得还有意思吗？再说了，环保也不允许垒旺火。没了旺火，咋能像过年呢？矿区里不一样，矿区里的居民房还是一排一排的平房，那些平房依着山势坐落在山坡上，每家都有一个小院儿，院儿里垒起旺火塔，多牛，那是自家的旺火呢。煤矿不缺煤，家家户户都要用煤块儿垒旺火，旺火垒成塔状，塔尖上压着黄表纸和红纸，黄表纸接财神，红纸上写着四个字：旺气冲天。午夜十二点，点燃旺火，小院儿里先是浓烟滚滚，后来就满院通红了，若是从天上看矿区，必定是家家户户旺火冲天，好像大地上这儿开一朵红花那儿开一朵红花，到处都开满了大红花，满山满岭都是大红花，多好。

若是说起吃年夜饭来呢，城里人就更比不上矿区人的年夜饭有意思了。城里人到饭店订了年夜饭，饭店里到处都是人，吵得十分厉害，想说说知心话，想叙叙旧情，那也是谁家也不让谁家好好说话，家家的饭桌上都可劲儿嚷，嚷得谁家都听不清，听不清就更嚷，更嚷就更听不清。矿区人不那样，矿区人是请回祖宗来，供上美味佳肴，一家人陪着祖宗在家里安静祥和地吃年夜饭，那才叫过年呢。人们忙了一年，见面的时候很少，多不过中秋节的时候见过，可那次见面以后，又已经快有半年不曾见面了。趁着在一起吃年夜饭的时候，好好唠唠。这年月里人们都忙，忙得一年不见一回面，人和人越不见面就越是生疏了，觉得谁跟谁也不亲了。所以呢，吃年夜饭时若是家里少了谁，这顿饭就没吃好，就吃得憋憋屈屈的，以后的一年里都要经常提起这件不愉快的事情。人们携着妻子儿女，提着大包小包，都要回父母家去过年，弟兄多的人家更红火，更忙碌，有剥葱剥蒜的，有切菜洗肉的，会拌凉菜的拌凉菜，会炒热菜的炒热菜，会做海鲜的做海鲜，好像厨师比武一样，都要在父母家里做几道拿手儿菜，这顿年夜饭，从年三十下午就开始做上了。年夜饭准备妥了，大家就坐在一起唠闲话，唠工作，唠生意，唠官场腐败，唠儿女情长，顺便还看看电视里播的春节晚会。春节晚会这些年也是越来越寡淡了，好像有一种快要坚持不下去的样子，坚持不下去就坚持不下去吧，中国人早些时候过年不也没有春节晚会吗？不照样过了五千年吗？所以啊，过年团圆的风俗到啥时候也不能变，要是变了，就不叫过年了。矿区里的人们就是这么认为的。等到新年钟声敲响的时候，家家户户就在同一时间里点燃了小院儿里的旺火，黑山就变成火山了，黑天就变成红天了。

前些日子下了雪，连续几天的好天气，雪就化了，矿区的地湿润润的，煤尘飞不起来，好像也是为了让人们过年过得好呢。

晋北矿区里的人们，似乎是更讲究过年的。每个单位都牛羊猪鸭的分年货，从腊月二十几日起，就开始分东西了，下班回家的人们总是不空手，更不要说是腊月三十这天下午了。人们抱着各种物品，呼哧呼哧地喘气，呼出的气是白的，飘在冷空里，像喷气式飞机喷出的气。这一天的工资也好挣，等于上半天班儿，下午刚一上班，人们就开始往单位外面走，要回家去过年了。当官的也是睁一只眼闭一只眼，假装没看见，一年的最后一天了，给人们一个好心情也不为过。常玉香夹杂在回家过年的人流里，脸笑成了一朵花。平常开玩笑，人们总是故意叫错她的名字，叫她常香玉。她左手提着两三个塑料袋，右手提着两三个塑料袋，塑料袋鼓鼓囊囊的，都是单位给职工们分的年货。人们满脸堆笑，都急着往家走。常玉香的心更急，恨不得一步就跨到半山坡的小院儿里去，旁边的女同事眼看着跟不上她了，就急着喊，常香玉，你等等我呀，你走那么急干啥，是急着去参加春晚演出吗？常玉香笑笑说，你不知道，不急不行，我妈肯定又站在山坡上等上了，我晚回去一个小时，我妈就得在山坡上多冻一个小时，我怕把老人冻感冒了。她说着话，呼出一口一口白气。她提着大包小包走出机电科大门，顾不上跟别人相跟着走，急急忙忙地跨过铁道，顺着山坡小道往半山腰上走，边走边看见小孩儿们从兜里掏出小鞭炮，叭一个叭一个地放，就把脚步催得更急了。碰到熟人也顾不上停下来说话，就走就打招呼，也不管对方听清了没有。塑料袋勒得手疼了，就放下东西歇缓歇缓，歇缓过两三次就走到家门前了。不出所料，老人早就等在院门口儿了。老人头发刷白，像个艺术家一样有风度地迎着常玉香笑，两只手袖在棉袄袖子里，冻得颤巍巍的样子。常玉香就埋怨道：您明明知道我要来的，硬是站在街上受冷冻，活得好赖都不懂了。老人说，知道是知道，可就是不由人呢。常玉香觉得话生硬了点儿，就变了口气说，妈快回家吧，冻出病来还是自己受罪。妈要帮着提东西，常玉香不让提，就用身体把老人推回家里去了。玉香是个秀气勤快的女人，回到家就要干活儿，被妈拦住了，妈说先吃了烧山药先吃了烧山药，玉香就高兴地说烧山药真是好东西，吃多少都不烦弃。山下已经挖空了，人们住的房子都已经裂了缝子，听说政府要给煤矿人在平川里盖楼房，真要是住了楼房，到时候没有炉火了，想吃烧山药也吃不上了。老人很认真地吹打着山药上的火灰，一边剥皮一边看着玉香吃山药就开心地笑。她吃得那么香，一手拿着大咸菜一手拿着烧山药，嘴里嚼得咔嚓咔嚓响，还烫得嘴吸溜吸溜地出声，妈笑着说没人跟你抢，你急啥呢？玉香说烫嘴的山药才香才好吃呢。玉香吃完烧山药，抹了一把嘴上的黑，就忙活着贴对子，母亲说早把糨糊打好了，你贴吧。玉香拿着一把扫地笤帚，扫掉门框两边还残留着去年的旧对联，还能看见增福呀来寿呀的一些字样。有些纸扫不掉，就用笤帚把子触，使劲儿触，触干净了，就回到屋里往对子上刷糨糊，糨糊不能直接刷到墙上，刷到墙上就冻了。塞北的冬天是真冬天，就一个字：冷。现在人们贴对子也已经不像过去那么讲究了，都是从街上买对子，玉香总觉得买来的对子没有过去写的对子有感情，好像现在的人都在哄自己呢，且不要说哄别人了。玉香很重视母亲家门上的这副对子，小院门和窗户上的对子都可以买，只有家门上的对子每年都要找人编写一副，好像这样对子和人才能融为一体，才真正叫过年呢。她把自己的心情跟别人说了，别人就憋呀憋呀，总算憋出一副符合她心愿的对子来。上联是：人间遍栽真情树，下联是：天上才降甘露雨，横联是：天长地久。玉香踩着凳子，左手把对联摁在墙上，右手攥着笤帚从第一个字往下扫，赶紧扫，扫慢了糨糊就冻了，冻糨糊的对子别说等到明年过年时往下扫了，说不定很快就让风刮跑。对子贴得越久，心愿才能越久，才能真正实现心愿。玉香就是这么想的。贴完对子，玉香身上已经落满了扫墙时的尘土，花花点点的，她妈就赶紧用手往下扑拉她身上那些斑斑点点的红纸屑。她把两只手卷成喇叭筒放在嘴上哈热气，哈了手心再哈手背，老人瞅着她，心疼地说，冻手了吧，冻手了吧？玉香说，不冻不冻，不冻不冻。说是不冻，可她还在往手上哈热气，那哪是不冻的样子呢？

玉香把鸡鸭鱼肉泡在盆子里，又在小院儿里用煤块垒旺火，老人拿来一个苹果让玉香吃，玉香说顾不上。待一会儿又端杯水让玉香喝，玉香说冷风哈气的不想喝。老人帮着递煤块儿，玉香又嫌她碍手碍脚的添麻烦。玉香说，妈你就别捣乱了，回屋去暖暖身子不行吗？玉香见妈显出害怕的样子回屋了，就偷偷地笑。垒好了旺火塔，玉香就开始洗涮鸡鸭鱼肉和各种蔬菜。鸡要用高温锅打得烂烂糊糊的，老人牙口不好，打不烂糊不好吃。红烧鱼要提早炖在锅里，任滚任熬，有道是千滚豆腐万滚鱼，炖得时间越长越入味儿。屋子里热气腾腾，香味儿扑鼻。娘儿俩一边干活儿，一边说笑，满屋的笑声好像要把屋子撑破了。

老人见玉香心情挺好，就从兜里掏出二百块钱给玉香，玉香狠狠瞪了老人一眼，嘴里不饶不让地说，妈是把我当外人了是不？你有钱，跟别人买去！

玉香恼了，站起身往外走，老人显出害怕的样子紧随其后。老人说，你挣那点儿钱，带着三个孩子，还要供两个孩子念书，现在的学费又贵，你不是也困难嘛，妈哪是把你当外人呢？玉香到院子里的小房去拿葱蒜，老人也跟进了小房里。玉香突然看见地上有块老鼠啃过的鸡架子，觉得很瘆人，就问妈，那只大老鼠是不是还来作害呢？妈就神秘兮兮地点点头。她见过那只老鼠，挺大的，像婴儿的一条腿那么长那么胖，吓得她尖叫了一声。妈说那只老鼠挺稀奇，过几天来了，过几天又走了，过几天就又来了，大概别处还有个家呢。妈是边说边笑的，看得出来，妈是惦记着那只老鼠呢。她听见妈自言自语地说：我给它放了两个西红柿，它也吃了，放了两个苹果，它也吃了，放啥吃啥，嘿嘿嘿……害是挺害的，啥都咬，啥都吃，可它时间长了不来呢，我心里还想它。玉香看着地上的鸡架子，问道，妈是不是故意把鸡架子放在地上喂老鼠的？妈却笑而不答，脸上仍是神秘兮兮的。玉香认为，那只老鼠简直害死人了，放了菜它也往走拖，放了粮食它就咬烂布袋撒得满地都是米，放了肉呢，不管生熟，它都要吃都要往走拖。前些时玉香让人从天津捎回一条大干鱼，像洗衣服的搓板儿，妈说蒸着好吃，才吃了两次，想放在小房儿里节省着吃，没防住让那只老鼠咬了个乱七八糟，怕得鼠疫，人就不敢吃了，那只老鼠真能把人活活气死，可奇怪的是，每次说起那只老鼠，妈不但不恼，反而总是神秘地笑，慈祥地笑。妈是笑什么呢？妈在笑的时候，脸上还流露出佛的慈祥，真是太奇怪了。

玉香看一眼妈，妈用身体挡住了地上那块鸡架子。玉香总觉得那只灰色的像婴儿腿一样的大老鼠马上要来了，就觉得地上那块鸡架子妖怪一样瘆人。玉香打了个冷战，妈就发现了，妈说小房儿冷，别冻感冒了，快回屋吧，你要拿啥妈给你拿。玉香说，等哪天买点儿老鼠药，药死那只老鼠。话说得狠狠的。妈急了，妈说：别别别，你是属鼠的……

听了妈的话，玉香眼热了，就别过脸，不敢再看妈了。

妈说最爱吃玉香炖的红烧肉，玉香笑着说，计划上了。玉香炖红烧肉最拿手，把五花肉切成麻将牌一样，匀匀的好看，锅里先倒点麻油，再撒点咸盐，捞进肉去就不炸锅。用麻油炒肉，肉就不扒锅了。肉要多炒一会儿，把肥油和血腥气炒出来，然后烹醋，醋不怕多，醋一烹，锅里便嚓嚓响，肉腥味儿就随着醋味儿蒸发了，吃起来肉味儿才纯，烹完醋倒酱油，再用酱油炒，炒到七成熟的时候，肉便炒得红彤彤的好看了，然后是添水，放进花椒大料、葱姜蒜，先用武火炖，炖烂时，再放盐，再改用文火慢炖入味，等到锅里的汤煎浓了，再加一把葱花，急翻两个过儿，吃起来略有生葱味，那才叫好吃。

老人最喜欢吃玉香炖的红烧肉，那肉吃起来肥而不腻，十分爽口。可以这么说，这顿年夜饭，已经在玉香脑子里准备了半年多了。做好了饭菜，天也快黑了，玉香就捧着写了名字的牌位，走到山坡街的十字路口，跪在地上，点燃三炷香，再点燃一点儿鬼钱，口里念念叨叨地说，爹，过年了，跟我回家去过年吧，我妈等着您呢。山坡街上这时候会有很多人出来请祖宗，这时候的年味就更浓了，这年就过得更厚重就更有情义了。玉香跪在地上，用干树枝挑着纸钱烧，等纸钱烧完了，磕三个头，捧着牌位和三炷香站起来，口里念念有词地说，爹呀，跟我回家过年去吧。遇到坎坷的路段，玉香还要说，爹呀，这儿不好走，当心别跌倒了。遇着上台阶的时候又说，要上台阶了，小心别让台阶绊倒了。看她那认真的样子，好像她爹真跟着她走呢。走一走，她就往手上哈热气，走一走，就又往手上哈热气，她不能倒换着揣兜里暖手，她必须要用两只手捧着牌位，这样才算恭敬祖宗。回到家，她高兴地说："妈，我把爹请回来了。"

老人接过牌位，放在丈夫的相框前，相框前摆了香炉，香炉里放了小米，老人点了三炷香，双手捧香插在米上，然后又把玉香做出的菜一样一样盛在小碟里，给丈夫供了一大堆菜，又敬了一盅酒，老人对丈夫说，过年了，闺女给你做了这么多好吃的，你就放心吧，我有闺女照顾着，你就不用惦记了。

相片里的男人是个壮汉子，圆脸膛，短发，短胡子，看上去很有力量，想当年，这人一定能把牛拽得倒着走。不了解煤矿的人，绝不会想到这样一个壮汉子却因为下井采煤患上了矽肺病，到了五十多岁的时候，变成了一个被矽肺病折磨得死活不能的人，最终被憋死了。

炕上摆了一张方桌，桌上七盘八碗的极为丰盛。玉香和妈坐在方桌边，面对面坐着，面对面笑。炕是温热温热的石板炕，热得屁股很舒服。

玉香说今晚过年，我也陪妈喝两盅儿。

玉香平时不喝酒，妈平时也不喝酒，只是年年吃年夜饭的时候，母女俩总要意意思思地喝两盅。

玉香抿了一口酒，觉得不好喝，又辣又苦。领导说分的是好酒，好酒也苦，也不好喝。可煤矿人喜欢喝酒，井下寒气大，煤矿人上井以后，回到家里都要喝几盅，逼逼寒气。

老太太过去陪丈夫喝过酒，喝不多，只是陪酒，所以一直没酒量。她觉得丈夫总是一个人喝酒，不够味儿，就陪着丈夫端端酒杯，让丈夫高兴高兴。丈夫一高兴就多喝两杯，喝多了就更高兴，更高兴的时候呢，就酒也顾不上喝，饭也顾不上吃，就把她搂进被窝儿里，去享受另一种快乐。她总觉得对不起丈夫，总觉得生不出个儿子来，断了丈夫的香火，真是到死都欠着丈夫的债。丈夫说不生就不生吧，只要咱俩好就行，没孩子不是做事儿更方便吗？她就掐一下丈夫的脸，你就知道馋那一下，能馋到老啊？现在是年轻有力气，到老了还能做那事儿？想做也不能做了，活到七老八十的时候，没人伺候咋行呢？丈夫却不减兴致地说，互相伺候，老了做不动了，在一个被窝儿里搂着也好。她也幻想着两个老人搂在被窝儿里的情景，那真是一辈子幸福的事儿，遗憾的是，丈夫提前走了，走了三十多年了。

玉香看出了老人的心思，怯怯地说，您就别想那些不愉快的事儿了。老人笑笑说，不由人，总想，尤其是过年过节的时候，更管不住自己。老人说丈夫下了大半辈子井，四十多岁就得了矽肺病，每天像鸡子一样仰起头拔气，还吱儿吱儿地响，黑夜睡觉的时候不能躺着睡，半躺半坐，身后垫着棉被，靠着墙，坐着睡。睡一会儿就憋醒了，睡一会儿就憋醒了，那可真是受罪呢。死了也好，活着受罪还不如死了好呢，只是撇下我这老太太一个人，孤独。

娘儿俩边吃边喝边唠，唠着现在和过去的一些事情，其实那些事情已经唠了好多次了，好像总也唠不够，好像每一次都是第一次，很新鲜、很动情。那是生命呢。

玉香见老人说着说着，眼圈泪湿了，就劝道：妈，今天过年，咱别说那些不高兴的事儿了，拣高兴的说。玉香就说起自己下井的事儿，那些事儿也是过去好多年了。那年她三十六岁，也是冬天，傍晚的时候飘起了雪花儿，她热好酒菜，站在小院儿门口等丈夫，丈夫是下井工人，自从结婚以后，她的这种等待的日子就开始了。煤矿人都这样，丈夫去下井，就把妻子的心带走了，直到丈夫下班回家，妻子的心才又回到了心腔里。跟战争一样。所以煤矿人的妻子都是由着丈夫，丈夫喜欢喝酒，妻子就把酒端上来，丈夫说想睡觉，妻子就放下手里的活儿，去陪丈夫睡觉，等丈夫真的睡着了，妻子又从被窝儿里爬出来，去洗碗洗筷子。想起来担惊受怕，又甜甜蜜蜜。那个飘着雪花儿的傍晚，已经过去二十年了，想起来就跟昨天一样真切。她热一回酒，到院门口儿去等一回丈夫，酒凉了，就再热一回，再到门口儿去等丈夫。酒盛在白瓷酒壶里，酒壶放在盛了白开水的大搪瓷缸子里，酒壶里温热着矿工妻子热乎乎的心。雪花儿飘在玉香脸上，凉一下就化了，凉一下就又化了。二十年过去了，记得还是那么真切呢。玉香说着，还摸摸脸，好像那一天的雪花又落在了脸上。就是从那个傍晚起，丈夫就再也没有回来。带着两儿一女三个孩子，怎么活？没法活。最让她心疼的是，有一回领着六岁的小女儿经过自由市场，女儿不懂事，跟妈妈要苹果吃，妈妈舍不得买，女儿就哭闹，妈气急了，朝女儿屁股狠狠打了两巴掌，打得女儿哇哇地哭，妈妈打痛了女儿的屁股也打痛了妈妈的心，妈妈就紧紧地把孩子抱在怀里，孩子哭，妈也哭，妈和孩子一块儿哭。有认识的人说，多可怜呀，要是孩子爸爸不死在井下，哪能连个苹果都吃不上呢？玉香跟妈说，人活着就得活个坚强劲儿。煤矿人其实就是有股坚强劲儿，死多少人，伤多少人，残废多少人？可人们照样过那种日子。常玉香咬咬牙，把孩子锁在家里，到街办小煤窑下井去了。女人下井难着呢，来例假的时候，上了井不能到澡堂去洗澡，就那么黑糊糊的往家走，走在路上不吱声儿，人们也不知道你是男人还是女人，想起来真失笑。

妈说，你还笑得出来，亏你还笑得出来？你说你是个啥人，受那么大的苦，说起来不哭，还笑呢。妈问女儿在井下碰没碰到过砸死人的事儿，女儿说咋没碰到过呢？有一回大顶垮了，垮之前，工作面儿先是听到雷声一样轰隆轰隆地响，后来又听到雷声轰隆轰隆走远了，有经验的老工人就喊：大顶要塌了，大顶要塌了，大家快往外撤啊……喊着的时候，顶板就塌了，人们撤出去以后，发现还有两个女人没出来，都是工亡妻子，同病相怜，人们一把没揪住常玉香，常玉香就疯了一样往工作面跑，她隐隐约约地看见王二怀老婆妈一声喊叫，就被塌下的大顶砸死了，把脑浆都砸出来了，脑浆像摔烂的一块豆腐，真惨。玉香说着说着就哭了。

妈见玉香伤心了，就苦笑着说：你看你你看你，你还说我呢，你说过年不让我说不高兴的事儿，可你咋说呢？好了好了，别说那些不高兴的破事儿了，都过去多少年了，还提它做啥呢？来来来，喝酒喝酒，吃菜吃菜，咱娘儿俩也来它个一醉方休。老人抿了一口酒，眼泪哗哗地说，咱娘俩都是苦命人，其实也不光咱娘俩，矿上守寡的女人多了，不稀罕。煤矿人就是这样，活着时担惊受怕，即便是死不了吧，最后又落下个煤矽肺，憋得死死不成，活活不好，更苦。

玉香没抿酒，端着酒杯说，苦啥，不苦，孩子也都拉扯大了，上班的上班，上学的上学，想买啥买啥，等天气暖和了，我带您去旅游，往后的日子保您好活呢。

老人低着头说：唉，留下个活人想死人，难受哩。

过年好吗？过年当然好，但孤寡老人却最怕过年。

常玉香又一次举起酒杯，又一次放下酒杯，她知道老人走神儿了，知道老人是因为什么走神儿了。她不想让老人沉浸在痛苦的回忆中，但又不想破坏老人对过去的回忆，就那样频频举杯又频频放杯，让老人尽情地回忆过去。

逢年过节，是人们最想亲人的时候。玉香也是寡妇，知道活人想死人是什么滋味儿。

她独自喝了一口酒，酒好辣，辣出了眼泪。“人活着，就得互相关心互相爱护，否则就不叫人了。”

“可不是嘛，我对现在人不关心别人只关心自己的做法就不感兴趣，不认可那种人！”

电视里就要敲响新年的钟声了，玉香说，该点旺火了，她让妈盯住电视，电视里钟声一响，就赶快喊她。她急匆匆走到院子里，攥着一张油纸，听见老人像小孩子一样在屋里大声喊道：玉香，敲钟啦敲钟啦……听到喊声，玉香点燃了油纸，又把油纸送进旺火口儿里，旺火便轰一下燃烧起来了。这时候，整个矿区响起了激烈的爆竹声，对面山坡上，家家户户的旺火都点燃了，旺火在山坡上一层一层地显示出来，十分壮观。当然，对面山坡的人们看这边的山坡，也是一层一层在熊熊燃烧。整座的大山都在燃烧，就把个寒冷的冬夜烧得温暖起来了。

玉香把妈拉到院子里让妈点鞭炮，妈说你今天是非要把妈折腾成小孩子才算心里舒服呢。玉香说那就好了，妈又能多活一辈子呢。玉香把点燃的一支香送到母亲手里，指着挂在墙上的鞭炮说：您把脸侧过去点炮捻子，对，好好好，好极了！老人点燃了鞭炮，那炮声听起来是那么欢快，好像比所有的爆竹声都动听呢。旺火着旺了，玉香拉着妈的手开始转旺火，顺时针转三圈，再逆时针转三圈，母女俩转着旺火，相互踩着脚的时候就哈哈大笑，好像是只有欢乐，别的什么都没有了。

转旺火是当地的一种民俗，转旺火可以去病去灾，图个旺祥。

母女俩在院子里闹腾了好一阵子，高兴得傻了一样。回到家里，她问妈还吃不吃了，妈说吃好了，不吃了。她问妈累不累，妈说不累。她问妈是不是想睡觉了，妈说睡也行不睡也行。她把饭桌拾掇了，铺好被褥，又给妈烫脚，她搓着水盆里的脚，觉得妈的脚好像又瘦了许多，就暗自伤心，妈还能活多久呢？想起来心里就害怕。妈躺进被窝里，她也钻进妈的被窝里，搂着妈说：“妈，今天过年，我跟您睡一个被窝。”

两个身体贴在一起了，两个身体贴在一起的感觉是有了依靠。

妈在黑暗中流出了热泪，玉香感觉到了，玉香说，今天过年，妈该高兴才是，咋又流泪呢？妈说：妈这就是高兴呢，妈这老来老去的，有你这么个好闺女，真不知是哪辈子修来的福分哩。

玉香说，是我爹给您修来的福分。挖煤死了那么多煤矿人，煤矿人应该享福呢。妈放心吧，有女儿活着，不会让妈难活的。

外面的爆竹声已经寥寥落落了，人们熬年熬乏了，都陆陆续续进入了甜美的梦乡。

只有旺火火势正旺，穿过黑夜，穿过窗帘，把屋子照得红彤彤的，就像早晨那布满红霞的天空，让人感到朝气蓬勃。

初一早晨，起早的人很少，人们熬夜熬乏了，都在梦乡里沉睡着。

常玉香已经急匆匆地走在了山坡街的小道上，边走边看见一堆一堆的旺火都已经着过劲儿了，火炭上蒙着一层白白的灰。看到那些白白的火炭，便联想起老人们苍苍的白发，她的脚步就愈加急促了。她推开一户小院门儿，急急忙忙地穿过小院儿进到屋里，看见一位白发老太太正坐在炕上凝望着门的方向，老太太如同庙里的泥塑，她知道老人一夜没睡，就那样坐在炕上等着她，她眼里的泪水就像涌泉一样涌出来了。她扑上炕，把脸埋进老太太怀里，两手搂紧了老太太的腰背，放开声叫了一声妈。

妈愣怔了一下，慢言慢语地说：我这养女儿养来养去的，给别人养了，过年都不回家。

玉香显出不好意思的样子说：妈呀，您有我爸，有儿有女有孙子，有一大家人陪着您，您多幸福啊，她一个孤寡老人，大年夜里，身边没个人多难受多可怜呀！

玉香妈知道女儿在矿上认了一个干妈，那是一个可怜的老人，老人的丈夫被矽肺病折磨死了，两口子没儿没女，老人自从死了丈夫以后，一直没嫁人，一直过着孤独的怀念着丈夫的日子。玉香妈看着女儿像一只乖巧的猫一样依偎在自己怀里，知道女儿是在表示歉意，就嘿嘿地笑了。母亲笑着，推开闺女说，妈是逗你玩儿的，初一早晨不是才开始过年吗？炉火着旺了，跟妈一块儿煮饺子，咱们高高兴兴地过年！

玉香看了一眼炉火，炉火着得红彤彤的，就觉得心里呼的一下升起一股暖意来。

原载《阳光》2013年第1期

荣获“第七届全国煤矿文学乌金奖短篇小说奖”

别问我是谁

王庆才

一

住宅区松散成一条狭长的街道，哩哩啦啦，绵延出去一公里。为什么要把阵势摆这么大呢？应该集中起来才好啊。静子想。工业区那边的房子倒是很稠密，厂房与厂房间的排列错落有致，就连墙皮也涂成鲜艳的橘红色，远远望去就像一堆装饰精美的礼盒。而那两根兀自耸立的高大烟囱，就更显得与众不同，它怪异地戳向天空，让人生出些不好的、与污染有关的联想……静子有些困惑，这么大的一片戈壁，怎么就偏偏这一块地下面有煤呢？

东祥在院子里架葡萄，顺口问了静子一句，问她想不通什么？是后悔嫁给了一个矿工吗？

静子说，去！

东祥真就摆出一副欲转身离开的架势，但目光中的那份窃喜却是藏不住的。

东祥家住的是平房，那种老式的青砖瓦房，还是建矿初期的建筑，房子狭小，采光也不好，碰到阴天，屋里黑得看人都模糊。有条件的人家都搬到新楼去住了，但东祥一点儿都不眼馋，家是破了点儿，可他和静子两人的生活却过得很舒心。

已经是春天了，葡萄藤该架起来了，葡萄藤蛰伏了一冬，它们在土里就已经发出了细芽，星星点点的，青绿中泛着黄，娇嫩得让人欣喜。

东祥把葡萄藤一根根捋顺，然后搭在绑扎好的竹架上。静子便用毛线绳把葡萄藤分段固定。静子踩踏在一只木梯上，院墙不是很高，站在木梯上的静子，视野就很开阔。旷野无遮无拦，那博大的、野性的敞荡令人感到惊悸——柔弱而缓滞的曲线，深色的、像苍老树干般皱褶的土地，那率真的从容看上去很直接；没有遮蔽和瑕疵，也没有丝毫的烦琐和羁绊，只是一味地张扬呈现，铺展出一种蓬勃的气势。同时静子看到，天地间的色泽在放任的极限中得到收敛，这归功于那条不断延伸的地平线。那淡褐色的层面衔接划分了清澈与混沌，让两者间的融合在勾勒的界定下层次分明——广袤、深远、粗粝、彪悍、澄澈、通透、缥缈……望着眼前的苍凉与空落，静子说不清心里是怎样一种感受。

静子来矿上的时间并不长，东祥记得很清楚，一年零六个月，可给静子的感觉已经在这里生活了很久。自己怎么就到了这里，怎么就跟东祥生活在一起呢？用东祥的话说这是缘分。静子信，要不她怎么就来到这里了呢？

矿区的上空飘浮着一些黑色的粉尘，肉眼倒是不容易看到，但静子是能感觉到的，那是一种矿体的焦灼味，而且有着一定的比重。它们落下来的时候会产生一种滞涩的，物体被摩擦时才有的声音，同时伴着细致而又轻微的震动，就像阳光下飘浮着的那些尘埃。

东祥说，我怎么感觉不到？

静子说，要用心去感受。

东祥停了手里的活儿，仰头望着天空的样子像是用心去感受了，但除了心脉的跳动，他依然什么也感觉不到。

二

人忘了什么也不该忘记自己的身世啊！静子想，可静子就忘记了。居然一点儿都不记得了。静子不傻，她知道自己生活在矿区，知道自己是东祥的女人；知道为东祥做一日三餐，知道自己长得一点也不比矿区其他女人差；还知道东祥深爱着她……静子什么都知道，就是不知道自己的身世。静子患有严重的失忆症。静子忘却的事情太多了，她不知道自己叫什么名字，也不知道自己的家乡在哪里。印象中应该很遥远，远到什么程度她自己也茫然。内心深处，隐约会闪露出一点儿有关家乡的影子，好像有山，当然还有水。那是一条河，清澈凛冽，她小时候常在河边玩耍，用泥固个坝，就能圈住小鱼苗和螃蟹……记忆中还有一个很大的水塘，塘水中生着许多莲花……印象最深刻的应该是桃花，春风拂过之后，盛开的桃花烧红了一面坡……再往深里想就是一片色彩的混沌，有如色泽的凝结，或某种物体的背光与映衬……之后是无法续接的空白。记忆有如切割的断面，所显示的部分清晰可见，但它所包含的内容却深藏不露。那封闭的空间里都藏匿着些什么呢？静子冥思苦想没有结果。

东祥好像一点也不替她着急，居然还拿腔捏调：天上掉下个林妹妹，似一朵轻云刚出岫。东祥抱拳施礼，唤一声：林妹妹啊……

静子说，你还贫！我都快郁闷死了。

静子看到电视节目，有许多被拐卖的妇女，后来被解救了，家人团聚的那一刻让人好生感动。静子问东祥，自己是不是也是被拐来的？到底花了多少钱将自己从人贩子手里买来的？说这话时静子的眼圈微微发红。

东祥让她猜。

静子说，一万。

东祥说，多！

静子说，五千。

东祥说，多！

静子急了，问到底多少钱？

东祥说，他不曾花一分钱。

静子说，那我是怎么到这里来的？

东祥说，有一天他下班回家，看到桌上摆着热腾腾的饭菜，不知道是谁做的，一连几天都如此，他很奇怪，就留了心，那天他去上班，中途又拐了回来，从窗子里看见一个俊俏的姑娘在屋里烧水做饭，他忙开门进屋，姑娘慌得要往水缸里藏，可是缸盖早被他盖住了……东祥说，静子是田螺精，专门来报答他的。

静子让东祥正经点。

东祥这才说道，他和静子的相识纯属偶然。那天他下夜班，从选煤楼上下来时，发现一节空车皮里蜷缩着一个人。那个人就是静子。当时她正发着高烧，问啥都不知道，东祥出于好心，就把静子领到家里来了。东祥说，谁知就捡了个媳妇。东祥嘻嘻笑，静子就愈茫然了。

静子刚到矿上来的时候，东祥并不知道静子叫什么，静子是东祥给她起的名字。她的样子总是那么文文静静的，总是无声地静默着，就像这戈壁上的小草，悄无声息！后来，她就有了静子这个名字。

静子，这名字倒是很适合自己呢。静子，静子！这名字还真是好听。静子想。可自己原来叫什么名字呢？对记忆的追究让静子不免有些颓丧。因为静子并不是把所有的事情都忘记了，比如那首民谣她一直不曾忘记：

青溜溜的青来青溜溜的青呀，
青溜溜的尕松哎柏呀，哎哟四季哎哟青呀。
黄溜溜的黄来黄溜溜的黄呀，
黄溜溜的黄麦呀子呀，哎呀遍地哎呀黄呀。

哎呀黄溜溜的黄麦呀子呀，哎呀遍地哎呀黄呀……

歌声是那么的富有韵味，那么浓郁，又是那么生动，每次清唱，她都无来由地有些激动。她不知道这首民谣在她的记忆中封存了多久，它预示着什么？是记忆的倾诉吗？那轻快的节律和委婉的曲调，对她有如某种情感的蹂躏，让她愁肠百结而又不知所终。有时静子似乎洞悉到了什么，可细细品味又什么都没有。只是这么一首民谣，作为记忆的施舍，它除了让你伤感还能带给你什么呢？

三

东祥在选运队上班，是个拣矸工，工作地点就在那高高的选煤楼上。静子上去过一次，那是给东祥送午饭。

沿着钢板焊接的楼梯一步步朝上攀，真高啊！那是一个筒状的建筑，有十几层楼房那么高，一条输送原煤的皮带从地底下的巷道里进入运输走廊，一直延伸到楼顶。皮带一开，煤炭就源源不断地运送上去，在振动筛上被分拣出不同的等级，然后进入若干个不同的煤仓。余下的则进入煤台，日积月累那煤台便不断地茁壮起来，直至成为一座耸拔的煤山。

振动筛的声音很大，哗哗啦啦吵得人什么都听不见。东祥张大了嘴，朝静子摆手，静子还是听不见，东祥便把静子扯到了室外的平台上。世界重新变得安静下来。

东祥的一张脸涂抹得像个包公，两只手更是黑得没样，居然直接去抓静子带来的蒸馍，被静子抬手打落了。静子用带来的水为他冲洗。脸脏成那个样子，他居然还笑得出来。

东祥喜欢吃静子做的蒸馍，更喜欢静子做的浆水面。浆水是用苦苣、荠荠菜或芹菜、莲花菜沤制的。静子擀的面厚薄均匀，切制的面条细匀一致。等面条下锅煮熟后，浇上炝油制好的浆水；佐菜是切成碎末的生腌韭菜和红辣椒，味道真是好独特，特别是在炎热的盛夏，吃上一碗，立马会让人感到清凉爽快。

站在这样一个高度看戈壁，和以往有着完全不同的感受——凝重、空旷、坦荡、奔放，视觉在拓展中不断延伸。那放纵的极尽铺展；那敞亮的桀骜不驯的袒露；那涌浪般滚动着的热霾；那空茫淡定的色彩……所有呈现都让静子惊讶不已。那一刻，静子的身心仿佛飞翔起来了。她看到湛蓝的天空下，碎石密布的戈壁所展现出来的沉稳与庄重，苍劲与空灵，是她从未感受过的。她第一次发现戈壁也有着美丽生动的一面。

这时东祥说，荒滩里埋着一个古代的将军，叫王进宝，官至陕甘提督。

静子一脸茫然。

东祥说，就是康熙年间平定吴三桂的那个王进宝。

静子仍是不知所云。

东祥说，就是金庸小说《鹿鼎记》里的那个王进宝。

静子不知道自己是否看过金庸的小说，印象中看过的小说不少啊，怎么一本都想不起来了？

东祥决定啥时带静子去看看墓地……好多的石人石马，很壮观的。不过，早已残破不堪了，就剩下一个冢了，其实也没啥可看的。东祥一边吃蒸馍，一边摇头，那样子似乎有些惋惜。

东祥吃完午饭，静子要回去了。静子朝选煤楼上攀时，并没有感到害怕，下去时却犯难了。心怦怦跳。特别是看脚下，有些天旋地转。静子不敢下，她有恐高症……静子是东祥一路搀扶着才勉强下去的。那以后东祥再也没让静子送过饭，每天都是自己带。

四

无聊的时候，静子一个人还是喜欢猜想，关于自己，关于家和往事。可记忆就好像一个锈蚀的闸门，怎么也打不开，过去对于她就是一页空白，上面没有记录任何信息。窥探和冥想都没有任何作用，思维的单纯和洁净几乎不需要任何遮掩，内心的茫然和失落总是令人失望。从前的记忆跑到哪里去了呢？那记忆即便是一缕风也会摇响树的枝叶的，可是静子的记忆里什么都没有，就像这原野上的晨雾，迷蒙中似乎隐藏着许多内容，但瞬间就蒸发了去，没留下一丝痕迹。

东祥说，总该记住些什么吧？比如家的方向？

静子摇头。

东祥说，哪怕是地域环境呢？

静子仍摇头。

东祥说，那么风俗特征和生活细节呢？

静子还是摇头，静子的脑子里只有一些恍惚的印记，且杂乱无章：那是花瓣、香水、露液、长丝袜、高跟鞋、丁字裤、飘逸的纱丽、模样怪诞的脸谱、无所指向的装扮……霓虹幽暗下的簇拥，惨白的肢体的呈现或裸露，滞留在暧昧空间的凝视……画面含蓄模糊，没有完整的构图，只是一些信息的拼凑。似乎还有某种声音，像诉说，像嗔怨，又像呓语……并不真切。场景与层次都很混乱，完全没有逻辑……她不知道这些具体指代什么。

东祥让她好好想。

静子记得好像是在走台步，深红的地毯，扭动的猫步，迷离而又执着的眼神……突然就到了街上，步履匆匆，似追逐或躲避……不晓得是为了什么。

东祥让她再想。

静子记得自己坐了很久的车，汽车，火车……再后来就什么都不记得了。

东祥问她是在哪里坐的车？目的又是什么？

可静子再也想不起什么了，绞尽脑汁也想不起什么了，连最初的混乱都没有了。

东祥说，想不起来也好，不烦。

静子说，想不起来更烦。

东祥说，想起或想不起你还是静子，还是我东祥的女人。

静子说，到底是哪里出了错呢？静子说的是一句方言。静子平时并不说方言，但偶尔也会冒出一两句。东祥听得出，那几句方言应该是天水话。天水人把自己叫“熬”，把你称“牛”，把水念成“岁”，把娃娃叫“狗狗”。这些话时常从静子嘴里冒出来。由此东祥推断静子的家乡应该在天水。天水以外的人习惯称天水的男孩、女孩为白娃。因为水土和气候的原因，那里的人皮肤都很细腻。用一句俗话说，嫩得能挤出水来。这句话在静子身上得到了验证，静子就非常的白净。

见东祥一直盯着自己看，静子说，我有那么好看吗？

静子脸庞清秀，眼如秋水，样子原本就招人怜爱，加上表情中的淡淡愁绪，似乎就更显得楚楚动人了。

东祥说，天水白娃。

静子听不懂他说什么，但关于天水她还是有些印象的，知道那是个地名。

东祥说，要不啥时我陪你去趟天水？

静子没有吭声，她在想自己的记忆到底丢到了哪里？难道自己丢失的仅仅是一段记忆吗？这么想，她心里就慌慌的。

静子老做一个相同的梦，一开始，场景并没有多么可怕，最初的进入像一次散步，抑或是一次郊游。时令应该是秋季，因为她看到了一片荞麦地，那渲染的色泽似云霞，又似火焰接天连地，气势张扬，她被这色彩陶醉了……但不知遇到了什么可怕的事，她开始奔跑……四周都是悬崖，她根本无路可去，而危险正步步紧逼，这让她颓丧的同时又极端恐惧……接着是陷落，伴着无边无际的黑暗，无望地挣扎……她似乎想抓住什么，结果就真被她抓住了，是东祥的胳膊……

静子的样子很可怜，泪水在眼眶里打转，目光显得呆滞而茫然。东祥便把她紧紧地揽在怀里。也只有这样她才能安静下来。

有一天，静子在睡梦中喊出一句话，好像是一首古诗，不知道会不会跟静子有某种联系。早晨，东祥问她，静子竟没有一丝印象。

东祥领静子去了趟医院，还做了脑电图。结果出来，波形、波幅、频率和位相的图形、曲线都很正常。针对她这种情况，医生也无能为力。医生说，或许是心病。这病需要慢慢调理，时间或许能医治这病。

医生的话让静子好无助，她困顿而又惆怅的目光让东祥很担忧。

院子里的葡萄长势很好，柔韧的藤条不断地抽出嫩枝，那纤细的触手扯住藤架，努力地攀缘而上，去获取更多的阳光。葡萄已经开花了，白色细碎的花絮，洋洋洒洒，那撒落的花瓣让人误以为是冬季的落雪。静子伸出手掌，静等它们悠然坠落，尽管纤微、娇弱，但静子看到它们同样的晶莹、同样的妩媚嫣润，每一片苞叶都完美精致。夏季的微风充当了媒介，让它们有了一种飞扬和堕落的双重体验。它们孤独寂寞吗？静子将手中的花瓣抖落，看着它们在轻柔的舞动中游走，在静默中凋零，最终，用自身的洁净去遮掩那些散落的粉尘煤屑。望着那淡雅的花絮和喜人的绿意，静子心里忽然充满了感动。

静子努力不去想自己的身世，东祥对自己很好，这胜过了一切。

五

在矿上，静子时常能听见清脆、悠扬的汽笛声，每次听到汽笛的声音，静子都会想起东祥说的话，他是在一节空车皮里发现自己的，静子想那应该是来自一个很远的地方吧。静子问东祥，那装满煤炭的火车都运往何处？东祥说，地方多了，全国各地都有。东祥的话让她再次陷入迷茫的困顿中。

夏季的戈壁滩让人感到炙热难耐，干燥的季风掠走了空气中的所有水分。烈日下，静子能听到那焦躁而战栗的声音——撒落的粉尘，草木枯枝的断裂，泥土沙石的膨胀和收缩，水雾被蒸发后的散逸……尽管很细微，但用心听还是能捕捉到的。静子看到葡萄的叶子都打了卷，那曲动的经脉和叶下的纹理在延缓的蜕变中已近枯萎。那演绎的过程微妙而含蓄，它们在阳光的锐利中变得如此脆弱，就像那些振翅的蚊虫堕入致命的光斑。静子看到那些闪动的亮泽最终汇聚成无数条鲜亮的光线。她能感觉到那色彩在她的发丝间极速穿行时而留下的震动，和轻柔的剥离而产生的细弱的微芒。

静子打一盆清水，将散开的秀发浸在水中，那感觉真是很惬意。一丝微凉的清爽，瞬间就浸透了身体。思维一下子就沉静下来，同时被过滤的还有来自空气中的燥热，感觉是置换了一个空间——焦虑、惆怅、失落、抑郁、伤逝……都没有了。内心的轻松犹如纤细柔弱的发丝被水波浮动着，像展开的莲叶，又像一蓬墨绿的水草，尽情地涣散着……

那韵味浓厚的歌声传过来的时候，静子有些不太相信，她还当是一种错觉，以为是内心的吟唱，是水给了她听觉上的蛊惑。她沉静了片刻，那声音愈显得真切，的确是记忆中的那首民谣：

青溜溜的青来青溜溜的青呀，
青溜溜的尕松哎柏呀，哎哟四季哎哟青呀。
黄溜溜的黄来黄溜溜的黄呀，
黄溜溜的黄麦呀子呀，哎呀遍地哎呀黄呀。
哎呀黄溜溜的黄麦呀子呀，哎呀遍地哎呀黄呀……

这民谣对她有着无法澄清的诱惑，静子不知道这民谣里都包含着什么，对她有着如此深刻的触动，似乎那曾丢失的一切都藏匿其间。

静子有些好奇，她用毛巾将湿头发裹了，走出门去，唱歌的是个陌生的男人。静子有些发蒙，这首记忆中的民谣，居然还有人能唱。静子突然想追上去问问，但那人已经走出去很远了，并且已经停止歌唱……

静子追了一段路，没有追上。回来的路上，她有些伤感。回到家，她才发现毛巾还裹在头上，她摸了下毛巾下裹着的长发，心想，自己哪天也该理理发了。她不知道自己留短发会是个什么样子？东祥喜欢不？

六

初五那天是东祥的生日，几个工友买了礼物来家里祝贺。

静子在厨房里忙活，小赵进来了。小赵是新分来的大学生，是队上的技术员。人机灵，好学，他坚持要为静子打下手，静子拗不过，只得随他。

小赵帮着择菜，洗鱼。小赵一看就是没怎么做过饭的，韭菜当成了蒜苗，莴笋不晓得要去皮。鱼就更不会收拾，膛开了，鳞却没刮；待刮了鳞，却忘了去鳃。小赵没想到做菜这么麻烦。静子说，想吃就不能怕麻烦。小赵穿的白衬衣，两只袖筒都沾上了污渍，静子帮小赵把袖筒挽了起来。

小赵说，嫂子，听说你和东祥哥的认识有点传奇色彩呢。东祥哥说你是捡来的，真的假的？

静子说，洗大辣子要把里面的籽掏去。

小赵说，东祥哥咋就这么有福气呢？

静子说，下一道菜是小葱拌豆腐。

小赵说自己还没有对象，想请静子介绍一个。

静子问他喜欢什么样的？看上哪一个了？

小赵说，像嫂子这样的就行。

静子说，你是大学生呢，哪能太随便。

小赵说，我要是也能碰上嫂子这样的该多好。

静子嗔怪地瞅他一眼，说，胡说。

小赵说，你的目光有些特别，让人很难不产生一些想法。

静子不晓得小赵这句话是赞美还是诋毁。她借助洗手的机会，在脸盆架的镜面上瞄了一眼，那目光看上去还真有些特别——挑衅、暧味、煽情、沉静、渴望、茫然……她无法做出正确的判断，她不知道那目光背后到底隐藏着什么。

静子切的木瓜丝真是很细，小赵都看呆了。

小赵也想试试。看着他也是用心去切的，但切出来的木瓜丝有筷子那么粗。静子说，还是我来吧。静子接菜刀时，手突然就被小赵握住了。这让静子一时间竟有些不知所措，慌乱中将菜板上的几颗鸡蛋碰掉了。鸡蛋的坠落让人看着有些头晕，那窒闷而又清脆的声音像玻璃器皿的碎裂，黏稠的蛋清像琼脂，而散乱绵软的蛋黄像午后的阳光，灼痛了静子的视线。静子的神情不由得一阵恍惚。

小赵说，嫂子，你不知道你长得有多美。

静子的样子是很冷静的，她就那么望着小赵，眼睛眨也不眨，直到小赵将握着自己的手松开。

小赵也不晓得自己刚才是怎么了，脸羞得绯红，低头进客厅去了。

静子没有揭穿小赵，她不能毁了这个年轻人。

菜上齐后，静子给每个人敬了两杯酒，就连小赵她也敬了两杯。那天，小赵好像很感动，他给静子回敬了两杯，静子没有推脱，全干了。

过后，静子没有向东祥提起那事，她不想在东祥的心里埋上阴影，更不想破坏他和同事间的关系。

七

戈壁滩上很少下雨，但下起来却同样的密实。那飞扬着的雨丝像荡起的雨幕，含混了天地间的界限。而被蒸腾的水汽烘染着的矿区，好像瞬间就有了极尽的酣畅和深邃。雾霾的游弋中，行人、街道、树木、房屋、高耸的选煤楼，堆积如山的煤炭，所有这一切都被掩映得朦朦胧胧……

静子看到，葡萄的叶子被雨水洗涤得黝黑发亮，那些粗壮的藤枝倔强地固守着自我，这更加映衬出缠绕着的绿枝的娇嫩。葡萄已经小指肚般大小了，三五个粘在一起，那质朴的青涩原本是很含蓄很稚嫩的，但在雨水的浸润下，它们意外地获取了水晶般的澄明，在叶簇的铺垫下愈显出它们的娇羞可爱。

窗玻璃蒙上了一层水汽，很像冬季蒙上的霜雾。静子把脸贴上去，感觉到有微微的凉气往她的额头里钻。

街面上已经有了积水，那光亮的蓄积像残破了的镜片，迷惑着人的视线。

快到东祥下班的时间了，雨没有停下来的意思，相反愈加地稠密了。静子拿了雨衣朝东祥上班的选煤楼走去。街道上的水并不深，静子穿着雨靴，没什么感觉。但工业区那边就不一样了，那里地势较低，积水的面积较大。有些地方已经没过了她的小腿肚。

一辆运煤的汽车从她身边驶过去了，溅了她一身的泥水。静子就是在这个时候，发现那段正在塌陷的路基的。路基已经绽开一个口子，而且那口子正在不断地延伸扩大，原本很平坦的地面，已经出现一个弧形的洼坑，正有雨水不断地朝里面蓄积。塌陷的迹象已经很明显了。静子曾看到过一些采空的塌陷区，大的能超过小学校的操场，而那些绽裂的口子深不见底。这段路基下面应该就是采空区，这么想时静子就更感到害怕了，她分明感觉到路基正在慢慢陷落。这愈加让她忐忑不安，她不晓得该怎么办，自己又能做些什么。

那辆运煤的汽车就是在这个时候驶过来的，这让静子变得惊恐不安，静子慌忙摆手，一边呼喊司机停车。这里是一道缓坡，载重的汽车噪声很大，加之稠密的落雨，司机没有听见静子的呼喊……情况太危急了，已经由不得静子多想了，她一下子就冲到了路中间，静子的那把花雨伞是很抢眼的……汽车在陷落的路基前猛然停了下来。司机探出头来喊，找死啊你！与此同时，陷落的地基出现了大面积的坍塌……

静子被送到了市医院。静子的伤不轻，腰椎受损，恐怕短时间内无法站立起来。不过，医生说静子会好起来的。医生的话让东祥悬着的心放了下来。

静子在医院住院期间，东祥遇到一件事，那天他去街上给静子买水果，在小摊上碰到一个外乡人，正把一张照片给摊主看，问摊主有没有见过照片上的女人，摊主没见过。外乡人又问东祥，东祥自然就更没见过了。最初东祥还有些忧虑，但照片上的女人不是静子。

外乡人说，照片上的女人是他的婆姨，一年前，离家出走了。

东祥问他，女人为啥离家出走？

外乡人支支吾吾，但最终还是道出了实情，外乡人曾赌博成性，输光了家产……外乡人的样子有些愧疚。说，玩到最后连女人都给输了。

外乡人不晓得东祥为啥用那样一种眼光看自己。外乡人说，自己已经悔过自新了，他之所以想要找到女人就是觉得自己亏欠了她，要找她回去好好过日子。

东祥的心里突然充满了怒气，他说，你他妈的还算个男人。

东祥的样子让外乡人感到了害怕，他收起照片匆忙走开了。

东祥没有把这件事告诉静子，他怕静子听了伤心。由这件事东祥联想到静子的身世，想到静子的失忆，会不会与外乡人的讲述如出一辙呢？东祥不敢肯定，但有一点东祥是可以肯定的，静子也一定有过不幸的过去。那么造成静子的离家出走，以及她的失忆又是什么原因呢？东祥想了很多——不堪凌辱，受了某种刺激？或无法忍受那非人的生活，抑或是对生活失去了信心？失望，无助，悲愤，抑郁；或病痛，心理障碍所带来的苦闷和绝望；或另一种可能？东祥想，静子或许并非真的失去了记忆，她只是在心里刻意地要忘记过去，抹去曾经的阴影？这么做是为了掩饰内心的伤痛，好忘记过去的那段不幸？不论是什么原因，东祥想，静子的选择都是正确的。她完全有理由忘记过去，忘记她想忘记的一切。对她而言，其实忘记过去未必不是一件好事，忘记过去也可能是一种幸福！这么想着，东祥就感到了一阵释然。

八

静子从医院回到家的时候已经是深秋了，她的腰还没有完全康复，走路还需要东祥扶着。

静子很奇怪，住院这段时间，她居然没有再做那个不断重复的噩梦。她不知道是什么原因，但有一点她很清楚，她已经不在意丢失的记忆了。那曾经发生的对或错的往事，都已成了过去，都已不再重要了。

淡定的情绪，静止的内心，没了纠结和彷徨，静子忽然有了一种懈怠后的轻松。人生就是在不断地割舍中变得充实完美，在不断地蜕变中获得成熟。静子知道，她最应该珍惜的就是眼前的这份美好。

静子没有急于进屋，让东祥扶她在屋前站了一会儿。许久没有人住，青砖的瓦房似乎寂寞了许多。静子看到一枝葡萄藤越过墙头蹿到了院外，可以看到藤枝上吊挂的葡萄已经完全成熟了。那暗紫的色泽犹如张扬的玫瑰，夸张得几乎挣破自我……

矿区依然如故，深长的街道，宽大的厂房，转动的天轮，高耸的选煤楼，载重的煤车和悠扬的汽笛，这些她再熟悉不过了。目光放得更远一点儿就是戈壁。在静子眼中，戈壁仍然是那么的博大雄浑，仍然是那么的深远厚重，较以往似乎显得更加沉寂，更加温婉；它以千百年来固有的形态和骄纵、好逸，放逐着自我，在极尽的奢华后它做了怎般的取舍，才有了今天的安然与隐忍？……静子感慨很多，她还不曾涉足过戈壁，她想等腰好利索了，让东祥领她去戈壁滩上走走，去感受一下戈壁的宏厚与豁达。顺便去看看那个古代的将军墓。

正是黄昏时候，落日的映照下，戈壁滩上的芨芨草一片金黄，那诱人的色泽让静子无端地联想到了麦田——那些纤细的茎秆，簇拥的阵容，以及磅礴的气势和一望无际的丰盈……静子似乎嗅到了乡土的浓郁气息，又仿佛看到了已经逝去的金色年华……

静子又想到了那首民谣。这一次与以往有所不同，眷念中，少了一份惆怅，多了一份自信。她不知道是什么原因让她有了这种感受，但她喜欢这样的感受。她没有开口吟唱，只是任由它在心里蓄积、萦绕，直至成为一曲温馨的旋律：

青溜溜的青来青溜溜的青呀，
青溜溜的尕松哎柏呀，哎哟四季哎哟青呀。
黄溜溜的黄来黄溜溜的黄呀，
黄溜溜的黄麦呀子呀，哎呀遍地哎呀黄呀。
哎呀黄溜溜的黄麦呀子呀，哎呀遍地哎呀黄呀。

原载《民族文学》2013年第7期

荣获“第七届全国煤矿文学乌金奖短篇小说奖”

水边的阿迪利亚

李　铁

张丽亚是个中年女人，和那些见了也像没见的中年女人没什么区别。她穿帆布白工作装，踩着白色水泥地走过水泥白的晾水塔，走过白色垂直而下的水流，走过土白色墙壁，最后和模糊的白色融为一体。这就是张丽亚给我的第一印象。

水班算我在内几个人，只有张丽亚一个是女工。来水班之前听过有关张丽亚一些故事，来之后便对她有了一份特别关注。初来乍到，值得关注的事情太多，这“特别”不过是水塔壁上被锐器有意无意留下的一道若有若无的划痕。

班长王师傅问我，对水班了解多少？我说多少了解一些，比如水班曾经是全厂著名的脏班……王师傅打断我话，说我指的是现在。我说，现在水班是全厂文明班组嘛！有笑纹从王师傅原本冷冽的脸上渗出来，缓缓流过粗糙的五官，继续渗透，在上午亮得扎眼的阳光里流淌。王师傅坐在水班足有一百平米的大屋子靠南窗的位置，胸前一张老旧办公桌擦得掉了漆，顺着他视线望过去，是擦得像没有玻璃的玻璃窗，窗外有一棵肥壮的枣树，透过繁密的枝叶缝隙，看得见直插天空的水泥白的晾水塔，塔高一百余米，从地面向上十米高度为空，露出垂直淋下的水帘。上白班的李师傅正蹲在塔边将手伸进水帘洗手，晾水塔是用来冷却发电用过的高温水的，水淋到这个位置不冷不热，如四十五度的温泉，洗手洗脚洗澡都没问题。

王师傅又问，你跑步能力真像自己说的那样好？

我说，上高中时我是全年级一千米跑冠军。

我又说，我不明白，看水塔又不用跑步，干吗要求跑得快？

王师傅说，不用问，该你知道时你自然就知道了。

我撇撇嘴，觉得王师傅故弄玄虚。越是做简单工作的人，越喜欢把自己的工作说得复杂一些。水班工作其实简单得很，就是根据塔池里水位的变化，不断地调节补水门，放水门，让水位维持在标准位置。

李师傅抖着一手水珠进屋，这是个长相让人哭笑不得的汉子，看他的脸像看哈哈镜里的人，脸足够大，眼睛鼻子嘴却使劲地往一起挤。王师傅指着李师傅对我说，你先跟着李师傅一组，有不明白的，就问他。李师傅坐下，手继续抖，弄了我一脸的水珠。

我问，先跟着是啥意思？

李师傅抢在王师傅的话前说，有先就有后，先跟着我，三个月后换班。

王师傅说，每个人都是三个月轮换一次。

我说，怕谁和谁待久了，拉帮结伙吧？

王师傅说，想低了，往高处想。

我说，那就是让每个人和每个人都有一个公平相处的机会。

王师傅说，贴谱儿，想事就要往高处想。

我早就知道，水班两个人一组，分成四组，四班三倒。九个人只有班长王师傅永远上白班。今天我和王师傅上白班，明天就是前夜班。我还知道，水班是厂里的重要班组，水塔里水位低过警戒线是要出停机事故的，一次停机的经济损失超过千万元。

李师傅起身，说，我去二期塔了。

王师傅说，让他也去看看。

我跟着李师傅出了班组大屋子，走过一期三座晾水塔，走上通往二期塔那条土白色小道。二期晾水塔也是三座，走到二期塔大约需要十五分钟。我和他踩着自己灰白色的影子走，小道一边是高压电网丛，一边是一人多高的院墙，院墙外是一望无际的庄稼地。这里离主厂区很远，鲜有人走到这儿，到了夜晚，风吹草丛，风吹电网，风吹墙外庄稼，一个人走没办法不紧张。我和李师傅的分工是我看一期塔，他看二期塔，想起张丽亚也看二期塔，心头就掠过一种痒痒的恐惧感。

我问，为啥也让张师傅看二期塔？

李师傅说，她要强，不想被照顾。

我说，女人就是女人，干吗非要超越性别，做不适合女人做的事？

李师傅说，你这是性别歧视，以后我不想听到这样话。

李师傅瞪我一眼，凑得更加紧密的五官看起来滑稽而又吓人。我想不到他反应如此强烈，看来他和张丽亚关系不错，我只好调整说话方式。

我说，张师傅真是个女强人。

李师傅说，不光是女强人，还是女善人。

女强人很好理解，张丽亚年年是厂里的先进生产者，去年还被评为市一级的三八红旗手。人们习惯于叫政界、商界的成功女人为女强人，却从来没有谁把一个出色的女工叫女强人。水班是个只适合男工的班组，水班历史上也只出过这么一个女工，而且一干就是十余年。女善人初听不好理解，细想想也好理解，在一个男性世界里得到所有男性的认可，她一定是施善过这些男人。施善的是什么呢？我想起了以前听过的一些故事。

若干年前，水班是著名的脏班，这“脏”与环境卫生关系不大，

“脏”指的是嘴，所谓嘴上积德，水班的人大都被人认为嘴上不积德，出口成“脏”，出口成“荤”，不管面对男或女，荤话自然流淌，人间万物，风土人情，皆可化为让人脸红的脏话荤话。脏与荤的程度绝非当今网上、酒桌上流行的黄段子可比，作为文明人的我不好复述。一天，女工张丽亚找到厂领导，自愿调往水班。问其原因，张丽亚说，去搞卫生，把水班的脏字擦掉。领导说，脏在嘴里，往深里讲，脏在灵魂，你擦不掉。张丽亚说，半年，我擦不掉，你让我下岗。

张丽亚的“擦”是堵枪眼式的，谁嘴里脏话出口，她的文明话就扑上去。当年水班有二十余人，清一色男性。三个月下来，“擦”的成绩如何，有一个小故事最能说明问题。年终分厂开联欢会，大家兴奋过度，久久不愿散去，张丽亚跳将出来，冲着众人大吼，妈拉个×，都滚犊子吧，我和老赵急着回家呢！有一个问，急着回家干啥？张丽亚吼，××！静场，张丽亚的男人老赵也在其中，他紫红了脸，没理张丽亚，自己跑开了。后来老赵与张丽亚离婚，据说这也是原因之一。水班的“脏”没擦干净，自己反而被染脏了。

我问，为啥叫她女善人？

李师傅说，一句话两句话说不清楚。

二期塔到了，这里是厂区唯一的一块荒地，丛生的杂草使直挺挺插向天空的三座晾水塔看起来很像男人的生殖器。在三座塔之间有一间不起眼的平房，是看二期塔的值班室。夜班时，张丽亚就一个人孤零零地待在这房子里，远离人烟，没有过人的胆量，绝无胜任的道理。白色阳光在杂草中移动，使绿色也接近于白色，抬头，顺着水泥白的塔身望向天空，原本浅蓝的天空也变成了白色，几片棉花似的云朵飘浮在塔顶，使这个坚硬的充满男性气质的家伙显得温柔了些，如一棵被放大的椰子树。

李师傅带我去看补水门，水塔补水门是巨型的，门轮直径一米多，用加长板子使出毫无保留的力气才能拧开或关上。这是我作为一个健壮小伙子的体会。张丽亚呢？一个什么样的女人才能有如此大的力气？

我说，张师傅一个女人开得动补水门吗？

李师傅说，张师傅和别的女人不一样。

李师傅又带我去看排水门，排水门设在水塔内水位线下三米左右的位置，一把大号的扳子焊在一根几米长的铁管上，把铁管伸下水去才能开关。肉眼看不见门的位置，开关门全凭触感，扳子卡在门轮上，能带上劲儿了，才能开关。开排水门需要技巧，更需要力气，我忍不住又想到了张丽亚。

我说，难为张师傅了。

李师傅说，张师傅和别的女人不一样。

透过水帘，看见塔内水平面被百根水柱砸出百朵盛开的水花，水声隆隆而悦耳。在三座塔间穿行，距离使水声有了强弱的音变，我加快脚步，不断地变化位置，水声越来越显示出一种乐感。我继续穿行，犹如陷入一首钢琴曲的旋律。

李师傅看呆了，吼，你干吗呢？

我停住步子，于陶醉中惊醒，钢琴曲消失了，我呼呼地喘粗气。

往回走时，我问李师傅，张帅傅止式倒班看水塔，几年了？

李师傅说，十年。

据我所知，这十年间厂里的变化很大，竞争上岗，减员达一半以上。在只适合男工的水班，张丽亚能 PK 掉十余名男工，一定有她的过人之处。

我又说，看她的身板，不像有超常力量呀？

李师傅说，我说过了，她和别的女人不一样。

晾水塔畔的冬天陷入白色恐怖，水泥白的塔身更显得发白，土白色的院墙也更显得发白，水塔里的水线看起来要比其他季节白了一些，因为水线是热的，遇冷后凝结，在外围的高处形成了一圈冰凌，像形状各异的钟乳石。白色的蒸汽烟一般向四周弥散，在凛冽的冷空气中，如同白日焰火。

出去操作时我们都穿上棉大衣，戴上棉帽子和棉手套。大衣和帽子都是浅灰色的，远看是灰白，和水泥白没什么差别，唯有手套是鲜红色的。白色的人走在白色的背景里，手上的两点红色十分扎眼。手套不是劳保用品，是张丽亚用红布和棉花做的，边口还镶嵌了一圈白色人造皮毛。每人一副，戴上比厂里发的劳保手套要暖和、柔软。柔软至关重要，戴柔软的手套，用大扳子开关水门会很灵活，没有戴劳保手套那种阻碍感。

你不害怕吗？这是我见到张丽亚说的第一句话。她愣愣看我，恍然，哈哈大笑。她嘴唇很薄，因为没涂唇膏颜色接近脸上的肤色。这是典型伶牙俐齿的嘴型。视线上移，我注意到她眼睛很亮，看人时十分专注，这双眼睛使原本外貌平庸的她不平庸起来。

张丽亚说，有啥可害怕的？

我说，二期塔，夜半三更时，看不见个人影。

张丽亚说，没人不可怕，可怕的是有人。

话里有话了，我瞪大眼睛，做出聆听状。张丽亚把一双弄湿的红手套搭在暖气片上，暖气很热，瞬间手套上空便升腾起一股带着澡堂气味的气体。她转身，坐下，一双眼睛盯住我。

张丽亚讲，有一回，大约凌晨两点，我出去检查水塔水位，那天天上没有星星也没有月亮，关了手电筒周围黑得伸手不见五指，只有往水塔里看，才有水的光亮泛出来。水声隆隆，是可以与人做伴的，离水塔远了，水声弱下去，才会有恐惧感偷袭。走着走着，我听见一个女人的歌声，离水塔越远，歌声越清晰。我用手电筒照向四周，没有看见女人的影子。出于好奇，也出于恐惧，我循着歌声走，走到值班室门口，歌声居然是从值班室传出来的。我没敢贸然进屋，隔着门冲里边喊，谁唱歌呢？歌声没受到任何干扰，唱的是一首老旧的民歌《浏阳河》，浏阳河弯过了九道弯，五十里水路到湘江……我又喊，谁唱歌呢？江边有个什么县呀，出了个什么人，领导人民得解放……我推门而入，歌声戛然而止，屋子里四壁空空，窗户紧闭，哪有什么人影？

我问，就是这个屋？

张丽亚点点头。

我四下看看，这个被称作二期水塔值班室的屋子不过十几平米，只有一扇靠南的窗户，窗户外边焊着铁筋的防盗栏，人根本无法通过。我脱口而出，见鬼了。

张丽亚接着讲，我出了屋子，歌声又响起来，我再进屋，歌声又倏忽消失。我打电话找来在一期值班的刘师傅，刘师傅查看后也说见了鬼。报警给厂里的保卫处，几个保安拉着一条凶猛的德国狼狗来查，那狗走到门口惊恐地狂吠，死活不肯进屋。保安硬拖着它进屋，刚进门，那狗便吓尿了一摊，浑身筛糠般抖个不停。有人说，这是灵异现象，那晚的确有非人类躲进值班室，人眼看不见，狗眼却看得见。

我听得浑身汗毛乍起，不知她说的是真事，还是杜撰。

我说，就这，你还敢在这值班？

张丽亚说，有啥不敢的，一晃几年过去了，从来没有鬼怪来为难我，倒是人给我带来过一次大危险。

张丽亚讲，也是凌晨两点左右，也是夜黑风高，一个恶汉闯进值班室。劫财？值班室哪有值钱的东西。劫色？我一个四十好几的婆娘，人老色衰。他冲进来二话不说，冲我便动拳脚。我一边与他搏斗，一边按下了通往一期值班室的警铃。没用多久，在一期值班的李师傅就飞跑过来，帮我打跑了恶汉。当时那恶汉已经把我按倒，双手掐住了我的脖子，如果李师傅晚到几秒钟，就没有我现在和你唠嗑了。

我问，他跟你有仇？

张丽亚说，我都不认识他，怎么能跟他有仇？后来警方捉住他，才知道他是个疯子。

我说，这水班，真不适合女人干。

张丽亚皱起眉头，脸上掠过一丝不快。我自知失言。如果如我所说，把她换成男工，那她就得下岗回家。我连连摇头，赶紧将话题转开。

我告辞出来，张丽亚也出来了，她和我走向相反的方向，去检查二期塔的水位。她穿着帆布白的工作装，踩着白色水泥地走过水泥白的晾水塔，走过白色垂直而下的水流，走过土白色墙壁，最后和模糊的白色融为一体。只有戴着红手套的双手像两朵跳动的火苗。

我问李师傅，张师傅做的手套为啥都是红色的？

李师傅说，避邪！

下雪了，晾水塔在飘飞的雪花中显得遥远了一些。雪下了半天后，楼房、树木、地面、院墙都变成了纯白色，就像在以往的土白色上刷了一层崭新的白色新漆。只有水塔依然是水泥白，塔顶冒出的白色蒸汽吞噬了一部分雪花，使得满世界的雪只有塔顶部分是空缺的，是以气体的形式存在的。

× 号塔的水位偏低，我戴上红手套去开补水门。天冷，水门比以往重了一些，我双手握住一米长的扳子，向逆时针方向用力，腿、腰、膀、臂一起使劲儿，才使门轮不情愿地滑动，滑动三扣，住手，呼呼喘着白色粗气放下扳子，就看见李师傅从二期塔那边走过来，地上的积雪已有半尺厚，一脚踩下去，另一脚拔出来，这使得李师傅的行路姿势很像移动的企鹅。漫天雪花，李师傅两只红手套像捏了两只硕大的红苹果。

我等他走近，一起回了大屋子。坐下，抽颗烟，喝杯热水，送饭的食堂师傅就到了。夜班有一顿免费的工作餐，由食堂师傅推着小车送到各个岗位。二期塔偏远，食堂师傅只肯送到一期，这样，看二期塔的师傅就只好赶到一期塔来吃饭。

吃着，我抽空说，这么重的水门我开都勉强，我真佩服张师傅能开得动。李师傅边吃边说，这不值得佩服，值得佩服的还有好多事。

李师傅讲，你知道张师傅是怎么来水班的吗？厂领导怕水班的“脏”影响到全厂的脸面，决定要解散水班，水班的工作分散到其他四个班组，张师傅找到厂领导，她和厂领导是立了军令状的，半年擦掉水班的“脏”。如果失败，自愿下岗。头三个月，水班没有变化，变化的是张丽亚，她从那年的联欢会开始，也说起了脏话。

我说，按理她该下岗了。

李师傅接着讲，事情总是在变化的，这之后，张师傅做了一连串感动水班的事。第一件事，治好了刘师傅的遗精。别笑，遗精原本是男孩青春期正常现象，可刘师傅三十好几了，还在汹涌地遗，就没法说他正常了。做梦娶媳妇，他遗；看电影看到了激情场面，他遗；看人家小两口大庭广众之下亲热，他遗；甚至看见一个女人朝他笑一笑，他也遗。他筋疲力尽精神恍惚瘦弱不堪，求医问药，没啥效果。有一次，刘师傅跟张师傅说了过分的脏话，正在拎着刷子往大铁门上刷红油漆的张师傅瞪红了眼睛，说，你再敢说，信不信我把你的鸡鸡揪下来？刘师傅当然不信，还是满嘴喷脏。就见张师傅放下刷子，将这只手插向油漆桶，搅一下，抽出来，一手的姨妈红。这只手的轨迹像一幅中枪喷血的图案。我说的慢，实际快，她的这只手在刘师傅愣怔间划过一道红色的弧线，直抵他的腰间。刘师傅穿的是那种不用系裤带的松紧裤，张师傅的手顺利地通过这道松紧带，直捣黄龙。刘师傅嗷的一声惨叫，挣脱那只手，逃开。躲到没人处，脱裤，发现私处已被红油漆糊成黏糊糊的一坨。他又遗了，只是这次与以往不同，是被吓遗的。去澡堂洗，洗不掉油漆，王师傅送去一瓶香蕉水。用香蕉水洗，油漆才算洗掉。打这以后，刘师傅遗精病好了，娶妻生子，身体棒得像牛犊儿。

我说，歪打正着了。

李师傅继续讲，第二件事，发生在大雪天，温度要比现在低得多。夜里，一对农家夫妻偷走了水班五捆油毡纸。两口子分工，女的翻墙进院，摸到二期塔附近来偷，男的等在墙根儿接应，把一捆捆油毡纸扔到墙外去。扔到第五捆后，好一阵不见女的过来，男的心想，坏了，女的一定是被人抓住了。他不再等，翻墙自己逃了。回家后许久，女的才返回来。第二天夫妻俩找到厂保卫处，告了水班的刘师傅，说他强奸了女的。刘师傅只承认骂了脏话，不承认强奸。保卫处的人见事闹大，要报警，被闯进来的张师傅挡住了。张师傅盯住那女的眼睛足足一分钟，说，见过往自己身上倒水的，没见过往自己身上倒尿水的，被人强奸是光彩事吗？女的红了脸。张师傅问，他是在哪儿强奸你的？女的说，就在放油毡纸那地方。张师傅说，露天地？女的说，是露天地。张师傅转身对保卫处的人说，昨夜最低气温零下三十度，在露天地撒泡尿立马能冻成棍儿，请问，你有能力脱裤子干那种事吗？保卫处的人恍然，也盯住那女的，说，他强奸你还是没强奸你，现在说真话不迟，报了警，说假话就是诬陷罪，要蹲大牢的。女的崩溃了，哭着指着男的说，没强奸，是他让我说强奸的。男的见状，拉了女的掉头就跑。

我说，张师傅有勇有谋。

李师傅还是讲，第三件事，发生在夏天，那个夏天十分炎热，据说最高温度超过了南方。那时张师傅还在上常白班，中午，大家都回家休息，只有她一个人留在大屋子里，午间的静超过了夜间，除了外边塔里的水声，屋子里近乎静音。张师傅热得难受，端来一盆凉水，解开衣扣，俯下身，将脸浸在水里，洗脸，洗脖子，洗耳朵，洗完了也不擦，带着一脸水珠躺到长凳上午睡。她睡着了。这个时候，在二期塔值班的一个家伙走了进来，看见睡着的张师傅，他呆住了，就直直地看，看她脸上脖子上耳朵上的水珠，看她凸凹有致的身体。看着看着，他低下头去，开始吻她。张师傅惊醒，尖叫，那家伙抹头就跑，和赶来的王师傅撞个满怀。再三追问，那家伙坦白了。王师傅要报警，被张师傅拦住。王师傅说，就这样算了？张师傅说，他就吻了我那么一下，不算了还能咋样？王师傅摇摇头，说，张师傅你真是个善人。

第二天，李师傅倒到了张丽亚那一组，刘师傅倒到了我这一组。见了刘师傅，我下意识地看了他一眼裆部。刘师傅个不高，瓷实，与弱不禁风不搭边儿。

前夜班吃饭的时候，刘师傅从二期塔那边踏雪而来。当时我正绕过一座晾水塔，抬头看一眼上方的冰凌，水帘间涌出一团团的热气，与冷空气相撞发出嘎嘎的声响。我向前走，冲着刘师傅举起戴红手套的双手，他也举起戴红手套的双手回应。白色世界里瞬间燃起四朵鲜艳的火苗。

进屋，坐下，呼呼地喘气。食堂师傅随后赶到，递给我们饭盒，退了。我和刘师傅开吃，饭菜的香味像淡灰色的烟雾在我俩之间缓缓上升，类似一种柔软的抚摸。

我说，张师傅讲的夜半歌声你信吗？

刘师傅说，信则有，不信就没有。

我说，讲讲张师傅的故事呗。

刘师傅抬起头，我发现了他警惕的目光。

我说，李师傅讲了你和张师傅的故事。

刘师傅扑哧笑了，目光变得柔和起来，饭菜的味道在房间里滑动，使这种柔和与放松、安全、友爱等相近的东西融合在一起，与屋外的酷冷形成一种反差。

刘师傅开讲，那是个夏天，那个夏天出奇地热，那时张师傅还上常白班，中午，大家都回家休息，只有她一个人在大屋子里……

听着耳熟，我瞪大眼睛。

刘师傅讲，张师傅打了盆清水，趁屋里没人擦了个澡，然后水淋淋地躺长凳上午睡。这个时候，李师傅摸进来，他是个光棍儿，因为长得丑，三十好几了还没碰过女人，见了水灵灵这等姿势的女人身体焉能没有反应？他呆呆地看张师傅，理智与本能做激烈对抗，一会儿是本能占上风，一会儿是理智占上风。当本能占上风的某个瞬间，他俯下身去，抱住了张师傅。要不是王师傅及时赶到，说不定他已经成了强奸犯。要不是张师傅善良，他就进警局了。

我还是瞪大眼睛。

刘师傅说，张师傅是个善人。

刘师傅接着讲，有一年冬天，也是下大雪，一个穿着白大褂的家伙敲开了墙外一户庄稼人的家门。这家伙说是厂医院的医生，响应上边号召下乡来普查妇女病。他说检查妇女病的规矩是旁边不能有其他人，他让这家男人出去躲一躲，男人便去另一家躲着。待男人回来，才发现女人趴在炕上哭，那家伙已不知去向。原来那家伙把女人强奸了。村长带着男人循着积雪上的脚印找到院墙，翻过墙，找到水班，脚印消失了。报警，警察带走了当夜值班的李师傅。联想以往表现，连王师傅都认定是李师傅干的。张师傅找到警察，说那个雪夜她和李师傅在一起，那时她还上常白班，夜里怎么能和看塔的李师傅在一起？张师傅说，我和他好上了，趁着他上夜班，我就溜到值班室和他幽会。李师傅因为没有作案时间被解除嫌疑，放了回来。我们都不相信张师傅和李师傅有那种关系，她自黑救人，就是心太善。

我问，强奸犯到底是不是李师傅？

刘师傅说，不是，后来警方破获另一起案子，那嫌疑人主动交代自己曾冒充厂医去乡下诱奸妇女。李师傅当着全班人的面给张师傅跪下谢恩。张师傅说，你要真谢我，往后嘴上积德便是。打这以后，李师傅再不说一句脏话。

我说，厂里搞减人增效时，水班一半人下岗，最没竞争力的张师傅怎么上岗的？

刘师傅说，举手表决，她上岗是全票通过。

刘师傅撂下筷子，起身，出屋，往二期塔那边走，我站在门口看刘师傅的人影化成和背景一样的白色。关门，坐下。不久，电话铃响，上边来指令，× 号机组临时停机，该号补水门要立即全关。我穿上大衣，戴上红手套出屋。冬天的水门轮盘和扳子都滑，我用全力关门，扳子打滑，我一个跟头扑出去，扑在一片暄软的雪里，爬起来，毫发无伤。我捡起扳子，再关门，用尽气力，水门纹丝不动。我慌了，赶紧掏手机给刘师傅打电话求援。也就两三分钟，刘师傅疾跑而来，接过我递上的扳子，前腿弓后腿蹬，门轮终于吱扭扭转动，补水门关上了。

我说，还是刘师傅劲儿大。

刘师傅说，干时间长了，劲儿就大了。

我回到大屋子不久，王师傅推门进来了。王师傅虽然上常白班，但夜班有了重要操作或特殊的情况，他都会从家里赶来。他没穿工作装，但手上却戴着红手套，进屋后他摘掉手套，使劲地抖，抖掉粘在手套上的雪。坐下，点一支烟，烟雾和喘出的粗气混合在一起，显然他已经在塔边巡视过了。我想说补水门太重了，一想刚才是靠人家刘师傅才关的门，便咽下了这句话。

手机响，是王师傅的，他从衣服口袋里摸出手机，嗯嗯啊啊了几句，脸上放出与环境并不协调的亮光，疲劳感一扫而光，整个身体静中欲动，似乎随时会弹射出去。他说人好了人好了。放下手机后他弹出座位，在大屋子里来回走了三圈。

我说，怎么了王师傅？

王师傅说，我闺女被北京一家大公司录用了。

我说，真不错。

王师傅说，大学毕业不到半年就找到工作，挺幸运的。

我说，你闺女真优秀。

王师傅说，跟人家张师傅闺女比，差远了。

我听李师傅说过，张丽亚的女儿从小聪慧过人，小学得过奥数比赛的前三名，中考考上的是全市最好的高中，高考考了六百多分，成绩是全市前三。丈夫和张丽亚分手十年了，张丽亚凭一己之力拉扯女儿成人，不容易。

我说，当年张师傅如果下岗了，可能就没她闺女今天了。

王师傅瞬间变脸，瞪起虎眼说，凭啥让她下岗？

我一时答不出话来。

下前夜班时，雪下疯了。上后夜班的李师傅来接班，他进屋后一边不停地跺脚，一边用手扑拉身上的雪花。我顺着他身后没关的门望出去，看见通往二期塔的小道上张师傅正深一脚浅一脚地走，白色世界里张师傅越走越远的身影十分单薄。

我家离得远，雪天回家路途很艰难，便留下来睡在长板凳上。值班的李师傅出去检查一圈塔，回屋后坐下，低头看手机。暖气烧得够足，大房子里依然有些许凉意，后半夜两三点钟正是人最犯困的时段，我呼呼大睡，这对只能坐着值班的李师傅一定是一种诱惑，他与困倦抗衡，用他后来说的话讲，这抗衡的难度绝不亚于面对一个裸睡的女人。

大约凌晨三点多钟，连接二期的警铃响了。我惊醒，睁开眼睛，看见李师傅穿上大衣闯出门去。我好奇，爬起来，推开门，见李师傅已经跑在通往二期的小道上。雪天雪地，几乎看不见李师傅的身影，只看见两朵鲜艳的火苗晃晃悠悠，令我想起一些灵异事件。

他去二期干什么？二期值班的是张师傅呀。我愈加好奇，也穿上大衣，出门，踏上雪道，往二期那边跑。

到了二期 × 号塔，我看见李师傅已经站在补水门旁，正在吃力地用大扳子开门。在他身后，站着也戴着红手套的张丽亚。开完门，李师傅和张丽亚说句什么，就掉头往回跑。

我没有出现在他俩面前，化身一片白隐匿在白茫茫的雪中。我知道我已经洞察了一个秘密，这个秘密像雪中晾水塔顶端冒出的白色蒸汽，安全地藏身于同样白色的雪花中。我的眼前出现电影镜头般的叠画：水班除了张丽亚外，其他人一个一个独自完成一趟又一趟的奔跑，在通往二期塔的小道上，手上的两朵火苗由小而大，又由大而小。十年，水班九个人集体保守一个秘密，八个人分担了九个人的活儿。

我赶回一期的大屋子时，李师傅已经端坐桌边了。他脸不红气不喘，脸上爬满了凌晨三四点钟该有的困倦，刚才的奔跑像梦境里的碎片，随着惊醒消失得无影无踪。

原载《中国作家》2016年第2期

一个小站两个人

张西祥

风停了，辽远的大戈壁静成了荒凉的外星球。头顶上锅一样的蓝天是凝固的，遥远的圆形地平线是凝固的，无边无际的石头、沙砾也是凝固的。天底下只剩下两个活动物，就是他和值班员老马。有时候，他看见在这个死亡般一动不动的背景上，老马那胳膊腿划动得很滑稽，很多余，很叛逆，甚至连他说话的声音都很突兀。

老马已经是吃不动草的老马了，临近退休的年龄，在这个多半时间无声、无情、无动感的大戈壁当了大半辈子的值班员，沉默的性子也像大戈壁。除了电话响的时候，老马才像变了一个人，马上来到工作台前正襟危坐，习惯地扶正镶着路徽的大盖帽，摸摸风纪扣，在一举一动中彰显着铁路半军事化的尊严，拿起电话像战士接到首长的命令："是，幺两洞拐（1207）正点通过，幺两洞拐正点通过。"

这说的是，半个小时以后有一列客车下行通过。下行是铁路术语，就是以北京为中心，凡是朝着北京相反方向行驶的都叫下行，编号的最后一位数是单数，譬如即将开过来的1207；凡是朝北京方向开的叫上行，编号最后一位数是双数。

老马接完电话后会突兀地喊一声："肖强，过来守着电话！"这是旷古的寂寞中两个人唯一的声音，肖强极为珍惜这声音，像珍惜才到口的肉丸子。在这死亡般的世界里，人的耳朵寂寞得茫然，闲得茫然，像搁置已久的蔫木耳。一旦接触到人的声音和人气，耳朵会立马鲜活起来，充盈通达起来，想象力也丰富起来，他甚至想起戈壁上那横亘在蓝天下的一个大字，那个像英格兰麦田怪圈一样的秘密，它是不是老马所为？

老马在走向站台岗亭去接车的时候，也是军人的步履，但此时人显得更鲜活，目光先把两条钢轨从东到西梳洗两个来回，显然没发现任何障碍物；而后来到道岔的部位仔细核实一番，抬手看看表，来到岗亭下，心里像期待东方地平线上升起的太阳，或者像期待马上要奔跑而来的儿子。

站在值班室窗口跟前的助理值班员肖强此时的心情和老李一样，两个人都是在等待突然爆发的一场惊天动地、一场轰轰烈烈。这是内蒙古北部临近边界的老式单行线，平均两个小时才有一趟车，而且大多数是过路车，列车向这个小站匆匆一瞥便甩手而去，从东边的地平线消失在西边的地平线。

据说当初的设计者之所以要在这里设一个小站，全是因为有儿趟车要在这里待避。因为小站距离东边的车站四百里，距离西边的车站也是四百里，两辆车同时从东西两边相向而行的时候，到了中间总有一辆要停在预备线上避让吧？而且仅仅是避让，没有上下的旅客，工作量小，只需两个人轮换值班，但"行车安全上无小事"，这是老马常念叨的话，指责任重大。

当东方的地平线上冒出鸡蛋大的动感时，那动感好像来自天外，很生动，像大地刚生出来的孩子。尽管这种现象已经在荒原上重复了千百遍，可是肖强心里却仍然有着莫名的冲动。因为比起在寂寞中窒息了大半辈子的老马，他毕竟才三十出头，才调到此地工作还不足半年。

还记得初来乍到的那几天，他头一回发现世上还有四面看不见边际的广袤，广袤得他像一匹蒙古马直想尥起蹶子狂奔；还有无风时那种博大而旷古的寂静，静得一直通向远古，让他想像野狼那样嚎上几嗓子。他还发现，在这里可以在光天化日下光腚洗澡，左嗓子唱歌也没有羞耻，拉屎拉尿还不用厕所，小站百米之外都是厕所，通风且爽利。可是没过多少时日，他就觉得这种远，远得无依无凭，远得没着没落；这种静，静得太空洞，太无聊，空得好像连自己也被弄丢了。他开始唱二簧，开始没完没了找老马讲话，把锅碗瓢盆弄出响。

可是老马就像这沉默的大戈壁，或者说已经被沉默的戈壁同化了，整日间无语得像任意一块石头。偶然间说出话来也很冲："记住了小子，在这里最大的对手是自己，最大的能耐是战胜寂寞。"肖强觉得这句话很俗套，可是从老马的嘴里说出来，又有一种莫名其妙的深奥和厚重。

东方地平线上那个鸡蛋越长越大，越来越近，肖强不看都知道，老马又一次扶正大盖帽，摸摸风纪扣，两脚一并，立成一根桩。来了，来了，它从喧哗的花花世界突围而来，带着那里固有的人气、浊气和轰轰烈烈的动感，迅速碾碎了荒原的寂寞，肖强几乎是贪婪地用目光开涮那车窗内一闪而过的人脸，男人的脸女人的脸。渐渐，渐渐，他觉得饥饿的眼睛充盈了，荒芜的情感细腻了。

可是列车一闪而过，丢下一句无言的道别——"没有不散的筵席"。

肖强这天摊晚上的班，尽管他对戈壁的单调空寥已经腻味，可是和老马走来走去都是共处在仅仅四间的小屋内；尽管老马惜言如金，该说的话却不知道已经说了多少遍，该讲的故事也不知道讲了多少遍，他不得不再次浪迹在荒原上，不厌其烦想寻见一只活动悦目的生命，譬如一粒甲壳虫，或蚂蚁，可是大半年来都是徒劳；他还搜寻奇石，这并不是一件难事，光是石头上有数字纹路的，他就捡到1、2、3、7、8、9。这已经足够用，于是在值班室门左边垒了一个长方的花池，并在里面填满沙子，把五块鹅卵石按照32179顺序栽在沙土里，这个数字就是他引以为骄傲的小站行车安全天数。他所以把石头想象成栽花，因为花是活的，安全天数也是活的，还在不断增长。

他还有一个计划，那就是形似牛、马、鸭子的石头他已经捡到了，手头上纹路像白菜、像辣椒、像萝卜的也有了，他是想把五谷六畜和蔬菜都找到，在值班室向右边开辟个园子全栽起来。寻寻觅觅，他就是这样发现那个麦田怪圈般的秘密的。其实这地方距离铁路也不远，地上有个一张方桌大的字。字是用一块一块石头摆成的，经过成年累月的风吹日晒，雪融雨淋，有的石头已经稍微挪动了位置，有的已经大半陷入沙砾，但还是可以明显辨别出是一个“菊”字，一个十分坦然地躺在蓝天下的“菊”字。

如果说这个字是老马拿石头摆成的，那也是在许多年前，至少是在老马还是小马的时候。可是他有什么话不好说，摆出这个字要对广漠的蓝天大地吐露怎样的心迹？瞧，“菊”，很像一个姑娘或小媳妇的名字。由此他断定，老马时下的老伴很可能就是当初那个叫菊的姑娘。为了这件事，他不知道多少次旁敲侧击问过老马老伴的名字，可是老马总是否定地摇摇头，说他老伴姓赵，叫赵玉兰。接着老马便把话题扯开，一说到当初修这条铁路时的艰难，老马破例话就多了起来，说天一黑，铁道兵都像野鼠一样钻进地窝子，天不亮，便起床扑到路基上。全是原始的锹挖、镐刨、肩膀抬，胡子因哈出的热气很快就结了冰，伸手抹一把，又冻上；吃的水都是从千里之外用骆驼驮来的，更谈不上洗澡……

“你是怎么知道的？”肖强扳着指头算了算，修这条路的时候老马应该还是个孩子。

“听老一辈铁道兵说的。”老马缥缈的眼神像在讲一个古老的故事。

当肖强围着那个“菊”字转的时候，又发现“菊”下面出现一个“个”字。可是细一看又不像“个”，因为“个”的右上方还多出一撇，而且一笔一画都比“菊”字年轻。如果说那个“菊”也有可能是当年某一位铁道兵摆下的，那么下面这个“个”字多一撇，显然是近些年摆成的，这里除了老马没有第三个人，不是他的杰作还能是谁？

在老马的故事里，修这条路的人其中有一位铁道兵连长，这位连长结婚还不满一年，那天忽然接到了家信，说他的妻子已经在来找他的路上。连长看了信心一下子提到嗓子眼，从湖北到内蒙古要换车换船不说，这方圆万里大戈壁没有车船也没有人家，还要全靠两只脚走，迷路几乎是肯定的，渴死饿死夜晚冻死怎么办？狼吃了怎么办？连长焦急担心得满嘴长满了火泡。可是那时的人都信奉“要为铁路献青春，献完青春献子孙”，连长白天要带领战士战天斗地，晚上就拿着手电在方圆百里扯长声吆喝，钻天入地搜寻。可是等了半年又半年，媳妇始终杳无音信，不知消失在何方……

肖强觉得这个故事很悲壮，有点像孟姜女千里寻夫，并马上想到自己的媳妇。媳妇比自己小两岁，还带着娃，也是一封又一封信叨叨要来看看他，看看他工作的车站。按理说年轻人久别胜新婚，他做梦都想让她来，可是这里要啥没有啥，是女人和娃待的地方吗？尤其是他不想让媳妇看见自己工作单位的寒酸。于是他给媳妇回信说，这里吃住都不方便，想说个话都没有人应，你等等，等半年我就申请调回去。

肖强说的一半是真心话，他真想调出这千里无人区，可又分明知道上级领导把他放在这地方是考验，也分明知道值班员就是通往站长的路。当他把想法或明或暗向老马吐露的时候，老马仍是那句文不对题的话，“记住了小子，在这里最大的对手是自己，最大的能耐是战胜寂寞”。

晚上肖强当班的时候，坐在工作台前不久就接到调度电话：“仨幺洞两（3102）正点在你站待避，仨幺洞两正点在你站待避。”肖强也连着重复两遍后，听见外面的屋檐上好像有风声，不免心悬起来。打开窗户向外面一看，月光照了进来，老天爷并没有大风欲来的阴沉面容，这才放了些心。

入秋那场大风把他折磨得好苦。那天他休班，听老马说朝东北走大约十五里，有一处难得一见的戈壁水潭，虽然不大，可是水边长着红柳和芦苇，碰巧还能看见不知从哪里跑来喝水的小动物。这个消息太有诱惑力，这半年他都没看见绿色，人长久不见绿色眼儿都空着，好像饥饿得干瘪了。尤其是看不见活的，譬如小动物，处在万般凝固的背景下，觉得老马和自己一举一动都很荒诞，两个人好像是在表演荒诞的木偶戏。

肖强估计自己才走在去水潭的半道上，却发现了前方烟波浩渺的湖泊，和在小风中颤动的波纹，还有高低错落的大树。他当然明白这是海市蜃楼，这种幻觉他经历得太多，早已经麻木。果然，不到两个小时，前方隐约有了绿色，他庆幸自己的方向感还不错，接下来他几乎是跑，跑到跟前搂住一丛鲜绿色芦苇，眼泪不知怎么就夺眶而出。他擦干泪水，眼儿贪婪地吞噬那种绿色，豪饮那种绿色，觉得是那般润眼、养眼，而后放声大哭，却不知哭什么。

他在小水潭边足足欣赏流连了半个小时，遗憾的是除了芦苇和红柳摇曳的动感，仍然没发现任何来喝水的小动物。他便坐下来等，可是才等了不到半个小时，发现东北天空变了脸色，黑沉沉地压上来。他抬手看看表，不能再等了，再过一个小时将有一趟车在小站待避，老马一个人在大风中作业不安全。

就在他转身才走几步的时候，听见了一声鸣叫，那种鸣叫是那般冒昧，那般新奇和石破天惊。抬头一看，竟然是两只绕着水潭飞翔的野鸭，他立刻匍匐在地，是怕吓走两只极罕见、极灵动的活物。

野鸭果然试探着落在水里，又是狂饮，又是抖动翅膀洗澡，激起两丛浪花，他看得入迷了，只觉得眼前似梦似幻。这是一对夫妻吗？其中一只长着悦目的彩羽，一只浑身栗壳色。由这对比翼双飞的鸟，他联想起世上各色各样的夫妻，还想起戏剧中的一段唱词：王三姐住寒窑一十八载，刘翠萍苦守一十六春，还有前朝英台女，生生死死爱梁生……可是她们多半最后都等到了圆满结果，那么，那位铁道兵连长呢？

突然，他觉察大风已经来到跟前，最先觉察的是那只栗壳色母野鸭，它刚起飞便被飓风捉住一下掼在地上，摔得羽毛乱飞毙了命。接着他也被大风无情地掼倒在地。他顾不得身上的疼痛，爬起来弓着腰奋力朝小站跑，这样大的风老马一个人接车太危险。

好在是顺风，风推着他朝前跑，就这么摔倒、爬起，摔倒、爬起，飓风使劲把沙子朝他眼里揉，朝鼻孔耳朵里塞。赶到小站的时候，他已经被狂风蹂躏得遍体鳞伤，他一眼就发现老马拿着绳子朝腰里拴。那根绳子肖强太熟悉，他抢过来熟练地绑在自己的腰里问：“预留线的道岔闭合了？”

“还有二十分钟车就要进入预留线避让，能不闭合吗？”老马的回答冒出火星子，“抓紧检查道岔。”这是值班员对助理值班员的命令。其实闭合岔挺省劲，只是一按电钮的事，但是必须到几十米以外的道岔前实地检查是不是真闭合，特别是下雪和遇上大风，道岔时常会被冻住，或者被风吹得卡上小石头，稍不留心便是天大的事故。

说着讲着风更大了，沙砾和小石子击打在墙壁上，吵闹声如爆豆，人如果此时站在风中朝前走，会一下子被掼在地上，就像那只摔死的母野鸭。身上拴着绳子的肖强匍匐在地朝前爬，老马扯住绳子一点一点放。看见肖强在道岔前努力举起手做个安全的手势，老马又把绳子使劲往回拖，像钓鱼人奋力扯动一条大鱼。完了肖强解开腰里的绳子又拴在老马的腰间，老马手持信号旗朝岗亭上爬去。他本想挺直身子规规矩矩接车的，可是试探了几回又被风按倒。眼见列车就要进站，好老马，借助肖强从背后的牵扯力终于站起来，狂风卷起沙砾和小石子像枪林弹雨一起射向老马，这让肖强觉得老马那挺立的样子有了就义前的悲壮。

这样的情景肖强不知道经历了多少回。可是在他值班的这个晚上，大风很快就停息了。距离列车进站还有半个多小时，肖强来到站台上。夜晚的大戈壁四处空蒙、静谧、无垠无凭，无风，无尘。最惹人喜爱的是戈壁明月，它硕大而浑圆、清亮。那种大，大的是雍容，是浩气；那种亮，是清纯而银洁的亮，银亮中甚至透着一片一片幽兰。星星虽然不多，可是每一粒也都是金亮灼目的，立体的，居高临下向人间眉目传情。这使肖强觉得，人在孤独时，世界上许多东西都可以略去，唯独明月少不得。你到房前，它跟到房前，你到站台，它跟到站台，你在接车，它跟着接车。甚至它一生都伴着你走，不辞天涯海角，就像那位铁道兵连长的媳妇。肖强时常为那位小媳妇的失踪而惋惜，也为那天大风掼死的那只母野鸭伤感，他总觉得这两件事之间有某种神秘的联系。

正线的列车顺利通过，待避的列车也朝反方向走远了，他在按动电键把道岔恢复原状的时候，明知道道岔已经复位，还是到道岔跟前复核了一遍，这是规矩，“行车安全上无小事”。去年冬天下大雪，大雪又被车轮碾压溶化成水，车一过道岔便被零下三十多度的严寒冻住。这时候两个人动作必须快，一个人提着开水桶去浇道岔，另一个人手持信号旗迎着列车开来的方向跑去，是随时准备把车堵在站外。可是道岔就那么反复冻、反复热水浇，有时甚至忙一夜，苦累不说，脚冻坏了，手冻坏了，在这杳无人迹的地方没有人知道，更没人怜惜地看一眼。有时候两人会搂头大哭一场，哭过又大笑。

明天是中秋节，白天摊老马的班。每逢佳节倍思亲，可是两个人都不说，心烦意乱的肖强又独自溜达到那个“菊”字旁边。他发现“个”字右上角那一撇上又多了一块石头，这更证明是老马所为。由此他还似乎发现一个规律，每逢重要节口，老马都会在那一撇上摆上一块石头，使那一撇在生长。他到底想摆成一个什么字呢？

他想回去问问老马，可是一进门，却发现老马歪倒在值班的椅子上，嘴歪着，眼斜着，嘴里“哦哦”不知想说什么。肖强吓坏了，他知道老马高血压，心脏也不好，忙着扶起来搂在怀里大声问：“怎么啦？你想说什么？”

老马合上眼，很费力地把气喘匀了，一字一字以托孤的祈求说：“帮我守着父母。”肖强一时糊涂了，他知道老马的父母都不在人世了，大声问：“你父母在哪？”老马显得越来越虚弱，抬起无力的手朝那个“菊”字方向指，费力地吐出三个字：“母亲……菊……”接着浑身一松弛，倒在他的怀里。

肖强忙着把他放平了，一边按压胸部做心脏复苏，一边做人工呼吸，可是折腾了半个小时，忙得大汗淋漓，老马还是不买账，好像已经甩手走远了，他这才跳起来给调度打电话报告这突发事件。值班的调度向上级汇报后答复，四十分钟后，那辆待避的车会按照调度命令带上老马，到下一个车站送往医院抢救。他想暴怒地朝着话筒喊：“人都不行了，还要再等四十分钟？”可是他又明知道发火也是无名火，四十分钟已经是最快的速度了，要是派救护车来，至少得三四个小时。他放下电话趴在老马身上放声大哭。

不知哭了多久，他清醒过来，好像一切都是梦。真是人生无常，还差两个多月就退休了，上苍也不叫人圆满收官。想起老马最后的遗言，那个“菊”竟然是他那个在戈壁荒原上走失的母亲，他惊讶不已。那么，他的父亲就是那位铁道兵连长了？当初也是这位连长一块一块石头垒成的“菊”，以表达对失踪的妻子的牵挂和思念。后来老马长大了，据说又是他父亲把他送上铁路的。

待避的列车在预留线上停下了，肖强哭着送走已经浑身冰凉的老马，第二天上级又派来一个助理值班员，肖强被提升为值班员。但他的心里仍然纠缠那个“菊”字，尤其那个“个”字上。“个”右上角多一瞥又是啥意思？直到事情过去好几天，他忽然想起老马的名字叫马茂竹，恍然明白，“个”字右上角已经有一撇，如果再加上一捺，和一竖，不就是“竹”么？老马之所以把自己的名字嵌在他母亲的名字下，那是不是老一辈铁路人说的，“献完青春献子孙”？

尽管肖强一时还不能肯定自己的猜测，但此时他已经决定，延续老马的惯例，每到重要的节日也去添一块石头，把那个字接着写下去。

或许，这也是老马的心愿。

原载《短篇小说（原创版）》2017 年第 1 期
荣获“第一届工业文学大赛一等奖”

异 情

邓仁宪

一

老寿并不老，刚过第三个本命年，现实点说绝对属大龄点的青年。按联合国时下的年龄段划分，尚在小小青年档呢。只是由于壮年未婚，阴阳失调，面孔上难免就皱巴了些，显老。

少不了有女人介绍给他，或把他介绍给其他女人，然总是怅然而归。见工友们眼里开始轱辘，老寿便先幽默自己："惭愧，嘿，来了个二婚嫂，后面还拖个矮脚油瓶，这是不是有点太那个了？"

工友们噗地一笑，一肚皮刻薄的玩笑就跑了。叹声气，生些恻隐，就给老寿总结："你老兄一是先天不足，一米六有没？起码四等残废！谁叫你发育期太节约闹革命了嘛。"

老寿皱巴一下脸说："老爹穷工人一个，也没挣那份钱哪，要养家糊口。仙逝时穿的一件灯芯绒衣服还补了疤呢。"

工友说："你爹妈多病缠身，没赖活着拖累你嘛！还给你留了一套四十平米的'干打垒'房子，知足吧！赶紧拿你那点工资买好料可劲催一催，兴许能往长里抽一抽。”

老寿想了想，很有信心地点头：“嗯。”

“这二呢。”工友又掰开手指，“是你老兄入错了行：‘男怕入错行，女怕嫁错郎’这绝对是真理哩。你臭打工一个，工种又稀孬，也不知该给你打几等公民才好。”

老寿不苟同这点：“瞎说，这厂要不是山高地远，女工要不是这么稀少，像咱这形象，唉，也落后不到哪去。不信？哪天到城里走一遭，你看有女人在后面跟没？”他一点没意识到自己二十年苦作，背已渐弓，肩已渐斜。

工友们苦笑。

“你们咋这样笑？我的形象真就那么困难，恶劣？”当从一个老给他做媒人的师姐那满是热情扶贫的目光里证实了这点，老寿就红了脖子：“瞧不上拉倒，女人有啥了不起！我跟阿牛照样过一辈子！”

“阿牛”何者？老寿开的那台老牙数控机床是也。相处二十年，居然有了份感情，还给取了个名，天下打工匠里绝无仅有。

老寿真的生气了，好久不和女人来往，整天只和“阿牛”亲亲热热，把“阿牛”零件拆了，一个零件、一个零件的清洗，净了，装上，又擦几遍，再浇油，直浇得饱流。时不时还和“阿牛”轻声细语地唠叨着什么。

工友们笑老寿：“让‘阿牛’跟你做媳妇算了。”

老寿那一脸皱巴便更稀烂了地笑，把“阿牛”柔柔地拍几下。

二

之后，小岭来跟老寿学徒了，望着小岭那对左右流盼的凤眼，老寿捏着“阿牛”的手柄，竟忘了摇。他搓着满是茧皮的手讷讷半天，才红着面孔对小岭说：“我，嘿，是男的……”

小岭凤眼一愣，噗哧一声，笑得腰都弯了。

小岭是希望有个师娘的，人家那些徒弟都有师娘。她在边上看着比师傅着急，麻了胆问过一回老寿。老寿脸就胀了，难为情地一笑："主要是……没感情。要不然就没啥意思了。"

什么叫没啥意思？三十大几的光棍，还谈什么感情就未免有些太那个了。小岭不以为然。不过，她倒觉得师傅还不算很"王老五"。

久之，小岭发现，师傅还是有性格的。对工作实在，尤其对自己开的"阿牛"那份感情厚重。那是一台二十世纪八十年代，国家第一批进口的专用数控机床。随着升级换代，"阿牛"在其他工厂的同伴们早就被淘汰了。只是近几年企业效益不太好，才没替换它。说不上是瞧不起人呢，还是瞧不上那设备。车间那些开新数控的人一说起这台设备就要撇嘴，这机床上的活儿很劳累。但定额却好几次被调整，奖金系数也被人降了又降。老寿不气，小岭怄了："师傅，你怎么不开其他数控机床呢？"

"这机床怎么啦？"老寿不悦。

小岭便也嘟了嘴，只觉得手柄更沉重，活儿更劳累。机床也越来越不听使唤，常有废品产生，也常有气恨。每每看见师傅操作得那般的潇洒自如，不免迷惑："师傅，你不觉累？"

"累？怎么会呢！"老寿就好笑这话很奇葩，他拍拍机床。"别看它是铁家伙，它也懂感情哩，一旦你熟悉了它，它也熟悉了你，你就感到特别的得心应手。干起活儿来，就像在和它手拉手聊天摆了一盘龙门阵，怎么说呢？那是一种境界，你以后就会感觉到了。"

"晕！"小岭怎么也找不到那种感觉。和师兄弟争执时，少不了要拿老寿的"感情论"去撕扯。师兄弟听了，哈哈一乐，末了还摇头告诫她："哎呀，你学那破床子，是学得太拐了！连人都学拐味了！"气得小岭眼泪花滚。她把这话学给老寿听，老寿听了不气，还笑："人家看不起，咱自己心里有数，还能看不起自己！"

哼，老实糍粑一个！难怪找不到老婆。小岭气不顺，心里未免有些刻薄。

这种事平常多啦，老寿从不发火，也不难受。小岭也不得不服了这实在得性格的实在。

三

可有一次“老实糍粑”却要了个大脾气。

那天，工段里来了一批怪怪的活儿，工艺路线排的是多功能数控车床。段里几个“老数控”和车间里的工程师比划了一阵，不得要领，连车间主任和段长都上床子去操练了那么几下，也没摸到门道，只好驾请工艺处长现场指导。工艺处长特牛气，是首都名牌大学的骄子，是为照顾多病的父母才屈身到本企业的。三言两语，话赶话，就和车间主任叮当干开了。工艺处长说车间主任他们素质太差，水平太低，跟不上时代和科技进步。车间主任也是数控武林的高手玩家，也不客气了，说工艺处长：你究竟懂不懂，不懂再回学校去回回炉，翻翻书去，别瞎订些“Y”工艺唬咱们这些工匠。“有本事，你给咱比划几下看看？”这是玩活的对“高知”们最绝的撒手锏。白领和蓝领的不融洽不仅有历史的原因，更有现实的社会地位的差距摆在那儿的。

于是乎大家伙都围了观战。老寿也挤了进去，把那张怪怪的图看了半天。忽然冒出一个大泡：“嗯，订数控车工序是没啥道理。我看……上我那床子还行，用 HR8 和 GXV3 编程……”

“你，你干啥的？！”工艺处长气不打一处来。

老寿皱巴一下脸子，痴眉呆眼地朝自己的床子指了指：“开……开它的。”

“就你那破床子能干这百分之二毫米精度的活儿？笑话！你这简直是瞎起哄！”工艺处长可找到傻大头对象迁怒了。

蓦然间，老寿的脸相就恶了，围观的人们还没回过神，他的手指头几乎就点到工艺处长的鼻头了：“你说啥！啥叫破床子？啥叫瞎起哄？牛皮哄哄个啥？数控车床能干你上去干给我看看！哼，我的是破床子，它老人家玩大活的时候，你娃儿还光屁股爬地上弹玻璃球呢！今天我就用破床子给你干出来咋办？百分之二，球！我给你干个千分之二精度的，你想开开眼界不？！”

工艺处长被老寿那模样赫了一跳：“好好，你能干，你干好啦！”

在一片起哄声里，老寿甩了外套，甩开了来劝阻的车间主任和旁人，当真的就上“阿牛”上去操练开了。

当那怪怪的活儿漂漂亮亮地摆在检验案台上时，轮到工艺处长痴眉呆眼了。他不相信这眼前的事实。看着那怪怪的闪着奇异光泽的活儿，又围着破旧的“阿牛”转两圈。我靠！这活儿怎么会在这破床子上给干出来呢？不相信，又拿几只千分表来把活儿测量了几遍——千分之二还不到！

车间主任也被镇住了，他不看破床子“阿牛”，把老寿从头到脚认认真真地翻鼓了几眼，咂巴一声：“老寿，你成精了！”

小岭看呆了，她突然发现，师傅不仅仅是一种实在，而且是很性格，太性格了。

“师傅，绝惨了！”或许是小岭明彻，润浸浸的眸子里多了点什么，而且看的目光竟有些仰视了。老寿只迎视一眼，脸就红热了。

小岭神了一下，两腮上也掠起了两朵霞。

这天，老寿上班来，对小岭说：他刚才在路上碰见工艺处长了，那家伙居然笑着主动和他打招呼，搞得他不知所措，老寿的神情也是不知所措。

小岭嘿一声：“这说明他服你了呗！”

“服我？！”老寿一抬头，见小岭的目光火辣辣盯着自己不动。脸便一红，“嘿，其实这全都是‘阿牛’的功劳。”

不谙，厂长带外商来参观，竟会直接带到老寿的床子跟前来。也不谙，厂长竟会对那外商说起“千分之二”。外商听了，看看老寿，看看机床，只是摇头。但当他拿起架子上的一个零件时，那蓝眼珠噌地就亮了，问老寿是如何干的。老寿发蒙，答不上来，只指了指机床说，我熟悉它，它熟悉我。翻译就译了个“人机合一”。老外听了，沉思片刻，使劲点头，连说了好几声“OK！大工匠！”翻译告诉老寿：老外最崇敬大工匠，什么什么师反倒不怎么稀罕。在德国和瑞士那些国家，大工匠可比工程师吃香多了。

为此，厂里和外商成交了一大笔生意，这还是厂里第一次“开洋荤”。

因此，老寿人模人样的在人前昂起了头。人前一张稀烂的笑脸不觉间也多了起来，连机床的奖金系数，也不觉间长了一大截，还莫名其妙的成了科技协会和数控协会的会员。老寿仿佛不再是老寿。

小岭也高兴，再鼓吹“感情论”加“人机合一”勾兑拌炒，师兄弟们没人再敢吭气。小岭特地给师傅买了一瓶茅台。老寿接过来，哗地就往“阿牛”的清洁盆里倒半瓶，“和阿牛同乐！”他说。然后，他用一张新毛巾蘸了酒，把“阿牛”通身擦了一遍。

老寿的出色表现和豪迈，也只有和“阿牛”“手拉手”时才有，在人境里，他是个天生的自卑的怯懦者，时时气短得叫人叹息。

四

车间组织游览青城山，自由组合。老寿放了单，只身一人上了后山。午后，浮云裹来一场偏东雨，正情急前后无避雨处，见岩坎下偏崖外有一半拱的石崖洞，老寿忙钻了进去。远雷隆隆从后面滚过来，惊风火扯从雨中撵出来一白衣人，闷头愣脑就跳进洞来，把老寿撞了个趄趔。“你这人……”老寿正要恼。

头上的手绢揭开，露出了一张白里透红的脸：“师……傅”。

“小岭！”老寿很惊诧，“你不是和一帮朋友上天师洞了吗？”

“才不呢，人家一直在后面跟着你，就是追不上……”小岭软语娇态，目光火辣辣地撩着老寿。

老寿的眼神却躲闪开了：“谁叫你跟了……你这人。”再不看小岭。

小岭嘟起了嘴。

这时，正有一股裹着霭气的山风吹过来，老寿浑身抖索了一下，手臂上顿时起一层鸡皮疙瘩。“师傅，我好冷……”后面小岭的声音都有些颤。老寿回头见小岭双手抱着半袖的臂，就吁口气，看看自己身上，衬衣也是湿的，只有贴身的背心半干半湿，干脆唰地脱下来，塞给小岭。

看见老寿胸脯上起伏弹跳地凸肌，小岭心里也不由一阵咚咚地乱跳，又气，偏不接背心："冰冷，谁稀罕？"

老寿的手臂再伸一阵，就缩回来，唰的一声，将背心又重新套在了身上。显然这实在不性格，几近于愚钝。

小岭恨不得上去照那胸脯上捶一顿。

风声、雨声、雨过山林的沙沙声……

雷声滚向了远山，雨便住了。滚散的乌云中又射出几缕阳光，蝉鸣渐次又起。空谷可闻，清新圆润的鸟音。

走出崖洞，老寿如释重负般地轻松了一口气。小岭怅怅然，无力地叹息一声。

"瞧——那是什么？！"老寿突然惊喜地叫一声。顺着他手指的方向，只见渐渐透蓝的天际边，正隐隐约约现出一道彩虹……

"啊，彩虹！"小岭拍手欢跳起来，抬脚向一块大岩石攀去。一脚未稳，哧溜溜又顺着水滑的草皮踉跄下来。老寿慌忙伸手去挡，小岭一头正倒在怀里。

小岭紧紧抓着老寿的衣服。老寿说："瞧，再下去点就到极乐世界去了。"

小岭朝下面一探头，山崖下，云雾翻腾滚滚，吓得又缩回头，把老寿抱得更紧。手上还使劲在老寿的腰眼上嗔怪地揉了两下："嗯，你坏，尽吓我……"

老寿嘿嘿一乐。小岭猛一下意识到什么，要挣开身，却被紧紧地箍住了，要再挣，身子不知为什么软了。老寿咚咚跳响的胸脯上，腾起滚烫的热浪，烘得她满面通红……

整个山林仿佛都寂静了，只有那虹更加耀眼，明亮了起来。

"我还是第一次看见真正的虹。"老寿说。

“我也是，比画上的美多啦。”小岭神情陶醉。

“你说，这虹像什么？”

“桥呗，你瞧，正跨在两座山岭之间！”

“像！是桥！……”老寿的头悄悄伏下去，想冷不防在小岭耳后吻一下。

“哇呀呀——！”山崖上骤然炸起一阵欢呼。两人慌地分开。一看，崖顶上站着几个本车间后上来的小子。

“喂，小岭，不够味啰，太没创意了！”

“再来一个够意思的！超棒的！”

“臭小子，美得你——”小岭抓起一坨稀黄泥追了上去。

五

这桩准桃色新闻就这样在车间里传开了。开始，很多人不信，只当是个聊斋笑话。后来，故事越传越生动，色彩越抹越浓，味道越调越足，车间里人就愤愤而不平了。小岭这姑娘也太可怜了，多大？才20多岁，啧啧，多鲜嫩灵秀的一个黄花闺女，一朵鲜花呀，白白插到一泡臭牛屎堆上了嘛。大家先是痛心疾首，而后则咬牙切齿。说到老寿没个眼不红的，那个老东西，怎么能这样呢？也不知使了啥魔法儿蒙住了姑娘，脏猪滚嫩白菜，癞蛤蟆吃天鹅蛋，个老东西，可他妈拣了个大便宜了！大家用“东西”这个词称呼老寿，而且特强调那个“老”字。那愤慨状，就仿佛是他们家的女儿吃了什么大亏似的。

于是，老寿和小岭的破机床边，每天便来了些莫名其妙，绿眉恶眼的参观者，弄得他们很难受，尤其是老寿，感到很难堪。

后来，几个“二杆子”和“老家伙”把老寿叫到一个阴暗的仓库里，那阵势就似当年个别谈心帮助会什么的。

喂，你也是好几十岁的人了，怎么回事嘛？

又说：你老寿是成了精，这是谁都晓得的。你有聪明才智。但你不能凭这优势搞邪术哦！

还说，小岭很幼稚，很纯情。你可不能毁了她的青春呵！

老寿困惑惶惶然，你们咋这样说呢？好像我老寿是个什么似的。

哼，这你自己最清楚！你瞧你是咋活的吧？小岭这样跟你过一辈子，还不悲惨了！

就你那间风一吹就直摇晃的“干打垒”房，也能让小岭安身？

而今，不光世人瞧不上打工匠，就是打工的人，也是自己看不起自己。于是乎这已经成了不可逆转的趋势。

如果，老寿真要跟他们要一个大脾气，毛躁他们一顿，兴许就好了。打工的人有几个不是这德行？可惜，老寿没有。

再后来，小岭又被几个颇具路见不平，拔刀相助气概的年青义侠叫走了。回来，老寿见小岭的两眼红红的，就问：“怎么啦？”

“啥也没怎么！”小岭口气平静。

老寿心里发虚：“真没怎么？他们……肯定说你啥了？”

“说啥？还不就瞎说！”

老寿脸就白了，想说什么，又没敢说出来，就默默地抓了把棉纱没头没脑地擦“阿牛”。

车间主任也找到老寿说，我们考虑了，小岭可以独立操作了。你就和她分开倒双班，这样好些。老寿哑然。

这样的确很好，两人各上各的班，一天再难得见面。偶然在交接班时，碰面个三五分钟，老寿的面孔又冷冷的，也不说话。该交班说的，早写在交接班记录上了。小岭气得好几回撕了那交班记录本。

小岭好几次要找老寿谈谈，老寿听了闷一阵。忽然，低了头拿起饭盒就走，不谈。小岭干怄。

六

于是有传闻说，公司办新来的金主任很看得上小岭，追求好久了。金主任何许人？是时下国企高层子女工作安排互换，从另一家大国企换来的一位总经理的公子。不论从家庭背景和他自身的各方面条件都属超牛的角色。原来是这样！满车间的人于是莫名地大舒一口气。骏马配金鞍——这才叫般配嘛！帮人帮到家，送佛送上天。一车间的人于是开始亢奋，帮干忙，打和声张罗的月老红娘辈出，也有人有意无意到老寿跟前奉送信息。老寿听了翻几下眼不理。

这天吃夜班饭回来，在黑咕隆咚的废料厂门口冷不丁拱两个人出来拦住了老寿。一个硕壮的远远站着，一个戴金丝眼镜的高个把脸凑拢老寿的鼻尖，盯了半天，吭嗤一声："靠！瞧你这苦相，弓得像个老头，肩也斜得像个丑八怪，你配吗？你自己都活得这般的劳累，没份，你也忍心让小岭跟你一起造孽作贱？"

老寿的拳头握紧，几次要挥起来，但最终又在对方的嘲笑声里软了下去。他想，这肯定就是那个金公子了。

金公子很快进入角色，短平快，近台强攻。三天两头到床子边来同小岭周旋、亲密关系。车间主任则在远处诚惶诚恐地候着。

有两回老寿来接班了，还见他坐在床子边上和小岭摆龙门阵。金公子一见他，就铮亮了眯缝眼，在镜片里轱辘他。老寿装做没瞧见。默默数数产品架子上一天不如一天的零件产量，老寿心里便知其进展及轻重了。免不了又黯然一阵，直到摸到机床温热、颤颤低语的手柄，心里才涌起一阵潮热。

这天接班，金公子难得不在。小岭怯生生喊住老寿："师傅，我要走了……"

"哦，快走吧，食堂菜都快没了。"老寿没听明白。

"不，师傅。我要调走了……在公司办做资料管理员。金主任说，在上面工作，可以提高我的身份和地位。"小岭低垂着头嗫嚅着。

老寿颓然倚靠在了机床工作台上。

小岭心中一阵愧疚、难受："师傅，其实都怪你自己呀……"

老寿青煞了皱巴脸子："你走！我不希罕你来怜悯！"

小岭哽咽成声："师傅，你别这样，你听我说……"

老寿两眼暴凸拍着机床："滚！你还不如这没生命的'阿牛'！"

小岭结婚这天，全车间的人都去了，唯有老寿缺席。小岭怅然一阵，暗泣一阵，亲自到了车间。来到机床旁，小岭站在工具箱后怯了步，张了几次嘴也没敢叫出声。只见老寿无力地靠在“阿牛”的身上。两行清泪顺着皱沟不自禁地往下淌。面前的水泥地上，被螺丝刀尖刻满了一地的“虹”字……

小岭万箭穿心，捂着脸“呜”地一声转身跑走了。

谁都说老寿变了，更加孤独。有人又去给他介绍对象，被他给恶骂了一顿。从此再没人敢在他面前提起女人。除了干活，老寿就常常坐在“阿牛”身边发神卖呆，时不时还抚摸着“阿牛”低声细语和它絮叨着什么。一会儿悲了，一会儿笑了。工友们看见，都说他神精肯定有些毛病了。人也一天不似一天的枯篙走了形。

七

小岭结婚后，并不快乐、幸福。洞房花烛夜，小岭就有了一种“侍寝”的感觉。金公子喝了点酒，便吆五喝六地使唤小岭：一会要热毛巾擦脸了；一会要冲咖啡了；一会又要再喝点红酒提精神了……小岭心里堵起了一坨说不清道不白的东西。日子眼见得开始过磕巴了。金公子有事无事还总爱用 种优越无比的口气幽默她这个“工人阶级的女儿”：要不是遇到他这个救世主，不能想象她小岭会过上什么样的生活；她这辈子还会遭遇上什么悲惨的命运。一句话，是乎若不是他，小岭是无论如何也不可能从米箩篼跳到他这个金箩篼里。更恶心可气的是，在好几次性生活后，金公子都直勾着眯缝眼问小岭：不是我金某抓你得紧，你真要让那憨头武大郎给糟蹋了，这辈子会怎样，你想过吗？然后就悲天悯人的感叹，好像是他给了她小岭真正的幸福婚姻生活和高贵生命。

“变态！”小岭心里恨骂一声，只能阴受阴怄。有时候真想痛哭一场。有几次被挖苦得扎心了，也奋起和金公子干了一场。但最终又总是在更猛烈的嘲笑、讥讽里败北下来。久而久之，不知不觉，她似乎适应这种环境了。真变得低声下气，卑微了。她常常梦见一个人，那是呆呆的师傅，醒来泪已潮湿了枕巾，便悄悄擦了。

没多久，老寿就死了。是一次意外的天车脱钩事故，让大机身掉下来砸死的。那天，老寿推着一件完工的活儿上检验站，天车吊着个大机身隆隆地开过来。忽然，挂着四根钢丝绳的机身上有一根钢丝绳咔的一声断了，机身失去重心，眼看着渐渐往一边倾斜。旁边的人使劲地喊。老寿听见了，抬头一看，脸唰地就白了。原来，那倾斜的大机身吊在“阿牛”的左上方，正对着下面“阿牛”伸出来的一截工作台。老寿疯了似的吼一声，丢开手中车，撒腿就跑……旁边的工友惊恐地嚎叫起来，只见老寿没朝旁边躲开跑，而是转身朝“阿牛”跑过去，一把抓住“阿牛”的手柄猛摇起来……伸出的那段工作台移进去了，大机身刚好砸下来，把他半个身子砸成了肉饼。可他的右手还死死地扣握在“阿牛”的手柄环里，不肯和“阿牛”分离。“阿牛”悲怆得全身都在颤喘……

没有人能解释老寿当时的行为。都认为老寿神经某些地方肯定有些短路，要不就是脑袋让门缝给夹了……要不然他那一段时间里，咋就老是萎靡不振，魂不守舍呢？

只有小岭明白老寿是怎么回事，是她去给师傅收拾的遗物。清理工具箱时，一打开箱门，门上贴有一幅很粗糙的画，画上有一道很扎眼的虹，却描绘得极精致、灿烂，映着晨光，竟然十分耀眼夺目。一见那虹，小岭眼前黑了一下，差点栽倒。她哭得死去活来。

这算什么事？没人能理解。

送葬那天，金公子没让小岭去，把她锁在了屋里。她恨得把屋里的东西砸了一地。

金公子下班一进门，傻眼了，环视一周，见墙上啥都没了，却新有了一幅不堪入目的画。他气毒，指着画：“那是什么？”

“虹！”

“谁的？”

“师傅的！”

“呸！晦气！”抢过去要扯，小岭拦住，金公子扬手一耳光。小岭捂住腮，愣了。金公子一把撕下了画，正要扯。突然小岭疯了似的扑上去，就在撕画的手上狠狠地下了一口，咬了一排血牙印……

小岭再不跟金公子睡觉了。金公子使劲揍她，扇她耳光，揪她头发，她也不从，只有两只鼓恨的凤眼死盯着金公子。

八

发生两次“婚内强奸”后，小岭愤恨地和金公子离了婚。正赶上公司里又一次改革，再一次搞优化组合，精减办公人员，小岭便又回到了原来的组里。车间主任征求她的意见，问她愿开什么床子，这当然是看在她曾和金公子有那么点关系上。

“我还开师傅那台床子！”小岭说。

车间主任告诉她，那台破机床不听招呼了，谁上去也没招了。不是程序跑了码，废了活儿；就是电器某个地方有了故障。反正横竖跟你要赖，光喘气，不给你玩活！有个老兄的手居然还让它给咬去了一大块肉。恨得大家骂：真他奶奶的破玩意，就像老寿的魂儿附在了上面，鬼怪！

“我就开它！”小岭还是那话。

她去了。那床子服服帖帖的，非但不闹情绪，还挺配合。感情没得说！

车间主任围着“阿牛”转了两圈，好一阵困惑，咂巴一声：神了——这家伙，还会认人哩！

荣获“第二届中国工业文学作品‘光耀杯’大赛小说组一等奖”

幸福的花儿越开越胖

秦溍毳

一缕阳光从高高的窗户斜进食堂大厅来，光瀑如一条悬挂的小河，尘埃在这光的河床里，密密匝匝飞腾，一闪，一闪。

正值春日午后，一堆斑斓的花朵奔跑着，冲进矿上职工食堂。

打饭的服务员举着汤勺拎着菜铲子愣住了，那些晚了钟点升井的煤矿工人们，正站着、坐着在大嚼特嚼，比力气似的正呼噜呼噜喝着粥，“辽阔”的食堂大厅，不知从哪个角落里传来一声又一声“哼——哼——”异样的声音，吃饭的人，都停了吃喝，空气凝住了，只有顶棚上的大吊扇在吱吱旋转。所有的眼睛一眨不眨，全都盯在肆无忌惮地奔进食堂来的那一团滚动的花朵——是一头浑身缠满迎春花的猪身上！

看，一颈、一背、一肚、四蹄，甚至小尾巴上，也甩着一串金黄色的迎春花。

猪——哇——哈哈——所有的人哄堂大笑，有谁还笑喷了，汤和菜洒落得哪儿都是。

“嗨，又是喂猪那娘们儿作精哩！”

“娘的，男人死了都不知道心疼！”

“过的啥日子，还有心这样做。”

这时，一个满身同样花哨的女人吆喝着，挥着一根柳树枝子，跟孙悟空追赶白骨精似的冲进来：“哟，嗬！爬回圈里去！快！滚！”

她撵着轰着赶着追着，圆乎乎的两团，分不清哪是猪，哪是花，哪是肉团，哪是花苞。这样两个“花皮球”，一高一低在食堂里热闹非凡地表演，笑的、骂的、吆喝的都有，食堂里的人像是在看戏耍。

终于，矮的那堆花，叽里咕噜滚着，蹿向食堂门上的门帘子，那团高胖的花花绿绿转回脸，扭头看一眼那些盯着她的眼珠子，大眼珠、小眼珠，双眼皮、单眼皮，眼珠里有冷、有漠、有怜、有悯、有嘲、有讽……她看不见，没感觉，脊背上“五味杂陈”，麻麻的一片，她用柳枝挑着帘子一角，侧歪着花花胖胖的身子挤出去，只一蹭，头上戴的那一圈“花红柳绿”，还摇摇摇，差点儿坠落下来，女人咧一下大嘴巴，抬手去扶住，冲着食堂里哈一下腰，怪异的表情跌满地，她追撵着那只戴满了花朵的猪而去了。

“哗——”她身后人们又笑翻了天！

那一缕从高高的窗户斜进食堂大厅来的阳光，在声浪里摇荡，光瀑闪断，悬挂在空中的小河坍泄了，又默默聚集起来，尘埃一飘一飘地飞……

她是谁呢？唉，就是矿上猪场喂猪那女的呗。

这个给猪挂花挂草的女人，如今已经退休了，可人们还是习惯地称她为养猪的女人，或者称她是“给猪戴花那女的”“猪场那个神经女人”“喂猪那娘们儿”，也有街坊邻里的女人会对着孩子说“给猪戴花的那个婶”，还有叫她诨号“猪戴花”或者“香破天”……几十年了，鲜有人知道她的姓名，而她也早就习惯了这乱七八糟的称呼，也习惯了人前人后那些关于她的议论与诉说。她过她的日子，尘埃想飞扬就飞扬。

她的男人曾是矿上的挖煤工，几十年前出事故死了。那时，她才二十出头，拖着高高低低的三个孩子来到矿上，接受事故科的后事处理。形貌拙笨，男人死了还不知道哭，打量她粗憨的模样，事故科的人议论："这女人来了能干啥，除非去喂猪。"这有伤自尊的话，人家当着她的面说，她都跟没听见一样，照样跟她那抱在襁褓里的、一高一矮立在身旁的三个孩子"嗯嗯哦哦"地逗玩。有人就笑了，这女人的心，压根儿就不是肉长的。

就这样，她拖着三个年幼的孩子，转户口来到煤矿，顶替了死去男人的班。矿领导还真的安排她去了矿上的猪场喂猪去，因为喂猪的没有女人，只她一个，称她"那个喂猪的女人"，是百分之百分得清、认得出的。这便是她的号，她便在这号下摇摇晃晃地生存了下来。她便格外卖力气地养猪圈里那一栏一栏的猪。冬天的雪、秋天的雨、夏天的蚊蝇，她都耐受，抗得住腥臭，抵得了寒暑，她还咧着大嘴巴嚷，城里比乡下总是舒坦，这活儿再苦再累，也没有乡下农活损耗人！她快乐得像她喂养的猪，吃饱喝好，舒服舒心——不想那死鬼，他都不管俺娘儿几个了，不想他，喂猪、喂孩子、喂自己，过日子。

一栏一栏的猪，小仔长大了，大仔长壮了，壮得过年过节奉到职工食堂的餐桌上了，母猪下仔了，公猪搭羔儿哩，循环往复，一年了，四季了；四季了，又一年了。猪栏上，圈棚上，来风了，落雨了，结霜了，飘雪了，飞落叶，吹花香，秋冬春夏，好过的，难挨的，都过了，都过着。

春天，春天，来吧，来啊——喂猪的女人喂猪的时候，总是这么打着敲着猪食盆喊，像是一只叫春的猫，她一年有三季都在等待春天，都在盼望春天。

猪场里那个负责人孔师傅在忙完管理和采购协调的事之后，也会来喂猪，他发现他怎么叫"啰——啰——啰——"猪再也不识这通常人们用来唤猪吃食的号子，于是，孔师傅无奈，只好学她的样，试了一嗓子——

春天，来啊！

哗，大猪小猪，白猪黑猪，胖猪瘦猪，还真的蜂拥前来，拱盆子饕餮，舔猪食盆“呱唧呱唧——”

孔师傅苦笑着摇头，这哪里是养猪，原来是圈了满圈满圈的“春天”。

有一天，孔师傅又发现一圈一圈的猪都穿青戴红的，他彻底崩溃，他与她谈判：“你不能这样养猪！”

她说：“就要这样养猪。”

“你这样养它们，我就没办法养了。就这它们都不听我的号子。”

“那你不用养，你只把其他的事管好就中了，喂猪的活都交给我，本来你就是官，我就是民，你管我，我管猪……”

“扑哧”，孔师傅又笑了，在听到她说“你是官，我是民，你管我，我管猪”的时候，“好吧，这可是你说的，喂食的活儿全归你？”

“中！”

她叫着“春天”，满圈欢蹦乱跳，“春天”来了。

春天来了，猪场周围疯长着成滩成片的草，草堆里生出枝枝串串的花儿，各色的都有。她看着，看着春风里那一会儿倒下，一会儿起来，一会儿低头，一会儿仰脸的花们，迷痴痴地，不知是晕了眼，还是晕了心，醉了一般，摇摆着短粗的腿，奔了去，腾云驾雾似的，糊糊涂涂，迷迷瞪瞪，一把、一把、又一把，粉的、红的、黄的、蓝的、白的、紫莹莹的、水灵灵的、清嫩嫩的、新鲜鲜的，美呀香！她真格是晕了，她从来没有见过这么多的花，还全都围绕着她，听凭她的支配，任她扯，任她拽，她痛快——痛快——痛快——她用不完她的力气，畅心畅肺地，浑身长满了手指头，打着滚，撒着欢儿地扯，扯来，串成串，编成花辫，结成花环，给猪们戴脖子上，系尾巴上，扎大耳朵上，她自顾自在春风里笑，对着猪们笑，猪也快乐地冲她乱拱乱哼哼，花、猪、人，都在春里，花花的，香香的，鲜艳着，热闹起来，猪场里的光线，也瞬时芳香起来，明亮起来了。

有人说，养猪那女人疯了吧？也有人撇嘴，喂猪那娘们儿，作精呢！

她不管，她兴奋起来了，又唱又跳，又笑又哭的，还会仰面八叉地躺在花丛里，望着满天的白云，看它们在天上飞，她有时候搂着一只小白猪，有时候揽着一头大花猪，嘴里咕咕哝哝地诉说着，说得如痴如醉，说得吐沫横飞，说得畅快极了，说的啥，谁也不知道，听见也不懂……

“养猪”的女人，只管养猪；“给猪戴花”的女人，只管给猪们采花戴，有时候也给自己弄一身花花草草，一套一套的装备，武装得浑身上下全是花儿，头上、颈上、腰间、手腕、脚脖、头发髻上……

她男人的那场事故，矿上的人都知道，而她这些花花绿绿的肠子，花花绿绿的活法，惊世骇俗地打扮她的猪，挂花挂草地折腾，今儿这样，明儿那样，神一出，鬼一出，弄得她跟她喂的那些猪都惊世骇俗起来，在这个巴掌大的煤矿上出了名，“神经”“出鬼”“作精”，说的都是她。

这个作精的女人，她的三个孩子，大的是个女儿，先天癫痫，她的两个儿子，一个患气管炎，吸到凉气就喘，一个是小儿麻痹症，走路跛着。日子一天天过，俗世的尘越落越多，在她心上，心是不是肉长的，她自己知道——有时候听了什么刺破耳朵茧子的啥人言鬼语，或者受了不知什么人的呵斥，实在心里没地儿搁下，她便号两嗓子，对着她养的那群猪，号哭一场，招魂一般，诉说一通她的“命咋就这么赖”，然后，她的魂好似就被招回来了。一转脸还照样给猪们喂了猪食就戴花。她的心上，她喂的那些猪，跟她贴心贴肺贴肠子，她的猪，是她的知己——因为她的猪，了解她爬坡爬得多难多累，一群花猪哼哼着，给她的也是一双双木讷的眼神，呆呆看着她，暖暖地不伤她。不给风吹不给雨淋不扎不刺，就是对她的爱。她总要打扮她的猪，然后，擦了眼泪，再回家给孩子们做吃食，她做的饭菜自然不细腻，孩子们还是吃得起劲儿，却长得孱弱。有一段时间，猪场的猪们也不断地死，就有人吐口水，“瞧这女人，自己倒肥实，孩子孩子个个那个干柴样儿，猪喂得快光圈了，弄啥中！还整天价出鬼作怪的！”

她听到了，也辩解几句，也就几句。谁也懒得听她，她也只管继续去职工食堂拉来剩饭剩菜剩汤水，只管喂她的猪，只管给她的猪戴花，只管给自己也戴花，哪管别人还议论什么，也不看什么猪以外的眼神，更不管拉车的绳索勒红了脖颈还是磨烂了皮肉。

喂猪的女人，夏天热得红头涨脸，冬天冷得手皴足裂，不知蚊虫叮咬，不视苍蝇横飞，不嗅恶臭冲天，不看风，不瞧雨，她闷头闷脸，舍了身舍了魂，冰砸她，雹淋她，烂了朽了，呆了木了，就是她，都是她。她有时也在阳光下拔着草，掐着花，自己唠叨：“只要不死，就得活，只要不死，就要受。”她一遍一遍地说，说上一百遍、一千遍，说上一上午、一天、一年，太阳升了，月亮落了，花开了，草黄了，风里，雨里，地又绿了，蝴蝶又飞得满天香……

一茬茬的猪长大，她的孩子们也成长，女儿安排在矿上做了宿舍管理员，她感到有了希望，有了帮手，女儿能为她分担了，家务事、家政事，她的心里裂开一道缝隙，可以照进阳光吹进清风了，她给猪们戴花戴得更起劲，自己也可着劲儿地戴啊，那些猪圈周围的花花草草，一年一年，因了猪肥料的滋养也益发生长得旺盛。

女儿不似她的模样，长相随她死去的爸，越长大越好看，出落得花儿一样，高挑挑的，细致白净，有了对象，不嫌她的病，喜喜乐乐结了婚，她的心里觉得有了一份踏实，喂起猪来，会对猪们高喊一句：“猪八戒，你们的嫦娥奶奶来喂你们啦！来吧，春天，春天来了——”挖满一缸缸猪食，看着猪八戒们“哈吞哈吞”，她看到曙色照得猪圈有了光彩。她欢喜的胖墩墩的身子想尥蹶子。

她的眼里有了春色，她的脸上也沾了春光。她对猪们哈哈嘿地欢呼，“天天叫春叫春没白叫，春天还是听见俺的喊叫了。春天，来吧，花呀，开吧，越开越胖——”

她很得意，“集团提倡创造发明，我这也是在发明创造，花跟猪一样，盼着开得胖，长得胖，幸福也是，要胖，哦，幸福是胖的！”

走了，孽障啊！”

她不哭，没心没肺的女人，她一天也没歇，去养她的猪。“今儿说好了，给猪打疫苗，防瘟疫。我不去不中。”她给女婿说。从地上爬起来，扒着门框走出去，直接往养猪场。

女儿是春天走的，猪场周围一派春花烂漫，她对猪说：“猪八戒啊，你咋不保佑俺闺女啊，你把俺的孽障接走了，又掏一回俺的心啊，空了啊空了啊，是个稻草人啊，俺的命咋就恁苦哩。”絮叨着，就还伸手掐花来，绕成环，给她的猪八戒们戴上，戴上，自己个儿也戴上，戴上，戴上……

她的苦谁知道？她喂的猪也不再知道。猪戴着花，好看地待在猪圈里。她站在自家阳台上，冰箱一样的阳台上，望对面女婿家阳台上，那火焰山一样的阳台上，抬眼就是她的“孽障”，抬头还是她的“孽障”。“孽障啊，孽障……”她疼成了一个稻草人，她给两个儿子说：“你姐这个孽障走了，妈我以后就长猪心猪肺了，不然就没法活。”

没法活，还得活，只要不死，就得受。没有几个人听到她说没法活，人们只看到她继续活着，她说：“活受，活着就要受，遇着啥天过啥天的日子。”

春风吹着，她站在花丛里，她从贴身的口袋里，掏出女儿生前给的体己钱，给人看：“瞅，这是孽障给俺的，俺的孽障给俺的。”

夏日炎炎，她坐在柳荫下，她从贴身的口袋里，掏出女儿生前给的体己钱，给人看：“瞅，这是孽障给俺的，俺的孽障给俺的。”

秋风送爽，她望着圆月亮，她从贴身的口袋里，掏出女儿生前给的体己钱，给人看：“瞅，这是孽障给俺的，俺的孽障给俺的。”

冬雪飘飞，她围炉取暖，她从贴身的口袋里，掏出女儿生前给的体己钱，给人看：“瞅，这是孽障给俺的，俺的孽障给俺的。”

她不看人眼，更不看人脸，她望着她喂的那些猪，那一颗颗猪眼里，仿佛有她女儿似的，那猪的脸，是她女儿的脸吗？她说：“才不是哩，俺孽障长得多好看，猪就是猪。只是俺想闺女想不住，只能侍候那些猪，拼命打扮那些猪。”她还给人家说：“猪不是闺女，可是猪解俺的心焦。闺女在的时候，也解俺的心焦。”她只顾说自己的，不管别人怪怪的望着她，扭脸就说：“神经病！”

心焦着，她也没有瘦，还更肥了。瘦的是她的眼睛，窄得越发看不见四周人的脸，更不望谁的颜色。她喂猪，就喂猪，她看花，就只看花。

猪场里，犄角旮旯满是她撒的草籽，开始检查卫生的时候，有人提意见，嫌弃她乱种花。孔师傅作为管理人员，替她帮腔：“不种花她活不成，叫她种吧，种花‘美化环境’。”孔师傅想起来矿院墙上到处刷的宣传标语“美化环境”，赶紧用上，赔着笑给下来检查的人说好话。看到猪场不荒不芜的，提意见的人撇撇嘴，不再作颜色。因为也有人给那提意见的人说：“没瞅瞅，这是啥地方，管那么多弄啥，猪只要不瘟又有膘，爱咋咋，她能咋。”

从此，她随心所欲地种草籽，长草花，“花都是草里长出来的。”她给人说，“人都是草，也都开花。”没人搭理她，她就说给自己。她种的花，也没人看，她自己看。

除了喂猪，就是看花。对着花说话，有说不完的话：“命赖，不如人，不看人，看花，我比花好，我还能吃、能跑、能吆喝，花都还不能这样，花只能站着，埋到哪儿，就站在哪儿，我比花好看，花没有我好看。”学电视里的，说着说着，绕着绕着，她给自己绕乐了，嘿嘿嘿地笑上一阵子。

就这样，她那掉进了下水道似的眼神，被花养肥了，眼里又开始慢慢地有水了，视线里又缓缓地有光了。

“给俺儿介绍个对象呗！”

她见到谁就给谁说。有人不屑，有人笑话，有人看不起，有人给白眼，有人应付，也有人应承。

于是她伸长脖子，龇牙笑，满脸都是双眼皮，给人家说：“弯刀子对着瓢切菜，俺儿不是柳木把，也不用给俺瞅着找个金镢头，不嫌俺，愿意跟俺儿过日子都中。”

她把养猪领下的工资存起钱，给跛足的小儿子娶了媳妇，有了孙儿，张罗着让大儿子找个活计，给人家当保姆，侍候一个老爷子。

春与夏，一季一季的花啊、草啊，疯了一样地长，她说，她不能疯，她得好好活。可她管不住自己似的，一层一层，一圈儿一圈儿，往自己身上套花环，套草环，看见的人，笑她，相熟不相熟的人，依然都说：“这老娘们儿，真个疯了！”

“疯就疯吧。”她说她可得好好活，活着，跟猪一起戴花，陪着她的病残的两个儿子，也过成一家人家。

“俺要也不活了，俺孩子就没娘了。那才是疯了。”

她的两个孩子不管她，跟她说：“妈，你想咋做就咋做，只要你心里头舒坦。”

她仰着脸听戏，她拎着马扎满街跑，想坐就坐，想吃喝就吃喝，哪边有风，她就把脸朝向哪边坐歇。她给自己买戒指、买项链，喜欢的，能够买，就买来。她从没有买过花，她说，她会种。“这劳什子，还花钱买，太冤枉，自己种！”

其实，日常里，她种花的时候，也种过圪针的。有一天，她被圪针扎住了。她站在十字街口跟一个久未见面的熟人老嫂子说：“唉，嫂啊，我这回可是丢人了。”不消人家跟问，她竹筒倒豆，开始讲——

“唉，我也是贪心，孩子小的时候为了养孩子，只想花钱宽裕点——婆婆的抚恤金是一直让我领，领了再给寄回老家去，我每月只给婆婆寄五十钱，余下的都自私落下来花了。我是想着，婆婆在农村有地有庄稼，有吃喝，饿不着，腾挪下一些她的钱，用来养活的也是她的孙儿孙女。唉，谁知道婆婆从一个邻村人那里咋知道了，说是现在退休金、抚恤金都是不停地在涨的。就打电话来问我，我诳婆婆说没涨，结果婆婆不信哩，就让小叔子领着来了，这不来了嘛，一来就到矿上退管科去查，一查——唉，一查，露馅来，丢人了！婆婆和小叔子跟我大闹一场！银行卡也要走了，这回是一分钱也沾不住了。唉，丢人了，丢人了，丢人了——”

她的嘴巴像是滑丝的螺帽一般，絮絮地泻着她的难堪。她举着她布衫的袖子捂住脸，藏起头，她从来不是一个看人颜色的人，只管自己诉说，并没有瞧见到，人家老嫂子手里拎着一兜子沉沉的菜，手指都勒青了，趔着身子想走，她还在诉说：“嫂啊，嫂啊，没脸哩！可俺那也是没有法子，没有法子，没有想婆婆也难，俺这回可是丢人了！命赖，不丢人，这事咋觉着恁丢人哩！唉！”

又刨土又种草的时候，不知道她是不是把自己的不爽和惭愧种下去，花又开的时候，就什么都消散了，跟她的各个不幸和难为一起，不见了，在脸上，看不见，看不见的，不一定不存在。她自己说，看不见的也都在，她的男人，她的闺女，她做错事的悔，她拉车的疼，她吃糖果的甜。

春风里，花香飘啊飘，好多人都知道了，这个喂猪的女人整天作精给猪们戴花，整天作精给自己戴花。有的人还想亲眼瞧一瞧，这作精的女人，还有她的猪，戴了花的猪会是什么样，猪的肉是不是更好吃？她是喜欢猪才给猪戴花的，还是喜欢花才给猪戴花的？

不知道谁那么有才，又给她起外号，叫“猪戴花”还叫“香破天”——“瞧她戴上花，跟她养的猪戴上花一样的好看！”这样的笑谑里，分不清意义，是说她给猪戴花呢，还是嘲笑她戴上花也还是跟猪一样。话又说回来，“当猪有什么不好，我看当猪好。”这是她喂猪时，常说的话，像钉子一样钉在她自己的心里，也钉进听到这话的人们耳朵眼里。“是啊，”有个有学问的挖煤工人说，“人都是一只行走的猪，能特立独行是顶好的，这话是一个哲学家说的。”云里雾里一样的话，她也听不懂，跟没听见一样。风刮过去了，风又刮过来了，她也好听矿上人们闲侃。“‘香破天’自然是好，漫天飘香的，多好！只是怎么香破了天呢？”“应该不应该的都乱戴花，还不是香破个天嘛！”于是，一圈子，评评点点，说的人，听的人，都是笑哈哈。她冲人家喊：“啥是应该，啥是不应该。咋着是叫乱戴花。”其实她也知道，矿上还有一个人特别会拉关系钻门路，人称“拱破天”的，顺口便给她安了个“香破天”，她并不当真询问，就也跟着一起哈哈笑。

“猪戴花！”“哎——”

“香破天！”“哎——”

“快点，快点，清猪圈！”

“赶紧，赶紧，拌猪食！”

她的脸，从猪圈里，从猪食盆里，低下去，抬起来，沾着草，连着花，黏着汗水，水珠滚动，脸上，眼窝里，往下落，她不抿，不擦拭……

她也跟人家吵架来着，有一回，她跟猪场那负责人孔师傅吵吵，说喂猪的活都交给她了，老孔自己只负责管理了。老孔奇怪地问她：“你不喂猪，还得叫我喂，你是饲养员，我是负责人，要不咱俩换？你去买猪饲料，你去联系给猪搭羔，你去……”她一听这，又闷声不响了。突然又想起来还是她自己答应过“中”！说要自己全包了喂猪的活儿。

还有一回吵架，是跟猪场里那一家磨豆腐的，人家给猪场交了管理费，她嫌人家种了一块菜地也用猪场的水去浇地。她冲完猪圈，就把水关了，不让人家用水，连豆腐也磨不成。人家找她理论，她哇哇地大着嗓门，热火朝天地跟人吵起来，正好老孔外出办事情回来，叫她把水给人家打开：“人家缴的有管理使用费了，都包含在里面呢。”她不语，有一天，她给她的花浇水的时候，突然自己想明白了，我还用水浇我种的花了呀。嗨嘿嘿她没趣地笑，去找人家磨豆腐的买豆腐，说：“买两块钱的豆腐。”买了豆腐不走，站着，站半天，人家磨豆腐的以为她又要生啥事，望着她手上的豆腐，问她：“要不，再给你添点？”她没来由地来一句：“水，只管用吧，只管用吧。”磨豆腐的两口子听得莫名其妙，只是冲她笑：“好好吃豆腐吧。”

这样的她，类似的事做得多了，磨豆腐人家的小儿和孔师傅戏谑地叫她“十五姨”，因为那时正演电视剧“十三姨”，她的做事糊涂起来了“七上八下”的不靠谱，“乱七八糟”的有时候让人整不明白她的路数，就当她的面称呼“七上八下乱七八糟十五姨”，随了“十三姨”的流行和时尚。七加八等于十五，她还是算得清，就点头如杵蒜一般：“对呢，是十五个姨。”“不是十五个姨，是一个十五姨。”那小孩子认真地纠正她。

“十五姨！”“哎——”她的诨号已多，并不介意更多一个，大家开心，她也开心，她答应着，笑着，还会举着大马勺，跟着那些猪啊花啊，一起摇摆，一起跳舞。她胖胖的，钝钝的，在风里跳，如是磨饲料的那个磨盘在转。

“猪呀，花呀，都送到哪里去呀？”

“幸福像花儿一样，越开越胖……”

她唱着很多半半拉拉的歌，词记不住，高兴起来了，眼里看见啥，心里想到啥，随心所欲加词改造，忽然，她说一句：“我也是十三姨，五花八门地唱歌，五花八门地做事，多热闹呀，我也是十三姨，以后叫我十三姨，五加八是十三，是不是？”

她嘿嘿嘿地笑，嘎嘎嘎地说，末了，又补一句：“别跟我一般见识啊。”不知道是给谁说的，也是正巧碰上谁就冲着谁喊一声。她的声音像扔砖头一样，不妨地，吓人一跳，她就又被人回扔一块砖头，“神经病！”这砖头轻得，被风吹走了，她根本听不见。

她唱歌，她种花。她总是开心，无比的开心。开心地唱，唱着就开心。花儿胖了，幸福呢，胖了，还是瘦了？命运缩水了没有？不管了，只是唱。这就是她的开心，她就是这样开心。有人说，她的痛苦，像盲肠，断了，扔掉一截，断了，扔掉一截，前尘不沾后事，后事不记得前尘，便容易开心。

看吧，她又开心地去食堂又去给她的猪们拉泔水，戴着她的花，她的猪们也戴着花。“生活幸福得跟锅里的水煮开了一样——”

她又唱："锅里的水开了，跟我种的花开了是一个熊模样——"

"你可真能拽词呀！"有人说。她正滋溜拉着一车泔水下坡，没听清别人夸她啥，风呼呼，车哗啦响，她扭不动自己的脖子，也在冲身后的人问："啥？拽？我可拽！是啊——"她又跑着调造着自己的歌，唱自己的词。

"天不刮风，天不下雨，天上有太阳，花开满天，花开满地，花开哪都香，幸福生活万年长，花开万年香，幸福的花儿越开越胖……"

她的身后大猪欢蹦小猪跳着笑。任谁说，看这喂猪的娘们，天天过得跟中头彩了一样。连天上的白云都在矿上的猪圈上空浮着不动，来看这里的欢乐颂！

她所在的小城，有一种面特别筋道，用很大的海碗盛着，看上去，又憨又笨的，能让人吃得傻饱傻饱的。渐渐地，有人说，养猪的那个娘们儿就是那面，筋道得很，要不咋会天天给猪都戴花哩。

黄昏闲坐，有人叹："那个给猪戴花的女人哪……"

一瓣花响，一声慨叹，日子像条流水线，春水一般，流啊流，向前走。

她不再操心小儿子，小儿子有房有小手艺，够吃喝糊口了。她只想着把大儿子的工钱都给他存下，继续攒下工资再给大儿子买套楼房，等他老了，计划让他出租楼房，租间小房子一个人住，也不娶了，用房租养老。她说，这样这辈子的心也就操够了，闭了眼也心安了。

她交代大儿子："咱是人家的下人，要抢着吃剩菜剩饭，新鲜好吃的饭菜水果不要吃，人家让也不要吃，少说话，多干活儿，别嫌累。"

主家的老爷子很喜欢这大儿子，主家也就满意，张罗着要再给涨工资。这主家不是别人，就是当年他孩子爹手下的工人，如今成了副矿长。有时候，老爷子嫌弃这孩子伺候不利落的时候，或者心疼给钱多了。主家就给老爷子开导："床前还没有百日孝，人家一个半大孩子，白天晚上地服侍您，又端屎倒尿的，别不知足了。要是人家爹还活着，可是还舍不得让孩子给人当使唤人哩，人家爹活着，比我混得好！”是怀念旧情，也是感谢孩子，主家说，再涨工资。她马上劝住，给孩子说：“不要再让人家涨钱了，管吃管住了，逢年过节，人家还给咱们恁些粮米面油哩，人不能没够。”

这没心没肺的养猪女人啊，这拙手拙脚的养猪女人啊，这笨头笨脸的养猪女人啊，她活着，也在打算，哪怕打算总被雨淋。雨淋着，她走着，没有停下来。

年年春天里，她的猪们还都是花枝招展，她的猪们总还是天天有花戴，她也把自己打扮得跟棵肥大臃肿的花树一样，看上去杂乱又茂盛。

她退休了，不喂猪了，也不扯花草戴了，开始往自己身穿“花”，什么花穿什么，哪件衣服花朵大、花瓣多，就买哪件。有一天，她站在大街上高音喇叭一样地见谁给谁说：“俺孙女造的句子‘奶奶一年四季都穿得跟花园似的！’”

“哈哈哈！”她放声笑，卖菜的小贩全都抬头看她笑，笑着，看她笑得——跟个花园似的！

着花衣花裤，大团的花，人把的朵，穿在身上，粘着阳光，摇摇晃晃地走，走哪儿都闪眼，她走着，在大街上，隔了人群，有人唤她：“给猪戴花的婶，给猪戴花的婶！”她钝钝的身子扭着，给人说：“我去听讲座，北京来的教授，讲老年保健。”她前行，声音和人都淹没在人群里，只那一身硕大的花朵，明艳地蹿动着。

满身“花园”的日子，没有风雨都是美的，空气里含着香。雨来了，雨又来，雨来是有突然，也有阴天太久所致，“阴来阴去下大雨，病来病去病死人”，她是猜得到呢，还是料不着——她的大儿子，没有了，病殁了。

大儿的哮喘病，愈来愈加恶化。在一个冬季又发作了，严重起来，住着院，不见轻，在抢救台上没有了，没有救回来。这时的她已退休多年。那个一直掂马扎拎茶壶在小城游玩走四方的她不见了，那个脸上总是任哪股风也吹抹不去的皮实和糙厚不见了，她的脸两边，眼下边，额头上，塌陷了，成了坑，一张脸，像是成了只旧筛子，没有眼儿，全是坑。哪一天开始，有人在小区里见到她，扒垃圾，捡垃圾，天天扒，天天捡，垃圾里有什么呢，她天天与垃圾箱、垃圾桶为伍，不看天，不看地，不望阳光，不说不闹不造歌词唱，她想是也忘记她养猪的时候，戴过的那能装饰得了全世界的花了吧，想是，全世界的花，也都把她忘记了。

她捡什么呢，从垃圾里，拾荒，越拾越荒，想是她的人生，如一碗茶，凉透，凉到馊，清水无味，也馊了。她的心，在垃圾里，翻腾，俨然成了一块垃圾。

她没有给谁再说过啥话。她像垃圾一样沉默。同时，走在大街上，也像垃圾一样，无人理睬。嗵，嗵，扔垃圾了，扔垃圾了；咣，咣，倒垃圾了，倒垃圾了。她走着，演着她的“口技”，伴有“形体艺术”，挥胳膊，蹬腿的，做着动作，又是扔，又是倒。垃圾如毒素，令她乱飞。蹦跶着，跺着脚，走，走，走，不停下来，停不下来似的。

“俺种花是想把花种进命里，俺的命咋就恁样赖呀，啊！”她突然崩溃，在一个春日的晨，漫天花香——

她仰面大哭，痛心，锥穿肝肺，泪水像暴雨，倾盆而下。

高天云彩眼里，大地花香深处，传来一阵阵訇响，“幸福像花儿越开越胖……幸福像花儿越开越胖……”，谁的歌声？越来越遥远，越来越近——啊……花……胖……

后来，后来，听说，她停止捡垃圾了。她抹了泪水，洗净手和脸，挥了一条红绸，在小城街心的广场上舞，起舞，歌唱。

舞不灵动她的红绸，她只热烈地挥；歌声驮不动她沉重的嗓音，她只吼出她的喑哑来。没有沧桑，她青翠如当年的眼神，浊了，一瞬，又青了翠了，翡翠的模样，眼神里，盛放翡翠的青，梦一般，当年她拖着三个冬瓜一般大大小小的孩子来矿上接了丈夫的班，如今，她想不起来了，梦一般，只记得，二十三岁的丈夫，那样年轻，他们刚才入了洞房——

红烛。金镯。

丈夫说，挖煤挣下钱，给她买金手镯。

她干什么？不知道。她说，她想要一对金手镯，戴胳膊上会开花！

红绸飞，杳杳传来谁的歌声，“会开花的天，会开花的地，会开花的金手镯，幸福像花儿一样越开越胖……”。

一缕阳光打进厅堂，闪闪尘埃在空气里游走，光瀑如小河……小城最老的一座商场里，金首饰销售柜台透明的玻璃上，趴着一只胖胖如陀螺的老女人。近了，是她，戴了花，在白头发的鬓角插着一朵花。白炽灯耀眼地照射着，她手上举着一只镯子——

“什么价？”营业员拈标签仔细替她瞧，点着计算器。“哦！”只见她，翻她身上的口袋，大把地掏出来，又摸回去，又掏出来，又摸回去，手里再也没有掏出来什么。

踩上电梯回头看的时候，惊讶地发现，她又把所有钱票子，一把一把地往回收……

春之野，猪在飞，猪在跑，猪在开花，神在跳舞，万物都在发光。岁月是一条河，有一只戴着花的猪，有一群戴着花的猪，啃食人间的尘香；时光是一头猪，路过一条开花的河；生命是一条开花的河，路过河两岸戴着花的猪，花开满天香——

原载《四川文学》2020 年第 2 期

荣获“第八届全国煤矿文学乌金奖短篇小说奖”

王的记性

郝随穗

王快步走下三层楼梯发动着摩托车准备出发，脑子一闪，发现把那本书忘带了。熄火，转身小跑上楼梯到家门口，从口袋摸门钥匙，钥匙在摩托车上挂着的那个包里，跑下来把钥匙带上再上楼，打开房门进去，从餐桌上取走昨天晚上就放在显眼处、准备今天走的时候要带的那本书。下楼后，再次发动，开出小区大门，脑子一闪，发现门钥匙还插在门锁里，直接把车停到小区门口一侧，小跑上楼把钥匙拔出，下楼时俯冲而下，感觉有点趺趺撞撞，他极力控制着身子不要扑下。一口气跑到摩托车跟前，发现摩托车的左后视镜不知被什么东西剐蹭了。问门房看门人，看门人说听见咣一声，懒得出来看。王说你怎么不出来看看啊？门房老汉说，这大街上天天有响动，我就天天站在路边去看吗？王不计较，发动好车走了。

王是他的简称，全名是王小王。名字前后都是王，大伙就叫他王，懒得多说废话。王在距离中山川镇的十多华里外的山上照油井，照油井的工种就是采油工。采油工的工作环境在野外。荒山野岭的山峁上，或者拐沟里如果看见有红色的抽油机，那也能看到油井场里的一角有一间活动板房，房子里住着的人就是采油工。

这是农历六月天，早上四点的时候天就亮了。王的摩托车像一条蛇在山路上蜿蜒前行，一路而过碾压起来的黄尘在身后形成一条由浓变淡的尘土带飘了起来。

王经过一个小时的行程，来到了油井场。这个油井场有五口油井，由多口油井组成的油井场叫丛式油井场。油井场里一排油井整齐划一地抽着地下的油，被王称为“磕头牛牛”的抽油机，弯腰低头、直腰抬头将大地深处的原油抽上来，好像在对大地磕头谢恩。王说抽油机懂得感恩土地。

王停下摩托车，开始了这一天的工作。一天的工作最重要的部分是在上午十点之前完成，那就意味着要在每天的早上六点左右起床。

今天王从家里出发到油井场刚好是六点，他凭着多年采油的经验，有了一套成熟的工作流程来有效完成每天的工作。

王来到油井旁，熟练地完成着自己独创的一套工作步骤。一是看抽油机动不动，如果抽油机在正常运转，那就没什么问题。二是望闻听切，查看抽油机和油井场的罐体等敏感处，有没有原油跑冒滴漏的情况。三是确保油井没隐患，闸厢有没有缺机油，防喷盆有没有漏原油，拐臂肘是否缺了黄油。四是通过观察口查看油井是否上油，如果发现不上油，用手背摸油杆，油杆不发热，说明问题不大，自己就能解决；油杆发热就是有了问题，说明油井感冒生病了，那就要上报修井队。五是记录当天产量，前尺后尺量高度、量液面，前尺是每天泵油车运油之前的测量，后尺是泵油车把原油运走之后的测量，然后将测量的数字填在报表上，在每天上午的十点之前报送到采油区队。

产液表和油井运转基本情况等报表报送完之后，王拿起那把竹条大扫帚把油井场仔细地扫一遍，最后用抹布把每一口油井够得着的地方擦拭一遍。

这一套工作流程是在王的经验积累之下逐步形成完善的。区队还专门在他的油井场召开过现场会，让他介绍经验，在全区队推广他采油的工作方法。

这些基本工作完成后，他才开门回到房子里，打扫这间简陋的办公与宿舍为一体的房子。房子里的陈设很简单，一张床，一套锅灶，一张小桌子，一个工具箱。办公桌前贴着一幅字，内容是：呵护油井。这幅字是他自己用毛笔写的，字写得不是很好但是笔画很粗，一种力量感洒满纸面。这幅字作为一个文化现象出现在他的办公室里，整个油井场里好像散发出一点点的墨香来，而这墨香中矗立的一排抽油机，似乎得到了文化的滋润。

现在是下午时分，做饭前他先到油井场左侧的菜地里割一把韭菜，摘几颗西红柿和茄子与豆角。他喜欢吃烩菜，因此就在油井场一侧整理出一块菜地，种上蔬菜，足够自己吃了。

这块菜地是开春的时候，王的老婆提着几袋子蔬菜来油井场看他的那几天一起翻整出来的，老婆帮他种上菜苗后才回家的。说到老婆要来看他，那次，他把老婆来的这件事忘得一干二净，老婆上山来到油井场后，找不到他的人影，打电话问他去哪儿了，他说去后山里的89井，帮小唐维修油井去了。老婆进不了房子，只好在油井场一直等到天色将黑，他才回来了。回来后，他笑嘻嘻地说不好意思，忘记了你今天要来。老婆不介意，对他说结婚二十多年啥时候记得过我？王一笑而过地说赶快做饭吃。老婆拿出蔬菜开始做饭，做了王最爱吃的烩菜。

这个片段让王多次回忆和回味。王的妻子比现年五十岁的王小四岁，她没有工作，一直在家相夫教子。说是相夫教子，其实没多少日子“相夫”，却是“教子”的二十四年里，遭了一身关节炎、颈椎病、贫血等要不了命，却安不了心的病。如今，儿子正在上大学，她一个人在家。抚养儿子的二十多年里，老公常因工作忙，一直在山上照井。自己一个人在家调理身体，还要时常挂念山上的王。

蹲在地上吃饭的王问妻子来山上干什么？妻子说除过给你洗衣服

还能干什么。王说你就知道个洗衣服洗衣服，以后单单是洗衣服的话就不要专门上来了。妻子有点惊讶地问，不洗衣服就不要来了？你安的什么心啊？不要不识好歹。说完拧了王的耳朵。王站起来，不是这个意思啊，你来得多了影响不好啊。我这是工作的地方，不是接待家属的地方。妻子不服气地质问，我一年来不了四五次，你就嫌多了，再说了，我哪次来的时候不是大包小包给你提一大堆东西来的？好像我是来白吃白住的。王说，不是这个意思啊，我说的是这里毕竟是单位，你来得多了人家会说闲话的。妻子对答，你这狼不吃鬼不念的，孤山旷野有几个人啊？我要不是念你丢三落四没心没肺没脑子，才不稀罕你这里。王说我记性不好是事实，但是我工作没误事；你可别说这里没人啊，89井的小唐不是人吗？说完呵呵地笑了。妻子从王的手里接过空碗一边洗一边说，过些天请几天假去市医院检查一下，你看你现在一年比一年没脑子了，除过记得住工作，还能记得住啥呢？就这样下去的话，再过两年，你把老婆孩子也记不住了。

乘着机修队这两天维修油井的时间，王下山跟妻子去医院检查一下身体。这也是妻子这两年来催了无数次的结果。王好像是这个世界的陌生人，跟在妻子身后在医院里挂号找医生拍片子。有一个诊断结果是脑神经衰弱，记忆力严重减退。这也在他们的意料之中。妻子问医生能不能治好他的记性，医生开了一大堆药说慢慢吃完再来检查。医生特别安顿以后不要熬夜，不要过度劳累等。

妻子对王说记住医生的话，回到单位按时吃药，不要熬夜看书了。王说不看书干啥？那也不能每天要看到半夜三更啊，你这把年龄了，还想成龙变虎？除过照油井还能干个啥？王说你就不懂了，书好看，书里的世界比真实的世界好多了。妻子无奈，知道你的心里只装着油井和书。好好看吧，看你能看出个什么景致来。

王看的书杂，逮着什么书看什么书，包括那些小学课本也看。如果说有选择，他比较喜欢看历史故事类的书。他的儿子给他在网上买过好多书呢，他基本上都会认真地看完，也有几本书看几页就放在一边了，比如有一本现代诗歌集，他说看半天啥也看不懂。王将每一本书都整齐地竖立在办公桌上，时间长了，足有二十多本书了，这一长排书摆在眼前，每看一眼都会开心。

王说自己记性不好，看了的书记不住，但是他享受阅读的快乐。因此，儿子每次买书他都没拒绝过。他说，看书的最大好处是在每晚睡觉前先检查一遍油井运转情况，然后关门上床，躺在被窝里翻开书页走进故事中。故事里的人和事似乎与他有关，越看越放不下手，于是一看就是大半夜。

第二天，天蒙蒙亮，王就要起床，做饭吃饭，然后投入每一天最重要的工作时间中，一系列规定动作完成后，已经十点多了。随后他会走进菜园子浇水锄草，然后站在油井场向北望去。北面是群山起伏的一片苍茫，那片苍茫遥不可及。他想象过那里的景致，应该是一片森林，或者是一个古代的城堡，也可以是一片大海。对于王来说，远方是新鲜的，也是美好的。因此他羡慕儿子在外地上大学，有一次通话中说，让儿子在朋友圈多发一些老家没有的景色。

每一个夜晚对于王来说是高度警惕的，偷油贼虽然不是经常来到这个油井场，但是每年也会光顾几次的。读书时是醒着的，也刚好能提防偷油贼，一举两得的事，才让王每个晚上坚持到大半夜。

一个晚上刚刚关灯后入睡，他听见油井场里有响动，透过窗子缝隙看过去，两个人鬼鬼祟祟在油井场的油罐处偷油。王给 89 井的小唐打了电话，让他过来支援，同时给单位的石油保卫大队也打了电话。王知道小唐到自己的油井场比较近，而石油保卫大队需要半个多小时才能赶到。所以他第一时间联系小唐，希望小唐迅速赶来，与自己一起抓住偷油贼。

王一直站在窗子跟前密切监视着窗外的偷油贼，等到小唐到了，他们就会从油井场口堵住出路，然后等石油保卫大队的人来抓住。

小唐提着一根木把子一路小跑在马路边堆起的黄土梁上，松软的黄土可以起到消音的作用，这样自己的脚步声就不会惊动偷油贼。快到油井场时，他用手机给王发去一个字的短信：到。接到短信的王立即打开油井场的电灯，手握一根木把子冲出去挡在油井场的唯一出口处，小唐大吼一声一个箭步落在偷油贼跟前，举起木把子喊道：别动！惊慌失措的偷油贼挥舞着手里长把子捞油的勺子，油点四洒，王和小唐试图通过呵斥制止偷油贼丧心病狂的行为，不料两名偷油贼丢下装油的蛇皮袋及绳子等工具，跳过围墙消失在夜色中。浑身沾满油渍的王和小唐等到石油保卫大队人来后，做了谈话记录已是凌晨了。

王和小唐已经好几次默契配合抓过偷油贼。去年他们两个在小唐的 89 井抓偷油贼时，一个未来得及逃跑的偷油贼被逮住交给石油保卫大队，同伙怀恨在心，几次在晚上去王的家投掷板砖和石块报复多管闲事的王。王的妻子被整得一夜不敢入睡，打电话告诉王，王说妻子是胆小鬼，那个偷油贼顶多摔几块石头吓唬吓唬，不会伤害到人。妻子说她后来多次梦见有人追打王和自己，搞得她现在心神不宁，一到晚上就提心吊胆。

而那样的日子一直在继续着，妻子心里常想自己一没工作，二没惹人，却在这个家里遭受那么多与丈夫工作有关的罪。比如偷油贼的恐吓、上山到油井场给他洗衣服做饭，照顾儿子上学等等。一个本该男人承担的好多事要自己来承担。想到这些，妻子心里就有点不平衡，她就会望着丈夫工作的那个方向说，上辈子不知欠下你多少了，要我这辈子来还。

妻子打来电话，小舅子过几天结婚，希望他能回来。王说没问题。

到了结婚那天上午，妻子不见王回来，电话打过去问。王说把这事忘记了。妻子说你啥时候记得过家里的事？王说家里的事有你记得就可以了。妻子催着说赶快回来，小舅子结婚不去不合适。王说好吧。

王发动着摩托车出发了。回家的路上要经过一片树林，树林里有野鸡和野兔，山下几个村里的人经常在树林里布下陷阱抓野鸡和野兔。王很快到了树林里，他把摩托熄火后坐在地上环顾四周。这也是他每次经过这片林子时要停下来做的事。那具体要做什么事呢？他会瞅瞅哪有没有布下的陷阱，看看有没有野鸡和野兔被套住。如果发现就会给解套，放走野鸡和野兔。今天他又发现了一个陷阱里一只野兔正在挣扎着，他赶忙走过解套，这时一个人过来了，骂他抢自己套住的野兔。王解释说不是自己要拿走野兔，而是放生野兔。那人说你是放屁。王知道那个人不会相信自己，便不做解释了。那人提起野兔骂骂咧咧地就要离开。王说你别带走啊，放掉它吧。那人转过身瞪了一眼王，没理睬径直向前走了。王几步追上去说别害这只兔子了，放掉它吧。那人一把推开王说，这只兔子能卖十块钱，我放了你给我钱吗？王说我给你。便掏出十块钱给了那个人。那个人有点不相信，等看到的这个人把兔子放掉了。他才问王，我经常下套子逮野鸡野兔，好多时候放空了，是不是你给我偷偷作怪呢？王说自己总共放生了的野鸡和野兔也没几个，是这里的野鸡和野兔学精了，变得狡猾了，才不上套。那人说你究竟放过多少个？王说不到十个。那人一拳砸过来，落在王的左脸上。王没想到这人会出手，厉声喝道：你再出手我就还手了。那人也提高了嗓门说，你说你放了有十个，那就赶快给我付钱吧，一百块钱。王说没门！那人说你今天不给就走不出这树林子。王说你偷猎国家保护动物，本身就犯法，现在可倒牛起来了，我现在就要给公安局举报你。那人说有本事你就举报吧，你敢举报我就灭了你一家。王说我偷油贼都没怕过，还怕个你。说罢就掏出手机给110打电话。那人看见王真的要举报，一溜烟跑了。

王摸着被那人打过的左脸，感觉肿了，他用手机屏幕做镜子看了看，已经是一块青紫。这时妻子的电话来了，问他快回来了吧，王说回不来了，单位上来领导检查。妻子说，好吧，你啥时候靠得住？王不想让家人看到自己脸上的那块青紫，便找理由搪塞。

骑着摩托车转身回到单位的王躺在床上打开书开始阅读了。他现在读的书是儿子前些天快递发来的《老人与海》。拿到这本书后，王读过几次读不下去，原因是里面的外国人名字绕来绕去记不住。今天他再次拿起这本书勉强去读，是不想辜负儿子的好意。没想到他却意外地读下去了，而且被里面的故事吸引住了，当他读到“夜间桑提亚哥一个人躺在自己的小棚屋里，梦见非洲海滩上的狮子，几年前他航海去过那个地方。他不再梦见自己死去的老婆了”，那几个触及他内心的词语“小棚屋”“狮子”“老婆”等，让他脸上的那块青紫一阵阵抽搐，他赶快合上书页，抬头看着墙上挂着自己写的“呵护油井”这幅字，心里头莫名的一种滋味令他有点落寞和沮丧。他闭上眼睛，脑子里重新过了一遍这些年自己在这个油井场上班的一幕幕。那么多自己与这组油井发生的故事历历在目，他在尽心尽力做好采油工作的同时，种菜、做饭、写字、读书等等往事如同窗外的群山翻滚而来，压得他翻不过身来。

他的记性很好，能够记住每一口油井的单日产量和逐年递减的出液量。他几乎记住了这组油井的每一个螺丝帽的位置啥时候松动了的时间。可是他就是记不住家里的事，他忘记了那么多不该忘记的事，好在老婆儿子理解他。他闭上眼睛长时间地想着这些事儿，迷迷糊糊进入了梦乡，他梦见自己带着老婆去大学看儿子，梦见自己带着老婆去医院看病。

外面来了小唐，他喊着王的名字。王从睡梦中起来，走出屋子，小唐端着一碗冒着热气的羊肉说，趁热吃掉。王问小唐哪来的羊肉，小唐说他家里人送来的。王说你家人真好。小唐说你家里人也很好啊。王说对对对。

王从一个盆子里拿出一个冷馒头，小唐说你的胃不好，把馒头热一下吧。王说羊肉热着呢，把馒头掰碎搅在羊肉里，馒头就热了。王笑嘻嘻地又说你看这像不像一碗羊肉泡？小唐说赶快吃吧。

吃完饭后，天色渐渐暗下来了。小唐拿起自己送羊肉的那个碗说要回去了。王说我送你几步。小唐没推辞。两个人相跟着走出王的油井场。小唐问王头上怎么了？王说你怎么才问呢？刚来那会是不是没看见？小唐说早就看见了，怕扫你的兴，等你吃了羊肉再问。王说你小子就聪明。小唐语气急切地问究竟是怎么了？是不是被偷油贼打的？王把今天在林子里的事告诉了小唐。小唐听后说你就爱管闲事，断人家的财路。王说你跟那个布陷阱的人说的一样的话，好像你们两个穿一条裤子。小唐转脸说你就是个死牛疙瘩，干什么都爱钻死牛角。王扭过头说你跟我也差不了多少，你不是个死牛疙瘩，去年不是让偷油贼揍了一次吗？小唐笑出了声，我挨揍我愿意，谁让那个偷油贼太嚣张呢？王说我挨打我也愿意，谁让这个人偷猎呢？

两个人不知不觉走出几里路了，小唐说你回去吧。王说行。两个身影分别消失在夜色中一条路的两头。

回到宿舍的王躺在床上望着墙上那幅写着"呵护油井"的字，久久没有睡意。他从枕边拿起已经看了几遍的《十万个为什么》。这是一本很厚的盗版书，装订线已经散了，有的书页已经掉出来，但是王舍不得扔掉，视若珍宝。他用胶水将那些掉出来的书页粘上去，可是还是有书页再掉，他索性找来一个很大的铁夹子夹住固定书页。他每天都会翻翻这本书，里面的很多为什么被一一解答的答案总能让他感到欣慰。现在他拿起这本书没有任何选择性地随手打开就看，现在看到的是马为什么要站着睡觉？这个答案他早就背会了，可是他还是愿意再看一遍。他看完后合上书页，联想到自己为什么要跟马一样时常保持警觉，不能安下心来轻轻松松地活着呢？他想到其实每个人都是一样的，都跟马一样活得很累。想到这些他也就释然了。他常常自己安慰自己，活得这么认真、这么有责任感是因为自己太热爱生活的缘故；因为是热爱，那就怎么做都不为过。

此时窗外下起了雨，他不用起床去油井场查看排污池的水道是否堵塞，他知道自己做过的事情不会有失误。每天睡觉前把油井场的每一口油井、排污池、储油罐等等每一个细节统统检查一遍才能安心地睡下。雨不是大雨，但是有雷声。他不喜欢雷声，喜欢淅淅沥沥的小雨声。闪电像巨大的手电光在窗子上一闪而过，他心想如果手电筒的光亮有这么厉害多好啊，那样的话抓偷油贼就更好抓了。前年的一个雪夜里，几个偷油贼来到他的油井场偷油，他给小唐发信息告知，等不到小唐的回复，眼看偷油贼就要作案结束了，他立即打开井场里的电灯，一手拿着手电筒一手握着一根木棒子冲出房子。偷油贼闻风丧胆立即扔下作案工具跳出油井场跑了，王紧追出去，用手电筒的光和雪地里泛起的白光追了有五百米，不料手电筒光亮渐暗，眼前的路看得不太清晰，脚下一滑摔倒在地，谁知这一摔脚崴了，偷油贼逃脱了。拐着脚往回走的五百米雪路，让他忍着疼，费了很大的劲才回来。他拿着已经没电的手电筒琢磨了半天，搞不明白今天已经充足的手电筒怎么会没电呢？第二天小唐过来了，他问为什么昨晚上不回信息。小唐说那时候正在看你送我的书，看得入迷了，不记得看手机。王说好在昨晚上是摔了一跤，要是掉到山崖下摔死，你也不晓得。小唐笑着说你的命大，不可能掉到山崖下的，就是掉下去也摔不死。王也笑了。王又问小唐好好的手电怎么会没电呢？小唐拿过手电筒看了看说，这个手电早就到了报废时间了，你还舍不得换？王说没这么快就到了报废时间吧？去年才刚领的。小唐说看看你的记性，明明是前年三月份领的。王摇摇头说自己的记性一天不如一天了。小唐说你也怪啊，说是记性不好，你却偏偏能记住那口油井的产液量是多少，递减量是多少。

雨后的清晨稍微有一点点凉意，但是王很喜欢这样的清晨。太阳洒下满天的光芒普照着万物，万物是安详的，特别是大山里的万物像是刚刚被沐浴过的样子，散发着新鲜而美好的气息。

王如同往常一样早早地起来开始工作了。他走出屋子深呼吸几口新鲜的空气，体内似乎一下子积满了能量，令他的身子勤快起来。

他按照步骤完成着一天当中最重要的工作。当他一口气把工作一丝不苟地做到最后将测量的数字填好报表，报送采油区队后，才回到屋里喝一口水，坐下来休息一会。今天的活干得跟原来一样干净利索，王端着水杯一边喝水一边走到井场里的那棵松树下。这棵松树和井场里面与外面的几十棵松树都是王刚分配到这里上班时栽上的，这个油井场被多次评为文明井场的一个重要考核指标，就是因为油井场的绿化。王喜欢栽树，每到开春的时候，就到后山里到处寻觅，挖几棵陕北的古老的树种苗子，比如老槐、杜梨树、老杨树等，带回来在油井场里面或者墙外选个好位置栽下。如今偌大的井场绿树成荫，像个农家小院。小唐说你这里能开个农家乐了。王说现在就是农家乐啊，我是老板你是顾客。两个人哈哈大笑。

王喜欢到靠近储油罐区域不远处的那棵长势最好的松树下歇息。树下有一张小石桌，四个小石凳，这些都是王从沟底里精挑细选的几块石头做成的。这棵松树足有三米多高了，树冠也很大，完全可以遮住下面的桌椅。王坐在石凳子上环顾着井场的一草一木，这里的一切都是伴随着王的工作时光而渐渐走进王的内心。他清楚记得哪棵树是哪一年被种上的，记得哪一口油井是哪一年投产的，也记得墙外头的那一丛马兰草是五年前的清明这天移栽上的。有次小唐说，你的记性不好，怎么能记得这些？

王静静地喝着水。树上的鸟叫声不是来自一种鸟，王知道最少有六七种鸟常来这里。王享受每日主要工作完成后坐在这里的时刻，他可以思考一些问题，看看书，听鸟叫，让风吹着头发和脸……这种生活状态让他十分满足于这份工作。即使到了冬天大雪封山的时候，孤寂的群山辽阔无限，皑皑白雪中的油井场也让他十分喜欢。他扫雪、堆雪人，甚至抓一把雪塞进口中，这些都是他乐于做的事。

一年四季的油井场已然成为他寸步难离的生命场域。

现在，王坐在石凳子上过着平常而充实的时光。他突然闻见原油的味道很浓烈，严重超过了油井上散发出的味道。他立马意识到：是不是有哪个地方出现了漏油的情况？王如同弹簧般弹起，跑到储油罐查看，只见储油罐的一角已经漏出不少原油，正穿过墙角缓缓流向墙外。王赶快打电话给小唐，让他过来帮忙，然后把这个情况汇报给区队。打完电话后他拿着铁锨用土来围堵漏出的原油，可是原油越流越大，像一条小溪。王奋力铲土围堵，流出的原油已经聚成了一个油潭。王赶快去罐体查看，原来是罐体上的输油管道裂开了一个口子。他急忙用手去堵口子，可是因为罐内压力太大，靠双手根本堵不住，他立即用身子扑上去，死死压住这个口子后，终于堵住了。他拿出电话给采油区汇报这个情况后，使了使劲像一块石头沉沉地压着这个破口。不一会他的浑身被原油浸透了，他隐隐约约感觉到胃部的皮肤被原油腐蚀了的痒痛，他强忍着，心里想即使自己死掉也不会离开这个口子。

小唐先到，他让小唐赶快再去用土围堵，不能让原油外泄。小唐说你这样堵着也不行啊，你起来我堵会。王不容争辩地高声说赶快去那边铲土围堵漏出来的原油！小唐拿起铁锨跑过去。不一会区队长带着维修工赶来了，到现场后看到王用身子堵着管道破口，简直有点难以置信。区队长把王扶起来让他洗澡换衣服，王不听，他跟维修工一起处理这个突发情况。

后来这件事受到采油厂的处理，王不能被评为当年先进，并扣除当月奖金。王说应该的，自己一点也不冤。区队长给王宣布这个处理结果时说，我总觉得对不起你！王说领导你这话可是折煞我呀！

王的妻子知道后对王说，你对家里的事一点记性都没有，对单位上的事不是记性很好吗？怎么能让油跑了？王气得一把挂掉电话。不到五秒钟，王把电话打过去说，我就这么个记性，怎么了？还轮得上你欺负吗？妻子知道惹恼了王，赶紧收场，说好了好了不说了，我头有点疼。挂掉电话后，王渐渐平静下来，回想刚才妻子说头疼，又把电话打过去说，不行去买点药吃上。妻子说你别管，我睡一会就好了。

王一个人坐在松树下想起上大学的儿子，他不太习惯用微信跟儿子聊天，但是想到此刻的儿子是不是在上课或者休息，就不直接打电话了，还是在微信上发过去一个表情试探一下儿子现在干什么。儿子立即回过来了，问父亲有什么事没？王说没事，你发几个照片给我看看。儿子一下子发过来十几张照片，有自己的也有学校风景的。儿子知道父亲喜欢看外面的照片。王一张张放大看着这照片，在看到儿子那张站在水边的照片时，他发现水里有一条船。对于船这样的东西，王总能产生一些联想，只要是外面世界里存在而在陕北见不到的东西，都会让王的内心泛起一丝感慨，比如荷花、油菜花、船只、大海等等。他在想，儿子会不会坐船去？坐在船上会不会晕？很多不能从口中说出来的疑问，在他的心里常常盘桓很多年。王其实很想出去旅游一次，只是一直没有出去过，尽管这个想法已经很久了。因此他想通过看外面的照片满足自己的向往之心。

而这些向往总是随着工作的延伸被搁置在他的内心深处。他的记性是不是越来越差，这一点连自己都拿捏不准了。

前几天接到厂里通知，他作为职工代表回到县城里的一个宾馆参加厂里的职代会。之前，家里有点事妻子曾几次催他回来，这次回来开会，正好回家把事办了。办完事已经是晚上十一点多了，家人说别回宾馆就住在家里吧，明天走早点去开会。他说那不行，人家单位有规定，开会期间不能去外面住宿。他接着说等开完会了再回家里，要拿些东西。家里人也就不留他了，他便骑摩托车回到酒店，此时已经是午夜十二点多了。停好摩托，掏出房卡准备回房间去休息，谁知房卡上没写房间号。他到大厅酒店前台查询，可是服务员不在，拿出手机给负责住宿的工作人打电话，可是连139和138前三位数都记不清。他坐在大厅里的沙发上尽量去想自己的房间号是多少，可是他连自己住在几楼都想不起来，更不用说哪个房间了。经过一番努力的回忆后，最后判断自己的房间应该在三楼以上，于是从三楼的左边开始挨着房子敲门，希望看到开门的人是住在同房间的那个人。他一直敲到五楼第九个房子才看到了与自己同住一屋的人。他睡下后实在不安，由于自己的马虎大意，或者说记性太差影响了多少人啊！

第二天早饭时间，王敲门的事传开了。大家说见过记性差的人，没见过记性这么差的人。

下午是小组讨论，有一个议题是编写厂志并提供厂史的讨论。轮到王发言了。他站起来思维敏捷、条理清晰地说，采油厂成立时间的 1987 年 3 月 1 日，真正走上发展快车道是 2004 年的后半年，当时年富力强的厂长提出十个指头弹钢琴十个指头都要动的发展理念，让满血复活的采油厂充满生气和活力。这一年原油产量突破 20 万吨大关，达到 24.2 万吨，2005 年达到 32.1 万吨，2006 年产量是 38.8 万吨，2007 年突破 40 万吨大关，实现产能 40.03 万吨。我认为这数字是咱采油厂两千多名职工的心血写下的，厂志上应该记住这些不容易的数字。

会后，大家调侃他会上发言时能把连续几年的产量都记得这么清楚，昨晚上怎么就找到不自己的房间呢?

职代会结束了，王突然记起了临走时小唐给自己安顿的事。这件事不是小唐的事，而是自己修摩托车的事。小唐说你看你的摩托左后视镜被撞坏快一年了，天天说修，到现在都没修好，这次回去了去修吧。王说没办法一回去就忘了，一到山上就记起来了。

这次王终于记起来了。他到一家摩托车修理店换了一个后视镜，感觉摩托车一下子就好看了很多，原来那个受损的后视镜老是耷拉着脑袋向一边歪着，起不到后视的作用，不过也没关系，他的行程主要在油区的路上，那条路上基本上没人走，也没多少车辆。

他骑着摩托车回到家里要取儿子快递发回来的几本书，顺便再拿一瓶妻子做的辣子酱。王喜欢在吃饭的时候把辣子酱拌进去，多年的饮食习惯让他迷恋上了妻子做的辣子酱，这个味道是所有的辣子酱无法替代的。

王知道小唐也喜欢吃这个辣子酱，就让妻子多装了一瓶。小唐接到王带来的辣子酱后开心地说，王大哥真是个细心人啊。

王说，小唐也怪啊，我吃了好多辣子酱，所有的味道都比不上你嫂子做的。小唐精瘦的脸庞上微微凸起来的颧骨像两块小石头向上翘着，他转动着两只黑溜溜的眼睛说，那是你太爱嫂子的缘故吧。王说老夫老妻了，哪有什么爱不爱的。小唐笑眯眯地说，你是口里不说心里的话。王从椅子上站起，一米七八的个头一下子立了起来，在小唐的眼里像一堵墙，那么厚实地挡在前面。王说，我的心里话就是对不起他们娘俩。小唐说你总算对嫂子说了一句实话。王说我说的哪句不是实话？小唐说你就是就忘记不了嫂子做的辣子酱，这句话是实话。王故意扬起手做出要打小唐的样子。小唐也故意用双手挡住头说，你的记性就是选择性记忆。

深秋的陕北总会迎来几场停不下来的连阴雨，松软的黄土的流失主要是雨水的冲刷造成的。已经下了一个礼拜的雨时大时小，大的时候好像有人端着盆子在头顶上往下泼水，小的时候好像一块挂在外面的帘子，稀疏均匀、节奏平缓。

王已经多次听到大山塌方的声音，轰隆隆的塌山声音有时候听起来犹如排山倒海、天崩地裂。王习惯了这样的声音，他提心吊胆的是通往自己油井场的道路会不会在雨水中冲毁。而这样的担心几乎在每年的雨天里会成为现实，通往油区的道路即使有再坚固的路基，也经不住雨水猛烈冲击或长时间的浸泡，何况油区的道路都是在山上修出来的，路的一侧或两侧都是黄土崖体，根本经不住雨水的冲击。于是道路要不是直接断裂，要不就是被塌下来的山体掩埋。

这次通往王的油井场的路有三处山体塌下来的黄土埋了路面。区队上组织工人清除路障并修复损毁的路段，王显然是最卖力的一个。

单位上给大家送来了午餐，王跟大伙蹲在道路抢修现场三下五除二地吃完饭。队长说大家就地休息一会儿再干。王却站起来拿着铁锨继续铲土，可能是用力过猛的缘故，王把吃进去的饭都吐了出来，并不停地打嗝。队长和工友们劝他别干了。脸色蜡黄、额头渗出汗珠的王明显没有了力气，他坐在地上眼光有点发滞。队长安排一辆皮卡拉着王去医院看看，王有气无力地说不用。王被拉到医院后做了胃镜检查，诊断为胃溃疡，需要住院治疗。

住了三天院后，王说要出院。妻子不依，找来医生。王对医生说一天也待不住了，自己赶快要回到单位上。医生说你这个病最少要住两个星期。王说回到单位的那个油井场啥病也没了。妻子没办法不理他。医生说继续开药，吊针。

王心情开始低落，他一再给医生说自己的身体好着了，就是记性不大好，根本不需要住两礼拜时间。医生问你说得对还是我说得对？王不说话了。医生又说，如果单位上实在忙，可以少住几天。王兴致来了，问那究竟要住几天才好？医生说最少十天。王又没话说了。十天时间，这是他参加工作以来离开单位最长的一次。他不甘心，又问医生能不能住上一个礼拜？医生说不行。王的妻子看不下去了，责问王，是不是拿上命在谈生意？你好像个不懂事的娃娃！妻子的眼睛里有了不解和怨气。王终于安静下来了，眼睛盯着屋顶。

终于熬到十天时间，带着一袋子药片的王不听妻子的话，直接骑着摩托车到自己的油井场了。这些天里区队上安排另外一名工人来看护这组油井，王心里不是滋味，担心那名工人不熟悉这组油井的生产规律，导致油井产能不稳，任务受到影响。回到井场的王像一位长者，视那几口油井为孩子，一个一个地从头到脚打量过，发现有什么问题就处理掉。

十天时间足以让王对这里的一切产生怀念。他检查完井组后，端着一杯水坐到松树下，水是白开水，他知道吃药期间不能喝茶水。他喜欢散发着浓郁香味的茉莉花茶，他对妻子说喝一口这茶水，就好像满肚子装的是南方的山水。妻子说你就是个怪人，说的话跟别人不一样。王确实渴望外面的世界，他想知道生长在南方的树，怎么能长出这么好的树叶子来，他有过多次想法，等有时间了要去南方看看茶树的样子，特别是茉莉花茶树。

小唐赶过来，黑色的塑料袋里提着土鸡蛋。他对王说你的胃不好，每天早上吃两个土鸡蛋养胃。王问哪来的土鸡蛋。小唐说在前沟里的那个村子里买的。王说你小子真多心。

小唐拿起扫帚要去打扫井场。王拦住说不用。我的活你别干。小唐说你现在是病号，我替你做点没什么的。王说那也不行，我干我的活心里就高兴，你干了我就不高兴了。小唐说你这个人就怪，跟其他人不一样。这样的话王听得多了。王叫小唐过来坐下聊天。

小唐问王你儿子大学毕业了你想让干什么工作？王说我想让他到外地工作；他喜欢旅游，就去当导游吧。

小唐说没想让他回来当采油工？王说不想，因为我们之间曾经讨论过这个问题，儿子不喜欢采油工这个工作。王接着说，他说当采油工太辛苦了，孤山旷野地一个人照看着油井场，没个照应，也没乐趣。

小唐笑嘻嘻说你儿子总算有出息了，没像你。王说你简直是胡说，他那叫有出息？难道咱们当了采油工就叫没出息？

小唐说，你儿子说得也没错啊，你看看四周的山头，长年累月就有咱们两个人，太孤了。王说你怎能睁眼说瞎话呢？就咱们两个人，那其他采油工哪去了，他们也不是跟咱们一样住在油井场吗？

小唐说没办法跟你沟通。王说我就理解不了你们年轻人。

两个人一边喝水一边说山说水。小唐说你的记性不好是假的，是不是故意装的？王说你说是装的就是装的吧。小唐说，说你的记性不好，你却把油井场的大大小小的事记得清清楚楚，就连抽油机上有多少螺丝都记得一清二楚；说你记性好吧，家里的事忘得一干二净，怪不得嫂子常收拾你好像是个外人，不是这个家里的人。王笑了笑说，我也搞不明白自己怎么了，就是记不住家里的事。

小唐突然说，听说你的这组油井要封掉，而且要拆了。王根本不相信，急着问，你听谁说的？小唐说前两天他去区队上，区队的人说的。王又问，为什么要封？小唐说你的这组油井在中山川水库区域内，环保局为了保护水源，要求水库区域内的所有油井封了，而且要拆除掉。王说不可能吧，我们的油井一滴油都没有泄漏过，怎么能污染到水源！小唐说前阵子你的储油罐不是发生泄漏了吗？你不是还背了个处分吗？王被问得哑口无言。

缓了一缓，王抬头看着正在运转的油井，转头问小唐，这个消息可靠吗？

小唐说我也是听说，不知道可靠不可靠。

王说这组油井从投产到现在我一直守着，守了九年啊，真的不想让封了。

小唐看到王有点伤感，宽慰他说也许是谣言呢！

王说走咱们去井场外面看看。他们来到墙外，王指着墙根处的那排树说，都是我从后山里挖的树苗子栽上的，现在有腿把子这么粗了。小唐说这些树也舍不得你走吧。王说树不会说话，但是树能认得人，你看我来了，它们就用树叶子跟我问好呢。小唐说你这个怪人啊，无敌了。

他们走到一棵槐树下，王说这棵树是我在六年前的三月十三日从后山的背洼上挖的，因山坡太陡，当时险乎掉到沟底里。小唐调皮地说，你的记性真好。王又指着旁边那棵杨树说，这是六年前的三月二十一日从后山阳洼上挖的。然后他将每棵树的采挖和种植时间一一说出来。小唐有点不相信眼前这位记性很差的人了，他惊讶地说我真的搞不明白你的记性是好还是不好了。

小唐故意说那你记不记得这组油井每 口的单井产液量？王说别说单井产液量，就是一个月之内的单井产液量我都记着。小唐说那我考考你。王说不用考，我现在就背给你听。王一口气背出一长串数字来。小唐连忙摆着手说赶快停下。王斜着眼问怎么了？小唐说你的记性不好就是假的！

王哈哈大笑。

小唐走后，王心里一直想着油井被封的事。就打电话问区队长。区队长说有这个风声，但是不知道是真是假。

王在心里默默为这组油井祈祷。

日子过得真快，虽然说一个人的孤寂是漫长的，但是当你在孤寂的环境中获取到做事的动力和机会，那么再漫长的孤寂也会被默不作声的劳作消解。王日复一日地重复着自己的采油工工作，每天都过得充实。

天气转凉，又一个秋天来了。王接到区队长的通知，让他做好准备，三天后拆除王的这组油井。他心里不好受，反问区队长，这组油井究竟是碍着谁了，为什么要拆掉？区队长说政府要求的，为了保护水源。王说这么好的一组油井不该被拆掉啊。区队长说没办法，厂里派机修车间的人员三天后来这里封堵这组油井。王惋惜地说出这组油井从九年前三月三日打井开始到九月二十五日投产，到每口油井间歇抽油时间和日产量、油水比例等的信息。队长说，还说你记性不好。王说拆吧，为了水源。

第二天晚上，不能入睡的王知道到明天就是这组油井被拆的时间，他将挂在墙上的那幅“呵护油井”的字摘下卷起来。他走出房子，望着天上繁星点点心潮起伏，他倍加珍惜眼前的每一分每一秒，他不舍得浪费这里的时光，于是就不想睡觉去。他习惯了这里的山风吹过，习惯了这里的群山寂寞，习惯了从油井场通往山外的这条蜿蜒山路上偶尔有车辆走过……

天刚刚亮，王洗漱后走出房子。他先用那把竹条做的大扫帚把井场扫了一遍，然后慢慢地擦拭每一口油井。说是擦拭，其实是在抚摸和告别。王心里很难过，他将油井擦拭完后，又拿着铁锹给墙里墙外的几十棵树培土，他心里默默地说，今日过后，再没有人会来照顾这些树了。他绕着井场转了一圈，试图找到哪儿没有被处理好的小问题。他回到井场中央，拿出手机自拍，身后是那组油井。这是他第一次与这个油井场合影留念。之前他从来没有想到自己会离开这里，不料分别的时间这么快就来了。

上午十点左右，来了一队人马、吊车和卡车等车辆。王坐在松树下的石凳子上看他们拆除油井。半天工夫，几口油井被拆得只剩下地面上露出来的一尺多高的油管，而且被严严地塞住，并包了好几层黑色的塑料纸。所有的车辆都走了，油井场里一下子显得空空荡荡的，几乎看不到一点人烟。王心里不是滋味，他一遍遍抚摸那几截露出地面的油管，却怎么也找不到那种摸上去光滑而明亮的感觉，他似乎摸到了这组油井的残肢断臂，不由得眼泪掉了下来。

妻子接他下山的时候，小唐也来送他。当他走出油井场，转身看这个已经没有了油井的油井场时，眼泪再次落下。妻子说大男人家哪来这么多的眼泪。小唐拍了拍王的肩膀说，想了这里你就来，还有我的 98 井。王说你娃娃的命好啊，你的井场刚刚在保护水源地外面。小唐说你这话说得好像是你要失业了。王说反正心里不好过。

王望着油井场，手里紧紧拿着写有“呵护油井”的那幅字，如同紧紧握住了这个油井场的过往。

妻子说走吧，人家的车等着呢。

原载《延河》2020 年第 9 期

荣获第三届工业文学大赛“光耀杯”短篇小说一等奖

第五届“劳动者文学奖”年度作品奖

2020 年《延河》杂志最受读者欢迎奖